中國現代文學女作家

趙清閣選集

趙清閣——原著
洪鈴——編選・蔡登山——主編

趙清閣（一九一四年五月－一九九九年十一月）

趙清閣出版作品照片

話劇《女傑》華中圖書公司一九四〇年

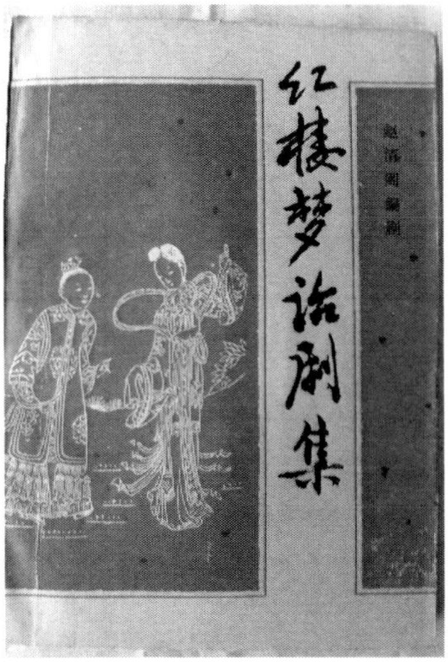

話劇《紅樓夢話劇集》四川文藝出版社一九八二年

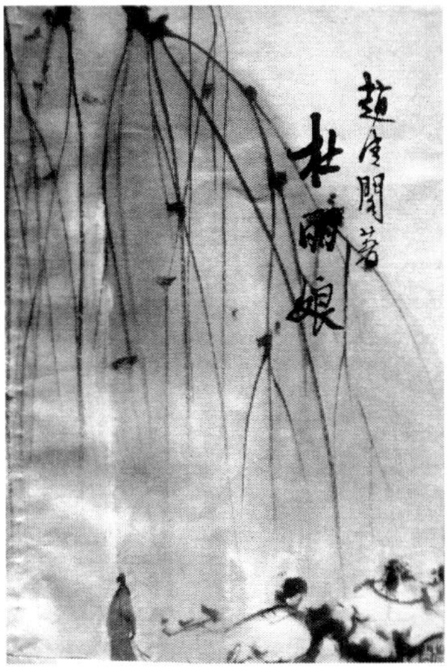

白話小說《杜麗娘》上海文化出版社一九五六年

散文集《滄海泛憶》生活・讀書・新知　三聯書店香港分店一九八二年

趙清閣生活照

▍趙清閣寫作中小憩一九八五年十一月上海

▍趙清閣（中）和陽翰笙唐棣華夫婦一九八八年五月北京

趙清閣手跡

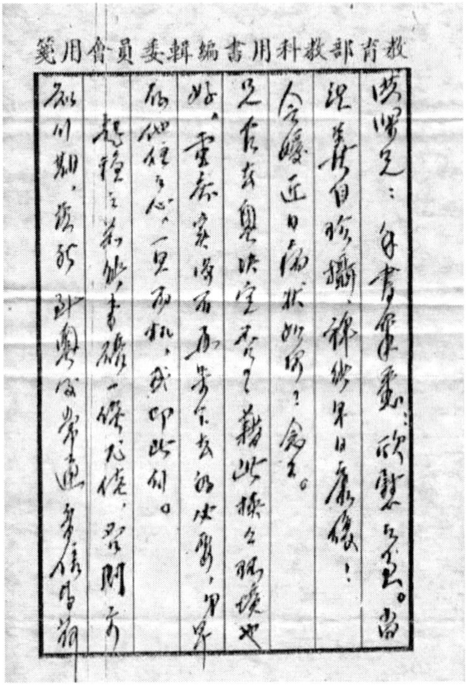
教育部教科用書編輯委員會用箋

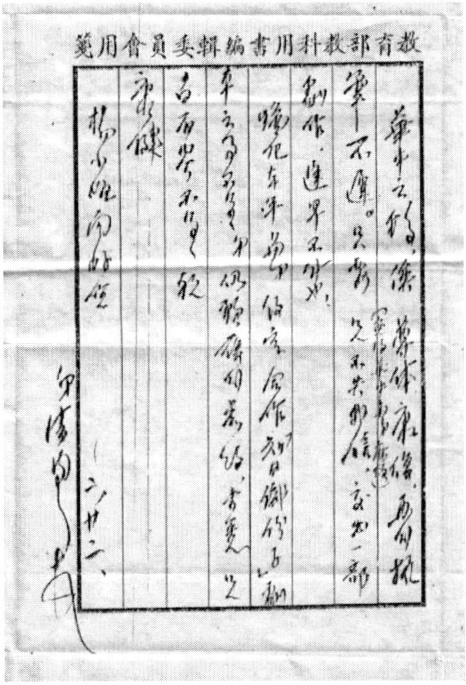
教育部教科用書編輯委員會用箋

趙清閣致洪深信一九四一年二月

編選者前言

洪鈐

《女作家趙清閣選集》，是我為趙清閣阿姨編選的一個集子，也是在完成自己多年的一個心願。

此書書名《女作家趙清閣選集》，我在「趙清閣」姓名前面，特別冠以「女作家」突出性別。是希望讀者閱讀時，能夠注意到這位女作家作品那種女性細膩、秀靜和素雅的特點；以及作者本人經歷、感情和性格，在她作品中必然的展現。這樣，可以在閱讀趙清閣作品時，有助於對作品更深些的解讀。

以專業而論，我編這本書，不對口。然而，我，不論是出自父親洪深和趙清閣阿姨之間深厚的忘年交友情；還是出自趙清閣阿姨和我之間亦不淺的忘年交友情；現在自己來做這件事情，也勉強說得過去。當然，為對讀者負責，做此事前，自己確實認認真真地掂量過自己，實實在在地自問「可否做」?!終於，我下了決心，以必要的底氣和自信，開始編選《女作家趙清閣選集》這本書。

我為什麼堅持要做這件事，這要提到趙清閣阿姨和我，在二十年間的連續和密切的交談、溝通。我們這種交談，讓我們之間一點點地建立起了相互間的信任；必然，我們之間也一點地點產生了感情。更是，我在這種不斷積累起來的、越來越多地理解與同情之時，我對趙阿姨，出自內心地迸發發出了一種由衷的尊敬和感情。

一九九九年十一月二十七日清晨，我在上海華東醫院獨自一人送別趙清閣阿姨最後一段路——從病房到醫院太平間——後，即刻間，我要為趙阿姨做點什麼的想法，開始清晰起來。

我自問，我對趙清閣阿姨，對她，從瞭解到理解，從不僅有感情而且還有對她人格和文格的尊敬。那麼，我應該將她的作品，彙編成一本書來出版，以讓更多的讀者知道這位女作家，瞭解這位女作家，甚至可能會喜愛這位女作家的作品。而且，我準備，要努力爭取，讓這本書在趙阿姨一生都未曾獲得出版的北京去出版。（我努力過，而且看起來也十分接近做到，但終未成功。）

現在，我會用自己最大努力，完成這本《女作家趙清閣選集》的編選，在臺灣出版。

趙清閣一生——特別是一九四九年以後——沒有大紅大紫過。但是，對於喜愛文學的讀者，他們對趙清閣的名字，不會感到陌生。對於趙清閣八十五年的一生而言，她的那些在文學意義上的重要的創作，則多是在一九四九年之前撰寫出來的。

自一九四九年到她離世的一九九九年，這半個世紀的五十年，是她生命長度的五分之三。然而，實際上，中國大陸廣泛的讀者們，對趙清閣的文學創作活動是並不熟知，亦並不真正瞭解的。（這幾年，中國大陸現實環境中，趙清閣是因為被議論成什麼「同居」，什麼「情人」，因而在中國大陸傳媒上得到公開傳播——無阻礙的傳播。）

在中國現代文學史中，趙清閣在五四後的第二代女作家中，是不應該、亦不可以被忽視的一位女作家。她不僅是位多產作品的女作家，而且是位文學創作的多面手，趙清閣對於各種文體的文學創作，幾乎都有所涉足嘗試：戲劇、小說、詩歌——舊詩和新詩、歌曲填詞，以及古典文學——小說和戲曲——改編（現代文學），等等。這裡，且不說趙清閣初期在繪畫和音樂方面的習作。

一九九〇年十月，趙清閣阿姨在我要求下，回顧總結了她的文學創作活動，並且對自己的文學創作活動，實事求是地給出了「評語」：

國內女作家，涉足戲劇、小說、散文、電影各類創作的，並且有收穫的，我是唯一的一個。

我早期（三十年代）寫短篇小說；抗戰時期，為抗日宣傳，寫戲劇；抗戰後，寫了中、長篇；新中國成立後，其他不能寫，要受批判，轉向古典文學。建國後，我寫了四個小說「梁山泊與祝英台」、「白蛇傳」、「遊園驚夢」（杜麗娘）、「桃花扇」，以使古典文學普及，而「桃花扇」文革時底稿燒掉了。六十年代，我進行電影創作。八十年代，我寫過一篇小說，內容講「文革」中子女為劃清界限對親人長輩的惡劣，和「文革」後子女為分得財產對親人長輩的虛偽。這篇小說刊登在《浙江文藝》上。我沒有什麼大成就，一生做的工作，是別人不願意做的，也是沒有實際利益的。

趙清閣一生的生命實踐，完全是在硯田筆耕中度過的、完成的。她從十四歲那年拿起筆寫稿在報紙刊登，直到一九九九年十月為止（她十一月住進醫院），在她八十五歲的生命路程中，足足有七十一年，是在辛勤筆耕中，迎來日出送走日落的。（文化大革命十年浩劫非常時期是「心寫」）。

趙清閣阿姨一生未婚。（她自己說：「我一直是獨身，而不是什麼所說的「單身」？」——一九九四年一月二十三日。）她也沒有真正意義上的家庭親人。趙清閣把自己的生命無悔地「嫁」給了文學。這是趙清閣阿姨終生無悔的選擇。

文學創作，是趙清閣的真愛。她用真誠，來對待她的這份真愛的。

趙清閣堅持做一個「純粹」的作家，她自己也很為此感到自豪。不止一次，趙阿姨在談話中，談到她作為作家的做人和寫作原則。

趙阿姨是注重人品的，她以為，作為作家也是要講人品的：

作品有高低，這是由作家才力大小而定。因此，不同作家，有作品高低之分，是正常的。這與個人如何，關係不大。但在做人上，一個人卻不可無氣節無人格，這就是個「人品」問題了。

——一九九四年五月二十二日

在（我以為）地球上最盛行「派性」的地域——中國大陸，在這個地域的這個「派性」最活躍的圈裡了，趙阿姨鄙視「派性」，不參加「派性」，當然也必然不搞「派性」。這亦正是她能夠讓我肅然起敬的原因之一。趙阿姨言行一致的，怎麼說的，就怎麼去做。她這麼對我說：

作為作家，我寫作。我只做一個作家，不入流，不加幫，也不介入派性。我這樣，就要被人罵，說我是「政治上騎牆」的人物。左派和右派，都在罵我。但我不為所動，文壇上的各派，都不能把我擄去，都不能利用我。因此，我被各派都不「看好」，都不被所「容」。儘管，這使我處境困難，我仍然堅持不改變態度。所以，當文學界向姚雪垠發難的時期，我沒有「回應」。他不僅是我的河南同鄉、同學，也是我的朋友，我不幹「落井下石」的事。老作家臧克家、端木（蕻良），我們雖然是朋友，但一牽到「派性」的事，就是朋友，我也不會被他們拉過去。

——一九九四年六月十五日

趙清閣做人，講人品、人格。趙清閣的文學創作，同樣也是有「品」、有「格」的。我為趙清閣阿姨編的這本選集，選入了她在話劇、小說、散文和古典文學名著改編（現代文學）等諸方面的文學創作作品。努力在一本書有限的篇幅內，盡可能地全面展現趙清閣的文學創作收穫。

趙清閣進行文學創作，顯然不是「以階級鬥爭為綱」的。她創作描寫，是要努力反映出社會真實生活狀態，是現實主義的文學作品。趙清閣寫貧苦人們的生活，她是從揭露社會中眾多勞動者的貧窮和困苦，也揭露社會現實中那些竊取並佔有著社會主要財富、過著錦衣玉食的不勞而獲者。她用作品控訴、鞭撻現實社會這種不合理、不公正的黑暗。她是用筆，在發出她憤怒不平的聲音。

趙清閣也寫青年男女愛情題材作品，她是從讚美對自由愛情的追求和堅持，是從痛斥封建制度摧殘人間美好愛情這些方面來寫。趙清閣寫愛情值得追求的光明和美麗之處，她不寫變態的、暴力的所謂的愛情。趙清閣在描寫男女異性的感情時，她用筆乾淨，描寫清潔正面，文風極其正派。

趙清閣的話劇創作

話劇創作，是趙清閣文學創作的一個重要方面，不僅作品數量不少，而且有品質的好劇本也不少。其中，趙清閣對著名古典文學小說作品《紅樓夢》成功改編話劇的創作，是不能不提到的。趙清閣古文底子很好；趙阿姨告訴我：「抗戰勝利後，冰心在日本時，曾寫信來，打算要我去日本，為日本皇室（皇太子）輔導中國古典文學。後未成行。」（一九九五年十二月三日）她也愛好古典文學詩歌，加上又有多年創作和編輯工作的磨練。這些，都讓趙清閣具備有成功進行古典文學改編創作的可能。

一九四三年，趙清閣尚未到三十歲年齡，但她個人感情生活，讓她的人生，遭遇到了嚴重的傷害——彷彿是剎那間就排山倒海般地壓過來。那段時間，趙清閣非常痛苦，亦很不解。她對天地間的異性，是否真有純真友情的想法，從懷疑到不信任，……。對此，趙清閣當時，用讀書籍、用寫作，來恢復自己的平靜，來找回那個堅定勇敢獨立的自己。於是，趙清閣開始《紅樓夢》改編工作，並努力調整著自己，讓自己可以真正投入到這項改編創作工作中去。

趙清閣在《紅樓夢》改編工作中表現出的投入和努力，讓這項改編創作順利完成，可言成功。這，亦給予趙清閣本人極大的鼓勵和支持，她對自己的認識，更加清楚和堅定，她相信自己，是絕不可能會被擊倒——即使是個人感情問題的打擊——，是不會因此而「一蹶不振」的。

趙清閣《紅樓夢》改編話劇成功這件事情，也讓我們看到了：作為一位女性，趙清閣堅強的神經，和努力自我調整的能力。

文學戲劇界注意到了趙清閣完成的創作。其中，也有被搬上舞臺演出的情況，自己創作的劇本在舞臺上得到展現，是一個作家最希望看到的，是讓人非常高興的事。趙阿姨曾經充滿喜悅地對我說：

近日，新加坡朋友寄我資料。一是，將《雪劍鴛鴦》一九八七年在新加坡正式公演時的說明書贈我，該說明書印有「趙清閣編劇」。二是，贈我新加坡南洋女中十年校慶演出《寶玉與黛玉》的紀念刊物，刊物上有導演說明：「趙清閣是中國現代一位老作家，著有有關《紅樓夢》的五個劇本。」在新加坡演出的這兩個戲，均由一位獲得美國博士學位的蔡姓導演排的。該導演稱，他在做學生時就已讀過我這些作品，這次演出，經過選擇，以為趙清閣的劇本合適，並希望以後陸續將趙清閣的其他《紅樓夢》劇本搬上舞臺。

——一九九〇年十一月二十八日

二〇一三年（大陸）【名人傳記】第九期，刊出作者署名顏坤琰的〈一段不容後人褻瀆以對的情〉文章，談到趙清閣《紅樓夢》改編：

她對《紅樓夢》原著人物的解讀不可避免地帶有強烈的個人情感。她將賈寶玉和林黛玉的感情歷程，理解為「從友誼發展為愛情」。她對晴雯與寶玉的相處之道的詮釋，也體現了她對高尚人品的讚美。她為晴雯辯護，特別強調晴雯和賈寶玉親密相處不分尊卑，晴雯心地坦蕩無私，行為光明磊落，她可以抱病徹夜為賈寶玉補綴孔雀裘，但絕不肯做那些替寶玉「洗澡」、「換衣」的下作之事，更不會幹襲人那種鬼鬼祟祟的「勾當」。

我特別注意到，在趙清閣《紅樓夢話劇集》四部劇本中，她只是在改編晴雯故事的劇本時，為該劇本定名是《晴雯贊》——在晴雯名字後面加了個「贊」字。我想，趙阿姨對「心比天高」的晴雯，不只是讚賞，而且是「偏愛」了。我自己對《紅樓夢》眾多人物中，同樣，亦是對晴雯，有一種不一般的欣賞和喜愛。因為晴雯不僅僅是一位聰慧美麗的姑娘——這種女孩子並不少——更是一位少有的、極其自律的「心比天高」的女子。這樣一位女子，卻偏偏被眾人誣衊為「與寶玉有私情」之說。《紅樓夢》此中的這些情節，絕不僅僅是在那個時代社會才存在的「是非顛倒」不公平；在現實社會的當今，未必沒有，未必少有。我感歎：現代的趙清閣，從清代的晴雯那裡，找到了知音。

趙清閣對古典文學改編話劇方面，不僅僅限於《紅樓夢》。她還曾對《三國》人物關羽，改編為話劇《關羽》——趙阿姨告訴我：「我寫的《關羽》，遭國民黨禁，指責是『借古喻今』影射。？」（一九九一年十一月九日）。

她還曾經把法國作家雨果作品《向日葵》改編為話劇《生死戀》。

本書選入了趙清閣和老舍先生合作創作的四幕話劇《桃李春風》。引述上面同篇文章：

老舍的意思是希望發揮兩人的長處，他善於寫對話，趙清閣比較懂得戲的表現，因而能合作完成一個完整的劇本。趙清閣卻擔心這樣會失敗。但第一個合作劇本（編選者注：該劇本作者還有蕭亦五，是三人合作。）的完成，說明這條路是行得通的。於是，趙清閣在老舍的鼓動下，打算合作第二個劇本。《桃李春風》合作的成功，不僅在陪都文壇傳為佳話，兩位作者的深情厚誼也為陪都文藝界廣為知曉。

趙清閣的小說創作

我為這本選集，選了趙清閣古典文學（戲曲）改編白話小說《杜麗娘》。其他，只選了趙清閣抗戰勝利後創作的一篇小說《落葉無限愁》，其他一些小說創作，尤其是她早期的，沒有選。除了考慮一本書篇幅有限原因外，我認為，《落葉無限愁》很足以代表趙清閣的小說創作。

《落葉無限愁》是一篇結構緊湊、情節豐滿、對話精煉、文字秀麗，可讀性強、可以回味的佳作。另外，這也是作者用小說形式，用少有的開放態度，最為公開的一次自我感情生活「說明」；展現出了現實中，她和K先生之間的複製糾纏的個人感情關係。可以說，是她「自傳」的一個小小片段。

幾次，趙阿姨對我談到她創作小說《落葉》（即《落葉無限愁》）情況，讓我感覺到了趙阿姨創作這篇小說時的投入，至今記憶猶新。她對我說過這樣的話：

我《落葉》說的就是K先生，中年人是世故的——感情的虛偽。他為保護自己，愛惜自己羽毛，不敢做任何決定而又還要始終「拖住」我。我瞧不起他甚至到不願意理睬他。但是，他最後的一「跳」，他則是做了最澈底地抗爭，這一「跳」，把他一生的那一切的「唯唯是諾」都彌補了！

——一九八六年九月三十日

後來，趙阿姨又一次提起這個話題：

我在小說《落葉》中曾比擬過，其中，「中年人是虛偽、欺騙、老奸巨猾」，他承認。少女的純真破滅，他因愛惜自己的羽毛而沒勇氣，而在苦中生活。」

——一九八八年一月八日

一九八八年四月二十三日，在趙阿姨家，她再次對我強調說：

《落葉》所寫，是完全真實的。正如文中所說，那時他讓我等，我決心等。我的感情是始於此的。

趙阿姨幾次提到《落葉》，而且是敞開地來談了。其中說的「始於此的『感情』」，就是趙阿姨對K先生的愛情——如果要稱作是「愛情」的話——是始於此。現在看，他們之間這種狀態，其實說不上是什麼愛情：因為太殘缺、太虛幻、太自欺欺人了。當然，這也只是我這個旁邊的人的看法而已。

趙清閣的散文寫作

晚年趙清閣，身體與種種原因，她基本專注於散文寫作。她撰寫的這些散文，文化大革命後，是出版了幾個集子的——多不過是三十二開的小版本。不過，她居住生活工作超過五十年的上海，卻是在她生命的最後一年——總算她自己是看到了——由上海文匯出版社出版了她的散文集《長相憶》。幾經周折的趙清閣書信集《滄海泛憶》（趙阿姨原定書名非此——我為她這本書手抄過和複製過書稿）是在趙清閣去世後才在上海出版的，趙阿姨沒有見到。

趙阿姨早期，就寫過不少好散文，例如，《母愛》、《賣琴》，等等。

到晚年，趙清閣的散文，數量頗多，而且寫出過不少事實和感情並在的好文章——譬如寫我父親的那篇〈懷念洪深同志〉——就是聲情並茂、感人至深。聽趙阿姨說，陽（翰笙）伯伯也說她這篇文章寫得好：事實真實，感情真實。還有其他的一些，包括〈哭王瑩〉、〈隔海悼念梁實秋先生〉等。

愈到晚年，趙清閣就愈感到「文章難寫」。

她曾對我感歎道：「寫一篇小文章，也是很難的。難，不是在文學本身，而是難在人際關係，難在社會關係。我在《新民晚報》上的〈獲獎有感〉，是篇小文，但編輯說，該文有兩處需要『改動』。一是，三個得獎人，只提兩個人名字，不妥。然而，那另一個『什麼詩人』！買來的！由他編輯添上就是。二是，我那文章後面有幾句話提到現在出版界的出書問題。只是由他刪去就是。」（一九九五年四月三十日）

在這種文學創作環境下，趙清閣仍然努力堅持著不放筆、不停地寫著。她多次對我強調，她文章寫的朋友：一是值得寫、應該寫的，對文學做出了貢獻的人；二是他們是被淡忘、被冷落、甚至是被遺忘掉的『名人』。這一點，看看趙清閣晚年發表的散文目錄清單，就會十分清楚明白。

趙阿姨告訴我：

我寫回憶人的東西，一是出自對朋友的感情；二是為文學史留點東西。最近，我又寫了懷念沉櫻的文章，是在美國發表的，大陸看不到。我提出，寧可再發表時我不要稿費，文章也要在大陸做「二次」發表。因為，大陸的讀者更需要去瞭解。

——一九九五年十月一日

本書所選的幾篇散文，可以很好地展現出趙清閣散文寫作風格；同時，從內容上，亦可以幫助讀者，對作者志向，對作者不放棄的努力堅持精神，對作者的友朋圈子，以及作者的個性等，做進一步瞭解。

趙清閣，一九一四年五月，河南省信陽出生，一九九九年十一月，上海去世。

趙清閣去世後，她生前工作單位，尊重趙清閣生前多次明確堅定的「不留骨灰。」的態度，處理她後事。

趙清閣阿姨一生，真正做到了：「赤條條一個來，赤條條一個去。」

趙清閣沒有墓地，沒有墓碑。趙清閣的作品，就是她留給這個世界的一個最好的紀念。

二〇一五年五月上海

目次

第一部分　古典文學改編作品

一、《紅樓夢話劇集》
——改編自清．曹雪芹著小說《紅樓夢》為四個劇本

創作背景

一九四三年，重慶，趙清閣對著名古典文學作品小說《紅樓夢》改編話劇的創作工作。

一九八五年六月，趙清閣改編創作的《紅樓夢話劇集》，由四川文藝出版社正式出版。茅盾先生為這本書封面題字，冰心女士為這本書做序。

該書封內出版說明：「趙清閣是我國老一輩著名女作家之一。她長期從事文學尤其是話劇創作，又曾長期從事《紅樓夢》學術研究。她根據《紅樓夢》改編的這四部話劇，是她創作中的珍品。這次輯集出版，由她做了認真修改。」至為中肯，其中「是她創作中的珍品」的評價，尤為引人注意。

一九八五年出版時，出版社表示：「收入本書的四部話劇，把《紅樓夢》主要人物都搬上了舞臺。劇本結構嚴謹，高度集中，富有話劇特點，很好地保持了原作精神和風格，使原作中的典型形象生動地活躍在舞臺上。」

序

冰心

清閣來信，要我給她的《紅樓夢話劇集》作序。想起在一九四三年，重慶的一個陰冷之夜，我們談起《紅樓夢》，那時她正想寫歷史劇本，我勸她把紅樓夢人物搬上活劇舞臺——忽忽已是四十年了！

清閣五歲喪母，從小就過著孤單飄泊的生活，這形成了她的孤僻傷感的性格，也更激起了她對社會上受漠視受壓迫的人的同情。她把社會上不公平不合理的黑暗生活，和多難的國家命運，以及自己的坎坷道路聯繫起來，以文藝為武器，不斷地寫出了揭露人民疾苦和激發愛國思想的作品。幾十年來，她寫了許多小說、戲劇和電影劇本，《紅樓夢》話劇本不過是她的創作的一部分。

這些劇本，通過賈府人物，如寶、黛，如三春，如二尤，如晴雯……成為黑暗的封建制度下的犧牲品的遭遇，鞭撻了封建罪惡。把這些悲劇表現出來，這在當時是有其現實意義的。

幾十年過去了，清閣以多病之身，仍然堅持寫作。我請她保重，但也願她能寫時再寫一點，因為她是有她的風格的。

一九八二年三月十三日

自序

清閣

一九四三年的秋天，我從北碚遷居重慶。當時身體、心情都很壞，是逃避現實又像是在迷霧裡找精神出路；總之，我是在百無聊賴中開始了《紅樓夢》的研究和改編。說「研究」，很慚愧，我不是紅學家，對《紅樓夢》沒有深入的研究；我只是反覆地閱讀，從戲劇角度琢磨，探索，進行改編；我想把這部偉大古典巨著忠實地再現於舞臺，使之更加發揚光大。也或於借古儆今不無意義，因為《紅樓夢》的那個封建時代，雖然一去不復返了，但封建統治階級的流毒影響還很深遠。在改編過程中，曾得到老作家謝冰心同志的鼓勵，使我才有勇氣終於完成這一艱巨的工作，這是應該感謝的。

四十年代我改編了《紅樓夢》話劇本四個，都是從人物出發；故事情節獨立，而又有機地相聯繫；如：《冷月詩魂》、《雪劍鴛鴦》、《流水飛花》、《禪林歸鳥》；（全由上海名山書店出版）主題意義也是一致的，均以反映和鞭撻封建時代的罪惡為主，即一九四五年我在《冷月詩魂》的「自序」裡說的：「兩三百年前，那個腐敗黑暗的罪惡時代，中國整個社會被封建勢力所統治，所窒息；它製造了不少滲透人心的悲劇，葬送了不少無辜者的生命！在這四部戲裡，描寫了被封建勢力蹂躪的一群可憐蟲；他們是怎樣地受折磨，他們是怎樣地掙扎著求靈魂的超脫，求身體的解放；他們更是怎樣地為了爭取自由，而用自己的手，一個個狠著心，含著淚，勒死了自己；或是沉鬱地遁入了空門！這些儘管屬於消極的反抗與報復，但他們究竟沒有屈服，沒有任憑惡勢力宰割他們。」

五十年代初，我和前輩歷史學家也是《紅樓夢》研究權威的顧頡剛先生，談起我改編的《紅樓夢》劇本，他熱情地提出了一些寶貴意見，要我加以修改重新出版。我因忙於電影工作，無暇及此，直至幾年後才將《冷月詩魂》修改了，由上海新文藝出版社出版，易名《賈寶玉與林黛玉》。（一九六二年瀋陽話劇團演出兩月之久，可見觀眾對《紅樓夢》的喜愛。）

一九八〇年我改編了《晴雯贊》，在香港《海洋文藝》上發表了。去年四川人民出版社願意把這幾個《紅樓夢》劇本合併出版，於是我又將《雪劍鴛鴦》和《流水飛花》加以修改。唯獨《禪林歸鳥》當時手邊無書，只好除外。現在《禪林歸鳥》已經找到了，我準備修改了，留待以後再問世。

回溯我從事戲劇創作四十餘年，出版了劇本二十個，我願一概棄如草芥；只有對《紅樓夢話劇》，還有些鍥而不捨，雖然也是拙劣之作；但我想《紅樓夢》原著是卓越不朽的，研究和改編工作勢必還要繼續下去，今後一定會有優秀的《紅樓夢》劇本出現，那時我改編的劇本就讓讀者去淘汰吧！

一九八二年上元節後四日

（一）《賈寶玉與林黛玉》

前言

清閣

《紅樓夢》是我國一部富有人民性的古典現實主義傑作，一向為人民所喜愛。為了發揚這一優秀的偉大文學遺產，歷來曾有各種文藝形式的改編，特別是戲曲方面的改編出，受到廣大觀眾的熱烈歡迎。十幾年前，我也曾改編過四個話劇本（均由名山書店出版），當然是存在著缺點和錯誤，這兩年通過對紅樓夢的研究和學習以後，有些新的體會，在思想上提高了一步，因此決定從實踐中糾正過去的缺點錯誤，重新進行改編。

這次改編，花了兩年多的時間，承朋友們給我很多鼓勵勸和幫助，使我能夠終於在反覆修改之後完成了這一工作，但是限於水準，可能還有很多缺點，希望讀者多多指正。

《紅樓夢》原作長達數十萬言，內容豐富，情節繁多，要把這樣一部巨著概括地改編成一個適合於兩三小時內演出的劇本，確是困難。所以我根據原著改編為幾個既有聯繫而又獨立的劇本。這裡只集中賈寶玉和林黛玉的事件，改編為一個五幕話劇，主題在於反對封建社會的婚姻制度，通過賈寶玉和林黛玉兩個具體人物，表現青年男女為追求自由幸福而鬥爭，並揭露統治階級的腐朽和罪惡本質。

至於故事發展的層次，是寫出兩三年的時間內，賈寶玉、林黛玉由純潔真摯的相愛，到因薛寶釵的滲入而產生了一系列的誤會、波折；再到相互之間進一步的諒解、默契；最後到雙雙用死和出走反抗了封建勢力的殘酷迫害與陰謀破壞。雖然主線是以寶、黛戀愛貫穿全劇，但也從側面反映了賈府由興旺、淫奢，到衰敗、滅亡的必然趨勢。

我這樣的改編，是想力求其符合原作精神，忠實於原作。

現在我想圍繞著主題，談談劇中三個主要人物的性格：

賈寶玉，是生長於荒淫腐敗的貴族家庭的貴公子，卻偏偏自恨「生在侯門公府」，「沒生在寒儒薄宦」之家。他熱情、正義，愛幻想，有才華；就是不喜歡「讀書上進」，不要「功名利祿」；反對「八股」文章，反對「仕途經濟」；蔑視「假道學」，把「沽名釣譽」的人們罵作「國賊祿鬼」之流！他只願和女孩兒在一起，沒有尊卑貴賤之分，一心追求著人類生活的自由、幸福。可是這都是封建統治階級所不容的，於是在賈氏貴族大家庭裡他被目為「混世魔王」、「孽障」、有「瘋病」的「呆子」、「弒父弒君」的叛逆者！儘管如此，為了他是這個貴族之家的繼承人，那些代表統治階級的「正統派」的人們還要奉迎他、寶貝他、期望他。他對這些奉迎、寶貝、期望，一概無動於衷，他所珍視的只是一個人的愛，一個人的心——那就是在思想傾向上和他共鳴，在生活道路上和他一致；素日最瞭解他，從不鼓勵他去「揚名立身」，不勸他做「祿蠹」，不說「假道學」的「混帳話」；並且也有幾分「癡病」的林黛玉。因此，他和林黛玉的感情由兩小無猜發展為莫逆知己，又由友誼發展為戀愛。

林黛玉是一個孤苦伶仃、寄人籬下的女孩兒，這便決定了她的多愁善感、孤僻嫻靜、矜持高潔的性格。她把置身於貴族賈府自喻為陷進「汙淖泥溝」。她聰明智慧，心地純正，她能愛、能恨，她不善於諂媚阿諛，對不滿的事物，敢於嘲笑諷刺。她有理想、有願望，這理想和願望就是突破封建秩序，爭取自由幸福。因此她在正統派人們眼裡不是個宦門閨秀的典範，她被目為一個「尖酸刻薄」、「小性兒」、「乖僻」的叛逆者。也因此她才成為賈寶玉的知心人，賈寶玉成為她的生命支柱！

薛寶釵，出身於富商之家，原要「候選入宮」，「為宮主郡主入學陪侍，充為才人贊善之職」的；退一步，她的目的就要爭取這個皇親國戚的賈府繼承人賈寶玉之妻的寶位。她「溫柔淳厚」、「端莊穩重」；她為人世故、幹練，她懂得虛偽地四面討好，八方隨和；她知「孝道」，能博上歡；她又會「施小惠」，承下悅。由於她具有這一切「正統風範」的「美德」，便構成了一個效忠封建秩序的正統人物。因此她主張「女子無才便是德」，主張「針線紡織」才是女子分內之事。她擁護男子「揚名立身」、「為官做宰」；她擁護「皇恩祖德」，擁護「忠孝」。她批評林黛玉看《西廂》「移了性情」，她譏笑賈寶玉成天「攪在女孩兒隊裡」「無事忙」。她瞧不起林黛玉，卻又心存羡嫉；她看不慣賈寶玉，卻又意在追求。她羡嫉林黛玉的才智及其獲得寶玉的專寵；她追求賈寶玉的貴族身分及其家庭地位。

基於上面的分析，看出賈寶玉、林黛玉和薛寶釵三人之間思想性格不可協調的矛盾，也就是賈寶玉、林黛王和封建正統之間的矛盾。而封建正統在當時有著統治力量。於是便決定了寶、黛婚姻的必然失敗。但這失敗只是形式上的，實質上，林黛玉的死，和賈寶玉的出走，都充分表現了他們對愛情的忠貞，對封建統治的反抗；也從而說明失敗的還是封建統治者，是薛寶釵。雖然這一死一走的結果顯得有些消極，可是在那個歷史時代，又是處於孤軍無援的具體境況中，若要求賈寶玉和林黛玉有更進一步的積極行動，是絕不可能的，也是脫離實際的。

最後，關於改編所依據的材料，主要是脂硯齋批的曹雪芹原作《紅樓夢》八十回本，和經高鶚修改並續作的《紅樓夢》一百二十回本，以及參考近年來有關《紅樓夢》研究的各種資料。

一九五六年二月二十一日

《賈寶玉和林黛玉》話劇本

人物表

賈寶玉：十七歲到十九歲。賈府承繼人。貴妃娘娘的胞弟。
林黛玉：十六歲到十八歲。出身薄宦之家，賈寶玉的姑表妹。
薛寶釵：十八歲到二十歲。富商女兒，賈寶玉的姨表姐。
王夫人：五十歲，賈府正統派代表人。賈寶玉的母親，林黛玉的舅母。薛包釵的姨母。
王熙鳳：二十幾歲。賈府家務的掌權人。王夫人的夫家侄媳，娘家姪女，薛寶釵的姑表姐。
賈　璉：二十幾歲。賈府家務的管理人。賈寶玉的堂兄，王熙鳳的丈夫。
紫　鵑：十六、七歲。林黛玉的親信丫鬟，也是忠心朋友。
雪　雁：十四、五歲。林黛玉的丫鬟。
襲　人：十八、九歲，賈寶玉的親信丫鬟，又是侍妾。正統派人們的耳目奸細。
晴　雯：十六、七歲。賈寶玉的親信丫鬟，也是朋友。
平　兒：十八、九歲。王熙鳳的親信丫鬟，又是賈璉的侍妾。
鶯　兒：十六、七歲。薛寶釵的丫鬟。
玉釧兒：十六、七歲。王夫人的丫鬟。
傻大姐：十六、七歲。賈府做粗活的丫鬟。
王太醫：五十多歲。

老婆子：五十多歲。

太　監：二十多歲。

群　眾：姑娘們、丫鬟們。

第一幕

第一場

時間：清朝乾隆元年上元節

地點：北京

人物：王熙鳳、賈璉、平兒、林黛玉、紫鵑、雪雁、賈寶玉、襲人、晴雯、薛寶釵、鶯兒、太監、丫鬟姑娘們

布景：大觀園瀟湘館一隅，精舍曲廊，畫樑雕棟，風景十分清幽。瀟湘館座左首，茜窗軟簾，裡面陳設雅致。館後翠竹成蔭，粉垣一帶有月洞門供出入，通前院。館前一旁是太湖石砌成的，小山蘭芷蓬鬆；一旁芭蕉如傘，樹木參差。館門口置磁凳兩個，階下有石子鋪的甬道，通右首怡紅院等處。一片張燈結綵，銀光閃耀；五色繽紛，花團錦簇；天上明月滿輪，與燭火爭輝；真是絢麗奪目。一望而知，這正當賈府豪華極盛之期。

【幕啟時，爆竹連聲，煙火迸發。三三兩兩的姑娘、丫鬟們，打扮的花枝招展，笑語盈盈紛紛向怡紅院走去。俄頃，笙樂起奏，清晰地傳來贊禮聲。

【聲音：娘娘升坐，受禮哪！

【王熙鳳笑容滿面，扶了平兒匆匆從月洞門走出來。賈璉隨後趕上。

賈　璉：（攔住熙鳳）二奶奶，聽我說完了你再走！

熙　鳳：（著急）這會子貴妃升座受禮，內眷都要進見。有什麼話回來再說。

賈　璉：不妨事，耽誤不了你進見。如今外頭等著銀子封賞錢，一時沒處折騰，你先借三、五千兩銀子給我搪塞過去，不然眼前就要丟臉獻醜哪！

熙　鳳：怎麼，白天拿去的幾千兩銀子都用光了？

賈　璉：哎呀，你也不算算辦了多少事兒，單是一擔一擔的蠟燭、煙火、爆竹，就花了不少銀子。總之，這回貴妃省親，連蓋園子，已經花了五、六萬兩銀子了！。吃的東西還不在內，都是田莊上送

來的。

熙　鳳：這哪裡是花銀子，簡直像淌海水似的！難道田莊上的地租銀子也花完了嗎？

賈　璉：去年臘月裡，田莊上送來的地租銀子，一共只有五、六千兩，還逼的莊頭叫苦連天，若單靠這個，什麼也辦不了。

熙　鳳：像這樣再過兩年省一回親，只怕就窮乾了。平兒，去拿四千兩銀子給他吧！

賈　璉：誰說不是呢！但願老爺今年放個外任，能撈回幾萬兩銀子就好了。

【王熙鳳向右首甬道下。

【平兒走向月洞門，賈璉追上去輕佻地拉著她。

平　兒：（摔脫賈璉）二爺放鄭重些！（說罷，急急跑了。）

【賈璉笑著向月洞門下。

【這時四周漸漸安靜了。雪雁提著一隻花燈籠與致勃勃地自月洞門走出來，林黛玉姍姍同上，紫鵑跟在後面。

雪　雁：（快活地）姑娘，你看這裡的花燈多好，亮得像白天一樣！

黛　玉：（舉目四望，傷感地）唉！上元節，上元節！家父子團圓，姊妹歡聚，只有我孤苦伶仃，寄人籬下！

紫　鵑：（笑著安慰地）姑娘又胡思亂想了，外祖家還不是跟自己的家一樣！再說，姑娘的身子多病，凡事要豁達些才好。

黛　玉：話雖如此，「每逢佳節倍思親」，禁不住就觸景傷情了。（走向瀟湘館）

紫　鵑：姑娘，老太太、太太、二奶奶她們都在參拜貴妃，你是她的表妹，也該去進見呀！

黛　玉：（冷冷地）傻丫頭，無職外眷，怎能擅去進見？不見也罷，人家是貴人，我是平民。（欣賞景致）這地方倒很好，又精緻又幽雅。聽說大表姐也愛這裡，所以賜名瀟湘館。

紫　鵑：姑娘喜歡這裡，趕明兒回了老太太，搬到這裡來住吧！

黛　玉：（點頭）誰知道老太太肯不肯呢！

【賈寶玉從自首甬道進來，邊走邊搖頭暗笑。

寶　玉：（一眼看見黛玉，疾步趨前）妹妹，你在這裡，我正要找你去呢！
黛　玉：你不在前頭進見你的貴妃姐姐，找我做什麼？
寶　玉：（孩子氣地）妹妹，告訴你，真有趣極了！這會子大姐姐高高坐在怡紅院的月臺上，太監們侍立兩旁；兩階女眷，排隊參拜；連老太太、太太也跪下行國禮；倒是大姐姐說了聲「免」，太監才扶起來老太太、太太。我是外男，不需擅入，我躲在階下偷看，差一點沒笑出聲來。妹妹。你也去看看！（說著拉黛玉）
黛　玉：（拂袖不屑地）不要胡鬧，我沒有你那麼好的興致！（坐廊上）
紫　鵑：（好奇）姑娘，你和寶二爺在這裡說話，我倒要去見識見識。
雪　雁：紫鵑姐姐，我也去。
黛　玉：你們去吧！
【紫鵑和雪雁攜手向右首甬道下。
寶　玉：（倚著黛玉，迷惘地）妹妹，我不明白，往常大姐姐在家時，和我們在一起，何等親熱！如今她大模大樣，連父母都要給她行什麼君臣禮！
黛　玉：（「嗤」地笑了）你好糊塗！她如今是皇上的貴妃，自然比不得往常，她能夠回來省親，已經是不容易了；有些人一進了宮，這輩子就不用想出去；父母兄弟，老死不相往來。
寶　玉：（怨懟）冤枉，冤枉！好端端一個女孩兒，何苦來要送進宮去呢？
黛　玉：（譏誚地）蠢才！她不進皇宮做了貴妃，你們今天哪裡來的這份榮耀？多少人還愁著進不去呢！你忘了？寶姐姐到京都時，原為的是皇上徵選才人、妃嬪，趕來待選的。說不定趕明兒，咱們這裡又要多出一個貴妃呢。
寶　玉：（惋惜）想不到寶姐姐也是這種人，可惜，可惜！大姐姐自從進了宮，人變了，心也變了；時常帶信回來，叫老爺管教我好好讀書，說什麼「不嚴不能成器」，要我也變成個利鬼祿蠹。但是，我偏不！
黛　玉：（同情，但又警誡地）嗤，小聲點！仔細被人聽見，傳到舅舅耳朵裡，又該打你了。

寶　玉：打我也不怕。妹妹，只要你明白我就行，他們明白不明白，我不理會。（說著，親切地拉了黛玉的手）

黛　玉：（感動，抽開手，替寶玉整整頭上的束髮冠，溫柔地）別混說了，快到前頭去吧，回來跟你的人找不著你，他們又要急壞了。

寶　玉：管他呢！

【紫鵑匆匆跑來。

紫　鵑：姑娘，姑娘！貴妃要見你和寶姑娘，寶姑娘已經去了，你也快去吧！

黛　玉：（漠然）何必多此一舉！（稍稍思忖，勉強站起來向右首甬道緩步走去）

紫　鵑：寶二爺，你也來吧！（隨黛玉下）

寶　玉：（重複）何必多此一舉！（有所感觸，一會兒苦笑，一會兒歎息。快快地踱向太湖石旁發愣）

【襲人自右首甬道走來。

襲　人：（尋視，發現寶玉，急上前拉住）哎呀，我的小爺！你怎麼一個人躲在這裡發呆？快去瞧，貴妃娘娘正叫寶姑娘、林姑娘她們做詩，說不定回來還叫你做呢！

寶　玉：哎呀，（揮開手）何必多此一舉！

襲　人：（一怔）這是什麼意思？今天難得貴妃娘娘回家省親，大夥兒都高高興興，你卻講這種癡話！虧了你還是讀聖賢書的人呢！

寶　玉：（不耐煩）唉，你那裡懂得我的心事！

【這是晴雯提著一隻花燈籠自月洞門走進來，看見賈寶玉和襲人在說話，急急隱身竹蔭中。

襲　人：（不高興）本來嘛，我一個丫頭，又沒有學問，自然不懂得你的心事。不過我想著貴妃娘娘是你的同胞姐姐，素日最疼你的，這會子回來了，你該歡歡喜喜的才對，怎麼反倒冷淡起來了？

寶　玉：（沉思不語）……

【林黛玉和紫鵑同上。

襲　人：（笑著）喲，林姑娘這麼快回來了，你的詩已經做好了？

黛　玉：（含笑）胡亂做了一首塞責。寶姑娘還在那裡推敲！

寶　玉：（冷笑）想必寶姐姐要施展施展大才，好承望入選進宮呢！

【襲人莫名其妙，正待要問太監自右首甬道走來。

太　監：娘娘有旨，宣寶二爺進見！

寶　玉：（遲疑不前，也不說話……）

襲　人：（見寶玉不開口，忙代答應）領旨！寶二爺立即進見娘娘。

【太監下。

襲　人：（拉寶玉）走吧，二爺！貴妃娘娘宣你進見哪！

寶　玉：（看著黛玉，無精打彩地歎了口氣走去）唉！

襲　人：（喋喋不休）二爺，不是我愛嘮叨，心裡縱然再不高興，見了貴妃娘娘也要做出個歡喜的樣子。還有，倘若貴妃娘娘要試你讀書的進益，你千萬用心酬應；這不但老太太、太太有面子，就是我們做丫頭的，臉上也有光彩。

寶　玉：（怫然）夠了，夠了！我去給你們爭面子！爭光彩！（疾步向右首甬道下）

【襲人搖搖頭，隨賈寶玉下。

【林黛玉悄悄注視襲人，露出不滿之色。見賈寶玉走後，默默踱向瀟湘館廊上。

紫　鵑：（也看不過去）姑娘，你聽聽襲人排揎寶二爺的那一派話，哪裡是丫頭對主子！

【晴雯從竹蔭跳出來。

晴　雯：（尖刻地）紫鵑姐姐，人家本來就不是丫頭嘛！你今天想是第一次聽到這種話，我可是聽的太多了！時常她在屋裡督促二爺讀書，總是講上這片大道理。說是我們家代代讀書，只有二爺不喜歡讀書，背前背後還亂批駁詆謗那些讀書上進的人，給讀書上進的人取了個諢名，叫什麼「綠豆」！

黛　玉：（笑了笑）不是綠豆，是祿蠹！二爺把那些讀書上進的人，都比做沽名釣譽的蛀蟲了！

晴　雯：（天真地笑著）噢，原來是這意思。不過襲人姐姐卻說：「只有讀書上進的人才能得功名，做大官，也才能光宗耀祖。」林姑娘，你評評，他們哪個講得對？

黛　玉：各有千秋！（說罷走進瀟湘館）

晴　雯：（半懂不懂）紫鵑姐姐什麼叫各有千秋？是不是他們講得都對呢？

紫　鵑：我也不懂。晴雯妹妹，怡紅院熱鬧的很，你怎麼不去瞧瞧？

晴　雯：（撇嘴）我！再熱鬧也沒有我的份兒，我沒那麼體面。我是找秋紋擲骰子的，這蹄子不知跑到哪裡去了。（說罷跑向月洞門）

紫　鵑：斯文點，仔細摔跤！

【晴雯回頭向紫鵑扮了個鬼臉，笑著下。

【林黛玉在瀟湘館流覽一會兒，又走出來，憑欄覩月。

紫　鵑：（趨前體貼地）姑娘，夜深了，怪冷的，咱們回屋去吧！

黛　玉：不妨事，我想再看一會兒月亮。

紫　鵑：那麼我去給你拿件衣服來添上。雪雁這蹄子怎的還不來。（說著向右首甬道走）

黛　玉：不用叫她，讓她玩玩吧。

【紫鵑又轉向月洞門下。

【薛寶釵自右首甬道走來，鶯兒隨上。

寶　釵：（瞥見黛玉，走到瀟湘館廊上）林妹妹，怎麼一個人在這裡賞月？

黛　玉：（笑迎）寶姐姐的詩做好了？

寶　釵：（喜形於色）做好了。娘娘看了你我的詩，讚不絕口。其實（阿諛地）妹妹剛才不過是信手拈來，若認真的做，更不知道娘娘要怎樣稱讚呢！這會子寶兄弟正在做詩，少不得又急出一頭汗來了。

黛　玉：（袒護地）這種應景之作，諒他也不難搪塞。

【賈寶玉那張一張詩箋走來。

寶　玉：（邊走邊拭汗，徑趨黛玉前）妹妹，妹妹！噢，寶姐姐也在這裡！

寶　釵：（笑向黛玉）瞧，是不是已經急出一頭大汗來了？寶兄弟，詩做好了嗎？

寶　玉：大姐姐叫我做四首詩，一首瀟湘館，一首蘅蕪院，一首怡紅院，一首稻香村，我已經做好了三首，還剩稻香村一首沒做。姐姐，你瞧這三首能用不？

寶　釵：（笑接詩箋）誰是你姐姐，那前面穿黃袍的才是你姐姐哩！（言下有羨慕之色）

【賈寶玉和林黛玉相視會心一笑。

寶　釵：（看了詩箋，矯揉做作地）還過得去，只把這第

三首上面的「綠玉」改為「綠蠟」就好了。林妹妹再替他推敲推敲吧，我要回去了。（將詩箋遞給黛玉）

寶　玉：（向寶釵拱手）改得好！真可謂一字之師了！只是這綠蠟，可有出處？

寶　釵：（自負地）當然有出處。你看看唐詩就知道了。快做第四首吧，別耽誤工夫了。（說罷向月洞門走去）

【紫鵑端了一碗茶，拿了一件帔風自月洞門走來。

紫　鵑：寶姑娘怎麼回去呀？

寶　釵：回去換件衣服，等會兒娘娘遊幸，還要陪她吃酒看戲呢！（下）

【鶯兒隨下。

紫　鵑：（端茶到廊上給黛玉）姑娘，喝碗熱茶取取暖。（笑向寶玉）我不知道寶二爺在這裡。不然多端一碗來了。（說著將披風披在黛玉身上）

寶　玉：不妨事，妹妹喝不完我再喝。妹妹，你覺得這三首詩可以塞責嗎？

黛　玉：（看完詩箋，遞給寶玉）就這樣行了。你快去抄寫這三首，我替你做第四首。

寶　玉：（接過詩箋，高興地）好極了！到底妹妹疼我！（說罷走進瀟湘館伏案抄寫）

黛　玉：（喝茶思索）紫鵑，進去給我拿一張紙，一支筆來。（將茶碗給紫鵑）

寶　玉：（大聲）紫鵑姐姐，把妹妹喝剩下的茶，端給我潤潤嘴！

紫　鵑：（端茶碗走進瀟湘館）我再去給你倒一碗來吧！

寶　玉：（拿過茶碗）不用了，這就夠了。（一氣喝了幾口放下）

【紫鵑看著賈寶玉，笑著搖搖頭。拿了紙筆走出來給林黛玉。

【林黛玉執筆伏欄寫著。

【傳來襲人叫「寶二爺」的聲音。

寶　玉：（自言自語）一定是催我了。

【林黛玉急急寫了，搓成團子，走向門口擲給賈寶玉。然後將筆交給紫鵑，走下石階，向竹蔭處徘徊。

寶　玉：（撿起紙團子打開看看，快活地繼續抄寫）

【襲人走來。

紫　鵑：（將筆送進瀟湘館，又端著茶碗走出來）襲人姐姐，寶二爺正忙著做詩哩！

襲　人：（走進瀟湘館）快些做吧，貴妃娘娘在問你呢！

紫　鵑：姑娘，我把茶碗送回去了。（走出月洞門）

寶　玉：（慌慌張張抄寫完了，遞給襲人）拿去吧！（說罷走出來）

襲　人：（接了詩跟出來）筵席已經齊備。貴妃娘娘就要點戲了，快過去吧，二爺！

寶　玉：我累了，要在這裡歇歇。

襲　人：也好，我先把詩代你呈上去，你歇歇就來。（向右首甬道走去看看詩，欣然地）阿彌托佛，總算四首詩都做出來了！（下）

寶　玉：（歎氣）唉！這哪裡是做詩，簡直是受罪！（趨向黛玉）

黛　玉：（微笑）不要長吁短歎了，等會兒大表姐看見你做的詩有進益，還有獎賞你呢！

寶　玉：若論我做的那三首，大姐姐斷不會說好，只有你代我做的那首，實在高明，大姐姐一點稱讚。噢，妹妹，忘了告訴你一件事，剛才聽大姐姐跟老太太、老爺說，大觀園的景緻不可荒蕪了，等她遊幸之後，叫我們姊妹們搬進來住。老太太、老爺也答應了。妹妹，你先心裡盤算盤算，住哪一處最好？

黛　玉：（欣然）我早和紫鵑盤算過了，若是老太太許可，我想就住在這瀟湘館裡。我愛這幾竿竹子，還有這一道曲廊，比別處幽靜。

寶　玉：（拍手笑著）妙！正和我的主意一樣，我原也想要你住在這裡。我就住在怡紅院，咱們兩個離的近，又都清淨幽雅。明天我就回老太太去。

【又是一陣細樂聲，夾雜著笑語喧嘩。

黛　玉：（傾聽，微蹙雙眉）只怕是開筵了，我要回去哪。你快過去吧！

寶　玉：若是老太太叫你也去陪筵呢！

黛　玉：你就說我身子不舒適，懶怠去了。（向月洞門走）

寶　玉：（想了想）我也不去了。妹妹，咱們一起回去。

黛　玉：（止步勸阻）不，等會兒大表姐要叫你的。

寶　玉：（決然，牢騷地）叫我也不去，我不願受那些禮節的拘束。唉！可恨我為什麼生在這侯門公府？綾羅綢緞，不過是裹了我這根朽木；羊羔美酒，不過是填了我這糞窟泥溝；都為著富貴二字，把人荼毒了！（說罷連連跺腳）

黛　玉：（感動，溫婉地）又混說了！剛才襲人排揎你的還不夠嗎？去吧，何苦來要鬧的別人不快活呢？

寶　玉：（稍一躊躇，點點頭）橫豎時候還早，我想送你回去，再去不遲。

黛　玉：（看看寶玉，深情地）也好，你回去順便添上一件衣服，免得凍著。

【賈寶玉和林黛玉並肩走出月洞門。

【雪雁自右首甬道走來。

雪　雁：（邊走邊喊）姑娘！姑娘！（看看沒有人）咦，姑娘到那哪裡去了？（忙向月洞門疾下）

——幕落

第二場

時　間：前場一個多月以後

地　點：北京

人　物：林黛玉、賈寶玉、薛寶釵、雪雁、紫鵑

布　景：瀟湘館，左首上端有門供出入，通曲廊，懸軟簾。門旁茜窗透明，窗外翠竹可見。窗口掛著一隻鸚鵡籠。窗下置書案、椅子。右首下端置炕桌，炕桌中間置小茶几。旁置古玩擱櫥、書架、條几，條几上放古琴一張。並散置坐凳數張。正中上首是套間，懸綢簾，裡面陳設床帳、鏡臺。

【幕啟時，正當午睡時分，屋裡靜悄悄的，陽光燦爛，明窗淨几。套間的綢簾高高鉤起，看得見林黛玉斜躺在炕上，像是睡著了。賈寶玉經過窗外，探頭向窗內窺望，一面和雪雁在說話。

【聲音：雪雁，姑娘呢？

【聲音：姑娘在午睡，寶二爺！

寶　玉：（走進來，站到炕前，推推黛玉）妹妹醒醒！妹妹！好妹妹！

黛　玉：（睜開眼看看寶玉，懶洋洋地）你先出去逛逛，我昨夜沒睡好，如今渾身酸痛，讓我歇一會子再起來。（說罷翻過身去）

寶　玉：（坐炕沿上關心地）酸痛事小，才吃了飯就睡覺，怕睡出病來。起來，妹妹，我替你解悶兒，混過困去就好了。（伸手拉黛玉）

黛　玉：（欠身坐起來）我不是困，只略歇歇。你且別處去鬧會子再來吧！

寶　玉：（撒賴）你叫我往哪裡去呢？見了別人怪膩的。

黛　玉：（無奈地）你既要在這裡，老老實實地坐一邊去，咱們說話，我還歪著。（說著又躺到炕桌上首）

寶　玉：我也歪著。（坐到炕桌下首）妹妹，給我個枕頭。

黛　玉：看你懶的！外頭屋裡去拿一個來枕好了。

寶　玉：（跑出去，又進來）我不要，外頭屋裡的枕頭，也不知是哪個髒婆子的。

黛　玉：（坐起來指著寶玉笑罵）你呀，真真是我命中的妖魔星！請枕這個吧！（把枕頭給寶玉，走到套間又去拿了一個枕頭，放下，背過身去歪了）

寶　玉：（見黛玉背著身，坐在炕上想了想，從頸上取出

一掛鶺鴒香串，推推黛玉）妹妹，你看這是什麼？

黛　玉：（轉過臉瞟了一眼）香串！

寶　玉：送給你吧，這是北靜王送給我的。（把香串遞過）

黛　玉：（一揮手，把香串摺到一邊）什麼臭男人拿過的東西，又來給我，我不要。（閉上眼）

寶　玉：（撿起香串收好，又從脖子上取下寶玉）你再看看，這是什麼？

黛　玉：（真的睜開眼，啐了一口）你的命根子寶玉！

寶　玉：（指著寶玉上面的穗子）你瞧，這上面的穗子還是你去年給我做的，如今都舊了，你再給我做個新的吧！（玩摩了一會兒，又戴上）

黛　玉：嗯！（仍閉上眼）

寶　玉：（見黛玉懶理睬，無聊地只好臉朝外歪下，從袖子裡取出一本書來看）

黛　玉：（過了一會兒，起身悄悄看寶玉，輕輕地）寶玉，你在看什麼書？

寶　玉：（一翻身見黛玉在注視，慌的藏之不迭）不過是《中庸》《大學》罷了！

黛　玉：（笑著戳了寶玉一指頭）你又在我跟前弄鬼，趁早兒給我瞧瞧，不然我可不饒你！

寶　玉：（坐起，笑著把書遞過去）好妹妹，若論你，我是不怕的，只是怕別人知道。我給你看，可千萬不要告訴別人。這真是好文章，你看了，一定會放不下。

黛　玉：（坐起看書）什麼好文章，我倒要看看。《西廂記》！（翻閱，漸漸入神）

寶　玉：（湊上去一起看）妹妹，你說這書好不好？

黛　玉：果然有趣，詞藻美的很！

寶　玉：（得意忘形，指著黛玉背誦書上的詞句）「我就是個多愁多病的身！你就是那傾國傾城貌」！

黛　玉：（放下書瞪目嬌嗔）你這該死的，再胡說，我就告訴舅舅、舅母去。

寶　玉：（連連作揖）好妹妹，饒我這一遭，再不胡說了！

黛　玉：（「嗤」的笑了，脫口而出）瞧你唬的這個樣子，原來是個銀樣蠟槍頭！

寶　玉：（拍手大笑）哈哈，你這是怎說？我也告訴老太太去！

黛　玉：（自知失言，羞澀地強辯著）只與你過目成誦，就不興我一目十行嗎？（忽然發現寶玉臉上有什麼，放下書欠身細看，並用於輕撫）這又是誰的指甲刮破的？

寶玉：（笑了）不是刮的，只怕是剛才替丫頭們淘胭脂膏子，濺到臉上一點兒。（說著便找帕子擦）

黛玉：（用自己的帕子替寶玉擦著，溫婉勸誡地）你還幹這些事，幹也罷了，必定要帶出幌子來。就是舅舅看不見，別人看見了，又當新鮮話兒去學舌討好，吹到舅舅耳裡，連累大家不乾淨。

寶玉：（當黛玉舉手擦胭脂時，聞到她袖內有香味，忙拉住她的袖子）妹妹袖子裡籠著什麼香料？

黛玉：（揮袖）誰籠什麼香料來著？

寶玉：（詫異）奇怪，這香氣是哪裡來的？

黛玉：想必是櫃子裡頭的香氣，薰染上衣服了。

寶玉：（搖頭）這不像是那些香餅子，香毬子，香袋子的香氣。

黛玉：（冷笑）這可真怪了！我又不是寶姐姐，有什麼羅漢真人給我些奇香；更沒有親哥哥、親兄弟去替我弄了花兒、朵兒、霜兒、雪兒的，來泡製冷香。我有的不過是些俗香罷了。

寶玉：凡我說一句，你就拉上這麼多，今兒不給你個教訓，也不知道我的厲害！（說罷淘氣地兩手呵了兩口氣，要向黛玉搔癢）

黛玉：（忙躲閃一邊，佯嗔地）寶玉，你再鬧，我就惱了！

寶玉：（威脅地）你還說這些不說了？

黛玉：不說了！不說了！（重新坐好，一面理著頭髮）寶玉，你有暖香沒有？

寶玉：（不解）什麼暖香？

黛玉：（搖頭譏笑）蠢才，蠢才！你有玉，人家就有金來配你；人家有冷香，你就沒有暖香去配了！

寶玉：（恍然，又伸手）好哇，方才求饒，如今越發說的狠了，看我再來教訓你！

黛玉：（央告）好哥哥，我再也不敢了！（疲倦地歪下）好了，鬧了這半天，該去了吧！

寶玉：不能！咱們斯斯文文地說話吧！（也歪下）

黛玉：（用帕子蓋住臉，裝睡）

寶玉：（仰著臉思索一會兒，慢吞吞地）妹妹，你是幾歲上京都來的？

黛　玉：（不理）……

寶　玉：來的時候，路上看見什麼好景致沒有？

黛　玉：（依然不睬）……

寶　玉：你們揚州都有什麼古跡，故事？

黛　玉：……

寶　玉：（翻身看看黛玉，故意煞有介事地）哼，你們揚州出過一件奇怪的故事，你就不知道。可見你這個人孤陋寡聞。

黛　玉：（認真地揭開帕子，睜眼疑問）什麼奇怪的故事？

寶　玉：（暗暗得意，一骨碌坐了起來，綳著臉嚴肅地）揚州有一座黛山，山上有一個林子洞。

黛　玉：（笑著啐了寶玉一口）呸，真是撒謊！自來也沒聽說過揚州有這麼個地方。

寶　玉：別急呀，等我說完了，你再批評！

黛　玉：你說你的，橫豎我也聽不進去！

寶　玉：（繪聲繪形地）這林子洞裡有一群耗子精，有一年臘月初八，老耗子發下令箭，分別叫各個小耗子出去打劫米糧果品。只有頂小的一個小耗子沒有派遣，這小耗子自己要去偷香芋果子。（說著跳下炕來）老耗子見他年幼身弱，不准他去。小耗子說，雖然年幼身弱，卻是法術無邊。老耗子問他有何法術？他道：我不學別人那樣直偷，我是搖身一變，也變個香芋，滾到香芋堆裡，再暗暗的用分身之法搬運。

黛　玉：（漸漸感到興趣，坐起來聽著）

寶　玉：（越發娓娓動聽地）老耗子聽了大喜，問小耗子怎麼變法？他笑道：「這個不難，等我變給你看。」這小耗子真的搖身一變，竟變成一個標緻美貌的小姐。老耗子笑道：你變錯了，原說變香芋果子，如何變出小姐來了？小耗子又現了原形說：你真沒見過世面，你只認得果子是香芋，卻不知咱們揚州鹽課老爺的小姐才是真正的香玉呢！

黛　玉：（聽見寶玉編排的是自己，下炕拉住寶玉就打）我把你這個爛嘴的，說了半天，是編排我呀！

寶　玉：（笑著求饒）好妹妹，也饒了我吧，下次不敢了！我是因為聞見你香，忽然想起這個典故來！

黛　玉：分明是存心罵人，還說是什麼典故，我才不能饒

你呢！（追打寶玉）

【賈寶玉和林黛玉兩人正在天真爛漫地打笑，薛寶釵走了進來。

【雪雁跟了進來。

寶　釵：（莊重地）誰說什麼典故來著？

黛　玉：（笑向寶釵）還有誰，寶哥哥罵了人，還說是典故。

寶　釵：（坐椅子上，含笑譏諷地）寶兄弟肚子裡的典故想必很多，只是可惜上元節那天，正經做詩的時候，連「綠蠟」的典故他都不知道，偏偏用了綠玉兩個字。

【雁端了三碗茶，給每人一碗，然後又走出去。

黛　玉：（拍手笑著）阿彌陀佛，寶姐姐替我報復了！

寶　玉：（漫不經意）論學問，我自然比不了寶姐姐！

【這時外面傳來吵嚷聲。

【聲音：（老婦怒罵）你個小娼婦，狐狸精！你不過是幾兩銀子買來的毛丫頭，這會子就仗著寶玉的勢作耗了！也不想想是誰抬舉你起來的？竟敢大模大樣地躺在炕上連理也不理一理。（聲音漸漸遠了，聽不見了）

黛　玉：（向寶玉皺眉直率地）這是李媽媽罵丫頭呢，你聽聽，也罵得太不堪入耳了！

寶　玉：（氣）我去瞧瞧。（向外走）

寶　釵：（一把拉住寶玉，世故地勸阻）算了，他們在吵鬧，你去了是護著誰的好呢？李媽媽老糊塗了，又是你的奶娘，還是讓她一步的為是。

寶　玉：奇怪，奇怪！這些婆子們只因嫁了一個漢子，染上男人的氣味，就這樣混帳起來，比男人還要壞！（憤然跺足）

寶　釵：一個大家庭裡，這些事兒難免。（走向炕前，順手拿起《西廂記》）

【林黛玉忙向賈寶玉遞了個眼色，賈寶玉急急去奪過來，塞進袖內。

寶　釵：（坐炕上，嚴正地）寶兄弟，別怪我多嘴，愛勸你，這會子你原該讀些時文八股，將來才能進取功名；才能登仕宦之途，輔國治民；怎麼可以看這種禁書呢？

寶　玉：（訕訕地）這只是偶爾為之。

寶　釵：雖然偶爾為之，也是不好的。

寶　玉：（想辯駁，欲言又止，「咳」了一聲，拔腳走出去）

黛　玉：（不安地趨窗前目送寶玉）

寶　釵：（涵養地笑了笑，走向黛玉委婉地）妹妹，古人說：女子無才便是德，女子以貞靜為主！所以，咱們女孩兒家倒是不認得字的好。那些做詩寫字都不是你我分內之事，你我原只該做些針線紡織的事；可你我偏又認得幾個字，既認得了字，就揀那些正經書看看罷了；最不能看雜書，移了性情。

黛　玉：（微笑解釋）姐姐說得是！剛才寶哥哥拿來的那本《西廂記》，我並沒有看。他也原不是叫我看的。

寶　釵：妹妹是聰明人，自然知道珍重。好了，鬧了你半天，你歇歇吧，我也該回去了。（向門外走）

黛　玉：寶姐姐沒事過來玩兒！（送出門口又進來，默默冷笑了笑，沉吟地）「女子無才便是德」！（搖搖頭，向窗前逗鸚鵡）鸚哥，叫紫鵑！

鸚　鵡：（懂事似的搧搧翅膀，仰頸叫著）紫鵑！紫鵑！

黛　玉：（笑了）學的真像！（餵了鸚鵡一點食，輕輕咳嗽兩聲）

鸚　鵡：（也模仿咳嗽了兩聲）咳！咳！

黛　玉：淘氣的東西！（坐案前看書）

【紫鵑走進來。

紫　鵑：是姑娘叫我嗎？

黛　玉：是鸚哥叫你。

紫　鵑：（侍立一旁）姑娘睡著了一會兒沒有？

黛　玉：沒有。剛朦朧，寶二爺來了，接著寶姑娘也來了。你往哪裡去了？

紫　鵑：往怡紅院看襲人的病去了。姑娘聽見沒有，剛才李媽媽罵襲人，氣的襲人這會子還在哭！

黛　玉：聽見了。寶二爺回去了嗎？

紫　鵑：回去了。寶二爺審問是誰得罪了李媽媽，又惹的晴雯直嘟囔，寶二爺氣的長吁短歎！

黛　玉：（笑）寶二爺今天到處觸黴頭，剛才在這裡還給寶姑娘排揎了一頓。

紫　鵑：寶姑娘，為什麼呢？

黛　玉：（冷笑）寶姑娘跟寶二爺講仕途經濟，教他立身揚名之道，就像上元節襲人排揎他的那派話一樣。誰知這個偏不聽那一套，咳了一聲，拔起腳來就走了，使得寶姑娘好難堪。

【林黛玉正說到這裡，賈寶玉又跑進來。

寶　玉：寶姐姐走了？

黛　玉：（笑向寶玉）今天你試著比我厲害的人了吧？

寶　玉：（歎息）唉！好好的一個清淨潔白的女兒，也學的沽名釣譽，入了國賊祿鬼之流！那些話原是為的教導鬚眉濁物，不想我生不幸，偏偏這瓊閨繡閣中也染上此風，真真有負天地鍾靈毓秀之德！

黛　玉：（頗有知己之感，但故意地）你這個不知好歹的，人家是一番好心待你！

寶　玉：（不屑地）我不承她這份情兒。噢，妹妹，剛才聽小丫頭子說，雲妹妹來了，現在老太太屋裡，咱們一起瞧瞧去。（說著拉了黛玉就走）

紫　鵑：（忙攔住）等等，外頭有風，我去給姑娘拿件坎肩來添上。（說罷走進套間）

寶　玉：（笑贊）這丫頭真體貼你！

紫　鵑：（取坎肩出來，給黛玉穿上）

寶　玉：（拍拍紫鵑，信口朗誦）好丫頭！「我若共你多情小姐同鴛鴦帳，怎捨得叫你疊被鋪床」？

黛　玉：（頓時又羞又急，詰責地）這是什麼話？你如今新興的，看了混帳書，拿我取笑兒，我成了替爺們解悶的了！（一陣心酸，珠淚盈眶）

寶　玉：（連忙作揖打躬地賠禮）好妹妹，別生氣！是我該死，一時說溜了嘴，又把那《西廂記》上面的詞句背了出來。喏喏，我給你賠禮，我若再說，叫我嘴上長個大疔瘡，還爛了舌頭！

紫　鵑：（笑著解勸）有這會子賠禮的，先前就別信口胡說了！姑娘，看在二爺是出口無心，饒了他這一遭吧！

寶　玉：好妹妹，饒我這一遭，下次再也不敢了！

黛　玉：（拭淚站起，含怨地）你呀，就只會欺負我（轉身欲去）

寶　玉：（忙上前攔住黛玉，誠懇地）妹妹，我若有心欺負你，明兒我掉在池子裡，叫癩頭黿吃了，再變成個大王八；等你做了一品夫人，病老歸西的時候，我往你墳上替你馱一輩子的碑去！

黛　玉：（看了寶玉一眼，又釋然笑了）呸！（匆匆走出去）

【賈寶玉調皮地向紫鵑吐舌扮鬼臉。紫鵑用手指劃腮羞賈寶玉，賈寶玉笑著跑出去。

——幕落

第二幕

第三場

時　間：第二年五月上旬

地　點：北京

人　物：林黛玉、賈寶玉、雪雁、紫鵑、襲人、薛寶釵、傻大姐、鶯兒

布　景：同第一場

【幕啟時，剛過了端陽節不久的一天早上，瀟湘館小院裡落花狼藉，一派暮春景色。林黛玉肩上擔著一隻小花鋤，上面掛個絹袋，手裡拿了花帚，緩步嫋嫋地自瀟湘館內走出來，拾級下階，踱向太湖石旁，放下花鋤，輕輕掃著落花，不勝感慨的樣子。這時，陡然牆外傳來悠揚的笛子聲，並有婉轉清脆的女子歌聲，斷斷續續。

【聲音：（旦唱崑腔，《牡丹亭》）「原來姹紫嫣紅開遍，似這般，都付與斷井頹垣！」

黛　玉：（傾聽，為之動容）戲曲上也有這樣好的文章！

【聲音：（旦唱）「良辰美景奈何天，賞心樂事誰家院？」

黛　玉：（不自禁地趨立牆下，凝神靜氣）

【聲音：（小生唱）「則為你如花美眷，似水流年，是答兒閒尋遍，在幽閨自憐！」

【笛聲歌聲漸漸模糊。

黛　玉：（呆了一會兒，轉身走過來，如醉如癡，無力地坐太湖石上，沉吟著）如花美眷，似水流年，在幽閨自憐！（一陣感觸傷心，喟然落淚）

【紫鵑將鸚鵡籠拿出來掛到窗外廊上。

紫　鵑：（關心地）姑娘，快站起來，不要坐在那潮濕的石頭上，早晨的露水還沒乾呢！（說罷又走進瀟湘館）

【林黛玉站起來，把落花聚集一處，裝進絹袋，然後用花鋤到太湖石後挖著。

【賈寶玉自右首甬道走來，邊走邊俯身檢拾落花，放到衣襟裡兜著。

【清風吹過，花瓣像雪片般飄落滿地。

黛　玉：（仰看落花，淒切地歎口氣，吟詠著）花謝花飛飛滿天，紅消香斷有誰憐？閨中女兒惜春暮，愁緒滿懷無釋處！（又掃花）

寶　玉：（聽見黛玉吟詠，止步傾聽，頻頻搖頭；不敢驚動；側身佇立太湖石前）

黛　玉：（無限哀怨，盡情吟詠）一年三百六十日，風刀霜劍嚴相逼，明媚鮮妍能幾時？一朝飄泊難尋覓。（將落花裝袋，埋到太湖石後）質本潔來還潔去，強於汙淖陷泥溝！

寶　玉：（感慟地頹然坐下，衣襟裡兜的落花散滿地上）

黛　玉：儂今葬花人笑癡，他年葬儂知是誰？試看春殘花漸落，便是紅顏老死時！（啜泣拭淚）

寶　玉：（不覺失聲蒙面而哭）

黛　玉：（一怔，忙向太湖石前走去，瞥見寶玉，頓時氣憤地啐了一口）我當是誰，原來是你這個狠心短命的——（說到這裡，又咽住，長歎一聲，轉身收拾花具）

寶　玉：（站起來追過去，看看黛玉，抽噎地）妹妹，什麼事你又惱我了？

黛　玉：（不抬頭也不理睬）

寶　玉：你不願理我，我只說一句話，從今以後再撂開手好了。

黛　玉：（想了想，轉過身來，冷冷地）一句什麼話，請講吧！

寶　玉：（湊近些）要是兩句話，你聽不聽？

黛　玉：（又轉過身去）

寶　玉：（受刺激，感慨地）唉，既有今日，何必當初？

黛　玉：（觸動情懷，回顧寶玉）當初怎麼樣？今日又怎麼樣？

寶　玉：（回憶神往地）當初姑娘來了，我和你一桌子吃飯，一床上睡覺；許多年來寸步不離，我是何等的待承姑娘！憑我心愛的，姑娘要，就拿去；我愛吃的，聽見姑娘也愛吃，就連忙收拾的乾乾淨淨放著，等姑娘吃；凡是丫頭們想不到的，我怕姑娘生氣，我替丫頭們想到。我心裡想著，姊妹們從小兒一起長大，親也罷，熱也罷，和氣到了頭，才顯得比別人好。（停了停）如今誰知道姑娘人大心大，不把我放在眼睛裡，倒把外四路的什麼寶姐姐、鳳姐姐的放在心坎上，把我三日不理，四日不見的，弄的我有冤無處訴，我算白操這一番心了！（說罷委屈地啜泣）

黛　玉：（有感於衷，也悄悄落淚）

寶　玉：我也知道，我如今不好了，但只任憑怎麼不好，萬不敢在妹妹跟前有錯處。就有十二分錯處，你倒是或教導我，戒我下次；或罵我兩句，打我兩下，我都不灰心；誰知你總是不理我，叫我摸不著頭腦，少魂失魄的不知怎樣才好。我就是死了，也是個屈死鬼，任憑高僧高道懺悔，也不能超升，還得你申明了緣故，我才得脫生呢！

黛　玉：（已經釋然，轉身溫和地）你既這麼說，昨兒晚上為什麼我去找你，你不叫丫頭開門？

寶　玉：（詫異地）這話從哪裡說起？我要是這樣，立刻就死了！

黛　玉：呸，大清早，死呀活的，也不忌諱！你說有就有，沒有就沒有，起什麼誓呢？

寶　玉：實在沒見你去。

黛　玉：（思忖）那麼，想必是你的丫頭們懶怠動，所以喪聲歪氣的，也是有的。

寶　玉：一定是這個緣故，等我回去問了是誰，教訓教他們。

黛　玉：論理我不該說，你的那些丫頭們也該教訓教訓，今兒得罪了我事小，倘或明兒什麼寶姑娘來，貝姑娘來，也得罪了，事情就大了。（又俯身去掃寶玉剛才撒落的花瓣）

寶　玉：這是我剛才撒落的，讓我拿去撂到水裡好了。（蹲下用衣襟把落花兜起）

黛　玉：撂到水裡不好，你別看這裡的水乾淨，只一流出去，外面有人家的地方，髒的臭的東西混倒，仍舊把花糟蹋了。那太湖石後畸角上，我有一個花塚，拿去埋在土裡，日久隨風化了，豈不乾淨！

寶　玉：好極了！（溫順地兜了落花往太湖石後去埋了）

【林黛玉拿了花帚、絹袋走向瀟湘館。鸚鵡扇著翅膀直叫。

【鸚鵡聲：雪雁，姑娘回來了！

黛　玉：（笑）你又多事了。

【雪雁真的出來了，忙接過花帚、絹袋。

【賈寶玉也拿著花鋤走來。雪雁接過花鋤走進去。

【林黛玉坐廊上，賈寶玉侍立欄杆前。

【襲人捧著一柄宮扇，一串念珠，自右首甬道走來。

襲　人：（笑嘻嘻地趨向黛玉）林姑娘，前兒端午節，貴妃娘娘打發夏太監送來了節禮，剛才老太太叫我去拿來，這是姑娘的一份兒。

黛　玉：（輕蔑地瞟了一眼襲人手裡的東西，微笑地）謝謝你還親自送來。紫鵑！

【紫鵑端著一碗藥、一碗水走出來。

紫　鵑：姑娘該吃藥了。（放下藥碗、水碗）寶二爺，襲人姐姐來啦！

黛　玉：（向紫鵑）把東西接過去。給襲人姐姐倒茶！

襲　人：（把東西交給紫鵑）不吃茶了，我還要去給寶姑娘送東西呢！（向階下走去）

寶　玉：（看看宮扇）這柄宮扇倒還精緻！

襲　人：（止步回頭）二爺，你快回去看看你的一份兒，你的一份兒跟寶姑娘的一樣。

寶　玉：（不解地）寶姐姐的是些什麼東西？怎會跟我的一樣呢？

黛　玉：（怫然不悅，喝了藥漱了口，走到一邊去）

【紫鵑把藥碗、水碗和宮扇，念珠一齊拿進去。

襲　人：（誇耀地）誰知道貴妃娘娘什麼意思呢！你們兩個每人有上等宮扇兩柄，紅麝香珠兩串，鳳尾羅兩端，芙蓉蕈一領。

寶　玉：（納悶地）奇怪，這是什麼緣故？林妹妹的和我的不一樣，寶姐姐的倒和我的一樣！別是傳錯了話吧，你再問問清楚去。

襲　人：剛才拿來，都是一份兒一份兒寫著籤子的，怎會傳錯了呢！老太太還說，叫你愛惜點用，不要糟蹋了好東西。（說罷向右首甬道下）

寶　玉：（想了想，趨向黛玉）妹妹，等會兒我把我的一份兒拿來，你愛什麼，就揀了留下。

黛　玉：（冷笑了兩聲，氣憤地）我沒這麼大福氣，比不得寶姑娘是金枝玉葉，我不過是個草木之人罷了！

寶　玉：（也氣憤地蹀足）別人說什麼「金」什麼「玉」的，我不管，我心裡要有這個想頭，叫我天誅地滅，萬世不得人身！

黛　玉：（見寶玉這樣，得到安慰，又婉轉地）好沒意思！動不動就起誓，管你什麼金什麼玉呢！

寶　玉：（真摯地）我心裡的事一時也難對你說清，日後你自然會明白。除了老太太、老爺、太太這三個人，第四個就是妹妹了，若還有第五個人，我願起誓！

黛　玉：你也不用起誓了，我知道你心裡有妹妹，但只是見了姐姐就把妹妹忘了。

寶　玉：（情急地辯解）那是你多心，我才不會呢！俗話說「親不間疏，先不僭後」，咱們是姑舅姊妹，寶姐姐是兩姨姊妹，論親戚她不比咱們近；況且你先來，咱們自幼耳鬢廝磨，一處長大，豈有個為她疏遠你的道理！剛才我還起了誓的，你說這話不是安心咒我天誅地滅嗎？我便天誅地滅，你又有什麼好處呢？

黛　玉：（感動，既慚愧又難過地）我要是安心咒你，我也天誅地滅！我又何嘗叫你為我疏遠她了，我為的是我的心！

寶　玉：我也為的是你的心。難道你就知你的心，不知我的心嗎？

黛　玉：（含情地看著寶玉）至於什麼金玉的話，我不過是聽見別人都這樣說，你們是金玉姻緣。你既心裡沒事，我講我的，你只管了然無聞好了，為何我一提起，你就著急？可見你心裡時時有金玉！

寶　玉：（又委屈地急了，心裡乾咽，口裡說不出話來，堵噎了一會兒，賭氣從頸上扯下那塊寶玉，咬牙狠命地摔下去）什麼勞什子，我砸了你完事！

（見寶玉沒有碎，又憤憤地用腳去跺）

黛　玉：（嚇了一跳，連忙上前拉住寶玉）何苦來，你要殺性子，有砸那啞巴東西的，不如砸我好了。

（說著傷心地哭了，並咳嗽著）

寶　玉：（見黛玉哭了，不安地）我砸我的東西，與你什麼相干？

【紫鵑匆匆跑出來。

紫　鵑：（看看寶玉和黛玉，拾起寶玉，笑著勸解地）瞧你們，好好的又吵起來。寶二爺，你不看別的，看在這玉上穿的穗子，也不該和姑娘拌嘴，更不

該砸玉。（說罷去替寶玉帶，寶玉不肯帶）

黛　玉：（抽噎地）紫鵑，去拿把剪子米，我把那上面的總子剪了。

寶　玉：你只管剪，我橫豎總不帶了。

黛　玉：（去奪寶玉）給我去剪了它！

紫　鵑：也不用砸，也不用剪，我拿去交給襲人姐姐完事。（拿了寶玉跑向右首甬道下）

寶　玉：（怏怏坐在階上，歎了口氣）唉，我算白認得你了！

黛　玉：（拭淚，矜持地）我也知道你白認得我了，我一平民丫頭，哪裡配呢？從今以後，我也不敢再親近二爺，我也該去了！

寶　玉：（回頭）你往哪裡去呢？

黛　玉：我回家去！

寶　玉：（站起來又趨前）我跟了去！

黛　玉：我死了！

寶　玉：你死了，我做和尚！

黛　玉：（一怔，心裡激動，故意沉著臉詰責）你胡說些什麼？你家有幾個姐姐、妹妹呢，明兒都死了，你幾個身子去做和尚？

寶　玉：（語塞，想分辯明白，又怕黛玉生氣，瞅了她一會兒，抑壓地垂首歎息）

黛　玉：（明白寶玉的意思，也不好直說什麼，禁不住又愛又憐地用指頭狠狠在他額上戳了一下）你這個——（欲言又止，歎了口氣，泫然泣下，拿起帕子擦著淚）

寶　玉：（滿腹心事，說不出，一陣傷感，也無聲地啜泣了，一面用袖子擦著淚）

黛　玉：（看見寶玉沒帶帕子，便把自己的帕子往他手裡了去）

寶　玉：（知道彼此的心已經相照了，擦擦淚，挽了黛玉一隻手）不要哭了，我的五臟都碎了！走吧，咱們到院子裡走走去。

黛　玉：（摔開手）誰同你拉拉扯扯的！一年大似一年，還這麼涎皮賴臉的，不顧死活。（走下階去）

寶　玉：（並肩走著，訕訕地）說話忘了情，不覺的又動了手，也就顧不得死活了。

黛　玉：（脫口而出）你可死不得，你死了不當緊，丟下了金玉怎麼辦？

寶　玉：（霍地止步正顏）你……你到底是故意氣我呢，還是怎樣？

黛　玉：（自悔失言，忙含笑道歉）這有什麼呢，算我說錯了，也不犯著急的一臉汗，瞧，筋都暴起來了！（說著伸手替寶玉擦臉上的汗）

寶　玉：（癡癡地看著黛玉，半晌，吃力地沉重地吐出了五個字）妹妹，你放心！

黛　玉：（震動心弦，愕然愣了一會兒，勉強冷靜地）我有什麼不放心的，我不明白你這話，你倒說說看。

寶　玉：（長歎）唉，如果你真的不明白這話，可見我素日在你身上用的心，都用錯了！原來我並沒有體貼著你的意思，這就難怪你天天為我生氣呢！

黛　玉：真的，我不明白什麼放心不放心！

寶　玉：（由衷懇切地）好妹妹，你別哄我！你就因為不放心的緣故，才弄出一身的病來，要能寬慰些，這病也早好了。

黛　玉：（聽了這肺腑之言，如轟雷掣電，滿腔千言萬語，半個字也吐不出，只是癡癡地望著寶玉，終於咳嗽了兩聲，掩面轉身向瀟湘館內走去）

【這時襲人拿著一柄摺扇自右首甬道上，看見賈寶玉和林黛玉，忙閃過一邊，鬼鬼祟祟地注視。

寶　玉：（攔住黛玉，熱切地）好妹妹，讓我再說一句話！

黛　玉：（拭淚，悽愴地）還有什麼可說的？你的話我都知道了！（說罷徑直走了進去）

寶　玉：（不追過去也不退回來，只是呆呆地站著出神）

襲　人：（這才上前招呼）二爺！

寶　玉：（懵懂中把襲人當是黛玉，一把拉住，鼓足勇氣，推誠地）好妹妹，我這心事，從來沒說過，今兒我大膽地說出來，死也甘心！你知道，我睡裡夢裡都忘不了你，我為你也弄出一身的病，又不敢告訴人，只好忍著。只怕等你的病好了，我的病才得好呢！

襲　人：（陰險地笑了笑，拍著寶玉佯裝不解地）二爺，你說些什麼，敢是中了邪嗎？

寶　玉：（聞聲凝視，立刻清醒過來，驚惶地）啊，是你！

襲　人：大日頭底下出什麼神呢？我見你沒帶扇子，特為給你送了來。聽紫鵑說，你又和林姑娘拌嘴了！

（把扇子遞給寶玉）

寶　玉：（接了扇子，支吾地）沒有。

襲　人：剛才老爺叫你出去，聽說賈雨村來了，要見你。

寶　玉：（坐太湖石上，厭煩地）有老爺和他坐著就夠了，還要見我做什麼？

襲　人：自然是因為你會接待賓客，老爺才叫你去呢！

寶　玉：哪裡是老爺，一定是他自己要見我。

【薛寶釵搖著一柄宮扇自右首甬道上，紫鵑跟在後面。

寶　釵：（笑著搭話）主雅客來勤，想是你有些驚他的好處，他才要見你。

紫　鵑：姑娘，寶姑娘來了！（邊說邊走進瀟湘館）

寶　玉：（向寶釵沒好氣地）罷罷，我不敢稱雅，我是俗中又俗的一個俗人，因此不願意和這些雅人來往。

寶　釵：（肅然規誡）還是這個性情改不了。如今大了，你就不願讀書，常會會這些為官做宰的人，談談經濟學問，也好將來應酬世務，日後也有個朋友。沒見你成年只在我們隊裡攪！

寶　玉：（站起來急急避開，冷譏熱諷地）姑娘快離我遠些，仔細我這裡髒了你這知經濟學問的人！，

寶　釵：（赧顏羞窘地愣了愣，旋即大方地裝出不介意的樣子，走向瀟湘館）

【林黛玉在窗內看得清楚，面有喜色。

襲　人：（見寶釵走了，低聲埋怨地）瞧你，人家寶姑娘好意勸你，不聽也罷了，還用話堵塞人家，幸虧是寶姑娘，心地寬大，有涵養，才不惱你，要是林姑娘，不知又要你賠多少不是呢！

寶　玉：（慍然大聲地）林姑娘從來說過這些混帳話不曾？若她也說這些混帳話，我早和她生分了！

【薛寶釵走到廊上，林黛玉連忙笑迎出來，顯然賈寶玉和襲人的話她們都聽見了。

黛　玉：寶姐姐來哪。外頭坐吧，外頭涼快些。

襲　人：快去吧，小祖宗，回來老爺又叫人催了。（說罷向右首甬道下）

寶　玉：知道了。（看看黛玉，又捨不得走，湊上去）

【紫鵑端了三碗茶出來。

紫　鵑：（分送給每人）寶姑娘，寶二爺，請吃茶！

寶　釵：（坐廊上）妹妹這裡有幾竿竹子，到底涼快些，

他那裡悶熱！

寶　玉：（搭訕地笑著）怪不得他們拿寶姐姐比楊貴妃，原來你也體胖怕熱！

寶　釵：（頓時變色，又不好發作，只冷笑了兩聲）我倒像楊貴妃，只是沒一個好哥哥好兄弟可以做得楊國忠的！

【賈寶玉見薛寶釵生氣了，知道把話說造次了，悄悄向林黛玉吐舌。

【這時傳來襲人喊叫聲。

【聲音：二爺，老爺叫你快到前頭去！

【賈寶玉趁機疾步向月洞門跑出去。

黛　玉：（目送寶玉走後，不放心地）這麼早叫他出去做什麼？（咳嗽了幾聲）

寶　釵：聽襲人說是賈雨村要見他。妹妹怎麼又有點咳嗽？

黛　玉：每年春分、秋分兩季，必犯咳嗽，今年又是自從交了春分就不斷的咳嗽，至今不好。

寶　釵：（表示關懷）像這樣每年間鬧一春，也不是個常法。請太醫看過沒有？

黛　玉：（憂鬱地）不中用，我知道我這病是不能好的，今年比往年反覺重些似的，太醫也沒法子。

寶　釵：（安慰地）快別這麼想！依我說，你的病先以平肝健胃為要，肝火一平，胃氣無病，飲食就可以養人了！最好每天早起，拿上等燕窩一兩，冰糖五錢，熬粥吃。若吃慣了，能滋陰補氣，比藥還強。

黛　玉：（感慨地）唉！每年為了我犯這個病，請大夫、吃藥，人參、肉桂的，已經鬧了個天翻地覆；這會子再叫熬什麼燕窩粥，老太太、太太，鳳姐姐三個便不說話；那些底下的人，也未免要嫌我太多事了！我又不是他們這裡的正經主子，原是無依無靠才投奔了來的，趁早知些進退的好。（言下無限幽怨）

寶　釵：（思忖，討好地）你才說的也是，多一事不如少一事。這樣吧，我回去和媽媽說了，只怕我們家裡還有燕窩，給你送幾兩來，每天叫丫頭熬了你吃，又方便又不勞師動眾的。

紫　鵑：姑娘，瞧寶姑娘多疼你！

黛　玉：（有些感動，純真地）謝謝你，寶姐姐，東西事小，難得你有這個心。

寶　釵：（慷慨親熱地）這有什麼，不用介意。過去都怪我在你跟前太失於照應了，以後你要什麼，只管告訴我就是，千萬別見外。

【襲人匆匆自右首甬道上。

襲　人：（驚惶地）寶姑娘，林姑娘，你們說怪不怪，太太屋裡的金釧兒投井死了！

紫　鵑：（大驚）啊，金釧兒投井死了？

黛　玉：（也吃驚地）怎麼會好好的投井呢？

襲　人：還不大清楚，只聽說前兒為了什麼事，惹太太生氣了，打了她一頓又攆出去，今兒就忽然投井了。這會子太太正著急抱愧呢！

寶　釵：（無動於衷）據我看，她不會是為這投井，多半是在井跟前玩耍，失了腳。縱然是賭氣投井，也是個糊塗人，沒什麼可惜的。

襲　人：（信服）姑娘說得是，金釧兒這丫頭也實在太傻

【林黛玉和紫鵑相顧啞然，紫鵑不禁掩面啜泣。

寶　釵：其實太太也不必抱愧，只要多賞她家裡幾兩銀子，也就盡了主僕的情分了。

襲　人：太太已經賞了她娘五十兩銀子，如今還要趕著裁幾件新衣服給金釧兒裝裹呢！

寶　釵：（諂媚地）快去告訴太太不用新裁衣服了，我前兒倒做了兩套還沒穿過，拿去給她豈不省事？她活著的時候，也穿過我的舊衣服，身量又相對。

襲　人：難道你不忌諱嗎，寶姑娘？

寶　釵：（豁達大方地）我從來不計較這些。你先去說一聲，我隨後就叫鶯兒把衣服送過來（說罷站起來）

襲　人：（讚揚地）寶姑娘真是個仁義厚道的人！

【忽然傻大姐慌慌張張自月洞門上

傻大姐：（低著頭咕嚕著）可了不得！這一下要打壞了，打壞了！（徑向右首甬道跑）

【大家聽了傻大姐的話吃了一驚。

襲　人：傻大姐，你說些什麼？瞧你這個慌慌張張的樣子。

傻大姐：（一抬頭見襲人在這裡，忙轉身跑向瀟湘館，冒失地）哎呀，襲人姐姐，我正要告訴你去，老爺打寶二爺哩！

黛　玉：（驚訝失色）啊！

襲　人：（也愕然）可知道為了什麼嗎？

傻大姐：聽說是為了金釧兒姐姐的事。

襲　人：（駭然）什麼，金釧兒的事？

傻大姐：（指手劃腳地）三爺在老爺跟前告下狀，說寶二爺前兒強姦金釧兒姐姐不遂，打了金釧兒姐姐一頓，金釧兒姐姐羞的賭氣投井死了。又說寶二爺不好好讀書，只知貪玩。氣的老爺定要把寶二爺勒死，以絕後患。太太趕到書房解勸。只是老爺哪裡肯饒，罵著：「素日都是你們這些人把他慣壞了，才到這步田地，再不管教，明日還弒父弒君呢！」太太沒法兒，已叫人去回老太太，如今老太太也往前頭去了。

襲　人：（焦急）這樣說，事情可大了！只是金釧兒的事未免冤枉了二爺！

寶　釵：（沉著冷靜地）也是他素日太不謹慎，才鬧出這場禍來。

黛　玉：（憂戚滿面，悄悄拭淚）

傻大姐：（又想起什麼，絮聒地）還有什麼一個叫琪官的戲子，原在忠順王駕前承奉，如今三、五天不回去了，王府裡派人來討還，說是琪官素日和寶二爺、薛大爺相好，一定知道下落！（說到這裡看著寶釵傻笑了幾聲）

寶　釵：（聽見拉扯上薛蟠，不啻打了自己一個嘴巴，頓時難堪地紅了臉，氣惱地）原來還拉扯的有我哥哥！我哥哥本來就是個不知天高地厚的糊塗蟲，只是寶兄弟也不正經，偏要和這些人來往。襲人，你趕快到前頭去瞧瞧吧，我回去給金釧兒拿衣服，順便問問我那個糊塗哥哥，到底是怎麼回事。（向右首甬道下）

襲　人：唉，這才是人在家中坐，禍從天上來呢！（疾步向月洞門下）

【傻大姐也向月洞門跑了出去。

黛　玉：（雙眉緊皺，煩惱地）這是從何說起！他的身子，那樣單薄，怎麼禁得住這頓打！

紫　鵑：（不平地）金釧幾分明是太太打了才投井死的，環哥兒何苦要誣賴寶二爺呢？

黛　玉：（怨憤地沉吟）這就是曹植說的：「煮豆燃豆萁，豆在釜中泣，本是同根生，相煎何太急！」舅舅只想教寶玉將來成為一個聞達顯仕，光宗耀

的人；偏偏寶玉不願意這樣，所以才受不完的氣。（說罷長歎一聲）

紫　鵑：寶二爺也可憐，無端挨了打，寶姑娘還埋怨他太不正經了。寶姑娘也真叫人摸不透，都誇她仁義厚道，可是剛才她定要說金釧兒是失腳掉到井裡去的，還說縱然是自盡，也是個糊塗人，沒什麼可惜。我就不服貼！姑娘，你想人都死了，怎麼忍心去褒貶她，這叫什麼仁義厚道呢？（說著，氣忿的樣子）

黛　玉：（苦笑）傻丫頭，兔死狐悲，惡傷其類，你倒來褒貶寶姑娘了！寶姑娘不是連自己的新衣服都賞給金釧兒了嗎？

紫　鵑：（搖搖頭感歎地）我們丫頭的命就那麼賤，五十兩銀子，兩套新衣服！

黛　玉：這就是寶姑娘會做人討好的地方！你不希罕這點小恩小惠，老太太、太太她們知道了就喜歡。老太太時常說，我和二姑娘、三姑娘、四姑娘，四個裡頭都不及寶姑娘。別人我不管，橫豎我不會巴結奉承。（說罷冷笑了笑）

紫　鵑：（有所觸動，微笑地）可是寶二爺待姑娘就比待別人重，瞧他剛才狠命的摔玉，就見得他的心實。素日任憑姑娘怎樣嘔他，他總是委屈求全百般遷就；這都是你們自幼相處，脾氣性格彼此都知道了。

黛　玉：（動心，怔怔地思索了一會兒）說這些做什麼！

紫　鵑：（語重心長地）姑娘，我說這些都是一片真話，我替你愁了這幾年，想著你上無父母，下無兄弟，誰是疼你的人，不如趁老太太還明白硬朗的時候，定了終身大事要緊；設若老太太沒了，怕就只好憑著人家擺弄欺負了。俗話說：黃金容易得，知心一個最難求！

黛　玉：（刺痛內心！強自鎮靜地向紫鵑笑啐了一口）呸，這丫頭可瘋了，滿嘴裡嚼的什麼蛆？（垂首低徊，輕輕咳嗽）

紫　鵑：（懇摯地笑著）我說的都是好話，不過為的叫姑娘心裡留神罷了。

【鶯兒抱了一個包袱自右首甬道匆匆上。

鶯　兒：（見紫鵑忙止步）紫鵑姐姐，快去瞧瞧吧，寶二爺來了。

黛　玉：（緊張）打得怎樣了？

鶯　兒：林姑娘，寶二爺的渾身上下打得皮開肉綻，衣服都被血漬濕透了。若不是老太太去講情，只怕要活活打死了！這會子疼的直叫喚，老太太、太太正圍著哭呢。我去給金釧兒姐姐送衣服了。（說罷向月洞門疾下）

黛　玉：（一陣痛入骨髓，掩面失聲而哭，身子也搖晃地站立不住）

紫　鵑：姑娘！（忙扶住黛玉）

【這時近處傳來女人們的哭鬧聲。

【又是清風颼颼，一片落花飛舞。

——幕落

第三幕

第四場

時　間：前幕同日

地　點：北京

人　物：王夫人、王熙鳳、晴雯、襲人、賈寶玉、薛寶釵、林黛玉

布　景：怡紅院，左首上端斜置屏風，屏風前置涼榻，矮凳。下端有門，懸軟簾，供出入。右首上端是套間，雕花透空木檻，懸紗簾。下端有月洞紗窗，窗下置書案、椅子、書架。並置坐凳幾隻。以及盆景等擺設。

【幕啟時，傍晚。屋子裡空氣十分沉悶，套間不時傳出賈寶玉的呻吟聲。王夫人坐在椅子上不住地拭淚，王熙鳳侍立一邊替王夫人打著扇子。晴雯端了一盞燈自門外走來，放到書案上。

熙　鳳：（勸慰地）太太也不必只管傷心，寶兄弟雖然打的不輕，幸喜沒動筋骨，調治兩天就會好的。

夫　人：（哽咽）我難過的不是別的，想著生了兩個兒子，偏偏好的珠兒老早就死了，留下這一個孽障混世魔王，又不爭氣。也不知到底是誰使的壞，告到他老子那裡去了，這一頓毒打，沒什麼好歹還則罷了，若有個好歹，叫我怎樣活？

熙　鳳：太太放心，寶兄弟的傷絕無大礙！

晴　雯：（端了兩碗茶放到書案上）太太、二奶奶吃茶！（說罷站在旁邊）

【套間呻吟聲沒有了。襲人輕輕自套間走出來。

夫　人：（向襲人）痛的好些嗎？

襲　人：（趨前含笑低聲地）想是好些，如今睡著了。

襲　人：襲人，我剛才恍恍惚惚聽見，寶玉今兒挨打是環兒在老爺跟前說了什麼話，你可知道？你若知道，只管告訴我，我也不吵嚷出去。

襲　人：（看看王夫人，又轉臉瞧見晴雯在旁，有些躊躇，垂首不語）

熙　鳳：（知道襲人有顧慮，瞟了晴雯一眼，機智地）晴

雯你出去吧，有事再叫你。

【晴雯向門外走出去，暗暗撇了撇嘴。

襲　人：（抬起頭來，乖巧地）我倒沒聽見這話，只知道是為了什麼戲子琪官的事，人家說二爺霸佔了琪官，和老爺要人，老爺才打的。

夫　人：（搖頭）也為這個，另外還有別的緣故。

襲　人：別的緣故就是老爺說二爺不喜歡讀書，荒疏了學業。提起這個，（湊近些，囁嚅地）我今兒大膽，在太太跟前說句不知好歹的話——（欲言又止）

夫　人：你只管說吧！

襲　人：（陪笑）太太別生氣，我就說了。

夫　人：我不生氣就是。

襲　人：（詭祕地先向門口張望一番，然後十分忠心、一本正經地）按理，我們二爺也須得老爺教訓教訓，若老爺再不管，還不知將來會做出什麼事來呢！

夫　人：（很投機，稱讚地）阿彌陀佛，我的兒！虧了你也明白，你這話竟和我的心一樣。我何嘗不知道管教兒子，先前你珠大爺活著，我是怎樣的管他，只是如今我想著已經是五十歲的人了，通共只剩下他一個獨子；他又長的單薄；況且老太太寶貝似的疼他，若管緊了，倘然有個好歹，或是氣壞了老太太；那時上下不安，反而不好，所以也就放縱了他。這回他到底吃了虧，若是打壞了，將來我靠誰呢？（說著又流下淚來）

襲　人：（也傷心地啜泣）

熙　鳳：（笑著拍了襲人一下）你這蹄子！太太傷心，你勸解勸解才是，怎麼也陪著哭起來了！

襲　人：（拭淚陪笑）真的，我也糊塗了。二爺是太太養的，自然心疼，就是我們做下人的，服侍一場，是巴望個平安。所以我無日無時不勸二爺，只是再勸不醒。還有寶姑娘也常常幫著勸，他不聽也罷，反倒怪人家。今兒提起這些話，我還記罣著一件事，每每要回太太，只怕太太疑心，不但我的話白說了，且連葬身之地都沒了。

王夫人：（感佩地）我的兒，近來我常聽見眾人背前背後都誇獎你，我還以為你不過是在寶玉身上留心，或是在眾人跟前和氣些罷了，所以就將你和老姨娘們一體看待。誰知你還很有見識，方才和我說的這片話全是大道理，也正合我的心事。你還有什，只管說什麼，不叫別人知道就是了。

襲　人：（又湊近些，陰謀奸險地）我想討太太一個主意，怎麼變個法兒，以後把二爺搬出園外去住才好。

王夫人：（大吃一驚，忙拉住襲人）怎麼哪，寶玉難道和誰作怪了不成？

襲　人：（諂媚地）太太別多心，沒有這事，這不過是我的小見識。我想著如今二爺也大了，裡頭姑娘們也大了，況且林姑娘、寶姑娘又是姑表、兩姨姊妹，雖說是姊妹，到底有男女之分，日夜一處起坐，不大方便，由不得叫人懸心。寶姑娘自然是端莊持重的。只是他和林姑娘——（狡獪地笑了笑）俗話說：沒事常思有事，君子防未然，不如這會子防避的為是。二爺素日性格，太太是知道的，他又偏好跟她們鬧，倘使錯了一點半點，不論真假，人多口雜，設若叫人哼出一個不字來，我們粉身碎骨，罪有萬重，都是小事，二爺一生的聲名品行豈不完了？那時太太也難見老爺。我想不到則可，想到了再不回太太，罪就更重了。（言下不勝憂慮的樣子）

王夫人：（忭喜地向熙鳳）你聽聽，她想的多周全！（益發親熱地拍拍襲人）我的兒，你竟有這個心胸！我不是沒想到這裡，只是每天事多，就忘了。今兒你提醒了我，難為你成全了我娘兒兩個的體面。

襲　人：（得意，又乘機挑唆地）還有一層，二爺和我們丫頭也是沒上沒下的，給外人瞧見，不像個大家子體統。拿我們屋裡的晴雯說吧，只為她生得模樣兒好——

王夫人：（不等襲人講完，向熙鳳問著）就是剛才那個水蛇腰削肩膀兒，眉眼又有些像你林妹妹的丫頭嗎？

熙　鳳：（笑著點點頭）正是她。論長相，這些丫頭裡面比起來，都沒她標緻；論舉止言語，稍嫌輕薄些。

王夫人：（霍地沉下臉來）我一生最嫌這樣的人，我好好的寶玉，倘或叫這蹄子勾引壞了，那還了得！（向襲人有所決地）這件事我自有裁處。

襲　人：（欣然）太太明白就好。

熙　鳳：（想了想）太太，依我看，男大當婚，女大當嫁，太太索性操操心，替寶兄弟定下一門親事，趁著老太太還硬朗，早點辦了，也叫她老人家早點抱曾孫子，喜歡喜歡。

王夫人：說的有理，老太太原也有這個意思，只是前兒你婆婆的一個親戚姓張的來提過親，老太太不稱心，沒答應。

熙　鳳：（胸有成竹地笑著）不是我當著太太說句大膽的話，放著天配的好姻緣，何須再往外頭去找？

王夫人：（看看襲人，有顧忌）襲人，你去瞧瞧二爺醒了沒有？

襲　人：（知趣地忙走進套間）

王夫人：（踱到屏風前）你說的現放著天配的好姻緣，是誰家？

熙　鳳：（跟過去笑著）太太怎麼忘了，一個寶玉，一個金鎖，不是正好現成的一對麼？姑媽原說過，有個和尚曾告訴她，寶妹妹的金鎖只等有玉的人就是婚姻，這豈不是天湊良緣？況且又是咱們娘兒的至親！太太想想看。

王夫人：（會心地微笑）好倒是好，不知老太太的意思怎樣？

熙　鳳：（有把握地）老太太一定樂意。老太太本來也就喜歡寶妹妹，常誇獎她是一百裡挑不出一個來；相貌好，為人又溫柔、大方；素日是事不干己不開口，一問搖頭三不知；不像那一位，專挑人的不是，專愛刻薄人。（說到這裡，向王夫人俯首耳語）

王夫人：（毅然地）也罷，等回了老太太，就去向你姑媽求親，只是還不知你姑媽答應不答應。

熙　鳳：（拍拍胸膛逞能地）太太放心，這件事包在我身上好了。

王夫人：（思忖，低聲）還有；襲人這孩子果然很好，寶玉是個有造化的，能夠得她長長遠遠的服侍一輩子，倒也罷了。以後你從我每月的月例二十兩銀子裡面拿出二兩銀子一吊錢來給襲人，凡事有趙姨娘的，也有襲人的。

熙　鳳：（笑著）既是這樣，就開了臉豈不好？

王夫人：（搖頭）一者都還年輕，二者老爺也不許，三者寶玉見襲人是個丫頭，雖有放縱的事，倒能聽她的勸，若是明做了他跟前的人，那襲人該勸的也不敢十分勸了。等過個三兩年再說。
熙　鳳：今兒太太一下子定了兩件大事，也是一喜。老太太知道了，才高興呢！
王夫人：千萬先別吵嚷出去！
【賈寶玉又呻吟起來。
【聲音：（嚷著）我渴！我渴！我要吃酸梅湯！唉喲！
王夫人：（急急走向套間，擔心地）寶玉怎樣了，襲人？
襲　人：（走出來）太太，二爺嚷著口裡乾渴，想吃酸梅湯！
王夫人：酸梅湯吃不得，那是收斂的東西，吃了把熱毒熱血結在心裡，還會弄出大病來的。前兒倒是有人送了兩瓶玫瑰香露，我這就回去叫人送來。（說罷向門外走）
熙　鳳：（扶著王夫人邊走邊囑咐）襲人，他還想吃什麼，只管叫人去告訴我。
王夫人：（也叮嚀地）好好服侍他，我可是把寶玉交給你了。
襲　人：（恭順地送到門口）是，太太！請太太放心好了。
【王夫人和王熙鳳同下。
【賈寶玉在套間嚷著。
【聲音：熱！熱！我要到外頭睡去！襲人！
襲　人：（進套間）來了！
【聲音：快扶我出去，這裡悶熱！
【聲音：我的小爺！你怎麼能走呢，等我去叫兩個人來抬你。
【聲音：不用，你扶著我就行了。
【賈寶玉扶了襲人蹣跚地走出來，側身躺到涼榻上。
【襲人拿了枕頭給賈寶玉枕了，又用夾被蓋在他身上。
寶　玉：（痛苦地）哎喲，哎喲！你瞧瞧我下半截身子，疼得很呢！
襲　人：（掀開夾被看看，咬牙搖頭）我的娘，怎能下這般的狠手，腿上都打得青一塊紫一塊的。唉！你但凡聽我一句話，也不會這樣。
【薛寶釵手裡托著一丸藥自門外走進來。
寶　釵：寶兄弟好些嗎？

襲　人：（連忙替寶玉蓋好被子）寶姑娘來哪！二爺正疼得很呢！

寶　釵：（把藥遞給襲人）這是專治跌打損傷的藥，等會兒把這藥用酒研開，替他敷上，散去那淤血的熱毒，明天就好了。（說罷趨立榻前）

襲　人：（接過藥）謝謝寶姑娘。二爺，寶姑娘給你送藥來了。

寶　玉：（有氣無力地）謝謝你，寶姐姐！

寶　釵：（歎了口氣）唉，早聽人一句話，也不致有今日！別說老太太、太太心疼，就是我們看著，心裡也——（不好說下去，嬌羞地低下頭）

襲　人：是呀，剛才太太還在這裡難過了好半天。也實在打的太狠了！

寶　玉：（閉著眼不搭話，只是呻吟著）

寶　釵：你好生養息吧，我回去了，明天再來看你。（向襲人）他想要什麼吃的，玩的，你悄悄的往我那裡去取，不必驚動老太太、太太她們。（說罷走出去）

襲　人：（感激地）多謝姑娘費心！（跟著送出去）

【賈寶玉正呻吟著，林黛玉兩眼紅腫，用扇遮面，悄然走進來。

黛　玉：（坐榻沿上，心痛地啜泣，輕輕推了寶玉一下）寶玉！

寶　玉：（睜開眼看看黛玉，又將身子支撐著欠起來仔細一認，立刻疼痛地又倒下去）唉喲！

黛　玉：（忙扶寶玉睡好，替他蓋了蓋夾被）

寶　玉：唉，你做什麼跑了來，雖說太陽落下去了，那地上的餘熱還沒散，走兩趟又要受熱。我固然挨了打，並不疼痛；我這個祥兒只是裝出來哄他們，好在外頭散給老爺聽，其實是假的，你不可認真。（說著強顏歡笑）

黛　玉：（明知寶玉是安慰自己，聽了更是難過，心中千言萬語，只是不能說得，哭泣了一會兒，抽噎地）你從此可都改了吧！

寶　玉：（長歎一聲）別這樣說，我就是為這些人死了，也是情願的。況且還活著，你放心吧！

【外面王熙鳳的聲音：「襲人，香露拿來了！」

黛　玉：（連忙站起來）鳳姐姐來了，我從套間去了，回來再來看你。

寶　玉：（一把拉住黛玉）這又奇了，好好的怎麼怕起她來了？

黛　玉：（著急地指著眼睛）你瞧瞧我的眼睛，給她看見，又該取笑開心了。

【寶玉只好放手，林黛玉三步兩步走進套間。

【王熙鳳和襲人在門口說話。

襲　人：二奶奶屋裡坐會兒吧！

熙　鳳：不坐了，我還要到前頭服侍老太太吃飯去。太太叫你只用一茶匙兒放到一碗水裡，就香的不得了。快去沖給他喝吧。我去了。

襲　人：謝謝二奶奶還親自送來。

熙　鳳：我怕丫頭們講不清楚。（說著走了）

襲　人：我不送你了，二奶奶！（拿著兩支小瓶走進來）二爺，太太叫璉二奶奶送了兩瓶香露來，你瞧，好珍貴的東西。我去沖一碗給你喝吧！

寶　玉：（疲倦地擺擺手）這會子不想喝。我困了，想睡一會兒，你去吃飯吧。

襲　人：那麼等你睡醒了再沖給你喝。（把小瓶放到書案上）

寶　玉：吹了燈，免得照的睡不著。

【襲人服從地熄了燈，屋裡頓時暗下來。

——幕落

第五場

時　間：前場數日後
地　點：北京
人　物：賈寶玉、薛寶釵、襲人、林黛玉、晴雯、玉釧兒、紫鵑
布　景：同前場

【幕啟時，早晨。賈寶玉臉朝外和衣躺在涼榻上，像是睡著了。襲人坐在榻前矮凳上，一面做針線，一面時時拿起一柄白犀拂塵趕著蟲子。薛寶釵手持宮扇自門外輕輕走進來，襲人沒有看見。

寶　釵：（躡榻前低聲地）怎麼，寶兄弟睡著了？這兩天疼的好些沒有？

襲　人：（抬頭見是寶釵，忙放下針線，起身笑著低聲地）姑娘來了，我倒不防，唬了我一跳。謝謝姑娘惦記，自從敷了你送的那藥，一天好似一天。原疼的躺不穩，這兩天才睡的甜呢！

寶　釵：這就罷了。（拿起拂塵笑著）你也過於小心了，這屋裡還有蒼蠅、蚊子不成？

襲　人：姑娘不知道，雖然沒有蒼蠅，蚊子，有一種小蟲子從那窗紗眼裡鑽進來，人也看不見，咬一口就像螞蟻似的。

寶　釵：怨不得！這屋子後頭太窄小，又都是香花，這種蟲子就是花心裡長的，聞香就撲。（又拿起襲人的針線看，原來是一條白綾紅裡子的兜肚）唉喲，好鮮亮的活計，這是誰的，也值得費這麼大工夫？

襲　人：（向寶玉努嘴兒）還有誰！

寶　釵：（笑）這麼大了，還帶這個？

襲　人：他原是不帶，所以特地做的好些，叫他看見不由得不帶。如今天熱了，夜晚睡覺不留神就著涼，哄他帶上兜肚，就是蓋不嚴些兒，也不妨事了。

寶　釵：虧的你耐煩，又對他那麼經心，怪不的姨媽常誇讚你。剛才鳳姐姐還跟我說，以後你就長遠在這屋裡了，我正要給你道喜呢！

襲　人：（又喜又羞）姑娘也來打趣我！

寶　釵：不是打趣你，我說的是真話。

襲　人：（岔開地）今兒做的工夫大了，脖子低的怪酸

的，姑娘你略坐一坐，我出去走走就來。（說罷走出門外）

寶　釵：（不自覺地隨意也坐在剛才襲人坐的矮凳上，並也拿起那兜肚代繡著，還不時用拂塵趕著蟲子）

【這時林黛玉經過窗前，從窗外向內俯視，忙又轉身走了。

寶　玉：（忽然夢中囈語，大聲吵罵著）和尚道士的話如何信得？什麼金玉姻緣，我偏說木石姻緣！木石姻緣！（說罷氣惱地翻個身，臉朝裡又睡了）

寶　釵：（如冷水澆頭，怔了一會兒，感受刺激，放下針線站起來，默默沉思著）

【襲人端一碗茶走進來。

襲　人：姑娘喝茶！（把茶遞給寶釵，看看寶玉）二爺還醒。剛才碰見林姑娘，她沒來嗎？

寶　釵：（接過茶，故作鎮靜，不露聲色地）沒來，想是到別處去了。她和你說話了麼？

襲　人：有什麼正經！怎的她也知道了，拿我取笑了一會子。又不敢和她回嘴，怕得罪她那小性兒，她不像姑娘，說話有分寸，又寬宏大量。

寶　釵：（勉強笑了笑）這有什麼，想必她也是聽鳳姐姐說的。好了，我該回去說的。好了，我該回去了，你還忙你的活計吧！（說罷放下茶碗向門外走）

【晴雯自門外走進來。

晴　雯：（向襲人）璉二奶奶打發人來叫你去！

襲　人：又是什麼事？

晴　雯：（挖苦地）叫你去還會有壞事，自然是好事情了。（說罷轉身就走）

襲　人：（一把拉住晴雯）死蹄子，你上哪裡去，不在這裡陪著他！（向寶釵笑著）姑娘聽見沒有，這蹄子的一張嘴才像林姑娘呢，說話沒輕沒重，不管別人受不受的了。

晴　雯：（瞪眼失聲地）這是怎麼說，平白拉拉上林姑娘做什麼？

襲　人：（央告）輕一點，我的好妹妹！讓他多睡一會兒，難得如今不疼了。你就老老實實的坐在那裡替他趕趕小蟲子好了。

晴　雯：你不放心，趁早別去，我可不會這一套。

寶　釵：（拉襲人）快走吧，她哪裡不會呢，她是故意慪你的。

【薛寶釵和襲人同下。

晴　雯：（輕蔑的地嘟囔著）哼！成天價百般的殷勤討好，就為的要巴結上做個姨娘！（走向榻前，將襲人的針線筐使勁踢開）

【「嘩啦」一聲，驚醒了賈寶玉。

寶　玉：（霍地翻過身來，愕然看看晴雯）怎麼啦？

晴　雯：（沒好氣地）沒什麼，睡你的吧！（忿忿坐到書案前）

寶　玉：（注意晴雯，微笑地）瞧你的樣子，又跟誰拌嘴了？

晴　雯：（頂撞地）拌嘴不拌嘴，不干你事！

寶　玉：（搖搖頭也不多問）給我點水喝，就把那香露沖一碗吧！

晴　雯：香露不知道放在哪裡了，我也不會沖，要喝等你的襲人回來再喝吧！這會子馬虎一點兒，喝口茶算了。（走進套間端了碗茶出來餵寶玉）

寶　玉：（欠身喝了幾口茶）襲人往哪裡去了？

晴　雯：（冷笑了一聲，諷刺地）璉二奶奶叫去了。真是，一個捨不得去，一個寸步離不開，就像俗話說的，「如膠似漆」一般！還喝不喝了？

寶　玉：不喝了。

晴　雯：（把茶碗放下，坐到一邊去）

寶　玉：（沉思了一會兒）晴雯，林姑娘來過沒有？

晴　雯：不知道。

寶　玉：你到林姑娘那裡，看看她做什麼呢？

晴　雯：白眉赤眼的，做什麼去呢？到底說一句話兒，也有個藉口。

寶　玉：（笑了笑）沒有什麼可說的。

晴　雯：若不然，或送件東兩，或是取件東西，總算有個事兒。不然，我去了怎麼搭訕呢？

寶　玉：（想了想，從枕頭下取出一條手帕子）也罷，就說我叫你送這個給她去。

晴　雯：（走去接過手帕，不解地）這又奇了，送這條半新不舊的手帕子給她做什麼？她還當你打趣她呢！

寶　玉：（意味深長地）你放心，她自然明白。

晴　雯：好，我去了。你要什麼，只管叫秋紋她們。（說罷向門外下）

【賈寶玉目送晴雯去後，愣愣地出神遐想。

【玉釧兒端著一碗湯自門外走進來。

玉　釧：（邊走邊叫）襲人姐姐！襲人姐姐！（一眼瞥見寶玉，低下頭轉身就走）

寶　玉：（驚喜地）玉釧兒姐姐，你端的什麼？

玉　釧：（也不正視寶玉，含怨地）太太叫給你送荷葉湯來了。

寶　玉：（笑著懇求）好姐姐，既端來了，請你餵給我嘗嘗！

玉　釧：（冷冷地）我從來不會餵人東西，等她們來了你再吃吧！（將碗放書案上）

寶　玉：我不是要你餵我，我因為走不動，只請你端過來嘗嘗就行了。你若不肯，我少不得忍著疼下去取了。（說著掙扎欠身坐起，不禁疼痛地叫了聲）唉喲！

玉　釧：（見寶玉這樣，只好又將碗端過去）躺下吧！誰叫你造孽的，這會子現世現報！（坐矮凳上餵寶玉喝湯）

寶　玉：（喝了兩口，長歎一聲）唉，你原該恨我！只是我也沒想到，那天在太太屋裡和你姐姐說了兩句玩話，誰知被太太聽見了，就打了你姐姐，後來竟自投井了！這都是我害的她！（說著既愧悔又傷心地落下淚來）

玉　釧：（眼圈兒一紅，背過臉去哭了，哽咽地）人都死了，還說她做什麼！

寶　玉：（溫和地）好姐姐，你要生氣，只管在這裡生吧。見了老太太、太太可放和氣些，若也是這樣，就要挨罵了！

玉　釧：（拭淚，又將碗湊上去）吃罷，吃罷！不用和我甜言蜜語的，我不信這些。

寶　玉：不好吃，我不吃了。（揮手，不當心將碗碰翻，湯潑到手上，著急地忙問玉釧兒）哎呀，燙了你哪裡？痛不痛？

玉　釧：（放下碗慌忙替寶玉擦手，感動地）是你自己的手燙了，還只管問我！

寶　玉：（看看自己的手，也好笑起來）

【襲人自門外走進來，端了一盤果子。

襲　人：（睹狀，放下盤子，忙趨榻前）怎麼了？

玉　釧：（含笑地）湯碗潑了，寶二爺自己燙了手，倒問我痛不痛。

襲　人：真是個呆子！

玉　釧：我去了，襲人姐姐！（說罷拿了碗走向門外）

寶　玉：謝謝你，玉釧兒姐姐！

襲　人：玉釧兒妹妹，空了過來玩兒！

【玉釧兒下。

寶　玉：（感慨地）看見她，就想起了金釧兒姐姐，好端端一個人，活活給逼死了！

襲　人：（明白寶玉的心事，忙用話岔開）這會子身上還疼不疼？寶姑娘送的那藥真靈驗，一敷上就見輕了，這兩天果然好了許多。

寶　玉：（沒聽襲人的話，怔怔地沉吟著）人誰不死，只要死的好，也罷了。金釧兒姐姐就死的有志氣，不像那些鬚眉濁物，只知道文死諫，武死戰，其實都是沽名釣譽，並算不得什麼大義！

襲　人：這是什麼話，那些忠臣良將，分明都是為國家出於不得已才死的，如何說是沽名釣譽呢？

寶　玉：（搖頭，侃侃而談）你哪裡知道，那武將不過是仗著血氣之勇，疏謀少略，自己無能，送了性命，何嘗是不得已！那文官，為著念了兩句書，窩在心裡，只顧邀取忠烈之名，濁氣一湧，就向朝廷勸諫，拚上一死，又何嘗是不得已呢！比如我此刻若是有造化的，趁你們在就先死了，你們哭我的眼淚流成了大河，把我的屍首漂起來，送到那鴉雀不到的幽僻地方，隨風化了，從此再不要脫生為人，這就是死的好，死得其時了！

襲　人：（忙去掩寶玉的口）才好一點，又說瘋話了。想不想吃果子？二奶奶叫我拿了兩樣新鮮果子來了。

寶　玉：不想吃，回來叫人送給林姑娘一半。

襲　人：好的。（拿了針線筐，走進套間）

【晴雯自門外走進來。

晴　雯：帕子送去了。

寶　玉：林姑娘怎麼說？

晴　雯：（天真地笑著）林姑娘聽見你送帕子給她，還當是什麼上好的，就說：「叫他留著送別人吧，我這會子不用這個。」後來我告訴她不是新的，是家常用舊了的。林姑娘接過去一看，愣了一會子才收下。

寶　玉：你瞧她沒生氣吧？

晴　雯：氣是沒生，先有些納悶兒，像是解不透，後來又也些難過的樣子。弄的我也摸不著頭腦。

寶　玉：（笑了笑）你摸不著頭腦是真的，她心裡明白。

晴　雯：（笑指著寶玉的額頭）你呀，成天就會幹些個人家不懂的事兒。

寶　玉：（低聲地）不要告訴你襲人姐姐！

晴　雯：知道。林姑娘說，她隨後就來瞧你了。

寶　玉：（高興）唔，你快扶我起來坐坐吧，睡的脊樑骨疼。

晴　雯：（扶寶玉坐起來）

【襲人走出來。

襲　人：哎呀，你怎麼坐起來了？

寶　玉：坐起來舒適些。

【林黛玉自門外走進來。

襲　人：林姑娘來了！

黛　玉：（趨向榻前）寶哥哥好些了麼？

寶　玉：好多了。妹妹坐下說話吧！晴雯，給林姑娘倒茶！

黛　玉：（坐下）不用倒茶，晴雯，我剛才喝過了。

襲　人：（端著果子讓黛玉）林姑娘吃果子，二爺正要叫人給你送去呢！

黛　玉：（擺手微笑地）不用給我送了，留著二爺吃吧，或是給寶姑娘送去。

晴　雯：（端了碗茶給黛玉）林姑娘喝茶！我特為給你泡了碗龍井茶。

黛　玉：（接過茶碗）寶姐姐呢？

寶　玉：寶姐姐今兒還沒來過。

黛　玉：（笑著啐了寶玉一口）呸！人家在這裡給你趕了一早上蚊子，怎說沒來過？

晴　雯：（「嗤」的笑了一聲跑出門外去了）

寶　玉：（一怔）真的嗎？襲人！我怎麼不知道？

襲　人：你睡著了。寶姑娘來代我做了一會兒針線就走了。

寶　玉：（埋怨）不該，不該！為何不叫醒我呢？

襲　人：這有什麼，又不是外人！（不滿地睨視了黛玉一眼，走出門外）

黛　玉：（點頭冷笑地重複著）是呀，寶姐姐又不是外人！

寶　玉：（漫不經心地笑了笑，向黛玉）妹妹，我叫晴雯給你的帕子，你見到了？

黛　玉：見到了。（垂首有所感觸）

寶　玉：（記起什麼，招招手）妹妹，你過來，我告訴你一句話！

黛　玉：（走向榻沿坐下）又是什麼話？

寶　玉：（神祕地）今兒早上我做了一個夢，夢見——

【紫鵑匆匆自門外走進來，打斷了賈寶玉的話。

紫　鵑：姑娘，老太太叫你到前頭去，說是來了一群客人。

寶　玉：什麼客人？

紫　鵑：聽說大太太娘家的一個姪女兒，還有珠大奶奶的兩個妹子，還有寶姑娘的一個妹子，都是從南方一齊來的。

寶　玉：（興奮地）這一下園子裡可熱鬧了！

紫　鵑：姑娘快去吧，二姑娘、三姑娘、四姑娘都去了。

黛　玉：（傷）唉，人家都有個姐姐妹妹，只有我什麼也沒有！（轉身飲泣）

寶　玉：（見黛玉難過，也收斂了笑容，勸慰地）你又自尋煩惱了！瞧瞧，今年比舊年越發瘦了，你還不好好的保養身子，每天必要哭一會子才算完了這一天的事。

黛　玉：（淒然拭淚）近來我只覺心酸，眼淚卻像比從前少了些似的。

寶　玉：這是你哭多了，眼受了傷。以後凡事看開些吧！不可過分作無益的悲愁，若是你糟踐壞了身子，將來叫我——（沒說完，也喟然淚下）

黛　玉：（含情脈脈地看看寶玉）寶玉，你——（欲言又止，抑鬱地掩面而泣）

紫　鵑：（見寶玉黛玉兩人無言對泣，稍一思忖，拉起黛玉，笑著勸解地）好好的兩個人哭什麼？給人家見了，還當你們又拌嘴了！走吧，姑娘，別叫老太太等急了。

寶　玉：去吧，妹妹！回來告訴我，她們都是怎樣的人！

黛　玉：（無精打彩站起來拭拭淚，緩步走出門外）

紫　鵑：寶二爺好好歇著，說不定她們都來瞧你呢！（隨黛玉下）

寶　玉：（微笑點頭，目送黛玉去後，歎了口氣）

——幕落

第四幕

第六場

時　間：第三年的九月重陽前後

地　點：北京

人　物：林黛玉、賈寶玉、紫鵑、襲人、王夫人、王熙鳳、賈璉、老婆子

布　景：大觀園沁芳亭一隅。右首是亭子，亭內周圍欄杆，置石桌石凳。亭前有階，階下置各色菊花盆景。亭旁有小橋，硃紅欄杆，橋下是池溏，池溏沿岸垂柳數株，橋一端通左首瀟湘館。有假山，竹叢，芭蕉，一片蕭瑟景象。

【幕啟時，午後近黃昏，蟲聲唧唧，垂柳隨風搖拽。林黛玉拿了一本書，懶洋洋地自左首踱過橋，憑欄俯視了一會兒池溏，又走到亭前觀賞菊花。

黛　玉：（感慨地沉吟著）孤標傲世偕誰隱，一樣花開為底遲！（歎息地步入亭內坐下，輕輕咳嗽了幾聲，展書閱覽）

【傳來賈寶玉的呼聲：「林妹妹！林妹妹！」

【林黛玉聞聲起立眺望

【賈寶玉自左首過橋而來。如今兩人都成熟了些，也更體貼了。

寶　玉：（看見黛玉，邊跑邊說）妹妹，原來你在這裡，找得我好苦！（走進亭子坐下，突然伏在石桌上放聲大哭）

黛　玉：（一怔，坐下親切地拍拍寶玉）怎麼了，又和誰嘔氣哪？

寶　玉：（只是嗚咽地哭個不住）

黛　玉：（詫異地）到底怎麼回事？是和別人嘔氣呢，還是我得罪了你？

寶　玉：（抬起頭來擺著手）都不是！都不是！

黛　玉：可為什麼好端端的這樣傷心起來呢？

寶　玉：（悲切唏噓地）我想著咱們大家還不如越早些死了的越好，活著真是沒有趣兒。

黛　玉：（驚訝）這是什麼話，你真正發瘋了不成？

寶　玉：（拭淚）並不是我發瘋，我告訴你，你也不能不傷心。

黛　玉：（著急）出了什麼事呀？

寶　玉：二姐姐不是才出嫁不久嗎？出嫁也罷了，剛才我到前頭去，聽見老太太、太太、薛姨媽她們正在講二姐姐的事，說是嫁的那個混帳姓孫的男人，自己吃喝嫖賭無所不為，還要打二姐姐。像二姐姐那樣溫柔老實的人，如何受得了，豈不要活活糟踐死嗎？我請老太太接二姐姐回來，誰知老太太不依，倒說我呆。什麼女兒嫁了出去就是人家的人。（說到這裡悲憤地蹀足）你想，妹妹，我怎能不傷心！

黛　玉：（同情，也黯然泣下）

寶　玉：後來又聽見她們講起香菱來，自從薛大哥娶了親，喜新厭舊，不把香菱放在眼裡，成天折磨，前兒又無故把香菱毒打了一頓。薛姨媽說，打得皮開肉爛，氣的香菱一病不起！

黛　玉：可憐的香菱！

寶　玉：（淒切地）妹妹，也不知是什麼道理，有人專要和她們過不去！比如晴雯，為了生得比別人標緻些，素日又性情爽利，口角鋒芒；不知礙著誰了，就在太太面前諂媚討好，挑撥是非；硬把她攆了出去，活活逼死了她！

黛　玉：（不滿，又不好直說，含怨地）唉，舅母何苦來要聽信讒言呢？

寶　玉：妹妹，還記得一年前這園子是何等熱鬧，不料園子光景一天不如一天，若再過些年，更不知變得怎樣了！想到這裡不由人不心裡難受！（又涔涔落淚）

黛　玉：（觸動內心，不禁悲從中來，唏噓地）我常說，有聚就有散，聚時歡喜，散時感傷，看來還不如不聚的好些！

寶　玉：（見黛玉哭了，又安慰地）妹妹，我剛才說的不過是些呆話，我是憋了一肚子的悶氣無處可訴，只有找了你說說。如今惹的你傷心了！你若是真體貼我，更要保重身子才是。（推推黛玉，溫柔地）妹妹，不要哭了，咱們說說別的話兒吧！

黛　玉：（拭淚）

寶　玉：（故意岔開話題）妹妹，你聞聞，這是什麼清香氣味？
黛　玉：像是桂花香。
寶　玉：九月裡怎麼還會有桂花？
黛　玉：在南方，如今正是晚桂開放的時候。（說罷站起來仰首眺望雲天）
寶　玉：妹妹總是忘不了南方！（見黛玉又觸動鄉思，忙趨前搭訕地）妹妹，一回到園子我就高興，一走進學房我就心煩。
黛　玉：（關懷地）我聽說你今兒念書去了，怎麼這樣早就回來了？
寶　玉：唉，今兒老爺叫我念書去了，心裡好像再沒有和你見面的日子了；好容易熬了一天，這會子又瞧見了你，竟如死而復生一般。真是古人說的不錯，「一日不見，如隔三秋！」（言下情意繾綣）
黛　玉：（笑了笑）今兒都念了些什麼書？
寶　玉：（撇起嘴嘟囔著）快別提念書的事，念的那些八股文章，人們不過是拿他騙功名混飯吃罷了，卻偏說是代聖賢立言。最可笑是有一種人，肚子裡原沒有什麼，東拉西扯，講些牛鬼蛇神，還自以為是博奧。老爺叫我去念書，也不過是叫我學這個，我滿心不願意，又不敢違拗！
黛　玉：（體貼愛撫地）還是忍著點的好，別惹舅舅生氣，又吃虧。橫豎晚上放學回來仍舊可以玩兒。若是功課做不完，我就代你寫些字混過去，免得你趕的慌。（說著輕輕咳嗽）
寶　玉：（感動而又憂慮地）妹妹咳嗽還不好，這兩天夜裡睡覺怎樣？（握住黛玉的手）
黛　玉：（抽開手坐下）還是不能好睡，上半夜翻來覆去閉不住眼，下半夜想朦朧一會子，又咳嗽不停。
寶　玉：這是妹妹的心血不足之故。最好臨睡以前，叫紫鵑給你熬點紅棗茶喝，那是安神的。
黛　玉：不妨事，我是老毛病了，你不用記罣。你放學回來，別處去過沒有？
寶　玉：沒有。
黛　玉：也該瞧瞧三妹妹她們去。
寶　玉：我這會子懶怠動了，只想和妹妹坐著說說話，明兒再瞧她們去。

黛　玉：聽說寶姐姐這兩天病了，我因為自己病著，也沒去瞧她，你去瞧瞧吧！

寶　玉：本來我不知道她病了，今兒才知道，原想去瞧瞧，老太太、太太不叫去。再說自從她為薛大哥娶親的事，搬出園子以後，就不常過來，好像冷淡了，所以我也不願意去。

黛　玉：（心地磊落）她病了你不去瞧她，只怕她還要惱你冷淡她呢！

寶　玉：照你這樣說，難道寶姐姐就不和我好了嗎？

黛　玉：她和你好不好我不知道，我不過是照情理而論。

寶　玉：（皺著眉沉思一會兒，把腳一跺，懊喪地）唉，我這個人生他做什麼？天地間沒有了我倒也乾淨，自己少許多煩惱，也免得叫別人煩惱！

黛　玉：（意味深長地）你又胡思亂想，鑽入魔道裡去了！天地間原是有了我，就有了別人；有了別人，就有無數的煩惱生出來；也才弄得夢魂顛倒，恐怖疑慮。這有什麼稀奇呢？

寶　玉：（豁然開朗）妹妹說的是，你的心靈到底比我高！真是，我雖丈六金身，還借你一莖所化！

黛　玉：（有所感觸，瞅著寶玉，試探地）寶玉，我問你幾句話，看你怎樣回答。

寶　玉：（肅然正襟危坐）你問吧！

黛　玉：寶姐姐和你好，你怎麼樣？寶姐姐不和你好，你怎麼樣？寶姐姐前兒和你好，如今不和你好，你怎麼樣？今兒和你好，後天不和你好，你怎麼樣？你和她好，她偏不和你好，你怎麼樣？你不和她好，她偏和你好，你怎麼樣？

寶　玉：（呆了一會兒，坦然地）任憑弱水三千，我只取一瓢飲！

黛　玉：（追問）瓢漂水，奈何？

寶　玉：（隨口應答如流）不是瓢漂水，是瓢自漂！

黛　玉：（鄭重地）水止珠沉，又奈何？

寶　玉：（不加思索，虔誠地）禪心已作沾泥絮，莫向東風舞鷓鴣！我的心是不變的，任它水止珠沉，我只是守著我的心！

黛　玉：（感動）禪門第一戒，是不說誑話的！

寶　玉：（堅定地）有如三寶！

黛　玉：（欣然安心地笑了）難為你回答的很好！

寶　玉：（笑著）這全是你開導我的。

【這時忽然一隻烏鴉「呱呱」叫了兩聲，掠空而過。

黛　玉：（悚然）烏鴉叫，不知主何吉凶？

寶　玉：（豁達地）人有吉凶事，不在鳥聲中！

黛　玉：（站起來）我該回去吃藥了，免得紫鵑到處找我。（說罷走出亭子）

黛　玉：妹妹，我送你回去。（也走出亭子）

黛　玉：你也回去歇歇吧，不用送我了。（阻止寶玉，逕直向小橋左首下）

【賈寶玉見林黛玉走後，快快地踱向亭後。

【紫鵑自亭後走來，和賈寶玉打個照面。

紫　鵑：寶二爺，看見姑娘沒有？

寶　玉：她才回去，我們在這裡說了一會子話。

紫　鵑：我還當她在三姑娘那裡呢。你們說些什麼呀？

寶　玉：（笑了笑）我們說些打禪語的話。

紫　鵑：什麼正經不好說，怎的又說到禪語上去了？你又不是和尚！

寶　玉：（笑）你不知道，我們有我們的禪機，這是別人插不下嘴去的。只有我和林妹妹兩個人懂得。

紫　鵑：（撇嘴）只是不要參禪參翻了，又叫我們跟著打悶葫蘆。

寶　玉：你放心；以前怪我年紀小，她也孩子氣，所以我有時說了不留神的話，她就惱了。如今我也留神了，她也不惱了。

紫　鵑：（點頭思忖）能長遠這樣才好！

寶　玉：（沒有注意紫鵑的話，發現她穿的衣服單薄，伸手摸摸，搖搖頭）已經是秋深了，怎麼還穿得這樣單薄？你再病了，就越發難了！

紫　鵑：（揮開寶玉，借題發洩地）以後咱們只可說話，別動手動腳的，一年大二年小的，叫人看著不尊重，又該那些混帳行子背地裡混講了。姑娘常吩咐我們，不叫和你說笑，你近來瞧她還遠著你呢！

寶　玉：（瞠目愣然，愣了一會兒）她為什麼遠我呢？我又沒得罪她。（頹然坐在一塊石頭上，又黯然淚下）

紫　鵑：（走過去笑著）何苦來，我不過是說了兩句閒話，為的是大家好，你就賭氣坐在這風地裡哭，作賤出病來嚇唬我不成？

寶 玉：誰賭氣了，我聽你說的有理，我想你們既是這樣，自然別人也是這樣了，將來大家漸漸的都不理我了，我活著還有什麼意思呢？所以不覺傷起心來。拭淚）

紫 鵑：（坐在寶玉旁邊，沉思著）

寶 玉：（推紫鵑）方才對面說話，你尚且要走開，這會子何必又挨著我坐呢？

紫 鵑：（笑著）此後你念書了，沒空說話，如今能多說幾句話也好。

寶 玉：（又高興了）噢，紫鵑姐姐，妹妹近來還天天吃燕窩嗎？

紫 鵑：天天吃，你問這個做什麼？

寶 玉：也沒什麼要緊，找不過聽見去年寶姐姐勸妹妹天天吃燕窩，她還送些給妹妹。我想著既吃燕窩，不可間斷，雖不便和鳳姐姐要，若只管叫寶姐姐送，也不大好。所以我在老太太跟前露了個風聲，不知老太太和鳳姐姐說了沒有？才問問你。

紫 鵑：（感激）原來是你說了，這又多謝你費心了！我正疑惑著老太太怎麼忽然想起來叫人每天送一兩燕窩來呢，這樣一說，我就明白了。

寶 玉：如果妹妹吃慣了，吃上二、三年，身子就好了。

紫 鵑：（冷笑了笑）話雖如此，在這裡吃慣了，明年家去，哪裡還有閒錢吃這個？

寶 玉：（一愣）誰往哪個家去？

紫 鵑：你妹妹回蘇州去呀！

寶 玉：（不信）你又誆我！蘇州雖是妹妹的原籍，因為沒了姑父、姑母，無人照看，才到這裡來的，明年回去找誰呢？可見你說謊話！

紫 鵑：（試探地）你忒小看了人！你們賈家雖是大族，人口多；難道除了你們家，別人就只有一父一母，族中再沒有人了不成？我們姑娘來時，原是老太太疼她年小，縱有伯叔，不如親父母，所以接來住幾年；大了該出閣時，自然要送還林家的；總不能林家的女兒，在你們賈家住一世！林家即便窮到沒飯吃，也是世代書宦之家，斷不肯將他家的人丟與親戚不管，落人恥笑的。

寶 玉：（變色）你說的都是真話？

紫　鵑：（故作認真地）我騙你做什麼？早則明年春天，遲則明年秋天。這裡就是不送她去，林家也必有人來接她的。前兒夜裡姑娘還和我說，叫我告訴你，把從前小時候玩的東西，有她送你的，都打點出來還給她。她也把你送她的，打點在那裡了，等你去了，她就還你。

寶　玉：（宛如晴天霹靂，驚得一頭熱汗，滿面紫脹，瞪著眼睛呆呆地一句話也說不出）

紫　鵑：（站起來等待寶玉答話，見寶玉不理，又暗示地）寶二爺，我可把話說給你了，你也打算一下吧！

【賈寶玉如失魂落魄般一聲不響。

【這時襲人自左首踱過小橋走來。

襲　人：二爺！二爺！老太太叫你呢！

紫　鵑：寶二爺在這裡問姑娘的病怎樣了，我和他說了半天，他不信。

襲　人：（趨向寶玉）二爺，走吧！

寶　玉：（彷彿沒聽見，癡癡地坐著不動一動）

襲　人：（注視寶玉，有些詫異）這是怎麼了，二爺！（拉寶玉，又摸摸他的頭，大驚）哎呀，你在發燒，手也涼了，二爺，你不舒適嗎？

紫　鵑：（這才注意，忙上前看看寶玉）寶二爺，你剛才不是還好好的嗎？

襲　人：二爺，你說話呀！

寶　玉：（屹然不動，也不開口，傻子似的）

襲　人：（急了，向紫鵑質問地）你到底和他說了些什麼？怎會弄成這個樣子呢？

紫　鵑：（惴惴不安）實在只說了些姑娘生病的事。

襲　人：（推著寶玉）二爺，回去吧，這裡有風！

紫　鵑：（幫著拉寶玉）寶二爺！起來！

寶　玉：（毫無知覺）

襲　人：二爺，二爺，你要急壞人了！

寶　玉：（忽然一陣喘息，嘴角裡流著口水）

襲　人：（惶恐地）二爺，你開開口，告訴我什麼地方難受？

紫　鵑：（也慌了，拍著寶玉）寶二爺，你說話呀！

襲　人：這可怎麼好呢？

【老婆子自亭後走來。

婆　子：（向襲人）寶二爺怎麼還不到前頭去，老太太等著呢！

襲　人：你瞧瞧二爺是怎樣了？

婆　子：（端詳了一會兒）寶二爺，寶二爺！（用手指捏寶玉嘴唇上的「人中」，見他無動於衷，不禁驚叫地）可了不得，寶二爺不中用了！

襲　人：（駭然）你這是什麼話，你要嚇死我嗎？

婆　子：不是嚇你，寶二爺都沒知覺了！

襲　人：啊！（嚇得哭了，向老婆子嗚咽地）你快回太太去，請太太來瞧瞧他！

【老婆子連忙轉身向亭後下。

【襲人拉著賈寶玉的手一個勁的哭叫著。

【紫鵑也站在一邊愧悔地流著淚

【林黛玉自左首踱過小橋走來。

黛　玉：（走著問著）紫鵑，什麼事呀？你們大呼小叫的？（見寶玉坐在那裡，又看襲人和紫鵑，驚異地）寶哥哥怎樣了？

紫　鵑：（囁嚅地）寶二爺病了！

黛　玉：剛才還好好的呀！

襲　人：（哽咽地）林姑娘，你看看！也不知紫鵑姑奶奶和他說了些什麼，我來時他就呆了，眼也直了，手腳也涼了，話也不會說了，捏他也不知道疼，人已經死了大半個了！

黛　玉：（聽了這話，注視寶玉，驚急痛絕地失聲而哭，接著一連聲的咳嗽，眼花頭暈，支援不住地搖搖欲倒）

紫　鵑：（忙扶住黛玉）姑娘！

黛　玉：（推開紫鵑，氣忿地）你拿根繩子來勒死我算了！何苦去害別人！

紫　鵑：姑娘，我並沒說什麼呀，不過說幾句玩話罷了，誰知他就當了真！

襲　人：（怨懟地）你不知道這個傻子，每每把玩話當了真嗎？

【王夫人扶著王熙鳳匆匆自亭後走來。

王夫人：（驚慌地）寶玉怎麼了？寶玉！寶玉！

熙　鳳：寶兄弟！

襲　人：叫他半晌都不回答了！

熙　鳳：（摸摸寶玉，向王夫人）寶兄弟像是急痛心迷症！

王夫人：（抱住寶玉哭叫）寶玉，我的兒，你要嚇死我嗎？（向襲人詰責）我總叫你好好服侍他，怎會弄出這個病來？

襲　人：二爺放學回來好好的，剛才不知紫鵑和他說了些什麼玩話，就成了這個樣子！

王夫人：（向紫鵑喝叱）小蹄子，你到底和他說了些什麼玩話呢？

紫　鵑：（惶恐地）我，我只說姑娘要回去了！

寶　玉：（「哇」地一聲哭了，拉住紫鵑嗚咽地）要去連我也帶了去！活著咱們在一處活著，不活著咱們一處化灰化煙！

王夫人：這是說的什麼瘋話？

寶　玉：（悲切地）這不是瘋話，我只願這會子立刻死了，把心拿出來給你們瞧瞧；然後把我連皮帶骨一概都化成灰，灰還有形跡，不如化一股煙；煙也不好，煙有凝聚，還看得見；最好是刮一陣大風，吹的煙四面八方都頓時散了！

黛　玉：（聽著這些話感動五內，一時心神混亂，如癡如醉，掩面飲泣地向小橋踉蹌走去）

王夫人：（向紫鵑嚴厲地）你這孩子，素日是個伶俐的，你明知他有個呆病根子，平白哄他做什麼？

熙　鳳：（也埋怨地）寶二爺是心實的，和林姑娘又是從小兒在一處長大，比別的兄妹自然不同，這會子熱刺刺的說林姑娘要去，別說他，便是個冷心腸的人也要傷心！太太只管放心，這不是什麼大病，等會兒吃些開竅通神散就好了。（看看黛玉，機智地）紫鵑，快送姑娘回去吧！

寶　玉：（拉住紫鵑不放）紫鵑姐姐，不要走！

襲　人：二爺，叫她先去服侍了林姑娘，再來陪你。紫鵑妹妹，你去了就來！

寶　玉：（放了紫鵑）紫鵑姐姐，你可要來呀！

紫　鵑：我就來，寶二爺！（連忙跑向小橋，扶著黛玉下）

【老婆子自亭後上。

婆　子：璉二奶奶，林之孝家的來問，寶二爺好些沒有？要不要請太醫去？

寶　玉：（刺激，孩子氣地跺著腳）了不得，林家的人接林妹妹來了，快打出去！快打出去！

熙　鳳：（笑著安慰地）寶兄弟，不是的！林家的人都死絕了，沒人來接林妹妹的，你放心吧！

寶　玉：（神志不清地）憑他是誰，除了林妹妹，都不許姓林！

王夫人：（搖頭歎氣，向婆子虛張聲勢地吩咐）去吧，以後別叫林之孝家的進園子來，你們也別再說一個林字。快去請太醫。

婆　子：好的。老太太也問寶二爺怎樣了，老太太叫送一瓶去邪守靈丹，說吃了下去就好了。（把藥瓶遞給襲人）

王夫人：襲人快送二爺回屋裡歇歇去吧，我隨後就來。（向婆子）你去回老太太，說寶二爺沒什麼大病，已經好多了。

【老婆子向亭後下。

襲　人：二爺，回去吧！（拉寶玉站起來）

【賈寶玉蹣跚地向小橋走去，襲人攙著他同下。

王夫人：（憂悒地走進亭內坐下）這是從何說起！

熙　鳳：（跟著走進亭內，微笑地）太太還看不明白嗎？寶兄弟和林妹妹兩人——（不便明說）

王夫人：（點點頭）我已瞧出幾分了！我因為孩子們從小兒在一處玩兒，好些是有的，說不上別的；可如今大了，懂的人事，就該遠著些，才是做女孩兒的本分；若她心裡有別的想頭，成了什麼人呢？老太太知道，也要傷心白疼她了！

熙　鳳：（詭祕地）太太，不如早些給寶兄弟成了親，也就死了他們的心了。

王夫人：（凜然不悅）就說寶玉這孩子，也不該太糊塗。去年提起寶玉的親事，老太太還說，你林妹妹身子虛弱，不是個長壽的，性情又乖僻，因此才不把她配寶玉，定了寶丫頭。寶丫頭溫和賢慧，端莊持重，雖然年輕輕，比大人還強幾倍，那樣的心胸脾氣，怎不叫家裡上上下下的人敬佩！如今既是寶玉有了心病，給他早點辦了事也好，只是怕你姑媽不肯，他們家裡還正慪著氣。等和老太太商量了再說吧！

熙　鳳：太太說的是。咱們見機行事了！

【賈璉慌慌張張自亭後上。

賈　璉：（見王夫人在亭內，忙趨前）太太，薛姨媽家裡又出了事！

熙　鳳：（一驚）又出了什麼事，瞧你這個慌慌張張的樣？

賈　璉：（侍立一旁，恭順地）剛才薛姨媽把我叫去，說是薛大兄弟自從娶了親，天天在家裡慪氣，沒心腸了，就跑了出去。誰知在外頭因為喝醉了酒，把個酒館當槽的打死了，鬧出一樁人命案來，如今關在監牢裡，薛姨媽正打點銀子，賄賂知縣，想買個誤傷之罪，一面想請老爺往上頭求求人情。

王夫人：唉，蟠兒這孩子也太不成器了，這樣一來，不是要把你姨媽急壞了！既然如此，看在幾層親戚分上，你就去幫著照料照料吧！老爺跟前有我回。不管怎麼，總得買個活罪，不能叫蟠兒真去償命。

賈　璉：姨媽也是這樣說來著，好歹只要救了薛大兄弟不給人家抵命才是。

【襲人匆匆自左首上。

襲　人：太太，王太醫來了。

王夫人：唔，我就來！（走出亭子）

【王熙鳳忙上前扶著王夫人。

【賈璉在後面悄悄扯了王熙鳳一下。

賈　璉：（低聲地）你等等，我有話和你說。

【王熙鳳只好止步。襲人扶著王夫人同下。

熙　鳳：（傲然地）什麼話，快說吧！

賈　璉：（見王夫人走遠了，嬉皮涎臉地）這兩天外頭短幾千兩銀子用，前兒的幾千兩，送了娘娘的重陽節禮，如今還有幾家紅白大事要送禮，至少得三千兩銀子才能過去。房租地租下個月才收得到，這會子一時難以支借，俗話說，求人不如求自己，少不得你想想法兒吧！

熙　鳳：（冷笑了笑）我有什麼法兒，我又沒有搖錢樹。

賈　璉：（陪笑）你上回不是說老太太還放著不少用不著的金銀傢伙嗎？你去和鴛鴦打個商量，先偷著運出一箱子來暫且押幾千兩銀子折騰過去，不上半個月光景，房租地租的銀子送來了，我就贖了交還。斷不會叫你和鴛鴦落不是。

熙　鳳：（想了想）我不管，說成了我也沒好處，有了錢你就把我丟在腦後了，誰高興和你打饑荒去！若是老太太知道了，怪罪我事小，把我這些年管家的臉面都丟盡了！（說罷故意地要走）

賈　璉：（追上去拉住熙鳳，輕佻地）好人！你試試看，辦妥了，我酬謝你如何？

熙　鳳：你說酬謝我什麼？

賈　璉：你要什麼就給你什麼！

熙　鳳：我也正要辦一件事，少一、二百兩銀子使，你有了，分給我一、二百兩就行了。

賈　璉：（笑著）你也太狠了！你這會子別說一千兩銀子的當頭，就是現銀子要三千、五千只怕也難不著你。我不和你借也罷了，煩你別處去想想法兒，在你是輕而易舉，你還要這麼大的利錢，真真了不得！

熙　鳳：（立刻沉下臉來，氣勢洶洶地）我有三千、五千，不是賺的你的。如今裡裡外外上上下下，都背著我嚼我的不是；說我放賬，吃利錢；想不到你也來說了，可知沒家親引不出外鬼來。告訴你吧，二爺！我見過錢的，我們王家地縫子裡掃一掃，就夠你們賈家過一輩子的了！別叫我噁心，說出來的話不害臊！現有對證，把太太和我的嫁妝看看，哪一樣比不上你們賈家的？

賈　璉：（訕訕地）說句玩話兒，就急了，這有什麼，你要使一、二百兩銀子，等我一弄到手，就先送進來給你好了。何苦來發這樣大的脾氣！

熙　鳳：（冷笑強辯）不是我著急，你說的話太戳人的心。縱然我在外頭放了些賬，也不過是為的貼補家用，這幾年若不是我千湊萬挪的，早不知過到什麼破窯裡去了。如今倒落個放賬收利錢的壞名聲。既這樣，我就收了回來，我比誰不會花錢？咱們以後就坐著花好了，花到多早晚再說，看這個空架子能撐多久！

賈　璉：你也犯不著和我賭氣，這個家誰不知道是全靠你二奶奶支持的呢！

熙　鳳：（溫和了些）我不過是告訴你一個底兒，咱們如今是「黃柏木作了磬槌子，外頭體面裡頭苦」！老一輩的橫豎不問事，等到他們眼一閉腿一伸，還管小一輩的挨餓不挨餓？所以少不得咱們也要自己作個打算，放賬雖是為了官中，也是為了咱們這幾口子的另用，單指著那一、二十兩的月例銀子，還不夠三、五天使的。

賈　璉：（作揖央告）好了，我的二奶奶！你的好處我知道，回來記住和鴛鴦說說。我要到薛姨媽家去了。（說罷向亭後下）

【王熙鳳也向小橋左首下。

——幕落

第五幕

第七場

時　間：第四年的二月初
地　點：北京
人　物：紫鵑、雪雁、林黛玉、傻大姐、賈璉、王太醫、賈寶玉、襲人、王熙鳳、平兒
布　景：同第一幕第二場

【幕啟時，春寒尚濃，屋子裡燒著火盆，火盆上煮著藥罐。門窗都關著，光線顯得非常陰暗。四周岑寂，偶爾從套間傳出幾聲咳嗽，和鸚鵡扇著翅膀學人語。

【鸚鵡聲：（學黛玉咳嗽，吁歎）咳咳！唉！

【紫鵑匆匆自門外進來。

紫　鵑：（邊走邊說）哎呀，姑娘怎麼又出來了？（張望屋內無人，一怔）

【鸚鵡聲：唉！

紫　鵑：（恍然，指著鸚鵡笑罵）你這個作死的東西，唬我一跳！（走到火盆前撥弄撥弄，看看藥罐，又出去）

【林黛玉病懨懨地扶著雪雁自套間走出來。

【鸚鵡聲：（「嘎」地撲向黛玉親切地扇著翅膀學人語）姑娘起來了，紫鵑倒茶！

黛　玉：（向鸚鵡笑了笑，坐書案前，展紙執筆）雪雁，替我磨墨！

雪　雁：是！（磨墨）

【紫鵑走進來。

紫　鵑：（一眼看見黛玉，忙趨前）怪不得聽見鸚哥叫我倒茶，原來姑娘真的起來了，我還當它又哄我呢！姑娘，還是到套間去躺著吧，外頭有風。

雪　雁：姑娘要寫字！

黛　玉：我坐一會子就進去，只剩幾個字了。

紫　鵑：姑娘又寫什麼呢？病成這個樣子，還不歇著！

黛　玉：我代寶二爺寫幾張字，如今他病著，自然沒法寫，我代他寫了，等他好了也可以拿去當功課交

給舅舅塞責，不然舅舅又要罵他。

紫　鵑：（不平）其實寶二爺病著，老爺又不是不知道。

黛　玉：（搖搖頭冷笑了一聲）雖然知道，也還是要逼他的功課，因為舅舅一心指望他成就功名，要他高官厚祿，光宗耀祖！（說罷伏案寫字）

紫　鵑：（看著黛玉歎了口氣）雪雁，去給姑娘倒碗熱茶來。

【雪雁走進套間端了茶碗走出去。

【紫鵑走進套間拿了件斗篷披在林黛玉身上，佇立一旁。

【雪雁端了茶碗又走進米，放在書案上。

雪　雁：姑娘，喝茶吧！（走向火盆烘手）

黛　玉：（寫完了字，折好遞給紫鵑）紫鵑，你送給寶二爺去，順便瞧瞧他好些沒有？若問起我，就說我好了，叫他不用惦記。（咳嗽著，喝了兩口茶）

紫　鵑：（接過字）寶二爺的病也奇怪，好好歹歹，竟自纏綿了幾個月！姑娘快進去歇歇吧！雪雁，看著藥罐，好了就倒出來給姑娘喝。（說罷走出去）

黛　玉：（沉思一會兒，站起來走去拿起古琴）雪雁，把香爐的香添上。（又坐到書案前）

雪　雁：是。（應著，把書案上的香爐添了香）

黛　玉：你去玩吧，有事我再叫你！

【雪雁拿了藥罐走出去。

黛　玉：（輕輕調了調弦，彈奏著哀惋的曲子，並淒切地吟唱，彷彿要彈唱出滿腔的幽怨，如泣如訴）人生斯世兮，如煙塵！天上人間兮，感夙因！感夙因兮，不可惙！素心何如天上月！（彈到這裡，「嘣」的一聲琴弦斷了，不禁嗒然變色）怎麼好好的弦斷了！（呆呆地蹙眉疑慮）

【忽然由遠而近地傳來了哭聲。

黛　玉：（被哭聲震動，傾聽一會兒，好奇地推窗顧盼）誰呀，是誰在這裡哭？

【傻大姐從窗外露出一張臉來。

傻大姐：（哽咽地）是我，林姑娘！

黛　玉：（看不清楚）你是哪屋裡的，叫什麼？好好的為什麼這樣傷心？

傻大姐：（憨直地）我是老大太屋裡的傻大姐。林姑娘，他們欺負我！（說罷又哭）

【這時一陣風，吹進落葉片片。

黛　玉：（打了個寒戰）你進來說吧！（關上窗子，走向炕前坐下）

【傻大姐嗚嗚咽咽走進來。

傻大姐：（趨向黛玉）林姑娘！

黛　玉：（細細端詳，有些記憶）噢，你就是老太太屋裡做粗活的傻大姐！是誰欺負了你呀？

傻大姐：（委屈地）他們說話，給我聽見了，我只問了一句，我姐姐就打我。林姑娘，你評評理，她該不該？

黛　玉：（有些好笑）你姐姐是哪一個？（拿起火鉗撥弄火盆）

傻大姐：就是珍珠姐姐。

黛　玉：（不經意地隨便問著）為了什麼事，你姐姐打你呢？

傻大姐：（撅著嘴嘟囔）為什麼，就為了我們寶二爺娶寶二奶奶的事！

黛　玉：（「豁朗」一聲，火鉗從手裡掉下來，如同一個疾雷，感到萬分震驚，強自定了一會兒神，顫慄地又問）寶……寶二爺娶寶二奶奶，怎麼要打你呢？

傻大姐：老太太和太太、璉二奶奶，她們在屋裡商量給寶二爺趕著辦喜事，說是寶二爺病著，頭一宗，先把寶姑娘娶過來，沖沖喜，寶二爺病就好了；第二宗，（瞅著黛玉傻笑了笑）第二宗還要給姑娘你說婆婆家呢！

黛　玉：（臉色慘白，驀地倒在炕上，緊緊閉住了兩眼）

傻大姐：（不理會，繼續聒噪地）她們商量了，不叫吵嚷，怕寶姑娘害臊。我聽了，就問了襲人姐姐一句，我說咱們明兒更熱鬧了，又是寶姑娘，又是寶二奶奶，這可怎麼叫才好呢？林姑娘，你評評我這話於珍珠姐姐有什麼相干呢，她走過來就打了我一個嘴巴，罵我混說，還要攆我出去。我原不知道上頭不叫言語，她們又沒告訴我，就打我！（說得傷心，又哭起來）

黛　玉：（坐起來，淚眼凝眸，有氣無力地）好了，再別混說了，叫人聽見，又要打你了。你去吧！

【傻大姐嗚嗚咽咽向外走，正巧紫鵑迎面進來。

紫　鵑：（看看傻大姐，莫明其妙地）傻大姐，什麼事哭哭啼啼的？

【傻大姐也不理，徑自哭著走出去。

紫　鵑：（笑著趨向黛玉）真是個傻丫頭！姑娘，字送去了，寶二爺看著很高興。聽襲人姐姐說，寶二爺還不大好，一忽兒明白，一忽兒糊塗。王太醫剛才給寶二爺診了脈，隨後就過來給姑娘診脈了。

黛　玉：（頹然擺擺手）快去告訴太醫，說我好了，不用看了。（說罷連聲咳嗽）

紫　鵑：（笑著）姑娘哄誰，分明近來又咳嗽的厲害了，怎說好了？雪雁，把姑娘的藥端來！

【雪雁端一碗藥走進來，遞給紫鵑，看見林黛玉要吐痰，忙到套間拿了個小磁痰盂來接著。

雪　雁：（低頭一看，驚叫）哎呀，姑娘吐——

紫　鵑：（一把奪過痰盂，向雪雁啐了一口）冒失鬼，嚷嚷什麼！（放下藥碗，拿著痰盂走出去）

雪　雁：（知道失言，忙去端藥）姑娘喝藥吧！

黛　玉：（搖搖頭）

【紫鵑又拿了空痰盂走進來，一面暗暗拭淚。

黛　玉：（看看紫鵑）是不是我吐血了？

紫　鵑：（故作鎮靜）不是。雪雁這蹄子看錯了。

黛　玉：（淒然苦笑）你們也用不著瞞我，我知道我快完了，其實死了好！死了好！

紫　鵑：姑娘這是什麼話，誰不生病呢，怎能一病就死了！

雪　雁：姑娘喝藥吧，都快涼了！（把藥碗湊到黛玉面前）

黛　玉：（推開）何必還叫我喝這些苦水，我心裡已經夠苦的了！

雪　雁：（望望紫鵑，無可奈何）

【外面賈璉的聲音：「紫鵑！太醫來了！」

紫　鵑：雪雁，快扶姑到套間去。（一面向外走）

【雪雁放下藥碗，扶林黛玉走進套間。

【賈璉和王太醫走進來，紫鵑打著簾子。

賈　璉：紫鵑，請姑娘診脈吧！

紫　鵑：（先在套間門口安置了條几、凳子）太醫請坐！（說罷走進套間）

【雪雁走了出來。

【王太醫坐下，林黛玉從套間伸出手來，放在條几上，王太醫診脈。

【賈璉徘徊著。

【雪雁倒了兩碗茶，一碗放條几上，一碗給賈璉。然後將書案上的古琴收了。

【靜場片刻，王太醫診完了脈，端著茶碗站起來，若有所思。

賈　璉：太醫看我表妹的病怎樣？

太　醫：（皺眉搖頭不語）

【紫鵑走出來，看見王太醫搖頭，怵然。

【雪雁將條几、凳子放歸原位，走進套間。

賈　璉：脈息不大好嗎？

太　醫：奇怪，令表妹的病怎麼今兒忽然沉重了？前兒我替她診脈，還不是這樣。

賈　璉：太醫今兒看著是怎樣的呢？

太　醫：本來她是鬱結成病，血氣衰弱，所以六神不定，如今似乎又加上急惱攻心，血隨氣湧，看來只怕——（欲言又止）到外頭去開方子吧！（放下茶碗走出去）

【賈璉也走出去。

紫　鵑：（驚愕地怔住了）

雪　雁：（走出來，見紫鵑發呆，詫異地）紫鵑姐姐，你怎麼啦？

紫　鵑：（納悶）雪雁，我到寶二爺那裡去了，姑娘都做些什麼？有誰來過沒有？

雪　雁：（想了想）姑娘彈了一會子琴，沒見誰來過。

紫　鵑：（低聲）我回來的時候，傻大姐在屋裡哭哭啼啼的，難道是她惹姑娘生氣了嗎？（停了停）不會的。可為什麼姑娘的病忽然重了呢？

雪　雁：（一驚）啊，太醫說姑娘的病重了嗎？

紫　鵑：（低聲）輕點！聽太醫的口氣，姑娘沒多少指望了？（說罷涕淚交流）

【林黛玉顫巍巍地拿著一個絹包走出來。

黛　玉：（看看紫鵑，坐炕上）哭什麼，紫鵑！我哪能就死了？

紫　鵑：（連忙擦擦眼睛，強顏歡笑地）誰哭了，剛才眼裡吹進一粒砂子（走過去）姑娘又出來做什麼？還是套間去躺著吧！

黛　玉：裡頭悶的慌。淨躺著不受用！（有些哆嗦）

紫　鵑：瞧你抖擻成這個樣子！雪雁妹妹，快去把姑娘的斗篷拿出來。

【雪雁走進套間，拿出斗篷給林黛玉披上。

黛　玉：紫鵑，你剛才在寶二爺那裡聽見什麼沒有？

紫　鵑：（想了一會兒）聽襲人姐姐說，立春的第二天，貴妃娘娘去世了，為了怕添寶二爺的病，還瞞著他呢！

黛　玉：別的還聽見什麼沒有？

紫　鵑：（坦然地）別的沒聽見什麼。

黛　玉：（歎了口氣）何苦來，你也瞞我！

紫　鵑：（懇摯地）真的，姑娘！別的我沒聽見什麼。

黛　玉：（不信，冷笑了笑）真的也罷，假的也罷，橫豎我知道。

紫　鵑：（驚異）你知道什麼？姑娘！難道你聽見了什麼嗎？

黛　玉：（苦笑不答話，又劇烈地咳嗽著）

紫　鵑：（服侍了黛玉吐痰，安慰地）姑娘，什麼事也沒有，你別胡思亂想，自己安心保重身子要緊。

黛　玉：（拉住紫鵑悲切地）紫鵑妹妹，我這裡沒有親人，如今只有你是我的知心人了。雖然老太太派你服侍我這幾年，我素日就拿你當做我的親妹妹看待！（說著黯然啜泣，氣接不上來）

紫　鵑：（替黛玉捶著背）姑娘，我知道！你好好養病吧！

黛　玉：妹妹，我是不中用的了，原指望咱們兩個長遠的總在一起，誰知——（又咳嗽）

紫　鵑：（不忍聽下去，掩面飲泣地）姑娘，歇歇吧！

雪　雁：（端了碗熱茶走來）姑娘喝口熱茶呷呷！

黛　玉：（喝了幾口茶，拉住紫鵑喘吁吁地）妹妹，你不要難過，我……我早死早好！只是我的身子是乾淨的，我死之後，你好歹叫他們送我回去！

紫　鵑：姑娘！

雪　雁：（也哭了）姑娘！

黛　玉：雪雁，把火盆挪過來！

雪　雁：是！（把火盆向炕前挪近些）

黛　玉：（打開絹包，撿出一條舊帕子，上面寫著字，就是上次寶玉送她的，看了看，憤然使勁地撕）

紫　鵑：（愕然望著黛玉，滿心狐疑，勸慰地）這又是為什麼！姑娘，不要生這些閒氣，你的身子要緊！

黛　玉：（不理會，見帕子撕不破，摺到火盆裡）

紫　鵑：（連忙伸手去搶，被黛玉拉住）姑娘，這是何苦來呢！

黛　玉：（激動地又在絹包裡拿出一些詩稿來，邊看邊憤恨地切齒，都撕了摺到火盆裡）

【頓時火盆裡燃燒得煙霧騰騰，林黛玉嗆咳起來。紫鵑急急將火盆挪遠些。

黛　玉：（彷彿完成一件大事，癡癡地望著火盆，苦笑了一會兒，又悲泣了一會兒，漸漸血氣上湧，昏倒下去）

紫　鵑：（驚駭地）姑娘，姑娘！怎麼了姑娘？（不禁伏在黛玉身上失聲哭了）

【雪雁也站在一邊泣啼。

黛　玉：（慢慢甦醒過來，咳嗽了幾聲，又坐起）

紫　鵑：（扶持黛玉吐了痰）姑娘，到套間去躺著吧！

黛　玉：（沉思著，忽然有所決地毅然站了起來）

紫　鵑：（以為黛玉到套間，連忙扶著，但是見她徑向外走，便拉住她）姑娘，你往哪裡去呀？

黛　玉：（拂袖掙脫紫鵑，精神失常地）我要瞧瞧寶玉去！

紫　鵑：（攔阻地）姑娘剛才不是叫我去瞧過了嗎？如今你也病著，怎能還去瞧他呢？歇歇吧，姑娘，折騰了這麼半天了。

【這時窗外傳來賈寶玉的吵嚷聲：「你們不要拉我，我瞧瞧林妹妹就回來！」

黛　玉：（聞聲一愣）這不是寶玉來了嗎？

【果然賈寶玉踉踉蹌蹌走進來，襲人攙著他，悄悄向紫鵑皺眉。

【林黛玉看見賈寶玉，眼睛直了，也不說話，只癡癡地盯著他。

【賈寶玉也呆呆地瞅著林黛玉。

【賈寶玉和林黛玉面對面坐下，相視若不相識，只是不住地傻笑著。

【襲人和紫鵑訝然失色，嚇得手足無措。

黛　玉：（大聲地）寶玉，你為什麼病了？

寶　玉：（憨直地）我為林姑娘病了！

黛　玉：（迷惘地傻笑了幾聲）哈哈哈！

寶　玉：（也傻笑著）哈哈哈……

襲　人：（向紫鵑遞了個眼神）紫鵑妹妹，攙姑娘進去歇歇吧，我們也該回去了！

黛　玉：（刺激，猝然站起來，悽愴地）可不是，我該回去了！（說罷搖晃著走向套間）
紫　鵑：（扶黛玉進去，驚叫著）姑娘！姑娘！
【顯然是林黛玉又昏過去了！
【雪雁急忙跑還套間。
襲　人：（恐慌）二爺，咱們回去吧！（說著拉寶玉）
寶　玉：（不動，似糊塗不糊塗，悲痛地）襲人，我要死了！我有一句心裡的話，只求你去回明老太太，橫豎林妹妹也是要死的；如今既然兩個病人都要死，放在兩處越發難張羅；不如我就在這裡活著好一處醫治服侍，死了也好一處停放！你依了我這話，也不枉咱們幾年的情分。
襲　人：（著急）這是什麼話，二爺！林姑娘病得厲害，你素日體恤她，這會子就不要再鬧了吧！
寶　玉：（走到炕前坐下）我不鬧她，我就睡在這裡好了。
襲　人：（用力拉寶玉）二爺，走吧！這裡不能睡！
寶　玉：（惱然）不要拉我！你何苦來這樣狠呢？
襲　人：二爺，我求求你，回去了再商量！
寶　玉：（堅決不走，也不理睬）
【這時套間傳來林黛玉的咳嗽聲，紫鵑的呼喚聲，雪雁的嗚咽聲。
【正在不得開交中，王熙鳳旋風似的走進來。
襲　人：（如獲救星）二奶奶，你來得正好！快勸勸寶二爺吧，他一定要留在這裡不肯回去，都快把我急壞了！
熙　鳳：（趨前看看寶玉，驚詫地）剛才不是還好好的嗎，怎會又呆起來了？我一聽說你們在這裡，就知道不好。
襲　人：他鬧著要看林姑娘，來了就糊塗了。
熙　鳳：（向套間掃了一眼，低聲地）林姑娘怎樣？
襲　人：不好，也有些糊塗了。
熙　鳳：（思索地走到書案前坐下）襲人，你過來！
襲　人：（不解地）什麼事，二奶奶？
熙　鳳：（低聲埋怨）如今老太太、老爺、太太已經挑好了日子，正替二爺辦喜事，你怎麼還讓他到這裡來呢？
襲　人：（愁懣地）我攔不住他。二奶奶，看這樣子，——（搖頭歎息）

熙　鳳：（陰謀地）你放心！（又走到炕前拉住寶玉的手）寶兄弟，快跟我回去，我告訴你一件喜事！

寶　玉：（不動）什麼喜事，你說吧！

熙　鳳：（故作機密地）老爺要給你娶親了，你喜歡不喜歡？

寶　玉：（震動，驚愕地看著熙鳳）娶親，娶誰？

熙　鳳：（附耳低聲）給你娶林妹妹，好不好？（指指套間）

寶　玉：（半信半疑地盯著熙鳳怔了一會兒，又高興地點點頭，繼而大笑）哈哈哈！

襲　人：（有些慌）二奶奶！

熙　鳳：（走過去手搭襲人肩上笑了笑，胸有成竹地低聲）不用害怕，我會掉包！（著重「掉包」二字）

襲　人：（放心了）虧的二奶奶想得出！

寶　玉：（又傻笑不休）哈哈哈……

熙　鳳：（推推寶玉）小聲點，寶兄弟！剛才老爺叫我來瞧瞧你，說你若還是這樣傻，就不給你娶了。

寶　玉：（立刻止笑正色）我不傻，你才傻呢！

熙　鳳：你不傻，可是在這裡鬧什麼？

寶　玉：（完全明白似的）我不鬧，我去告訴林妹妹，叫她放心！（站起來要往套間去）

熙　鳳：（一把拉住寶玉，悄悄地）林妹妹早知道了，如今她要做新媳婦了，自然害羞，不肯見你的。

寶　玉：（止步）娶過來，她見我不見我呢？

熙　鳳：（笑著半安慰半威脅地）你好好的，她就見你！你若還是瘋瘋癲癲的，娶過來她也不見你了。趕快走吧！（拉扶著寶玉走到屋外）

寶　玉：（站住。思忖，又有些迷惑昏憒）我有一個心，前幾年已交給林妹妹了，既然她要過來，橫豎她會給我帶過來，再放到我的肚子裡頭，那時我的病就舒了。其實何必還娶來娶去的，我搬到這裡不是一樣嗎？

熙　鳳：又混說了！這是禮節，怎能隨便胡鬧？快回去吧，仔細林妹妹要惱的。

寶　玉：（信以為真，含笑溫馴地）好，我回去！（輕輕回到屋內走向套間，掀開門簾瞄了一眼）

【此刻套間只有林黛玉的咳嗽聲。

襲　人：（拉著寶玉向外走）走吧，二爺！

【襲人扶著賈寶玉走出去，王熙鳳向襲人耳語了幾句話。

熙　鳳：（坐到炕上默默動著腦筋）

【紫鵑端著痰盂低頭拭淚地走出來。

熙　鳳：紫鵑！

紫　鵑：（抬頭看見熙鳳，趨前）二奶奶來了！

熙　鳳：（佯裝關心地）姑娘這會子好些嗎？

紫　鵑：（搖頭悲切地）這會子像是睡著了，剛才又吐血了！（指著痰盂）

熙　鳳：（低聲，惡毒地）太醫說，姑娘的病難好！

紫　鵑：（傷心地哭了）

熙　鳳：姑娘的病為什麼今兒忽然加重了呢？

紫　鵑：（抽噎地）不知道。

熙　鳳：不是聽見寶二爺娶親的事了？

紫　鵑：（大驚）寶二爺娶親！二奶奶，這……這是真的嗎？

熙　鳳：（笑了笑）是真的。

紫　鵑：（跺足叫苦）哎呀，這豈不是要她的命嗎？

熙　鳳：（冷酷地）所以這件事不叫姑娘知道。如今想是有人露了風聲。老太太說：「咱們這種人家，這個心病斷斷有不得，倘若姑娘是這個病，不但治不好，她也沒心腸了！」

紫　鵑：（乍聽一怔，繼而悲憤填胸地跺了一下腳）好吧！（說罷轉身就向外走，但想了想又回過頭來氣咻咻地）璉二奶奶，我想先支一、兩個月的月錢，姑娘一天死不了，一天就要錢花！

熙　鳳：（看出紫鵑生氣，想發作，稍一思忖又忍住了，假慈假悲地）難為你對姑娘的這個情分，我送你幾兩銀子使好了。月錢是支不得的，一個人開了例不當緊，別人都要先支起來，如何得了，你是個靈透人，自然明白的。

紫　鵑：（冷冷地）那就多謝二奶奶了。

熙　鳳：不用謝，趕明兒我還有事使喚你呢！

紫　鵑：二奶奶有什麼事，只管吩咐吧！

熙　鳳：（辛辣地）趕明兒寶二爺成親的時候，你要過去照料照料。

紫　鵑：（沒有明白熙鳳的意思，率直地搶白著）二奶奶，等著人死了，我自然是要出去的。姑娘活著，我還得守著她。

熙　鳳：（不高興，凜然地）這是什麼話？難道我就使不得你嗎？

【平兒一路喊著走進來。

平　兒：二奶奶，二奶奶，老太太叫你快去，說是有要緊事跟你商量！

熙　鳳：知道了。（悻悻然站起來走出去）

【平兒扶了王熙鳳同下。

紫　鵑：（滿腔悲痛，滿腔忿恨地）你們好狠毒呀！

黛　玉：（陡然在套間淒厲地大叫）寶玉，寶玉！你好——

雪　雁：（在套間驚呼）姑娘，姑娘！（掀開門簾探頭向外）紫鵑姐姐快來，姑娘又昏過去了！

紫　鵑：（大吃一驚，急急跑進套間）姑娘，姑娘！（接著嚎啕痛哭）

【又是一片呼喚聲，啼哭聲！夾雜著颯颯風聲！

——幕落

第八場

時　間：前場數日後

地　點：北京

人　物：賈寶玉、襲人、王熙鳳、賈璉、平兒、紫鵑、薛寶釵、雪雁、鶯兒、王夫人、玉釧兒、傻大姐

布　景：同第三幕

【幕啟時，滿屋張燈結綵，喜氣洋洋。套間懸紅綢簾，雙鉤掛起，裡面牙床繡帳、錦被、鴛枕，一一清晰可見。屏風前置炕，炕前燒著火盆。書案上燃著一對龍鳳花燭。賈寶玉新郎打扮，滿面堆笑，精神正常，一點病容沒有，王熙鳳忙著替他在發冠上插金花，襲人忙著替他在腰間束一條紅汗巾。

熙　鳳：（端詳端詳寶玉，笑著拍手）瞧寶兄弟這份兒風采，不是一個絕色美女，怎麼能配得上他！

寶　玉：（快活地笑著，有些羞澀）

熙　鳳：（又把寶玉脖子上的寶玉拿出來露在外面）哎呀，怎麼全身嶄新，這塊玉上的繐子還是舊的？襲人，快拿個新的來換了！

寶　玉：（忙用手握住，閃開）不要換，這個繐子還是林妹妹給我穿的，她若看見換了，一定會生氣的。

襲　人：（向熙鳳投了個眼色）不換就不換。二爺，你今天心裡喜歡嗎？

寶　玉：（玩摩著寶玉上面的繐子，含笑點頭）今天是我這輩子第一件暢心滿意的事，自然喜歡！鳳姐姐，林妹妹怎麼還不來？（說罷性急地向門外顧盼）

襲　人：（笑）不要急，二爺！時辰到了花轎就來了！

寶　玉：林妹妹打園裡來，還要坐轎，這麼費事！

熙　鳳：（笑著拍拍寶玉）又說呆話了！誰家新娘子不坐花轎？

【賈璉自門外走進來。

賈　璉：寶兄弟收拾好了沒有，老太太叫先出去給老爺看看。等著花轎一到就拜堂了。

熙　鳳：早收拾好了。寶兄弟，快跟你璉二哥出去吧！

襲　人：（扶著寶玉）二爺，到了外頭要好好的，可不要胡鬧。

寶　玉：（笑著溫順地頻頻點頭）

熙　鳳：（悄悄叮嚀賈璉）你小心扶住他，我隨後就來。

賈　璉：知道。（忙扶住寶玉）

熙　鳳：還有，咱們南邊規矩，拜堂冷冷清清使不得；雖然有貴妃娘娘的功服在身，外頭不用鼓樂可以；裡頭就叫家裡的戲班子用細樂吹打吹打，也熱鬧些。

賈　璉：好吧！

【賈璉和賈寶玉同下。

襲　人：（目送寶玉走後，不安地）二奶奶，我這會子心裡直撲通，我怕——

熙　鳳：（坐炕上）怕什麼？凡事有我。

【平兒匆匆走進來。

平　兒：二奶奶！

熙　鳳：紫鵑過來了嗎？

平　兒：紫鵑妹妹無論如何不肯過來。

熙　鳳：（怒）好丫頭！我去。（站起來）

平　兒：（按熙鳳坐下，勸著）二奶奶先別生氣。紫鵑妹妹也說的是，她守著病人，身上也不乾淨。林姑娘還有氣兒，不時的叫她。我瞧紫鵑妹妹哭得淚人兒一般，勉強來了反而不好。後來和林之孝家的商量，改叫雪雁過來也是一樣。奶奶看使得嗎？

熙　鳳：（想了想，氣消了些）倒也使得，雪雁過來沒有呢？

平　兒：過來了。我叫她換身衣服，就到前頭去侍候花轎。

熙　鳳：（滿意地）罷了。

【這時一陣爆竹劈拍，細樂幽揚。

【傻大姐跑進來。

傻大姐：璉二奶奶，花轎到了，太太叫你快過去！（說罷笑著又跑出去）

【王熙鳳站起來正要出去。

【紫鵑慌慌張張迎面走進來。

紫　鵑：（兩眼腫腫地，哽咽著）璉二奶奶，林姑娘不中用了，你快過去瞧瞧吧！

熙　鳳：（霎地沉下臉來，無動於衷地）什麼話，我這邊正忙著辦喜事，哪裡還顧得著你林姑娘的事？（說罷向外走）

紫　鵑：（拉住熙鳳，哀求著）璉二奶奶，難道你就忍心叫林姑娘冷清清的死在瀟湘館嗎？

熙　鳳：（拂袖，厲聲喝斥）住嘴！今天是寶二爺的好日子，少給我死呀活的。（向平兒吩咐）平兒，去告訴珠大奶奶，林姑娘的一切後事叫她料理料理，就說我分不開身，不到那邊去了（說罷疾步下）

平　兒：紫鵑妹妹，走吧！

【紫鵑聽了王熙鳳的話，怔怔地打量打量屋裡，又怒目瞪著襲人。

【襲人有些惶恐，連忙退避套間去了。

紫　鵑：（蹀足痛恨地）好，你們高興，可憐林姑娘活活給你們擺弄死了！（失聲大哭）

平　兒：（也黯然淚下）紫鵑妹妹，不要難過了，快回去瞧瞧林姑娘吧！

紫　鵑：寶二爺，寶二爺！看你以後還有什麼臉面再見我！（說罷嗚嗚咽咽地走出去）

【平兒跟著走出去。

【細樂吹打聲近，接著是笑語盈盈，窗外頓時燈光輝煌，猶如白晝。

【襲人走出套間，高興地伏窗眺望，又向門外打起軟簾，笑迎著。

【玉釧兒提著一對宮燈第一個走進來。

【王熙鳳扶著王夫人走進來。

【賈璉扶著賈寶玉拉著紅綢的一端，笑嘻嘻地走進來。

【雪雁扶著薛寶釵蒙面拉著紅綢的另一端，垂首走進來。

【鶯兒隨後走進來，王熙鳳悄悄示意鶯兒，鶯兒溜到套間裡去。

【傻大姐和一些丫環們在窗外看熱鬧。

王夫人：（笑著）鳳丫頭，如今到了洞房，該送新人坐床撒帳了！

熙　鳳：正是呢，這是咱們南邊的舊例！（說罷扶寶釵走進套間，坐到床上）

王夫人：（拉住寶玉笑著）寶玉，這會子心裡明白嗎？

寶　玉：（點點頭）明白，太太！

王夫人：（欣然合掌）阿彌陀佛，你總算明白了，這回你的病可該好了！

寶　玉：（笑著）太太放心吧，從今以後我再也不會病了！

王夫人：但願如此！璉兒，送你寶兄弟進去！

賈　璉：是！（扶寶玉走進套間，和寶釵並肩坐下，然後走出來）

熙　鳳：（走出來笑向襲人）襲人，把紅棗和桂圓蓮子拿給我！

【襲人捧了一盤已經預備好了的彩果給王熙鳳。

熙　鳳：（接了彩果向套間床上撒了幾把，朗聲唱禮）新郎，新娘，鸞鳳合凰，早生貴子，五世其昌！

襲　人：（笑著）二奶奶的贊禮像做詩一般，彩頭好，還押韻！

王夫人：（向玉釧兒笑著）記住回來學給老太太聽，老太太又該笑的合不攏嘴了！鳳丫頭，我們走吧，折騰了半天，也該叫他們小倆口兒歇息歇息了。

熙　鳳：（笑著戲謔地）寶兄弟，成了親你就是大人了，可不能再孩子氣呀！待新娘子要溫存、體貼，倘或你欺負了她，我是不依的！

寶　玉：（笑著大聲地）鳳姐姐放心，我從來不敢欺負妹妹的。

王夫人：（向熙鳳皺眉頭，又向襲人低聲地）你要好好看著他！

襲　人：（點頭，但面有難色）是！

熙　鳳：（拍拍襲人）有什麼事，只管叫我去。

王夫人：（歎了口氣）唉！今天寶丫頭受委屈了！

熙　鳳：（扶著王夫人）走吧，太太，老太太還等咱們過去吃喜酒呢！

【王夫人與王熙鳳、賈璉、玉釧兒同下。

【襲人送他們走出去。

【雪雁自套間走出來，看見他們都走了，趨向窗前眺望，窗外靜悄悄的。有些納悶，又有些氣忿的樣子。

雪　雁：（憤憤跺腳，撇著嘴嘟囔）哼，也不知搗的什麼鬼！寶二爺成天價和我們姑娘好得像蜜裡調油似的，想必都是假的。分明裝瘋裝病，放意叫姑娘寒了心，他好娶寶姑娘！

【賈寶玉在套間看看薛寶釵，想去揭開蓋頭，伸伸手又不敢，猶豫了一會兒，還想揭，依然不敢。

寶　玉：（叫了一聲）妹妹！，（見對方不理，站起身走出來，看見雪雁，高興地拉住她）雪雁，姑娘做了新娘子怎麼不理我了？

雪　雁：（扭過頭去不睬寶玉）

寶　玉：（詫異）咦，你怎麼也不理我？（笑了笑）妹妹做新娘子害羞，你也害羞嗎？

【襲人走進來。

襲　人：（睹狀不放心地）什麼事？二爺！

寶　玉：我和雪雁說話，她害羞了。

襲　人：（支吾地）雪雁妹妹想是累了，先去歇著吧，這有我服侍呢！

【雪雁向門外走出去。

寶　玉：襲人，林姑娘頭上蓋著那勞什子做什麼？

襲　人：（笑著）那是蓋頭，新娘子都要戴的。

寶　玉：我去揭了它！（說著走向套間）

襲　人：（嚇得，忙攔住寶玉）二爺！

寶　玉：（看看襲人，想了想，搖著頭）唉，妹妹愛生氣，不可造次。（又退回來）襲人，我不揭了，你去請林姑娘到外頭來烤火，裡頭怪冷的。

襲　人：讓新娘子歇歇吧，二爺！（遲疑不肯去）

寶　玉：（推著襲人）我要和林姑娘說話！

【襲人只好走進套間，向薛寶釵低聲耳語了一會兒，然後攙扶了薛寶釵走出來，坐到炕上首。

寶　玉：（高興地坐炕下首，情意纏綿地）妹妹這兩天身子可好些嗎？總想去瞧瞧你，他們偏不叫我去。

【薛寶釵不動也不言語。

襲　人：（急的只擦汗）二爺，有話明天再說吧！

寶　玉：（看看對方還是不理，懊惱地站起來踱了一會兒，有些不耐煩，喃喃自語）奇怪，素日那麼好，如今做了新娘子反倒生分了！（思忖，情急地撲過去）妹妹，難道你一輩子不見我嗎？（說著毅然伸手揭開蓋頭）

【薛寶釵迅速轉身背過臉去。

襲　人：二爺！（驚惶失措地忙向窗外）誰在外頭？快請璉二奶奶過來。

寶　玉：（沒有認出寶釵，笑著）妹妹真的惱了（搭訕地跟著轉過去，雖然對方又背了臉，已經發現異樣，不禁一怔）啊（連忙向案前拿了一隻燭臺走來，一面揉揉眼睛，定神仔細地省視，越發呆住了，半晌，迷惘地）襲人，我在哪裡呢？這不是做夢嗎？

襲　人：二爺，今天是你的好日子，什麼夢不夢的混說！老爺可在外頭呢！

寶　玉：（拉襲人到一邊去，悄悄指著寶釵）坐在那裡的這一位美人兒是誰？

襲　人：（笑著）是新娶的二奶奶

寶　玉：好糊塗，你說二奶奶到底是誰？

襲　人：（稍一思忖，決定坦率地）是寶姑娘！

寶　玉：（愕然）林姑娘呢？

襲　人：老爺作主娶的是寶姑娘，怎麼混說起林姑娘來了？

寶　玉：（混亂）我剛才明明看見是林姑娘，你們也說是林姑娘，還有雪雁，怎麼這會子又說不是？你們這都是在做什麼玩兒呢？雪雁！雪雁！（滿屋尋找）

【鶯兒從套間走出來，侍立薛寶釵旁邊。

寶　玉：（瞥見鶯兒，神色驟變）咦，雪雁也不見了！（「豁朗」一聲，燭臺落地）

【屋裡頓時暗淡！薛寶釵和襲人大驚失色。

【王熙鳳匆匆走進來。

熙　鳳：（笑著）怎麼新郎新娘還沒歇著呀？

襲　人：（拉過熙鳳，惶恐地）二奶奶，寶二爺又有些呆了！（耳語了一會兒，拾起燭臺）

熙　鳳：（看著斷了的蠟燭，皺了皺眉頭，笑向寶玉）寶兄弟，你在想什麼？

寶　玉：（兩目直瞪，氣惱而昏憒地）鳳姐姐，我記得老爺給我娶了林妹妹過來，怎麼被寶姐姐趕出去了，她為什麼要霸佔在這裡呢？

【忽然傳來哭啼聲。

寶　玉：（聽到哭聲，更震動了）你們聽，林妹妹哭得怎樣了？

熙　鳳：（拉住寶玉責備地）寶兄弟，不要混說，寶妹妹坐在那裡呢，回來得罪了她，老太太不依的。

寶　玉：（糊塗得更厲害了，毫不顧忌地跺腳吵著）我不怕，我要找林妹妹去！我要找林妹妹去！

熙　鳳：（不禁慌亂）林妹妹病著呢！寶兄弟！

寶　玉：林妹妹病著，我去守著她；我不要在這裡，我要找林妹妹去。（說著就向外走）

襲　人：（一把拉住寶玉）二爺！你安靜點吧！

寶　釵：（一直感受著難堪，羞辱，痛苦地沉思默想了一會兒，鼓起勇氣向寶玉）寶玉，實告訴你吧，林妹妹已經死了！

熙　鳳：（阻止不及）寶妹妹！

寶　玉：（大驚）啊，她……她真死了嗎？

寶　釵：（冷冷含怨地）真死了！我還能紅口白舌的咒人不成！

襲　人：（著急）寶姑娘，你怎麼——

寶　玉：（如同晴天霹靂，頭暈目眩地晃了一下，被絕望的悲哀壓倒了，捶胸嚎啕慟哭）林妹妹，是我害死了你呀！（一面哭一面向外走）

【王熙鳳和襲人一齊拉賈寶玉，但是哪裡拉得住他，他像瘋了似的使勁摔脫大家跑了出去。

襲　人：二奶奶，快去告訴老太太、太太吧！（說罷追了出去）

【薛寶釵也站起來欲拉賈寶玉，又縮回了手，一陣刺激，昏倒下去。

鶯　兒：（忙扶住寶釵驚叫地）姑娘！

熙　鳳：寶妹妹！寶妹妹！

【外面哭聲慘絕！

【書案上的龍風燭只剩下一隻還燃著，閃灼出陰摻的光，忽地一股風，連這點微弱的光也熄滅了。

尾聲

時　間：前幕數日後

地　點：北京

人　物：紫鵑、賈寶玉、襲人、薛寶釵、鶯兒、王夫人、玉釧兒、老婆子

布　景：同第一幕第一場

【幕啟時，景象全非，和第一幕第一場成為鮮明的對照；先前的榮耀與繁華，如今變成荒蕪與寂寥。幾竿翠竹淒然地隨風飄蕩，落葉滿地。瀟湘館的門關閉著，窗外廊上掛了一隻空鳥籠，鸚鵡不知去向。紫鵑坐在石階上嗚嗚咽咽哭個不住。賈寶玉病懨懨地自右首甬道蹣跚地走來。

寶　玉：（徑趨瀟湘館，看見紫鵑，忙止步親切地叫著）紫鵑姐姐！（聲淚俱下）

紫　鵑：（抬頭看看寶玉，不理睬，又恨，又怒地扭轉身去，哭得更悲痛）

寶　玉：（沉痛地）紫鵑姐姐，我知道為了林妹妹，你恨我；可我也是不由自主的，他們把我擺弄成了這個樣子！

紫　鵑：（不願聽下去，氣憤地站起來要走）

寶　玉：（攔住紫鵑，悽愴地）紫鵑姐姐，你再聽我說一句話！

紫　鵑：（背著臉冷冷地）說吧！

寶　玉：（愣了一會，委屈地）我也知道，我是個濁物，不配你理我；但是我有滿肚子的冤屈，你讓我說明白了，死也免得做個屈死鬼！

紫　鵑：（怨懣地）寶二爺要說的就是這句話嗎？還有什麼沒有了？若就是這句話呢，我們姑娘在時，我也跟著聽得爛熟，如今犯不著再說了。（言次拂袖而去）

寶　玉：（一怔，不禁跺腳痛哭）這是怎麼說！他們原是給我娶林妹妹，忽然又變成了寶姐姐！（撲向瀟湘館，用力推開了門）

【瀟湘館內供著林黛玉的靈柩，白幔圍著，淒慘萬狀！

寶　玉：（觸目痛心，跪在靈柩前哭叫著）林妹妹，林妹妹！好好兒的，是我害死你了！你別怨我，這是父母作主，並不是我負心！我也快憋死了，我落得有苦無處訴！（哭得氣噎喉啞）

紫　鵑：（停立竹蔭聽見寶玉的哭訴，頗覺不忍，想去安慰他，又實在氣惱。正躊躇著）

【襲人邊叫邊自右首甬道上。

襲　人：二爺！二爺！（急忙跑向瀟湘館）

【薛寶釵也自右首甬道上，鶯兒跟在後面。

【紫鵑看了看，更是嫉恨地轉身向月洞門下。

襲　人：二爺，你怎麼一個人跑到這裡來了！快回去吧，寶二奶奶在找你呢！（拉寶玉）

寶　玉：（憤然摔脫襲人，站起來唏噓地）都是你們這些人把我弄成個負心的人，老爺分明給我娶林姑娘，你們偏給我娶了我不願意的！

寶　釵：（宛如冷水澆頭，忙止步停立階旁）

襲　人：快別這樣混說，寶二奶奶聽見要寒心的！

寶　玉：（憤慨地）她寒心，不能怪我！都是老太太、太太、鳳姐姐她們擺弄的。好端端她們把一個林妹妹擺弄死了，就是死，也該叫我見見她，說個明白，她死了也不怨我。可憐她臨死還恨著我，如今連紫鵑也恨的我了不得！（對靈柩）妹妹，我對不起你呀！（說罷又哭）

襲　人：（勸慰地）人死不能復生，二爺再傷心也沒用了。林姑娘活著是個明白人，死了也一定是個明白鬼！她的魂靈兒若是有知，不會怨你的，這原是老爺作的主，怪不得你。二爺，快回去歇歇，你還病著，糟蹋壞了身子，老太太又要急壞了！（拉寶玉）

寶　玉：（木然不動，兩眼直視著靈樞發怔）

【襲人走去關上瀟湘館的門。

寶　釵：（鎮靜如恒地走過去，用諷刺的口吻勸慰著）這會子也哭夠了，該回去了吧！千不看萬不看，看在老太太疼你的分上，你也得保重些！

寶　玉：（沉思不語，也不看寶釵）

寶　釵：（委婉而又嚴峻地）你為林妹妹死了悲傷，我不怪，只是也該體恤老太太、太太的苦心。你放著病體不保養，又生出事來，老太太最疼你一個，如今八十多歲的老人了，雖不圖你的封誥，將來看著你成了人，也不枉她老人家疼你一場。太太更不必說了，一生的心血精神扶養了你這一個兒子，若是你有個什麼好歹，豈不要她的命！你是讀聖賢書的，難道連孝道兩個字都不知道嗎？

寶　玉：（反感，冷冷地）你說這些大道理的話給誰聽？

寶　釵：自然是給你聽，我想著你我既是夫婦，你就是我終生的倚靠，只要你好好的，我也有了指望：所以我勸你把心定一定，養好身子，用功讀書，將來若能博得一第，不但我臉上有光彩，也不辜負天恩祖德！

襲　人：（也勉勵地）二奶奶說的一席話，二爺自然明白。我們這些人從小辛辛苦苦跟著二爺，不知陪了多少小心，論理原應當的，但只是二爺也該體恤體恤我們。況且二奶奶替二爺在老太太、太太面前行了不少孝道，二爺念在夫妻之情，也不可太傷了二奶奶的心！

寶　玉：（苦笑）你們說來說去，都不離其宗，不過是要我求功名、盡孝道。（憤憤地）好吧，你們也不用絮叨了，我這就到書房念書去！（說罷大踏步走下臺階）

襲　人：（上前拉寶玉）誰叫你這會子就去念書？

寶　玉：（拂袖，毅然走去）

寶　釵：（也趕過去攔阻）寶玉，你又瘋了不成？

寶　玉：（淒然一笑）好好念書去，你又說我瘋了，我既是個癡子，你還要我做什麼？哈哈哈！（堅定而又灑脫地徑向月洞門疾下）

襲　人：（著急地追趕）二爺！怎麼辦呢？二奶奶，二爺又犯病了！

寶　釵：（惴惴不安）鶯兒，快跟二爺到書房去，看看他做什麼，拉他回來。

鶯　兒：是！（向月洞門下）

寶　釵：襲人妹妹，事到如今，急也沒用。（說罷感觸地走向瀟湘館，一種說不出的苦痛，頹然坐下，出神地看著門前）

【玉釧兒扶著王夫人自右首甬道上。

玉　釧：寶二奶奶，太太來了！

襲　人：（趨迎）太太！

寶　釵：（連忙站起來）太太怎麼也到這裡來了！

王夫人：我往你們屋裡，聽說你們在這裡，我不放心。我的兒，你們不該叫寶玉到這裡來的。（巡視）寶玉呢？

襲　人：（憂懼地）寶二爺到這裡來，我和二奶奶都不知道。剛才他哭了一陣子，又跑出去了！

王夫人：（一驚）跑到哪裡去了？

寶　釵：（強自鎮定）太太不用著急。這兩天我見他明白了些，剛才我勸他養好身子，也該用功讀書，誰知他就賭氣往書房去了。

王夫人：這樣說，他是真明白過來了！

寶　釵：（看看襲人，不敢直說）但願是的。

襲　人：（惶惑地）不過我看二爺氣色不大對，又有些混說。

【鶯兒慌慌張張自月洞門上。

鶯　兒：（冒失地）姑娘，寶二爺不見了！

【大家驚愕失色。

襲　人：什麼？

王夫人：（顫慄地）你……你說清楚些！

鶯　兒：（喘吁吁地）我到前頭書房找寶二爺，誰知寶二爺不在，我問一個小廝，小廝說寶二爺出去了。我叫小廝追出去，小廝這會子回來告訴我，他原看見寶二爺在門外跟一個和尚說話；等他走過去，寶二爺一眨眼就不見了；連和尚也不見了。小廝又告訴了璉二爺，璉二爺正派人各處找呢！

王夫人：（放聲大哭）哎呀，我的寶玉，這可怎麼了！你撂下我們往哪裡去了呢！

寶　釵：太太保重，太太！他又不是小孩子，怎能一眨眼不見了呢？鶯兒，你再出去瞧瞧。

王夫人：我去瞧瞧！我去！（說著踉蹌地向月洞門走去）

【玉釧兒和鶯兒兩邊扶持著王夫人同下。

【襲人知道不妙，掩面唏泣。

【薛寶釵怔了一會兒，這意外的打擊使得她終於精神崩潰了，哇地一聲嚎啕慟哭！

——幕落

一九五六年歲梢

（二）《晴雯贊》話劇本

清閣

前言

《晴雯贊》一九八〇年在《海洋》文藝第九期發表時，題為《鬼蜮花殃》。「鬼蜮花殃」是出自《紅樓夢》七十八回賈寶玉悼念晴雯的祭文「芙蓉誄」。我取其寓意雙關；不但直喻晴雯之死，也表明了十年內亂中這個劇本的命運，同樣遭到了不幸的毀滅。所幸我劫後餘生；腹稿猶生，劇本才得以重新寫成。由於有人認為劇名用「鬼蜮花殃」雖能點題確切，但不夠通俗，因此，就改作《晴雯贊》。

從醞釀構思、反覆研究原著《紅樓夢》到寫成《晴雯贊》，歷時十八寒暑，四易其稿；老病相煎，飽經風雨滄桑，眼淚常和墨水交流！但只要她還能開出一朵小花，還多少為今日文苑點綴顏色；還稍稍能給人民以精神文明一絲美的享受，那麼我的勞動，也就沒有白費了！

四十年來我為了要把《紅樓夢》小說再現於話劇舞臺上，曾先後根據原著改編了五個話劇本；都是從人物出發，而以小人物、奴才、丫鬟為主角的，卻只有《晴雯贊》。通過《紅樓夢》裡賈寶玉和奴婢們的親密無間，平等相待；我發現了偉大作家曹雪芹的一種高尚情操，和樸素的民主思想；這種思想風範，在古人中是非常難能可貴的。我們知道封建社會存在貧富懸殊，統治者與被統治者的階級矛盾；人與人之間既無平等自由，亦無仁義道德，只有爾虞我詐的厲害關係；雖父母子女、兄弟姊妹、親戚朋友，也莫不相嫉相剋而不能相容。封建清王朝是這樣，由於封建勢力的殘餘尚未肅清，流毒影響深遠；因此即使在今天的現實生活裡，也還屢見不鮮地產生類似情況。曹雪芹為我們提供了這一深刻的歷史教益，《晴雯贊》的主題，也就具有了一定的現實意義。

曹雪芹懷著悲天憫人的感情，以充滿仁愛的筆觸，刻劃了《紅樓夢》裡一群可歌可泣的卑賤小人物；像剛直不屈的賈府老僕焦大；善良世故的農民劉姥姥；仁俠仗義的優伶琪官、柳湘蓮等。還特別精心雕塑了許多品貌兼美的丫鬟使女，像富貴不能淫，威武不能屈的晴雯、鴛鴦、紫鵑、芳官、金釧、司棋等；即使對屬於否定的襲人，也還是辭意委婉地貶中有恕。曹雪芹著重描繪幾個烈性女兒的悲慘命運，比如金釧不堪王夫人的凌辱，而投井自裁；司棋為與表兄私訂終身受到賈府破壞，而寧願雙雙殉情；鴛鴦為不肯作賈赦的小老婆，而削髮抵制；紫鵑、芳官為逃避紅塵熬煎，而遁入空門。晴雯在這一群裡是個佼佼者，因為襲人所妒嫉誣陷，而被王夫人驅逐，至於含冤屈死。曹雷芹愛恨分明地揭露了統治階級的殘酷，鞭撻了封建勢力的罪惡；在鬼蜮成災的賈府裡，替那些受害者寫出了血淚控訴；尤其替晴雯譜出了一首感人肺腑的讚歌，這充分反映了作者的思想和道德觀。

晴雯的身世很可憐，幼年父母雙亡，孤苦伶仃，連自己的姓名籍貫、家庭底蘊，都毫無所知。她十歲時被賈府管家「賴大家的用十兩銀子買了」，因賈府老太太見她生得「十分伶俐標緻」，很是喜歡，賴嬤嬤就將她孝敬了賈母。她先服侍賈母，後來又派去服侍賈寶玉。她有如「茝蘭」般不加修飾的天然美，她不單形態美，靈魂也美。她聰明智慧，純真正直。她雖是身為下賤，卻「心比天高」。

她不諳奴隸禮教，恃清白而倨傲。她瞭解賈寶玉的性情處境，而不以賈寶玉的離經叛道為怪誕，因此博得賈寶玉的另眼看待，許為知己。她和賈寶玉親密相處不分尊卑，但她心地坦蕩無私，行動光明磊落。有一次她失手跌壞了賈寶玉的扇子，被賈寶玉責備了幾句，她感到自尊心受了損傷，怨懣難禁。事後賈寶玉又覺不安，百般安慰她，為逗她一笑，故意讓她撕扇子取樂。她也很愛護賈寶玉，不過她的愛護是矜持的；她可以抱病徹夜為賈寶玉補綴孔雀裘，絕不肯傚那些替賈寶玉「洗澡」、「換衣」的「下做事」！也更不會幹襲人那種「鬼鬼祟祟勾當」。她鄙視只知諂媚阿諛，奉迎主人的奴才；也惱恨同儕中小偷小摸，沒有品德的姐妹。為了小丫頭墜兒不爭氣，偷了平兒的金鐲子，她既罵墜兒眼皮子淺，丟大家的臉；又庇護墜兒的名譽，在墜兒被攆時只說是墜兒「太懶」，掩蓋了「偷」。由於她倔強直率，不懂世故，得罪了一些行為不端的人，遂恨她如同眼中釘。正像賈寶玉在她死後所作的悼詞「芙蓉誄」裡說的：「高標見嫉」，「鳩鴆惡其高」，「葹蘭竟被芟荑」，「鶴立雞群」，不能容於「鷹鷙」！於是當賈政杖擊賈寶玉之日，襲人便以衛道者身分，假惺惺藉口維護寶玉的聲譽，向王夫人趁機進讒，告密了賈寶玉平時和丫鬟們無拘無束，沒有上下的「不成體統」行徑；特別顛倒黑白，誣陷了賈寶玉與晴雯的關係，使王夫人恨之入骨，除之為快；從而「蠱蠆之讒」，乃置之於死地！賈寶玉慟失良友，雖「箝詖奴之口罰豈從寬；剖悍婦之心，忿猶未釋！」只是徒然不平，也「無可奈何」！賈寶玉同樣處於壓迫下。

曹雪芹傾注了無限愛憐，用了許多筆墨，描寫了晴雯的一生際遇和精神風貌，儘管事件不多，而人物栩栩如生，躍然紙上。為了使人物形象更加完美，也為了從小說改編為戲劇，適應文藝形式的再創造，不得不在忠於原著的基礎上，對原著所提供的素材，進行研究；加以去蕪存菁的取捨，加以提煉和概括；以期戲劇性集中緊湊，更鮮明地突出主題意義。鑒於曹雪芹的思想局限，和原著經過了兩百多年的修整變化；內容浩瀚；不可能天衣無縫；因此改編過程作一番必要的整理，還是應當的，而絕不應照抄照搬。例如：原著寫晴雯知道墜兒偷鐲子的事後，忿怒地「向枕邊取了一丈青向墜兒手上亂戳，墜兒疼得亂哭亂喊。」雖然這可以理解為晴雯嫉惡如仇，加之病中「肝火盛」，不免舉動急躁粗暴了些，但看上去總覺有損於晴雯的藝術形象，同時這一細節也不能為主題服務。又如原著寫晴雯病中被攆回家，賈寶玉甘冒大不韙前去探望，兩人訣別時，晴雯剪指甲贈送賈寶玉；並與賈寶玉換穿「貼身棉襖」，說什麼「早知如此，當日也另有個道理」，表示對王夫人誣衊她是「狐狸精」，「私情勾引」賈寶玉的內心怨憤和委屈，甚至還有些懊悔的情緒。這樣描繪晴雯的臨終情景，固然符合生活邏輯，只是若認真分析晴雯的思想性格，再對照她一貫表現的天真無邪，倔強矜持，就似乎顯得矛盾而不太統一了。於人物關係上也欠恰當。晴雯與襲人是對立的兩個人物形象，晴雯與賈寶玉的關係和襲人與賈寶玉的關係，有著本質上的不同，必須嚴格區別，否則便混淆了人物關係，貶低了晴雯，從而不利於晴雯形象的完美。六十年代初，周總理曾經對一齣新編的戲曲《晴雯》提過精闢的意見；他指出人物關係一定要掌握分寸，晴雯與賈寶玉畢竟是主僕；由於他們意氣相投，建立了朋友的感情，所以平等待遇，但絕非戀愛。周總理的這一意見十分剴切，使我深受啟發，也為我改編的話劇《晴雯贊》起了重要的指導作用。為了較準確地處理好劇中人物的關係，我便將上面講的一些原著情節和細節，作了省略，我想這於原著精神是毫不悖逆的。

《紅樓夢》是一部偉大古典現實主義的巨著，改編這一巨著，很不容易；自愧才疏學淺，研究還不夠深入，《晴雯贊》的改編難免會存在缺點，希望讀者們指正。並此感謝朋友的幫助和鼓勵，特別使我難忘的是老戲劇家阿英同志和老電影導演楊小仲同志，在「文革」前我開始執筆時，他們就給了我有益的幫助。小仲同志還準備改編為電影，由他導演。誰知內亂中，他們先後都被「四人幫」迫害致死！（注：阿英先生一九七七年去世。）今日《晴雯贊》僥倖問世，也聊以告慰故人於地下！

一九八一年一月二十日午夜

人物表

晴　雯：十四、五歲到十七、八歲。賈寶玉的大丫鬟，也是朋友。貌美而不喜修飾。性行純真、倔強，不闇世故，是一個「身居下賤，心比天高」的女子。雖遭妒嫉誣陷，迫害致死，卻始終倨傲清白，不為富貴所淫，威武所屈，因此深得賈寶玉的同情和敬重。

襲　人：十五、六歲到十八、九歲。賈寶玉的貼身大丫鬟，又是「未開臉」的侍妾。貌似賢德，巧偽陰險。自命為封建正統的衛道者，甘充主子王夫人的心腹耳目，趨炎附勢，極盡阿諛奉迎之能事，而不惜出賣同儕，讒害階級姊妹。

賈寶玉：十五、六歲到十七、八歲。賈家「榮國府」的貴公子。風流倜儻，才情橫溢。對奴僕寒士平等相待，沒有尊卑之分。然徒具叛逆封建禮教的思想，也只是忍氣吞聲，不敢反抗。

麝　月：十四、五歲到十七、八歲。賈寶玉的大丫鬟，襲人的助手。平庸馴服。

芳　官：十二、三歲到十五、六歲。賈府買養學戲的優伶，後來派了服侍賈寶玉。秀麗乖巧，天真爛漫，有志氣，敢於抵制強權勢力，反抗壓迫。

紅　玉：十五、六歲。賈寶玉的二等丫鬟。俊俏伶俐，要強好性，胸有城府。

墜　兒：十四、五歲。賈寶玉的小丫鬟，幼稚無知，貪小利。

王夫人：五十多歲。賈寶玉的母親。是個口念阿彌陀佛，心如蛇蠍的偽善者。

王熙鳳：二十二、三歲。王夫人的娘家姪女，又是夫家侄媳，「榮國府」的管家主婦。風韻雍容，精明能幹。

平　兒：二十歲。王熙鳳的心腹丫鬟，又是丈夫的侍妾。為人忠厚善良。

宋媽媽：四十多歲。賈寶玉的女僕。正直。

乾　娘：四十多歲。芳官的養母。粗魯。

王善保家的：五十多歲。王熙鳳婆婆邢夫人的心腹陪房。刁惡兇悍的勢利小人。
茗　煙：十五、六歲。賈寶玉的心腹小廝，天真憨厚。
焦　大：七十多歲。「甯國府」祖上的老僕。剛正不阿。
賈　蓉：二十歲。甯國府長孫，紈袴公子。
其　他：小廝甲、乙、丙。小丫頭、婆子們。

序幕

時　間：清朝乾隆初年間的一次上元節後。

人　物：（出場先後為序）焦大、小廝甲、乙、丙、茗煙、賈寶玉、王熙鳳、小丫頭、婆子。

布　景：賈家榮、寧兩府大門外。舞臺左首露出門樓一角，珠漆大門，門楣上懸金字橫匾，寫「勅造甯國府」。舞臺右首稍偏是榮國府大門，門楣上也有橫匾。兩府門前都蹲著一對石獅子，仰頭翹尾，潔白可人。兩府大門關閉，旁邊有上下角門供出入。

【幕啟。榮寧兩府大門口都高掛大紅宮燈，輝煌如畫，雖然上元節已過，節日氣氛依然很濃。焦大滿臉絡腮鬍子，坐在甯國府石階上，身邊放著一壺酒，自斟自酌，醉態朦朧地信口笑罵。兩個小廝坐在兩旁聽他講話，和他打諢。這時茗煙提著燈籠自右首下角門走來。

小廝甲：茗煙來啦！

茗　煙：來接我們寶二爺、璉二奶奶的，轎子等在角門外了。

小廝甲：還早哩！

小廝乙：坐會子，聽焦爺講故事。

茗　煙：（走向焦大）焦爺講什麼故事呀？

焦　大：（捋著鬍子，眯起眼睛，神往地）聽吧！就是這一次出兵，太爺打了敗仗，我把太爺從死人堆裡背了出來，才算得了活命。（吐了一口氣喝了一口酒）

小廝甲：這功勞可不小哇！

焦　大：（得意）還有哪！救出了太爺，沒的吃，我就去討點東西給他吃，可我自己只好挨餓。有兩天沒水喝，我又去向人家討了半碗水給太爺喝，我自己渴的要命，只好喝馬尿。（喝乾一杯酒）

茗　煙：（調皮地笑問）哈哈，焦爺，馬尿是什麼味兒？

焦　大：（啐了一口）呸！壞小子，你上馬廄裡嘗嘗就知道了。

【眾笑。小廝丙從左首下角門走來。

小廝丙：焦爺，賴總管派你去送秦相公。茗煙來了，璉二奶奶說燈火明亮的，轎子不用抬進來了。

小廝乙：（向焦大）老爺子，別喝了，裡頭叫你去送客哩！

焦　大：（慍然，瞪大了眼睛）不去！沒良心的王八羔子，瞎充管家，有好差事就派別人，像這樣黑更半夜送客的差事就派我。（照樣喝酒）

【甯國府傳來男女談話聲。小廝們連忙起立，只焦大端坐不動。

【王熙鳳聲音：大嫂子，你們娘倆留步吧，蓉兒媳婦身子不好，鬧了這半天也該讓她歇著了，有蓉兒送我們就行了。

【尤氏聲音：那我就不送出去了。蓉兒，你秦兄弟派了人送嗎？

【賈蓉聲音：誰送秦相公？賴大？

【賴大聲音：回蓉哥兒，已經派了焦大送秦相公。

【秦氏聲音：我兄弟不急。二嬸子慢走！

小廝丙：（向焦大輕聲地）聽見沒有，老爺子？

焦　大：（乘著酒興，不在乎地叫罵著）聽見怎麼樣？他姓賴的也不想想，焦大爺翹起一條腿比他的頭還高呢！他配支使我？

【這時賈寶玉王熙鳳在賈蓉和幾個小丫頭、婆子們的擁簇下走出左首上角門。茗煙連忙打著燈籠迎上去。

小廝甲：（拉拉焦大，小聲地）焦爺，蓉哥兒出來了。

焦　大：（毫不畏懼，大聲地）蓉哥兒又怎麼樣？你焦爺眼裡就沒有這些王八羔子！

【賈寶玉吃了一驚，止步好奇地注視焦大，茗煙向他輕輕耳語。

王熙鳳：（也大吃一驚，嚴厲地）蓉兒，這成什麼體統？咱們這樣人家，連個王法規矩也沒有了？倘或給親友聽見，豈不要笑煞？（邊說邊緩步走向右首下角門）

賈　蓉：（陪笑點頭）是！他一定又喝醉了！（向小廝們喝叱）你們站著幹什麼？快給我捆起來，等明天酒醒了，問他還尋死不尋死了？

【小廝們應了一聲就去拖焦大。

焦　大：（霍地站了起來，揮開小廝走下臺階，指著賈蓉撒野地破口大罵）蓉哥兒，你別在焦大面前使主子性兒，甭說你，就是你爹你爺爺，也不敢和焦大挺腰子！沒有焦大，你們會有這榮華富貴嗎？是焦大救了你祖宗，你祖宗才掙下這一分家業。如今不報我的恩，倒和我充起主子來了！哼，不跟我說別的便罷，若說別的，咱們白刀子進去紅刀子出來。

賈　蓉：（勃然）快把他拉到馬圈裡去，用馬糞填他的嘴！

【小廝們上前揪住焦大，往左下角門拖。

寶　玉：（聽了焦大的話不禁怵然，不忍地向前制止小廝們）不要這樣、不要這樣！

賈　蓉：（忙拉住賈寶玉）寶叔站開些！

王熙鳳：寶兄弟，快過來，咱們該回去了。

焦　大：（掙扎著又哭又罵）別拉我，我要到祠堂裡去哭太爺，哪裡承望他老人家生下這些沒廉恥的畜牲，每天偷雞戲狗，爬灰的爬灰，養小叔子的養小叔子；我什麼都知道，咱們是胳膊折了往袖子裡藏，除了這兩頭石獅子，只怕連貓兒狗兒都不乾淨！

【小廝們用力把焦大拉出左首下角門。

賈　蓉：（氣急敗壞地追出去）給我掌嘴！

寶　玉：（呆住了）啊！

王熙鳳：（拉了賈寶玉）快走，寶兄弟！

寶　玉：（激動驚詫地）鳳姐姐，他說的都是真的嗎？什麼是爬灰的爬灰？

王熙鳳：（責斥地）少胡說！那是醉漢嘴裡溷浸的壞話，你是什麼人？不裝作沒聽見，還要問！等回去我告訴老太太，看槌你不槌！

賈寶玉：（稚氣地央告）好姐姐，既是壞話，我再也不問了。（稍一尋思，又困惑地）只是，咱們這裡是個什麼家啊！

【王熙鳳牽著賈寶玉疾步走出右首下角門。茗煙、小丫頭、婆子們同下。

——幕落

第一幕

時　間：同上

人　物：晴雯、麝月、紅玉、墜兒、賈寶玉、宋媽媽。

布　景：絳芸軒，賈寶玉的書房。舞臺左側下首有門，懸棉門簾，門斗上貼著「絳芸軒」紅紙黑字。左側上首有門通套間。舞臺右側有窗，上首置書案、書架、古玩櫃。下首置銅火盆。舞臺中間置圓桌，椅子。室內陳設盆景，有蘭草、水仙、紅梅。

【幕啟。晴雯和麝月、紅玉、墜兒圍坐圓桌玩骨牌，一個個聚精凝神，十分緊張。晴雯是莊家，開牌不妙，皺皺眉頭看著大家。大家開牌，都贏了。

紅　玉：晴雯姐姐一個人輸了，快分給我們瓜子吧！

晴　雯：（分瓜子給大家）再來！（這次開牌大喜）哈，這回我可贏了！墜兒怎麼不開牌？

墜　兒：（捂住牌撒賴）這回不算！

紅　玉：（搶了墜兒的牌，笑罵）墜兒輸了！

晴　雯：蹄子，還想賴！快伸手給我打！

【墜兒放下牌逃了，晴雯過去一把捉住就打。麝月和紅玉都笑了。這時賈寶玉從外面走來，攔住了晴雯，墜兒乘機跑了。紅玉也走出去。

麝　月：二爺回來了！（站起倒茶）

賈寶玉：（笑向晴雯）罷了，你是大姐姐，饒了她吧！大節下別打人！

晴　雯：你不知道，講好的輸了打手，贏了吃瓜子，小蹄子只要吃瓜子，不許打手。

賈寶玉：為什麼不賭錢呢，輸贏都給錢好了。

晴　雯：說的方便，誰有錢？

賈寶玉：（笑指套間）我那床底下堆了許多錢還不夠你們輸的嗎？再玩吧！（環顧）咦，怎麼都走了？

晴　雯：爺回來了，他們小丫頭子不敢在這屋裡。（說著收拾了骨牌）

賈寶玉：這是為什麼？

麝　月：（端茶給賈寶玉）二爺忘了，這是老規矩！（說罷走進套間）

賈寶玉：（討厭的）這些束縛人的規矩，以後免了吧，有什麼意思呢？（想起什麼）晴雯，早上我寫的三個字呢？

晴　雯：（天真地笑著）還問哩，早上你叫我研了許多墨可你只寫了三個字，丟下筆就走了，哄得我等了一天。現在你快來給我寫完這些墨才行。（拉賈寶玉走向書案）

賈寶玉：字在那裡，讓我看看！

晴　雯：你這個人真是喝醉酒了，你出去的時候囑咐我把字貼在門頭上，我還怕別人貼歪了，親自爬高上梯的貼上去，手都凍僵了。你來瞧！（開門指點）

賈寶玉：我竟忘了！（走去看看字，又關上門，向火盆取暖）那字有人看見沒有？

晴　雯：林姑娘看見了，她說你寫的很好，明兒還要叫你給她寫副對子哩！

賈寶玉：（笑了笑）這是她取笑我。襲人呢？

晴　雯：（向套間呶嘴）在屋裡忙著哩！

賈寶玉：今兒我在東府裡吃飯，有一碟子豆腐皮的包子，我想著你愛吃，就和大奶奶要了叫人送過來，你可吃了？

晴　雯：（直爽地）別提了，一送來我就知道是給我的，碰巧我剛吃了飯，就擱在那裡。不想被李奶奶看見，說拿給我孫子吃吧，就拿到她家裡去了。

賈寶玉：（不高興）這是什麼話？就算我吃過她的奶，可也沒虧待她，時常的送東西給她。還要拿這裡的，未免太貪了。

【襲人從套間輕輕走出來，聽罷他們的話，暗暗搖頭嫉妒。

襲　人：（莊重冷漠地）豆腐皮包子若是我吃了呢？

賈寶玉：（一時語塞看看襲人又看看晴雯）那——

晴　雯：（針鋒相對）若是你吃了，二爺還有什麼說的呢！

賈寶玉：（篤實地）我知道，你是不愛吃的，只有晴雯愛吃豆腐皮包子。

襲　人：（淡淡一笑，岔開話題）你就會在這上頭用心無事忙！今天在東府裡玩些什麼？也講給我聽聽。

晴　雯：（從懷裡取出手爐，遞給賈寶玉）暖暖手吧！

賈寶玉：（接過手爐坐圓桌旁）今天玩的真高興，東府會芳園的梅花盛開，大奶奶擺酒賞花，這倒不稀罕，稀罕的是我結識了一個出色人物。

晴　雯：（好奇）什麼出色人物？

賈寶玉：（讚歎地）就是蓉兒媳婦的兄弟秦鐘，他出身貧寒，卻人品出眾；看了他，我就比成泥豬癩狗了。可恨我偏生在這侯門公府，若是生在寒儒薄宦之家，早和他結交了，都為貧富限制了我們。

襲　人：這話倒新鮮！人家盼著生在侯門公府還不能哩，就是我們，得到這種地方當丫頭，也是福氣。

晴　雯：（白了襲人一眼）只有你這樣想，我可不！

襲　人：（一本正經地）依我看，爺是金枝玉葉之身，原該結交些王孫公子為官作宰的人才是，清寒子弟哪裡比得上他們！

晴　雯：（不服）你的意思，清寒子弟就不好嗎？可你我不也是貧窮人家的女兒嗎？

賈寶玉：（拍手）晴雯說的有理！其實出身貧賤的人才最清高！你不要以為我比秦相公尊貴，我不過是錦繡綾羅裹的一根朽木罷了，美酒羊膏填飽了我這糞窟，富貴二字被我們這種子弟塗毒了！（言下不勝感喟）

襲　人：（嬌嗔地）你又胡說了！

賈寶玉：我不是胡說，連東府的焦大都在罵我們，為我們這些不成材的子弟生氣！

晴　雯：（詫異）焦大是什麼人，敢罵你們？

襲　人：好妹妹，你就少問一句吧，誰不知道焦大是東府裡的一個沒王法的東西！

賈寶玉：（正色，將手爐狠狠放到桌上）不對！焦大是東府的忠心老僕，跟太爺打過仗，出生入死，有功勞，我們應該敬重他才是，可蓉兒十分欺負他！

襲　人：（岔開話題）時刻不早了，小爺，快睡覺吧！明兒也該溫溫書了，上元節一過，老爺就要催你上學了。（拿起手爐）

賈寶玉：你不用操心，過幾天我就到家塾去，我已經回了老太太，讓秦相公也到我們家塾讀書，因為他父親沒有錢給他請先生。以後有他陪我讀書，我也不冷清了。

襲　人：你哪裡是要去讀書，分明是找個伴兒陪你玩耍罷咧！

晴　雯：爺上學去了，你不冷清，襲人姐姐可就冷清了！

襲　人：小蹄子，又來磨牙！我正是怕爺不好生讀書，才這樣勸他。你呀，倒是不願意爺讀書，就盼望他成天在這屋裡和我們混鬧。

晴　雯：（辯護）你總是說爺不讀書，他若是真不讀書，那門斗上的字能寫的出嗎？還有爺做的詩，畫的畫，外頭都爭著傳看，稱讚他天分高，用功哩！

賈寶玉：（搖頭）罷罷，那是外頭清客們瞎誇獎，老爺說做詩畫畫是歪才，得不了功名！

襲　人：（點頭）老爺說的很對，功名最要緊！

晴　雯：（尖銳地）二爺，那就明兒快去上學吧，將來中個狀元，也不辜負襲人姐姐的一片苦心。

襲　人：（撲向晴雯）看我來撕你的嘴！

賈寶玉：（連連擺手）不要鬧了，我還告訴你們一件喜事，聽說大姐姐明年上元節回來省親，我們家就要造園子準備迎接她了。

襲　人：（額手稱頌）哎呀，這可是天大的喜事，皇恩浩蕩，古今少有！

賈寶玉：（不以為然）什麼皇恩浩蕩，本來應該這樣！

晴　雯：是呀，誰家女兒沒有父母姐妹，偏一進了宮，當了娘娘，就要永世隔絕了！真不講理！（憤憤不平）

賈寶玉：（喜得知己，會心地微笑）等園子造好了，大姐遊幸以後，我們就搬進園子去住，可以自由自在些。

晴　雯：（純真地拍手歡躍）那才好哩！

【宋媽媽提了燈籠，推開門探頭進來。

宋媽媽：（含笑輕聲地）姑娘們，天不早了，服侍寶二爺歇息吧！（說罷又退出去）

襲　人：宋媽媽查夜了，二爺有話明兒再說吧！（拿了手爐昂然走進套間）

晴　雯：（目送襲人去後，向賈寶玉調皮地伸伸舌頭，笑著）二爺快去睡吧，再不去襲人姐姐就要惱了！

賈寶玉：好，你來幫我脫衣裳——

晴　雯：我可不幹這些，你找襲人麝月去！（說罷跑了去）

賈寶玉：（興猶未盡，走向書案前坐下，順手拿了一本書翻開，又撂下）看見這些四書五經就頭痛！（站起來拿茶碗準備倒茶）

【這時紅玉悄悄走進來。

紅　玉：（見賈寶玉倒水，忙上前）二爺，我來給你倒，仔細燙著手！（拿過茶碗倒茶）

賈寶玉：（猛然一驚）你從哪裡忽然來了，嚇了我一跳！

紅　玉：（乖巧地）我才從外面進來，以為二爺睡了，該收拾收拾燈火了。怎麼二爺沒聽見我的腳步聲？

賈寶玉：（打量紅玉）你是我這屋裡的人嗎？

紅　玉：是的。爺回來的時候我不是正在這裡和晴雯姐姐他們玩牌嗎？

賈寶玉：（想了想）既是這屋裡的，我怎麼不認得？

紅　玉：（莞爾一笑）二爺不認得的多哩！我從不遞茶遞水拿東拿西的，眼見的事一點不作；二爺在屋裡又不敢進來，難怪不認得。（說罷收拾火盆）

賈寶玉：那是給小丫頭們定的規矩，你已經不小了。

紅　玉：（有點委屈地）這，我也不知道。

賈寶玉：你叫什麼？

紅　玉：我原叫紅玉，因為玉字犯了二爺和林姑娘的名諱多，如今改叫小紅。

賈寶玉：（大聲忿忿地）豈有此理，你叫紅玉礙著我們什麼，不要改，只管還叫紅玉！

麝　月：（走出來，見紅玉在，不滿地）小紅，你怎麼在這屋裡？

【賈寶玉欲代紅玉解釋，這時襲人在套間叫了一聲，於是有點怕事，遂默默不平地走進套間。

紅　玉：（理直氣壯）我何嘗在這屋裡，只因二爺要喝茶，姐姐們不在，我就進來給二爺倒了茶。

麝　月：（冷笑）這倒是個巧宗兒，你多等幾個巧宗兒就上來了！

賈寶玉：（從套間傳出聲音）麝月，來給我脫衣裳！

麝　月：來了！（睨視紅玉一眼，走進套間）

紅　玉：（冷笑了笑，喃喃自語著）嘻嘻，千里搭長棚，沒有不散的筵席，左不過三年五載，各人就要幹各人的去了，誰也不能守誰一輩子！（一口氣吹熄了桌上的蠟燭）

【窗外的月光代替了燭亮，月光下可以看出紅玉滿面愁容，憤慨地緩步走了出去。此刻四周漸漸寂靜。

——幕落

第二幕

時　間：一年後的夏天。

人　物：紅玉、墜兒、襲人、王熙鳳、芳官、乾娘、王善保家的。

布　景：大觀園怡紅院。舞臺上首正中為賈寶玉住室，門楣懸橫匾書「怡紅快綠」四個紅字，掛竹簾。門兩旁有雕花格子窗，掛青紗簾。門外有朱欄迴廊，通庭院。舞臺下首為庭院，左側築籬笆圍牆，有門通前院。牆邊一排薔薇架，花開正茂。牆前置石桌、石椅，涼榻。舞臺右首芭蕉成蔭，通後院。整個一派怡紅快綠的景象，如詩如畫。

【幕啟。紅玉執芭蕉扇佇立芭蕉葉下，沉思。庭院靜悄悄的，只聽見蟬鳴不息。這時墜兒拿了一條手絹高高興興自右首跑了進來。

墜　兒：小紅姐姐，前幾天你說丟了一塊手帕子，你瞧這塊是不是你的？

紅　玉：（接過手絹看了看）是我的，你在哪裡撿到的？

墜　兒：（得意）後院撿的。既是你的，你就拿著，不過你要謝我。

紅　玉：貪小的蹄子，帕子是我丟的，撿了原該還我，討什麼謝謝？

墜　兒：（嬉皮涎臉）告訴你，這帕子是園子裡一個監工種樹的芸二爺撿的，他叫我向你討了謝禮才還你，你不但要謝我，還要謝他才對。

紅　玉：（正色，不屑地）越發胡說了，什麼爺們，撿了人家的帕子還了就是，還要討謝禮不害臊！（收了帕子走開）

墜　兒：（著急，追過去）小紅姐姐，你不謝我，帕子給我！

紅　玉：急什麼，等會子謝你。

【王熙鳳和襲人從屋裡走出來，她們搖著宮扇邊走邊說話。墜兒連忙跑向後院去了。

王熙鳳：咱們還是在院子裡說話風涼些，屋裡悶熱！（走向石凳坐下）

紅　玉：（笑迎著）二奶奶請坐，我給你倒茶去。（說罷

走向屋裡）

襲　人：（站在王熙鳳身邊，思慮地）二奶奶可知道，這會子太太叫我去，有什麼事？

王熙鳳：只怕還是為了金釧兒的事，太太有話問你。

襲　人：（狐疑不安）金釧兒的事，我也只是聽說太太打了她，又攆了出去，別的就不知道了。

王熙鳳：（含笑地）你放心，這事與你不相干，不過金釧兒的事是打寶兄弟身上起的，太太一定要囑咐你話。前天也不知金釧兒和寶兄弟在太太屋裡講了些什麼，給太太聽見了，太太一生氣，打了金釧兒的嘴巴子，昨兒就攆了出去。不想這丫頭竟投井自盡了。如今太太正力此難受，雖然賞了她媽五十兩銀子，心裡總是不安。

襲　人：（先是一驚，繼而阿諛地）原來金釧兒投井了！太太是慈善人，賞了那麼多銀子也算盡了主僕的情分！只怪金釧兒自己不好，不該和爺們廝鬧，太太最恨這事，是要教訓她。就說我們二爺，也不好，平時和丫頭們沒上沒下的，簡直不像個主子；在我們屋裡寵的晴雯無法無天，今天早上晴雯把二爺的扇子跌壞了，二爺輕輕說了她兩句，她便又哭又鬧，連我也排揎了一頓，真是不成體統！

【晴雯在屋裡捲簾子，瞥見王熙鳳和襲人正講話，連忙迴避，但已經聽到她們一些話。

王熙鳳：（誇讚）你真是個明白人，怪得太太背後常誇你懂事知禮，原來太太早看上你了，你的福分可不小哩！

襲　人：（心領神會，受寵若驚，裝出羞澀的神情奸讒地）二奶奶不要取笑我！為了我們爺，我也想回太太一些話。二爺素日性格，二奶奶是知道的，成天在我們隊裡鬧，就是不肯讀那聖賢書，我再也勸不醒他；如今二爺也大了，俗話說君子防未然，倘或鬧出一點半點錯兒來，人多口雜，小人的嘴有什麼避迴，說了出去，二爺一生的名聲豈不完了？為這我日夜懸心，又不好和別人講，今天就趁著金釧兒的事，去討太太個主意，只是我又怕太太怪我小見識。二奶奶看呢？

王熙鳳：（贊服地）你有這個心胸，太太越發要誇獎你了，再也不會責怪你的。

紅　玉：（端著茶盤走來，聽見她們在講話，停了一會才趨向王熙鳳）二奶奶，天熱，我給你冰了一碗玫瑰露，清涼清涼！（把一小碗玫瑰露放在石上）

王熙鳳：（喝了幾口，看看紅玉）這丫頭倒伶俐，今兒沒帶人進來，使喚你給我辦一件事吧！

紅　玉：什麼事，二奶奶？

王熙鳳：到我屋裡去告訴你平兒姐姐，就說外頭桌子上放著一卷銀子，那是一百六十兩，給繡花匠的工錢，等張材家的來了，當面秤了給他。記得嗎？

紅　玉：（不經意地）我就背一遍給二奶奶聽聽看吧！

王熙鳳：不用了，若是辦得好，明兒你就跟我去，我正短一個人使喚。有我調理調理，你就有出息了，願意嗎？

紅　玉：（乖巧地）自然願意，跟著二奶奶長長見識，開眼界多好啊！（說罷向左門走出去）

王熙鳳：（笑向襲人）就這麼說定了，你告訴寶兄弟，叫他再要人，把這個丫頭給我。咱們走吧！（站起來向左門走）

襲　人：好的。（向屋裡大聲地）晴雯，麝月，二爺回來，就說太太叫我問話去了。小蹄子們又不知道都逛到哪裡了？（扶王熙鳳同下）

【芳官短衫長褲，披散著頭髮自右首蹦蹦跳跳跑了出來。

芳　官：（邊跑邊嚷嚷）襲人姐姐，我在後院裡，沒有逛！

【晴雯搖著芭蕉扇緩步走出屋子。

晴　雯：（鬱鬱不樂地自語著）嘻嘻，好像自古以來就是你一個人服侍他，別人都不會服侍！

【乾娘端了一個銅水盆自右首踉踉蹌蹌走來。王善保家的跟在後面，溜到薔薇架下去了。

乾　娘：（粗聲粗氣）芳官，叫你洗頭，你怎麼跑了？（把盆放到石桌上，坐下）

芳　官：（孩子氣地）我不洗！你把你女兒洗髒的水給我洗，就是不洗！再舀乾淨水來我才洗！

乾　娘：你少作怪！洗個頭也挑三撿四的！

芳　官：（頂撞）你沒良心，我每個月的月錢都是你拿去用了，連洗頭水也不給，這水又不是你的。

乾　娘：（羞惱）放屁！你這一點點猴崽子，也鹹嘴淡舌，咬群的騾子似的！（走過去拉住芳官打了一巴掌）快過來洗！

芳　官：（「哇」地哭了，掙脫乾娘，跑向晴雯）晴雯姐姐，乾娘打我！

【這時王善保家的躲在薔薇架下偷偷剪花，一面竊聽芳官和她乾娘的吵鬧。

晴　雯：（向乾娘詰責）嚷嚷什麼？這裡是你打人的地方嗎？越老越沒規矩！

乾　娘：（理直氣壯）我是她乾娘，一天叫娘，終生是母。她敢頂撞我，我就打得！（拉芳官）

芳　官：（見晴雯護她，壯了膽子，撲向乾娘哭叫）你打，你打死我好了！

【乾娘兇悍地打芳官，芳官用頭頂著乾娘亂碰。

晴　雯：（不平地走過去一把拉開芳官，喝叱地）不許鬧！你去問問這園子裡有誰在主子園子裡管教女兒？不要說她不是你親生的，就是親生的，她不好自有主子打罵，還有比她大的姑娘姐姐們也可以管教，用不著你操心！

乾　娘：（氣吁吁地）瞎，連乾女兒也管不得了！

晴　雯：（辭嚴義正地責備）你像個乾娘嗎？芳官失親少眷的，你賺了她的月錢不好生照看她，還要折磨她，未免太狠心了！芳官，我屋裡有花露油，自己洗頭去，不要這乾娘，怕糞草埋了你不成？（說罷轉身走向薔薇架前）

芳　官：（得意）你老人家走吧，我自己洗頭去了。（擦擦眼淚跑向屋裡）

【乾娘無可奈何地端了水盆咕嚕著向右首下。王善保家的暗暗搖頭，看見晴雯走來，急忙躲避，已來不及。

晴　雯：（發現有人偷花，喝問）誰？鬼鬼祟祟的作什麼？

王善保家的：（只好上前，訕訕地）我，晴雯姑娘，我是那邊大太太陪房王善保家的，大太太叫我來找璉二奶奶。

晴　雯：（沒好氣地）二奶奶早走了。你怎麼剪了許多花兒？

王善保家的：（陪笑）我見花兒開的好看，就剪了幾朵帶回去給大太太。

晴　雯：（坐涼榻上，冷冷地）不要拿大太太嚇唬人！這裡的花兒是不許剪的。

【紅玉與沖沖自左門跑了來。王善保家的乘隙忙向左門疾下。

紅　玉：晴雯姐姐，我這就到璉二奶奶那裡去了，她等人使喚！

晴　雯：（冷笑了笑）看把你高興的這個樣子，爬上高枝兒了！有本事出了這園子，長長遠遠的在高枝兒上才算福氣。

紅　玉：（坐涼榻上，感慨地）晴雯姐姐，我不是為的這，我想著能先離開這園子也好，一個個烏眼雞似的，你容不得我，我容不得你，何苦來！過些日子我再叫我娘把我接出去，我可不願像金釧兒姐姐那樣，有一天也給攆了。

晴　雯：（為之動容，頻頻點頭）你說的不錯，看不出你倒是個有心眼兒的。剛才聽襲人和璉二奶奶說，金釧兒的事都怪她自己不好，還怪寶二爺！

紅　玉：（氣忿地）瞎！人都逼死了，還落不是。

晴　雯：（一驚）你說什麼！誰死了？

紅　玉：（小聲）金釧兒姐姐投井了，我才在前院裡聽說的，真可憐！還不許告訴別人哩！

【這時傳來賈寶玉在屋裡的喊聲。紅玉急急向右首走去。晴雯悲痛地掩面啜泣。

賈寶玉：（拿著摺扇瀟灑地走出屋子，站在迴廊上尋視，一面喊著）晴雯！襲人！

墜　兒：（從右首跑了來）二爺要什麼？

賈寶玉：（發現涼榻上有人，向墜兒擺擺手，輕輕走過去，推推晴雯）原來你躲在這裡，怎麼不理我？

晴　雯：（不理，背過身去拭淚）……

賈寶玉：（坐下，拍拍晴雯肩膀）說話呀！

晴　雯：（賭氣，拂袖）何苦又來招我！

賈寶玉：（笑了，坦蕩地）原來是你呀，我還當是襲人哩！你身子單薄，不要只顧貪涼，坐在風口上。

晴　雯：（冷冷地）沒那麼嬌嫩！你找襲人，她到上頭太太那裡討賞去了！（站起要走）

賈寶玉：（拉住晴雯笑著）瞧你這張嘴多厲害，說出話來句句帶刺，又鋒芒，又尖刻。

晴　雯：這也是生就的，不會奉迎巴結！

【芳官已經洗完頭，梳了兩根小辮子，端著茶盤走來。

芳　官：二爺，麝月姐姐在洗澡，叫我沖了一碗玫瑰露給你喝。

賈寶玉：（接過碗嘗嘗，搖頭又放下）晴雯，屋裡有新鮮櫻桃，去拿到這裡來吃。

晴　雯：要吃等襲人回來打發你吃，我慌慌張張的，早上才跌壞了爺的扇子，倘或再打壞盤呀碗的，更了不得！（說罷又要站起來）

賈寶玉：（恍然大悟，拉住不放）哦，你還在生我的氣！瞧你的性子越發嬌慣了，早上你跌壞扇子，我不過說了你兩句，叫你以後仔細些，不要照前不顧後的，這話錯了嗎？

芳　官：（天真地）哎喲，我可要仔細點，別把這碗打了！（說著端了茶盤走進屋裡）

晴　雯：（慨然辯駁）爺說我嬌，早上跌壞扇子原是平常的事，又不是我故意的。先時丫頭們不小心，連那玻璃缸、瑪瑙碗不知道打了多少，爺總是耽待，也沒見出過聲兒；今兒我只是失手跌壞一把扇子，就惹的爺發那麼大脾氣，又罵我蠢才，又要攆我回家！我們丫頭奴才也是人，也有個臉面！我再不好，爺嫌我想打發我走，也該念在我服侍了幾年的情分……（傷心地說不下去，。哽咽聲聲）

賈寶玉：（歉疚地）瞎！早上是我太魯莽，傷了你！只因我心裡不快活，今天端陽節太太備了酒席，叫我去陪大家賞節，又不敢不去；正不自在，偏巧你跌壞扇子，因此就拿你發作起來！晴雯，下次我再也不這樣了！

晴　雯：（拭淚）爺說不快活，到底有什麼心事？是不是為了金釧兒的事？

賈寶玉：（面呈愧色）你已經知道了！這也怪我不好，昨兒就為我和金釧兒說了幾句玩話，被太太聽見，打了金釧兒還攆了她，咬定她不規矩，真是冤枉！我想替她去求情，又怕太太不許，心裡真難受！（說罷煩惱地捶胸歎氣）

晴　雯：（有些不忍，含糊其辭，意味深長地安慰著）不用多想了，她這一走倒乾淨了！瞧你急的滿頭大汗，進去寬寬衣裳吧！

賈寶玉：（用袖子擦擦汗，連連搧扇子）剛才吃了好些酒，怪熱的，咱們去洗洗澡吧！

晴　雯：（站起來擺擺手）罷罷，我可不服侍爺洗澡，去找麝月服侍你。

賈寶玉：既這麼著，我不洗了，咱們還是吃果子！

晴　雯：（固執地）先前說過，我不配打發你吃果子。

賈寶玉：（委婉和悅地）你怕打壞東西嗎？不要緊！這東西原是供人使用，各自性情不同，你喜歡這樣，我喜歡那樣；比方盤子原是盛果子的，你若喜聽它的響聲，就故意打碎了也可以，只是別在氣時拿它出氣。又比方扇子原是搧風的，你要撕著玩也可以，只是不能拿它出氣，這就是愛物。可我從來沒有重物輕人之心，像大老爺似的，家裡放著無數的扇子還嫌不夠，聽說有個石呆子藏著幾把古扇子，他願出五百兩銀子買過來。偏那石呆子不肯賣，大老爺就叫賈雨村這個贓官，用勢力沒收了石呆子的扇子，把石呆子氣的命都難保！

晴　雯：（怵然）就是老爺常叫你去陪客的那個賈雨村嗎？

賈寶玉：正是他！我因為最討厭這個人，總不願見他，襲人還怪我不親近為官作宰的，其實他不過是國賊祿蠹！

晴　雯：（肅然）這樣看來，大老爺和賈雨村都是重物輕人的，你卻是輕物重人?!

賈寶玉：一點不錯！

晴　雯：（思忖，試探地）那麼，我最喜歡撕扇子玩兒，你捨得拿扇子給我撕嗎？

賈寶玉：（毫不遲疑地將手裡的扇子送給晴雯）這有什麼，你喜歡撕就撕吧！

晴　雯：（接過扇子看看賈寶玉，認真地撕成兩半）我可真撕了！

賈寶玉：（笑著拍手）這響聲好聽，再撕響些！

晴　雯：（「嗤嗤」又撕了幾聲，也笑了）真好聽！

【麝月搧著一把紙扇自屋裡走來。芳官跟在後面。

麝　月：（睹狀詫異地）你們在做什麼？

賈寶玉：（一眼看見麝月手中的扇子，不由分說奪了過來遞給晴雯）還撕！

晴　雯：（接過扇子又撕了幾半，得意地失聲大笑）哈哈哈！

【賈寶玉也縱情大笑。芳官跟著笑。

麝　月：（氣惱地）這是怎麼說，拿我的東西開心！

賈寶玉：什麼好東西，我賠你，屋裡扇子匣裡你隨意撿去！今兒宮裡送來的端陽節賞，還給了我一把檀香骨的扇子哩！

麝　月：（譏誚地）那就一齊連匣子裡的扇子都搬了出來，讓她盡興的撕吧！

賈寶玉：好，你快搬去！

麝　月：我可不造這孽，她又沒折了手，叫她自己搬去！

芳　官：（天真爛漫）我搬去！

晴　雯：（笑著制止）夠了，我已經很開心了，這會子也乏了，明兒再撕吧！

【襲人已經自左門進來，滿面春風；喜形於色，但看了這情景又不免搖頭皺眉。

賈寶玉：古人千金難買一笑，幾把扇子能值多少?!

襲　人：嘖嘖嘖，我一時不到，就生出事故來！太太說了，叫二爺仔細些，老爺還要讓你上學裡讀書去，不能任著你在園子裡鬧。

【空氣頓時變得沉重起來，大家面面相覷。

賈寶玉：（愣了一會，感慨地）提起上學我就想起秦相公，一眨眼他和蓉兒媳婦都死去一年多了！可歎年輕輕的竟一病不起！

襲　人：罷了，秦相公活著也沒見你們讀什麼書，倒是大鬧了學館！芳官，把這些破扇子撿起來。

芳　官：（應了一聲去撿扇子，也淘氣地撕了幾下）就是好聽！

襲　人：二奶奶叫回二爺，小紅她要去使喚了。

賈寶玉：為什麼！

襲　人：二奶奶短人，看見小紅還伶俐，就叫跟她了。咱們這裡橫豎人也夠使的了。

賈寶玉：（不高興地）哼，連有個像樣點的丫頭也容不得！（轉身向屋裡走去）

襲　人：麝月，服侍二爺洗澡去！

麝　月：（應了聲隨下）

襲　人：（走向晴雯故意打趣地）姑娘這會子總消氣了吧？早上的事都是我們不好——

晴　雯：（打斷）你們，你們是誰啊？

襲　人：（得意忘形地脫口而出）我和二爺呀！

晴　雯：（尖銳地）別叫我替你害臊了，正經連個姑娘還沒掙上哩，哪裡就稱上我們了？

襲　人：（刷地面紅耳赤，強自鎮靜地）一時溜了嘴，算我說錯了！（說罷快快疾步走向屋裡）

晴　雯：（瞅著襲人的背身，輕卑地）瞧那神氣兒，就像是已經當上姨娘了！

芳　官：（一怔，似懂非懂地）襲人姐姐要當姨娘嗎？當姨娘有什麼好？

晴　雯：可以多幾兩銀子的月錢哩！（走到薔薇架下，拿起一朵花欣賞著）

芳　官：（瞠目不知所云，又使勁撕了一下破扇子）

晴　雯：（聽見扇子響聲，不禁嫣然一笑）

【一陣有節奏的蟬鳴，衝破了太空的沉寂！

——幕落

第三幕

時　間：又一年的隆冬十一月。

人　物：賈寶玉、麝月、晴雯、芳官、墜兒、平兒、宋媽媽。

布　景：怡紅院，賈寶玉住室。舞臺正中上首有一排雕花玻璃窗，懸細紗軟簾，透明可見窗外芭蕉蔥郁。窗下置書案、書架、古玩櫃，櫃內槅子上放一座自鳴鐘。舞臺左上首有門通窗外迴廊，下首置雕花屏風，炕榻，火盆。舞臺右上首為暖閣，賈寶玉的臥房。懸大紅繡幔，旁置穿衣鏡，有罩子。下首有門通丫環們的下房。陳設了松、竹、假山等幾隻盆景。

【幕啟。屋裡靜悄悄的，自鳴鐘響了兩下。麝月在穿衣鏡前服侍賈寶玉穿衣裳。

麝　月：剛才太太打發人來告訴爺，明兒是舅老爺的正生日，太太身上不好，不能親自去了，叫二爺今兒晚上去暖壽，明兒再去拜壽。

賈寶玉：（有點不耐煩，鬱鬱地）一年到頭鬧不清的生日！襲人的媽死了才回家，晴雯又病了，真不願意出去。

【晴雯病懨懨地自右門走出來，在火盆前烤烤手，又坐到炕上。

賈寶玉：（連忙趨前，關懷地）晴雯，吃了藥，今兒好些嗎？

晴　雯：（鼻塞聲重）什麼大夫，只會騙人的錢，一劑好藥不給人吃，病能好嗎？

麝　月：你也太性急！俗話說病來如牆倒，病去如抽絲，又不是老君仙丹，哪有這樣靈驗？

賈寶玉：你要安心靜養，再不好，明兒換個太醫看看。（伸手摸晴雯額）還有些燒，你屋裡冷，這裡有火盆，你就在這裡躺躺吧！

晴　雯：頭痛，鼻子塞的難受。

賈寶玉：（想了想）麝月，快叫人去和璉二奶奶討一瓶平安散來，嗅嗅鼻子就鬆通了。

麝　月：我這就打發墜兒去討！（向右門走去）

晴　雯：（喊芳官）來給我倒碗茶喝。

賈寶玉：我給你倒。（向暖壺倒了一碗茶）

晴　雯：（接茶喝了幾口）你該出門了，早去早回！

賈寶玉：我還要到前邊老太太那裡去哩！芳官！

【芳官穿著像個男孩兒，自右門上。

芳　官：（活潑地）二爺，什麼事？

賈寶玉：在這裡陪陪你晴雯姐姐，不要逛出去貪玩。

芳　官：知道了！（搬了個凳子站在古玩櫃前看自鳴鐘）

賈寶玉：（笑著搖頭）芳官，你又狂自鳴鐘！

芳　官：我瞧瞧什麼時候了！（說著把鐘墜子幌弄弄，調皮地跳下凳子）

晴　雯：芳官，我看你哪天才長大，還是這樣的淘氣！

麝　月：（走進來）一點女孩兒的斯文觀靦腆都沒有！

賈寶玉：（疼愛地端詳芳官）你看她多像個男兒，不如改個男孩兒的名字吧！（思索）以後就叫耶律雄奴，又別致，又好聽，這是小番的名字。

芳　官：（拍手）好的很！只是以後你出門也要帶著我，就當茗煙一樣的小廝。

賈寶玉：不行，到底看的出是女子。

芳　官：那就在屋裡給你當書童吧！

賈寶玉：這倒使得！

晴　雯：打扮起來，你們倆像是雙生兄弟！

【賈寶玉和芳官都笑了。這時墜兒拿了一個小玻璃瓶自左門走進來。

墜　兒：平安散拿來了！（將小瓶遞給晴雯）

芳　官：瞧這小瓶兒真精貴好玩！

墜　兒：平兒姑娘等會兒要來看晴雯姑娘，她問晴雯姑娘的病好些沒有，若還不好，就回家養去。時氣不正，沾染了別人事小，寶二爺身子要緊！

晴　雯：（氣惱）我又不是害瘟病，生怕過了人，我離開這裡看你們就別頭疼腦熱的。

賈寶玉：（忙勸慰）這原是二奶奶的責任，她怕太太知道了說她，叫平兒白囑咐一句罷了。你素日愛生氣，這會子肝火更旺了！

麝　月：沒病作病，病了又著急生氣的！誰叫你前兒晚上大冷天，跑到院子去嚇我呢？沒嚇著我，自己作出一場病來。

賈寶玉：是呀！你身子弱，經不起一點風寒。等平兒來了，麝月告訴她沒什麼要緊，晴雯不過是受了涼。襲人不在若是叫晴雯也回家，這屋裡人更少了，怪冷清的，我害怕！（向晴雯）平安散是西洋藥，你快挑出些嗅進鼻子裡，打打噴嚏，包你舒服了。

晴　雯：（用手指甲挑平安散吸了一點，沒動靜，又吸多些，頓時噴嚏連聲，涕淚交流，忙放下小瓶）唉喲，了不得！墜兒，快拿紙來。

賈寶玉：如何！

芳　官：真靈（拿了小瓶看看，也往鼻子裡吸了吸爭立刻打了幾個噴嚏，放下就跑向右門），好辣呀！

【大家都笑了，墜兒拿了些紙給晴雯，又走進右門。

晴　雯：小蹄子，藥也是狂得的！（用紙揩鼻涕）我還是進去睡著的好。（站起來）

麝　月：（觀賞小瓶）外國玩意兒都是稀奇古怪的！

【平兒和宋媽媽在窗外講話，過了一會，宋媽媽自左門走進來。

宋媽媽：（低聲）麝月姑娘，平姑娘叫你出去一下。（說罷又作手勢，再走出去）

麝　月：哦！（向左門走出）

晴　雯：（疑心）什麼事這樣鬼鬼祟祟的，定是——（沒說完又接連幾個噴嚏）

賈寶玉：鬆通些吧？平兒看你的病來了。

晴　雯：（點點頭）可是她怎麼不進來，定是和麝月說我病了不回家，來催了。（說罷賭氣向右門走去）

賈寶玉：別多心，晴雯，平兒不是那種人。我去聽聽他們說些什麼。（正向外走）

麝　月：（自門外向屋裡探頭，看見賈寶玉連忙擺手，示意避開，一面向門外招手）平姐姐進屋裡坐吧，外頭怪冷的。

賈寶玉：（急忙躲進暖閣）

【平兒走進屋裡，四顧無人才放心。

麝　月：平姐姐坐！（拉平兒坐炕上）剛才你說鐲子的事——

平　兒：（從身上取出一個金鐲子，小聲地）就是這只金鬚鐲，能值幾文。前些天丟了，我原沒放在心上，不料今兒你們這裡的宋媽媽忽然把鐲子送給我，說是小丫頭墜兒偷了，被她看見要了過來的。

麝　月：（一驚，憤憤地）小蹄子怎麼這樣下作？

平　兒：（委婉淳厚地）是呀！我來告訴你，以後防著她些，別再使喚她到處去，等襲人回來打發她出去算了。這事我已經囑咐宋媽媽，先別讓寶玉知道，他一向在你們身上爭強要勝的，這會子屋裡出了個偷兒，丟人現眼。再說於你們也不好看。

【賈寶玉躲在幔後竊聽，又驚訝，又很感服平兒。

麝　月：（點頭不迭）你說的是，這事斷不能聲張！

平　兒：我想著襲人不在，晴雯那蹄子是塊爆炭，眼裡進不去一點灰塵，如今又病著，若給她知道了，一定忍不住要鬧起來，所以特為找了你說說。好了，我走了。（站起來自左門走去）

麝　月：難為你想的周到！（送平兒走出去）

【賈寶玉在屋裡反剪著兩手踱步，思索了一會，急急向右門走進。

宋媽媽：（走進來，見屋裡沒有人，大聲地）寶二爺收拾好沒有？太太叫快到舅老爺家去！（說罷又走出去）

【賈寶玉走出來，晴雯和芳官跟了出來。顯然賈寶玉已經把墜兒的事告訴了晴雯，晴雯滿面怒容。

賈寶玉：（向芳官叮嚀地）把晴雯的藥拿到火盆上煎，多添些炭，屋裡也好暖和些。

晴　雯：還是拿到茶房去煎吧，弄的這屋裡都是藥氣味，如何使得！

賈寶玉：藥味比一切花香草香都雅，這屋裡各色都齊了，就只少藥香！

麝　月：（自左門走進來）那就給你再添上藥香，芳官去拿藥來煎。小爺，也該走了，外頭催哩！（從暖閣拿出一件大紅猩猩氈褂子給賈寶玉穿上）

賈寶玉：（不放心地）晴雯，可不許生氣啊！（說罷穿好衣服向左門走去）

麝　月：（送賈寶玉到門口）記住，不要多喝酒！

【賈寶玉經過窗外時向屋裡還望了望。芳官拿了藥罐來，在火盆上煎藥。

晴　雯：（坐在火盆前烤手）麝月，平兒來有什麼事？

麝　月：（敷衍地）來看看你用了平安散好些嗎，我說平安散效驗可快，嗅進去就打噴嚏。她見你睡了，坐坐就走了。

晴　雯：（冷笑）你別哄我，我都知道了，把墜兒叫來！

麝　月：（連忙勸止）快別嚷嚷，給街坊鄰居聽見了多丟人！再說也辜負平兒待咱們的一番情意。

晴　雯：只是這氣我忍不下。墜兒！（按捺不住地大聲叫著）小蹄子，眼皮子這麼淺！

麝　月：（無奈地報怨）你這人就是任性，不好好養息，又作死！

墜　兒：（自左門走進來）姑娘叫我嗎？

晴　雯：（悻悻然）你倒裝得沒事人似的，我問你，平姑娘的金鐲子是你偷的嗎？

墜　兒：（臉色突變，惶恐地哭了）姑娘，那是我媽叫我偷的，她因為賭錢輸了，叫我偷金鐲子給她撈本。我偷了沒有給我媽，宋奶奶一問，我就給了宋奶奶。姑娘，我再也不敢了！

晴　雯：（忿忿地）天下竟有這樣不害臊的媽，不教女兒學好，教女兒偷東西！偏偏也就有你這樣現世打嘴的孝順女兒，你把我們一屋子人的臉都丟盡了！（說罷咳嗽不已）

芳　官：（也很生氣）真丟人！

晴　雯：（喘吁吁地）麝月，你把平兒的意思告訴宋媽媽。（站起來坐到炕上）宋媽媽！

麝　月：（想了想）也好！

宋媽媽：（走進來）姑娘們有什麼事？

麝　月：宋媽媽，墜兒的事我們已經知道了，平姑娘的意思等襲人姑娘回來再打發墜兒去，我和晴雯姑娘商量了，遲早總是要去的，不如這會子去，免得張揚的都知道了，反倒沒臉。

晴　雯：（思忖，遮蓋地）寶二爺也吩咐了，墜兒平時很懶，常常使她，她撥嘴兒不動，今天務必打發她出去，明兒寶二爺親自回太太就是。

宋媽媽：（笑了笑）晴雯姑娘不用替她遮羞了，說穿了就是為偷鐲子的事吧。

墜　兒：（著急地央告）宋奶奶，替我央告姑娘們，饒了我這一遭吧！這都怪我媽不好！

麝　月：央告我們有什麼用，就算我們能饒你，上頭也不饒你！雖是你媽不好，你若是個好的，也不會聽她的叨唆。

宋媽媽：（詰責地）我問你，我若是沒看見那鐲子，你會把鐲子交給我嗎？平姑娘也和我說了，這兩天老太太正為園子裡有人賭錢在生氣，倘或知道又出了偷兒，還了得！不要說姑娘們臉上不光彩，就是我老婆子也擔過錯！依我看，寶二爺和姑娘們都保不了你，快跟我找你媽去吧！（說罷拉了墜兒就走）

【墜兒抱頭嗚咽著跟了宋媽媽向左門走去。

芳　官：（把煎好的藥倒在碗裡遞給晴雯）這是頭和藥，趁熱喝吧！

晴　雯：（接了藥碗放炕几上，歎了口氣）瞎！

麝　月：（怨懟地）襲人才走幾天，怡紅院就生出這些事故。趕明兒襲人回來，會不會埋怨咱們太性急呢？還是該等她回來處治的好。（言下有些後悔）

晴　雯：她又不是主子！（一口氣喝完藥）

麝　月：（顧慮地）雖不是主子，可她是這屋裡寶二爺跟前的人——

晴　雯：二爺跟前的人怎麼樣？就算已經是姨娘又怎麼樣？你怕，我不怕，有了過錯我耽待！

芳　官：怕什麼，只要咱們作的在理上！

麝　月：你少多嘴！（白了芳官一眼）天短夜長，一眨眼天就黑了！（走向自鳴鐘看看）這勞什子又不走了！（說罷去點亮了燭燈）

晴　雯：芳官擺弄了半天鐘墜子，准是把擺弄壞了！

麝　月：小蹄子實在太淘氣了，非打你一頓不行！（說著就去打芳官）

【芳官逃向左門，賈寶玉穿著孔雀裘迎面而來。

芳　官：（一把拉住賈寶玉）阿彌陀佛，二爺回來了！二爺，快救命，麝月姐姐打我！

賈寶玉：（護著芳官）是為自鳴鐘的事嗎？我在窗外已經聽見了。那洋玩意兒就是容易壞，回來叫人拿出去收拾收拾。

麝　月：（笑著在芳官頭上戳了一指頭）爺怎麼這樣早回來了？

賈寶玉：（掏出懷錶看看）不早了，此刻是戌時八點鐘了！晴雯好些嗎？（坐炕邊）

晴　雯：頭不大疼了。（注意賈寶玉）咦，你換了一件褂子！

麝　月：（也發現了，打量著）你出去的時候分明穿的是大紅猩猩氈褂子，怎麼變成金碧輝煌的毛氅衣了？

芳　官：（端了一碗茶給賈寶玉）二爺喝茶！這件褂子真好看！

賈寶玉：嗐，別提了，掃興的很！（懊惱地跺腳）

麝　月：（詫異）出了什麼事？

賈寶玉：老太太怕我冷，特為找出這孔雀裘褂子給我，說是俄羅斯國的，家裡只剩這一件了，叫我仔細穿，糟蹋了就再也沒有啦！

麝　月：老太太真疼你！

賈寶玉：可偏偏今兒第一次穿，就被我糟蹋了！不留神，香爐的火迸上了後襟，燒了個窟窿。明兒怎麼能再穿出去了！（站起來抓耳搔腮）

晴　雯：那就明兒不穿了。瞧你急的這耆子！

賈寶玉：不行，明兒是舅老爺的壽誕正日子，老太太囑咐了還得穿這去。（說罷脫下孔雀裘，指給麝月破的地方）你看！

麝　月：（連連咂嘴）嘖嘖嘖！燒這麼大個窟窿，真可惜！拿出去找個能幹的裁縫織補織補吧！

賈寶玉：明兒一早就要穿去，哪裡來得及！

晴　雯：沒福氣穿就罷了，急有什麼用，拿來給我瞧瞧。

麝　月：（把孔雀裘遞給晴雯）真可惜！

晴　雯：（接過孔雀裘仔細看著，思索地）這是孔雀金線織的，咱們也拿孔雀金線就像界線似的，界密了，只怕也可以混得過去！

麝　月：（點頭）你說的對！孔雀金線倒現成有，但這屋裡除了你誰會界線呢？

晴　雯：少不得只好我來試著界界吧。芳官去把我的針線笸拿來，我就在這裡織補。

賈寶玉：（不忍）這如何使得！你生著病，經不起再受累！

晴　雯：你不用管！

芳　官：（自右門拿了針線笸給晴雯）針線笸拿來了！

賈寶玉：芳官，把火盆往炕邊挪挪！

晴　雯：（提起精神坐坐好，用手絹擦擦手，在針線笸裡挑出金線比比孔雀裘）這雖不很像，補好了或許差不多。

麝　月：差不多就行，哪能一模一樣！

芳　官：晴雯姐姐，我來給你紉線！

晴　雯：罷罷，我不許你在這裡淘氣！（咳嗽）

芳　官：（調皮地吐舌）那我就吃飯去了！（向右門跑了）

賈寶玉：（倒了碗茶給晴雯）喝口熱茶！

晴　雯：（喝了口茶放到炕几上，開始穿針紉線）麝月你也吃飯去吧！

麝　月：你想吃點什麼？一天都沒吃東西了

晴　雯：我不餓！（只顧作活）

賈寶玉：（向麝月）叫廚房熬點紅棗粥來。

晴　雯：算了，小爺，別給人家添麻煩了，我不想吃！

【麝月走進右門。賈寶玉搬了個矮凳坐在炕邊看晴雯織補。晴雯不時咳嗽兩聲，賈寶玉就站起來給晴雯添些熱茶。晴雯喝幾口又放下，只顧垂首用心地織補。賈寶玉坐立不安地看著晴雯，時而憂慮地漫步徘徊。這時外面傳來更梆的聲音。

麝　月：（走進來看了看晴雯織補），二爺，你去睡覺吧，明兒一早還要出門哩！

賈寶玉：我不睏，我在這裡陪陪晴雯！

晴　雯：（抬頭，有氣無力地）小祖宗，我這活兒還早著哩，你可不能熬夜，把眼摳摟了，明兒怎麼作客去？

賈寶玉：你抱病為我織補衣裳，叫我如何能忍心去睡覺！

晴　雯：（催促）你在這裡我也靜不下心作活，麝月，服侍二爺睡覺去！

麝　月：二爺，咱們就別攪她了，讓她靜下心作活吧！

【推賈寶玉走向暖閣，順手放下幔子）

【夜靜了。晴雯獨自織補了一會，覺得不大舒服，不時揉揉太陽穴，伸伸腰腿，偶而咳嗽幾聲，或是打幾個噴嚏。後來她有些冷了，站起來撥弄撥弄火盒，搓搓手又坐下繼續織補。

賈寶玉：（披著衣服靸著鞋，拿了一件灰鼠斗蓬，躡手躡腳地走到晴雯背後，輕輕替她披上）歇會兒吧！晴雯！

晴　雯：（仰首微笑地）你怎麼又起來了？

賈寶玉：睡不著。聽見你咳嗽，我怕你冷，給你送件斗蓬來。火也快熄了，我去添點炭。（向火盆裡添了炭）

晴　雯：（感動，拿起孔雀裘）你來瞧，還混得過去嗎？

賈寶玉：（坐炕沿上細看了看，高興地）好極了！若不留心，簡直看不出破綻。已經快補完了，實在太辛苦你了！

晴　雯：不妨事，剩不幾針了。你去歇息吧！

賈寶玉：（走向窗前）天快亮了，我給你倒碗熱茶。（拿了茶碗向暖壺倒了茶，放到炕几上）

晴　雯：（一口氣織補完，深深嘆了口氣，顯得十分疲憊的樣子）嗐！總算補完了，到底不太像，就這樣馬虎點穿吧，我也只有這個能耐了！（把孔雀裘摺好給賈寶玉，想站起來，一陣頭昏，猝然不支地跌到炕上）唉喲！

賈寶玉：（大驚，連忙放下孔雀裘，扶住晴雯，焦急地叫著）晴雯，你怎麼了？晴雯，麝月，快來！麝月！（難過地哭了）

【麝月睡眼朦朧地匆匆走出暖閣。

麝　月：什麼事？（睹狀忙幫著扶起晴雯，大聲叫著）晴雯！晴雯！

晴　雯：（微微呻吟了一聲，動了動）哎！

麝　月：醒過來了！這一定是使力太過，暈過去了！晴雯！晴雯！

賈寶玉：（哽咽地）都是我害的，倘若有個好歹——（說不下去）

麝　月：瞧你婆婆媽媽的，胡說些什麼？

賈寶玉：（拭淚）快去叫宋媽媽傳王太醫來。

麝　月：你把芳官喊起來！（說罷疾步走出左門）

晴　雯：（掙扎著想坐起來）我，我要回屋裡去！

賈寶玉：（欣慰地）哦，你好了，晴雯！我扶你到屋裡去！（攙扶著晴雯站起來，慢慢走向右門）

【窗外曙光黎明，遠處雄雞報曉。

——幕落

第四幕

第一場

時　間：幾年後的秋天

人　物：襲人、平兒、麝月、宋媽媽、王夫人、王熙鳳、王善保家的、晴雯、芳官、賈寶玉、小丫頭。

布　景：同第三幕，只是屋裡陳設稍改，少了火盆，多了一張圓桌，幾張凳子。盆景是菊花。

【幕啟。襲人獨自坐在圓桌前作針線。這時窗外有人向屋裡張望，隨後平兒自左門進來。

平　兒：襲人，你一個人在屋裡嗎？做什麼？

襲　人：（忙起身笑迎）給二爺做鞋，平姐姐，快請坐！寶二爺上瀟湘館瞧林姑娘去了，晴雯又不自在，睡了一天啦！麝月在院子裡（說著倒了一碗茶給平兒）

平　兒：（接過茶碗放桌上，拉襲人並坐桌前，神情機密地）他們不在正好，我來告訴你一件要緊的事！

襲　人：（一驚）又出了什麼事故？

平　兒：（附耳低聲）今兒晚上太太要來抄檢園子，搜查丫頭們的東西，你小心點！

襲　人：為什麼呢？是不是為園子賭錢的事？聽說又有人偷東西了！

平　兒：（搖搖頭）嗐，出了新鮮事兒啦！

襲　人：（詫異）什麼新鮮事？

平　兒：（持重而帶點緊張地）就為老太太屋裡的小丫頭傻大姐，前兒在園子裡撿到一個香袋，被那邊大太太看見了，說是壞東西，就拿去叫他的心腹陪房王善保家的送過來給太太。醜事出在這邊，自然讓太太和二奶奶沒臉。太太氣的要死，怪罪二奶奶管家不嚴。那王善保家的又調唆了些不三不四的閒話，太太分外惱了，定要抄檢園子，查查到底是誰的東西。我怕你臨時著慌，先送個信給你，也好打點打點，只是千萬別走風！

襲　人：（用心聽著，一派正經）按說這園子也是該清理清理了，連年生出多少事故來；一忽兒金釧兒投井，一忽兒墜兒偷金鐲子；就沒安生過。

平　兒：（憂慮地）也不知是什麼香袋，是哪個沒臉丫頭的，不但害得大家不乾淨，只怕還要連累一些人遭殃！

襲　人：（不經意地笑著）你真是個名不虛傳的賢得忠厚人，何苦來替別人擔憂！俗話說冤有頭債有主，總會查個水落石出的。

平　兒：這叫猩猩惜猩猩！我想著能省點事，大家安安生生多好，可偏偏一波未平一波又起。我該走了，回去晚了二奶奶要疑心我出來給誰通風報信哩！（說著站起來）

襲　人：難為你處處想著我們！

平　兒：我去瞧瞧晴雯，就從後門走了。（向右門走去）

襲　人：（譏誚地）她呀，就像林姑娘，嬌嫩的動動就病了！

平　兒：（止步）晴雯身子弱，性情強！小紅就像她的性情，比她還倔強，前兩天鬧著要出去，說在這裡不會有好下場！

襲　人：二奶奶不是很喜歡她嗎？

平　兒：二奶奶氣的罵她不識抬舉，只好讓她娘領了出去。

襲　人：這蹄子真不識抬舉！

平　兒：（仁厚地）人各有志！（向右門下）

襲　人：慢走，我不送你了。（送到右門口轉身到桌前，有點納悶地思忖著）

【霍地一陣腳步聲，窗外清晰地看見王夫人、王熙鳳、王善保家的、小丫頭們，熙熙攘攘向屋裡走來。

宋媽媽：（匆匆進左門）姑娘們，太太、二奶奶來了！（說罷又退下）

襲　人：（有些意外，急忙收拾了針線筐，自言自語地迎出去）咦，怎麼這樣快就來了！

【王夫人和王熙鳳在王善保家的、小丫頭們擁簇下魚貫而入，麝月隨後進來。

襲　人：（施禮恭敬）太太，二奶奶，請坐！

【王夫人項上掛著一串念珠，滿面怒容，盛氣凌人地坐炕上。王熙鳳侍立一旁。王善保家的站在下邊。小丫頭兩個站在後面。

麝　月：（用茶盤托了兩碗茶）太太，二奶奶喝茶！

王夫人：這裡不用人服侍，你們都下去，只留襲人在這裡問話！

麝　月：是！（放下茶碗，小心地帶了小丫頭走出左門）

王夫人：（嚴峻地）襲人！

襲　人：（端莊而又惶恐地向前跪下）太太！

王夫人：起來回話！還記得那年我囑咐你，叫你用心服侍寶玉，我把寶玉交給你的話嗎？

襲　人：（溫馴地）奴才沒有忘記太太的吩咐，不敢有半點侍慢寶二爺，太太不信可以問他。

王夫人：（微微皺眉，感到答非所問）這我知道，我問你，怡紅院裡除了小丫頭子以外，大丫頭都有誰？

襲　人：（不加思索地）有秋紋、麝月、我和晴雯！

王善保家的：（趾高氣昂地插嘴）太太要問的就是晴雯這位二號姑娘，她仗著比別人生的模樣標緻，又能說會道，平時捏指要強，小丫頭子稍不順她的心，就瞪起兩眼來罵人，聽墜兒她娘說，墜兒也沒犯什麼大過錯，竟被她攆了！

襲　人：（心裡已經有所瞭然，暗暗高興，巧偽狡黠地）墜兒的事，因為她偷了平兒姐姐的金鐲子，是寶二爺叫晴雯攆的；當時我回家了，後來才知道，也抱怨過他們攆的急了些。若說晴雯，在這屋裡原是個最聰明能幹的，所以很得二爺的歡心，只是性情高傲，眼裡沒人，口角十分鋒利尖刻。

王夫人：（想了想，向王熙鳳）晴雯，是不是那個水蛇腰，削肩膀，眉眼有點像林妹妹的丫頭？

王熙鳳：太太說的就是她，論相貌，眾丫頭裡都沒有她生得好，論舉止言語，嫌輕薄些。

王夫人：（厲顏正色）我一生就是討厭這樣的人，寶玉屋裡可容不得這樣的人。晴雯以外還有嗎？

襲　人：（乘機進讒）還有芳官也生的不壞，調皮淘氣，不懂什麼禮教！

王善保家的：（連忙鼓唇弄舌地挑撥）可厲害哩！有一年夏天，我親眼看見芳官和她的乾娘拌嘴撒野，她乾娘管教她。晴雯還護著不許管教。

王夫人：（觸動）襲人，是不是你告訴過我，寶玉給她取個男人名字，叫什麼耶律雄奴的小戲子？

襲　人：（點點頭，看看右門，顧慮地小聲應著）正是！

王夫人：（向王熙鳳）我看寶玉屋裡，就只有襲人和麝月這兩個大丫頭，笨笨的倒老實正經。

王熙鳳：（含笑附和）太太的眼力自然很是！

王善保家的：（恣意陷誣）不是奴才多話，園子裡壞丫頭不少！論理這園子就得嚴禁些才是，太太不大進來，沒見她們一個個都像受了封誥似的，成了千金小姐，誰若是惹了她們，可了不得！那晴雯更是天不怕地不怕，有寶二爺護著她呀！她調唆的寶二爺看到我們就罵，罵我們這些嫁了漢子的女人混帳，比男人還可惡！

王夫人：（被刺痛，勃然厲聲）哦，有這種事！

王熙鳳：（忙向王善保家的使眼色，抱怨地）王媽媽，你少說些吧，太太問丫頭們的事，拉扯上寶二爺作什麼？

王夫人：（怒不可遏）我的寶玉被這些妖精都要教壞了！快叫晴雯她們來見我！

襲　人：太太，晴雯病了，還睡著哩！

王夫人：（命令）病了也從炕上拉下來！

襲　人：是！（走進右門）

王夫人：（向王熙鳳憤懣地）這幾年我精神短了，照顧不到許多，像這種妖精似的東西我竟沒注意，再下去，寶玉就毀在她們手裡了！

【襲人率晴雯、麝月、芳官自右門上，一齊向夫人行跪禮，喊了聲「太太」並排站在右側。晴雯衣飾不整，髮鬆釵歪，病容滿面，這時賈寶玉走過窗外，看見屋裡情況，進來連忙悄悄躲到屏風後面去竊望竊聽。

王夫人：（憎惡地上下打量晴雯，冷笑了笑）嘻嘻，好個狐狸精美人，成了病西施了！

晴　雯：（愕然）太太，我這幾天身子有些不自在——

王夫人：（喝叱）不自在就該回家養去！還賴在這屋裡做什麼？

晴　雯：（打了個冷戰，不卑不亢地辯解）回太太，我原是跟老太太的人，前幾年老太太因為園子裡大人少，寶二爺害怕，要把我撥來；我說我不會服侍，老太太罵我，說不過叫我在外間屋裡上夜打雜罷了，又不叫我管寶二爺的事，我才來了。這裡上有老奶奶、老媽媽們，下有襲人麝月，我閒著時還要給老太太做些針線活兒。（喘吁吁地一口氣講完。）

王夫人：（合掌念佛）阿彌陀佛，你不接近寶玉是我的造化！你既是老太太給寶玉的人，明兒我回了老太太再處治你！

晴　雯：（不服）請問太太，我犯了什麼過錯？

王夫人：你別打量我隔的遠，什麼都不知道；我的身子雖不在這裡，我的心耳眼神時時都在這裡；你的品行，我早聽說了，我只有寶玉一個兒子，不能任憑你們勾引壞。去吧，站在這裡，我看不上你那浪樣子！

晴　雯：（氣得發抖，勇敢坦蕩地向前反擊）冤枉！太太可以問問寶二爺，我什麼時候勾引過他？這屋裡是誰和他鬼鬼祟祟的幹些見不得人的勾當？我一向站得正，立得穩，清清白白，於心無愧，太太不要聽信別人的調唆！

襲　人：（心中有鬼，愀然變色，有點張惶地叫了一聲）晴雯——

王善保家的：（惱羞昏庸地打斷襲人，搶著指問晴雯）什麼，你這是說誰在調唆？

王夫人：（惡狠狠站起來打了晴雯一個耳光）好大膽的壞蹄子，你敢頂撞我？快傳她家的人在外頭等著，搜檢了園子就領她出去，這屋裡絕不能留這種禍根！

晴　雯：（委屈地哭了）太太，你不能不講理呀！

賈寶玉：（聽晴雯先前含沙射影的指責，暗暗羞愧不安，此刻見王夫人要攆晴雯，忍無可忍地跑了出來，向王夫人懇求）太太，太太！不要攆她，晴雯沒有犯什麼過錯。她生著病，已經四、五天水米不沾牙了！

王夫人：（拍了一下炕几，喝斥地）住口！不許你再護著她！快給我好生念念那書去，仔細明兒我叫你父親捶你！

【襲人連忙拉開賈寶玉。賈寶玉不敢違抗，忍氣吞聲地走到書案前坐下，拿了一本書心不在焉地看著。

王熙鳳：（含笑婉轉地）回太太，晴雯本來是賴大家的買的，後來孝敬了老太太。她沒有什麼親人，只有一個姑舅表哥在外頭。太太看——

王夫人：（冷酷地）那就叫她表哥來領去，她的東西一概不許帶。

晴　雯：（絕望，痛苦地）好吧，我出去！我也早料到這裡是容不得我的。（轉身嗔視襲人一眼）千里搭長棚，沒有個不散的筵席！（說罷昂然倨傲地進右門）

王夫人：誰是耶律雄奴？

王善保家的：（忙指芳官）就是她！

賈寶玉：（吃了一驚，抬頭注視芳官）

芳　官：（目睹晴雯的遭遇，面呈不平之色，頃刻間彷彿明白了許多事，如今聽見王夫人又叫自己，不禁愕然）太太，我叫芳官！

王夫人：（輕卑地睨視芳官）唱戲的女孩子更是狐狸精了！我把你派到園子裡來，原該安分守己才是，為何鼓搗著寶玉嬉笑玩樂，無法無天？

芳　官：（放聲大哭）我沒有，太太，我沒有！

王夫人：你還強嘴！為什麼叫寶玉給你改名字？你在園子裡連乾娘都不放在眼裡，還了得嗎？

芳　官：（哽咽地）是乾娘欺負我，她用了我的月錢，還常常打我，太太不信，請問寶二爺。寶二爺，你說句公道話吧！

賈寶玉：太太！（走過來想替芳官作證，又被襲人一把拉住，推回書案坐下，無可奈何地仰天長歎）唁！

王夫人：王善保家的，明兒叫她乾娘來領了出去！

芳　官：（著急地跪下哀告）太太，我不能再跟乾娘去！可憐我從小命苦，賣到這裡來學唱戲，受盡乾娘的挫磨；好不容易盼到戲班解散，跳出火坑；倘若還回她手裡，她會又賣掉我，我就活不成了！太太是吃齋念佛的善人，積積陰德作作好事吧！

王夫人：（無動於衷）這可由不得你，園子裡斷不能再任從你們作賤了！

芳　官：（知無挽回餘地，稍一思忖，堅定地）太太既是定要攆我，就請太太把我放到尼姑庵裡，我寧肯出家！

王夫人：胡說！佛門清淨，豈是你這種賤人輕易進去的？

芳　官：太太不答應，我就碰死這裡！（橫了心，說罷就向地上碰頭）

賈寶玉：（跑過來拉起了芳官，急切地向王夫人求情）太太，芳官苦海回頭，立志出家，俗話說：佛法平等，太太就超度了她吧！

王夫人：（看看賈寶玉，摩弄著經珠，有所觸動）呸！你也來談什麼佛法？（向王熙鳳）明兒叫人問問各廟裡，有姑子要的，就給她去。

王熙鳳：前幾天水月庵的智通姑子來送供尖，還提到要收個徒弟使喚，太太不如就把芳官賞她吧！

王夫人：（點點頭）好吧，這也算是行善！明兒就叫智通來領了去，阿彌陀佛！

襲　人：（阿諛地）太太大發慈悲，真是菩薩心腸！芳官，快給太太磕頭謝恩！

芳　官：（勉強磕了個頭）謝太太！（站起來怒目看看襲人，孩子氣地扭過頭去）

【平兒提著燈籠自左門走進來。

平　兒：太太，老太太請太太過去玩牌，薛姨太太和那邊大太太都在等著哩！（說著放下燈籠，站到王熙鳳身邊）

王熙鳳：（微笑地）太太就過去吧，累了這半天，也該歇息歇息，散散心了！

王夫人：我過去，你留下來帶他們搜檢園子，園門都鎖了沒有？

王善保家的：我早關照都鎖上了！太太放心吧，這些小事交給奴才沒錯。

【王夫人起身向左門走去。大家送到門外再走進來。

賈寶玉：（困惑地）鳳姐姐，到底為了什麼事，又要搜檢園子？

王熙鳳：（敷衍地）只因太太丟了一件東西，恐怕丫頭們偷了，叫查一查也好去去大家的疑心。王媽媽，咱們既來了，就從這怡紅院開頭吧！（說罷坐炕上）

王善保家的：（氣勢洶洶地）二奶奶說的是！請姑娘們把各自的箱子都拿來看看吧！

襲　人：好，先看我的。麝月，芳官，去把你們和晴雯的箱子也都拿了來！（走進暖閣）

【麝月和芳官走進右門。襲人很快拿了一個箱子走出來，放在圓桌上。

襲　人：（打開箱子，含笑地）二奶奶，王媽媽請看吧！

這裡面都是些平常穿用的衣物。

王善保家的：（翻撿出一把紙扇，一個荷包，得意的）二奶奶瞧，這扇子荷包不都是男人用的東西嗎？

襲　人：（坦然地）那是寶二爺用舊的東西，他不要了，我就收起來了。

王熙鳳：是呀，你和寶玉的東西原就分不清！

【王善保家的怪沒趣地推開了襲人的箱子。這時麝月和芳官拿出各自的箱子，王善保家的又去一一搜檢著。隨後晴雯也拿了一個箱子踉踉蹌蹌走來。平兒連忙向前代她拿了，放在地上。

王善保家的：（故意指問晴雯的箱子）這是誰的箱子？怎麼不打開？

晴　雯：（搶上幾步，「豁啷」一聲把箱子倒翻在地，氣忿地）搜吧！

王善保家的：喲，姑娘的脾氣還不小哩！我們這是奉了太太的命來搜的，姑娘不服，只管回太太去！（說罷翻撿晴雯的箱子，沒有發現什麼，有些失望）

【屋裡滿地衣物狼籍，雜亂不堪，儼然一派抄家景象。賈寶玉不忍目睹，背著手走向窗前外眺，唉聲歎氣；一忽兒又坐下看書；一忽兒注視大家；一忽兒厭煩地步入暖閣，一忽兒又快快踱出來；顯得焦躁不安而又無可奈何。

王熙鳳：王媽媽，搜出什麼沒有？

王善保家的：（不甘心地翻來翻去）還沒有搜出什麼。

王熙鳳：既然如此，咱們別多耽擱時候，再往別處去吧！

王善保家的：就依二奶奶！（氣沖沖地踢開晴雯的箱子，向左門走出去）

王熙鳳：（站起來向賈寶玉解釋安撫地）寶兄弟，打攪你了，別見怪，我這是奉命辦事！

賈寶玉：鳳姐姐，我不怪你，可我惱那些狗仗人勢的婆子，成天搬弄是非，欺負丫頭們。今兒早上才聽說南京甄家被官府抄家的事，想不到這會子咱們自己抄起來了。本來大家族只有先從家裡自殺自滅，才能一敗塗地，看來咱們家只怕也好景不長了！（言下悲憤難禁）

王熙鳳：別再胡說了，傳出去又要生事！早點安歇，我去了。（向左門走去）

【平兒提著燈籠扶了王熙鳳同下。襲人和麝月送出門外。

襲　人：（大聲地）二奶奶，王媽媽，慢走。

賈寶玉：（轉身向晴雯）晴雯，你受屈了！

晴　雯：寶二爺！（抬頭欲言又止，痛苦地拿了箱子走進右門）

【賈寶玉又走向芳官，芳官連頭也不抬，滿腔幽怨地拿了箱子走進右門。

賈寶玉：（跺腳憤憤地）這是從何說起！

【襲人和麝月同上，看得出她們是通氣的。麝月拿了箱子向右門下。

襲　人：（怡然如釋重負，微笑地）二爺受驚了！

賈寶玉：（正色）受驚事小，平白的攆人，抄家，實在可惱！（坐炕上）

襲　人：太太自有道理，你惱也沒用。

賈寶玉：（狐疑地）為什麼太太單挑晴雯、芳官的不是，就不挑你和麝月的不是？難道你們就沒有一點錯兒？

襲　人：（一針見血，使襲人頓時斂笑赧然，囁嚅地）大概太太這會子忘了，等明兒再處治我們……

賈寶玉：（逼緊了追問）還有咱們平時說的一些玩笑話，怎麼太太都知道，是誰這樣犯舌走的風呢？真正奇怪得很！

襲　人：（怔了怔，強自鎮靜狡辯）天知道罷了！依我想，都怪你素日說話不忌諱，胡言亂語慣了，被外人聽去傳到太太耳朵裡也是有的。這會子也難查出誰犯舌，瞎疑心沒用。

賈寶玉：（怨懟地）看來就為晴雯生的比別人好些，口角鋒芒些，不免遭嫉，得罪了誰！可她並沒有得罪過你呀！致於芳官，年紀還小，只因太伶俐了些，不免惹人討嫌，可這又算得了什麼滔天大罪呢？晴雯已經病著，如今受了這場冤氣，不是要她的命嗎？（難過地啜泣）

襲　人：（妒嫉嘲諷地）真是個獃子！虧了你還是讀書人，說這種婆婆媽媽的話也不害臊！晴雯就那麼嬌嫩，受點氣會要了她的命不成？（說罷勝利地笑了笑，走進暖閣）

賈寶玉：（心中明白，不好直言，一陣悲憤難抑，激動地嚷著）我好恨！我恨不得箝詖奴之口，剖悍婦之心！這些陰險狠毒的人就好像是鬼蜮魍魎，晴雯好像是才出嫩箭的蘭花；蘭花受到鬼蜮的摧殘，怎能不遭殃！真是鬼蜮花殃，鬼蜮花殃！（說罷傷心地伏在圓桌上放聲痛哭）

【窗外秋風蕭蕭，如泣如訴！

——幕落

第二場

時　間：前場第二天

人　物：晴雯、賈寶玉、茗煙、宋媽媽。

布　景：晴雯表哥家。舞臺右首有一條胡同通賈府後角門。左首破屋簡陋，門外即胡同。門前有梧桐一株，樹下有石墩，門上懸草簾子。屋內上端有窗，糊白紙。窗臺上置小風爐，黑砂茶吊子。屋左端置土炕，鋪陳蘆蓆。炕旁置小桌，桌上有茶壺、茶碗，都很粗糙，一派貧寒景象。

【幕啟。天色昏暗，秋風颼颼，落葉紛紛，充滿蕭瑟淒涼的氣氛。晴雯一夜之間，病情惡化，孤苦伶仃地睡在土炕上，呻吟不已。這時茗煙陪同賈寶玉自右上側走進胡同，兩人左顧右盼，踟躕尋覓到梧桐樹下。

茗　煙：二爺，方才老婆子說，門前有一棵梧桐，只怕這裡就是了。（打量打量屋子，搖搖頭）不過，這裡不是二爺來的地方，倘或被晴雯姑娘的表哥醉泥鰍看見，傳到裡頭知道了，可了不得！我挨一頓打不要緊，怕是也會被攆出來。

賈寶玉：不妨事，茗煙，若是裡頭知道了，我就說是我自來的，定不會連累你。

茗　煙：二爺真好！（走過去掀起簾子，輕輕敲門，沒有反應，又推門向裡看了看，高興地向賈寶玉招手）快進去，二爺，屋裡只有晴雯姑娘一個人。

賈寶玉：（先前很急切，此刻又有點畏縮）茗煙，你可不要走開呵！（走到門前）

茗　煙：放心，二爺，我就在這裡望風，有人來我會對付他。（坐到樹下石墩上）

賈寶玉：（躡手躡腳走進屋裡，趨向炕前叫著）晴雯！晴雯！

晴　雯：（微睜雙目，稍一定神；認出是賈寶玉，喜出望外，連忙伸手喘吁吁地招呼）哦，你來了，寶二爺！我只當今生再也見不到你了！（由於興奮、激動，咳嗽連聲）

賈寶玉：（心酸地拉住晴雯）晴雯，才一夜工夫，你竟病成這樣，分明是又添病了吧？嗐！

晴　雯：你來得正好，快把那茶倒給我喝！渴了半火，連個人影都沒有叫來。

賈寶玉：（尋視）茶在哪裡？

晴　雯：窗臺上茶吊子裡就是。

賈寶玉：（忙向桌子上拿了碗，先看看，用水洗洗，再倒了茶遞給晴雯）昨天夜裡，我睡醒來要喝茶，還只叫你，因為叫慣了！（說著不禁流下淚來）

晴　雯：（一口氣喝完了茶，看著賈寶玉，悲切地）寶二爺，以後我不會再服侍你了，有襲人他們服侍你，慢慢的你就會忘記我的。唶，算起來，我已經服侍了你五年多了，想不到如今落得這樣的下場！（泣不成聲）

賈寶玉：（安慰地）不要難過，晴雯，安心養病，等你好了再回去。

晴　雯：（搖了搖頭）這輩子我不會再回去了！永遠不會再到你們賈府了！

賈寶玉：（懇摯地）我知道你委屈，晴雯，太太雖是聽了閒言誹語，一時氣頭上攆了你，過幾天等她氣平了，我回明老太太，一定再叫你回去。

晴　雯：（苦笑了笑）你不必虛寬我的心，等太太的氣平了，我也早死了！

賈寶玉：（激動地緊緊握住晴雯的手）不會的，晴雯，你的病會好起來，你要好生養息！

晴　雯：（氣忿地控訴）只是我死也不甘心的，究竟我犯了什麼滔天大罪呢？太太聲聲罵我是狐狸精，一口咬定我勾引壞了你，這真是冤枉呵！雖然平時我們比別人顯得略微好些，可是何嘗有半點私情勾引的事？我一身清白，問心無愧，寶二爺，你是最明白的了！不知道是誰昧了良心，在太太跟前調唆誣栽，不過為的把我攆走，他們好稱心如意的和你在一起。寶二爺，我礙著他們什麼呢？他們也忒狠毒了！（說著捏緊了手用力捶打炕沿，咳嗆頻頻。）

賈寶玉：（又倒了一碗茶給晴雯）喝口茶吧！晴雯，我明白你！你有什麼話，趁著沒人，都告訴我，我能辦的，一定替你辦。

晴　雯：（喝了幾口茶，有氣無力地）我也沒什麼可說的了，如今我不過挨一刻是一刻，挨一天是一天，橫豎三、五日的光景了！寶二爺，謝謝你的好

心，你今兒能來看看我，我就感激不盡了，再見，也不能了！（言次一陣傷心，失聲慟哭）

賈寶玉：（也哭了，嗚咽地）晴雯，我會再來看你的，明兒我就來！

晴　雯：（悲切地握著賈寶玉的手）別來，寶二爺！仔細傳到裡頭，老爺知道了又要打你！

賈寶玉：我不怕，晴雯！我看著你，還有芳官他們，無故被挫磨，比打我還難受！（說罷又哭）

【晴雯與賈寶玉相對哭泣。這時天色漸漸黑下來。茗煙坐一會，又站起來四處張望一會。忽然傳來幾聲犬吠，茗煙警惕地速忙躲到樹後窺視。只見宋媽媽提著一個包袱自右首匆匆走來，逕向晴雯家去。茗煙猝然一躍而出，上前攔住了宋媽媽。

宋媽媽：（嚇得倒退幾步，定神一看，認出是茗煙，才鬆了口氣）唷，是你呀，小茗煙！把我嚇了一跳，你躲在這裡做什麼？

茗　煙：（憨笑，小聲地）別嚷嚷，宋奶奶！我有事走過這裡，瞧見你來了，故意逗你玩兒的。

宋媽媽：（在茗煙額上戳了一指頭）淘氣的壞小子！（轉身欲去）

茗　煙：（著急地一把拉住宋媽媽手裡的包袱）你這是到哪裡去呀？宋奶奶！

宋媽媽：（歎了口氣）我到晴雯姑娘家去。可憐她昨天病著，被太太攆了出來，還不許帶東西。寶二爺心腸好，叫花姑娘把晴雯姑娘的東西打點了，趁這會子天快黑了，瞞上不瞞下的打發我送去。

茗　煙：（想了想）哎，這點兒小事，你就交給我吧，我替你送去。（說著就奪包袱）

宋媽媽：（正色）胡說，我還有話和晴雯姑娘說哩！（一揮手，向屋裡走去）

茗　煙：（有些慌了，撲過去撒賴地拖住了宋媽媽，吶吶地）宋奶奶，你，你不能去，你……

宋媽媽：（瞪目詰責地）我為什麼不能去？壞小子，快給我走開，你仔細點，回去我不讓寶二爺捶你才怪！

茗　煙：（嬉皮涎臉地）嘻嘻，寶二爺才不會捶我哩，他可不像你們老娘們那麼狠毒！

宋媽媽：（不禁失笑）呵！你也學會寶二爺的話了！（霍地舉起包袱打了茗煙一下，乘隙抽身跑進屋裡）

【茗煙無可奈何地在外面抓耳搔腮。宋媽媽的突然闖進屋裡，使賈寶玉和晴雯大吃一驚。宋媽媽一眼看見賈寶玉，也為之一怔。

賈寶玉：（見是宋媽媽，釋然地）唔，宋媽媽來了！

宋媽媽：（有所恍悟地）原來寶二爺在這裡！

賈寶玉：我是來看看晴雯的病。你是來給她送東西的嗎？

宋媽媽：是的，花姑娘叫問晴雯姑娘好些沒有？

賈寶玉：（憂悒地）怎麼會好呵？病更重了！

宋媽媽：（趨前將包袱放炕上）花姑娘說，這包袱裡都是姑娘素日穿的衣裳，和各種使用的物件。另外有幾吊錢，是花姑娘給姑娘養病的，還有——

賈寶玉：（接著說）還有幾兩銀子，是我平常積攢的，你留著請大夫看病買藥用。

宋媽媽：銀子也在包袱裡，姑娘好生收起吧！

晴　雯：（不屑一顧，凜然冷淡地）謝謝你們的好意，這些我都用不著了，宋媽媽還拿回去吧！（用手推開包袱，背過身去哭了）

宋媽媽：（不知所措，望著賈寶玉）這——

賈寶玉：（稍稍思忖）東西留下，你回去吧！

宋媽媽：（點頭，叮嚀地）寶二爺，你也快回去，天不早了，倘或裡頭知道了，傳到太太耳朵裡，又要生事！

賈寶玉：（皺眉）我這就走，你回去千萬別告訴人；若是襲人問起我，你只說我在薛姨媽家裡。

晴　雯：（驀地坐起身，憤慨地）不必撒謊，寶二爺！只管回去說實話，我服侍了你一場，難道臨死以前，不該來看看我嗎？

【寶玉忙扶晴雯又躺下，一面示意宋媽媽離去。宋媽媽走出門外，同情地悄悄拭淚。茗煙孩子地向前看看宋媽媽，宋媽媽一聲不響地默默俯首而去。茗煙目瞪口呆地躊躇著仰望天空，毅然輕輕推開屋門，探頭進去。

茗　煙：（低聲催促地）二爺，咱們該回去了，天黑了！來的時候忘記帶燈籠！

賈寶玉：知道了！

晴　雯：是誰陪你來的？

賈寶玉：茗煙陪我來的。

晴　雯：（仰首看看窗外，悽切地）回去吧，二爺！茗煙，路上小心服侍二爺，別嚇著他！

茗　煙：（應了一聲縮回頭去）

賈寶玉：我給你點上燈！（找到桌上一盞油燈；拔撥燈蕊點燃了，又去替晴雯掖掖被子，依依難捨地）晴雯，我走了！

晴　雯：（抽噎地向賈寶玉揮手）走……走吧！

賈寶玉：（握住晴雯的手，哽咽地）晴雯，你要多多保重呀！晴雯！

晴　雯：（猝然抽開手，用被子蒙住了頭）……

【賈寶玉忍悲含淚地緩步走去，頻頻回顧，最後痛苦地跑出門外，掩面泣啼著向右首疾下。茗煙緊跟著同下。

晴　雯：（霍地掀開被子坐起來，凝神傾聽了一會，絕望地嚎叫著）寶二爺，寶……二爺！（沉痛地溘然倒在炕上，就這樣，她和殘酷的人間永訣了！）

【一陣風猛然吹開了屋門，吹熄了油燈！頓時黑暗籠罩大地，四周交響著風聲，梧桐落葉聲，犬吠聲！

——幕落

一九八〇年十二月四稿

（三）《雪劍鴛鴦》話劇本

時間表

第一幕　深秋的一個中午
第二幕　第一場——兩月後的一天下午
　　　　第二場——又二月後的一天晚上
第三幕　第一場——第二年中秋的一天下午
　　　　第二場——前場十數日後的一天早晨
第四幕　第一場——又數日後的一天早晨
　　　　第二場——前場月於後隆冬臘月的一天晚上

人物表（以出場先後為序）

賈寶玉：十八、九歲。生得俊秀，有幾分女性美。個子不大高，身體相當單薄，甚而連他的性格，心靈，也都是脆弱的。為人很多情，也很義氣。他有種超然的理想，但他沒有勇氣去實現這理想。他不滿他所處的那個環境；他更厭惡他周圍那些人，那些現實，但他又不能，也無力擺脫他們。在他的心裡，常常起伏著許多他所不瞭解、不明白的苦悶問題，這些問題怎樣去解決？他不知道。他需要自由，需要愛，需要崇高的生活！可是怎樣去得到這些？他也不知道。他只會矛盾地苟安地度著歲月。他也只會迷茫地沉鬱地作著幻夢！

薛　蟠：二十歲。賈寶玉的姨表兄。一個像繡花枕頭——外面好看、裡面糟糠的傢伙。昏庸，愚蠢，不學無術。仗著有錢有勢，終日在外為非作歹。舉止粗魯村野，滿腦袋酒色情愁，除了享受玩耍，這世界一切與他漠不相關。

賴尚榮：三十歲。賈府老僕賴大的兒子。從他祖父起，就在賈府為奴，到了他，好容易讀書得了功名，叨在賈府的提拔，混到一個縣官的位置。人生得相當體面，很實際，世故深，雖已為宦，仍然謙恭拘謹，有奴性。

賈　珍：三十七、八歲。賈寶玉的堂兄。賈府門中的長孫。表面看來，還不失為仕宦子弟。也許是歲數比較大些，態度尚稱穩重、端莊。但本質醜惡，昏庸。缺乏思想才幹和學識。只知享樂為生，常揮霍於酒色賭博之場，浪蕩於花花世界。

賈　璉：二十七、八歲。很標緻，有些兒自命風流。為人機警、幹練、圓滑、殷勤。也因少讀書的原故，沒有文儒氣質，態度不免輕浮，欠持重。眼光近視，不知前瞻後顧，只知安於現實。情感衝動，喜新厭舊而無真誠之心。性格相當懦弱，擔當不起什麼大事。一個十足平凡世俗的男子。

賈　蓉：二十一、二歲。賈珍的兒子，富貴之家的紈絝子弟。不務正業，終日遊戲，享樂。沒有頭腦，不知天高地厚。有小聰明，無大智慧。輕浮，下流。

柳湘蓮：十七、八歲。美貌英俊，風流倜儻。儒雅瀟灑，而不失端莊嚴肅。性格剛強矜持，為人豪爽俠義。學識雖不豐富而書卷氣甚濃厚。能彈唱，有武藝，常抑強扶弱。有骨氣，有志節，富貴不能淫，威武不能屈。看人生相當透徹，他不滿於現實，對現實雖無能為力，但並不敷衍。

興　兒：十六、七歲。賈璉的心腹侍從。精明而相當狡猾。善於投機取巧，諂媚奉迎。

尤老娘：六十多歲。賈珍的岳母。貧寒之家出身。因為窮，年輕時曾經改嫁，賈珍的妻是她後夫的前房女兒。在賈府人們眼中，是被蔑視的，每日只知昏昏沉沉地睡覺。沒有什麼見識，也缺乏主張。一生在悲慘中度過。

尤二姐：十八、九歲。尤老娘同前夫所生的長女。生得美麗，嬌媚。一種小家璧玉的風姿。性格懦弱非常。無學識，缺乏意志力。感情浮動，少理智。相當虛榮。易受誘惑。有著善良的心腸，在她看來，世界上沒有壞人。胸襟很寬，能夠原諒所有的罪惡，能夠容忍所有的侮辱，能夠接受所有的虐待；而絕不怨天尤人，也絕不企圖反抗和報復。所以她上了當，受了騙，嫁給賈璉為妾，吃盡苦頭，直至她被殘暴者殺害的前一剎那，她還依舊把一切苦難歸諸命運。

丫　頭：十六、七歲。尤二姐的使女。標緻玲俐，忠厚誠實。個性相當強，到了忍無可忍的時候，她也敢於反抗，哪怕是口頭上，她會用譏諷的言語回答凌辱她的人。

尤三姐：十七、八歲。尤二姐的胞妹。用「豔若桃李，冷若冰霜」八個字來形容她，是再恰當沒有了。喜修飾，但不俗氣。雖未念過什麼書，卻很風雅。態度莊重大方，性情剛強豪爽，胸有成竹，眼有卓見。心是善良的，靈魂是高潔的。她很驕傲，也非常自尊；她鄙視所有的人們，她憎恨種種醜惡的現實。她敢於愛，敢於赤裸裸地表示愛。她的愛，在熱誠裡面包含矜持，所以當她的「愛」受到侮辱時，她會毅然親手消滅它。正如當她的生命受到侮辱時，她會毅然親手殺死自己。她更敢於恨，敢於怒，敢於咒罵。她絕不甘心受一絲一毫的虐待，假如有人欺凌了她，她便毫不放鬆地向那人反抗，報復！她像有刺的玫瑰，看著很美，去碰碰她，又扎手。她也像一盆火，看著很暖和，去靠近她，又燙身子。她懷著一個超然的理想。她希望能逃避那污濁的人群，另外去生活在淡泊而昇華的境界裡！但這只是幻夢。當幻夢破滅以後，她寧肯隨著破滅，而萬不能苟延下去！所以她是勇敢的，有氣節的女兒！

鮑　二：三十多歲。原在賈府為僕，因為妻子被賈璉姦污，王熙鳳將他攆了出來。後來賈璉又用他侍候尤二姐。為人渾厚，而不免顯得愚笨一些。

王熙鳳：二十四、五歲。賈璉的妻子。賈府家務的管理人。長長的面龐；一雙鳳眼，透露著精明與嬌媚。鼻樑直凸，表現了她的好強。小嘴薄唇，一看知道她善詞令，能說會道。個子高高的。喜修飾，而很大方高貴。只是稍嫌俗氣。待人處理非常周到、圓滑；也非常尖刻、厲害。有著毒辣的政治手腕，有著權詐的計謀頭腦。凡是於她有損傷的，她必不擇手段而還以損傷。她的哲學，是「寧負天下人，不容天下人負我」。性格倔強自私，心胸窄狹，多疑多忌，表面很熱情，骨子裡冷酷。對上謙恭，奉迎；對平儕和藹，禮貌；對下則嚴厲、刻薄。比她高明的嫉妬；比她不如的蔑視。也許太露峰芒了些，人人都怕她，恨她，咒她。相當貪圖金銀，但是作得乾淨俐落，不露馬腳。她為了自己利益的衛護；手段潑辣，狠毒。但她也極容易失敗，因為眼光淺近，缺乏深慮遠謀，她也有她的痛苦。

平　兒：十七、八歲。賈璉的妾。原是王熙鳳的陪嫁使女，也是王熙鳳的心腹助手。生得標緻，豐潤。雖亦有王熙鳳的機智才能，但較王熙鳳仁義、厚道，不滿於自身的生活和處境，而又擺脫不了勢力的枷鎖。性格很強，雖在王熙鳳之前，也敢據理爭執。儘管看不慣王熙鳳的行為，卻又極忠於她。有一副善良的心腸，富於同情，凡有求於她的，必盡力幫助。外表看來，很樂觀，其實靈魂深處，潛伏著不少矛盾的苦惱、憂愁！

善　姐：十七、八歲。王熙鳳的使女。一個勢利的小人。生著一副狡猾的臉孔，「善欺惡怕」、「抑弱扶強」。

旺　兒：十八九歲。王熙鳳的心腹小廝。精明能幹。心地尚稱善良，因此為王熙鳳辦事，有所為有所不為。

尤　氏：三十一、二歲。賈珍之妻。尤二姐的異父異母姊姊。雖較年長，風韻猶存。一個家庭賢妻良母的典型。為人懦弱無能，但知服從，苟且。缺乏主見、志氣。能安於現實，滿於現實，所以也就沒有苦惱和憂愁。

第一幕

時　間：深秋的一個中午
地　點：賴家花園
人　物：賈寶玉、薛蟠、賴尚榮、賈珍、賈璉、賈蓉、柳湘蓮、興兒
布　景：花園裡面，大廳側的書房。舞臺正中是走廊，兩端通花園！朱紅欄杆，廓簷上掛著官燈。一排闊敞的格扇門窗，裱糊著粉綠透亮的花紗。看出去有假山，有翠竹，有芭蕉，舞臺的左外首有門，通大廳。門楣金字雕花橫匾，上寫「翰墨」二字，懸大紅門簾。舞臺的右邊是壁櫥，上置線裝書籍多冊。壁懸簫劍。靠書櫥有書案，文具全備。舞臺的左裡首置炕桌，上有菊花盆景，兩旁有小茶几，上置茶具。

【幕開。賈府老僕賴大的兒子作了縣官，上任以前，在自己的花園裡宴客，賈府的男女眷到了很多人，花園裡這時正在笙歌齊奏，大廳正在吆三喝四地行酒令。這間書房是休息的地方，門窗大開。賈寶玉穿著紫紅緞袍子，繫條金黃長穗絲子，頸子上掛一塊綠色的「通靈玉」，從左門走出來，好像很煩躁的樣子。

寶　玉：（向室內觀望一番，至書櫥前欣賞蕭劍，玩摩不已）想不到賴尚榮的祖上兩代為奴，如今第三代到底混出了一個人才，只是一代人作一輩子書生多麼清白愉快，何苦來偏偏要有這種勢欲心，一定為官為宰呢？（說罷搖頭歎息）

【這時薛蟠穿一件桃紅色緞袍子，慌慌張張自門出來，臉上喜氣洋洋的。

薛　蟠：寶兄弟快跟我上花園聽戲去，這會兒柳湘蓮在串演《秦瓊賣馬》。（說著就去拉寶玉）
寶　玉：我不去，薛大哥！我有點累，想歇會兒。
薛　蟠：好吧！那我就自個去啦。（大步向走廊右首下）

【接著賈珍、賈璉、賈蓉、賴尚榮陸續自左門上。賈珍穿綠色緞袍子。賈璉穿紫色緞袍子。賈蓉穿黃色緞袍子。賴尚榮穿大紅色緞袍子。

賈　珍：薛蟠簡直是著迷了，（邊說邊笑，看見寶玉，忙招呼）怎麼，寶兄弟一個人在這裡？

尚　榮：（恭敬地拉著寶玉）寶二爺快去看戲吧，姓柳二兄弟在唱。

寶　玉：（勉強笑著）你們去看吧，賴大哥，我懶得去。我很喜歡這間書房，我想坐在這裡清靜一會兒

賈　璉：寶兄弟既是不去，咱們去吧！

尚　榮：爺們先走一步，我隨後就來。（說著謙恭地送他們到門口）

賈　珍：好的，我們就先走啦！賴兄弟！（走向廊外）

賈　璉：（向賴尚榮打趣地笑著）可別不來呀！你是柳二兄弟的好朋友，你不捧場，是對不住他。

尚　榮：（笑）所以人家薛大叔就趕緊去捧場了！（走向廊外）

【大家笑著向廊右首下。賈寶玉不耐煩地扭過身子去。

尚　榮：（見寶玉不高興，進左門去取了一碗茶來，笑著走近他）寶二爺，請喝茶。

寶　玉：謝謝你！（接茶，坐在書案前，喝了兩口，也不說話）

尚　榮：寶二爺怎麼不高興啦？

寶　玉：我跟他們玩兒不上來，也聽不慣他們一嘴的村話。（想了想）噢，我有好些天沒有看見湘蓮了，他這程子怎麼樣？

尚　榮：還不是老樣子！成天不是耍槍舞劍，便是吹笛彈箏。我也很少見到他，總是東奔西跑的，沒個安靜。我常常想著勸勸他，年紀輕輕的，也該好好念書混個前程，可又怕他不肯聽。他對寶二爺很敬重。趕明兒您見著他。不妨訓戒訓戒他。

寶　玉：（不以為然地縐了縐眉頭）我跟你的看法不同，我覺得一個人能夠灑脫些也好。像他那樣自由自在地跑跑玩玩！彈彈唱唱，倒是快活些，何必一定要念書混功名，作一個庸庸碌碌的濁物呢？

尚　榮：（心裡不以為然，嘴裡又不好說。只得笑了笑）寶二爺的話固然不錯，只是我們不像您似的，生長在富貴之家，吃穿不愁，成天盡可以坐著享清福。我們是貧寒子弟出身，既要混飯吃，又要想著光宗耀祖，哪裡還談得上「灑脫」兩個字？柳

二兄弟一貧如洗，縱然有這種志向，也不是個長久之計。所以，我很替他擔心！好在目前他還是一個光棍，沒有家室之累，倒少些顧慮。

寶　玉：（很感慨地歎口氣）不管怎樣，我覺得他比我強！你們以為我生長在富貴之家就是福氣，其實我覺著這是倒楣！生長富貴之家。就像生長在臭皮囊裡，生長在地獄裡，耳聞目睹盡是些叫人不快活的事兒。處處都受拘束，事事都做不得主；想玩不能夠自由自在地玩兒；想說話，不能夠隨心所欲地說話；想做什麼，不能任情任意地做什麼。比方你喜歡一個女孩兒吧，你想娶她，就不能讓你直捷了當地娶她。這樣子明明是個活人，卻過的是死人的日子！（言下不勝憤慨）而你們生長在貧寒之家，雖然有時不免清苦一些兒，但苦中自有樂趣。況且也只有「貧寒」的人才清高，「貧寒」的人才逍遙！所以我真羨慕湘蓮，我若是也能像他那麼無牽無掛的孑然一身，我也要從此雲遊四海，到處飄泊去了。（說到這裡，無限悵惘與懊惱）

尚　榮：寶二爺，聽了您這派話我簡直糊塗了！我不明白您為什麼會有這種想法？說句不恭敬的話，您真是念書念得太多太用心了，因此有些兒迂了！

寶　玉：（苦笑）嘻嘻！其實我才沒有念什麼書，也更說不上用心。我知道你不會明白我的，過去，秦鐘很明白我，他死之後就只有湘蓮明白我（想了想）噢，等會兒他唱完戲，請你告訴他，就說我有話跟他說，叫他到這裡來一下，我在這裡等他。

尚　榮：好的。寶二爺您嫌悶，到花園去逛逛！要不，您就在這廊子上聽戲，我來給您搬把椅子出去。（說著殷勤地就去搬椅子，被寶玉拉住）

寶　玉：我自個會搬。你去吧！只怕他也快唱完了！

尚　榮：那我就少陪了！（恭敬地告別，向廊外下）

【賴尚榮去後，一陣響亮的歌唱聲傳來，接著是狂熱的鼓掌叫好聲。賈寶玉厭煩地把門關上。

寶　玉：一群濁物！除了湘蓮，簡直沒有一個有靈性的人！（思索，喃喃自語地）唉！男人裡頭，我就喜歡湘蓮，也只有湘蓮是知己！女子裡頭，我就喜歡林妹妹，也只有林妹妹是知己。一個人要求

一個知己，真是比登天都難！俗話說的不錯，「萬兩黃金容易得，知己一個最難尋」。（無限感慨）

尚　榮：（匆匆走向寶玉詭祕地低聲說）寶二爺，真巧極了！我剛去他就下來了。

寶　玉：（喜）怎麼這樣快呢？

尚　榮：按理他還沒唱完，因為薛大爺他們在底下鬧的太凶，他有些不高興，所以賭氣不唱了。我把您的話告訴了他，他說立刻就來，可是又怕薛大爺他們跟了來，所以我就想了個主意，打算去騙他們，說柳二兄弟還要再唱一齣，叫他們在底下等著；那麼你們就可以在這裡說話了。

寶　玉：（笑著拍拍尚榮）難為你想得周到。

【柳湘蓮推門進來。他穿一件天青色緞袍子，繫一條粉紅色的絲絛子。臉上還有些粉墨痕跡，顯得異常俊秀瀟灑。

尚　榮：說著說著你就來了。好吧，你們說話兒。我去張羅他們。寶二爺，我把柳二兄弟交給您了！（說罷笑著向廊外下）

寶　玉：（親熱拉湘蓮並坐炕上）累了吧？

湘　蓮：還好。怎麼，寶二哥你沒有去看戲？

寶　玉：我討厭和他們在一起。

湘　蓮：（忿忿地）他們那裡是些人，簡直是一群豬狗！

寶　玉：一點不錯，連豬狗都不如！

湘　蓮：你來了很久嗎？

寶　玉：來了一會兒。知道你也在這裡，想找你去又怕他們混說。你在哪間房子裡吃飯？和誰同席？

湘　蓮：（輕蔑地）還不是陪那些臭官僚和你們賈府的爺兒們。

寶　玉：這幾天你到秦鐘的墳上去過沒有？

湘　蓮：怎麼不去？前兒我同幾個朋友到城外去放鷹，離他的墳還有二里多路，我想著今年夏天雨水勤，恐怕他的墳受不住，就背著朋友們一個人跑去瞧了瞧，果然略微動了一點子，回家以後弄了兒錢，第三天就雇了兩個人去收拾好了。

寶　玉：怪道呢！上個月我們家大觀園的池子裡結了許多蓮蓬，我摘了幾個叫焙茗送到墳上供他去。回來以後我也問他：「墳上被水沖壞了沒有？」他說

「不但沒壞，比上回還新了些。」我想著必是你去收拾了。（說到這裡歎口氣）唉，只恨我天天關在家裡，一點兒做不得主，有點行動就有人知道，不是這個攔，就是那個勸的！弄得萬事能說不能行！雖然有錢，也不由得我任意使用。想來真慪人！

湘　蓮：這件事你用不著操心，外頭有我照應，你只要心裡有他就是了。眼前到了十月初一，我已經打點下上墳的花消。你知道我是個一貧如洗的人，家裡既沒有積蓄，外頭縱然有幾個錢進來，也是隨手就光的，所以只好趁空兒留下這一份，省得臨時拮据。

寶　玉：（感動地）你真是經心，夠朋友！我原也要為這件事打發焙茗去找你的，可是又想著你不大在家，成天萍蹤浪蹤沒個一定的去處。正為難著，湊巧今兒在這裡碰到你，既是你已經辦了，我就在家裡偷偷的祭奠祭奠算了！

湘　蓮：橫豎各盡其心。

寶　玉：唉，好好的一個朋友就死了，撇得我們冷清清的，想起來就難過！

湘　蓮：以後你要更冷清了，我過幾天就出門去，打算逛個三年五載再回來。

寶　玉：（忙問）這是為什麼？

湘　蓮：（苦笑）不為什麼。只是覺得悶得慌想去走動走動散散心。一個人生在天地間總不能老關在屋子裡，又不是個死人。再說出去可以多見見世面，遇到什麼不平的事，也好抱打抱打練練武藝。

寶　玉：你的話一點不錯。湘蓮，我如今就像一個死人了！有你在這裡，還可以常說說話兒；你再走了，剩下我一個人孤零零地，更沒意思了！（說罷黯然）

湘　蓮：我也這麼想來著，只是不能不走。要不，你回去跟令尊大人商議一下，就說跟我出去逛幾個月，行不行？

寶　玉：（搖頭）他不會答應的。

湘　蓮：（直爽地）不答應，就索興悄悄的走了。

寶　玉：（為難）這怎麼行！要是真這樣，家裡怕不鬧翻了天！

湘　蓮：（冷笑）既然你前怕狼後怕虎的，那就安心守在家裡好了！（說罷站起來）

寶　玉：（見湘蓮不高興，忙追過去解釋）不是我怕，實在家裡沒法兒。不信，你問賴尚榮就知道。

湘　蓮：你家的情形我早知道。只是寶二哥，你自己太懦弱了！一個人總該硬朗些，不能老像麵團似的，別人把你揉搓成個什麼樣，就成個什麼樣。自己應該有自己的主見，只要自己覺著是對的，就儘管去做好了！大不了拚上給你令尊大人攆出。攆出來正好落個自由自在！

寶　玉：可是，我不能撇下我的祖母和母親，還有，就是我的——（不好意思說下去）

湘　蓮：說來說去，你是一個公子哥兒的脾氣，嘴裡緊直嚷著討厭你的家，可又狠不起心，一走了之，我瞧你這樣下去永遠也不會快活。

寶　玉：湘蓮，我想著等到有一天我盡到做子孫的職分；也就是把他們所叫我做的，我都敷衍過了；那時候，我便能不顧一切地，像你一樣愛上哪兒上哪兒，長遠漂流在外頭，再也不回家了。（說著神往地笑了）

湘　蓮：（譏諷地）嘻嘻！只怕等你盡了人子之道，還要盡人父之責哩！要敷衍這一生夠你敷衍的，等你「敷衍」完了，你自己也完了！（末句話說得很重）

寶　玉：（一怔）湘蓮！

湘　蓮：（有些歉然）寶二哥，不要見怪，我說話跟我的性子一樣，歡喜直爽痛快。

寶　玉：我不是見怪！我，我心裡難過！（痛苦地捧住頭）

【嘈雜聲傳來，接著是許多足步聲。

薛　蟠：（老遠地嚷著）誰放我的小柳兒走啦？

湘　蓮：（氣急）糟了，他們找來啦！我原想著跟你說會子話就回家的，如今只好先迴避一下了。（忙向左門走）

寶　玉：（忙追上去）迴避一下也好。只是，你要是真走，出門以前必須先告訴我一聲，弟兄們也好再說說話兒。

湘　蓮：我會去向你辭行的，只是別告訴旁人。

寶　玉：我知道。

【柳湘蓮剛要走出左門，薛蟠已經到了書房，撲上去一把扭住。賈珍、賈璉、賈蓉，賴尚榮等也都笑著相繼而來。賈寶玉忙背過身去坐在書案前。

薛　蟠：（醉得站立不穩，拉住湘蓮半推半拖地往炕邊走）我的好兄弟！幹嘛戲不唱完就溜了？害得我在台底下緊等，如今好容易找著你了，又想逃走！（坐炕上）

湘　蓮：（冷冷地推開薛蟠）我逃什麼！不過想到裡邊去歇會兒。

薛　蟠：就在這裡歇歇好了！你剛才不是還同寶兄弟在這裡的嗎？（看看寶玉）寶兄弟，你們兩個人偷偷摸摸地在這裡幹些什麼？

寶　玉：（氣）說說話兒罷了。

賈　蓉：寶二叔一定是同柳二叔在這裡說體己話呢！

【大家笑。

寶　玉：（正顏）蓉兒少混說！（說罷憤憤走向廊外）

尚　榮：寶二爺上哪兒去？

寶　玉：（不高興地）瞧瞧老太太他們去。（下）

尚　榮：（送寶玉到廊外，再進來）寶二爺好像生氣了！

賈　珍：寶兄弟今兒一直不大高興似的。（坐書案前）

賈　璉：他還不是那個老脾氣！只喜歡在女孩兒隊裡混，跟男人在一起就不大慣。

賈　蓉：璉二叔的話一點也不錯！寶二叔連他自己都快變成個女孩兒了。

賈　珍：（責備地）蓉兒，少混說！

賈　蓉：是。

薛　蟠：不然，不然！寶兄弟就喜歡跟小柳兒玩兒！

尚　榮：這也是他們的緣分！

湘　蓮：（聽不入耳）賴大哥，我還有點兒事，要先走一步了！

薛　蟠：（一把拉住）瞧！說著說著你就來了！何苦來，他走你也走？你一走大家都沒有興頭，好歹坐一坐就算是疼我了！憑你什麼要緊的事，交給哥哥我替你去辦，只別忙著走！要知道你如今有了我這個好哥哥，要做官發財都容易得很！（說著輕狂地摸摸湘蓮的臉）

湘　蓮：（閃過一邊，正色地）薛大爺，請你放尊重點！

賈　璉：（笑）柳二兄弟真是走了桃花運！一個寶二爺，

一個薛大爺，兩人爭著愛！

薛　蟠：誰叫你不也生這樣一副標緻臉蛋兒呢？（說罷大笑，一面又去拉湘蓮）再說人家能彈會唱，你就不成！

湘　蓮：薛大爺！（氣得臉色發青，想發作，又抑制下來）

尚　榮：（也看不慣了）我瞧，爺們還是到大廳去喝酒吧！

賈　珍：（站起來）對！咱們去喝酒！（向左門下）

家　璉：走吧，蓉兒！陪你二叔來喝幾盅！（拉了賈蓉同下）

尚　榮：薛大爺跟柳二兄弟也來呀！

薛　蟠：我不能喝了，已經醉啦！你去張羅他們罷，賴大哥！讓我和小柳兒在這裡說說話兒。

湘　蓮：（使眼色叫尚榮走）也好。我就在這兒陪薛大爺說會子話兒。

尚　榮：等會兒還是過來猜兩拳！（說罷向湘蓮使眼色，然後下）

湘　蓮：（咬唇縐眉地思索一會，改換笑容）薛大爺，我來問你一句話。

薛　蟠：（拉湘蓮坐身邊）問什麼？我的好兄弟！

湘　蓮：我問你還是真心和我好呢，還是假心和我好？

薛　蟠：（喜不自禁地拉住湘蓮的手）哎喲，我的寶貝兄弟！你怎麼會問起這樣的話來？我要是假心和你好，叫天打雷劈我，立刻死在你的跟前！

湘　蓮：既然如此，這裡說話不方便，你先頭裡走，我隨後出去找你，咱們上花園僻靜處索興談個痛快！只是你可別帶一個跟的人，也別叫珍大爺他們知道。

薛　蟠：（大喜若狂）真的嗎？兄弟！

湘　蓮：你瞧！人家拿真心待你，你又不信！

薛　蟠：（忙陪笑）我不是獃子，怎麼能不信呢？只是這花園恁麼大，路又不熟，你叫我上什麼地方去等你呢？

湘　蓮：不遠，就在這書房左邊，池塘的前頭。

薛　蟠：好，好！我這就去。（酒已經醒了，高興地忙向廊外走）快來呀，好兄弟，別叫我緊等。

湘　蓮：去吧！我隨後就來。（見薛蟠走後，冷笑著）哼！今兒柳二爺非教訓教訓你這個蠢東西不可！（說罷從壁上取下寶劍，隨便輕舞一番，然後掛

在腰間，走向廊外）

【這時賈寶玉恰好迎面而來。

寶　玉：怎麼你還沒走？

湘　蓮：給你那個混帳姨表兄纏到現在。

寶　玉：你這會子回去嗎？

湘　蓮：不，找薛蟠算帳去？

寶　玉：何苦來跟他個呆子一般見識。他現在哪兒？

湘　蓮：在花園等我。（說罷就走）

寶　玉：（攔住）不理他好了。

湘　蓮：你不要管！這小子不叫他知道我柳湘蓮的厲害，下一次他還不改。（走出又退回）你別去告訴人，最好也不要走開，等著瞧瞧熱鬧吧！（疾下）

寶　玉：（點點頭）唉！薛呆子也是自討苦吃！

【這時笙歌依然，飲酒猜拳之聲不絕。賴尚榮掀門簾先瞟一眼，然後走出來。

尚　榮：寶二爺什麼時候來的，薛大爺和柳二兄弟呢？

寶　玉：我才來，沒瞧見他們。

尚　榮：奇怪，剛才他們兩人還在這裡說話的，我因為有點不大放心他們才特地出來瞧瞧。

寶　玉：噢，想是他們一起看戲去啦！

尚　榮：唉，您這位令親真夠糊塗的！也不打聽打聽柳二兄弟的為人，就一個勁兒跟他混鬧，將來有一天；非吃他的虧不可。

寶　玉：也該給薛大哥一個警告，否則越發地橫行霸道了！

尚　榮：他家裡怎麼也不管束管束他？

寶　玉：（冷笑）嘻。誰敢管束他？在家裡他就是王！薛姨媽跟前只有他這麼個寶貝兒子，雖然知道他在外頭胡作非為，可又捨不得嚴厲訓戒他。他有一個妹妹，倒能鎮壓他幾分，只是又不能成天跟著他。

尚　榮：您說的這位薛大爺的妹妹，只怕就是坐在薛姨太太旁邊看戲的那位帶金鎖的寶姑娘吧？我倒是常聽見家父母誇獎她，說寶姑娘為人又能幹又厚道。可惜她這位令兄太差了！

寶　玉：誰說不是呢！（坐炕桌上）

尚　榮：不過話又說回來，十個指頭伸出來原不一般齊，姊妹們本來就有好有歹的。比如寶二爺你們弟兄吧，儘管您是個正經讀書人，可是您的那些哥哥們，就不盡都如此。像這位爺——（以大拇指暗示）聽說不大規矩。這話本不該我說，因為您是個明白人，所以才隨便談談。寶二爺可見過——（低聲地）珍大爺的兩位姨妹子？

寶　玉：聽說珍大嫂子有兩個異父異母的妹妹，人生得挺標緻，只是沒見過。

尚　榮：就因為這一對姊妹花生得絕色，可算得是一對尤物，所以珍大爺起了野心，三天兩頭上尤家去勾搭。聽說那尤家一貧如洗，那尤老太太也樂得叫女兒敷衍敷衍，好讓珍大爺貼補他們點兒花消。

寶　玉：（感慨地）唉，像這種女子就是生得再好，名聲一壞也叫人不愛了！

尚　榮：可笑的是，不但珍大爺如此，就連他的那位蓉兒，聽說也是這樣。只要知道老子沒有去尤家，他就去了。簡直不成個體統！真是俗話說的：「父子二人，同走一條道路」。

寶　玉：（感愧地）這就是我先頭說的：「富貴之家，好像臭皮囊。醜事情，都出在這種『家』裡！」

【這時傳來呻吟聲，接著柳湘蓮挾著滿身污泥、一臉血跡的薛蟠從廊外走來。賈寶玉心裡明白，不禁悄悄笑了。

薛　蟠：（邊哼邊叫）救人呀！柳湘蓮打死我了！

尚　榮：（大驚）柳二兄弟，這是怎麼回事！（說著忙扶薛蟠坐炕上）

薛　蟠：唉喲！坐不得，屁股都打爛了！（說著一個翻身爬至炕上）

湘　蓮：我只當你是不怕打的，如今可認得你柳二爺了？（說著把劍掛原處）

薛　蟠：（哽咽著）認得了！只是朋友要好不要好原是兩家情願；你既不樂意和我要好，也該明說，何苦來哄我去挨打？

湘　蓮：我也曾勸過你，只是你執迷不悟，偏偏有眼無珠，錯瞧了人，「老虎頭上搔癢」歪打了主意，所以才決心叫你皮肉吃點兒苦，也好知道知道你柳二爺的厲害。不然，你還是昏頭昏腦，把我當成可以供你玩兒的風月子弟！老實告訴你，薛蟠！你柳二爺雖然窮些，論出身也是仕家；論為人，比起你混蛋小子來清高十倍；論學問，五經四書全念過；論武藝，別說你一個薛蟠，就是十個八個，你柳二爺毫不在乎！你以為仗著有錢有勢，就可以橫行霸道，什麼人都欺負得。你柳二爺天生的硬脾氣，「富貴不能淫」，「威武不能屈」；即令當今的皇帝惹了我，也得打他個落花流水，不要說你。

尚　榮：柳二兄弟！（上前勸阻）

寶　玉：（拉開尚榮，搖手小聲地）讓他去！

薛　蟠：（求饒地）哎喲，饒了我吧！打不得啦，好兄弟！

湘　蓮：（又是一拳）。你叫什麼？

薛　蟠：（忙改口）好哥哥！

湘　蓮：（又是一拳）再叫！

薛　蟠：好老爺！饒了我這沒眼睛的瞎子吧！如今我已經知道你是個正經人了，過去算我錯啦，從此以後我只敬你，怕你！再也不敢惹你了！（說著只磕頭）

【賈寶玉和賴尚榮一邊忍不住想笑。

尚　榮：柳二兄弟！既是薛大爺已經認錯，就算了！

湘　蓮：好吧，打死他是無益，就留下他這條狗命，只是如果再不改過，下次非宰了他不可。我也該走啦，真是對不住賴大哥，今兒原是你升官高興的日子，給我鬧得未免殺風景。寶二爺，咱們再見啦！（說罷施禮告辭走向廊外）

尚　榮：（低聲地）快去，等會兒說不定還有麻煩哩！

湘　蓮：什麼麻煩？（又站住了）

寶　玉：你還是趁早兒走的好，免得回來驚動了大家，瞧見不好看。

湘　蓮：（明白了）賴大哥！既是這樣說，大丈夫做事，大丈夫當！沒有什麼麻煩便罷，果真有什麼麻煩，請儘管叫他們去找我好了，我三天以內絕不走出家門一步。（說罷下）

薛　蟠：（稍鎮靜一點）給我口水嗽嗽嘴吧！剛才被柳湘蓮按到池子裡，喝了一肚子的髒泥，到如今喉嚨裡還是腥臭的。

尚　榮：（忙遞水與薛蟠）薛大爺，別怪我愛說直話，實在您也忒荒唐了，柳湘蓮是一個出名的好看不好惹的人，您偏偏去捅螞蜂窩！

薛　蟠：誰知道呢！早知道他是這樣一個人，我何苦來找一頓打挨！

寶　玉：以後可改了吧！薛大哥！

薛　蟠：不行，我還得報仇！我不能就這樣讓他白打了。

（說著忿忿地拍拍炕）

賈　珍：誰要報什麼仇？（說著走出來）真熱鬧！你們在外頭吵，我們在裡邊嚷！（看見薛蟠詫異地）怎麼啦，薛兄弟趴在炕上幹嘛？

薛　蟠：（委屈地哭了）珍大哥，給我出口氣吧！柳湘蓮個王八羔子打了我。

賈　珍：（趨前）為什麼，先頭你們不是好好的嗎？怎麼一會子又惱了？

【賈璉、賈蓉同上。

賈　蓉：薛大叔怎麼啦？

賈　璉：哭什麼？薛兄弟！

賈　珍：薛兄弟給柳老二打了！

賈　璉：柳老二呢？

賈　珍：真奇怪！咱們在裡邊怎麼一點都沒聽見，只聽見書房裡吵得厲害，還以為是薛兄弟和柳老二鬧著玩兒呢！原來兩個人在打架！

寶　玉：他們是在花園裡打的，剛才柳二兄弟才把薛大哥送到這裡來。

薛　蟠：（抱怨地）賴大哥不該放他走的。

尚　榮：（辯駁，諷刺地）柳老二走的時候，薛大爺不是明知道嗎？您先頭怎麼不說話？要是您早說不叫放他走，我也就把他留下來了！

寶　玉：（得意）是呀，薛大哥先頭怎麼不言語呢？這會子抱怨也晚了！

薛　蟠：我也是給打糊塗了。珍大哥，璉二哥！你們瞧該怎麼辦呢？替我出個主意呀！

賈　珍：算了罷！你原是很喜歡他的，打兩下也沒有什麼要緊。

尚　榮：（打趣地）豈不聽見俗話說的：「打是親，罵是愛！」。薛大爺，你吃點虧吧！

薛　蟠：（又氣又羞）你們這些人真是幸災樂禍，這會。還拿我取笑兒！

【忽然興兒穿身布夾袍，慌慌張張地自廊外進來。

興　兒：（喘息不已）正好！爺們都在這裡！

賈　璉：什麼事？瞧你慌張成這個樣子！

興　兒：東府的敬老爺在鐵檻寺升天了。

賈　珍：（大驚）甚麼？老爺升天啦？

興　兒：可不是！剛才東府裡打發焦大過來報喪，焦大說：敬大爺一定是功果圓滿，修行成仙了。

寶　玉：（感歎地）他老人家一向吃齋念佛修身養性，怎麼好好地就沒了？

興　兒：老太太叫小的來請爺們趕快回去。

賈　璉：（戚然）好吧，我們就走。興兒把薛大爺扶著送他回去。（走向廊外）

興　兒：是！（扶薛蟠下）

賈　珍：賴兄弟，打攪了你一天！（拱手走向廊外）

尚　榮：待慢！待慢！

【賴尚榮送眾下。

——幕疾落

第二幕

第一場

時　間：兩月後的一個下午。

地　點：賈府東院。

人　物：尤老娘、二姐、丫頭、尤三姐、賈蓉、賈璉、興兒。

布　景：正房，富麗堂皇。舞臺正中是一排格扇門窗，懸竹簾。門上貼著喪事對聯。舞臺左右裡首有房門，懸藍色緞門簾。左房原為賈珍住，現為尤老娘住。右房原為賈蓉住，現為尤氏姐妹住。舞臺的中間置圓桌，周圍有凳。舞臺的左外首置長茶几，兩旁有椅。茶几上設花瓶，茶具。舞臺的右外首置炕桌，陳設古玩。兩廂牆壁懸字畫。

【幕啟。尤老娘穿著身黑色綢夾襖夾褲，躺在炕上睡覺了。尤二姐穿一件朱紅色緞夾襖，繫綠色絲絛子，淺綠色裙子，正在圓桌前做針線，圓桌上放些針線盒、熨斗等物。旁邊坐著一個丫頭，也在做針線。賈蓉穿件天青色緞夾袍子，在外面邊走邊喊。

賈　蓉：（冒冒失失地推門進來喊著）二姨娘！我叫了您半天，您也不應一聲兒。（走向尤二姐）怎麼一來就忙著作活哩？

二　姐：小聲點兒，冒失鬼兒！

賈　蓉：（看看尤老娘，低聲地）喲，老娘睡著啦！（坐在尤二姐身邊，嬉皮笑臉地直管注視她的身上）

賈　蓉：三姨娘呢？

二　姐：在裡頭屋裡，你老娘子都好嗎？

賈　蓉：都好，二姨娘！你們雖然來了這麼多天，我們也沒功夫常過來看你們，別人不說，我父親可真想您，他叫我先代問個好，一兩天就要回來瞧您。

二　姐：（面紅耳赤，羞答答地罵著）好壞小子！隔兩天不罵你幾句你就不好受了，如今越發連個體統都沒有，還虧你是大家子的公子哥兒哩！成天念書學禮的，簡直連那小家子弟還跟不上，我看，不教訓教訓你是不行！（說著，順手拿起熨斗來兜頭就打）。

賈　蓉：（抱住頭向二姐身邊躲）二姨娘，我的好二姨娘！饒了我吧，饒了你疼的外甥兒，趕明兒給您說個好姨父！

二　姐：（又打）還混說！今兒不撕了你的嘴才怪。（說著，就去撕賈蓉的嘴）

賈　蓉：（忙跪下）撕不得，二姨娘！留下這張嘴還要吃花生仁哩！（說著從腰裡掏出一包花生仁，放在二姐懷裡）咯！瞧外甥兒多麼疼您，特地從外面買了花生仁回來孝敬您！（站起拿花生仁放二姐嘴裡）

二　姐：（嚼了一嘴渣子吐到賈蓉臉上）小鬼！

賈　蓉：這個我不怕！二姨娘嚼過的，更香些！（說著嬉皮賴臉地用舌頭舔著吃了）

丫　頭：（有點看不過去。冷笑地說）老實點兒吧，蓉哥兒！現有熱孝在身，再說，二姑娘雖然還小，到底是您的姨娘，您也忒胡鬧了。回來把老太太吵醒了，告訴珍大爺去，瞧你吃不了兜著走！

賈　蓉：（抱住丫頭的腰，無賴地在她臉上親了一下）我的心肝！你說得是，咱們就饒了她好啦！

丫　頭：（忙推開賈蓉站起來，狠狠地罵著）短命鬼兒！你一般有老婆丫頭的，何苦來又和我們鬧？知道的說是玩，不知道的，給那些髒心爛肺嚼舌頭的人吵到西府裡去，還說是我們混帳，我們調戲你哩！

賈　蓉：（不在乎）各門另戶的，誰管咱們的閒事？再說，從古到今「天下老鴉一般黑」，都少不了有些風流事兒！提到那一邊，二老爺那麼厲害，璉二叔還不是偷偷摸摸的勾搭鮑二家的？二嬸娘外面看著怪正經，其實也一樣，不然瑞大叔怎麼敢去算計她，弄得瑞大叔中了「風流寶鑑」的魔，死得不明不白的。這一切，哪一件也瞞不了我，我才不怕他們哩。（邊說，邊吃花生仁）

【這時尤三姐穿一件松綠色緞夾襖，繫條黃色絲絛子，乳白色綾裙子，自右房走出。

三　姐：（端莊嚴肅地），蓉兒又在混說什麼？，

賈　蓉：（忙跑過去涎著笑臉）我的三姨娘，怎麼這會子

才出來，都快想死我了！（說著就去拉三姐）

三　姐：（摔開賈蓉，正色地）快跟我老實點，瞧你這個輕狂樣子總改不了！

賈　蓉：你也總改不了這個厲害樣子！看你倒象個熱心腸，誰知道是個冷面人！（搭訕著送去一把花生仁）吃花生仁吧，三姨娘！蓉兒處處想著您，再說蓉兒不好，可真沒有良心。

三　姐：（揮開）少跟我嬉皮涎臉的，我可不是你二姨娘，任著你胡鬧！（說著走向炕）。媽怎麼還睡？

二　姐：媽也是歲數大了，一歪下去就睡著了。

三　姐：（推老娘）媽，媽！醒醒吧，仔細著涼！

賈　蓉：（不樂意地）別叫老娘，讓她老人家多睡會兒，咱們玩的自在些！

三　姐：（不理）媽，媽！起來！（說罷也去桌邊做針線）

老　娘：唉！（翻了個身坐起來，矇矓地瞧瞧她們）誰，那邊站的是誰？

賈　蓉：（只好走過去）是我，老娘，是蓉兒！

老　娘：（拉住賈蓉）瞧我的眼睛，連我的外孫兒都不認得了！好孩子，你怎麼這會子有工夫回來啦！

賈　蓉：爹打發我回來看看老娘，說我們家有喪事累老娘操心，又難為兩位姨娘受委屈，我們爺兒們真是感激不盡。惟有等事兒完了，我們闔家大小再來登門磕頭。蓉兒這裡先給老娘請安！（說著就跪下磕頭）

老　娘：（忙拉起賈蓉，笑著顫聲地）我的兒！親戚原該幫忙的。事情快完了吧？你老子娘只怕累壞了？

賈　蓉：我老子娘還好，再有幾天，「五七」一過就出殯了。爹說好歹求您老人家等事情完了，大夥兒歇歇兒，好好聚一聚再回去（說著背身向二姐擠眼做鬼臉）

老　娘：（高興地）這個自然，我還沒有跟你娘說說話兒哩！

二　姐：（悄悄地低罵著）會嚼舌頭的小猴兒，留下我們不走，給你爹做媽不成？

老　娘：（沒聽清，問賈蓉）你二姨娘說什麼？

賈　蓉：（無賴地）二姨娘說：她不願留在這裡，她要早點往婆家去！

老　娘：（笑）這孩子，真會說笑話兒，你二姨娘哪兒來的婆家？

二　姐：媽，你別聽他混說，你打他一把掌，他就不敢再油嘴滑舌了。（說罷又低聲罵）小鬼！

賈　蓉：（乘隙而入）老娘放心吧！我爹正在替兩位姨娘打算啦！說是要選兩位門第有根基，家裡富貴，還得年輕，人品又俊的姨父；不然就配不上我這兩位姨娘。這幾年總沒揀著合適的，湊巧前兒才相準了一位！

老　娘：（信以為真，忙問）是誰家的公子？

二　姐：媽別聽這混帳孩子的話

老　娘：噢，我倒當個真。

三　姐：（有覺察，站起責備地）蓉兒，你也忒不知輕重了，說是說笑是笑，別只管嘴裡不清不楚的，給人聽見了，成個什麼體統？

賈　蓉：人家二姨娘都不生氣，偏偏三姨娘動不動就惱！

三　姐：你二姨娘氣量大，能擔待你，我可不能！我勸你以後，在我跟前還是老實點兒的好！（說罷忿忿下）

賈　蓉：（怪沒趣地）憑三姨娘這個脾氣，只怕難嫁出去！

二　姐：像你這樣沒規矩，他打你也不屈！

賈　蓉：還是你隨和，二姨娘，趕明兒非給你找個好姨父不可，這件事包在你蓉兒的身上！

二　姐：說著說著又來了！不給你點厲害看看是不行的。（說罷拿起手裡的針丟過去）今兒非縫住你這張臭嘴不可。

賈　蓉：（撲到老娘懷裡，撒嬌地）老娘，二姨娘欺負我！

老　娘：（忙攔住二姐）快放下，哪有個作姨娘的欺負外甥兒？

賈　蓉：（得意）還是老娘好，老娘疼我！

賈　娘：蓉兒在這裡玩一會吧，老娘進去穿一件衣服就來！（說罷站起來）

二　姐：（忙扶住老娘走向左門。一面低聲罵著）這會子先饒了你！

丫　頭：（不滿地嘟噥著）忒沒個上下了！

賈　蓉：（又去胡鬧）好了！我的寶貝！你可別學我三姨娘那個脾氣！（抱住丫頭）（這時賈璉穿一件藍色緞袍子，自中門走進）

賈　璉：（走進來張望一番）蓉兒！

丫　頭：（忙站起來，推開賈容）快走開，璉二爺來了。

（說罷低著頭向左房下）

賈　蓉：（忙迎過去）二叔倒是真性急呀！說來就來了

賈　璉：（笑著走向圓桌，坐下）約好來的，當然要來。你這孩子真饞，怎麼又跟丫頭們混鬧起來了？

賈　蓉：（嬉皮涎臉地）二叔別說我，你還不是一樣！

賈　璉：（拉他到一邊，低聲地）剛才在路上我托你辦的事，怎麼樣啦！

賈　蓉：我已經跟老娘提過，只是還沒有明說。我想著等會兒，你先瞧瞧我二姨娘的眼色再議！

賈　璉：（思慮）恐怕你老娘不願意。再說你二姨娘的那門「指腹為婚」的親事，也不知道能不能退。

賈　蓉：二叔真糊塗！我老娘家裡貧寒，巴不得找個有錢的姑爺貼補貼補，如果知道是您要娶二姨娘，老人家還會不願意嗎？至於說二姨娘那門「指腹為婚」的親事，倒沒什麼要緊，橫豎姓張的如今又不在這裡，等將來找著他本人，給他十來兩銀子，叫他寫個退婚的字據，量他人窮愛錢，一定不會不依的。再說，他也不敢惹咱們。我看這件事第一要二叔在二姨娘跟前用工夫，第二只要二叔肯花銀子，蓉兒管保能成功！所怕的倒是二嬸娘那邊難得過去。

賈　璉：（大喜）好孩子，你的話一點不錯，就是二嬸娘那邊怎麼對付，你也得給我出個主意才好。

賈　蓉：（想了想）主意倒有，只是二叔要有膽量！

賈　璉：什麼主意？快說，我這一回是拚上了。

賈　蓉：二叔先別聲張，等回來我跟老娘說過了，您也跟二姨娘勾搭上了，然後立刻就在咱們府後附近買一所房子和應用的家具，再撥幾個可靠的家人女僕過去服侍；等爺爺出了殯就擇日子娶了，人不知鬼不覺。一面您仍舊常回二嬸娘那邊去住，免得她疑心。過個一年半載即或鬧出來，拚著挨上二老爺一頓罵，你就說二嬸娘總不生育，原是為了子嗣才私自討個二房，那時節二嬸娘看見「生米已成熟飯」也只得罷了。二叔再去求求老太太，沒有個不了的事兒。

賈　璉：（頻頻點頭）此計甚妙！好蓉兒，你果真為二叔作成這件好事，二叔一定買兩個絕色的丫頭酬謝你。

賈　蓉：（笑著）二叔不必謝我，倒是事成之後，謝謝我爹，若是我爹不答應，也成不了，所以二叔還得替我爹跟三姨娘撮合、撮合。

賈　璉：這個自然，我不會忘了大哥的。

賈　蓉：二叔在這裡，我去把老娘喊出來，您就照我們先頭說的行事。

賈　璉：好極了！（連忙正正衣冠）

賈　蓉：（走向左房門叫）老娘！老娘！

老　娘：（應著）來啦，蓉兒！（扶著二姐走出）

二　姐：（看見賈璉，欲迴避）喲，有客呀！死蓉兒也不說一聲。

老　娘：誰？（看看賈璉）

賈　蓉：（忙攔住二姐）不是客，是西院的璉二叔。

老　娘：（笑著扶二姐走過去）噢，璉二爺來啦，這倒不必迴避，橫豎都是自家人！（坐炕上）

賈　璉：（殷勤地扶了老娘一把）跟尤老娘請安！（說著屈屈膝）

老　娘：（忙拉住）不敢當，璉二爺！

賈　璉：（向二姐打了一個千兒）二妹妹可好，三妹妹怎麼不見？

二　姐：三妹妹剛到房裡去了。（說罷，羞答答垂首坐老娘身邊）

老　娘：府上老太太，太太和璉二奶奶，姑娘們都好吧？

賈　璉：承尤老娘問，我們老太太以下，都託福平安！剛才我從鐵檻寺回來，大嫂子說，前兒有一包銀兩交給尤老娘收起來了，今兒因為要用，大哥。怕蓉兒誤事叫我來取，順便問問家裡有事沒有。我瞧著尤老娘倒還硬朗，只是連累了為我們家的事兒操勞，讓二位妹妹受委屈，真是過意不去！（說著只管偷看二姐）

老　娘：說哪裡話！咱們都是至親骨肉，在家裡也是住著，在這裡也是住著。不瞞璉二爺說，我們家景自從先夫去世，越發艱難了，一向全虧這裡姑爺貼補，如今姑爺有了這樣大的事，別的不能出力，看看家照應照應門戶也是理當，怎說得上受委屈。既是璉二爺要銀子，請等會，我這就去拿來。（說著站起來，二姐忙扶著）

賈蓉：（拉開二姐）我來扶老娘進去。

老娘：好吧！蓉兒扶我，你就陪陪你璉二哥！

賈蓉：（向賈璉使眼色）二叔跟我二姨娘說說話兒吧！（說著扶老娘下）

賈璉：（湊過去，含情地笑著說）二妹妹來了這些天，雖然也見過兩面，只是礙著人前不好說話兒。

二姐：（坐炕外首，帶羞地）璉二哥請坐吧！（無聊地拿著一條繫著荷包的絹子擺弄）

賈璉：（坐炕裡首，只不住地瞟二姐，搭訕著）二妹妹手裡拿的是什麼？

二姐：檳榔荷包。

賈璉：（故意摸摸懷裡）哎呀，我的檳榔荷包忘記帶了，二妹妹既然有，賞一口給我吃行不行？（說著走過去）

二姐：（微笑地）檳榔倒有，只是我的檳榔從來不給別人吃！

賈璉：二妹妹真小氣！吃一口檳榔又算什麼！趕明兒我多帶些來賠你就是（說著就伸手去拿，有意地碰了碰二姐的手）

二姐：（忙看了一周，笑著扔過去）拿去吧！

賈璉：（接了，坐下取出半塊吃了）別心疼！二妹妹，我只揀了您吃剩下的半塊吃了！（說著背過身，一面從懷裡解什麼東西，又包在手絹裡，剛剛要送過去）

丫頭：（自左房端茶出，置炕几上）璉二爺請喝茶！（說罷看看他們，然後下）

【賈璉急急藏了絹子吃茶，當丫頭回身走時，連忙將絹子扔向尤二姐，但是落在地上，尤二姐假裝看不見坐著不動。

賈璉：（站起向外看看，見丫頭已去，回身指指地下）二妹妹，您的檳榔荷包掉在地上了。（又低聲地）絹子裡面有一個「九龍佩」，送給您留個紀念。

二姐：（只管喝茶，不理也不拾）

【賈璉正莫明其妙，這時尤老娘扶賈蓉自左房出來。

老娘：璉二爺，累你久等了！

賈璉：（忙迎上去，一面著急地回顧二姐，二姐依然不抬頭）哪裡，只是麻煩您老人家了。

【尤二姐乘他們不注意時，匆匆拾起地上的絹子，又悄悄揣到懷裡，然後走過去扶老娘。

賈　蓉：（已瞧見，笑問二姐）二姨娘剛才拾起個什麼東西？

二　姐：滾開！媽怎麼去了這麼半天？

老　娘：（笑著）人老了，忘性大，前兒放的東西，今兒就記不起地方了！虧著蓉兒幫著我才找到的。（坐炕上，以銀子交賈璉）這是三百兩，璉二爺收好。

賈　璉：你放心，我回去就交給珍大哥。（接了銀子，一面發愁看地下，見絹子已經沒有了，這才放心。再看看二姐若無其事的樣子，不禁笑著點點頭）

【這時中門外有人喊，興兒走進來。

興　兒：蓉哥兒，璉二爺！剛才老爺問兩爺，說有什麼要緊事兒要使喚，原叫我到廟裡找爺去，我回老爺說兩位爺就來。這會子快過去吧！

賈　璉：好吧，蓉兒！我們就到西院去看看老爺有什麼吩咐？

賈　蓉：興兒，你出去侍候著吧。（一面向老娘）老娘，我跟二叔過去了！

老　娘：（忙站起來）好吧，蓉兒！沒事的時候勤回來看看。璉二爺有工夫也常過來說說話兒！

賈　璉：一定常來跟您老人家請安！（說罷向二姐以目傳情，走向中門）

賈　蓉：（低聲附老娘耳邊笑著說）老娘，我沒說錯吧？我跟我爹作的這個媒壞不壞？您瞧我這位二叔多標緻？（一面向二姐努嘴兒，指著賈璉笑）二姨娘，配得上你吧？

二　姐：（啐了口，羞得忙扭過身子）壞透了的小猴崽子。

老　娘：（笑著點點頭，沒說什麼）

賈　蓉：好啦，好啦！老娘願意了，二叔跟二姨娘也換了信物了，該請蓉兒吃喜酒了！

【跳著嚷著走向中門拉住賈璉同下。

——幕急落

第二場

地　點：賈府附近花枝巷新宅。

人　物：尤二姐、尤三姐、興兒、尤老娘、丫頭、賈珍、賈璉、鮑二

布　景：賈璉與尤二姐私婚的新房。佈置得相當富麗，台的正上首為套間，用大紅緞幔子隔著。幔子前面置一對磁凳。舞臺的左上首置炕桌，旁有茶几。炕桌上擺設花瓶，茶几上設茶具。舞臺的左下首有房門，供出入，懸粉紅色綢簾子。舞右首為木欄，大格扇窗子，外面芭蕉可見，窗前置長方書案，上設文具。舞臺的中間置圓桌，四周有凳子。

【幕啟。天還亮著。炕桌前有火盆，尤老娘躺炕桌上睡著了。尤二姐穿著件桃紅色緞襖，粉綠色綢裙子，坐炕桌外首烤火，尤三姐穿件蔥綠緞襖，天青色綢裙子，坐在書案前。圓桌上還著些果品，像是他們剛吃罷剩下的。這時興兒掀門簾進來。

興　兒：（走向尤二姐面前）奶奶，爺還沒回來，小的那邊看看去吧！

二　姐：（想了一想）也好，若是有事就別催他。

興　兒：小的知道。

二　姐：噢，興兒，你把桌上的果子吃了再去。

興　兒：（高興地）謝謝奶奶！（就站在圓桌旁吃起來）

二　姐：瞧你年紀小小的，倒是知道忠心你爺！

興　兒：不瞞奶奶說，小的是西府二門上該班的，我們一共有兩班，一班四個人；有幾個是爺的心腹，有幾個是二奶奶的心腹；小的就是爺的心腹，專跟爺在外頭跑，所以什麼事都向著爺。只是我們沒有二奶奶的幾個心腹有勢力，我們平日不敢惹他們，他們倒欺我們。

三　姐：（微笑地）你們二奶奶到底有多麼厲害？連他的心腹奴才都不敢惹？

興　兒：說了你不信，三姨奶奶！提起我們二奶奶，府上除了老太太，太太以外，上上下下沒個不怕她，不恨她的。她為人心裡狠毒無比，嘴裡卻是甜蜜蜜的。倒是她跟前的平姑娘為人很好，雖然和二奶奶是一鼻孔出氣，但是寬厚得多，我們下人有什麼錯兒，二奶奶容不得，只要求求平姑娘就

完了。

二　姐：像你二奶奶這樣的人，老太太，太太為什麼還那麼抬舉她？

興　兒：（越說越起勁了）奶奶那裡知道，她專會一味地討老太太，太太的喜歡。比方她管家過日子，只知道刻薄我們下人，在老太太，太太跟前，顯得會節省。可是她自己卻弄了不少的私房銀子，在外頭放帳收大利錢。

二　姐：你這孩子，如今背地裡說你二奶奶，將來背地裡還不知道怎麼說我呢！我比起她來，又差一層兒，更有說的了！

興　兒：（連忙跪到炕桌沿下）奶奶這樣說，真冤枉小的！但凡小的有造化，爺早先娶了奶奶這樣好的人，也少挨許多打罵！如今我們幾個跟爺的人，誰不是背前背後稱讚奶奶賢德，憐恤下人，我們還商量著，叫爺把我們要出來，情願今後專門服侍奶奶。奶奶不信，小的賭咒，要是說半句謊話叫天雷劈死小的。

二　姐：（笑）起來吧，小鬼精靈兒！說句玩話就嚇得這個樣子！你為什麼要出來，我還打算進去呢！

興　兒：（站起來連連搖手）進去不得，奶奶！千萬進去不得！最好是一輩子不見她也別後悔！像奶奶這樣善良人，怎麼是她的對手？她見奶奶比她標緻又比她心眼兒好，她還有個不妬嫉的？人家是醋罐子，她就是醋缸，醋甕，凡丫頭們跟前，爺要是多看上一眼，她敢當著爺面打丫頭打個爛羊頭似的，就連平姑娘，一年半載裡頭，也難得跟爺在一起。奶奶想想看，你如果真進去了，怕她不鬧翻了天！

三　姐：（搖頭歎息）既是西府有這麼個母夜叉，你們位寡婦大奶奶和幾位姑娘怎樣受的了呢？

興　兒：小的不是說過嗎？我們二奶奶的嘴像蜜似的會哄人，儘管心裡算計他們，外面卻殷勤得很！提到我們這位寡婦大奶奶，真是天下第一個賢德人，她在府裡從不管事，只教蘭哥兒念書寫字，陪姑娘們做詩學針線。前兒二奶奶病了，大奶奶就代她當了幾天家，她總是按著老例兒辦，一點也不多事逞能的。說起這些姑娘們，一個人一個樣。

大姑娘不用說了，能當貴妃娘娘自然是好的。二姑娘混名兒「二木頭」，老實無比，是東府周姨娘生的。三姑娘混名兒「玫瑰花兒」，又紅又香，沒人不愛，只是有刺扎手，不敢輕易招惹她，可惜她不是太太生的，趙姨娘是她的親娘，總跟她慪氣。四姑娘年紀小人正經，百事不聞不問，是珍大爺的親妹妹，太太早年抱過來養了這麼大。除了這幾位我們府裡的姑娘以外，還有兩位親戚家的姑娘，一位是我們姑太太的女兒，姓林。一位是我們姨太太的女兒，姓薛。都是天仙似的美貌，又都有學問。這兩位姑娘無論是出門上車，或是在園子裡遇著了，我們連氣兒都不敢出。

二　姐：想是府裡規矩大，你們小廝見了姑娘們，躲起來不敢出氣兒！

興　兒：（笑著搖頭）不是為這個不敢「出氣兒」，是怕出的氣兒大了，吹倒了我們林姑娘；出的氣暖了，吹化了我們薛姑娘。看來誰也經受不起這兩位姑娘，只有一個寶二爺經受得起！

三　姐：（注意地）你倒是說說你們寶二爺看！

興　兒：（笑著更起勁地說）三姨奶奶既問他，說起來您未必信。寶二爺長了這麼大，從來沒有正經地念過書。因為他是老太太的寶貝，老爺先還管教，後來也不敢管了。成天價瘋瘋癲癲的，說的話，別人不懂，幹的事，別人也不明白。外表看著又俊又聰明，心裡是漿似的糊塗！平日最怕見人，只在姑娘行裡混鬧，也像個女孩兒一樣，沒半點男子氣。喜歡時，見了我們沒上沒下地大賈亂玩一陣，不喜歡時，見了我們就不搭理。所以，我們誰也不怕他，只隨便在他的跟前放肆。

二　姐：你們這些人真難纏！主子寬了你們就放肆，主子嚴了，你們又抱怨。寶二爺看著一個伶俐人兒，可惜了兒的糊塗。

三　姐：（微笑地搖頭）姐姐別信興兒胡說，你忘了敬老爺才去世的時候，咱們不是在東府見過他嗎？舉止動靜，言談吃喝，斯斯文文禮貌多端，哪些兒糊塗呢？我還記得，那天和尚進來繞棺念經，咱們都站著陪祭，寶玉卻直往前頭鑽，把咱們擋著，別人只說他沒眼色，過後他悄悄對咱們說：

「不是沒眼色，是怕和尚們髒，氣味薰壞了姐姐們，所以才特地去前頭遮擋著的。」此外還有一件事，就是他剛吃完茶，你也要吃茶，那個婆子就去用他吃過的碗給你倒，他連忙攔住說：「我吃骯髒了的碗，洗過了再斟。」從這些看來，他原是一個最懂事，最會體貼女孩子的男人。

二　姐：（笑著打趣地問三姐）既是你對他情投意合，就把你許了他豈不是好？

興　兒：小的說句該打嘴的話，這個恐怕辦不到。若按模樣兒，倒是天生的一對兒。只是他已經有了人了，雖然還沒說明，將來准是定的林姑娘，一來他們自幼兒一起長大，寶二爺最喜歡林姑娘，二來老太太又頂疼他們兩個人。

三　姐：（正顏）少混說！（說罷站在窗前，這時窗外一輪明月，照著她俊秀的臉上，她伏在窗欄上以手托腮若有所感，心裡像勾起了無限煩惱）

興　兒：（招了個沒趣，果品吃完，只好走了）說著話兒，時候已經不早了，小的就去接爺。

二　姐：去吧！得空兒告訴爺，說我等他吃晚飯。

興　兒：呃。（出去）

二　姐：（看看老娘）唉，媽又睡著了。

三　姐：（彷彿沒聽見）……

二　姐：（有所感觸）聽興兒說的這些事，真叫人又好氣又好笑！想不到賈府那麼好個人家，竟出了這麼個不講理的潑婦！難怪二爺不喜歡她，擱在誰身上也不會喜歡的。（說著走向幔後）

三　姐：（半晌沒作聲，只沉思地長籲一口氣，喃喃自語）唉，何嘗「可氣」？又何嘗「可笑」？倒是可憐！可憐的是你落到這種結局，到如今自己還不明白，還在作夢！

【尤二姐沒聽見尤三姐的話，很快活地又從幔後走出來。

二　姐：（走向窗前）妹妹，一個人在這裡發什麼呆？

三　姐：（屹然不動不睬）……

二　姐：（怪沒趣地走到圓桌前）剛才還好好的，這會子又愁眉苦臉的，再下去你要變成一個呆子了！

三　姐：（轉過臉來冷冷地）我高興不起來！我不能像你似的，什麼樣的日子都能過！若是我真能變成呆子倒好了！

二　姐：（不高興，誤會了三姐的意思）你這是什麼意思？這樣的日子，有什麼不好的地方，你不能過？可你又要過怎樣的日子呢？

三　姐：（走過來，沉鬱地誠懇地）我要過我自己的日子，不是寄食別人籬下，忍辱含垢的日子，你不要以為你如今嫁了賈璉，就是他們賈家的人——賈家有身分而又高貴的少奶奶！其實，你只是賈璉在外面偷偷摸摸私娶的一個偏房罷了！將來賈家認你還好，不承認你，到那時你死都死個不清不白！剛才興兒的話，還不夠警惕的嗎？

二　姐：（受了侮辱，又像受了莫大刺激，頹然坐下，半晌才咽然地）好歹我只有聽天由命了！他們承認呢，我總算有了個歸宿。不承認呢，但憑他們怎樣擺佈好了。橫豎我既嫁了他，俗話說：「嫁雞跟雞飛，嫁狗跟狗走」。

三　姐：（憂慮地）再說，像賈璉這種富貴之家的公子哥，今兒就喜歡你，明兒就喜歡別人；今兒能娶你作二房，明兒就能娶別人作三房！姐姐，我替你擔心呢。（說罷深深歎一口氣）

二　姐：「木已成舟」、「生米煮成了熟飯」，擔心已是白擔心！倒是你自己的事，真叫人發愁！

【丫頭拿著一盞燈上。

丫　頭：奶奶，東府裡的珍大爺來看老太太了！（把燈放在圓桌上）

二　姐：噢，請珍大爺在外間客廳裡坐會兒，我來叫醒老太太！

丫　頭：（低聲地）珍大爺一定要到屋裡來坐，他現在門外等著哩！

二　姐：（稍一思索）好吧！就請珍大爺進來坐！（一面喊老娘）媽，媽！珍大哥來瞧你老人家了！

丫　頭：（走去掀簾子）珍大爺，奶奶請你進來。（下）

【賈珍穿一件天藍色緞面袍子進來。

賈　珍：二妹妹，老娘既是睡著了，就別叫醒她老人家了。

二　姐：已經醒了，珍大哥請坐！

老　娘：（睜開眼坐起來）你珍大哥在哪兒？

賈　珍：（假正經地上前行禮）老娘，你女婿跟你請安來了！

老　娘：（忙拉住）我的兒，難為你總是記著我。大姑娘跟蓉兒都好吧？

賈　珍：（坐炕沿）都好。叫我代他們跟老娘請安，並問候二妹妹和三妹妹。

二　姐：姐姐怎麼不過來玩兒？

賈　珍：家裡忙走不開。過一天閒了，叫他娘兒們來看老娘和兩位妹妹。

【丫頭送茶，分置各人面前，然後下。

老　娘：我的兒，你只怕還沒有吃飯吧？二姑娘，去叫他們預備點酒菜，你珍大哥輕易不來的。

二　姐：好的。（走向房門）

賈　珍：只一來就打攪了！

老　娘：說哪裡話來！這是你璉二兄弟的家，還不就跟你自己的家一樣嗎？

三　姐：（思忖）姐姐，你在這裡好了，我去關照他們。（說著站起向房門走）

賈　珍：麻煩三妹妹了。（色情地目送三姐出去）

三　姐：（沒有作聲，緩步莊重地走出去）

二　姐：妹妹去了再來。（轉回來，坐圓桌旁）

賈　珍：（湊近二姐）二兄弟怎麼還沒回來？

二　姐：（羞答答地）到西府裡去了，興兒已經去接他啦，大約一會就回來的。

賈　珍：（笑向老娘）老娘，我做的保山不壞吧？這門好親事要是錯過了，打著燈籠都沒處去找！過一天二妹妹該備一份禮，上我家去謝謝媒人才是！

二　姐：（笑著低了頭）少混說八道的。

老　娘：真是，都虧了你惦記著我們娘兒們，給打發得舒舒服服的。

賈　珍：也是二妹妹的造化好！

老　娘：（看看屋內）唉，只是我們三姑娘還沒個主，真愁人！

賈　珍：（胸有成竹地）老娘別著急，也包在女婿我身上好了，我已經替她看中了一個人。

二　姐：不過三妹妹的婚事，只怕難！以前親戚們也提過幾家，她都不願意。

【丫頭拿著箸筷，鮑二端著幾碟菜同上，丫頭放下東西侍立一邊。

鮑　二：（酒菜放圓桌上，走向賈珍屈膝）鮑二跟珍大爺請安！

賈　珍：很好，你倒是個有良心的，二爺叫你來服侍這裡！日後還有大用你之處，千萬不可在外頭吃酒生事，將來我也要賞你。倘或這裡短少什麼，你二爺事繁忙不過來，不必麻煩他，只管去回我好了。我們兄弟不比別人，懂嗎？

鮑　二：奴才知道。要是奴才不盡心服侍，除非不想要這腦袋了。

賈　珍：你知道就好。下去吧！

鮑　二：是！（下）

二　姐：酒菜已經預備好了，媽，就請珍大哥坐下吧！

（說著扶老娘坐圓桌上首）

賈　珍：（坐圓桌左首不安地）三妹妹呢？

丫　頭：（持酒壺斟酒）三姑娘叫回老太太，她不想吃東西，先睡了。

賈　珍：（失望著急）快去請她來，哪怕是喝兩盅酒哩！

丫　頭：是！（下）

二　姐：恐怕她不會來的。

賈　珍：（不高興）怎麼三妹妹倒像是跟我生分起來了？

老　娘：不是生分，是不懂事，珍大哥別見怪才好。

賈　珍：（冷冷地）自家人，哪裡會見怪？只是也忒叫我寒心了，想我對老娘一家也算盡了心，如今三妹妹竟把我當路人看待。

老　娘：（明白賈珍的意思，歉愧地）唉，提起你待承我娘兒們的恩情，我們感激不盡，三姑娘就是脾氣古怪，心裡也知道好歹。珍大哥喝酒吧！

【三人喝酒。

老　娘：（氣）由她去吧，這孩子越來越不聽話了。

賈　珍：（索就怏怏地）三妹妹的脾氣總是改不了，想不到，生得這樣一個風流標緻人兒，性情這麼乖僻！

【鮑二慌慌張張上。

鮑　二：（鬼鬼祟祟地向二姐低聲地）奶奶，二爺回來了！

賈　珍：（詫異）什麼事鬼頭鬼腦的？鮑二！

鮑　二：二——（結結巴巴還沒有說完）

【賈璉穿一件淡青色緞面皮袍，已掀簾子進來，尤二姐立刻臉上變色，賈珍已吃了一驚，只也尤老娘看不見，她毫不動容。鮑二忙下。

賈　璉：（睹狀，已明白他們的意思，忙笑著走向賈珍）

大哥在這裡呢！兄弟給你請安！（說著欲屈膝）

賈　珍：（忙拉住，窘極陪笑地）剛才還問起二兄弟，正好就回來。（說罷垂首不安）

賈　璉：（笑著坐圓桌下首）大哥怎麼拘泥起來了，咱們弟兄從前是如何地要好，大哥為我的事操心勞神，我正感激不盡哩！如今大哥這樣，倒叫我不安了！從今以後還請大哥照舊才好，不然我就跪在這裡了。（說著就要下跪）

賈　珍：（忙攙賈璉）兄弟快別這樣，以後你怎麼說我怎麼從命，自然咱們還是照舊的要好。

老　娘：璉哥兒回來啦？

賈　璉：回來啦，老娘！

老　娘：你大哥也是剛來，你們哥兒倆多喝幾盅酒吧！

賈　璉：（斟酒舉杯）來，我和大哥乾一杯！（一飲而盡）

賈　珍：（也一飲而盡）二妹妹也同二兄弟乾一杯吧！

（為二姐斟酒）

二　姐：（已較前安定，飲酒）大哥也一起喝酒吧！

賈　璉：（向二姐）怎麼不見三妹妹呢？

賈　珍：沒有面子，瞧不起你大哥，叫丫頭去請了幾次都不來。

二　姐：今兒當著大哥的面，讓我說幾句心裡的話罷，如今我已嫁給二爺兩個月了，日子雖少，可我打定了主意，生是你家的人，死是你家的鬼。不過我雖然有了依靠，將來我妹妹可怎麼好呢？這樣下去總不是長久之計！（說著流下淚來）

賈　璉：（胸有成竹，想了想笑著說）你的話不錯，總要替她想個萬全之策。我的主意不如把她也合大哥成了好事，索性咱們作個通家之好，不知道大哥怎麼樣？（向賈珍使眼色）

賈　珍：（大喜，但又憂慮地）我倒是滿心想著她，只是怕她不會肯的。三妹妹就好像一朵玫瑰花逗人愛，可是刺兒多。

賈　璉：不要緊，我去拉她來陪大哥吃酒，當面和她說明白。（說著又喝乾一杯酒，有些醉態地站起走向房門）

二　姐：（擔心）別太冒失，仔細她惱了，你可受不住。

賈　璉：不怕！我這回非降服她不可。（冒冒失失地跑進去）

老　娘：（莫明其妙）璉哥兒上哪裡去了？

二　姐：去叫三妹妹了！

老　娘：她不是已經睡了嗎？

賈　珍：璉兄弟去請她，也許會來的。

老　娘：唉！

【傳來吵嚷之聲，接著賈璉嬉皮笑臉地踉蹌著強拉尤三姐走來，尤三姐掙扎著。她顯然已經睡了，披了件杏黃色綢外衣，裡面穿件大紅緞襖兒，領上的扣子開著，因此裡面的蔥綠抹胸都看得見，下面穿一條綠緞褲子，頭上也已卸了裝飾，鬆鬆地披散著修長的黑髮。看上去格外美麗誘人！

賈　璉：（強拉三姐到賈珍面前）來，三妹妹合大哥吃個雙盅兒交杯酒！我再敬你們兩人一杯，算給你們兩人道喜了！（說罷就去拿杯斟酒）

三　姐：（大怒，一巴掌打落賈璉手中杯子，厲聲罵著）你不用想和我「花馬吊嘴」的！咱們是「清水下雜面，你吃我看」，「提著影戲人子上場兒，好歹別戳破這層紙兒」！你別「糊塗油蒙了心竅」，打算著我不知道你們賈府上的底細，這會子你們仗著有幾個臭錢，又是皇親國戚，哥兒兩個就拿我們姐妹兩個當「粉頭」兒取樂！哼！你們算是瞎了眼！你三姑奶奶現在就給你們個厲害瞧瞧！（說罷一揮手把外衣脫去，狠狠地奪過酒壺，斟一杯先飲了，又斟一杯。扭住賈璉的耳朵就灌）來！我倒要跟你喝一盅，咱們乜親近親近！（一面又瘋狂地自飲一杯）

老　娘：（急得嚷著）三姑娘！你瘋了嗎？這是什麼話！（說著氣忿地向房門下）

二　姐：（忙拉過三姐）妹妹，這是何苦來！你不高興來，好說就是。

【賈珍賈璉都嚇得發了怔，四目驚懼地相視無言。

三　姐：（刺激過度，發出慘笑）哈哈……我瘋了，誰說我瘋？我為什麼瘋了？賈璉！賈珍！來呀，咱們四個人作個「通家之好」，大夥兒一處玩兒！你們是哥哥弟弟，我們是姐姐妹妹，都不是外人，只管盡興兒耍樂吧！（說罷坐在圓桌上首剛才老娘的位子上，舉杯再飲）

賈　珍：（面色已青，站起欲逃）三妹妹醉了，咱們改天再喝吧！

三　姐：（一把按賈珍坐下）醉了才好，今日有酒今日醉，得樂且樂！逃什麼？（自飲後又灌賈珍）喝呀！咱們喝「雙盅兒」吧！

賈　珍：（狼狽不堪，乞求地）三妹妹，何必生這麼大的氣，我又沒得罪你！

三　姐：（已醉，借酒發洩，冷嘲熱罵地）誰生氣啦，我這不是乖乖地來陪爺們取樂嗎？你們是皇親國戚，你們是富家的公子；在你們跟前我娘兒們不過是一群又窮又下賤，雞狗不如的女人罷了。獻殷勤服侍，還怕巴結不上哩，怎敢「生氣」！從今以後爺們也不必拘束，悶了只管來玩兒！就像嫖院似的，把我們姐妹權當是娼妓，橫豎你們有的是銀子，不在乎一桌兩桌酒席。我們呢，橫豎不要臉了，拚著命服侍爺們。這樣爺們總該合意了吧？

賈　璉：（又急又窘，半晌才開了口）三妹妹，算我錯了！饒了我這一遭，下次絕不敢再冒犯！（說罷連連作揖）

三　姐：（眯著眼笑）什麼？你們有錢有勢的人，也會有「錯」的時候麼？哈……

賈　珍：（不得已道歉地）三妹妹，剛才是二兄弟吃醉了酒，所以混說，我願意向你賭咒，我絕沒有安那種壞心！不但我不會做出混帳事兒，我還要替你選一門好親事！

賈　璉：我替你置辦一切嫁妝彩禮！

三　姐：（冷笑）嘻嘻！虧你說得出！你以為你替我姐姐作了一門好親事，是不是？哼！給你們騙了來當偏房，還有什麼光彩的？告訴你，璉二爺！將來你那位母夜叉王熙鳳，好生待我姐姐還罷，不然的話，任她生有三頭六臂，你三姑奶奶不會饒她，非跟她這個潑婦拚命不行。

賈　璉：（涎著笑臉）三妹妹放心！日後絕不會叫二妹妹受委屈。至於三妹妹的事，我也絕不敢馬馬虎虎揀個人就聘了，必須配得上三妹妹才算。

三　姐：住了你的嘴吧！「強盜窖裡沒好人」，「老鴰窩裡飛不出鳳凰來」！憑著你們這種髒心爛肺的人，還會認識什麼正人君子，老實說，任你們選上百萬巨富的哥兒，哪怕是皇上的太子，如果是品行不好，你三姑奶也還是不嫁！反過來就是叫化子出身，只要他的品行好，你三姑奶奶就愛！趁早兒你們別「貓哭耗子假慈悲」，「六個指頭搔癢」，多管閒事多操冤枉心！

二　姐：（一直在旁啜泣，懇切地）妹妹，既是今兒拉開了臉什麼都說了，咱們就索性大夥兒一塊商量商量，你已不必「藏頭露尾」的，只管說，到底想嫁個什麼樣的人？任你自己選好了。

賈　璉：對！憑你自己的意思，你說是誰就是誰！

三　姐：（想了想，沉著臉毅然地）既是你們要問，我已顧不了羞恥了，我的心事姐姐知道，不用我再說明瞭。

二　姐：（一怔）誰呀？我怎麼知道了，你什麼時候對我說過呢？

賈　璉：（笑著說）我猜到了，別人三妹妹瞧不起，一定是看中我們家的寶玉了！

三　姐：放屁！我們要是有十姐妹，也非得嫁你們十兄弟不成麼？難道天底下除了你們賈府，就沒有男人了嗎？

二　姐：妹妹不是先頭還誇讚他嗎？

三　姐：姐姐只往五年前去想吧！（說罷低下頭）

賈　珍：二妹妹想起沒有，到底是誰？（嘴裡這樣說，心裡不免失望，嫉恨）

二　姐：（思索很久，恍然）你說的是他，果然好眼力！只是此人現在哪裡呢！

賈　璉：（著急）是誰呀？瞧你吞吞吐吐的！

二　姐：說來也許你們認得，五年前我們老娘家做做生日，媽帶我們拜壽去，我們家請了些玩戲的人，也都是好人家的子弟，裡頭有個扮小生的叫柳湘蓮，妹妹一見就喜歡，聽說他是一個俠義之士，又是個有骨氣的人。

賈　璉：（搖搖頭）認得倒是認得，眼力也果然不錯，只是一來，他幾個月以前就離開這裡了，如今不知行蹤；二來他雖然生得標緻，卻是一個冷面冷心的人，差不多的他都看不上眼。自從去年在賴尚榮家他和我表弟薛蟠鬧翻以後，就走了。前兒聽說他要回來，不知道是真是假。我們家寶玉和他最要好，等我回去問問寶玉的小廝們就知道了。他一向是萍蹤浪跡的，既沒處去尋，倘或他不回來，豈不白耽擱青春？

三　姐：（堅決地）他一年不來，我等他一年；十年不來，我等他十年；一輩子不來，我等他一輩子；倘或他死了，我情願削髮當姑子去。（這時已稍清醒，也鎮靜了些）

賈　珍：（不以為然）那不是冤枉糟踐身子？

二　姐：三丫頭說得出來，就幹得出來。我想只有依了她，一面咱們也經心地打聽著柳湘蓮的下落。

三　姐：你們走著瞧！從今以後我吃齋念佛，只服侍我媽，等姓柳的未了我就嫁給他，不來呢，我就永遠不嫁人了，我說話算話，不是一個「口是心非」的人，你們不信，（說到這裡從頭上取下一枝簪子，折成兩段）我以此為誓，如果我是假意，將來就跟這簪予一樣的結局！（說罷流下淚來）

賈　璉：既是這樣，我一定設法去找著他，等找著他了，我就把三妹妹這番心思跟他說明，或則他會為三妹妹的癡想感動，願意娶三妹妹也未可知。

三　姐：（站起來）好吧！從今以後你們要是明白了呢，就別再打我的歪主意了，要是還不明白呢？只管再來好了，你三姑奶奶橫豎是不要臉了！（說罷踉蹌走向房門，又回頭向賈璉）爺們還有事沒事？沒有，你三姑奶奶可要去睡了。（說罷忽然大笑）哈哈……想不到我尤三姐清白一生，如今在你們眼裡，竟變成一個娼婦了！（一陣沉痛難忍又放聲大哭，幾乎跌下去）

二　姐：（感動地忙扶住三姐）妹妹！（攙著她同下）

賈　璉：（輕鬆地吐了一口氣）唉喲！我的娘！平白惹下這場滔天大禍來！

賈　珍：（猶豫地）我想著，還是不能依她的意思去做。

賈　璉：（勸慰）算了吧，我的大哥！我知道你捨不得讓她嫁給別人，可也得她願意嫁給你呀！剛才的教訓還不夠受的？只怕這輩子大哥沒有指望了。我看還是趁早死了這條心的好。

賈　珍：（說不出什么，無可奈何地歎一口氣）唉！

【這時丫頭收了箸筷杯盞，送上茶。賈珍賈璉分坐炕桌兩邊，尤二姐上。

賈　璉：（向二姐）三妹妹怎麼樣？

二　姐：醉了，如今還在裡頭又哭又笑鬧個不休。

賈　璉：（厭惡地）還是趕快打發她出去的好，留在屋裡總不是事，這樣鬧的不休，也太不像話。

【興兒慌慌張張的上。

興　兒：（上向賈璉打了個千兒）老爺在那邊緊等著爺呢！小的回老爺說，爺在舅老爺家去了，老爺就叫小的連忙接爺回去。

賈　璉：這兩天二奶奶問我沒有？

興　兒：問了好幾次，小的回二奶奶說二爺在鐵檻寺同珍大爺商量替敬老爺做百日之事，只怕晚上回不來。

賈　璉：（稱讚地）好，會說話！（想了想）你知道老爺叫我什麼事嗎？我剛剛在府裡還沒事，怎麼這會子又有事了？

興　兒：聽平姑娘說，老爺叫爺出門到平安州去辦一件機密大事，這幾天就得動身，半個月才能回來。

賈　璉：（煩躁地站起來）不得了，又要馬不停蹄了！

二　姐：（溫柔地）既然如此，你只管放心去好了，這裡你不用記掛。只是三妹妹的事，你須經心替她訪問。

賈　璉：（依依地看看二姐）好吧。我這就去了，今晚上怕是不能回來了。要是明兒還不走，我再回來看看你。（向賈珍）大哥再坐一會兒，以後還要多請大哥代兄弟照應照應她們。

賈　珍：這個你放心好了。我也該回去了，咱們一起走吧！二妹妹有什麼事只管叫鮑二去叫我，不必客氣。

賈　璉：興兒就在這裡服侍奶奶，不許亂跑，不許在那邊混說話，聽見沒有？

興　兒：聽見了。小的不敢！（下）

賈　璉：（走向幔後）大哥等一等，我進去拿點東西就來！（掀開幔子進去）

二　姐：（見賈璉進去，也跟著走向幔子）二爺，我替你拿。

賈　珍：（一把拉住二姐，調情地摸摸二姐的臉，想說什麼又咽住了）二妹妹！

二　姐：（著急地掀開，面紅耳赤，又羞又氣，又不好說什麼）

賈　璉：（出來）走吧！大哥！（拍拍二姐安慰地）好好在家過日子，悶的時候去找大嫂子說說話兒。

賈　珍：（回頭色情地瞟了二姐一眼）二妹妹歇著吧！（說罷先走出去）

二　姐：（淒然拭淚）二爺！

賈　璉：（抱住二姐）別難過，一半月一眨眼就過去了，趕明兒回來給你帶些上好的胭脂粉！

二　姐：（離開賈璉，唏噓地）路上多保重。二爺！

賈　璉：你也要保重！（說罷下）

二　姐：（看著賈璉去後，怔了一會，慢步走向窗前眺望，百感叢生，不禁伏在窗欄上失聲而哭）二爺……

【月光暗暗淡地照著門內，照著尤二姐抖嗦的身子。

——幕緩落

第三幕

第一場

時　間：第二年仲秋的一天下午。

地　點：同前幕第二場。

人　物：尤二姐、尤老娘、尤三姐、賈璉、鮑二、丫頭、興兒、柳湘蓮。

布　景：同前二幕。

【幕開。尤老娘躺在炕桌上。尤二姐穿一件松綠色緞夾襖，天青色綢裙子，自套間走出，收拾收拾屋子，看看尤老娘又快睡著了，走過去推推她。

二　姐：媽，又睡著了！天這麼冷，仔細著涼！

老　娘：（矇矇矓矓地坐起來笑著）這一回沒睡著！

二　姐：（也笑了）我要是不叫媽，還不又做夢去了！

老　娘：人老哪，躺下來就困，閉上眼睛就睡著了。三姑娘呢？

二　姐：想必又在念經！（走向窗前站著眺望什麼）

老　娘：真是糊塗，姓柳的不過是一個唱戲的孩子，有什麼了不起，值得為他不嫁人！要是姓柳的來還罷了，要是不來，這一輩子可怎麼辦？

二　姐：媽，你不要再說這些話了，妹妹好容易這幾天安靜了。姓柳的來也罷，不來也罷，橫豎她已經發下宏誓大願非他不嫁，咱們又何苦來跟她彆扭呢？

老　娘：這程子你珍大哥怎麼也不常來了？

二　姐：（冷笑地）自從上回來過兩次，見我不大兜攬他，一氣就不曾再來了，這種人還會安好心嗎？橫豎覺得我們又不是他老婆的親妹妹，願意同他鬼混呢，說什麼都行，既不願意，也就懶怠再敷衍咱們了。聽說他這程子正賭得緊。

老　娘：（歎口氣）他不是說璉哥兒不在家，要替他照應咱們的嗎？

二　姐：算了吧，那不過是一句好聽的話兒！他到這裡來正像三妹妹說的，不過是取樂兒罷了，哪裡會真心照應咱們呢！

老　娘：是呀，你大姐又不是親的。

二　姐：媽！二爺不定什麼時候才回來，銀子用完了怎麼辦？我真著急。（向窗外看，好像發現什麼，興奮地）咦，那不是他嗎？
老　娘：誰？
二　姐：（仔細地注視）一點不錯，真是他。
老　娘：（急）到底是誰呀？
二　姐：（喜報）二爺，媽！
老　娘：（也高興）璉哥兒回來了嗎？快出去瞧瞧！
二　姐：（依舊向窗外看）門口人多，給他們看見不像樣子。
老　娘：我去瞧瞧。（說著向房門走）
二　姐：別去，媽！他已經來了！

【這時賈璉穿著一件藍色緞夾袍子走進來，鮑二提著箱子隨上。

賈　璉：跟老娘問安！（說著跪下去）
老　娘：（忙攙起）辛苦啦，我的兒！
賈　璉：（去拉著二姐的手）害你等了許久，二妹妹！
二　姐：（溫柔熱情地拉住賈璉）快進去換換衣服吧！
賈　璉：（向鮑二）鮑二，去告訴底下人們，看見西府的人別說我回來了；有多嘴的，割了他的舌頭。我的事情還沒辦完，先回來看看，過幾天仍要去的。
鮑　二：是，二爺！（下）
二　姐：怎麼還要出去？真的辛苦了。
賈　璉：（提箱子走向幔後）反正十天半月的，時候不長。三妹妹呢？
二　姐：她在房裡。
賈　璉：快去喊她來，我有好信報給她！（走進幔後）
二　姐：（喜）是找到姓柳的了嗎？
賈　璉：（在幔後）等她來了再告訴你們，橫豎是喜事。
老　娘：（高興地脫口念了聲佛）阿彌陀佛！
二　姐：（走向房門掀開簾子叫著）妹妹，快來，你二哥有喜事帶給你！
三　姐：就來，姐姐！（應著，不一會姍姍而來，穿著件天青色緞夾襖，乳白色綢裙子。比先前更顯得沉靜，穩重，這時臉上稍呈笑容）璉二哥回啦？
（坐圓桌下首）
二　姐：剛到家。
賈　璉：妹妹，我給你帶回兩件寶貝，你說怎樣酬謝我

吧？（說著背著手出來，換了件綠色緞面羊皮袍子）

三　姐：二哥拿給我看了才信。（羞澀地垂首）

賈　璉：（驀地從背後取出兩柄光輝耀目的寶劍）瞧，我騙你沒有？

三　姐：（先吃一驚，接過念著）鴛——鴦——劍——。（念罷又羞又喜又詫異）請問二哥，這劍是哪來的？

二　姐：（也看，讚賞不絕）好劍！好劍！

老　娘：（也走去觀摩）這劍是誰給你的！璉哥兒？

賈　璉：說來話長，讓我慢慢地告訴你們。（坐圓桌左首）

丫　頭：（端茶上）二爺吃茶！

賈　璉：（喝茶。敘述著）事情也算巧得很，說不定是三妹妹的誠心感動了老天爺，偏偏我走後第三天，在路上迎面碰見了一群人，騎了十來匹馬，正向我跟前走過，等到走近了一看，不是別人，就是我表弟薛蟠和那位三妹妹想著的柳湘蓮。

二　姐：（大喜）真太巧了！只是他們兩個不是去年鬧翻了嗎？怎麼又在一起呢？

賈　璉：說的是呀！就有那麼奇怪的事兒。前兒薛蟠帶了夥計們從南邊販了貨物往京裡來，走到平安州遇著強盜，東西已經被搶去了，忽然這對候柳湘蓮來了，他仗著一身好武藝，把強盜趕跑，又奪回貨物，還救了薛蟠他們十來個人的性命。因此薛蟠感激他，酬謝他錢財他不要，就同他結拜了生死弟兄。

二　姐：（笑著說）別緊只講人家的事兒，妹妹的事兒到底怎麼樣了？

賈　璉：急什麼呀！總得讓我有頭有尾地說明白呀！（喝口茶繼續地）我碰到他們之後，立刻進了一家酒店歇下，他們告訴我這個經過，我又告訴他們咱們這邊的事情。薛蟠不但贊成我娶二妹妹的事，還幫助我跟柳湘蓮說三妹妹這個媒。我誇獎三妹妹的人品德行是古今有一無二，柳湘蓮信了我的話，說只要三妹妹肯同他安貧過窮日子，他就愛；只是等他去看了姑母，不過月中就回來，那時候再作決定。我不答應，我說倘然不來，豈不誤了人家一輩子的大事，須得留下一件定禮做信物才行，那柳湘蓮倒也爽快，當時就從行囊內拿出這一雙鴛鴦劍來給我，說這是他的傳家寶，即便他是一個流水落花之人，也捨不得隨便丟棄這劍。我接了這劍就往平安州去了，他們也便分途往京裡來。這件差事總算辦得不壞吧？三妹妹！

三　姐：（興奮地聽著，一面不住手撫著）多謝二哥費心，要是我真有這個福氣，終身感恩不盡！

老　娘：只是不知道已經回來了沒有？

老　璉：（笑著）老娘急，還沒有我急！我急，又沒有三妹妹急。剛才一到家我就打發興兒去探聽了，若是他已經回來，我叫興兒立刻請他來。因為我這次回來事情還沒辦完，只能停留幾天，還要往平安州去一趟，所以也想著趕快有個眉目才好。

老　娘：（感激地）難為你這麼經心！

賈　璉：（笑著）上次喝醉了酒，混鬧一陣，對不住三妹妹，如今原該將功折罪。只求以後三妹妹別再罵我是「髒心爛肺」就好了。

三　姐：（笑了）只要你以後不再混鬧，我還罵你做什麼？

【興兒上。

賈　璉：（忙問）柳二爺回家沒有？

興　兒：（走向賈璉）回家了，這會子跟小的一起來了。

賈　璉：（喜）好極了！真是一帆風順，快請柳二爺進屋裡裡來坐。

三　姐：（忙站起來拿著劍走向幔後）我到套間去。

賈　璉：這又何必！

二　姐：還是迴避一下好，我也進去。橫豎你們說話我們也聽得見。（同三姐走進幔內）

【這時柳湘蓮穿一件古銅緞面夾袍，繫一條金黃色絲絛子，從房門外走進来。

湘　蓮：二哥回來了！

賈　璉：（迎上去）倒是你先到京城。

湘　蓮：我也是前幾日才來的。到府上看寶二哥去，聽說你還沒回京城。

賈　璉：（走向老娘）老娘！我來給您老人家引見引見，這就是您將來的三女婿柳湘蓮！（又向湘蓮介紹）這就是咱們的丈母娘！

湘　蓮：（忙趨前行禮）晚生跟老伯母請安！

老　娘：（攙起）柳相公請坐！

賈　璉：（聽湘蓮的稱呼很詫異）二兄弟，前兒到令姑母家去，告訴她老人家關於你定親的事兒沒有？

（坐圓桌右首）

湘　蓮：（坐圓桌左首沉著地）正為這件事來找二哥。上次見了家姑母以後，提起咱們在路上偶然定親之事，誰知她老人家已經在今年四月間先代我定下了。因此使我非常為難，若是依了二哥不從家姑母，似乎有負慈命；若是依了家姑母不從二哥，又怕你這邊見怪；思想再三，覺著還是應該儘先為定。二哥是個明白人，或者不會惱我。

興　兒：（端茶置湘蓮前）柳二爺請喝茶！（下）

賈　璉：（愀然沉下臉來）二兄弟，這話就錯了！「定」者，定也！原是怕反悔的意思，婚姻之事，怎麼可以出入隨便的！

湘　蓮：（冷冷地）二哥願責願罰都可以。只是前次給你的那把「鴛鴦劍」，因為是家祖父的遺物，不得不請二哥仍退還我，若是金帛之類的東西，我也決不會再要了。

賈　璉：（氣惱地）這個斷乎使不得！

湘　蓮：（站起來低聲地）這裡說話不便，我有幾句苦衷要奉告二哥，請二哥到外面一談。

賈　璉：好吧！（站起來）

【賈璉和柳湘蓮剛欲走時，忽然幔後有喊聲。

三　姐：你們不必走！（毅然持劍走向湘蓮，羞憤悲切地）柳相公，你剛才的話我都聽見了，那不過是些哄人的措辭罷了，我知道你一定聽到什麼壞良心的人嚼了冤枉舌頭，說我不正經，說我不配作你的妻子，所以你才來退親的。對不對？

湘　蓮：（吃驚受窘）這……

三　姐：（憤慨激昂地）用不著吞吞吐吐！男子大丈夫應當剛直爽快，我尤三姐既然被人誣陷編派為下流之輩，如今也顧不得害羞了，咱們索性講個明白，再一刀兩斷！

湘　蓮：（有些震動囁嚅不安地）你的話不錯，我確是聽到朋友們的勸告，大家對我定親的事很懷疑！很不……

三　姐：我再問一句，是不是你在賈府聽到什麼閒話了？

湘　蓮：（更窘困，不能答）……

賈　璉：一定是寶玉這個糊塗蟲說了什麼話！

三　姐：（越發氣）哼！他倒有臉嚼我的冤枉舌頭！

湘　蓮：（忙解釋）其實寶玉也是聽了別人的話。因為我和寶玉是知己朋友，這件定親之事，自然免不了要去問問他，他就把賴尚榮告訴他的一些閒話講給我聽了。賴尚榮說——（不好出口）

三　姐：（爽直地）說我貧賤，說我跟姐夫們相好不清白？

二　姐：（難堪地制止）妹妹！

三　姐：（氣忿不可遏）怕什麼，姐姐！俗話說「不做虧心事，不怕鬼敲門」。咱們果真有這種無恥行為，倒是不敢直言無諱地說出來；既是沒有，說出來就不怕，證明咱們的心地坦白！不過，柳相公！他們（指賈璉）弟兄起初確有心把我當成粉頭兒耍樂，可我尤三姐是不是這種人，請你問問他們，叫他們老實相告，我尤三姐人窮，窮得硬朗，窮得清白！窮而失節的事，我不會做。我要是那樣，也絕不會非嫁給你不可！你既不富，也不比我的身分高貴多少，我看中了你，你是一個有見地，有正氣，有俠腸，有義膽的男子漢，萬沒有料到你一切都好，竟是耳根太軟，輕信別人的閒話。也罷，這樣我倒可以索性死了這條心。

湘　蓮：（很矛盾，半信半疑）我知道這樣做對不起你，但是只好請你原諒我吧！

三　姐：（沉痛地）你不必多解說了，我明白！一個正人君子，是不願和一個不乾淨的人結為夫婦的。你也不要以為我會因此恨你，其實我反倒更加敬重你。現在你就借這柄劍來表明我尤三姐到底是什麼樣的人？（說罷泣下，轉身拭淚，乘人不防之際，拔劍出鞘，毅然割頸自刎倒地）

二　姐：妹妹！（制止不及，忙抱住三姐）

三　姐：（慢慢舉起劍，悲憤地）柳相公，還給你的定禮，你該明白我了吧？

湘　蓮：（大驚趨前，慚愧悲切地）三姐！我……我明白你了……（潸然淚下）

三　姐：（苦笑）可惜明白的太——晚——了——。（說罷一陣劇痛，大叫而死）

湘　蓮：三姐！（慟絕地伏在桌上）

二　姐：（哭叫）妹妹……

賈　璉：三妹妹！三妹妹！

老　娘：（抱屍大哭）三姑娘！我的苦命孩子！（一面罵湘蓮）姓柳的，你替我的女兒償命吧，你這個沒有信義的催死鬼兒！

湘　蓮：（聽三姐說話時，已呈愛慕之心，及見自刎尤其感動！稍一思忖，拾起那柄三姐用以自刎的帶血的劍，沉痛疚愧地）三姐，我冤枉了你！我錯了！我不該誤信了別人的話！如今才明白原來你是個剛烈有氣節的女子！我已經敬愛你了，可是沒有法子再救活你！我只有用忠貞報答你的「忠貞」！你既為我死，我就為你今生今世永不再娶。我也用這把劍來斬斷我的塵慾，從此以後遁入空門！（說罷毅然斬斷一束頭髮，放到三姐身上。攜劍走向房門）

老　娘：不行，璉哥兒！不能就這樣放了他，這分明是他怕有罪，想逃走！

賈　璉：（扭住湘蓮）對，你不能害了一條人命，就揚長而去。咱們見了官，再任你出家也好，在家也好！

二　姐：（忙攔住賈璉惋勸地）人家原沒有逼迫妹妹，是她自尋短見！你就是送柳相公到官府，也不能救活妹妹了！反而惹事丟羞，叫不知道的又來嚼冤枉舌頭，還是放柳相公走的好！（說罷又哭）

湘　蓮：（抽噎地）多謝二嫂子成全我！我走之後請你把那束頭髮和另外一柄劍，放在三姐的棺材裡面一起入殮！雖然我們沒有成親，也算是夫婦了，這樣也就跟我們兩人合葬了一樣！（說罷拭淚）

二　姐：（泣不成聲）好了，你走吧！

湘　蓮：二哥，這也是命該如此！（又回顧屍身，悽慘地叫著）三姐，我走了！你有靈魂，就跟著我來吧！（說罷攜劍拭淚下）

【尤二姐尤老娘痛哭失聲。

——幕徐落

第二場

時　間：前場十數日後的一個早晨。
地　點：同前。
人　物：尤老娘、尤二姐、鮑二、興兒、王熙鳳、平兒、丫頭
布　景：同前。

【幕開。尤老娘又躺在炕桌上睡了。尤二姐懶洋洋地從幔後走出來，已經不似先前那樣快活了。

二　姐：媽！媽！
老　娘：（矇矇矓矓地應著）嗯！
二　姐：（煩惱地）媽，你這會子能不睡嗎？
老　娘：（坐起來揉揉眼睛）什麼事，二姑娘？
二　姐：（坐炕桌外首）媽，我這會子怎麼好端端的心神不定，該不會又有什麼禍了吧？
老　娘：還有什麼禍，難道你三妹妹死了還不夠嗎？
二　姐：（有些惶恐地）媽，我怕得很！
老　娘：怕什麼，我的兒！
二　姐：我怕二爺出了什麼事，我又怕咱們這日子過不久了！
老　娘：璉哥兒這次上平安州去，什麼時候回來？
二　姐：說是十天半月。
老　娘：（屈指）如今他不是才走不幾天嗎？他是長出門的人，不用擔心？
二　姐：媽忘了上次他回來，不是曾說平安州的路上有強盜嗎？他又不會耍槍弄棒的，真危險！
老　娘：不妨事，「吉人自有天相」。
二　姐：（憂鬱地）唉！有妹妹在世，她能給我拿主意仗仗膽兒；如今她沒了，我簡直失去了依靠！（說著黯然泣下）
老　娘：（也抽噎地）誰說不是！我如今也老了，不中用啦。有她在我倒放心些；沒有她將來我死都閉不上眼！
二　姐：（怯懦地不禁撲向老娘懷裡哭了）媽，您老人家多陪我幾年吧！要是您再有個好歹，撇下我一個孤鬼兒，可怎麼了？
老　娘：（撫慰地）不哭，二姐，不哭，我的兒！我瞧璉哥兒待你不錯，只要他可靠，你也就不用發愁了！

二　姐：但是，他不能常年和我在一起。到賈府那邊去吧，又怕那個潑婦不容，在外頭吧，長遠這樣偷偷摸摸的不是個法兒。如今弄得我上不上下不下的，好像吊在半空中一樣！（站起來拭淚）

老　娘：安心地等著吧，等著璉哥兒回來就好了！

【忽然鮑二惶恐地進來。

鮑　二：（張惶地）奶奶！

二　姐：（知事不妙，勉強鎮靜地）什麼事？鮑二！

鮑　二：不得了，奶奶！這邊的事，那邊知道了。

二　姐：（打了個寒戰）你說的是——

鮑　二：西府二奶奶鬧起來了！剛才興兒回來說二奶奶打發她的心腹小廝旺兒，把興兒叫了進去苦打成招。如今她什麼事全都知道了，說不定就會鬧到這邊來。二爺又不在家，這……這可怎麼好呢？（搔首抓腮）

二　姐：（急）快把興兒叫來！

鮑　二：（向房門外叫著）興兒，奶奶叫你！。

【興兒狼狽不堪，用手蒙臉哭著走進來。

興　兒：（向二姐行了禮）奶奶！

二　姐：（埋怨地）興兒！我待你不錯，這邊的事為什麼跑去告訴二奶奶？二爺不是再三叮嚀過你的嗎？

興　兒：（拿開手，露出紅腫的臉和兩頰哽咽地）奶奶瞧！小的臉都快給她打爛了！奶奶待小的好，小的不是不知道；爺囑咐小的話，小的也記得；只是她逼著小的說，不說就要打死小的！（說著哭了）

老　娘：（走過來坐在圓桌上首，困惑地）也奇怪，這件事倒是什麼人吹風到她耳朵裡去的呢？

二　姐：是呀！她怎麼會知道的？

興　兒：都是二門上的小廝在那裡混說什麼：「新二奶奶比舊二奶奶俊哪，脾氣好哪！」給裡邊的一個小丫頭聽見了，就去告訴了二奶奶。

二　姐：二門上小廝又怎麼知道的？還不是你們混說出的。後來二奶奶叫了你去怎麼問的？

興　兒：（敘述當時情景，繪聲繪形地）二奶奶開口就說：「好小子啊！你和你二爺辦的好事哇！你還不快照實說來！（學著王熙鳳的語氣）起初小的壯著膽子，還裝著沒事人似的回答：「奶奶問的是什麼事，奴才給爺辦壞了？」二奶奶立刻發作了，吆喝著：「打嘴巴！」旺兒就來打，二奶奶又罵起來：「什麼糊塗王八羔子！叫他自己打，誰叫你打來著？等會子你們再一個個給我打你們自己的嘴巴還不遲！」沒法兒，小的只好左右開弓，照著自己的臉龐兒，一氣打了十來個嘴巴子。（說著撫了撫嘴，揩揩眼淚）這時候二奶奶又大聲說：「快把你二爺在外頭娶什麼新二奶奶的事，一五一十的老老實實告訴我，不許有半個虛字！要是扯謊你先摸摸你有幾個腦袋瓜子！」小的一聽見這話，知道她已經有了風聞，也是瞞不住的了，嚇得小的直在磚地上咕咚咕咚磕響頭，哭著向她直說：「這件事，奴才頭裡也不知道，就是有一天二爺和蓉哥兒到東府取銀子，路上爺兒兩個說起珍大奶奶的兩位姨奶奶來，二爺誇讚了幾句，蓉哥兒便哄著二爺，說把二姨奶奶說給二爺——小的這句話還沒說完，二奶奶就拍著桌子使勁罵道：「呸！混帳王八蛋！她是你哪門子的姨奶奶？快給我乾乾淨淨地往下說！」小的被她嚇昏了。半晌才又接著說：「二爺聽見這話很高興，就托了蓉哥兒給辦。以後怎樣弄成的，奴才全不知道了。」

二　姐：（聽了又氣，又怕，又羞，又悲絕地叫著）完了！完了！

鮑　二：（向興兒）還有沒有啦？興兒！

興　兒：還有。後來二奶奶又問：「如今新房子在哪裡，誰服侍？」小的不敢隱瞞，只好照實回了。小的又說：「新二奶奶如何如何賢德」，誰知道這話又說錯了，她就吆喝著：「放你娘的屁！既是新二奶奶那麼好，你就等著給她陪葬吧！」（說到這裡，見鮑二使眼色，連忙住口）

二　姐：（惶恐地叫了一聲）啊！

興　兒：（忘情地又繼續說著）二奶奶還問了三姨奶奶的事，小的回她已經不在了。她就說：「算她有造化！」小的見沒的說了，就直跪著等吩咐。她罵道：「滾吧！快去告訴你新二奶奶好了！」小的爬著出來以後，聽見她叫旺兒預備車輛。小的想著只怕是要來找奶奶了！小的不放心，特地拚著命偷偷地來告訴扔奶奶，還望奶奶仔細些兒，打個主意才好！

二　姐：（愣了半晌）我知道了，你去吧！

興　兒：（磕了個頭）小的謝謝奶奶的寬宏大量，不計較小的罪過！（說罷下）

鮑　二：（看著二姐那種神氣，同情地趨前）奶奶，你還是先到東府珍大奶奶那裡去避幾天吧！

老　娘：（點頭）是呀！不如到你姐姐那邊先避避去吧！

二　姐：我又沒犯罪，避什麼？（茫然地站起來）

鮑　二：雖然沒犯罪，可她的脾氣，奶奶不知道，要是真來了，准會鬧個一團糟！憑奶奶這麼個靦腆人兒，怎麼受的住呢？好歹等二爺回來，什麼事兒就都好辦啦！

二　姐：（想了想冷靜地）可是，大姐姐也不是個有擔待的人，如今既然鬧出來了，誰不怕是非？就是不找他們，他們已經免不了要擔過兒的；若再去住到他們家裡，豈不是「火上澆油」，更給他們添些麻煩！再說，躲起來反而顯得咱們沒理似的，還不如索性等她來了說個明白，或殺或放隨他的便。

老　娘：（毫無主意）這樣也好。

二　姐：鮑二，你們底下人要是害怕，你們就都散了吧！

鮑　二：（難過）奶奶說哪裡話，我們是服侍奶奶的，奶奶如今有難，我們巴不得替奶奶才好，怎麼能忍心丟下奶奶走開？

二　姐：（悲悽地）難為你的好心，如今真後悔當初沒聽妹妹的話，弄到身敗名裂，說不定還會死在這個女人手裡！唉！「福不雙降，禍不單行。」妹妹剛沒了！

興　兒：（慌慌張張跑進來）奶奶，她已經來啦！

老　娘：（手足無措）怎麼辦呢？

二　姐：（沉著地）聽天由命吧！（說罷流下淚來）

興　兒：小的可是要躲開了，奶奶不然等會子給他瞧見了，不打死也得斷了腿！（說罷急下）

鮑　二：奴才出去瞧瞧看！（也下）

二　姐：媽！（軟弱地伏在老娘懷裡哭了）

老　娘：不哭，我的兒！快進去洗洗臉，別叫她瞧著咱娘們這麼沒有剛氣！要是她真不講理，大不了我跟她拚了這條老命！

二　姐：（拭著眼淚走向幔後）

鮑　二：（掀起簾子）二奶奶請進！

【這時王熙鳳穿著一件月白色緞子襖，青緞子坎肩，白色綾裙，頭上帶著白銀器，顯得雍容華貴，慢步走進來。隨後平兒穿著一件天青色緞子襖，白色綢裙，手裡拿著包袱。跟著進來。

二　姐：（忙從幔後走出來，向熙鳳跪下行拜見禮）姐姐！

熙　鳳：（滿臉陪笑地攙起，自己也還禮不迭）妹妹，這位想必是尤老娘了！

二　姐：正是家母。媽，這是西府裡的鳳姐姐！

熙　鳳：（趨前行禮）跟尤老娘請安！

老　娘：（忙攙住）不敢當，璉二奶奶！

熙　鳳：平兒！快給尤老娘和你新奶奶請安！

平　兒：（向老娘和二姐行禮）跟尤老娘，新奶奶請安！

二　姐：（羞澀地攙起平兒）快請起，平姑娘，咱們都是一樣的人。

熙　鳳：（笑）妹妹別這樣說，要折死她了，他原是咱們的丫頭。

【王熙鳳坐炕桌外首，平兒站在一旁。尤老娘坐圓桌上首，尤二姐坐圓桌右首，丫頭送茶上。

丫　頭：璉二奶奶請喝茶！（置茶各人面前，下）

熙　鳳：平兒，把包袱裡四匹上色尺頭，四對金珠簪環給你新奶奶，也算是我的一點小意思！

平　兒：（應著，將包袱遞給二姐）請新奶奶收下！

二　姐：（接下放桌上，惶惑拘束地）姐姐太客氣了！今天想不到姐姐光臨，也沒有出去迎接姐姐，真是抱歉得很！

熙　鳳：（和藹地）妹妹太見外了，如今你我都是一家人，以後千萬不要拘這些禮兒。（向老娘）尤老娘多少高壽了？倒挺硬朗的！

老　娘：承璉二奶奶問，我已經六十多歲了，還算扎實。

熙　鳳：（張望屋內一周。臉上雖然不住地笑著，可是笑裡隱藏著嫉恨和氣忿）妹妹過來這麼久，我一點兒也不知道，不然早該來看望妹妹了。

二　姐：（面紅耳赤，窘羞不堪）這件事都為我太年輕，一切全由家母和家姐作主。自從來到這裡，雖也想和姐姐見見，只是不敢造次。今天能得相會真是三生有幸。若蒙姐姐不嫌我出身寒微，此後情願傾心吐膽，服侍姐姐一輩子，諸事但求姐姐教導！

熙　鳳：（故作和善大方地）按說，這也沒有什麼，只是叫不知道的看起來，倒像是二爺不懂事。本來嘛！二爺還有熱孝在身，原不該急著娶親。二爺的意思我也明白，都為著我也年輕，總是婦人的見識，常常一味地愛勸二爺保重身子，不要在外頭眠花宿柳，免得叫長輩們擔心。因此二爺就覺得我是那些嫉妒不堪的人，事前瞞著我，事後也沒跟我說一聲。要是先跟我商議商議，我也可以想法兒瞞著家裡辦了這件事。其實，我早打定主意給二爺另娶一房，生下一男半女，我後來也有個依靠。何況如今娶的是妹妹，親上加親，再好也沒有的了。先頭我聽說就喜歡的了不得，只是礙著二爺在家，不敢冒然來看妹妹，怕二爺多心。這會子正好二爺走了，所以我才特地親自過來拜見妹妹。想著事情已過去這麼久了，妹妹還是搬到家裡去住的好！不然長此背著長輩在外頭私居，也不成個體統。對妹妹，對我，對二爺，傳出去名聲都不好聽。叫那些髒心爛肺的人瞧著，不是編派妹妹不正經，就是冤枉我不容妹妹；再不，就是責備二爺拐騙婦女。妹妹是個伶人，總會體諒我這番苦心的。（極盡譏諷，但佯作誠懇熱情的樣子）

二　姐：（信以為真地）姐姐的話一點也不錯！我何嘗不想早搬過去和姐姐同住，只是二爺沒有主張我也不敢冒昧。如今既是姐姐真心願意收留我，自然求之不得了！

熙　鳳：（笑著走來拉住二姐，親切地）我的好妹妹！如果我不是真心接妹妹回去同住，我又何必親自到這裡來呢？不要說像妹妹這樣的人，就是平兒我還打算勸二爺將來收下她，也好大家一起合心合意地服侍二爺。如今妹妹若肯和我一起住，就是疼我！若是不肯，我只好也搬出來陪妹妹。等二爺回來了，再求妹妹替我好言方便方便，叫二爺留給我一個站腳的地方，哪怕是侍候妹妹梳頭洗臉，我也是情願的。（說到這裡裝作很難過地坐書案前用帕子拭了拭眼睛）妹妹是不知道，可憐我既在家裡落惡名兒又在二爺眼前不討好。仔細想起來真是活的沒意思。俗話說的好：「當家人，惡水缸」。為了我持家太嚴，不免得罪了些下僚小人，背地裡就百般想法兒咒罵我，糟踐我。又為了我成天價忙著家務，沒有多經管二爺，二爺就錯怪我不殷勤。今後有了妹妹，我算是得個膀臂，無論是家事或是二爺跟前，妹妹也可幫助我些兒了！至於我待妹妹，一應吃穿住使，都和我一個樣兒，妹妹不信只走著瞧好了！

老　娘：（也信服了）虧了璉二奶奶是個能幹人兒，像府上百十口那樣的大家子，只怕一個男人也管不了！

平　兒：我們奶奶就是心直口快，這樣的脾氣，在大家子裡頭最容易得罪人。

熙　鳳：（笑著）多承尤老娘誇獎，要是真能幹，也不會招下人們恨了。平兒死丫頭褒貶得很是，我就壞在這「心直口快」四個字兒上了。

二　姐：小人們不遂心，總不免要誹謗主子。姐姐不必介意，好歹只要公婆知道就行。

熙　鳳：妹妹這話倒明白，我若真是個不容人的，上頭三層公婆，當中還有一群妯娌姊妹們，他們又豈能容我？所以想開了我也就不難過了。再說以後更多一個妹妹來疼我，我即使受點兒委屈，也有個親人說說話兒，總比悶在肚子裡好。

二　姐：（已經完全沒有疑懼了）姐姐待我這樣好，我不是個沒有良心的人，今生報不了姐姐的大恩，死了就是變犬馬也要報答姐姐！

熙　鳳：（打趣地拍拍二姐）妹妹真是一個有才有色又有情的賢德人兒！難怪我們二爺喜歡得家都不要了，如果我是個男人，我也一定要娶個像妹妹這樣的女子！（語中含刺）

二　姐：（含羞地）姐姐倒是才貌雙全的人，我哪裡比得上？

鮑　二：（走進來好奇地看了她們一眼）回二奶奶的話，剛才周瑞家的從西府裡來，說二奶奶叫預備的房屋，都收拾好了。

熙　鳳：既是這樣，就請妹妹跟我一起搬過去吧！我打發人在大觀園裡面替妹妹安排了兩間房子，雖不如這邊好，也還清靜。姑娘們都住在裡面也不寂寞。等妹妹歇息幾天，我再帶妹妹到老太太、太太們那邊去請安。

平　兒：新奶奶！我們那邊花園裡好玩兒得很，我保你一進去就不想再出來了！

熙　鳳：（笑著）死蹄子！新奶奶進去了，還會再出來嗎？

二　姐：（猶豫地）媽，怎麼辦？

熙　鳳：請尤老娘也一起搬過去！

老　娘：（遲疑地）璉二奶奶，只怕今兒太急促些？

二　姐：（畏縮地）本當隨姐姐去，無奈這邊還要收拾一下，我想明天再搬吧！

熙　鳳：這有什麼要緊？妹妹的箱籠細軟，立刻叫平兒帶著收拾收拾帶過去。橫豎遲早都是一樣，我既親自來接妹妹，總不好叫我空跑一趟。至於這些粗劣東西，不要也罷。這裡的房子還叫鮑二看這好了。妹妹的丫頭也一起帶走。

平　兒：新奶奶，我們趕快去收拾收拾吧！

二　姐：不必勞動平姑娘了。說起來也沒什麼收拾的，裡面不過有些二爺的東西需要帶著。（說罷只好走向幔後）姐姐少坐一坐，我就來。

熙　鳳：妹妹收拾去吧！（一面向平兒使眼色）

平　兒：（會意，隨著去）新奶奶，我來幫你收拾。

熙　鳳：（轉身向鮑二，嚴厲地）鮑二，今後這邊的房子，就交給你看管。在外頭少混說八道！要是我知道有一點差錯，仔細等二爺回來，叫撕爛你的嘴（說罷又惡狠狠地低聲脅威地）你別忘了你是怎麼從府裡攆出來的？你的媳婦勾引二爺，我還沒跟你算帳呢！

鮑　二：（戰戰兢兢連聲稱「是」）是！奴才不敢！

熙　鳳：（故意大聲賣弄地）這裡我從沒來過，一定你們看著新奶奶脾氣好，就順著杆兒往上爬，欺負她的夠了，回來新奶奶告訴了我，看我打斷你們的狗腿！

鮑　二：（跪下磕頭）奴才有幾個腦袋，敢欺負主子？

熙　鳳：（冷笑）嘻嘻，當著我，乖的像個孫子，背著我還不你就是主子？

鮑　二：奴才實在不敢！二奶奶！

二　姐：（走出來辯護地）姐姐！鮑二為人倒還老實可靠！

【平兒提著一個箱子出來。

熙　鳳：（冷笑地）妹妹別瞧他裝的像個老實人，骨子裡不定多狡猾呢？（向鮑二）起去吧！看在新奶奶給你講情的分上，今兒姑且不和你計較。

鮑　二：（連連磕頭，又向二姐磕頭）謝謝二奶奶，新奶奶！（站起來）

平　兒：鮑二，把這個箱子拿去，叫小廝們送到西府園子裡。

鮑　二：是！（提箱下）

熙　鳳：都收拾好了嗎？

二　姐：收拾好了。姐姐！

平　兒：奶奶，新奶奶的一手好針線。給二爺做了不少的荷包，汗巾，還有繡花的薄底兒靴子。

熙　鳳：（既氣妒，強忍著，冷笑地啐了一口）哼！你有的會嚼舌頭，回去也給二爺做呀！

平　兒：（明白熙鳳是藉端發作，指桑罵槐，也冷笑地）我原是不會，才瞧著眼紅哩！

二　姐：（聽不出他們的言外之意）幾件粗針線說不上好。姐姐和平姑娘只要不嫌壞，趕明兒我繡兩雙花鞋送你們！

熙　鳳：（陪笑敷衍地）我可經受不起，只怕要折得我兩隻腳還不能走路呢！

平　兒：（打趣地）那我就要折得少活十年！

二　姐：（微笑篤實地）姐姐和平姑娘太客氣了。

熙　鳳：咱們該走了，妹妹還有什麼事兒沒有？

二　姐：沒有了。

熙　鳳：平兒！扶著尤老娘前頭走！

平　兒：（去攙老娘）慢點兒，尤老娘！

老　娘：（有些茫然地）二姑娘，咱們這就去嗎？

二　姐：去吧，媽！（聲音裡有著不得已的苦衷）

【平兒扶尤老娘下。

熙　鳳：妹妹！走吧！

二　姐：好的！（說著向屋內留戀地掃視一周，又走到窗前站著沉思起來）

熙　鳳：（悄悄冷笑）怎麼，妹妹還捨不得這屋子？

二　姐：（戚然地）我不是捨不得這屋子，我想著從住到這屋子來，不過兩三個月工夫就生了許多變化，最叫人難過的，是我妹妹前幾天才死在這裡！（不禁泣下）

熙　鳳：（假慈悲地）是呀！我頭裡聽說三妹妹去世了，也難過了半天！可惜了的那麼一個絕色人兒不長壽！只恨我沒福氣，不然今兒可以一起搬過去住了。

二　姐：這是她沒福氣！（說著試淚走過來）

熙　鳳：妹妹不必傷心！俗話說：「人死不能復生。」傷心也沒有用了！

鮑　二：（走進來）二奶奶，車輛齊備，平姑娘叫來請奶奶們起身！

熙　鳳：知道了！（攙二姐）妹妹，咱們走吧！

二　姐：（哽咽地）走吧。（垂首閉目，不忍再看）

【王熙鳳攜尤二姐下。鮑二悵然趨窗前眺望。

鮑　二：（搖搖頭，沉鬱地）只怕「虎口易進不易出」！（又憤憤地）哼！明明是璉二爺強姦我的女人，反倒說是我女人勾引他！唉！主子犯法，奴才擔罪過！沒天理啊！

——幕徐落

第四幕

第一場

時　間：又數日後的一個早晨。

地　點：賈府西院。

人　物：平兒、善姐、王熙鳳、旺兒、賈蓉、尤氏。

布　景：王熙鳳臥室外間。雕棟畫樑，富麗堂皇。舞臺的上首，靠左有門，懸藍色氈鑲邊嵌玻璃心的風簾。舞臺的左首，置大方桌，兩邊有椅。舞臺的上首靠右有格扇玻璃窗，懸蔥綠色綢簾子，窗外花草可見，窗前置茶几瓷凳。舞臺的右外首有房門通臥室，門楣處有橫匾，上寫金字：「有鳳來儀」。門上懸天青色緞簾子，繡著素淨的花，舞臺的右首置炕桌，設花瓶，古玩，右邊壁上掛四幅「朱子治家格言」書屏。右邊壁上掛一幅中堂「鳳凰朝陽」圖。炕桌前置火盆、繡墩。

【幕啟。平兒穿一件橙黃色綾襖，天青色綢裙子，從房門出來，走向炕桌撥弄著火盆。這時善姐穿著一件松綠色綢襖，淺藍色綢裙，從左門掀簾進來。

善　姐：平姐姐！

平　兒：（抬起頭）善姐！

善　姐：二奶奶還沒有起來嗎？

平　兒：早起來了，有什麼事？

善　姐：（輕蔑地）還不是那當子的事！

平　兒：如今三頓飯你都照常送嗎？

善　姐：送倒是照常送，只是誰還給她準時間？橫豎早一頓，晚一頓的；等上頭吃完了，揀些個剩菜剩飯送給她們罷了。

平　兒：（聽了很難過，望了一眼房門，低聲勸告地）不要這樣，善姐！好歹她也是二爺的偏房，總算是個主子。別想著她這會子沒人抬舉，就都「牆倒眾人推！」誰又知道趕明兒二爺回來，她不「一步登天」呢？

善　姐：（辯駁地）大家都這樣，也不是我一個人要刻薄她，有時候看著她們一老一少也怪可憐的。

熙　鳳：（在房內聽見了，疑問）誰呀，誰在外頭說話？

平　兒：（忙制止善姐，走向房門）是我同善姐說話。

（王熙鳳穿著一件天青色緞面狐腿皮襖，乳白色綾裙，腰間繫一串鑰匙「叮噹」作響，手裡端著碗茶走出來。

熙　鳳：什麼事？善姐！（坐到炕沿上）

善　姐：沒什麼。新奶奶叫我回奶奶，頭油沒有了！

熙　鳳：（氣，厲聲地）去叫給我安分點！頭油沒了難道還叫我上街去給她買嗎？成天價光知道打扮，二爺又不在家，打扮了讓給誰看？不知趣的賤女人人！

善　姐：（忙諂媚地笑著）奶奶也不必生氣。我本來就不肯來回奶奶，我說：「新奶奶！你也忒不知好歹了！我們奶奶天天侍候了老太太；又要侍候這邊太太，那邊太太，還有姑娘妯娌們都要照應，上上下下，百十個男女，盡是奶奶一個人周旋，每天從清早起來，到夜晚安歇，少說大事有一、二十件，小事也有三、五十件。外頭打娘娘算起，以及王公侯伯，親戚朋友，許多人情都是奶奶一個人調度；銀子上千，錢上萬，也都從奶奶的手經過；就憑一個心，一張嘴，一雙手，辦這麼多的事兒，請問：誰擔得起？如今新奶奶再為一點子小事去煩她，不是顯得太不識相嗎？聽我的勸還是將就些吧！又不是明媒正娶來的，這是自古未有的奶奶賢慧，才這樣待承，若是換個差些兒的，把新奶奶丟在外頭，死不死活不活的，給個臭不理，又該怎麼樣呢？」給我這一席話，數落得她垂下頭來半晌不言語。我如今回奶奶，不過是告訴奶奶這當子事兒罷了，頭油不頭油，諒她她也不敢再提了。

熙　鳳：（笑著點頭）想不到你倒生的一張巧嘴兒。她娘兒兩個成天都做些什麼？

善　姐：（得意地）老的一天到晚挺屍，躺下去就睡著了。新奶奶只會沒完沒了的做針線。

熙　鳳：（冷笑）叫她做吧！多做些好等著二爺回來使用。只是看他們能安逸一輩子不能！（向平兒）早起我叫你打發人去請東院的珍大奶奶，怎麼還沒來？

平　兒：（聽著善姐諂媚，氣不可耐，又不敢說什麼）就快來了！

熙　鳳：好啦，善姐！有什麼事，只管來回我。這邊的事不許露過去一句。我瞧你倒很乖巧的，趕明兒再賞你。

善　姐：（更得意）奶奶放心好了！任什麼事兒，我只有向著奶奶的，萬沒有胳膊肘朝外的。

熙　鳳：你明白就行。

【善姐去後，王熙鳳躺著伸了伸腿。心裡在計畫著什麼，臉上露出猙獰狡猾的笑。

平　兒：奶奶是不是腿疼，我給你捶捶吧！（說著坐在繡墩上捶起來）

熙　鳳：叫旺兒辦的事，也不知道怎麼樣了？

平　兒：奶奶也真精明，怎麼知道那尤二姐是定過親的呢？

熙　鳳：（冷笑）！嘻嘻！「若要人不知，除非己莫為。」還不是那個兔崽子興兒講出來的。聽說他們還是「指腹為婿」，女婿叫張華，成天價在外頭賭博，把家私花盡了，給父母攆出來了。倒是尤老婆子有心，為了看上你二爺這個好女婿，就給了那張華的父親二十兩銀子才退了親。可是這件事張華本人並不知道，所以我叫旺兒拿了二十兩銀子去買通他出來告狀。

平　兒：（陪笑奉迎）奶奶果然厲害！

熙　鳳：（冷冷地）不厲害，趕明兒連你這個死蹄子都要欺負到我頭上來了！

平　兒：（笑）我要是敢欺負奶奶，除非我長著銅頭鐵臂！

熙　鳳：用得著什麼「銅頭鐵臂」，有個二爺給你當護身符撐腰桿子，還不就夠了！

平　兒：奶奶這是何來？人家又沒有惹你，平白拿人家來殺性子！

熙　鳳：（冷笑）你也別在我跟前假猩猩兒了！橫豎你心裡也是巴不得咒我早死，你們好一個個成王霸道！

平　兒：（生氣地放了手背過身去）奶奶既是覺得我壞，索性攆了我出去好了！我也在這府裡混膩啦，出去倒落得個清靜！像這樣總是說話帶刺，我可受不了！

熙　鳳：（笑，坐起來扭過平兒的臉）死蹄子！瞧可把你慣成個樣兒來了，說句玩話都不行？

平　兒：（心裡為許多事難過，更為「兔死狐悲」而感觸萬端，不禁喟然泣下）奶奶雖然是句玩話，可也得想想人家受得住嗎？奶奶別以為我想跟二爺，要是奶奶肯這會子放我出去，哪怕是嫁給個種地的，或是做小買賣的，只要他能養活一口子，我都情願。

熙　鳳：死蹄子，越說越不成話了！虧你說得出口，你才多大了？就那麼急著要嫁人？

平　兒：（抽噎）不是我急著嫁人，我是說我並不願意在這裡住一輩子。

熙　鳳：（真誠地）我想著叫你跟二爺，也是為的是咱們主子一條心，諸事都有個幫助。難道你還疑惑我吃你的醋不成？死蹄子，越發學的多心了！

平　兒：奶奶的好意我知道，只是我寧肯服待奶奶一生一世，不願跟二爺！

熙　鳳：（煩）好了，別再跟我火上澆油了，心裡已經夠煩的啦！（說罷又躺下）

【平兒拭了淚，委屈地依然替熙鳳捶著腿。這時旺兒上。

旺　兒：（走向熙鳳）奶奶！

熙　鳳：旺兒，叫你辦的事怎麼樣了？

旺　兒：回奶奶的話，小的昨兒早起已經找到那個張華了，他說實在是他還沒出世以前就和尤二姐定了親的。至於退親的事，他果然一點兒也不知道。當時小的就給了他些銀子，他正窮得像叫化子似的，見了銀子歡喜得跳起來。小的又把奶奶教給我的那席話講給他聽，一面替他買了一張狀紙找人寫好。上面告的是：珍大爺、蓉哥兒串通調唆璉二爺，不顧重孝在身，背父瞞母，仗勢倚財，私自強迫民女退親，停妻再娶。還有些什麼大道理，小的一時也背上來了。

熙　鳳：（坐起來點點頭）就憑這幾條大罪也夠了。後來怎麼樣呢？

旺　兒：小的叫那張華把狀子拿到有司衙門去告。他不敢，他說誰不知道賈府是皇親國戚，狀子告不准事小，最後弄個自投囹圄，划不來。

熙　鳳：（氣罵）真是他娘的「懶狗扶不上牆去」，你怎麼不告訴他，咱不過是借他出面一鬧，好叫大家沒臉，再把尤二姐斷還給他作妻子。果真事情鬧大了，我自然會想法兒平服的，也絕不會害他呀！這樣人財兩得的便宜事，他哪裡去找！

旺　兒：小的就是照著奶奶的這個意思教給他的。那張華聽見有人給他作主，也就放心了。小的還出了個主意，叫他又扯上了小的，告小的也是陪著調唆二爺的一個，當時就扯著小的一起上都察院喊冤去。都察院老爺坐堂，看了狀子。問了張華一席話，張華照著狀子上面寫的說了一遍。都察院老爺回頭就審小的，小的起初故意不肯招，都察院老爺要動刑，小的才磕了幾個頭回答說：「這事小的全知道，只是張華因為和小的有仇，所以單只扯了小的來，其實賈府東院的珍大爺、蓉哥兒才是主謀！」都察院老爺聽見如此，皺了眉頭，好像很為難的樣子。停了一會兒才發下簽來，叫青衣皂隸們去傳珍大爺跟蓉哥兒。

熙　鳳：（奸狡得意地笑著）難為你倒會編派。只是你怎麼如今又回來了？珍大爺跟蓉哥兒去了沒有？

旺　兒：小的在監獄裡住了一夜，今兒取了保才放出來。早起過堂，珍大爺跟蓉哥兒都沒到，只打發了一個家人去對了詞，說是張華誣告。小的出來以後，去問那個家人，才知道原來珍大爺封了二百兩銀子已經打點都庭院老爺了！

熙　鳳：（冷笑）哼，活該他破財又丟臉！這口氣總算出了。不過少不得咱們也要打點三百兩銀子去打點那都察院老爺，免得當真辦起你二爺的罪來。你去告訴舅老爺家的王信，叫他拿著銀子到都察院老爺公館，只說張華窮極無賴，因為拖欠了賈府的銀兩，所以揑詞誣告好人，二爺原沒有這回子事兒，叫他儘管找尤老婆子去追還尤二姐就是。

旺　兒：是！

熙　鳳：平兒，去拿三百兩銀子給旺兒。

平　兒：好的。（向房門下）

熙　鳳：這件事辦得不錯，回來再重重地賞你！

旺　兒：（磕頭不迭）謝奶奶！

平　兒：（拿銀子出來，交旺兒）拿去吧！

旺　兒：（接銀子），奶奶，我走了。

熙　鳳：（叮嚀地）這件事可不許說給一個人知道，要是我打聽出你的狗嘴露了風，仔細不要了你的命。

旺　兒：小的不敢！奶奶放心好了！（說罷磕了個頭下）

【這時門外有說話聲：「二嬸娘在屋裡嗎？」

平　兒：蓉哥兒來了。

熙　鳳：去叫他進來吧！（說罷立刻又躺下，臉上裝出惱怒憂急的樣子）

平　兒：（走去掀門簾）喲，珍大奶奶來啦！快請進來，我們奶奶等了您半天了！

【尤氏穿一件月白色緞面狐腿皮襖，天青色綾裙子。賈蓉穿一件藍緞面羊皮袍。母子一同進來走向王熙鳳。

尤　氏：二妹妹歪著哩！

熙　鳳：（躺著不動，也不理）

平　兒：珍大奶奶請坐，我去倒茶。（說罷向房門下）

賈　蓉：（向尤氏使眼色，搭訕著坐繡墩上）嬸娘不自在嗎？

尤　氏：（坐炕桌上首惴惴不安地）二妹妹看什麼事情要我幫忙的，找了我來又不言語，難道我來晚了？

熙　鳳：（猝然坐起來，照著尤氏臉上吐了一口涎沫，憤憤地）呸！我找你來幫忙，找你來幫忙害死我！什麼事情，你自己幹的什麼事情還有臉問我？

尤　氏：（嚇得臉色慘變，往後退縮，顫聲地）這是怎麼說？我真不知道是什麼事情呀！

【平兒送茶置各人面前，站在炕桌旁邊。

熙　鳳：（氣焰凶凶地）我問你，你們尤家的丫頭沒有人要了，偷著只管往賈家送，賈家的男人到底有多麼好，難道除了賈家，普天下的男人都死絕了嗎？你就是願意給，也該請了三媒六證大家說明，才成個體統呀！怎麼你痰迷了心，油蒙了竅？也不管重孝在身，就糊裡糊塗把個人送了來？這會子鬧到官衙，外頭都說是因為我太厲害愛吃醋，所以你才瞞著我幹的好事。如今都察院老爺指名兒要提問我，叫二爺休我！我倒要問問你，我在賈家還是作了什麼錯事，你苦苦地這樣坑害我？還是老太太、太太有了話兒在你的心裡，你們做好了圈套要攆我出去呢？既然到了這步田地，咱們這會子就一同去見官講理，省得等會兒捕快皂隸來拿人的時候丟臉。回頭咱們再一同請了合族中老少，大家當面說個清楚，如果你們嫌我不賢，霸佔丈夫不容他納妾，就給我張休書，我立刻走好讓你妹妹扶正！（說罷一面哭著一面拉了尤氏就向外走）

賈　蓉：（忙拉住熙鳳，跪下乞求）嬸娘息怒！嬸娘息怒！

熙　鳳：（一掌打去，氣急敗壞的大罵）天打雷霹，五馬分屍的沒良心種子！我是哪些兒待你不好，如今你這般坑害我？你這個不知天高地厚的東西，成天價調三窩四幹出些個沒臉面沒王法、敗家破業的勾當！祖宗如果有靈驗！也不能容你！（說著又是一掌打過去）

平　兒：奶奶身子要緊，才硬朗了一點兒，又生這麼大氣！（扶熙鳳仍坐在炕桌上）

賈　蓉：（仍跪著連連磕頭無恥地）嬸娘別生氣，姪兒千日不好，總有一日好！求嬸娘看在這一日的好上，饒了姪兒一遭！嬸娘要打姪兒，何必親自動手，累著嬸娘，姪兒罪過更大，如今讓姪兒自己打好了。（說罷左右開弓自己打一頓嘴巴，又自問自責地）以後還照三不顧四的嗎？以後還敢只聽二叔的話，不聽嬸娘的話麼？嬸娘怎樣的待你，你這個沒天理沒良心的，竟然忘恩負義，背叛嬸娘！不打你打誰？（說罷又打了幾下）

平　兒：（想笑又不敢笑）奶奶，瞧蓉哥的臉都打腫了，你就別再生氣了！

熙　鳳：（又改變口吻邊哭邊說）我原想著，既是木已成舟，生米煮成了熟飯，我也就不再提那些舊事了，再說嫂子的妹妹也和我的妹妹一樣。嫂子也是好心，怕你兄弟斷嗣絕後才這樣做的，因此前兒我特地親自過去把你妹妹接了來，如今安置在園子裡，每天三茶六飯，金奴銀婢的侍候著。可只怕老太太、太太生氣，還不敢去回，原打算過些時，帶了她去見見長輩們，就可以快快活活地過日子了，誰知道偏不稱心，她又是個早有了人家的。你瞞著娶也罷了，還瞞著她的底細！現在給那個姓張的告了起來，縱然我就拋頭露面地去見官，也丟的是你們賈家的臉！少不得只有叫我的小廝替代去坐監牢。一面急的我又偷拿了太太的五百兩銀子去打點。聽小廝說：這姓張的是個無賴的化子，窮極了的人什麼事作不出來呢？俗話說：捨得一身剮，敢把皇帝拉下馬。況且他抓住了理兒，不告等請不成？這會子二爺又不在家，還怕上頭知道了。想來想去，我也沒什麼活的份兒了，今兒就碰死在嫂子跟前，也省得著急受罪！（說罷就站起向牆上去碰頭）

尤　氏：（嚇得忙抱住）二妹妹，這千萬使不得！你是個精明人，慢慢地想法兒應付，千不是萬不是，都怪我糊塗無能！（說罷已哭了）

熙　鳳：（撲在尤氏懷裡放聲大炙）你哪裡是無能，你明明是想落賢慧名兒，向你兄弟討好；叫我落混帳名兒，給別人說我是個妬嫉的潑婦！（邊哭邊數落，邊揉搓尤氏）

尤　氏：（委屈地哽咽著）這都是蓉兒和他老子幹的好事！當初跟我商量的時候，我就說使不得！（說罷也狠狠踢了賈蓉一腳）混帳種子！你爺兒兩個闖的禍，如今你爺兒兩個該去擔當呀！累的我受抱怨！

熙　鳳：（抬起頭來指著尤氏責斥地）你發昏了，當初你的嘴裡難道有茄子塞住了！還是他們給你上了封條！不然為什麼你不來告訴我？若早告訴了我，這會子不是少許多事兒嗎？怎能驚官動府鬧到這步田地？你好意思還埋怨他們！自古說：「妻賢夫少禍、表壯不如裡壯。」你但凡是個好的，他們怎麼能鬧出這種事兒來？你這沒剛氣，沒口齒，鋸了嘴兒的葫蘆！就只會一味地瞎小心，應賢慧名兒！鬧出禍了，你倒會推個乾淨！（說罷又啐了幾口）

尤　氏：（更難過地哭著）平日何嘗不勸他們，你不信問問跟的人，無奈他不肯聽，叫我有什麼法子。如今難怪你生氣，只是我也冤枉的很！

賈　蓉：嬸娘，我母親著實冤枉，錯都在姪兒身上。嬸娘也不必生氣了，倒是想法辦事的要緊！（說罷又磕頭）

平　兒：（不忍，陪笑地）奶奶，雖然珍大奶奶也有不是，如今奶奶當著奴才們也作賤她的夠了，奶奶就給珍大奶奶留點臉兒吧！還有蓉哥兒也跪了這麼半天，奶奶也該消消氣啦！

熙　鳳：（啐了一口）你倒會講情討好，事情沒擱在你身上。（又踢了賈蓉一腳，厲聲地）誰要你老跪在那裡了？當著我你倒裝的怪膽兒小，背了我你還不就是皇上？（坐炕外首）

賈　蓉：（搭訕地站起來）姪兒不是扯謊，就是怕我爺爺也沒有怕嬸娘的很！

熙　鳳：（揩揩淚冷笑）怕我還敢這般行為，不怕，不知道更要怎麼樣了？好啦，去把你爹給我請來！我要問問他：你爺爺的孝才過百日，作姪兒的就娶親，這叫個什麼禮兒？是誰興的規矩？問明白了，我也好學著，將來教導你們小輩的援例兒。

賈　蓉：（涎著笑臉油舌滑嘴地）說起來，這件事原與我爹不相干，起初他也不知道，都是蓉兒該死，一時吃了屎調唆二叔幹的。嬸娘打、罵，只朝著姪兒一個人好了。至於這官司，姪兒跟我爹昨兒也聽說了，正急著沒法兒，恰巧嬸娘找我媽，姪兒也就慌著跟來了。俗語說：「胳膊折了，在袖子裡。」姪兒既是已經闖了禍，就請嬸娘費心料理，把這場官司壓住了才好。否則丟銀子事小，丟人事大。嬸娘寬懷宏量，只當是自己有了這樣一個不肖的兒子，如今幹了混帳事兒，少不得只有委屈些疼他一遭，擔待些個。（說罷又連連作揖）

熙　鳳：（見賈蓉如此，心軟了些）給我滾開吧！我還疼你呢，疼得都反起來了！（又向尤氏和氣地）嫂子也別惱我，我是年輕不懂事的人，乍聽見外頭告了狀，嚇得魂兒都掉了，昨兒簡直一夜急的沒能合眼，剛才一瞧見嫂子來了，少不得又照前不顧後地鬧起來。就是蓉兒先頭說的：「胳膊折了，在袖子裡。」嫂子還要體諒我，別怨恨我才好。

尤　氏：二妹妹說的哪裡話？只要你不怪罪我，我就求之不得了，我怎麼還能怨恨你？

平　兒：（見風波已平息，忙又去換了幾碗茶來）珍大奶奶，奶奶，喝口茶吧！

賈　蓉：（陪笑）好姑娘！也給我一碗行不行？嗓子都乾了！

平　兒：（笑）我倒把你給忘了！（說罷又去端了一碗來，並拿了兩個濕手巾給熙鳳和尤氏）珍大奶奶、奶奶擦擦臉吧，瞧你兩人的眼睛都哭得像個紅桃兒似的。

尤　氏：死蹄子！你倒來取笑了！（接手巾擦完，又遞還平兒）

熙　鳳：（接手巾擦後給平兒。一面向賈蓉說）官司的事，橫豎沒有銀子不能辦事，我想著拿去的五百兩該夠了。一面還得去求舅老爺，聽說他和這位都察院老爺交好，或則能夠平息下來。只是銀子太太不用還罷，說聲要用時又該我作難了！少不得只有去變賣首飾，好折騰出銀子來還太太。

【平兒送手巾向房門下。

賈　蓉：銀子的事，嬸娘儘管放心！姪兒累嬸娘受驚生氣，已經夠罪過的了，若是再叫嬸娘填虧空，那就越發該死了！回頭姪兒就去打點五百兩銀子，送過來給嬸娘。

尤　氏：只是還有一件，老太太、太太們跟前，二妹妹你要遮蓋些兒，千萬別提起這件事。

熙　鳳：（冷笑）哼，你們幹的事，這會倒叫我來替你們遮蓋！我就是再傻，也不會巴巴的去戳馬蜂窩呀！

賈　蓉：官府裡，嬸娘一面托舅老爺說人情，把官司給平息了。外頭姪兒一面去找那姓張的問他個意思：是要錢呢？還是要人？要錢就給他些銀子去另娶女人，要人少不得我再勸二姨娘仍舊嫁給他算了。俗語說：「解鈴還得繫鈴人。」又說：「來是是非人，去是是非者。」這事原是我一個人鼓搗的，還得由我一個人去辦俐落了，免得連累我二叔。

熙　鳳：（恐怕拆穿陰謀，忙制止）難為你想出的好主意！怪不得你照三不顧四的，盡做些錯事，原米你竟自糊塗到了底兒！你去問那張華，要是他說「要錢」，可是等你給了他銀子，這種無賴小人只知道賭博，錢到手三天五天花光了，他再來訛詐，請問你又怎麼辦？擱不住他還會說：「既沒毛病，為什麼反給銀子？」那時節咱們的臉面放在哪裡？要是他說「要人」，你二姨娘既已嫁給你二叔，如今若再跟了張華，你二叔將來還能見人不？再說，我也捨不得你二姨娘出去，好容易我才得到個膀臂。

尤　氏：（信服地）二妹妹說的是，不要再聽蓉兒這個混帳孩子的話了，諸事還得仰仗二妹妹多費心擔待。

熙　鳳：若要任我的性子，真想不管了，隨你們去鼓搗個什麼樣子。可是看著你們這會子的可憐相，又不忍心。誰叫我生成的這付刀子嘴，豆腐心呢？少不得還要給你們兜攬著些兒。橫豎無論哪一邊的事，你們只別過問了，一總交給我去張羅，免得「一波未平一波又起」，已經是「耗子尾巴上長瘡，多少濃血泡兒」了。你不要再去給我戳窟窿！

賈　蓉：（涎著笑臉）到底嬸娘高明！這樣說姪兒巴不得落個清靜。只是太累了嬸娘，姪兒心裡不安！

熙　鳳：你別跟我「貓哭耗子假慈悲」了！橫豎是我一個人倒楣。外頭就決定這麼辦，家裡少不得等風波平息了，我領你二姨娘去給老太太、太太們磕頭，只說是我看上了你二姨娘，為了我不大生育，原要買個人放在屋裡的，如今湊巧有這麼個好媒岔兒，人長得既俊，又是親上做親，就大著膽子作了主，替二爺娶過來做個二房。為的念起她家裡父兄姊妹都死完了，無依無靠的日子實在難熬，所以先接到園子裡住著，等二爺的孝滿了再圓房兒。仗著我還不害臊的臉死活賴去，擔過兒也罷，挨罵也罷，只好受著。

賈　蓉：（笑著拍手）嬸娘不但寬宏大量，而且賽過張良的智謀，姪兒真是佩服得五體投地等事情完了，姪兒再來磕頭道謝！

尤　氏：（感激地）趕明兒事情平安過去了，我們娘兒們一齊過來給二妹妹拜謝。

熙　鳳：罷罷！還說什麼拜謝不拜謝，只求以後少坑害我一些兒就夠了！（說罷又委屈地啜泣）

賈　蓉：嬸娘別再難過了，姪兒從今以後，儘量想法兒孝敬嬸娘就是。

熙　鳳：（揩了眼睛，指著賈蓉半嗔半愛地）蓉兒，今兒我才算是知道你了！

賈　蓉：（涎皮賴臉地走過去拿著熙鳳的手在自己臉上「拍」地打了一下）嬸娘，這該出了氣吧？要不，姪兒就再跪下來自己打自己了！

熙　鳳：（抽回手推開賈蓉，威協地）滾你的吧！你這個狠心的——（說到這裡又咽住）

尤　氏：好啦，蓉兒！咱們回去吧，攪了你嬸娘這麼半天，也該讓她歇歇兒了！（說罷站起來）

賈　蓉：好的。姪兒明兒再來看嬸娘，順便把銀子帶過來。

熙　鳳：如今我的眼睛紅腫著，不送你們了。（站起送到門口）

賈　蓉：嬸娘好好保重！別緊想著煩惱，慪壞了身子，姪兒越發罪該萬死了！

熙　鳳：猴崽子，別灌米湯了，我心裡已經清楚了你！

【尤氏、賈蓉同下。平兒上。

平　兒：奶奶也該歇會兒了，鬧了這麼半天！

熙　鳳：（仍躺炕上，思索著，自言自語地）我有點兒不放心蓉兒這個冒失鬼。

平　兒：（替熙鳳捶背）奶奶還不倦嗎？又想什麼？

熙　鳳：（疑慮）這件事本是咱們教唆張華告的，要是蓉見著他，張華戳穿了，張華再告我們勾通官府，包攬詞訟的罪名，豈不是壞了？必須想個法兒才行，不然刀把拿在張華的手裡，隨時都會出漏子！

平　兒：就叫官府把尤二姐斷還給張華作妻子，然後叫張華領回尤二姐去遠遠地走開，不就結了嗎？

熙　鳳：傻丫頭！天下沒有這麼容易的事兒，我先前也是這麼想的，只是即令張華願意領回尤二姐去，也得尤二姐跟他去！鬧到你二爺回來知道了，再花些銀子包占住，不是白費心思麼？如今尤二姐還得暫且拉絆住，等我慢慢想法對付她，橫豎她逃不脫我的手掌心。倒是張華這小子非滅口不可，不然日久要出毛病的。

平　兒：（悚然）奶奶想——

熙　鳳：（狠毒地）我想治死張華，斬草除根！（說著捏緊拳頭坐起來）

平　兒：（不禁叫了一聲）奶奶！

熙　鳳：死蹄子！叫喚什麼？

平　兒：（忙鎮定下，但是臉色變得發青，手也有些抖，囁嚅地）……我一乍聽，有……有些害怕……

熙　鳳：（奸險地笑了一笑，沉重地說著）曹操的話不錯，「寧負天下人，不讓天下人負我。」

旺　兒：（匆匆上）奶奶！

熙　鳳：你來得正好，舅老爺家去過了嗎？

旺　兒：去過了，王信說諸事請奶奶放心。

熙　鳳：旺兒，如今官司的事就這樣了。只是那張華知道是咱們教唆他告的，若是將來洩漏給外人，豈不丟臉？這個醜名聲，咱們不能擔，我想只有斬草除根，才能保住咱們的名聲。

旺　兒：（一時沒聽明白）奶奶打算怎麼辦呢？

熙　鳳：你再去想法誣告張華是賊，賂賄官府判他個死罪。或者是暗地裡支使人去算計他，把他悄悄殺了，總之，一定要治死才乾淨。

旺　兒：（吃了一驚）奶奶，依小的看，不如叫他遠走高飛算了。何必再小題大做呢？這是人命關天非同兒戲的事，奶奶還要三思而行的為妙！

熙　鳳：（勃然）混帳！我的事還用得著你來多嘴嗎？什麼「三思」不「三思」，我叫你怎麼做你就怎麼做好了！

旺　兒：（猶豫）不是小的不聽奶奶的支使，這件事小的下不去手！

熙　鳳：（拍案厲聲）他是你的爹嗎？你下不去手，你這是哪門子的慈悲？

旺　兒：（畏懼忙跪下）求奶奶饒了小的！小的只會辦些個動嘴動腿兒的事，這動手殺人的事，小的萬萬辦不了！

熙　鳳：（一掌打過去，怒叱）給我滾出去！會也得辦，不會也得辦！（說罷走向房門）

【平兒拉拉旺兒，暗示叫他答應。

旺　兒：（會意，站起來）好罷，奶奶！我聽你的吩咐就是。

熙　鳳：（氣衝衝地）限你今晚上就給我辦好！（說罷忿下）

旺　兒：是，奶奶！（見熙鳳走後，著急地拉平兒）平姑娘，你叫我答應了，我可怎麼去辦呢？

平　兒：（拉旺兒到左外首低聲地）你沒瞧見，不答應也是不行嗎？答應儘管答應，只是千萬別真行事！立刻去告訴張華，叫他逃到遠遠的地方去，從此別再來京城了。你就在外頭躲幾天再回來，你就回奶奶說：「張華因為得到銀子，不敢在京城呆，已經偷偷地逃走了。誰知道冤家路窄，偏偏碰著個截路的強盜，搶了銀子還飽打他一頓悶棍，把個張華活活給打死了！如今他老子正在收屍掩埋。」糊裡糊塗地把奶奶瞞哄過去算了。這樣你既盡了心，也交了差。

旺　兒：（感激地連連作揖）好主意！平姑娘，想不到你也是個慈善人！

平　兒：嗤！快走吧，仔細給奶奶聽見了！

旺　兒：好吧！我走了，平姑娘！（走向左門）

熙　鳳：（幕後大聲叫著）平兒！盡在外頭做什麼？還不進來！

平　兒：（一面應著一面向旺兒揮手）來了，奶奶！

【旺兒急下，平兒端了茶碗走進去。

——幕疾落

第二場

時　間：前場月余以後隆冬臘月的一天晚上。

地　點：賈府大觀園內。

人　物：尤二姐、尤老娘、丫頭、善姐、平兒、王熙鳳、太醫。

布　景：大觀園的角落裡一間砌室。舞臺的正中間是月洞窗，懸藍色綢窗簾，簾子外芭蕉可見，窗兩邊上；左置茶几，右置兩個瓷凳。窗前置一炕塌，上鋪氈墊，炕几上放一瓶紅梅，都快枯萎了。炕下面置一長方矮坐凳。舞臺的上首有門通外間，懸著藍色綢門簾。左首置圓桌，有凳。舞臺的右上首有門通臥房，亦懸藍色綢門簾。右外首置條几。兩邊有椅。

【幕開。黃昏時候，雖窗簾掛起，室內光線仍黯淡，顯得異常淒涼！尤老娘又躺在炕桌上睡了，但這回卻沒睡著，睜著眼睛在想什麼。尤二姐穿了身月白色綾襖，淺粉綠色綢坎肩，繫條藍色絲緞子，天青色素綢褲子，慢步從右門走出來，臉色蒼白，消瘦不堪，已大非昔比。

二　姐：（無精打彩走向窗前，往外看了看，又回顧老娘）媽，吃了晚飯再睡吧！

老　娘：沒睡著！這程子不像往常了，就是夜裡也不能合眼。（坐起來）

二　姐：（難過地只歎了口氣）唉！

老　娘：這會子吃了藥，覺得好點嗎？

二　姐：（搖搖頭坐到炕上）更是一陣陣肚子痛了！（說著眼圈兒紅了）

老　娘：（看看屋裡）天這麼冷，也不給燒個火盆！

二　姐：算了吧，媽！能賞給咱們一碗現成飯吃，就是大恩惠了！

老　娘：（怨恨地）早知如此，餓死外頭也不能進來！現成的飯，那一頓不是些殘菜剩湯？簡直沒有把咱們當人待承！實指望璉哥兒回來了，可以重見天日，誰知道也是個沒良心的負義東西，娶了你還不到半年就又弄了一個，弄一個也罷了，這邊連理都不理一下！

二　姐：（苦痛悲憤地）這會子說什麼都後悔不及了！只

怪我當初瞎了眼，錯認了人！早聽妹妹的話，也不至於落到這般地步！（說著哭了）

老　娘：都是你珍大哥和蓉兒兩個混帳東西幹的好事，害得咱們娘兒三個死的死、病的病！（也難過地啜泣）

二　姐：都怨女兒命舛，連累媽這麼大歲數跟著我受罪！如今別的也沒指望了，原指望肚子裡果然是胎，也好將來有個依靠，如今太醫又說不是的。

丫　頭：（掌燈自左門進來，置於圓桌上放下窗簾）奶奶！想吃點什麼？

二　姐：不想吃。

丫　頭：（同情地）奶奶今兒一天沒有吃一點東西了！

二　姐：吃下去就噁心，還是不吃的好，飯送來了嗎？

丫　頭：送來了。既是奶奶不吃，老太太去吃吧！

善　姐：（凶凶地自左門進來嚷著）你們倒是吃不吃飯呀？不吃我就端回去了！送來這麼半天，連個鬼影子也沒看見，難道還等著叫人餵你們不成？

（站在窗旁）

二　姐：（低聲下氣的）善姐，我也才知道飯送來了！（向老娘）媽！你就快去吃吧！

善　姐：才知道！我叫你的死丫頭過來了半天，難道她的嘴上了封條，到這會子才告訴你們！

【這時平兒穿著身蔥綠色緞襖，自左門進來，手裡提著一只竹籃，善姐的話已經聽見了。忍無可忍地放下籃子走到善姐面前。

平　兒：（生氣地）善姐！

善　姐：（回頭見是平兒，忙陪笑）喲！平姐姐來了，請坐，請坐！

二　姐：（忙站起來招呼）平妹妹怎麼這樣晚還過來？

平　兒：（和顏悅色地）吃完飯閒著沒事，特地過來瞧瞧新奶奶！（向善姐責斥地）善姐，你也忒氣焰過勝了，你不要善的欺，惡的怕。看著她們娘兒倆軟弱無靠，你就狗仗人勢，狐假虎威，苦苦折磨她們。人心都是肉做的，我不信你的心就是鐵做的不成？

善　姐：（有些怕，陪笑地）平姐姐說哪裡話，我怎麼敢欺負新奶奶呢？成天價殷勤服侍還來不及呢！

二　姐：（代為掩飾）善姐待我還好，平妹妹！一天到晚都虧了她忙著服侍，你不要再褒貶她了。

平　兒：新奶扔不必替她遮蓋，剛才的話我都聽見了，哪裡像是下人跟主子說話？

善　姐：平姐姐聽錯了意思，我是在吵我這個妹妹呢！（指著丫頭）

丫　頭：（氣忿地）是呀，連我們主子都怕你，何況我！（說罷下）

二　姐：平妹妹坐吧，別信她小孩子的話。善姐，你也去吧！（說著拉平兒坐炕上）

善　姐：平姐姐！我去給你泡碗好茶來！（又去搭訕著扶老娘）尤老娘這會子可該去吃飯了，再等等都冷了！

平　兒：冷了，不會到廚房去熱熱嗎？

二　姐：不用費事了，媽就快去吃點兒算了！

老　娘：（老淚滂沱地摔開善姐）我也不吃了，氣都氣飽了！（說罷走向右門下）

二　姐：媽，你就為了女兒委屈點吧！「窩囊」也擱在心裡，何苦要說出來惹麻煩呢？

善　姐：（也不高興）既是不吃，我就端回去了。平姐姐可是看著的，回來別再說我不送飯過來！（說罷賭氣下）

平　兒：（厲聲）我是看著的，我看著你這個死蹄子欺負她們！

二　姐：（見善姐去後，拉了平兒抽噎地）平妹妹，你也不必為我得罪這些小人，回頭不定又要到二奶奶跟前嚼什麼舌頭了，連累你擔過兒我更不安。

平　兒：讓她去嚼好了，我不怕！（說著去掀開籃子，拿出兩碗甜食來）我知道你這程子不想吃什麼，特地叫廚房做了兩樣甜食來，你嘗嘗看，若是覺得還合口，明兒我再叫他們做。

丫　頭：（端茶給平兒，抽噎地）平姑娘吃茶！

二　姐：（感激）妹妹常常這樣，太費心了！（見丫頭哭，疑問）好端端地哭什麼？

丫　頭：善姐打我！（說罷更哭了，蒙著臉走向右門下）

平　兒：（忍無可忍地站起來）這死蹄子，越發不像樣兒了，我非去也打她幾下不可！然後告給太太攆她出去。（說著就要去）

二　姐：（忙攔住，按平兒坐下）使不得，妹妹！你這會子打了她不當緊，回來該我們受罪了！橫豎如今我們也慣了！聽幾句罵，挨幾下巴掌，算不了什麼。妹妹不必為我們生閒氣！

平　兒：唉！虧的你能忍耐，只是也忒苦了！

二　姐：不忍耐又怎麼辦？苦我倒不怕，只要苦的有個頭日子！（說罷泣下）

平　兒：二爺來過沒有？

二　姐：（搖頭悲慘地）他不會來了，他把我忘完了！

平　兒：我今兒告訴他你病得很重，叫他去請個好太醫來看看。別的都不要緊，自己的身子千萬別糟蹋！俗話說：「留得青山在，不怕沒柴燒。」

二　姐：妹妹的好心我是感激不盡的。今兒太醫也來了，說是瘀血凝結，開了個通經的方子。藥已經吃了，不知道有效沒有。倒難為二爺還聽妹妹的話。這幾天怎麼樣了，那位姨奶奶還鬧嗎？

平　兒：（歎氣）唉，別提她了！她就仗著是大老爺的人，如今又送給二爺作妾，更有勢了，簡直眼裡頭誰也沒有！成天調三撥四的，昨兒竟陷害到我頭上來了，她跟奶奶說我往你這邊偷送飯菜，奶奶就罵我：「人家養貓拿耗子，我養貓倒咬雞。」

二　姐：（不安）妹妹再不要這樣了，如今果然擔錯兒了。

平　兒：（忿忿地）我才不管呢！大不了攆我出去。說起來，二爺真是朝秦暮楚太無情！先頭那樣待新奶奶，這會子連來看看都不來，只一味地迷住了那個狐狸精！

二　姐：（感慨懊悔地）我如今也不生氣了！我三妹妹說的不錯，有錢的公子哥兒沒有個不「喜新厭舊」的，只怪我當初沒主意，上了當受了騙，落到這個下場！

平　兒：提起你妹妹三姑娘來，今兒寶二爺還叫我替他向新奶奶問好！

二　姐：（奇異地）聽說寶二爺一向瞧不起我們姊妹的，怎麼還會惦記我？

平　兒：唉！當初寶二爺也是誤信了那些嚼冤枉舌頭的人，到如今他還後悔哩！就為這他不好意思來看你。聽他說，那柳湘蓮倒是個有良心的，自從三妹去世，他就削髮當和尚去了。

二　姐：（感傷地）看起來我妹妹還是有福氣的，雖然沒有和柳湘蓮成親，總算遇著一個多情的人。
平　兒：（勸慰地）新奶奶也不要太難過，或許二爺還有回心轉意的一天。
二　姐：（沉痛絕望地搖搖頭）我不指望了！
【忽然窗外傳來吵罵聲，尤二姐和平兒忙注意傾。
平　兒：又是秋桐在潑婦罵街！
【聲音：（尖銳、刻毒地）好個愛八哥兒嬌滴滴！如今混進了富貴人家，想必藥都是甜的，好生生裝起病來，還有臉面說是懷胎，偏偏太醫診出不是胎。就算懷胎，也不知是姓張的，姓王的，誰稀罕一個雜種羔子！
二　姐：（氣得發抖）這……這是何苦來，我也沒惹著她！（一陣悲痛，昏厥了過去）
平　兒：（忙扶住二姐驚叫）新奶奶！新奶奶！
【尤老娘顫巍巍地扶著丫頭走出來。這時窗外有人勸止，罵聲漸漸遠了。
老　娘：（驚訝地）怎麼了，平姑娘！（趨前哭叫）二姑娘，我的兒！醒醒吧！
丫　頭：奶奶！奶奶！
二　姐：（微微睜開眼睛，淚如雨下）媽！
平　兒：不要緊，尤老娘．！新奶奶剛才聽了些閒話，一時悶住了口氣，歇會兒就好了。
二　姐：（抽噎）媽，我不行了，這會子肚子痛得厲害！
（說罷在炕上打滾）哎喲！唉喲！
平　兒：咦，怎麼一下子痛這麼厲害？尤老娘，先前是不是也痛的？
老　娘：吃了藥不久，就一陣陣的痛起來了。
平　兒：（思索，著急地）只怕是吃壞了藥吧！我這就回二爺去，叫再請一個太醫來看看。
二　姐：（無力地制止著）不要去驚動他們了，平妹妹，橫豎我是好不了的！
平　兒：（安慰地）你要安心養著，新奶奶，我去去再來。（疾下）
二　姐：（悲切地拉著尤老娘）媽！我死之後，你老人家去跟大姐姐要點錢，還帶著這個丫頭回去，雖然家裡日子窮苦點兒，總比在這裡受氣的好。（又拉住丫頭哽咽地）好妹妹，我媽再沒有女兒了，你就把她老人家當做親娘，再服侍她幾年，我姐妹在九泉之下也是感激你的！

丫　頭：（哭了）奶奶，你別說這些話了，等會兒請了太醫來看看，再吃一服藥就好了。

老　娘：（懊惱怨恨地哭著）好生生一家人都給姓賈的坑害了！

二　姐：（軟弱無力地）媽，別埋怨了，要怨就怨你女兒的命苦！唉喲！哎喲！

老　娘：（急得捶胸跌足）老天爺，救救我女兒這條命吧！

【王熙鳳穿了身黃色緞子皮襖走進來，平兒隨著進來。

熙　鳳：（假意關心地）妹妹怎樣了？尤老娘！

【尤老娘只管哭，也不理王熙鳳。

平　兒：新奶奶，好點沒有？我已經叫人去請太醫了！

二　姐：（痛苦地搖搖頭）不，不中用了！

熙　鳳：（張望）怎麼，二爺沒過來？

平　兒：（低聲地）二爺在秋桐屋裡，我去回過二爺，說新奶奶病重了。看來二爺不會來的。

熙　鳳：（故意大聲地）這個喜新厭舊的浪子，如今心上就只有秋桐！

平　兒：（搖手制止地）奶奶！

二　姐：（聽了熙鳳的話，更是氣往上衝，又一陣劇痛）哎喲！唉喲！媽，疼死我了！

老　娘：（忙抱住二姐）我的兒！怎麼了？

熙　鳳：（摸摸二姐，假意地）妹妹怎麼疼得這樣厲害！老天有眼，快保佑妹妹身子好起來，我情願替妹妹生病。要真是懷胎，也保佑著早些生下一個孩子，我願從此吃長齋念佛。（見二姐不理，沒趣地向屋內看看，借題發作地嚷著）今天這樣冷，怎麼不升個火盆。善姐，死丫頭上哪裡去了？

老　娘：（冷冷地）這些日子，我們從來也沒有見過一點火星星！

熙　鳳：（難堪，悻悻地）平兒，快去把善姐叫來，都是妹妹太賢慧，才把他們慣壞了。

【善姐正好端著一碗茶走來。

善　姐：二奶奶，我特地給你泡了一碗好茶來！平姐姐，我這就去給你泡茶。

熙　鳳：（沒好氣地一巴掌打了善姐的嘴巴，罵著）混帳

蹄子，當著我的臉，你怪會做作，背了我你就有王法了。不打你幾下，你是不知天高地厚的。（說罷又是幾巴掌，茶碗鏗然落地）

善　姐：（哭）這是怎麼說，我也沒有做錯事，二奶奶！

熙　鳳：（喝叱）你還強嘴，隆冬臘月，我叫你天天給新奶奶升個火盆放屋裡，你升的火盆在哪裡？

善　姐：（一怔，心裡委屈，想申辯，囁嚅地）二奶奶——

熙　鳳：（唯恐露了馬腳，忙站起身恫嚇地）你還不給我滾出去，快把火盆升來？你敢還嘴我就打死你！

善　姐：（只好隱忍，惶恐地哭著走去）真是冤枉呀，冤枉！

熙　鳳：（含沙射影）天生的下賤胚子，受不得抬舉！

二　姐：（宛如火上加油，羞辱刺激地又是一陣劇痛）唉喲！哎……喲……

老　娘：二姑娘，怎麼了？怎麼了？我的兒！

熙　鳳：妹妹，怎麼又痛起來了？

二　姐：（喘吁吁地掙扎著站起）媽，快扶我進屋裡去！

熙　鳳：（假猩猩地）尤老娘只怕扶不動吧，我來扶妹妹。

平　兒：（忙向前扶二姐）我來扶！

二　姐：（揮開他們，只拉住了老娘和丫頭）不用，有媽扶我就夠了。（呻吟著向右門踉蹌下）

【平兒也要跟進去，熙鳳叫住了她，很生氣的樣子。

熙　鳳：（慍然）平兒！

平　兒：（止步）奶奶，什麼事？

熙　鳳：人家不稀罕你巴結，少給我諂媚去！（說罷憤憤然）

【平兒不高興又不敢辯。這時忽然裡面一聲慘叫，接著是痛哭呼號。

丫　頭：（捂著臉哭啼地走出來）奶奶，可憐的奶奶！

平　兒：（大驚）新奶奶怎麼了？

丫　頭：（哽咽地）小產了，糊塗太醫的一貼藥把個男胎好端端打下來了！

平　兒：（急）新奶奶呢？

丫　頭：奶奶快死了，她……她已經偷偷吞了一塊生金，自……自殺了！（說罷伏在圓桌上嚎響大哭）

平　兒：啊，新奶奶！（哭著向右房疾下）

熙　鳳：（由衷的喜悅，但急忙掩面佯哭著向右門走去）

啊，我的好妹妹，賢慧妹妹，你怎麼就狠心丟下我走了，你帶我一起去吧！

【這時更柝聲，犬吠聲，交雜。在陰鬱悲慘的黑夜裡！

——幕徐落

一九四五年一月二十六日於重慶神仙洞

（四）《流水飛花》

時間表

第一幕　仲秋的一天上午
第二幕　暮春的一天下午
第三幕　初秋的一天晚上
第四幕　第一場——仲冬的一天晚上
第二場——初春的一天下午

地點表

第一幕　賈府大觀園
第二幕　賈府大觀園
第三幕　賈府大觀園
第四幕　第一場——薛府
第二場——薛府

人物表

王熙鳳：二十四歲。賈府掌理家務之主。生得標緻，打扮豔麗。嬌媚風趣。聰明而狡獪，熱情而欠誠懇，善於奉迎，處事有權術，胸襟狹隘。

平　兒：二十歲。王熙鳳的賠嫁使女。溫柔諄厚。襄助王熙鳳佐理家務，忠實可靠。精明不亞於其主，賢淑則過之。能博上歡，能邀下愛。雖無學識，胸有見地；常常為不滿自身處境，而理想著一個解脫的機遇，但是很難——所以一面敷衍現實，一面又怨尤在心。

劉姥姥：八十二歲。和王熙鳳的娘家瓜瓜葛葛有點攀藤親戚。白髮蓬鬆，體格猶健，雖老邁而不糊塗。生長農村一輩子，但見聞頗廣。善談吐，知禮貌，有風趣，而不傷大雅。能奉迎，敷衍，為博取人們之喜悅，故作昏憒狀。王熙鳳誤以她為鄉愚可戲，殊不識其高明在王之上。

板　兒：八、九歲。劉姥姥的外孫。一個天真爛漫的鄉下小兒，沒見過世面，所以顯得傻頭傻腦的。

賈　母：七十多歲。王熙鳳的祖婆。和劉姥姥相反，是位有身分、有派頭的富貴之家的老太太；倒也和藹可親，風趣可愛。每月只知享樂，不問家務。喜歡熱鬧排場，與子孫們戲耍無拘無束。心地較善良，喜奉承，有時不免耳軟易受煽動，不能明辨是非。

薛姨媽：五十歲左右。王熙鳳娘家的姑母，王夫人的姊妹。雖年輕於劉嫱姥和賈母，卻已老態龍鍾，不似他們那麼生氣勃勃，精力充沛的樣子。性格有些軟弱，胸無主張，一切全仗愛女薛寶釵佐理。

賈迎春：十八、九歲。賈母長子賈赦的庶出女兒，行二。具有美姿色。相當丰韻，不大喜歡修飾，身材適中。有才，而不高；能詩，而欠精。性格懦弱、渾厚，心地良善。寬大，受委屈，忍讓無怨尤。態度端莊沉默，不善詞令，不喜遊戲。沒有什麼苛求和奢望，也沒有什麼憂鬱和憎恨。生活對於她好像一種義務，她是為生活苟延壽命。

賈探春：十七、八歲。賈母次子賈政的庶出女兒，行三。生著一副鵝蛋臉，俊眼修眉。細長的身材，瀟灑的風度。裝飾豔麗而不俗。態度隨和而可親，性格剛強、有志。為人世故，卻不虛偽。才學尚佳，聰明能幹不下於王熙鳳。處事，辨是非，公正明白。待人，寬厚仁義；能博上歡，承下悅。好名利而不貪，知安於生活之道，具支配環境之勇。喜、怒、哀、樂形於色，但絕不嬌柔做作。由於這些素質的原故，所以她的生活，比別人恬然自如。

賈惜春：十六、七歲。賈母長門賈敬的女兒行四。生得秀麗冷豔，矯小珍瓏。身材窈窕，裝飾素雅，舉止嫺靜。能詩文，善繪畫。性孤僻，有其父之風終日誦經念佛，修身養心。人情世故欠通，聰穎智慧。對塵寰利欲，看得很淡泊，空幻；徹悟的結果，她覺得唯一解脫人生苦惱的出路，只有遁入空門。

香　菱：十七、八歲。原姓甄名英蓮，鄉宦甄士隱的女兒，幼年被拐騙出來，賣與薛姨媽為奴，歷盡劫難，受盡苦楚。美容顏，俊秀，清麗，富才情。為人天真坦率，嫺靜，溫柔，聰明伶俐。為了處境惡劣，憂鬱成疾。一生血淚交流，敢怒不敢言。如置身泥淖，不指望肉體超脫，但求心靈昇華。所以她孜孜不倦於讀書、作詩，把心靈寄託在讀書上；唯一安慰她，充實她生活的，也只有讀書，作詩。

司　棋：十八、九歲。賈迎春的使女。生得嬌美。性格剛強，有志節，富情感，忠誠貞烈。雖無學識，卻有主張。沒有虛榮心，卻懷清高願。她看破富貴之家的丫頭們那般悲慘的命運，所以當她鍾情一介亦以真心相許的男子時，她便決定不為富貴誘惑，不受勢力壓迫，毅然反抗現實，至於殉情而死！她是勇敢的。

侍　書：十六、七歲。賈探春的使女。俊秀丰韻，聰明伶俐。能幹機警，有其主之風。性格好強，忠實諄厚。態度持重，冷靜。但知服役為本，沒有什麼幻想和奢望。對人生很能安命自如。

入　畫：十五、六歲。賈惜春的使女。嬌小標緻。對人生世事懵昏無知，她不瞭解一切，也不需要瞭解一切。因為年幼，性格尚未固定。

趙姨娘：四十多歲。賈探春的生母。雖然年近半百，風韻猶存。舉止言談，粗俗欠持重，一望而知是小家出身。頭腦簡單、愚昧。亦因處境惡劣，牢騷滿腹。常常惹是生非，不為人尊敬。所以一生被輕視，即其親女，也不能原諒她而同情她。

賈寶玉：十八歲。賈母的孫子，賈探春的同父異母之兄。清秀俊麗，風流倜儻，風度文雅可愛。有才情，富於幻想。為了生活環境的影響，嬌養成性，極少接觸外界，只與閨閣姊妹為伍，所以不無女兒態。溫柔靦腆，待人處事仁厚悲憫為懷，多情而非濫。有清高的志趣，不滿於現實種種，又無勇氣反抗。看起來很懦弱迂昏，一生唯有悠怨和憎恨。

潘又安：十七、八歲。司棋的表弟，也是司棋的情人。一個出身寒微的窮孩子。生得俊秀的面龐，體格健壯。堅強自尊，有信心，有向上進取的志願，更有純真不拔的摯情，所以終於為了愛，犧牲自己的生命。

王媽媽：五十多歲。邢夫人的陪房女傭。賈府男僕王善保之妻。為人粗魯，卑俗。心地狡詐，愚昧昏憒，常喜撥弄是非。

夏金桂：十八、九歲。薛姨媽的兒媳。姿色美俏，打扮豔麗。少讀詩書，缺乏教養，愚昧昏庸，不識大體。性情兇悍暴躁，心地窄狹陰險。待人刻毒，殘酷。好忌多妒，輕浮、粗俗。

寶蟾：十七八歲。夏金桂的陪房使女。美而妖豔，媚而風騷，亦粗俗之流。潑辣不在其主之下，但心地較善良。

薛蟠：二十二、三歲，薛姨媽之子，夏金桂的丈夫。紈絝子弟，庸俗不堪。淺薄無學識，昏憒無才能；對人生世事糊塗，不知天高地厚，所以有薛呆子的混名。一味吃喝嫖賭，為非作歹。性暴，欋強欺弱。

夏三：十七、八歲。夏金桂的過繼兄弟。油首粉面，賊頭賊腦，一望而知是無賴小人。舉止輕薄，卑劣。和夏金桂有某種暖昧關係，所以往來詭祕。

薛蝌：二十一、二歲。薛蟠的堂兄弟。英俊清秀，態度端莊嚴肅。有學識，有才幹。有君子之風，書卷之氣。性格淳厚，誠實。為人正直仁義，安分守已。

小丫頭：十四五歲。薛姨媽的使女。

第一幕

時　間：仲秋的一天上午。
地　點：賈府大觀園。
人　物：王熙鳳、平兒、劉姥姥、板兒、賈母、薛姨媽、賈迎春、賈探春、賈惜春、香菱、侍書、司棋、入畫。
布　景：藕香榭附近。舞臺的正上端有木搭的篷架，上面攀了許多葡萄藤，亮晶晶掛了些琉璃子兒。架下種著些菊花。一端通怡紅院、瀟湘館等處。有竹編的門樓，門楣懸雕木横匾，書「藕香榭」三字。舞臺的右上端透出「沁芳亭」一角，地位較高，有石階數級。雕欄，捲廉。亭外，即舞臺的右下端有石欄半圈，乃池塘。尚有殘荷萎莖。旁植梧桐芭蕉數株。舞臺的左端，是綴錦閣的半面。畫樑雕棟，金碧輝煌。內有門供出入。懸大紅緞門簾。正中設炕榻一張。鋪著綿裀絨毯。炕榻上面置小雕木梅花長几，上有茶具，榻下設矮繡墩兩個，矮几一個。榻左右分設雲頭方几，椅子。綴錦閣周圍格扇玻璃窗，懸松綠色綢簾。斜向舞臺右外端的格扇門，懸松綠色竹廉，半捲起。門前置盆景菊花各色。一邊一個瓷凳。

【幕啟。平兒在綴錦閣上正收拾什物，佈置桌椅。穿著一件翠綠色綾夾襖，淡青色綢裙子。

【王熙鳳在綴錦閣門前欣賞菊花。穿一件金黃色緞夾襖，粉紅色綾裙子。

熙　鳳：裡面都打點好了嗎？
平　兒：都打點好了。老太太叫把酒席擺在裡邊，這裡作為歇息的地方。（說罷走出來）唔，奶奶！剛剛襲人他們問起這個月的月錢，我說：「連老太太、太太的還沒有放呢，你急什麼？」她問我：「為什麼？」
熙　鳳：（打斷，冷冷地）你就告訴她：我早支了放利錢去了！
平　兒：（一怔）奶奶這是什麼意思？我不過回她說：「等兩天就要放了。」奶奶這樣懷疑我，難道我什麼時候把奶奶的事告訴過別人不成？

熙　鳳：聽說你和襲人很要好，什麼話還有個不告訴她的？本來嘛，我是拿她們的月份銀子在外頭放賬收利錢，而且利上加利，為的是攢體己。但我可沒有虧待你呀！

平　兒：（憤然）奶奶這是什麼話？奶奶沒有虧待我。可我也並沒有對不住奶奶的地方！奶奶把我當心腹，什麼都不瞞我，我和襲人再要好，也不能隨便告訴她奶奶的這些私事。奶奶信也好，不信也好，橫豎我問心無愧！（說罷賭氣掀簾子走向內門）

熙　鳳：（撲嗤笑了）瞧！我可把你慣成個樣兒來了！我不過只說了兩句話，你就給我嘮叨上這麼一大派道理，還賭氣子走開；真是越來越嬌，動不動惱了，再下去，還要反賓為主了呢！

平　兒：（轉身，感喟地）奶奶教訓我，我不氣，只是常常這樣俏皮我，疑惑我，我傷心！

熙　鳳：好啦！好啦！算我剛才的話沒說！行不行！我來問你，是不是襲人疑心咱們了？

平　兒：（走出來）襲人倒是個機靈人，就是她心裡疑惑，嘴裡也不會說出來的。況且她一向都向著奶奶，別人有時候嚼什麼舌頭，她還攔他們呢。

熙　鳳：那麼，別人又在背地裡嚼舌頭了！

平　兒：背地裡嚼舌頭總是免不了的，這個倒不必去介意。像趙姨奶奶這些人，還不是看著奶奶手裡寬裕點，眼紅！不要說他們，就連二爺，都成天口口聲聲說奶奶有錢呢！

熙　鳳：（氣忿地）他說？他配說！我三千五千，又不是賺他的。可見得沒家親，引不出外鬼來！連他都混嚼舌頭，難怪裡裡外外，上上下下不跟著嚼呢！哼！這群沒出息的人，只知道按月要銀子，就不知道他們賈家如今出的多，進的少，這個月接不上那個月；馬上快到了山窮水盡的時候了，還一個個在作夢！這些年要不是我東挪西湊的，早過到破窯子裡去了。這會子我倒落個放賬的罪名兒！既是這樣，我就收了回來，明兒就叫來旺媳婦去收賬。看我比他們更會花錢，咱們以後索性坐吃山空，吃到多早晚算多早晚，誰也不犯著操閒心。就拿今天的事講，老太太一時高興要擺什麼宴，請劉姥姥逛大觀園，把個太太急得沒法，還不是我出的主意，把後樓上那些沒要緊的四五箱子大銅錫傢伙，拿出去弄了三百兩銀子，才有今天的這個排場！

平　兒：奶奶的心只要老太太、太太兩個人知道就夠了，何必跟那些不相干的人計較？奶奶賭氣把賬收回來，究竟不划算；奶奶和二爺統共一個月才只十來兩月銀，還不夠三、五天使的呢！

熙　鳳：（正中心意）說來說去，都怪自己命苦，嫁到這麼個人家，窮又不窮，富又不富，「黃柏木作了磬槌子，外頭體面裡頭苦。」大夥兒只顧要面子，殊不知骨子裡都快空了！老一輩的橫豎活不幾年啦，等到他們眼一閉，腿一伸，還管小一輩的挨餓不挨餓？所以少不得我只有替自己的將來打算打算，也是為的二爺和我的孩子，還有你，你是我陪嫁帶來的，我總不能臨了叫你沒個下場。

平　兒：（有些感動）難為奶奶想得周到，我只有忠心服侍奶奶，也好報答奶奶的恩德。

【這時綴錦閣裡面傳來喊聲：姑奶奶！姑奶奶！

平　兒：誰在喊？

熙　鳳：（譏諷地）老太太今天的貴賓到了！也不知道我是她哪門子的姑奶奶？

平　兒：老太太也真奇怪，怎麼一看見她，就喜歡！又是這樣的抬舉她？

熙　鳳：（冷笑）什麼抬舉不抬舉，還不是尋尋開心，耍老猴戲罷了！

【說話之間，劉姥姥牽著板兒掀門簾同出。劉姥姥穿著件半新天青色的布棉襖，黑色布棉褲，紮腿。板兒穿著件桃紅色舊綢夾袍，上面貼了幾塊補綻，頭上梳著一根沖天棒的髮辮。

姥　姥：唉喲！我的姑奶奶！原來你在這兒忙的緊，怪不得我什麼地方都找不著你哩！

【說著，走向閣外。

板　兒：姥姥！姥姥！我要花兒！（說著一伸手，就在盆內摘下一朵菊花）

姥　姥：（一把拉過板兒，打了兩巴掌）下作黃子！沒規沒矩的亂鬧，我原是帶你進來開開眼界，你就上臉了，看回去我才教訓你。

板　兒：（大哭）哇哇……

熙　鳳：不要緊，小孩子家沒個不愛動手動腳的。（拉過板兒）過來，板兒！不哭，我把花兒給你帶到頭上。（說著把菊花插在他髮辮上）

姥　姥：瞧姑奶奶多疼你，快叫姑奶奶！別哭了！再哭，我就去叫老虎來吃你啦！（邊說邊拉著板兒）

板　兒：（抽噎著賭氣扭過去不理姥姥）姑奶奶！

熙　鳳：（又拉過姥姥笑著）讓我也來打扮打扮你老人家！（說著，摘了幾朵菊花往姥姥頭髻上亂插）平兒！你再去給我摘幾朵「貴妃醉酒」來！

平　兒：好的。（走向葡萄架旁去摘那地上栽的菊花）

姥　姥：（笑）唉喲！我的姑奶奶！人老都老了，還打扮個什麼勁兒？

熙　鳳：越老，才越要俏咧！

平　兒：姥姥瞧這兩朵花兒好看不好看？

姥　姥：這就叫什麼喝醉酒嗎？

平　兒：（笑）不是「喝醉酒」，是「貴妃醉酒」！這是說它的顏色就像當初楊貴妃喝醉了酒的臉龐那樣鮮妍！

姥　姥：真是，比胭脂還紅！姑奶奶倒會想，給花兒取了這麼個好聽的名字。我的頭也不知道修了什麼福，今天這樣體面起來！

熙　鳳：（把姥姥頭上橫三豎四地插滿了花，看了看不覺笑起來）這一下子你老人家變成了十八歲的小姑娘！

板　兒：（拍手大笑）姥姥像個花妞兒了！

【這時賈母一手拄龍頭拐杖，一手扶著薛姨媽自葡萄架下緩步走來。賈母穿著黃色緞襖，藍色緞裙子。薛姨媽穿著古銅色緞夾襖，月白色綾裙子。賈迎春、賈探春、賈惜春三姊妹跟在後面。賈迎春穿一件天青色緞夾襖，繫著一條藍色絲縧子，乳白色綾裙。賈探春穿一件紫紅色夾襖，繫一條金黃色絲縧子，月白色綾裙。賈惜春穿一件藕荷色緞夾襖，繫一條翠藍色絲縧子，乳白色綾裙。三個使女司棋、侍書和入畫，隨侍身邊。

平　兒：（忙迎過去）老太太快來看，二奶奶在這裡打扮劉姥姥呢！

熙　鳳：（拉了姥姥走向賈母）老祖宗瞧，好看不好看？

賈　母：（笑）老親家！你還不把那些花兒拔下來，扔到她臉上呢，瞧把你打扮成個老妖精！

姨　媽：鳳丫頭真會糟踐人！

姥　姥：哪裡！這都是姑奶奶疼我。如今雖然我老了，可年輕時也風流的很哩！就愛個花兒粉兒的。這會子老風流一下子也好。

【眾笑

熙　鳳：（摘了一支大紅的走向賈母）老祖宗也戴上一朵應應景兒！人家劉姥姥八十二歲了，比老祖宗大好幾歲的人，還戴一頭花兒呢！

賈　母：（風趣地）也好！只是別也給我橫三豎四地亂插一頭！我可老風流不起來了！

【眾大笑。

熙　鳳：（又摘來一朵替薛姨媽去插）來，給姑媽也戴一朵。

姨　媽：你這淘氣鬼兒，只管擺弄別人，你自己也該戴一朵花呀！

賈　母：可是呀！平兒替你奶奶也插上一頭，好給劉姥姥作伴兒！（說罷坐瓷凳上）

熙　鳳：老祖宗何苦來耍我的猴戲呢？平兒！去摘一朵黃色菊花給我插上罷！

平　兒：好的。（去摘黃菊花替熙鳳插上）

賈　母：（笑著用手杖打了熙鳳一下）你原是個猴兒嘛！（向迎春等）你們也都來戴一朵花兒吧！

司　棋：我來替二姑娘摘朵水紅的。（摘花替迎春戴上）

侍　書：我替我們三姑娘摘朵紫紅的。（也摘了替探春戴上）

入　畫：（向惜春）四姑娘！你要什麼顏色的？

惜　春：我不想戴。（走進綴錦閣）

探　春：大家都戴，你怎麼可以一個人不戴呢？

惜　春：那麼，入畫！給我摘一朵白的來。

入　畫：好的！（摘朵白菊花替惜春插上）

賈　母：平兒！再摘一些去送給大奶奶、寶姑娘、林姑娘她們，叫各人戴一朵。

平　兒：好的。（去葡萄架下摘花，然後向綴錦閣裡門下）

賈　母：酒席都擺好了嗎？猴兒！

熙　鳳：早擺好了，只等老祖宗的吩咐。

賈　母：既是這樣，我先陪老親家逛逛，你再去預備些酒菜，等會兒咱們就在這綴錦閣上飲酒行令。你寶妹妹、林妹妹他們斯文，喜歡做詩，就叫你大嫂子陪著在裡間坐席，免得在一起他們看不慣咱們粗野。咱們也受她們的拘束。只是（向迎春等）她們姊妹三個卻要委屈一點，陪陪我們三個老人家才好。你婆婆叫她隨便愛在裡邊也好，到外邊來也好。

迎　春：這個自然，橫豎我們三個也不太會做詩。

熙　鳳：可是老祖宗還忘了安排一個人，一個心肝上的人呢！

賈　母：（真的一時想不起來了）誰？你說的是誰？

熙　鳳：老祖宗別裝糊塗了！

姨　媽：（笑）我倒猜著了，鳳丫頭的一張嘴真厲害！老太太怎麼還沒想起嗎？是誰呢？

熙　鳳：老祖宗記不起別人是常事，可這個寶貝，一時一刻也不會忘掉的。姑媽不要說，看老祖宗能裝到多早晚！

賈　母：（已經想起了，笑著用手杖敲熙鳳）猴兒！猴兒！看我不擰你的嘴！一個七十多歲的人，哪能跟你這個乳臭未乾的年輕人比記性呢？我忘了你不提醒就該打了，還奚落我！姨太太，你給評評理吧！

姨　媽：老太太不要生氣！我說卻是老太太平時把她慣壞的，少不得只有擔待些了。

賈　母：好哦！到底兒你們是姑姪娘們，我請你給我評個公道理，你反來派我的不是！

探　春：老太太不知道二嫂子的意思，她因為看見你老人家疼二哥哥，所以有些酸不溜的。

賈　母：還是我的三姑娘明白！好了，猴兒，你別吃醋了，就叫寶玉跟她表姊妹們在裡邊，回來你陪我們喝酒。

熙　鳳：這又是三妹妹給我招惹的差事！原想著今天清清靜靜地吃一頓安生酒席，這麼一來，等會兒又該給老祖宗折騰的手腳不停閒了！

賈　母：（拉熙鳳到懷裡）我的猴兒，可憐見的！我不折騰你就是，今天定讓你享享福，一年到頭也辛苦夠了。

姥　姥：瞧老太太多疼你吧，姑奶奶！

熙　鳳：（笑著打趣）可是不疼我的時候，你們就沒看見！（說罷連忙跑向閣門內下）
賈　母：（笑）猴兒崽子！也不怪我疼她，老親家，你不知道我這孫子媳婦多麼能幹，掌管這個百十口子的家，一天忙到晚；對上孝順，待下仁義真是比十個男人都中用。
姨　媽：老太太說這話就是偏心，你老人家的那兩個孫媳婦不也是挺好的？
賈　母：你說的是她珍大嫂子跟珠大嫂子嗎？唉！人倒都好，只是一個懦弱無能，一個過於忠厚；比鳳丫頭的才幹來，只怕再加上兩個也趕不上！姨太太別生氣，連你的姐姐，我的二兒媳婦，也還差她的遠呢，就是落個賢慧的名兒。
姨　媽：（點頭）我這位姐姐當初在娘家時，就是出名的賢慧，老實。
姥　姥：這樣看起來，老太太府上倒是虧了我們姑奶奶了！
賈　母：可不是嗎？要沒有她，這個家早亂成一團麻了！
姨　媽：老太太別太誇獎過了，就這她已經有些上臉子哩！

【一陣清風，傳來清晰的笙歌聲。

賈　母：（傾聽，詫異）聽！誰家娶親呢！這裡倒離街很近！
探　春：街上還遠呢，哪裡聽得見！這是咱們家的十來個女孩子在演習吹打！
板　兒：（一直在芭蕉底下玩，這會子跳出來拉住了姥姥）姥姥！我要去看娶新媳婦的！
姥　姥：（又是一巴掌）不許鬧！
賈　母：這是老親家的孫子嗎？
姥　姥：不，是外孫子！板兒，快跟老太太請安！
板　兒：（在地上瞌了幾個響頭）老太太。
賈　母：（拉起板兒）快起來！我這會子身上也沒帶錢，回來姨太太替我記住，叫鳳丫頭代我給這孩子十兩銀子的見面禮！
姨　媽：好的。老太太。
姥　姥：哎呀！老太太賞我們的錢已經夠多了！快來謝謝老太太吧，板兒！（按住板兒跪下）
板　兒：（機械又痛苦地）謝謝老太太！
姥　姥：再跟姑娘們請安！（又拉著板兒到迎春等跟前一連磕了不少響頭）

探　春：（拉起板兒）好啦，好啦！頭上都磕出一個大疙瘩來了。

板　兒：（摸摸額頭想哭，看看姥姥，又不敢。只好撇著嘴站一邊）

賈　母：到底是鄉下孩子長的結實，瞧我們家裡那群哥兒哪個比得上！

姥　姥：只是傻吃傻長，這麼大了還一個字不識呢！

賈　母：這也難怪，沒有教，怎麼識字呢？

板　兒：（不服地嘟囔著）我認得一個人字，還識得一個大字！

【眾笑。

賈　母：老親家！你瞧我們這園子好不好？（說著站起來）

姥　姥：好！好！我們鄉下人，每到了年下，都上城裡來買幅畫兒，看著那上面的景致，我們就恨不能上去逛逛。我原想著那畫兒上面的景致不過是假的罷了，哪裡會真有那樣好的地方！誰知我今兒進到這園子裡一瞧，竟比那畫兒還強十倍。要是有人能照著這園子也畫一張，讓我帶了家去給他們見識見識，死了也不冤枉。

賈　母：這有什麼難，（指惜春）我這個小女孩兒就會畫。趕明兒我叫她給你畫一張好了！四姑娘！記住這件事，少什麼東西，跟你璉二嫂子要去。

惜　春：（靦腆地）知道了，老太太！

姥　姥：（忙跑過去拉著惜春）我的姑娘！你才這麼大點兒年紀；又生得這麼好個模樣；還這麼能幹，只怕是神仙托生的吧！

惜　春：（只恬靜地微笑，沒答話）

賈　母：你還沒有看見呢，老親家！我們這裡的姑娘們一個比一個標緻，一個比一個能幹。（向探春指問亭子）三姑娘，那叫什麼亭子？

探　春：叫「沁芳亭」。老太太！

賈　母：老親家！我領你到沁芳亭去看看風景吧！

姥　姥：我正想著要去見識見識呢！

賈　母：（向司棋等）你們扶著姥姥一點，仔細青苔滑倒了！（自己說著，向前面走）

姨　媽：我來扶老太太！（扶賈母走向右臺階登上亭子）

姥　姥：（拉了板兒邊走邊說）不相干的，鄉下的路，到處都是青苔，我走慣了。姑娘不必照應我，別把

繡鞋沾了泥。（只顧仰著臉說話，猛不防底下一滑，咕咚一跤跌倒）

司　棋：（不禁拍手大笑）哈哈……姥姥不是走慣的嗎？怎麼滑倒了？

賈　母：（笑罵）小蹄子們，還不快攙姥姥起來，只站著笑什麼？

司　棋：（忙扶姥姥）姥姥摔痛了吧！

姥　姥：（笑著爬起來）才說嘴就打嘴，真是不中用。

賈　母：（在亭子上扶欄站著）扭了腰沒有？叫丫頭們捶捶！

姥　姥：老太太說的我這麼嬌嫩？在鄉下哪一天不跌兩跤？都要捶起來，還了得呢？

【說著攙板兒走向石階。

板　兒：（一眼瞧見葡萄架上的葡萄，又嚷著）姥姥！我要那上頭的玻璃子兒！我要那上頭的玻璃子兒！

姥　姥：（又是一巴掌）小饞鬼兒，再鬧我就打死你！

賈　母：那是葡萄，乖乖！等熟了摘給你吃！

板　兒：（揉揉眼睛想哭，看看姥姥，又不敢哭，忍氣吞聲地跟著）

姥　姥：（站亭上，倚著欄杆東張西望）哎呀！真是太好看了！我做夢也沒夢見過這種地方！

賈　母：（指著一處）那有一堆綠蔭蔭竹子的地方，叫「瀟湘館」，是我的外孫女林姑娘住的。前面有籬笆牆種著許多花草的地方，叫「怡紅院」，是我孫子寶玉住的。那有池塘的地方叫「紫菱洲」，是我這二孫女住的，旁邊一座雕花大房子，叫「蓼風軒」，是我這小孫女住的。那有許多芭蕉的地方，叫「秋爽齋」，是我這三孫女住的。那遠遠被玲瓏山石圍著的幾間房子，叫「蘅蕪院」，薛姑娘住在那裡。東邊一帶茅舍，有些像你們鄉下住的地方，叫「稻香村」，我的大孫子媳婦住在那裡。

姥　姥：（驚歎）這哪裡是人住的地方？簡直是蓬萊仙境！老太太說了好多名字，我也記不得，還是讓我仔細看看景致好了！（走著流覽著）

賈　母：叫丫頭們領著你到後邊去逛逛！

姥　姥：（向司棋）就麻煩姑娘給我帶帶路吧！

侍　書：姥姥仔細再跌跤呀！（司棋、侍書，隨姥姥亭後

下。入畫留在賈母身邊）

姨　媽：老太太也坐下歇歇吧！（扶賈母坐欄後）

惜　春：（見賈母等去後，慢慢走到閣外）像這樣的日子，真沒意思！（說著走到池塘沿，坐在石欄上）

探　春：你快中了妙玉的魔了！成天價這沒意思，那沒意思，可倒是怎樣才有意思呢？妙玉，她是出家人，所以看得四大皆空，你怎麼能跟她比？

惜　春：（冷靜地）我雖然沒有出家，可我想出家！如今辦不到，我只願每天吃三頓安生飯，我不煩別人，別人也別煩我；讓我能夠過些清靜日子，閒的時候，下下棋、繪繪畫、看看書、寫寫字，這樣我就心滿意足了！（說著，一面撫弄殘荷枯莖）

探　春：（不以為然）小小年紀，盡說些糊塗話！

迎　春：也奇怪，四妹妹是最不愛說話的人，就只和妙玉談得投機。

探　春：這或許是一種緣——一種佛「緣」吧！

【這時香菱歡躍地從綴錦閣門內跑出來。穿著一件粉綠色緞夾襖，繫一條淺黃色絲絛子，乳白色綾裙子。頭上戴一朵淺黃菊花。

香　菱：三姑娘！三姑娘！大奶奶和我們姑娘，還有林姑娘、史姑娘、寶二爺他們正在商議組詩社的事，叫我來請二姑娘、三姑娘快去。

惜　春：（低聲地）可是老太太叫我們三個在這裡陪他們，怎麼能走開呢？你去告訴大奶奶他們，只叫他們先商議著吧，橫豎我們要加入的。

香　菱：大奶奶說，姑娘們要是不能去，等會子請三姑娘記著也拉了璉二奶奶入社。

探　春：（點頭向迎春微笑）我明白！虧了大嫂子想得周到。等會子她來了，我就說請她作咱們詩社的監察禦史。

迎　春：妙！只是，如果璉二嫂子若明白這是叫她花錢的事，她一定不幹！

探　春：不幹也要她幹，由不得她。

香　菱：看見你們組詩社，我真眼紅！我也要發憤學做詩了。

探　春：趕快學吧，等學會了，也好加入我們的詩社。

香　菱：對！我回去就請我們姑娘教我！只是怕她嫌麻煩。

迎　春：（直率地）你們姑娘不教你，你就去拜林姑娘為師，林姑娘做的詩，比你們姑娘做的還要好些！

探　春：（世故地）二姐姐也不能這麼說，他們兩人各有其長，寶姐姐的詩持重、淳厚；林姐姐的詩清麗、自然。香菱！你能把他們兩人的長處，都學到就好了。

香　菱：這可難了！

迎　春：「有志者事竟成！」你又是個聰明人，包你學上一年半載就會做了！

香　菱：（天真地拍手笑著）這樣說，我一定用心學。但願不到半年就會了！

迎　春：（笑）好性子好急呀！

香　菱：（忽然注意惜春，走向身邊）四姑娘呆在這裡想什麼！

惜　春：（轉身回頭，微笑地）沒想什麼，不過在琢磨將來畫這大觀園時，應當從哪裡下手，應當怎樣佈局。

香　菱：怎麼，四姑娘要畫園子圖？這樣哪裡還有工夫加入詩社呢？

惜　春：這倒不要緊，橫豎我也不大會做詩。

探　春：不管怎樣，總得遵守社的規矩。前些時在「秋爽齋」偶結海棠社的時候，大嫂子不是定了規矩，如果誰有事不能到社，誰就得告假？

惜　春：那麼我就告一年的假。香菱代我跟大奶奶說聲。

迎　春：怎麼會要這麼久？

惜　春：一年也未必能畫得完呢！這麼大的園子，山石樹木，竹籬房舍，加上人物花草，樣樣俱全，單是起稿子也得兩三個月；再加著色，點綴，至少要一年光景才行。

探　春：好吧，香菱，就照著四姑娘的話跟大奶奶他們說一遍，看他們答應不答應。

【這時清風吹落了賈惜春頭上戴的花到池塘裡。

香　菱：哎呀！可惜了的！四姑娘頭上的白菊花吹到池子裡了！

惜　春：（沉吟）「飛花逐流水」！（說罷感慨地歎口氣，走進綴錦閣）

香　菱：（拍手笑著）好詩！好詩！四姑娘先頭還說不會做詩呢！可見得是謙虛。

惜　春：信口胡謅！算不得什麼詩。只是再好的花，落下來，都要隨著流水漂到不知去向的地方！

熙　鳳：（邊說邊笑著自綴錦閣內門出來）老太太上哪裡去了？怎麼就剩你們姊妹三個？

迎　春：（指沁芳亭）瞧！那不是老太太嗎？

熙　鳳：喲！原來帶著劉姥姥看風景去啦！（說著就要走向閣外）

探　春：（一把攔住熙鳳）等等，二嫂子！有兩件事跟你商議。一件是我的，一件是四妹妹的，還夾著老太太的話呢。（說著悄悄向香菱使眼色）

熙　鳳：（笑著打了探春一下）這些事什麼要緊？回來再商議不行？這會子我還得去侍候老太太呢！（又要走）

探　春：（不放）不行，橫豎沒有幾句話，等我說完了，你應允了，再放你去。

熙　鳳：好個厲害的三姑娘！你就快說吧！

探　春：第一件事，我們起了個詩社，頭一次，人就到不齊，大家臉軟，亂了例壞了規矩，也不好說什麼，我想著，必得你出來做個監察禦史，鐵面無私地憑公賞罰才行。第二件事，老太太叫四妹妹畫園子圖，可是用的東西，有這沒那的，老太太叫跟你要。

熙　鳳：（笑著說）別跟我尋開心了！我又不會做什麼濕呀，乾的。要是你們請我吃東西嘛，倒可以。

迎　春：（笑向香菱）給我猜著了吧？

探　春：不要緊，二嫂子！你不會做詩，我們也不硬叫你做，只是給你個官名義，監察著我們詩社的人，不許大家偷懶怠惰就行了。

熙　鳳：（笑著打趣）你也不用哄我了！我已經猜著了，哪裡是請我做監察御史，分明是叫我做個進錢的銅商罷了。你們弄什麼詩社，必是要輪流做東道的；你們的錢因為不夠使，就想出這個法子，勾引我去，好讓我陪著花錢。是不是？三姑娘？

迎　春：（笑）二嫂子果然猜著了！

探　春：你真是個水晶心肝，玻璃人兒。（向香菱使眼色）

香　菱：璉二奶奶倒是願不願意呢？

熙　鳳：怎麼你這小蹄子也有份嗎？瞧這副著急的樣子？

香　菱：不是我著急，是大奶奶和我們姑娘們急著等璉二奶奶的回話呢！

熙　鳳：鬧了半天，大嫂子也夾在裡頭起橫！好吧，你去告訴她，就說我罵她呢！虧了她還是個大嫂子，既然老太太叫她帶著姑娘們玩兒，這會子起詩社，能用幾個錢？她就不管了，她一個月十兩月銀，比我們多兩倍；老太太、太太還可憐她寡婦孤兒的，又足足添了十兩銀子，如今和老太太、太太平等了。另外還有地，收租子；年終分年例，主子奴才吃穿仍舊歸大官中發給。統共算起來，也有四五百兩銀子的積蓄，拿出個一二百兩銀子給姑娘們玩玩，也像個做大嫂子的身分，怎麼倒有臉來挑唆著大夥兒鬧我！

探　春：你瞧你這張嘴，我才說了幾句話，你就說了這兩大車的無賴話。真正的泥腿世俗，專會打細算盤！還虧了你也是詩禮官宦出身的千金小姐，竟這麼下作！我的事，你就硬扯到人家大嫂子身上。如今爽快點說一句！幹，還是不幹？

熙　鳳：幹！我的三姑娘！我還敢說個不字嗎？只是仔細將來你做了別人的嫂子時，你的小姑也會這樣挾制你的！（說罷跑開）

探　春：（笑著追過去）二嫂子！我非擰你的嘴不可！

熙　鳳：好姑娘！饒了我這一次，下回再也不敢了！

探　春：還有，四妹妹的事你辦不辦？

熙　鳳：四妹妹的事，總該不是馬上就辦吧？東西倒有，都鎖在後樓底下呢！

探　春：既是這樣，我知道鑰匙在平兒身上，我就去叫她開門拿出來！

熙　鳳：好姑娘！人家四妹妹都沒著急，何苦來你偏要逼我的命呢？等我空了，再去仔細撿出來，送給四妹妹就是。

惜　春：（笑著）原不等著用，三姐姐！就讓二嫂子空了再去撿點吧！

熙　鳳：瞧！還是四妹妹疼我。

探　春：詩社的事怎麼辦呢？

熙　鳳：詩社當然加入。我要是不花這幾個錢，豈不是變成這大觀園的反叛了嗎？除非我不想在這裡吃飯了。好啦！明兒一早就上任，下馬拜了印，就給你們放下五十兩銀子辦酒席做東道。不過，我是個俗人，又不會吟詩作賦的，監察也罷，御史也好，橫豎你們只要的是錢，還愁你們會攆我出來嗎？

香菱：（拍手大笑）好了！好了！我去回大奶奶他們，叫他們提防著些兒，明天一早監察御史爺就要上任了！（說罷跑向綴錦閣內門下）

熙鳳：這會子總該放我去了吧，三姑娘！

迎春：好了，三妹妹！我來替二嫂子講個情，放她走吧！

探春：走吧！走吧！只是仔細這兩件辦不到，我還有的給你麻煩！

熙鳳：（跑著走向亭階）只管麻煩吧！橫豎將來也有人麻煩你的；那時候才叫我看著開心！

探春：（追過去）越說越上臉了，瞧我不來撕你的嘴才怪。

賈母：（一直在和姨媽低聲說話，這時聽見她們吵鬧，扭過頭來俯視）怎麼啦？鳳丫頭，又欺負你三妹妹作什麼？

熙鳳：老祖宗總是向著孫女兒，怎的孫子媳婦是外人麼，明明三妹妹在欺負我，偏說我欺負三妹妹。

賈母：別鬧了，算是我欺負你行不行？（向姨媽）姨太太！我們也該下去了！

賈母：（又向亭內叫）老親家，到綴錦閣來吃酒吧！（說著扶入畫走下石階）

姥姥：（應著）就來了，老太太！（說時已走出亭外）

熙鳳：（忙走去攙賈母）起風了，老祖宗冷不冷？

賈母：不冷！等會子再喝幾盅酒，只怕還要熱起來呢！

【司棋、侍書扶到劉姥姥下石階，板兒拿著一根棍兒跟在後面。

熙鳳：劉姥姥這下子可算是井底青蛙見了天吧？

姥姥：真的！我活了八十二年，今兒能看見這麼好的景致，死了也不冤枉！

賈母：老親家也該累了，到裡邊坐著歇歇。（走進綴錦閣）

姥姥：哪兒的話！在鄉下，還不是一天到晚手腳不得閒。（攜板兒走進綴錦閣）

賈母：鳳丫頭！叫那些文官女孩子們在沁芳亭唱唱曲子助助興兒吧！

熙鳳：好的。司棋！你去叫平兒關照文官他們一聲。再叫平兒，就把酒菜拿來。（走進綴錦閣）

探　春：叫侍書、司棋他們拿好了，橫豎也是閒著沒事，平兒還要張羅外邊。侍書，你同司棋去幫幫忙吧！（說罷拉著迎春走進綴錦閣）

侍　書：好的。

熙　鳳：侍書！你來！（走到靠窗邊低聲地）叫鴛鴦把那雙老年的四楞象牙鑲金筷子拿出來。（說罷又嘰咕了些什麼）

侍　書：（笑著走了）知道了。

【司棋同下。

賈　母：（躺炕榻上）老親家也來躺躺！

姥　姥：（坐炕榻一旁）不！這樣舒服的炕，一躺下保不住就睡著了！

賈　母：（向熙鳳）回來把酒菜就擺在各自坐的茶几上，自酌自飲，倒自在些，免得擠在一張桌子上受拘束。鳳丫頭就坐在我前面這張繡墩上。

熙　鳳：瞧！老祖宗已經打算折騰我了！

賈　母：小猴兒！叫你跟我坐近點，是疼你，並不是想折騰你，懂不懂？

姨　媽：（坐炕榻左端幾旁上首椅）鳳丫頭越來越不知好歹了！

探　春：（坐姨媽下首椅）二嫂子其實是故意地慪老太太，姨媽只別信她！

賈　母：三丫頭的話不錯，到底比我們上年紀人明白些。

迎　春：（坐炕榻右端几旁上首椅）三妹妹和二嫂子兩個，一個比一個精明，也一個比一個厲害！

惜　春：（坐迎春下首椅）所以她兩個到一起就打架。

熙　鳳：（幽默地）幸虧菩薩保佑，我還有兩個好小姑子，要都像三妹妹似的，只怕我王熙鳳早給逼得上吊去了！（坐繡墩上）

【眾笑。這時司棋、侍書把菜盤、酒壺、杯箸分置各人幾上，特別把一雙象牙鑲金筷子和一盤子鴿蛋放在劉姥姥面前，又替他們一一斟了酒，站在一邊。這時，沁芳亭傳來清晰的悠揚樂聲。

賈　母：（坐起來拿著筷子）老親家請隨便吃點東西吧！

姥　姥：（拿起筷子，怪不伏手，看了看自言自語地）這筷子比我們的鐵鉗還沉！（說罷伸手欲去夾鴿蛋）老太太這裡的雞也是俊的，下的蛋小巧玲瓏！

熙　鳳：（取笑）一兩銀子一個呢！你快嘗嘗吧，這是鴿子蛋。冷了就不好吃了！

板　兒：我要吃雞蛋！姥姥！

姥　姥：快坐在姑奶奶旁邊，等我來給你夾！（按板兒坐熙鳳旁另一個繡墩上。然後去夾鴿蛋，再也夾不起，滿碗亂滾，最後夾起了，剛要吃，一滑手又掉了。正要下來找，被司棋拾起丟了）哎呀！可惜了的，一兩銀子也沒聽見個響聲就沒了！

【眾大笑，有的只噴菜，有的直不起腰來，有的拍手。

賈　母：這都是鳳丫頭促狹鬼兒攛弄老親家，又不是請客，又不擺筵席，平白拿這雙筷子作什麼？司棋，快去換了。

司　棋：是！（拿著進去換了一雙烏木鑲銀的來）姥姥試試看，這雙合用了吧？

姥　姥：去了金的，又是銀的！到底不及我們那個木頭的伏手。（說罷一連夾了幾個鴿蛋吃）真好吃！活了一輩子，別說吃，見也沒有見過這些菜。（又夾了些菜到碗裡給板兒）下作孩子，慢點兒吃，仔細噎住了。

賈　母：老親家，喝兩盅熱酒吧！（說著自飲一杯，又斟一杯）最好咱們行一個酒令才有意思！

姨　媽：老太太自然有好酒令，我們如何會，分明老太太要灌醉我們罷了！

賈　母：姨太太怎麼今兒這麼謙虛？

姨　媽：不是謙虛，實在是怕行不上來，倒叫人笑話。

熙　鳳：行不上來，只是多吃一盅酒，醉了睡覺去，還有誰會笑話姑媽呢？

姨　媽：（點頭笑著）好吧！只是老太太到底要先吃一杯令酒才是！

賈　母：這個自然（說著先吃一杯）。只是行令少不了鴛鴦，鳳丫頭叫司棋喊她來吧！

熙　鳳：老祖宗今兒就放鴛鴦去自在一會子呢！如今有我在這兒，少不得由我代替她當一次司令官。老祖宗要是一定鴛鴦來呢，那麼我走，倒是樂得去喝的自在些。（說著就故意站起要走）

賈　母：（忙按住熙鳳）我的猴兒，我少不了你。就依你好了，不叫鴛鴦來。只是行什麼令呢？

熙　鳳：鴛鴦已經告訴我了，說要行骨牌令。行令之後，酒令大似軍令，不論尊卑，唯我是主，誰違了令，一律受罰！

賈　母：一定如此，你就快些說吧！

姥　姥：（忙跳下炕榻，連連擺手）別這樣捉弄我們鄉下人吧！我也不吃了，我這就回家去了。（說著就拉板兒要走）

熙　鳳：（一把拉住，笑著）這會子由不得你了！

姥　姥：（急的只作揖）好姑奶奶饒了我吧！

熙　鳳：再多說話，就罰一壺酒！

探　春：劉姥姥只管別怕，有我幫著你好了！

姥　姥：阿彌陀佛！謝謝姑娘！

熙　鳳：如今我就從老太太起，順著下去，到劉姥姥止。比如我說一副骨牌，將這三張牌拆開，先說頭一張，次說第二張，再說第三張，最後合成一副牌的名字。我每次說完了，你們無論用詩詞歌賦，成語或俗話，比上一句，但都要押韻，錯了罰一盅。

賈　母：（興致勃勃）有趣！快說吧！

熙　鳳：（想了想）左邊是張「天」！（骨牌的十二點名「天牌」）老祖宗比上一句吧！

賈　母：（略一思索）頭上有青天！

姨　媽：老太太果然比得好！

【探春、迎春、惜春等均贊好奉迎。

熙　鳳：當中是個「五合六」。

賈　母：六橋梅花香徹骨。

熙　鳳：剩了一張「六合么」。

賈　母：一輪紅日出雲霄。

熙　鳳：湊成便是一們蓬頭鬼！

賈　母：這鬼抱住了鍾馗的腿。（說罷喝一盅）

【眾笑著連聲喝采。

熙　鳳：現在該輪到二妹妹了！（想想）左邊「四五」成花九。

迎　春：桃花帶雨濃。

熙　鳳：（笑）錯了韻了！該罰一盅酒。

迎　春：（羞慚地喝了一杯酒）我原不會這個酒令，下邊就讓四妹妹行吧！

惜　春：我也不會，甘願受罰！（說罷也喝了一杯酒）

熙　鳳：也好。那麼三妹妹可不許賴了！（稍一思索）左邊「長么」兩點明。

探　春：（隨口應對）雙懸日月照乾坤。

熙　鳳：右邊「長么」兩點明。

探　春：閒花落地聽無聲。

熙　鳳：中間還得「么四」來。

探　春：日邊紅杏綺雲栽。

熙　鳳：湊成一個櫻桃九熟。

探　春：御園卻被鳥銜出。（飲了一杯酒）

熙　鳳：該輪到姑媽了。左邊是個「大長五」。

姨　媽：（思索一下）梅花朵朵風前舞。

熙　鳳：右邊還是「大長五」一張。

姨　媽：十月梅花嶺上香。

熙　鳳：當中二五是「雜七」。

姨　媽：織女牛良器會七夕。

熙　鳳：湊成二郎遊五嶽。

姨　媽：世人不及神仙樂。（說罷飲酒）

賈　母：姨太太這麼會行令，先頭還謙虛。

姨　媽：不過是順嘴胡謅罷了。

熙　鳳：劉姥姥！該著你了。

姥　姥：我們莊家閒了時，也常弄這個，但不像你們說的好聽。如今我也試試看。

探　春：容易的很。你只管大著膽子說好了。

熙　鳳：劉姥姥聽著，我就說了。左邊大四是個「人」。

姥　姥：（故意想了半天，皺著眉頭問）是個莊稼人吧？

【眾哄堂大笑。

賈　母：說的好，就是這樣說下去吧！

姥　姥：姑娘們別笑，再笑，我就越發不會說了。

熙　鳳：中間「三四」綠配紅。

姥　姥：（又想了想）大火燒了毛毛蟲。

迎　春：（笑）到底是莊稼人，說的也是莊稼話。

熙　鳳：右邊「么四」真好看。

姥　姥：一個蘿蔔一個蒜。

【眾又大笑。

熙　鳳：湊成便是一枝花。

姥　姥：（兩手比劃著）花兒落了，結果大倭瓜。（又飲一杯酒）

【眾人笑得前仰後合。

熙　鳳：姥姥說得好，該多喝一點酒，來，我敬你一杯！

（斟一杯站起飲盡）

姥　姥：（也飲了一杯）我瞧，還是換個木頭盅子給我吧，我的手腳笨，又喝了酒，仔細失手打了這瓷盅子，可惜了的。

熙　鳳：好的。（向侍書）去叫平兒把那個黃楊木雕花大杯拿來。

侍　書：是。（下）

賈　母：說是說，笑是笑，酒不可多喝了，等會兒木盅子拿來，老親家只喝這一盅就夠了。

姥　姥：不要緊，老太太！你們這酒蜜水兒似的甜，多喝點子也無妨。

侍　書：（取米飯碗大小的木酒杯）二奶奶！酒杯子拿來了。

熙　鳳：（接過來滿斟一杯給姥姥）這你該放心喝了吧！

姥　姥：唉喲！這哪裡是酒杯，這是飯碗嘛！好姑奶奶！饒了我吧！

熙　鳳：不行，你自己要來的，就是盆！也得喝！（說著就去灌）

姥　姥：這才是自找苦吃呢！（兩手捧著，只好一口口喝了）

賈　母：慢點，不要嗆著了。鳳丫頭專會捉弄人，還不快給姥姥夾些菜吃！

熙　鳳：（夾菜送到姥姥面前）多吃點菜吧，姥姥！

姥　姥：（笑著）今兒可是酒醉飯飽了！

姨　媽：姥姥，你聽亭子上唱的戲曲好不好？

姥　姥：不是姨太太提起我倒忘了，這耳朵也聾了，讓我到門外去聽聽看。（說著踉蹌地拉著板兒走出綴錦閣）

賈　母：仔細摔著了，司棋去扶著點兒！

司　棋：好的。（忙追出扶姥姥）

姥　姥：（坐在瓷凳上傾聽）這戲曲真好聽，可惜看不見。

司　棋：你要看也容易，我陪你老人家到亭子上去。

姥　姥：倒要見識見識。（站起來走不兩步忽然彎腰）不得了，肚子痛，請姑娘給我張紙吧。（說著就解衣欲蹲下去）

司　棋：（一把拉住）這裡使不得！姥姥！我帶你到茅廁去吧。（扶姥姥走向葡萄架）

姥　姥：（回頭向綴錦閣嚷著）老太太！我去瀉瀉肚子就

來！（隨司棋下）

【眾大笑。

賈母：劉姥姥一定醉了！都是鳳丫頭促狹鬼坑害的。

姨媽：老太太也該歇歇了。

賈母：（站起來）累倒不累，只是口渴得很！咱們上櫳翠菴去找妙玉泡點好茶吃。鳳丫頭就在這裡等著劉姥姥回來一道去，我和姨媽帶著他們先去。

探春：讓二嫂子陪老太太去吧！我和二姐姐四妹妹在這裡等劉姥姥好了。

賈母：也好！那麼鳳丫頭來吧！（扶姨媽走向裡門下）

熙鳳：（指著探春笑）你就怕我安生一會兒！（說罷打了她一下隨賈母下）

惜春：虧了三姐姐說了一句，不然不知又要鬧到什麼時候呢？真膩煩，如今我可先回屋去了。（說罷向外走）

迎春：那麼櫳翠菴你不去嗎？要是老太太問呢？

惜春：這麼多人去，妙玉一定不高興，所以我不去了。你只告訴老太太說我回去起園子圖兒的畫稿了。（向葡萄架下）

【入畫隨惜春下。這時香菱、平兒自綴錦閣內門上。

香菱：（喜悅地）三姑娘，我已經拜林姑娘為師父了！

探春：好得很！二姐姐，咱們去恭喜林姐姐收了這樣好一個徒弟！

香菱：林姑娘他們跟老太太上櫳翠巷喝茶去了。我告訴了他們璉二奶奶應允加入詩社的事，他們高興得了不得。

平兒：老太太叫我來等劉姥姥，二姑娘跟三娘也去吧！

迎春：三妹妹要去嗎？我是不想去了。四妹妹的話不錯，妙玉是個怪脾氣人，咱們去這麼一大夥兒，她會不高興的。

探春：那麼咱們就不去了。

司棋：（慌慌張張自葡萄架後跑來嚷著）不得了！劉姥姥喝醉了，這會子正睡在怡紅院寶二爺的床上大鼾呢！

迎春：你怎麼不喊她起來？

司棋：我送她到茅廁裡，等了半天不出，我就找鴛鴦姐姐去說幾句話，等到回來時，她已經不在茅廁裡了，好容易找到怡紅院，看見她睡得任怎樣叫她也不醒，拉又拉不動，小丫頭子一個也不見。

平　兒：真不該把人家灌醉了！怪可憐的！我們趕快去拉起她，不要給寶二爺看見了。

司　棋：好吧！（急同平兒下）

【探春搖搖頭向裡門下。

——幕徐落

第二幕

時　間：暮春的一天下午

地　點：北京賈府大觀園

人　物：香菱、賈探春、賈迎春、賈寶玉、侍書、趙姨娘、司棋、潘又安

布　景：同第一幕。只是綴錦閣陳設稍異，門簾換了松綠色的。

【幕啟。花草茂盛，遍地新紅嫩綠。池塘伸出荷葉如掌。芭蕉下滿是月季和玫瑰。香菱穿一件藕荷色綾夾襖，淺黃色綾背心，石榴紅色的綢裙子。正拿著一本詩坐在池塘石欄上搖頭晃腦朗誦，忽而沉思咀嚼，忽而笑容可掬。賈探春穿一件肉紅色綾夾襖。賈迎春穿一件松綠色綾夾襖，正在倚著沁芳亭的欄杆伏視香菱悄悄發笑。

香　菱：（一字一字沉著地朗誦）「大漠孤煙直，長河落日圓。」（合書仰首思索自語）乍看，煙。如何會直？太陽自然是圓的？這「直」字似乎沒有什麼道理；這「圓」字又似乎太俗氣；但閉上眼仔細想想，倒好像真看見這景致了；難為這兩個字用的恰當，竟再找不出更好的兩個字來。（又看書朗誦）「日落江湖白，潮來天地青。」、「渡頭餘落日，墟裡上孤煙。」這「白」字，「青」字，「餘」字，「上」字，也實在形容得盡了！

探　春：（笑著說）難為你沒有白用心，總算領略了詩的祕訣。只是你說「上孤煙」好，其實不知道他這一句還是套了前人來的。

香　菱：（忙站起驚喜地）難道還有更好的，是誰作的？

探　春：陶淵明作的：「暖曖遠人村，依依墟裡煙。」你剛才念的，就是由此而來。

香　菱：（琢磨）「暖暖遠人村，依依墟裡煙。」果然「上」字是從「依依」化出來的，真是更現成自然得多了。

迎　春：（誇讚）你已經會心了！不必再講，你就作起來吧。（說著走下石階）

探　春：明天我就補一張柬，請你加入詩社，如今多一個

詩翁，更熱鬧了！（隨迎春走下石階）

香　菱：姑娘們何苦打趣我？我不過是平日看著你們作詩，心裡羨慕，才學著玩玩罷了。

探　春：誰不是玩兒，難道我們是認真作詩嗎？若說我們是認真作詩，出了這園子，把人家的牙都會笑掉了！所以你不必害怕，只管作一首試試。

香　菱：昨兒晚上，林姑娘就叫我以月亮為題，用十四寒的韻，學作一首七言律。害得我翻騰一夜沒睡覺，今兒就胡謅了幾句給她看了，哪知林姑娘說：「意味還有，只是措詞不雅，皆因讀的詩太少，文路窄狹，叫我放開膽子再去作一首。」可是這一整天了，從早到如今，茶飯無心，坐臥不定；只管一勁兒思想，也沒有想得一句好的，正為著難呢。

迎　春：作詩本是一件不容易的事，你先別灰心，再用工夫就行了。（坐瓷凳上）

香　菱：剛才倒是有了一首，只是自己也覺得不好，還沒敢去告訴林姑娘呢！

探　春：你就先念給我們聽聽看。

香　菱：也好，姑娘先評評，要是覺得還可以，我就念給林姑娘聽；要是覺得不行，趁早不去討師父的沒趣。（想了想，念詩）「非銀非水映窗寒，從看晴空護玉盤。淡淡梅花香欲染，絲絲柳帶露初乾。只疑殘粉塗金砌，恍若輕霜抹玉蘭。夢醒西樓人跡絕，餘容尤可隔簾看。」（念後向探春）三姑娘！你說這首詩怎麼樣？

探　春：（稍一思索）我聽著還過得去，沒什麼大毛病，只是林姑娘比我高明，你還是去請教她才好。

香　菱：（高興）既然姑娘覺得還不太壞，那麼我也膽子壯一點。我這就去請教林姑娘！（說罷匆匆走向葡萄架後下）

探　春：（讚歎地）真是孜孜不倦，其志可嘉。

迎　春：寶妹妹昨天還笑她，這程子簡直像入了魔似的，日裡夜裡手不釋卷，再下去怕會累病呢！

探　春：但願老天不負苦心人！

迎　春：三妹妹近來作詩沒有？

探　春：自從上元節二嫂子生病，太太把家務交給大嫂子和我掌理以來，別說作詩，連看書的工夫都沒有，幸虧還有寶姐姐幫忙，不然更要命。剛才覺得有點頭痛，所以叫大嫂子留在小花廳辦事，我就約了你出來疏散疏散，這會子才好些了！

迎　春：咱們家，人多事雜，本來難以管理。虧了你能幹，若是擱在我身上，只怕不單是頭痛，命都要送掉了！

探　春：（笑）現在總算就緒了。起初，底下人們看見大嫂子是個賢慧厚道人，自然比二嫂子好搪塞，處處都想懈怠。後來看見我雖不及二嫂子精明，也還精細、認真，因此才漸漸不敢怠慢了，只是要落個惡名聲了！（說著走進綴錦閣）來到綴錦閣，就想起上次劉姥姥大鬧園子的笑話。真有趣。

迎　春：（也走上綴錦閣）為了劉姥姥的一句話，老太太叫四妹妹畫的園子圖兒，不知道如今怎麼樣了。

探　春：前些時看見她還在描繪人物。等會兒咱們約了林姐姐他們一起去瞧瞧。

【這時侍書穿一件桃紅色綾夾襖，匆匆出現於沁芳亭上。

侍　書：三姑娘！三姑娘！（邊走邊找，邊下石階）

探　春：什麼事？我在這裡！

侍　書：（忙進「綴錦閣」）剛剛吳新登的媳婦來回大奶奶說，趙姨奶奶的兄弟趙國基昨天不在了，老太太、太太都已知道，叫回太奶奶跟三姑娘。

探　春：（淡淡地）大奶奶怎麼說？

侍　書：大奶奶說，前兒襲人的媽死了，聽說是賞銀四十兩，趙姨奶奶的兄弟就也賞他四十兩好了。吳新登的媳婦答應著就拿了對牌走了。如今大奶奶叫我來回三姑娘，問問這樣可以麼？

探　春：（皺眉思索，嚴肅地）你快叫吳新登的媳婦先別支銀子。叫她去把舊帳拿來給大奶奶查查看查看。往年老太太屋裡的幾位老姨奶奶，也有家裡的，也有外頭的；家裡的死了人賞多少，外頭的死了人賞多少；請大奶奶按著老規矩辦事，萬不能隨隨便便的賞。

侍　書：是！（又向沁芳亭後走去）

探　春：瞧！我就離開這一會兒，他們想蒙蔽大嫂子。其實，吳新登的媳婦又何嘗不知道老例子，可她偏偏故意不說出來。我看老例子未必有四十兩銀子。

迎　春：不過，大嫂子也是為了你，她想著趙姨娘是三妹妹的生母，賞少了怕對不住你。

探　春：我可不那麼想，官中事不應當徇私，任他是誰，我都要丁是丁，卯是卯的認真辦。

迎　春：你要是這樣，趙姨娘一定會生氣的。

探　春：（堅定地）我也管不了她，橫豎我是憑公辦理。我雖是她生的，可我是太太養大的。生身之恩固然大，養育之恩更大！她是個不明白的人，我我不能跟著她糊塗。太太既然信任我，叫我幫助大嫂子掌管家務，我就得認真的好好作，才不辜負太太這番疼我的心腸。

迎　春：（感慨地）唉！我們兩人的命運一樣，只是你比我強，有太太疼你，……（說不下去，黯然泣下）

探　春：不過，周姨娘卻比我們這位趙姨娘安分的多，雖然大太太待你不好，但如今你常住這裡，有老太太疼你也是一樣。你不要難過，諸事往寬處想。說起來像咱們這樣大戶人家，看著不知有千金萬銀，何等快樂，其實，倒不如小戶人家，雖然寒微，倒是娘兒們歡天喜地的過安生日子！

香　菱：（怏怏地垂首喪氣，自葡萄架後，慢步走出）

探　春：（看見香菱，拉迎春推窗外眺望）二姐姐！快來瞧香菱這個呆頭呆腦的樣子！

迎　春：（笑）一定是她的詩又被林妹妹褒貶了！

探　春：我來問她。（喊著）菱姑娘！師父看了你的詩怎麼說？

香　菱：（無精打彩地）林姑娘說，這一首詩不好，過於穿鑿了，叫再作一首。說罷仍坐池沿石欄上）

探　春：（向迎春）瀟湘妃子也忒認真了！菱姑娘，你就閒閒吧，別盡只想了。

香　菱：（迷茫地）「閒」字是十五刪的，錯了韻啦！（頭倚芭蕉半躺著，目不斜視耳不側聞）

探　春：（笑）哎呀！不得了，你可真著了詩魔了！

迎　春：別逗她了，讓她想去。

侍　書：（匆匆自沁芳亭後上）姑娘！

探　春：辦好了嗎？

侍　書：（走進綴錦閣）我去了就把姑娘的話告訴大奶奶，又叫吳新登的媳婦拿了舊帳給大奶奶看，大奶奶看了說是：從前兩個家裡的姨奶奶都是賞二十兩。兩個外頭的賞四十兩。另外還有兩個外頭的賞過一百兩，六十兩。但他們一個是因為省遷父母靈柩，所以加了六十兩。一個是因為現買墳地安葬，所以加了二十兩。大奶奶就照著這個老規矩，賞了二十兩給趙姨奶奶；誰知趙姨奶奶大發脾氣，立刻跑去跟大奶奶吵鬧。大奶奶說是姑娘叫按老例子辦，她就要來找姑娘來了。

探　春：鬧就讓她鬧吧，橫豎我不能徇私。

【這時趙姨娘果然哭哭啼啼地從沁芳亭後走來。穿著一件藍色綾夾襖，月白色綢裙子。

姨　娘：三姑娘在這裡嗎？（進了綴錦閣）

探　春：姨娘有什麼事？

姨　娘：（坐下來哭訴）這府裡的人都踹下我的頭去了，姑娘，你也該替我出出氣才是呀！

探　春：（假裝不知）姨娘這話是什麼意思？我竟不懂，倒是誰踹了姨娘的頭呢？說出來我好替姨娘出氣。

姨　娘：（摔了把鼻涕眼淚，忿忿地）姑娘既是不懂，我就明說了，現在連我親生的女兒也踹我的頭，你叫我怎麼辦？

探　春：（站起變色）我幾時敢踹姨娘來著？

迎　春：（也站起趨姨娘身邊勸解）姨娘不要錯怪三妹妹，我知道三妹妹從來沒有這種心。

姨　娘：（悻悻然）我在這府裡熬油似的，熬了這麼大年紀，只生了你兄弟跟你兩個人；可是熬到如今，連襲人都不如，我還有什麼臉呢？就是你自己也不光彩呀！

探　春：（勉強笑著）原來為這個，這又何嘗是我要踹姨娘？這是祖宗手裡立的規矩，人人都依著，偏我改了不成？至於賞襲人四十兩銀子，也不僅她如此，將來環兄弟收了外頭的女孩兒，也照樣。這本不是什麼爭大爭小的事，講不到有臉沒臉的話上。襲人是太太的奴才，我是按著老例子辦，你們說辦的好呢，就該領祖宗的恩典，太太的恩典；說辦的不好呢，那是你們糊塗不知福，也只好隨你們抱怨去。太太就是把房子都賞了你們，我沒什麼「有臉」之處；一文不賞，我也沒什麼「沒臉」之處。依我說，姨娘安靜些，養養神，何苦只管多操心！太太滿心疼我，都為了姨娘每每生事，幾次寒心。如今看重我，才叫我幫大嫂子照料家務，還沒做好一件事，姨娘倒先來作賤我。我但凡是個男人，可以出得去，我必早走了，自己去立一番事業，那時也落得個逍遙快活；偏偏我是個女孩子，一步不能行動，一句不能亂說。想起來，真活著沒意思。（說罷不禁傷心落淚）

姨娘：既是太太疼你，才越發該拉扯拉扯我們，可你只顧討太太的喜歡，就一點也不顧我們受欺負。

探春：你們何嘗受欺負？天下沒個主子不疼得力的用人，可也沒個好人要叫拉扯的！

迎春：姨娘不必多心，三妹妹怎麼會不拉扯你們呢？是口裡說不出來罷了。

探春：（正色）二姐姐這話也糊塗了！一個人不能光承望著別人拉扯，總得自己知足識相，自然就叫人瞧得起；若是自己不爭氣，別人再拉扯也沒用。

姨娘：（氣）誰稀罕你拉扯？我不過是覺得你如今在當家，說一是一，說二是二，既是你舅舅死了，多給二、三十兩銀子，太太也不會不依，你就偏偏不肯。看起來分明太太是好太太，都是你尖酸刻薄，累得太太有恩沒處使罷了！（站起來忿忿地）原指望明兒你出了閣，額外照看趙家呢，如今沒有長翎毛就先忘了本，揀高枝兒飛去了！

探春：（氣得臉色發青，抽噎地）何苦來！誰不知道我是姨娘生的？必要過個三月兩月尋出由頭來，澈底翻騰一次，唯恐人不知道，故意表白表白！這不知道是誰給沒臉？幸虧我還明白，但凡是個糊塗不知禮的，早給逼急了！我又不是不報姨娘的生育之恩，可我也不能不報太太的養育之恩？姨娘成天價鬧的叫人瞧不起，也想鬧的連我也叫人瞧不起才甘心！

【這時平兒穿著一件淺黃色綾夾襖，乳白色綢裙自綴錦閣裡門上。

平兒：三姑娘原來在這裡，害得我到處找。

姨娘：（忙殷勤地陪笑）平姑娘坐吧！二奶奶可好？我天天要瞧瞧去，就是沒有空兒。

平兒：謝謝趙姨娘，二奶奶好多了。（走向探春）三姑娘怎麼啦？

探　春：（拭淚向平兒）你找我什麼事？

平　兒：二奶奶叫我來回姑娘，說趙姨奶奶的兄弟沒了，恐怕大奶奶和姑娘不知道舊例，若照老規矩，只能賞二十兩銀子，如今請姑娘裁度著，再添些也使得。

姨　娘：（高興地）難為二奶奶惦記著，我正在跟我們姑娘說這件事呢！（向探春）姑娘，既是二奶奶都這樣關照，你就作主辦了吧！

探　春：（沒好氣地向平兒）你二奶奶倒會混出主意，拿著她不心疼的錢，樂得做人情。你去告訴她：我不敢隨便添，她要添，等她病好了出來，愛添多少添多少；我可不能開這個例，叫她做好人，我擔罪過。誰也不是二十四個月生的，憑什麼要兩樣辦法？

平　兒：（訕訕地）姑娘別生氣！二奶奶原沒一定叫姑娘添，既是姑娘這麼說，就按著老規矩辦好了。

姨　娘：（大失所望，怨聲怒氣地拔腿就走）哼！沒見過「胳膊肘朝外彎」！（說著向葡萄架後下）

探　春：（大聲），姨娘！你別逼的人太緊！

迎　春：（勸慰）三妹妹，何苦來同她計較，原諒她原是一個沒見識的人。

平　兒：二姑娘的話不錯，趙姨奶奶一向糊塗慣了的，姑娘犯不著同她生這些閒氣。

迎　春：三妹妹回秋爽齋去歇歇吧，等會兒頭又要疼了。

平　兒：（忙去扶探春）我來扶三姑娘！

迎　春：侍書先去打一盆水，好等三姑娘回去洗臉。（走出綴錦閣）

侍　書：是！（向沁芳亭後下）

探　春：（隨平兒、迎春走出綴錦閣，感傷地）想著真叫人難過！姨娘是這樣糊塗，環兄弟是那樣不懂事，偏偏又都是我的親骨肉！剛才為這件事，姨娘糾纏不清，我好容易說服了她，你就來說什麼奶奶叫添一些也可以，明明是叫我為難，你二奶奶做好人！

平　兒：（陪著笑臉）其實二奶奶倒是怕姑娘為難，所以才叫我來說這話，因為二奶奶也料定趙姨奶奶必向姑娘麻煩；姑娘照老規矩辦吧，趙姨奶奶不依，不照老規矩辦吧，又恐怕將來開了例，沒法應付別人。二奶奶的意思，不過叫姑娘隨便添一些，只是瞞著大家罷了。

探　春：（冷笑，理直氣壯地）你二奶奶做事可以瞞著人，我不能！不要說是趙姨奶奶叫我徇私，我辦不到，就是太太叫我徇私，我也一個樣辦不到！你二奶奶有本事，能夠四面八方周到，我不行！我只知道秉公辦理，不管誰怨恨也罷，怪罪也罷，但求心安！

平　兒：（恭敬陪笑）姑娘這話不錯，府裡人多嘴雜，本也難以面面周到！我們替官中做事，也只能求個問心無愧罷了。二奶奶一向事繁，原就只能照顧個大概，保不住沒有忽略的地方。俗話說，旁觀者清，姑娘這幾年冷眼看著，二奶奶有什麼沒行到的，或是該修改的，該增減的，只管放膽作去。這樣，一則於太太好，二則也是姑娘待二奶奶的情義。

迎　春：（笑）好丫頭！怪不得二嫂子那麼疼你，果然生得一張乖巧的嘴。

探　春：（也笑了）我一肚子氣，本想找她二奶奶發作去，偏她這麼會說話，把我倒說得沒了主意。我才當家不久，很多事還不明白，我哪裡敢修改什麼？

平　兒：姑娘有什麼事不明白，只管問我，或許我知道，就是不知道，我也可以問二奶奶去。

探　春：好吧，我來問你一件事，賬上有一項是寶二爺、環爺和蘭哥兒每年在家學裡的用費八兩銀子，這是為什麼？

平　兒：是為了給他們在學裡吃點心、買紙筆使用的。

探　春：凡爺們的使用，不是各屋裡都支有月錢的嗎？比如寶二爺的由襲人領二兩，環爺的，由趙姨娘領二兩；蘭哥兒的，由大奶奶領二兩；怎麼又無緣無故平白每人多領八兩？照這樣看來，他們爺們上學去，沒准就為了這八兩銀子呢，我想從今兒起，把這一項免了，你回去告訴你奶奶，就說我覺得這是一筆浪費。

平　兒：姑娘的話有道理！按說這一項早就該免，二奶奶也有這意思，只為事忙，又忘了。姑娘只管辦好了，我去回二奶奶就是。

探　春：（走向沁芳亭）平兒，你忙你的去吧，不必再跟著我耽誤你的工夫了！

平　兒：（隨上沁芳亭）我原沒有什麼事，二奶奶打發我來，一者說話兒，二者怕姑娘那裡人手不夠，叫我幫著妹妹們服侍姑娘。

【賈探春、賈迎春、平兒同下。這時香菱似乎睡著了，剛才的一切她毫未注意，賈探春等也忘了她的存在。忽然一陣腳步聲，賈寶玉穿著橙黃色綾夾袍，雲頭靴，自葡萄架後跑了來。

寶　玉：（尋視）咦！他們都上哪裡去了？（發現香菱，忙走過去）香菱，幹嘛一個人躺在這裡？仔細風吹著了。（說著用手推香菱）

香　菱：（囈語喃喃地）好姑娘，別混我，這一回准作成了！

寶　玉：（笑著自語）不得了，真是入了魔，睡裡夢裡都在作詩！我來擺弄她一下。（說著扯了一根草，向香菱鼻孔戳了一下）

香　菱：（打了個噴嚏，矇矓地叫著）有了，這一首難道還不好嗎！（說罷猛地一翻身，不提防掉到池塘裡）哎呀！

寶　玉：瞧你！怎麼會睡糊塗到這步田地！（說著忙伸手去拉香菱爬上來）

香　菱：（下半身裙子全濕了。看了看寶玉，已經清醒，羞澀地）你怎麼在這裡？

寶　玉：我來找三姑娘的，不想看見你在這裡打盹，喊了你幾聲都不醒，嘴裡直說夢話，像你這樣的學詩，還會弄出病來呢！（摸摸香菱的裙子）可惜這石榴紅的裙子也濕了！

香　菱：這還是前兒琴姑娘來時，帶給我的。寶姑娘也做了一條，我這一條今兒才上身，真是倒楣！

寶　玉：（跌足歎息）按說，你們家一天糟蹋一條裙子原也不值什麼，只是，這裙子既是琴妹妹帶來的，你和寶姐姐每人才有一條，寶姐姐的還好好放著，你的就先弄壞了，豈不辜負了琴妹妹的一番心？再一層，姨媽她老人家嘴嘮叨，平日我也常聽見她抱怨你們不知道過日子，只會糟蹋東西，要是這裙子給她看見了，不是又該說個不清了嗎？

香　菱：（頻頻點首，感動地）就是這話哩！我雖還有幾條新裙子，又不合這一樣，若有一樣的，便趕快換了，過後再講。只是，偏偏沒有第二條石榴紅的裙子。

寶　玉：你就別再動了，只站著吧！不然等會子連裡面的小衣、膝袴、鞋，都要弄上泥水了。趁著還有太陽，先曬曬，回來到我們那裡，我記得襲人上個月作了一條石榴紅的裙子，她因為媽穿孝用不著，就叫她送給你算了。

香　菱：（笑著搖頭）不，這樣倘或給別人知道了，更顯得不好。再說，怎麼能平白叫襲人姐送我裙子呢！

寶　玉：這怕什麼，只要不讓姨媽知道就行了。至於襲人，等她孝滿了，難道不許你送她別的東西不成？

香　菱：（想了想）也好，我先在這兒曬曬就去。（說罷仍坐石欄上）

寶　玉：（蹲在芭蕉下面揀那地上的一片片落花）唔！香菱，剛才你作夢說有了一首好詩，是什麼？還記得嗎？

香　菱：（思索）記得剛才迷迷糊糊地好像是在一個江邊的樓閣上，半輪明月照著那清澈的水，忽然遠遠有吹笛聲，悽涼婉轉，悲惻動人，聽著聽著雞叫了，覺得冷起來，剛剛作好一首詩，打了個寒戰，就醒了。如今讓我念給你聽聽，若是還好，我就再去告訴林姑娘，若是還不好，我就死了這條作詩的心了！

寶　玉：你念吧！

香　菱：（念詩）精華欲掩料應難，影自娟娟魄自寒。一片砧敲千里白，半輪雞唱五更殘。綠蓑江上秋聞笛，紅袖樓頭夜倚欄。博得嫦娥應借問，何緣不使永團圓？寶二爺，你覺得怎麼樣？

寶　玉：（拍手稱讚）你的誠心果然通了仙了，這首詩不但好，而且新巧有趣。我擔保林姑娘再沒的褒貶了！

香　菱：（欣慰）果然如此，也不枉我苦心學習一場！

寶　玉：從此，我們詩社又熱鬧了，剛剛新加入了琴妹妹，如今你也可以加入了。

香　菱：加入詩社，不敢當；倒是從此可以跟著你們學習學習了。只是，你薛大哥就要回來，他一回來，什麼都作不成了。（說罷歎口氣）

寶　玉：（注意，關心地）正是，聽說薛大哥快娶嫂子了，可到底說的是哪一家？今兒提張家，明兒提李家，後兒又提王家；這些人家的女兒也不知道造了什麼孽，任他們東拉西扯的。

香　菱：如今說定夏家了，再不會東拉西扯了。

寶　玉：想必是個好女孩兒！

香　菱：說起來還是老親，她家和我們家同在戶部名行商的，也算得數一數二的大門戶，你們兩府裡都知道，合京城裡上到王侯，下至買賣人，都稱呼她家是桂花夏家。

寶　玉：（好奇地）為什麼這樣稱呼？

香　菱：夏家非常富貴，田產不去說，單只桂花，就種了幾十頃地。凡是長安城外的桂花局，都是夏家的。連這北京宮裡的一應陳設盆景，也都是夏家貢奉。因此得了這個混名。如今聽說夏太爺沒了，只有老奶奶帶著一位親生姑娘過活，又沒有兄弟哥哥，可惜這一門竟絕了後。

寶　玉：咱們別去管他絕後不絕後，只是這位姑娘可還好？薛大哥怎麼一看就中意了？

香　菱：（笑）這也是天緣；又是情人眼裡出西施。據說你薛大哥和這位姑娘從小兒在一起玩過，論親戚他們是姑舅兄妹，雖然隔離了幾年，前兒你薛大哥出門時，順路到他家，一看夏家姑娘，簡直出落得花朵似的，就滿心中意了。加之夏老奶奶見了你薛大哥，像見了自己的兒子一樣高興，便留著他住下了。你薛大哥立刻打發人回來請你姨媽快求親，當時你姨媽打發人去一說就成了。只怕今年就要娶，我也巴不得早些娶過來。聽說這位夏家姑娘也讀書識字，將來你們詩社又要添一個詩翁了！

寶　玉：（搖搖頭）雖然如此，但只是我替你擔心憂慮！

香　菱：（詫異）這是什麼話？我不懂！

寶　玉：這有什麼不懂的？薛大哥是個喜新厭舊的人，只怕娶了嫂子，不會再疼你了。

香　菱：（正色）寶二爺！素日咱們都是恭恭敬敬，今兒你怎麼提起這些事來？怪不得別人都說你是個近不得的人！（說罷背過身去，若有所思）

寶　玉：（感歎地）唉，我不過是一番憐惜的心罷了！

（說罷又蹲下拾花瓣）

香　菱：（愣了一會再轉身注視寶玉，沉鬱地）你拾什麼？

寶　玉：（隨口應著）地上落了些「夫妻蕙」，還有你剛才從池子裡帶出一枝「並蒂蓮」。（邊說邊在地上用根木棍挖了一個坑，把花瓣埋了）

香　菱：（感動地，也蹲下去）瞧你這雙手，弄得盡是泥，還不去洗洗。有埋的，還不如丟到池子裡。

寶　玉：（苦笑站起）林姑娘說過，水流出去，還會淪落到髒地方，不如埋起來，土化了的乾淨！（說罷伏石欄向池塘內洗手）

香　菱：（淒然感慨地）四姑娘也說過「飛花逐流水」，到底是埋了的乾淨！哎呀，太陽已經落了，我就去找襲人姐姐，等會兒還要請教林姑娘剛才那首詩呢！（說罷站起向葡萄架後下）

寶　玉：（看著香菱走後，嘆惜地自語）可惜這麼一個聰明玲俐的人，一小就沒了父母，到如今連自己的本姓都不知道，既被歹人拐出來，偏又賣給這個不知天高地厚的薛呆子。真是紅顏薄命！（說罷慢步走向葡萄架後下）

【這時，司棋穿著一件桃紅色綾夾襖，月白色綢裙子，自沁芳亭上，探頭探腦向下張望。

司　棋：（低聲向亭後叫著）表弟，快過來，這裡沒有人！

【潘又安穿著件天藍色布袍，腰裡束條白綢腰巾。畏畏縮縮自沁芳亭後走出。

又　安：咱們還是下去說話兒吧！（說著走下石階）

司　棋：（隨下石階，坐磁凳上憂鬱地）唉！像這樣偷偷摸摸的不是個常法兒！

又　安：上次你回家，姑爹姑媽都已經察覺咱們的意思了；你走以後，他們也問過我，只是姑媽好像不大贊成你嫁給我；本來嘛，我一個窮小子，哪裡配得上你？

司　棋：（氣忿地）媽的心我明白了，還不是指望我將來給這府裡的爺們收二房，好替她爭光。哼！橫豎我已經打定了主意，寧願嫁一個叫化子，也斷不肯做人家的小老婆。只要張開眼睛瞧瞧那老一輩的趙姨娘，少一輩的尤二姐，就是當尼姑，也比她們的下場好些。

又　安：（憂愁地）要是姑媽一定叫你跟爺們呢？

司　棋：（堅決地）我不答應，媽也沒辦法。大不了一死！

又　安：（感動）好姐姐，我真感激你！走著瞧吧，我絕不辜負你這番好心。（說著拉著司棋的手）

司　棋：你能這樣也不枉我喜歡你一場。只是，總得趕快想法子跟我媽求親是正經，不然夜長夢多，不定又生出什麼事來。

又　安：（想了想，憂慮地）要是姑媽答應，這府裡不放你出去怎麼辦？

司　棋：只要我媽答應，這府裡，我是二姑娘屋裡的人；二姑娘老實，好說話；我求求她，沒個不放的。你儘管放心好了，別前怕狼後怕虎的，一輩子猶豫，一輩子也辦不成事，男子大丈夫，總得剛強點才行。

又　安：（毅然決然）我准照你的話去做，不管怎樣，今生今世，咱們總得在一起，就是死了做鬼，也不能分開。將來我在外頭作個小買賣，賺了錢，讓你舒舒服服的過日子。

司　棋：（神往地）你出去做買賣，我就在家作活計，日子再窮，只要咱們在一起，就快活！表弟，你真能做到你剛才說的嗎？

又　安：（憨厚地跪下發誓）我潘又安若不是真心待表妹，叫我死無葬身之地；倘或表姐不嫁我，我就終身不娶。

司　棋：（忙拉起又安）真心就真心，何必發誓賭咒的！

又　安：（天真地）不發誓賭咒，你不信嘛！只是表姐！你呢？你也和我的心一樣嗎？

司　棋：（笑）怎麼？你也想要我跪下發誓嗎？

又　安：那倒不一定，只要你說一句話就行。

司　棋：（毫不猶豫地）海枯石爛，此心永遠不變！

又　安：（熱情地拉住她）表姐！我的好表姐！

司　棋：（推開又安）小心給人看見！

又　安：唉，日子多麼快，咱們小時候的事，還像在眼前，可是已經十幾年過去了！

司　棋：再有十幾年，咱們就變成老頭老太婆了！

又　安：（回憶）小時候咱們一處吃飯，一處玩耍，一處睡覺，多麼自由自在！如今大了，倒顯得生分了，還不如一輩子別長大的好！

司　棋：這不是生分，這是規矩！像寶二爺和林姑娘，他們也和咱們一樣，也是自小就在一起；如今大了，少不得就處處迴避嫌疑。這不要緊，只要咱們的心不變。

又　安：話雖如此，只是不能常常見面，實在叫人想念。

司　棋：你不是已經買通園裡那些婆子們，放你進來嗎？以後多給他們一些錢，就可以常常見面了！

又　安：提起這個，倒忘了問你，前兒我托張媽帶給你的信，收到沒有？

司　棋：收到了。我還叫她帶給你兩個香囊，也收到了嗎？

又　安：（解衣示項上香囊）瞧，我早帶上了！表姐！我也送你一樣東西。（從懷裡取出一繡花香袋給司棋）這香袋是我成天價帶在身上的，你拿去留個紀念吧！

司　棋：（接香袋看了看，面紅耳赤，羞澀地）小鬼！你瞧這上面繡的是些什麼？真不害臊。你從哪裡弄來的這髒東西？

又　安：（笑）這是我在城裡買的。一面繡的是幅春圖兒，一面繡的是「月圓花好」四個字，回去收起來放好，千萬別叫人看見了。

【這時忽然傳來腳步聲。

又　安：（驚）聽，有人來了！

【接著是葡萄架後傳來說話聲。

【聲音：我到綴錦閣找三姑娘去！

又　安：（急，懼）誰？怎麼辦？

司　棋：鴛鴦姐姐的聲音，咱們快躲一躲，等她走過去，再出來。（慌慌張張拉了又安躲到綴錦閣上首背後。倉促之間，把那個香袋遺落在地上）

——幕急落

第三幕

時　間：初秋的一天晚上。

地　點：賈府大觀園。

人　物：賈探春、侍書、王熙鳳、平兒、王媽媽、賈惜春、入畫、香菱、賈寶玉。

布　景：秋爽齋，賈探春的臥室。舞臺的正上端左半邊凸出處為套間，月洞門，泥金雕花木檻，裡面有窗，外邊掛對聯一副，書：「煙霞閒骨格，泉石野生涯」。中懸金黃色綢幔子。右半邊門進去，一排大格扇門窗，懸粉紅色綢窗簾。窗外叢密的芭蕉可見。門外有廊，供出入。舞臺的左右外首有門，懸粉紅色綢簾子。舞臺左裡首置一張大理石長案，案上有大寶硯；筆筒內插著大小筆枝如林；書籍成堆。案端壁櫥上，分置畫帖，古玩。案前有大椅，鋪繡花墊。案後（即左房門旁）有磁凳。套間幔外首置磁凳。舞臺右裡首置雲頭茶几，上有大窯盤，放著金黃佛手。幾兩旁有椅，牆上正中掛一幅山水「煙雨圖」。舞臺中間外首置矮炕桌，鋪珠紅色織綿呢墊。

【幕啟。案頭燭光閃耀，賈探春穿著一件桔黃色綾夾襖，月白色綾裙子，正聚精會神伏案看書。窗外月光黯淡，時有杜鵑啼聲。侍書穿著一件蔥綠色綾夾襖，天青色綢裙子，忽然匆匆自廊外走進。

侍　書：姑娘！姑娘！

探　春：（慢吞吞地應著，並不抬頭）什麼事？

侍　書：（趨案前緊張地）姑娘，園子裡出事兒了！

探　春：（一怔，這才仰起頭來）園子裡出了什麼事兒？瞧你這個驚慌樣子！

侍　書：二奶奶帶著王善保家的一干人搜查園子來了！

探　春：（詫異）搜查園子？為了什麼？

侍　書：聽說為了什麼香袋的事，老太太房裡的丫頭傻大姐，前兒在園子裡撿了一個什麼繡花香袋，被大太太碰見了，大太太要了過去。又拿給了太太，太太立刻找二奶奶，大發脾氣，疑心是不是二奶奶丟的？二奶奶回說不是的，太太就叫趕快搜查，到底這是誰的香袋？剛剛麝月姐姐告訴我，寶二爺和林姑娘，屋裡都已經搜過了。現在正搜二姑娘屋裡的丫頭們，二姑娘已經睡了。我去偷聽了一會，誰知道二姑娘房裡也出了毛病！

探　春：（驚問）什麼毛病？

侍　書：說起來，這件事都是王善保家的挑撥，才鬧大了的。

探　春：就是東府大太太屋裡的陪房，那個王善保家的嗎？

侍　書：不是她還有誰，這婆子平時進園子裡來，我們姊妹們都不大奉迎她，所以早就懷恨了，這次正好抓住這件事兒就作威起來，二奶奶帶著她搜查園子，各個屋裡都由她動手。剛剛搜查二姑娘屋裡的姊妹們，一個個翻箱倒篋，撥弄是非。唯有搜查到司棋姐姐的時候，只馬馬虎虎的看了一下。

探　春：這又是什麼原故？

侍　書：因為司棋姐姐是她的外孫女兒。但是周瑞家的不答應，說既是搜查，就該一個個都看看才公道。打開了司棋姐姐的箱子，揀出了一雙男人的緞鞋；還有一個小絹包。絹包裡面是一個「同心如意」和一張紅紙帖兒。當時周瑞家的就把這些東西交給二奶奶，二奶奶看著那張紅紙帖兒只笑。王善保家的問二奶奶是不是司棋寫的帳目不成字，所以招二奶奶見笑了；二奶奶說：「正是呢，這個賬我竟算不過來了，你是司棋的老娘，她的表弟也該姓王才對，怎麼又姓潘呢？」王善保家的連忙回答說，司棋的姑媽給了潘家，所以她的姑表兄弟姓潘，叫潘又安。

探　春：（好奇地注意傾聽）這張紅紙帖瞄兒上面寫了些什麼呢？

侍　書：二奶奶就把那張紅紙帖念了一遍，原來是司棋姐姐的表弟寫給她的信，上面寫著：他送給了司棋姐姐一個香袋。由此證明，那個傻大姐揀的香袋，竟足司棋姐姐失落的。

探　春：王善保家的怎麼說呢？

侍　書：（繪聲繪形地敘述著）王善保家的又氣又臊，真不敢言語了。二奶奶說：這倒也好，不用作老娘的操一點心，鴉雀無聞的就替自己弄出一個女婿來了。周瑞家的說搜來搜去搜到王媽媽外孫女兒頭上了。事情總算大白，也不用再冤枉疑心別人了！王善保家的這一臊，不由得使勁在自己的老臉上打了幾巴掌，又自己罵著：「老不死的娼婦！說嘴打嘴，現世現報！」

探　春：（不禁笑了）真是說嘴打嘴。司棋怎麼樣呢？

侍　書：司棋姐姐倒是奇怪，只低著頭一聲兒不言語，也沒什麼害怕和羞臊的表示。二奶奶也不問她，周瑞家的把那些贓物都收了起來。後來又去搜查四姑娘屋裡了，想必不一會還要到咱們屋裡來呢！

【這時門外有人喊叫。

【聲音：三姑娘睡了嗎？

侍　書：誰？

探　春：香菱的聲音，快去開門。

【侍書走去開門，香菱穿著一件天青色綾夾襖，乳白色綢裙子，手裡拿著一小包東西。

香　菱：三姑娘沒有歇呀！

探　春：（站起讓坐）還沒有，正在看一本陸放翁的詩。菱姑娘請坐吧！怎麼這會子有空出來了？侍書，給菱姑娘倒茶！

香　菱：不必麻煩了，侍書妹妹！

侍　書：（倒茶遞給香菱）菱姑娘吃茶！（說罷走出去）

香　菱：我們大爺今兒從長安回來，帶了些小東西，我們姑娘揀出幾樣好點的分送給各位姑娘使用，這裡面幾枝筆和兩箚信箋，是送給三姑娘的。（說著把小包遞給探春，然後坐繡凳上）

探　春：（接小包打開看著）寶姐姐真是周到，自己留著使用好了，又分給我們大家，這樣她自己不是沒有了？

香　菱：我們姑娘留的還多著呢，大爺帶了一箱子的小玩意兒。

探　春：好吧，我就收下，見了寶姐姐說我謝謝她。

香　菱：三姑娘太客氣了！剛才提起陸放翁詩，我倒挺喜歡。比如：「重簾不捲留香久，古硯微凹聚墨多。」這兩句真切有趣，我最愛讀。

探　春：（笑）你這陣子又作詩沒有？

香　菱：不斷作，只是不好，幸而我們姑娘如今閒了，倒常常指教我。不過，剛才聽我們姑娘跟大奶奶說，打算明天就搬回去住。這樣一來，就是不好的詩也作不成了。

探　春：為什麼要搬回去住？

香　菱：說是太太身上有點兒不自在，家裡兩個女人也都因為時症不能起床，沒人服侍太太，要我們姑娘回去。再一層，我們大爺就快娶親了，也得回去忙著辦喜事。

探　春：（想了一會，似有所悟）剛才璉二奶奶到你們蘅蕪院去過嗎？

香　菱：沒有，剛才我在林姑娘那裡，看見璉二奶奶帶著幾個老媽媽去了，像是誰丟了什麼物件，在丫頭們房裡搜查了一會才走。

探　春：（不禁點首自語地）嗯，我明白了。

香　菱：（誤解地）三姑娘知道是什麼事兒嗎？

探　春：沒什麼大事，聽說是太太失落了一點小東西。（忙轉話題）今後寶姐姐搬出去，我們這裡要冷清多了！

香　菱：我們空的時候，還會常常過來的。三姑娘如今不當家。又有工夫看書作詩了，以後我要常來請教你呢！

探　春：（謙虛地）不敢當，你是林姑娘的高足，林姑娘的詩比我作的好多了，你也自然不會比我壞！今後倒可以常常在一起唱和唱和，討論討論。

香　菱：提起林姑娘，入秋以來，又不自在，三姑娘去看過她嗎？看著比往常更瘦了，紫鵑姐姐說，已經幾天沒起床了。唉！可惜了的，又標緻又有才學的一個人，年輕輕的病不離身！

探　春：也是她自己作賤的，成天價心胸放不開，憂鬱成病，弄的三天沒有兩朝好！勸她又不聽。

香　菱：（喟然）也難怪她憂鬱，一個人的身世遭遇不稱心，是不會快活的。比如我吧！到如今不知道家在哪裡？父母還在不在？自幼兒就被拐出來，一次兩次的拿我作買賣，最後落到薛家。想起來，也只有怨命！（說著眼圈幾紅了）

探　春：你也不必難過，落到薛家還算是你的福氣，姨媽和寶姐姐待你就跟自己的親女兒親妹妹一樣。

香　菱：太太和寶姑娘待我好，是沒的話說。只是不該把我又給薛大爺，我倒情願跟太太和寶姑娘當一輩子丫頭，不願意嫁男人。

探　春：（詫異）為什麼？薛大哥是一個大戶門第的公子，有什麼不好？

香　菱：（感慨地）俗話說：甯為小家妻，不作大家妾。三姑娘只消看看尤二姐的下場，就明白了。你薛大哥的性情本來就不好，將來娶的這位奶奶還不知道脾氣怎麼樣？早知如此，還不如當初跟了那第一次買我的馮公子。

探　春：（點首）是怎樣一個人呢？

香　菱：三姑娘不是外人，我倒可以告訴你。提起這個姓馮的，還是為了我好端端送了命的！

探　春：（猛憶）想起來了，記得你們還沒有進京的時候，薛大哥曾經闖出人命禍來，八成就是為這個姓馮的事吧？聽說後來還是我們一個同宗賈雨村做的人情，胡亂了結此案。

香　菱：一點不錯，就是這件事。這馮公子年紀十八九歲。父母雙亡，又沒有弟兄，守著些薄產度日。素來不好女色，看中我以後，把銀子先交給拐子，預備鄭重其事的再等三天迎娶過門。我滿以為從此罪可以受完了，誰知這拐子第二天又偷偷把我賣給了薛大爺，到了第三天馮公子來迎娶，薛大爺就帶了一干人來搶我，於是兩邊打起米，馮公子一個文弱書生自然不是薛大爺的對手，結果馮公子落個人財兩空，白白送了一條命！這些年若不是太太和寶姑娘都待我好，又加著有你們幾位姑娘愛著我，只怕我不會還活到今天。（言次黯然泣下）

探　春：（走過去拍拍她安慰地）過去的事不要再去想它了。也許菩薩可憐你，保佑將來薛大哥娶的這位大嫂子是個賢德人！

香　菱：好歹我只盼著他早點娶過來，也許讓我清靜清靜，不然，我也實在受不了薛大爺再折磨下去了！（拭淚）

探　春：你小時候的事，一點也不記得嗎？能夠想法子找到你的父母就好了！

香　菱：（歎了口氣）唉！我是五歲那年的元宵節出去看花燈，被拐了出來的。只記得我有爹媽，不記得有姊妹；只記得家在一座廟旁邊，不記得是什麼

地方，什麼街道；只記得我的小名叫英蓮，不記得姓什麼了！所以今生今世，恐怕是再也不會見到我的父母了！（說著抽噎不止）

探　春：這也難說，或則你父母會打聽出你的下落也未可知！

侍　書：（慌慌張張自外廊走來）姑娘，二奶奶來了！

香　菱：（忙拭淚站起）我走了，叫璉二奶奶瞧見我在哭，又該疑心長短！

探　春：你就從里間走出去（攜香菱到左房門）我不送你了，外面看得見嗎？

香　菱：有月亮，看得見。三姑娘請留步吧！（說罷掀簾下）

探　春：（胸有成竹，鎮靜地坐案前，依然拿起一本書看）侍書，把我套間裡昀燈點起來，幔子掛上。叫丫頭們也都不要睡。

侍　書：是！（掛起套間幔子，敞開著門，然後進去點亮了燈。再走向右房門下）

探　春：（喃喃自語）哼！越來越不成話了！丫頭出了不名譽的事兒，居然搜查到姑娘們屋裡來了！

【窗外燈光明亮，腳步聲傳來。王熙鳳穿一件深油綠色緞夾襖，月白色綾裙子，帶著一干人走到廊外。

熙　鳳：（到了門口，向隨從們）你們就在廊子上侍候著，只讓王媽媽和平兒兩個跟我進去。（說罷走進門內）

【眾人應著。王媽媽穿著一身黑綢夾襖褲，紮腿。平兒穿一件青色綾夾襖，白色綢裙子，隨王熙鳳走進。

探　春：（佯裝看書）侍書，誰在外頭說話哩！

平　兒：（搶上一步至案前）三姑娘，是我們奶奶來了。

探　春：（這才抬起頭來，站起笑著）二嫂子這麼晚還出來？

熙　鳳：（笑著）三妹妹這麼晚還在看書哩！

探　春：悶得慌，看看書倒也是消遣。二嫂子請坐，侍書倒茶！

熙　鳳：（坐磁凳上打趣地）像三妹妹這樣用功，要是興考女秀才，三妹妹一定得中。（向王媽媽）王媽媽也坐下吧！

媽　媽：（冷冷地）按說，奶奶，姑娘們面前是沒有奴才們坐的道理。（說著坐茶几旁，一臉的氣忿）

熙　鳳：不必拘禮，凡是太太們的陪房，也算是老一輩的人哩！

侍　書：（捧茶盤上，只有兩碗茶）二奶奶請茶！（再把另一碗茶置案上）姑娘喝茶！

探　春：（佯裝地）傻丫頭，那邊還有客呢，你就沒看見！快送過去給王媽媽喝。

侍　書：（端茶向王媽媽，譏諷地）我真是有眼無珠，只瞧見二奶奶一個人兒，還沒有瞧見王媽媽這位貴客呢！

媽　媽：（接過茶。似懂非懂）不敢當，姑娘！

探　春：無事不登三寶殿，二嫂子此來，有何貴幹？

熙　鳳：（委婉地）也沒什麼要緊事，不過因為太太丟了一件東西，連日訪察不出，恐怕有人賴這些女孩子們，所以索性大家搜一搜，去去疑心。我帶著媽媽們已經在園子裡走了一圈，現在少不得又來驚動妹妹了。

平　兒：其實事情也算水落石出了，三姑娘這裡搜不搜，沒什麼要緊。

媽　媽：（不高興）平姑娘，要搜都得搜，剛才的事也不能就算是證據。

熙　鳳：（嚴肅地）王媽媽何必著急，橫豎只剩這一處了，要是再搜不出什麼來，剛才的事，自然算是證據了。

探　春：（冷笑）王媽媽的話不錯，要搜都得搜，特別是我們這屋裡，不但丫頭全是賊，就連我也是個窩主。二嫂子，要搜，就請來搜我的箱櫃，丫頭們所有偷來的東西，都交給我藏著呢！侍書，進去把套間的箱櫃都打開。

侍　書：是！王媽媽，請過來看看吧，別等會子再疑心我贓物收起來了！（走進套間）

媽　媽：平姑娘也來幫著我看吧！（說著走進套間）

熙　鳳：三妹妹不要錯怪了我，我不過是奉太太的命罷了。

平　兒：（不願進去）奶奶，時候不早了，咱們還是走吧，也該讓三姑娘安歇啦！

探　春：二嫂子別多心，我自然明白這不是你的主意。平姑娘也不必攔她，還是搜搜的好。不過我要和你們說清楚，你們搜我的東西可以，但若想搜我的丫頭，卻不能！我平時原比旁的姊妹壞，凡丫頭所有的物件，我全知道，也都由我代放著，就是一針一線，他們也沒有收藏，所以只須搜我一個賊頭兒就夠了。要是你們不依，只管去回太太好了，就說我違抗太太的慈命，該怎麼處治，我甘去領受。（說著冷笑了兩聲）嘻嘻！今天早起，我們還議論著甄家抄家的事，想不到這會子咱們也學起來了！古人說：「百足之蟲，死而不僵！」可知一個大族人家，若從外頭殺來，一時是殺不死的，必須先從家裡自殺自滅，才能很快的一敗塗地！俗話又說：「國家將亡，必出妖孽。」如今想必咱們家該亡了，不然怎麼會平空跑出這種妖孽奇事呢？

熙　鳳：（無言可對，有所刺激，又羞又慚）三妹妹說的有理，都怪我平日治家不善，所以才鬧出這種笑話來！昨兒太太還責備了我大半天！前些時我病著，要不是有妹妹照管，還不知道要生出多少事呢？

【這時王媽媽果然在套間翻東翻西地搜著，物件散滿一地。

侍　書：（故意大聲地）王媽媽看仔細點兒，回來可不能再搜第二遍！

熙　鳳：（站起走向套間）既是丫頭們的東西都在這裡，就不必搜了。

探　春：（慍然）你倒會學乖！她已經什麼都搜了，還說沒搜？明兒你還說我護著丫頭們不許搜呢，趁早兒你也去看個明白，否則要是明兒再搜，我可不依了！

熙　鳳：（陪笑）三妹妹何苦來拿我殺性子！平兒，去幫助侍書把三姑娘的東西收拾起來。

平　兒：好的。（走進套間整理箱櫃）

探　春：王媽媽，你搜查明白了沒有？

媽　媽：（走出來，一面還向屋內東張西望）都搜查明白了！

熙　鳳：（忙拉過王媽媽，制止地）媽媽走吧，瘋瘋癲癲還瞅什麼？

探　春：王媽媽還不放心嗎？

媽　媽：（聽見探春剛才的一派話，以為是向熙鳳發氣，與己無干。所以乘勢作臉地趨前掀起探春衣襟，涎皮笑臉地）真個不放心，就連姑娘身上我都想搜了！

探　春：（勃然大怒，一掌摑向王媽之頰，厲聲馬著）你是什麼東西！敢來拉扯我的衣裳！我不過是看你是大太太的陪房，又有幾歲年紀，才叫你聲「媽媽」，你就該知足自量才是，誰知竟然狗仗人勢，狐假虎威跑到我們姑娘跟前來逞強了！你來搜東西，我不氣，不該拿我取笑兒，動手動腳的，你打量我也是你們二姑娘那麼好性兒，由著你們欺負的人嗎？呸！你瞎了眼，錯了主意！我賈探春不是一個怕狗的人！（轉向熙鳳）二嫂子，要搜，你來搜吧，我不能混的叫奴才們來搜身子！（說著就解衣扭扣）

熙　鳳：（忙勸止探春）三妹妹息怒！千萬別同她一般見識，她算得什麼，妹妹氣病了，倒值的多了！

探　春：我但凡是個多氣性的人，早一頭碰死！

熙　鳳：（喝斥）王媽媽你還不出去？得意忘形，也不該跑到這兒來闖禍！

媽　媽：（摸著被打的臉邊走邊嚷嚷）罷了！罷了！活了一輩子，這正是第一遭挨打呢！我明兒回了太太，仍舊回到老娘家去算了。（走到窗外）

探　春：（向侍書）你還不給我攆她出去？是要等著聽我和她拌嘴不成？

侍　書：（走向窗前大聲地）王媽媽，你也知點兒好歹，省下一句吧！你果然回老娘家去，倒是我們的造化！只怕你捨不得走，你走了，還有誰再討主子的好兒，調唆著搜查姑娘們，折磨我們丫頭呢？

熙　鳳：（笑著）好丫頭！真是有其主，必有其僕！

探　春：（坐案前冷笑地）嘻嘻，我們做賊的人，誰都有三言兩語的，但只會明說，可不會背地裡使壞調唆主子！

平　兒：（陪笑）三姑娘消消氣，我去給你泡碗熱茶來！（說著走向右房門）

侍　書：我來，平姐姐！（說著拉著平兒，自己走去端了茶來放凳上）我再去給二奶奶泡一碗來！（說著又走向右門）

熙　鳳：我也要走了，好讓你姑娘早點歇息！（站起來要走）

【入畫穿著身松綠色綾襖褲匆匆走來。

入　畫：（進門撲向熙鳳面前跪下哭著，哀求地）二奶奶，饒了我吧！我實在沒有撒謊！那些銀錁子真是東府裡珍大爺賞給我哥哥的，因為我老子娘如今都在南方，我哥哥在這裡就跟著叔叔嬸子過日子。叔叔嬸子平日吃酒賭博，我哥哥怕把銀錁子交給他們亂化了，所以每次得了賞就托媽媽們帶進來，叫我替他收放著。二奶奶不信，只管問珍大爺去，若說不是他賞的，就拿我們兄妹一起打死，也無怨言！（說罷抽抽噎噎哭個不住）

熙　鳳：這件事自然要問明白的。就算是珍大爺賞的，你也有不是，你該知道府裡規矩；是不許私自傳送東西的，就是官鹽，也變成私鹽了。如今你先起來回去吧！

入　畫：（苦苦哀懇）二奶奶若不開恩饒我，四姑娘是不會再要我了，剛才二奶奶走後，她就說要攆我出去！

熙　鳳：要我饒你，你就說出這傳送銀錁子的人是誰？以後萬萬不可再犯！

【入畫剛要說話時，賈惜春穿著一件藕荷色緞夾襖，乳白色綾裙，自廊外匆匆走來。

惜　春：（邊走邊說）二嫂子千萬別饒她，這裡人多，若不管教管教她，那些大丫頭們看見了，更不知道會怎樣膽大呢？就是二嫂子饒她，我也不能饒她的。（坐案後磁凳上）

熙　鳳：四妹妹這麼晚，何苦又跑出。

惜　春：我聽見她出去了，料定必是來求二嫂子了，所以我要跟二嫂子說明一聲。

熙　鳳：素日我看入畫這孩子還老實，誰能不犯一點錯兒？只要戒她這次，下次若犯，就二罪並罰。入畫，快說給你傳送銀錁子的是誰？

惜　春：據我看來，這傳送人沒有別個，必定後門上的張媽，平日我常瞧見她和這些丫頭們鬼鬼祟祟的，這些丫頭們也都肯照顧她。

【侍書端三碗茶，分送與王熙鳳，賈惜春，賈探春。

媽　媽：（沒好氣的在窗外插嘴）老不死的娼婦！剛才我外孫女兒的東西也是她傳送的，二奶奶可千萬不能放過她，這傳送私物的事情，關係很大！

熙　鳳：（斥責地）你少多嘴！我自然知道怎麼辦！入畫，四姑娘說的對嗎？

入　畫：（哭著點頭）正是她。

熙　鳳：平兒替我記住！

平　兒：是！

熙　鳳：好吧，我該走了，四妹妹正好陪三妹妹說會子話兒，你們都不要再生氣了！（說著走向門外）

惜　春：（拉住熙鳳激動地）二嫂子就帶了入畫去吧！或打，或殺，或賣，任憑與你！我萬不能再要這樣丟臉的丫頭。

入　畫：（急得連連磕頭）二奶奶，好歹替講個情吧，下次我再也不敢了！

惜　春：可是，你作的事讓我如何見人？

平　兒：（勸解地）四姑娘不必這樣，看在她從小兒服侍姑娘一場，就先留下她吧！她也是一時糊塗作錯了事，只要她能改過就好。入畫妹妹，別，緊纏二奶奶，還是好好求求你們姑娘去吧！

熙　鳳：我走了，三妹妹，可千萬別當真惱我呀！（說罷走出廊外）

探　春：（陪笑）二嫂子也別見怪我剛才衝撞了你們！（送到門口）

【眾人去後賈探春退回屋內。

入　畫：（依然跪著不起來）三姑娘，你替我討個人情吧！我再也不敢了！

探　春：四妹妹就先讓她留著，等二嫂子查問明白，再發落好了。

惜　春：（煩惱地歎了一口氣沒說什麼）唉！

侍　書：（拉起入畫）起來吧，到裡間等著送四姑娘回去。

入　畫：（起來，畏懼地慢步走向惜春）姑娘！

惜　春：（擺手）去吧！

【入畫抽抽噎噎地隨侍書向右房門下。

探　春：（坐案前感慨地）看來，咱們的日子越來越難過了！

惜　春：（苦笑地）家裡丟人獻醜的事，層出不窮，但凡他們上頭管家的人像點樣子，下頭也不敢為非作歹！古人說：「己不正焉能正人？」其實他們還不是同入畫一般行事？

探　春：是呀，你能攆入畫，卻不能攆出他們許多人！

惜　春：我攆入畫，為的叫他們知道，我是乾淨的，絕不容一絲一毫的塵垢玷汙我。我也明白入畫不過是替罪羊！

探　春：攆了入畫，你也是落不了個「乾淨」，這府裡的人，幹的壞事太多了，你能說都和我們毫無關係嗎？譬如，東府的珍大哥，他近年來成天價在外頭吃酒賭錢，訪花問柳，說起來是你的親胞兄，不是比入畫更玷汙你嗎？再譬如，我那位生身母趙姨娘，在家惹是生非，丟人獻醜，不是也連累我沒臉嗎？

惜　春：東府的事，我也聽到些個議論，可是我們一個姑娘家，只有躲是非的，怎好去問他們。況且古人說：「善惡生死，父子不能有所勖助。」我也管不了。但求保住自己清白就夠了。反正今後我也不願再回到那邊去，再同那些世俗糊塗人在一起了，好歹守著這個園子，一個人清靜一輩子完事。

探　春：（笑著搖頭）只怕他們也不會容你在這園子裡住一輩子！像這樣多事的地方，我倒不想長久住下去！（說罷又覺有些失言，羞臊掩面）

惜　春：（嚴肅沉著地）人世就是這麼回子事，走到哪裡都一樣處處有塵垢，處處是荊棘！記得姐姐說過一句禪語：「無立足境，方是乾淨。」一點不錯！要乾淨，就得先從「清心寡欲」作起。看穿了什麼都是假的；「四大皆空」，就連自己的身子，也終竟要隨著一抔黃土化了的！所以從今往後，「苦海回頭」，我決計閉門誦經，修身養性，一念不生，萬緣俱寂，免得再受重重疊疊的劫難！好在母親早死，父親也算修煉成仙了，落得一個人無牽無掛倒也自在。

探　春：（譏笑地）妹妹又參起禪來了！不愧為敬老爺的女兒，只是我瞧你同咱們寶二哥哥一樣，成天價嘴裡嚷著看破紅塵，要出家當和尚去！

惜　春：（堅決地）姐姐不信，只看著好了！我絕不會像二姐姐似的任著大太太擺佈，自己連哼都不敢哼一聲兒！

探　春：二姐姐也實在太軟弱了，前兒聽丫頭們說，為了她的老奶媽把一個鑽珠纍絲的金鳳拿去當了銀子賭錢放頭兒，給東府大太太知道了，跑去大罵二姐姐還牽扯著我，說什麼二姐姐是大老爺跟前的人養的，出身一樣，周姨媽就比趙姨媽強十分，二姐姐也該比我強十分才是，怎麼反不及我一半？可憐二姐姐一聲兒也不敢出。後來我知道了，想了個主意，叫平兒去逼著老奶媽把金鳳贖了回來，又退還給二姐姐了。像二姐姐這樣溫厚賢慧的人，大太太還不能容她，昨兒二哥哥告訴我大太太他們作主，已經把二姐姐許給了一個什麼孫家。老太太跟老爺都不大願意，可是怎樣勸大老爺和大太太都不聽。並且迎娶的日子很近，今年裡頭就要過門。看來他們是存心要把二姐姐打發出去！

惜　春：（感歎地）唉，有什麼好說的？誰叫咱們生為女兒呢！

探　春：大太太說也奇怪，待她的親娘家姪女兒也不好，記得去年冬天，岫煙姐姐沒錢花，僅有的幾件棉衣都悄悄拿出去當了！幸虧老太太作好事，把岫煙姐姐說給了寶姐姐的堂兄薛蝌，等寶琴妹妹一旦過門到梅翰林家去，他們也就成了親了。要不這樣，將來又該由著大太太擺弄了。

惜　春：（不大為然）難道女孩兒除此以外，就再沒有路走了嗎？

探　春：（取笑）有幾個女孩兒像你這樣有慧眼的？

惜　春：妙玉那麼有才有貌的人，不是也出了家嗎？

探　春：你不能拿她比，她是從小就出家的。

惜　春：（辯駁）長大了再出家，更有恒心些！（說罷稍一思索，口占一偈念著）「大造本無方，云何是應住？既從空中來，還向空中去。」（忽然窗外有人搭腔）

【聲音：是誰出家呀？咱們一道，我也要當和尚去！

惜　春：（一驚）誰在外頭偷聽話兒？

探　春：還有誰，准是二哥哥那個淘氣鬼兒！

【說話之間，賈寶玉穿著身大紅緞夾袍子自門外上。

寶　玉：（笑向惜春）四妹妹談禪也不找我來領會領會。

惜　春：二哥哥又取笑了！我們在這兒信口開河，哪裡是談什麼禪？

探　春：二哥哥這樣晚又出來作什麼？帶的有人嗎？（一面叫著）侍書，給寶二爺泡茶！

寶　玉：（坐套間外磁凳上）心裡煩得慌，看見月亮，就一個人出來散散步。剛才到瀟湘館去，林妹妹咳嗽病又犯了，不能多說話，我只好坐一會兒出來了。到蘅蕪院去，寶姐姐正忙著打點東西，說是明兒就搬回去。到蓼風軒去，二姐想是歇了，屋子黑黑的。到藕香榭去，鴉雀無聲，原來四妹妹在這裡。剛才在窗子外頭聽見四妹妹說到「出家」二字，心一動，恨不得立刻當和尚去！（言下不勝苦惱的神情）

侍　書：（端茶上）寶二爺請用茶。（依然向右門下）

探　春：（笑）成天只聽見你們倆嚷著要出家，看你們誰能出家！

寶　玉：四妹妹想出家，是看破紅塵；我想出家，是厭恨紅塵。三妹妹等著瞧吧，終會有一天我學柳湘蓮去！

探　春：像你這樣的人也想出家去，那麼天下的和尚，可太多了！

寶　玉：（不大明白）你是說我不配嗎？

惜　春：三姐姐的意思是，象你這樣有福氣的人都要出家，那麼普天下多多少少受難的可憐蟲，不是更要出家嗎？

寶　玉：（辯論）難道三妹妹覺得我有人疼；有身分，有錢花；有好衣裳穿，有山珍海味吃；將來或許還有官作；就應當心滿意足了嗎？（說罷頻頻搖頭）

探　春：依你怎樣才能心滿意足呢？

寶　玉：你們不要以為那些貧窮寒微的人比我可憐，其實我比他們可憐！記得三妹妹也常說：生在這大族人家，成天價多是多非鬧的不得清淨；還不如生小戶人家，簡單痛快。本來一個人活著，皮肉之福；表面的榮華，是算不得什麼的；貧賤不可恥，福貴而不能隨心所欲；可悲！

惜　春：二哥哥的話有道理！人生不必求名利，但求超然世外，落得心安氣和，才不負父母生我潔淨之身！

寶　玉：（喜）難得四妹妹明白我！

探　春：（向惜春）二哥哥說些個瘋話，你又在一旁唱和，看來你們都著了「出家」的迷了！

【這時傳來一片悽慘的哭聲，窗外月光黯淡，秋風蕭蕭，顯得陰鬱可怕！賈探春、賈惜春恐懼驚惶地面面相覷。

寶　玉：（苦笑地）三妹妹聽見了嗎？不是我在這裡說「瘋話」，是有些人在那裡專作瘋事！好端端的他們傷害這群無辜女兒，打他們，罵他們，還要敗壞他們的名譽，辱沒他們的清白！（說罷走向窗前傾聽）

探　春：二哥哥，這是怎麼回事呢！

寶　玉：（轉過身來）今天晚上搜查大觀園的事，你們總該知道吧？

探　春：別提搜查大觀園的事了，剛才都快把我們倆氣壞了！

惜　春：二哥哥若知道，就告訴我們吧！

寶　玉：說來可笑，就為了誰失落一個繡著春畫兒的香袋，被東院大太太看見了，調唆太太說是有傷風化，叫太太徹查園子裡的丫頭們。太太一氣之下，讓二嫂子搜查園子，又親自帶人進來審問。剛才我回到怡紅院，見太太正在審晴雯，也不容我搭話。說要攆晴雯出去，又要把芳官那幾個唱戲的女孩子發還給他們的乾娘各自領回，任從聘嫁。也不知是誰撥弄的是非！可憐晴雯還病著，又沒個親人。（跌足怨懟）

探　春：（詫異）奇怪，太太並沒有到我們這裡來！

寶　玉：其實二嫂子也並沒有搜出晴雯和芳官有什麼贓物，究竟他們犯了什麼逆天大罪，太太竟容不得她們？不是我妄口咒人，說不吉利話，今年春天怡紅院的階前，好好一棵海棠花，竟自無故的死了半邊，我就知道要有壞事兒，沒準兒應在晴雯身上，這麼一來，她還能活得成嗎？唉！死了乾淨，大家死了，大家乾淨！

探　春：（笑）二哥哥你也太婆婆媽媽了，這種話怎麼是一個讀書人講的？

寶　玉：（認真地）你哪裡知道，世上不但人有情，就是草木蟲鳥也有感情。而咱們家的有些人，竟連草木都不如！

【哭聲依舊，屋內沉默，賈寶玉陷入悲戚地踱著步，賈探春支腮沉思。

寶　玉：（猛然拍案沉痛地）好了！好！晴雯、芳官攆了；寶姐姐、香菱快搬回去了；二姐姐快嫁了；林妹妹長年病著；索性早點散了吧，四妹妹，咱們一塊兒出家去！

惜　春：（忙站起來）二哥哥，你少說些什麼呆話？回來給嚼舌頭的人混說到老爺耳朵裡，又要罵你瘋，還要給我派罪的。

寶　玉：（著急地）我瘋，我瘋，再這樣逼下去，我真要瘋了！（痛苦地兩手捧著頭）

探　春：（拍著他的肩安慰地）二哥哥，安靜點兒，咱們今後就像看戲似的，再多看看也好。

寶　玉：橫豎我是打定了主意，雖不能作到「世人皆濁我獨清」，但也絕不甘於跟著他們同流合污。目前只是為了敷衍老太太，太太，暫且苟安下來罷了。（說罷黯然啜泣）

【這時哭聲漸淡，忽然近處有人長吁短歎，接著一陣風吹熄套間的燭火，頓時暗淡起來，屋子裡的燈光也搖拽著，陰氣森森！

探　春：（站起來，毛髮悚然面色慘變）誰在外面？（聲音有些顫慄）

【沒有回應，賈寶玉走向窗前看看，又至套間的窗前看看，再走出來。

寶　玉：不要怕，沒有什麼，想是牆外邊別家的女兒受了氣。

探　春：聽著就像在窗子外頭。（向右屋門）侍書！快來。

侍　書：（應著走出來）什麼事？姑娘！

探　春：把套間的蠟燭點起來。

侍　書：是！（走進套間點燭）

探　春：侍書，你聽見沒有？誰在外邊歎氣？又像是哭！

侍　書：聽見了，我和入畫還跑出去看過。

探　春：（忙問）有人嗎？

侍　書：是司棋姐姐在哭。

寶　玉：為什麼？

探　春：（這才鬆了口氣）還不也是為了搜園子的事！

侍　書：她先在沁芳亭哭，此刻想是回去，路過咱們門口。
寶　玉：唉，女兒劫！女兒劫！
惜　春：（有所感地喃喃自語）瞧吧！這些都是敗家之象，只怕好景不長了！
寶　玉：（頻頻點首，悽然地）四妹妹園子圖兒畫好了嗎？
惜　春：畫好了，只是還要修改修改。三姐姐，我回去了！
寶　玉：（感傷地）唉，園子完了，留個圖畫兒也是個紀念。走吧，四妹妹，我送你回去。
侍　書：入畫，入畫，四姑娘要回去了。
惜　春：（向探春告辭）三姐姐該歇息了！（向門外下）
探　春：（送到門口）二哥哥一個人回去不怕嗎？我叫個婆子來送你吧！
寶　玉：（連連揮手）不，不！我看見那些婆子就討厭！（隨惜春下）
入　畫：（走出來見惜春先去了，忙拉著探春）三姑娘，千萬千萬明兒再替我向四姑娘討個情！（說罷匆匆下）
探　春：（見他們走後，退至案前，茫然失神地）難道真是快完了嗎？

【月光昏暗，萬籟俱寂，只聞杜鵑啼聲；風蕭蕭，遠遠有人泣啼聲！

——幕徐落

第四幕

第一場

時　間：隆冬的一天晚上。

地　點：賈府梨香院。

人　物：夏金桂、寶蟾、薛蟠、香菱、薛姨媽、夏三。

布　景：薛蟠和夏金桂的新房。舞臺的正面為套間，有織錦屏風擋著。套間的門檻上楣，有泥金横匾，書「琴瑟之好」四字。舞臺的左上端有月洞門，通小走廊，一排木格扇門窗，稀疏幾枝枯杆可見。舞臺的右外端有側門，通寶蟾臥室。懸大紅緞門簾。中間掛一幅牡丹花立軸。有壁櫥，上陳古玩數件。左首置炕桌，炕前有繡墩，右首置茶几，兩旁有椅。中間置圓桌，周圍矮凳。

【幕啟。門窗是關著的。室內燈光輝煌，炕前燒有火盆，夏金桂穿著一件大紅色緞子鑲金邊襖，外罩黃色綾坎肩。粉紅色綾棉褲，斜躺在炕上，兩腿伸直地放在寶蟾身上。寶蟾穿一身桃紅色綾棉襖，天青色綾棉褲，坐在繡墩上替夏金桂搥腿。夏金桂一面享受著，一面在想什麼。

金　桂：（忽然兩腿蠕動一下，叫著）唉喲！死蹄子，輕一點行不行？

寶　蟾：（沒有作聲，只好輕輕地搥。心裡也像在想什麼）

金　桂：往上一點！再往上一點！唉喲，好疼啊！

寶　蟾：（照著她的指揮移動搥的部位）是這裡嗎？奶奶！

金　桂：（煩躁地揮著手）不對！不對！是腿胳肢窩！

寶　蟾：那就是下邊了，可是奶奶直叫往上槌。（說著改搥腿彎處）

金　桂：（驀地坐起來凶凶地）怎麼？叫你槌會子腿，你就不耐煩了？我瞧你先別起「宋太祖天南唐」的心，你姑奶奶的脾氣你不是不知道；順著我可以倒過來給你搥腿，逆了我，對不起，有你受的。

寶　蟾：（陪笑）奶奶這是什麼話？憑我有天大的膽子，也不敢在奶奶面前造反呀！

金　桂：量你也不敢！你不要看著大爺怪喜歡你，你就承望著大爺收起你，好壓伏我！告訴你，任他是當今的皇上，不得我正宮娘娘的許諾，也不用想納半個妃子！

寶　蟾：（站起來，撥弄著火盆，不大高興地）奶奶這話只合去對大爺講，橫豎我是沒有這個心的！

金　桂：（冷笑）哼！有沒有你自己心裡明白，我長著眼睛，也不是看不見！

【這時薛蟠穿著件天藍色狐腿皮袍子，醉醺醺地從月洞門走進來。

薛　蟠：（向金桂的臉上摸了一下）這樣晚還沒歇著？

金　桂：（聞著酒味，忙用絹子蒙了鼻子，揮開薛蟠，沒好氣地）滾開點，哪兒去灌了一肚子的黃湯，醺死人的！（說罷走進套間）

寶　蟾。（也沒好氣地走向右房門）

薛　蟠：這是怎麼回事兒？兩個人見我回來了，一個往套間躲，一個上房裡避，我又不是老虎，還會吃了你們不成？寶蟾姑娘，勞駕給我沏碗好茶行不行？喝多了酒，這會子口怪渴的。（說罷坐圓桌上首）

寶　蟾：（沒答話，默默走進右房去了）

薛　蟠：（回頭向套間叫著）我的大奶奶，出來坐會子說說話兒，何苦來，一個人悶在套間裡！

金　桂：（惡聲惡氣地）對不起，我困了，沒精神陪大爺，要說話有的是人，犯不著找我，沒有我你自在些！

薛　蟠：嘖嘖嘖！早不困，遲不困，偏這會子困！你再不出來我可要——

金　桂：（不等薛蟠說完）要怎麼樣？

薛　蟠：要拉！

金　桂：（厲聲）什麼，要打？你來打打試試看，你若是敢動動老娘的一根汗毛，老娘就叫你的腦袋搬家。

薛　蟠：（伸伸舌頭回過頭去大聲嚷著）聽錯了，我的大奶奶！我說是「要拉」，拉拉扯扯的「拉」，憑我長幾個腦袋，敢在你眼前說「打」！

寶　蟾：（送茶上，聽見他們說話，站在房門口撇著口嘴笑）姑爺，茶來了！（送茶至薛蟠前）

薛　蟠：好！（忙轉臉接茶，故意調情地拉住寶蟾的手）

【寶蟾掙脫，這時夏金桂從屏風後輕步悄悄走出。寶蟾先看見，忙躲閃一邊去放茶碗。薛蟠因不知故，仍拉寶蟾，不當心「豁琅」一聲，茶碗落地粉碎，潑了一身的水。

金　桂：（冷笑兩聲，來至薛蟠前面）哼，這折戲演的真是有聲有色！

薛　蟠：（這才知道被金桂看見了，訕訕地）都怪寶蟾不好生拿著碗！

寶　蟾：（面紅耳赤）都怪姑爺不好生接著。

金　桂：（冷笑地）你們兩個人的腔調兒都夠使的了，別打量誰是傻子！（說罷坐在炕上）

寶　蟾：（羞羞慚慚地彎腰拾起碎碗，垂頭走向房內下）

金　桂：（向薛蟠）要打什麼主意，只管和我明說，光偷偷摸摸的不中用。

薛　蟠：（見她並不發怒，忙跪下拉住金桂嘻皮笑臉地）好姐姐，既是你看出來了，我就對你實說了罷，若把寶蟾賞了我，那怕你要活人的腦子，我也去弄來給你！

金　桂：（冷笑）瞧你這個饞癆樣子：「吃著嘴裡看著碗裡」，現有個香菱，又想寶蟾，要把天下好點的女人都占了不成？

薛　蟠：我只要寶蟾一個人就夠了，好姐姐！你如果答應我，這一生一世，我再也不打別的念頭了！

金　桂：這可難說！

薛　蟠：（情急地）我跟你賭咒，要是我再——

金　桂：好了，好了！用不著賭咒，你愛誰，就光明正大的收在房裡，省得叫人看見不雅！

薛　蟠：（喜極；站起來就抱住金桂）我的親姐姐！謝謝你成全我這件大事，一輩子我都忘不了你的恩德！

金　桂：（啐了一口，推開他）給我滾開些，誰稀罕你奉承，以後只少幫著小老婆子欺負我就行了！

薛　蟠：（笑）放心吧，薛蟠不是那種忘恩負義的薄倖人！

金　桂：（想了想）既是這麼著，如今你們就去說說情話吧！

薛　蟠：（大喜）那麼，我就去了！（說罷大踏步走向房門下）

金　桂：（見薛蟠去後，皺眉思索，計上心頭，悄悄走向月洞門低聲叫著）香菱！香菱！聽見有應聲，得意地回室內，仍坐炕上）

【香菱穿著一件粉綠色緞襖，銀灰色綾裙子，較先前清瘦。慢步自月洞門外走上。

香　菱：（畏怯地趨前）奶奶！什麼事？

金　桂：（假意著急地）其實也沒有什麼大不了的事兒，就為我的一張常常用的絹子丟了，這屋子裡再也找不到，怕是掉在外頭。說來不值幾文，只是自家人拾了，倒還罷了，要是給外頭人揀去，豈不有失體面？所以請你來問問，你看見沒有？

香　菱：（信以為真）沒有看見，讓我來幫奶奶尋尋吧！（說著就各處找起來）

金　桂：（悄悄冷笑）這些地方我都找過了。

香　菱：奶奶套間也找過嗎？

金　桂：也找過了，全沒有。

香　菱：（有點為難，一眼看見房門忙問）寶蟾姐姐屋裡呢？

金　桂：（佯裝恍然）呃！倒是忘了上寶蟾屋裡看看，我這就去找找。（說著站起欲去）

香　菱：（老實）我去替奶奶找吧！

金　桂：（正中下懷）太麻煩你了，寶蟾這丫頭也不知上哪兒去了！

香　菱：寶蟾姐姐大概在屋裡做活計。（說著走進房門）

金　桂：（得意地低聲冷笑）嘻……

薛　蟠：（在房內厲聲咆哮著）死娼婦，你這會子來撞屍遊魂作什麼？

香　菱：（垂首喪氣地出來，已經明白是金桂搗的鬼，默然走向月洞門）

金　桂：（忙拉住香菱故意地）香菱！香菱！怎麼回事？寶蟾在屋裡嗎？好像聽見大爺的聲音？

香　菱：……（不言語，只點了點頭）

金　桂：（假裝生氣）哼！我明白了，准沒有好事兒，你這個不害臊的主子，碰一個愛一個，如今不用說又想霸佔我的丫頭了！好，當著我的臉欺負我，我也不能叫他自在。（說罷大聲叫著）薛蟠，你給我滾出來！

香　菱：（見事不妙，連忙轉身就走）

薛　蟠：（怒氣衝衝地走出來，一眼看見香菱順手拿了門閂撲過去，狠狠抓住她的頭髮，邊打邊罵）賤人！好端端的跑來挑撥是非，不教訓教訓你，也

不知道你大爺的脾氣。（說罷沒頭沒腦地打了幾下門閂）

香　菱：（哭著辯駁）原不是我要來的，奶奶叫我找絹子——

金　桂：（變臉）香菱，你說話可得憑點良心呀！我叫你找絹子是真，但並沒有叫你上寶蟾屋裡找去，想是你已經知道他們的祕密，所以故意藉著找。絹子，去撞散他們？這也不要緊，你是大爺的二房，原該干涉的，只是別把罪過往我身上推呀！

香　菱：天哪！（有苦說不出，失聲大哭）

金　桂：什麼也不用說了，左不過是你們三個人都多嫌我，好吧；我也活夠了！（說著忿忿走向門外）

香　夔：（惶恐地忙拉住金桂）奶奶！

薛　蟠：（暴跳如雷地叫著）好，好！都是你一個人闖的禍！（說罷又要打香菱）

【這時薛姨媽穿著身深澄黃色緞子面羊皮襖，藍緞子褲，拄著一根手仗顫巍巍推門進來。

姨　媽：（一把攔著香菱，向薛蟠喝問）住手，她什麼事惱了你，值得下這樣毒手打她？她服侍了我這麼多年，我還從來沒有捨得打過她一巴掌哩！

金　桂：（趁勢撒潑地哭起來）這半個多月來，你的兒子就心心念念要霸佔我的陪房丫頭，剛才又趁空兒去勾搭寶蟾，給香菱撞進去看見了，他就惱羞成怒，賭氣打香菱，什麼打香菱，不過是「吊起騾子給馬看」，借此嚇唬嚇唬我，讓我也不敢管他罷了。既是這樣，索性治死我，你老人家再替他娶個富貴的，標緻的好啦！

薛　蟠：（看見姨媽進來，已不敢動作，如今又給金桂這麼一數落，又害怕又氣憤）金桂！（喊了一聲，欲言又止）

金　桂：（忙攔住薛蟠）好了，好了！沒什麼可說的，明兒趁早拿把刀殺了我完事！

姨　媽：（氣得指著薛蟠的臉大罵）不爭氣的孽障！狗也比你體面些，一個兩個還不夠，又要寶蟾，叫老婆說你霸佔陪房丫頭，看你還有什麼臉面見人？我知道你是個得新棄舊的人，如今既是嫌香菱不好，你也犯不著打她，我就叫「人牙子」來賣掉心淨。（說罷拉著香菱就走，在窗外大聲地）來人呀，快去叫個「人牙子」來，不論多少銀子都成，橫豎為的是拔去肉中刺，眼中釘。免得大家過不了太平日子！

金　桂：（聽出是諷刺自己的，也在窗子內哭喊著）你老人家賣人只管賣人，不必說著一個，拉著一個的！難道我是那種吃醋拈酸的人嗎？什麼叫作「拔去肉中刺，眼中釘」，是誰的「刺」？誰的「釘」？

姨　媽：（仍在窗外顫聲地）這是誰家的規矩？。才過門不到一年，婆婆在這裡說話，媳婦隔著窗予拌嘴，虧了還是舊門第的姑娘，滿嘴裡大呼小叫，惡聲粗氣的，成個什麼體統？

薛　蟠：（急得跺腳）罷了，罷了！矮牆淺屋的，仔細外頭聽見了笑話，媽媽，你老人家少說一句吧！

金　桂：（一不做二不休地越發提高嗓子嚷嚷）我不怕人笑話，你們一串兒的來陷害我，不過是仗著有幾個臭錢，有一門好親戚。你們既是嫌我不好，就留下香菱，把我賣了吧！

薛　蟠：（又急又氣，想制止又不敢，無可奈何地走到茶几旁坐下歎了口氣）唉！只怨我運氣不好！偏偏的——

金　桂：（惡虎似的撲向薛蟠）「偏偏的」怎麼了？偏偏的娶了我這個攪家精是不是？誰叫你們瞎了眼，跑到我們家去三求四告的娶了我呢？

薛　蟠：（氣極不可抑地）是的，你就是一個攪家精！自從你過門以來，家裡就沒有安靜過，成天價翻江倒海的鬧得神鬼不安！也不知道你到底打的什麼主意？

金　桂：（見薛蟠變臉，更惱了，連哭帶罵地）我鬧，我為什麼鬧來著？你後悔娶個攪家精，我還後悔嫁個混帳男人呢！寶蟾，給我滾出來！

寶　蟾：（理直氣壯的走出來）奶奶！

金　桂：（沒好氣地，撲過去就是一掌）死丫頭！你到底和大爺在房裡作什麼？帶累我受氣挨罵！（說著又是一連數拳）

寶　蟾：（屹立不動，昂然爭辯）我和大爺作什麼，奶奶不是明明知道嗎？奶奶叫大爺進去找我說情話，我在房裡聽的清清楚楚，怎麼如今倒翻起案來了。

薛　蟠：照哇！不是你叫我進去找她說情話的嗎？什麼收作偏房的事也是你同意的呀，怎麼這會子都不認帳了呢？

金　桂：（勃然大怒，舉起剛才薛蟠用以打香菱的門閂，向寶蟾身上亂打）好丫頭，你敢搶白我，你也想騎上我的頭來了！

寶　蟾：（大哭大鬧）打死人了！救命呵！打死人了！

薛　蟠：（見打寶蟾，舉起椅子就攔）住手！

金　桂：（見薛蟠護寶蟾，轉身就打薛蟠）好，你們擰成一條繩來欺負我，今兒非打死你們一個不行！

薛　蟠：（忍無可忍，用力奪過金桂手中的門閂）看誰打死誰！（說著舉起欲打）

金　桂：（撒潑地挺身過去）來吧！今兒你薛蟠能打死我，我夏金桂也不會讓你好好活著！打呀！怎麼不打呀？

薛　蟠：（氣沖沖地扔了門閂）你不要以為我是怕你，男子大丈夫不屑於跟女人交手。

金　桂：嘻！你算什麼男子大丈夫？你媽剛才的話不錯，你連一條吃屎的狗都不如！

薛　蟠：（傷了自尊，更氣）既是你瞧不起我，趁早兒你再改嫁好了！

金　桂：（冷笑）嘻嘻！你們薛家有這個規矩，我們夏家還沒聽說過，除非你死了！

薛　蟠：你不用咒我死，逼的緊了，我遠遠的走開，也跟死了差不多。

金　桂：你走了我落得清靜些，誰也不是離了你就不能活！（說著坐炕上）

薛　蟠：（憤憤地）好，我就走！（說著賭氣向月洞門外下）

金　桂：哼，一輩子不回來才好！（站起狠狠用力關上門，忽然窗戶上呈現人影，大驚倒退幾步）誰？

【聲音：（低微地）我，姐姐！快開門。

金　桂：（放了心）噢！原來是三兄弟！（開門），

【這時，夏三穿著一件紫紅緞袍子從外面走進來，賊頭賊腦地張望著。

夏　三：怎麼，兩口子拌嘴了？（說著坐到圓桌右首凳上）

金　桂：別提了，橫豎媽算是把我送進火坑裡來了！（說著委屈地拭淚）三兄弟怎麼這樣晚才來。

夏　三：我早來了，就聽見你們在屋裡吵架，又有你婆婆的聲音，不敢進來。剛才看見薛大哥賭氣走了，才進來。（注視寶蟾）怎麼，寶蟾哭了？人家兩口子鬧氣，你夾在裡面起什麼横？

金　桂：（冷笑地）我們如今算是三口子了！不，不止三口子，後邊還有一口子呢！

夏　三：（打趣地）這麼說，姐姐你就是正宮皇后，她們就是東西宮的娘娘？（無賴地取笑著）恭喜，恭喜，恭喜我們的寶蟾姑娘，如今一躍而為西宮娘娘了！

寶　蟾：（又羞又氣地走開）三爺何苦拿我們當丫頭的取笑兒！（說罷向房內走）

金　桂：給三爺泡碗茶，行不行？

夏　三：哎呀！不敢當，不敢當，如今的寶蟾姑娘，可不是往日的寶蟾姑娘了！

寶　蟾：（看看他們，敢氣不敢言，忿忿走去）

金　桂：再怎麼著，總是我的丫頭。（見寶蟾去後，移坐圓桌左首凳上，低聲詭祕地）剛才沒碰見人吧？

夏　三：你們裡頭的人倒是沒碰見，只是又遇著那個年老的門上人，好在他知道我是舅爺，不會起什麼疑心。

金　桂：碰到別人倒沒有什麼要緊，只怕碰見兩個人，一個是我們小姑子薛寶釵。一個是我們小叔子薛蝌。不過這兩個人也不會跟我一輩子，薛寶釵已經許給賈寶玉了，不久就過門；薛蝌也和賈府大太太的姪女邢岫煙訂了親，一娶進來，就要回南方去的。除了這兩個人，剩下我的婆婆和薛呆子，哪怕你把家裡的磚頭瓦塊都全拿去賣了，他們也不會知道的。

夏　三：前兒咱媽還說來著，只管鬧吧，鬧得他們家破人亡，那時候把東西一股腦兒捲走，再配一個好姑爺算了！

【寶蟾捧茶走出，聽到夏三的話悄悄搖首。忍氣吞聲地送茶與夏三和金桂，也不言語，只侍立一旁。

金　桂：寶蟾，去到套間把大爺箱子裡的一個包袱拿來！

寶　蟾：是！（應著向套間下）

金　桂：我還有點東西請你拿去給我賣了，只是小心別給人看見。
夏　三：（見寶蟾去後低聲地）你不怕她告訴薛大哥嗎？
金　桂：量她也不敢！再說，究竟她還是咱們夏家的人。
夏　三：話雖如此，還是小心的好。
寶　蟾：（取一個包袱交金桂）是這個嗎？奶奶！
金　桂：是的。（交夏三）這裡面是些銀器物件，你要給我多賣些銀錢，要是賣少了，我可不依！
夏　三：這個只管放心，包你吃不了虧。
金　桂：賣的錢，替我買副骨牌來，悶的時候逗著玩兒。再買些上好的脂粉，香料。有別的忘八粉頭樂的，我為什麼不樂？寶蟾去關照廚房裡的人，從明天起，每天殺雞宰鴨，你們吃肉，骨頭留給我下酒。
寶　蟾：是！（向洞門外下）
夏　三：姐姐原該這樣，憑什麼自己受委屈？想玩什麼，吃什麼，只管要。
金　桂：上次的一包東西，我叫你交給媽放起來，那都是薛家祖宗傳給薛呆子的寶貝，千萬仔細失落了！
夏　三：媽放好了。只是這些東西三番兩次的弄出去，若是一日薛大哥問起來，你怎樣應付呢？
金　桂：（冷笑）嘻嘻！他要是能夠用心到這上頭，倒是他的福氣了！他早被酒色迷了心竅！
夏　三：（笑）這也是他們薛家命該敗落，偏偏就生出這麼一個現世寶的兒子！
金　桂：（使眼色，低聲地）我有句話跟你說，咱們上套間去！（站起走向套間）
夏　三：（會意，無賴地笑著跟進去）
寶　蟾：（匆匆上）奶奶，奶奶！
金　桂：什麼事大驚小怪的？（不高興地止步）
寶　蟾：我剛才從廚房出來，聽見上房鬧哄哄的，跑去一看，原來是香菱病了！
夏　三：（搭訕著）誰病了，什麼病？
金　桂：（無動於衷）好端端的怎樣就病了，還不是故意地撒撒嬌，哄哄太太罷了！
寶　蟾：真的，我看見她大口大口的吐血，臉顏色都變了。
夏　三：（插嘴）哎呀，姑娘吐血，准是癆病，危險！
寶　蟾：太太也是這麼說，這會子正慌著請大夫呢！（言下有些同情惋惜之慨）

夏　三：（煞有介事，搖頭幌腦）這種病，恐怕醫藥也是無效的，趁早兒，準備棺材。（說罷站起來）

金　桂：（幸災樂禍）阿彌陀佛！這是神保佑，真的要替我拔掉「肉中刺」，「眼中釘」了！

夏　三：姐姐，時候不早了，我該去了。（挾起包袱走向格扇門外）

金　桂：（送到走廊上）過兩天再來！別忘了賣了錢給我買一副骨牌。

夏　三：（笑著答應）記得，記得！下次我來陪你推牌九玩兒！（下）

寶　蟾：（見他們在外面，有所感觸地長歎一聲）唉！

——幕徐下

第二場

時　間：初春的一天下午。

地　點：賈府梨香院。

人　物：薛姨媽、香菱、夏金桂、薛蝌、寶蟾、小丫頭、王熙鳳、平兒。

布　景：薛家的上房。畫樑雕棟，金碧輝煌。舞臺的上端正面為出入門，懸大紅氈簾。門內兩邊有繡凳。舞臺的左外端為通薛姨媽住室的房門。舞臺的右外端為通薛寶釵與香菱住室的房門，皆懸珠紅色緞門簾。舞臺的右首置長几和小雲頭茶几，兩旁有椅，鋪繡花緞墊。長几上設一大磁盤，內有金瓜。壁懸一幅山水古畫舞臺的右手置炕桌，上墊虎皮褥。炕桌前有火盆，有矮凳，亦鋪繡花綴墊。

【幕啟。薛姨媽穿著深藍色緞子面灰鼠皮襖，深灰色絲棉褲紮腿，一個人歪在炕上愁眉不展，唉聲歎氣。香菱穿著一件藕荷色緞子皮襖，淺黃色綾坎肩，月白色綾裙子，自左房門慢慢走出，步伐軟弱，面色蒼白，顯示大病在身，有不能支持之勢。

香　菱：（走到炕前有氣無力地）太太，一個人兒歪在這兒想什麼？天冷，仔細著涼。

姨　媽：（忙坐起來拉住香菱）我的兒！你不躺著，又出來作什麼？快坐下。瞧你弱成這個樣子！（說著，心疼地撫著她）

香　菱：（坐矮凳上，撥弄撥弄火盆）我聽見太太在這兒唉聲歎氣，想著出來和太太說說話兒，也好解解悶。（說罷咳嗽了幾聲）

姨　媽：（關心地）咳嗽又不見輕嗎？

香　菱：（搖搖頭）沒有，吐血倒止住了。

姨　媽：咱們家裡有的是上好的參，你常常叫他們熬點兒參湯給你喝，那是最能補虛弱症的。

香　菱：（苦笑）還補他幹什麼？早點死了少受罪。如今天天請大夫吃藥，大奶奶都罵的不得了，再喝起參湯來，更要說我裝病撒嬌了。

姨　媽：（難過）唉，都怪我前世造了孽，這輩子才生下這個不成器的兒子，又娶了這麼個母夜叉的媳

婦；我自己受罪命該如此，連累你陪著我挨打挨罵，心裡真過意不去！（說罷老淚滂沱）

香　菱：太太說哪裡話！我又何嘗不是命該如此？太太待我好，我就是死了也是感激的。（言次泣下）

姨　媽：好孩子，別胡思亂想，誰沒個病呀災的，怎麼能就說到「死」上？等你大爺的官司完了，有一天他回心轉意，你們還會好起來的。他是個真性質人，見不得挑唆，其實心眼兒倒不壞。只是恐怕他不會再回來了！（言下泣不成聲）

香　菱：（感慨地）就是他再回來，我也不願意跟他了，我活著一天，只服侍太太一天，直到我死了為止。

姨　媽：唉！都怨我的命苦，不能消受你這樣一個賢德媳婦！

香　菱：大爺的官司，這兩天有信息沒有？

姨　媽：咋兒他打發人回來送信了，說知府裡已經准了情，定為誤殺罪，只是道裡批駁了，叫我趕快再托人求道裡開恩。今天你二爺又拿了些銀子去了。花錢不要緊，就怕買不回他的命來！（說著又啜泣不已）這都是那個潑婦害的，過了門沒有一天不鬧，生生逼得他住不下才賭氣走了。原想著那天打完架，他出門散散心就回來，誰知道竟自一去不回頭！

香　菱：大爺走後不是給太太來信，說是和人作買賣去了，怎麼又鬧出人命案來？

姨　媽：唉！這件事本不想告訴你，因為你病著，我不忍心再給你添愁。如今既然你問，我就說了罷。你大爺原是到城南去約一個人同伴上南邊辦貨的，誰知道遇見個什麼唱戲的蔣玉函小子，他們本來認識，當時就一起到酒館飲酒，偏偏酒館的當槽兒不正經，緊拿眼瞟姓蔣的，你大爺就有氣兒，藉故找了當槽兒的一個差錯，罵了他幾句；不料想這當槽兒的是個潑皮，不服你大爺，因此兩人打起來；你大爺順手拿了個碗砸過去，也是命該，一下子恰巧砸到當槽兒的腦袋上，沒多大會兒就死了。那當槽兒的家裡人告到府裡叫償命。這件事幸虧了你二爺，三天兩次的跑去運動知縣，又替你大爺出狀伸冤，府裡才算沒有糊裡糊塗的判罪。只是如今道裡又不准情，咋天托賈府

的政老爺，偏偏他們寶玉病著，看來一時還不能回來！想起他在監中受苦，我心裡就像刀子割似的疼！（說罷拭淚）

香　菱：事到如今，太太也不必緊著急，還要珍重自己的身子。我說句不該說的話，大爺這幾年在外頭盡相與些不正經的人，成天價跟著一起狐群狗黨，不是吃酒，便是嫖妓，實在太不像樣兒了！

姨　媽：你的話不錯，這也怪我平日放縱了他，為的是我就只有這樣一個兒子！

【這時，門外有說話聲，小丫頭穿一身紅色綢襖褲匆匆上。

丫　頭：（走進來大聲地）太太！賈府璉二奶奶來了。

姨　媽：（急忙站起）快請！

丫　頭：是！（應著，忙去打起簾子）

【王熙鳳穿著件松綠色棉襖，天青色綾裙子走進來，她顯得憔悴了些。平兒穿著件桃紅色棉襖，乳白色綾裙子跟在王後面。

熙　鳳：姑媽，我給你老人家請安來了！（說著笑嘻嘻地趨向姨媽跪下拜了拜）

姨　媽：（拉起熙鳳）快別這麼多禮！坐下說說話吧，我我正在這裡悶的慌。

香　菱：（站起迎著）二奶奶怎麼今天有工夫來了！

熙　鳳：喲，菱姑娘起床了，恭喜恭喜！自從上次聽姑媽說你病了，天天想來看看，可是天天走不出，家務事把人快忙壞了！（說著親熱地拉住香菱）

平　兒：（也向姨媽跪拜）給姨太太請安！

姨　媽：（制止地）坐下吧，平姑娘！

平　兒：不客氣，姨太太！

熙　鳳：（坐炕上）表弟妹和寶妹妹呢？

姨　媽：他們都在各自屋裡。府上老太太、太太都好吧？你寶兄弟的身子這幾天怎樣了？我也是心裡記掛，只恨沒工夫過去瞧瞧。

【丫頭捧了幾碗茶來分送各人前，然後下。

熙　鳳：老太太也知道姑媽這程子心裡頭不乾淨，她老人家自己也不快活，接連的盡是些不順遂的事。元妃薨逝，二妹妹嫁了個混帳孫紹祖，吃喝嫖賭無所不為，這到不去管他，還常常打罵二妹妹，說是：「東府裡大老爺使了他們孫家五千兩銀子，二妹妹是親老子准折賣了的。」到底我這個公公怎樣糊裡糊塗使了孫家的錢，我們也不知道，只可憐二妹妹受苦，過門後沒過一天好日子。前兒老太太接她回來住了三天，就整整哭了三天，想多住幾天，孫紹祖都不許。硬打發人接了回去。老太太，太太難受了許久！

香　菱：唉！想不到二姑娘那麼一個賢慧老實人，落到這麼個結局！

熙　鳳：誰說不是呢？這叫好人沒有好報。倒是三妹妹有福氣，老爺從任所打發人回來說，有個鎮守海門的總制周老爺，替他兒子跟老爺求親；老爺問老太太的意思，老太太覺得周家既是同鄉，又是老爺相好的朋友，也是官宦仕家，門第相當，孩子也長得好，便一口答應了。不久就要送三妹妹到任所去成親了。

香　菱：（感歎地）這麼一來，「大觀園」豈不越發冷清了？

熙　鳳：所以寶玉這個呆子受不了，他的病就是從這裡起的；自從搜查大觀園以後；晴雯病死了，芳官出家當尼姑去了，司棋被攆，一氣自盡了——

香　菱：（驚）司棋姐姐什麼時候自盡的？

熙　鳳：（歎了口氣）唉！說也可憐！看她不出，司棋這孩子倒是個剛烈女兒！那天搜出她和她表弟潘又安私下交換的一些物件以後，就把她攆了回去，潘又安也嚇得逃走了。司棋每天在家啼哭，忽然有一天潘又安來了，司棋的媽氣得直打他，司棋攔住她媽，說是當初恨他膽小逃走，如今他既然又回來了，證明他還是真心待我。橫豎我除了他，是不會再嫁人的了，就是他一輩子不來，我也一輩子等他！司棋的媽聽見這話，就罵司棋不害臊，無論如何不答應女兒嫁給潘又安窮小子。司棋一急，就把腦袋撞到牆上，鮮血直流，沒多大會子竟自死了！司棋的媽非叫潘又安償命不可，那潘又安不慌不們，說是原為了司棋才回來，他在外頭發了財，想著叫司棋享享福，誰知偏偏沒福氣。

姨　媽：那姓潘的為什麼不早說呢？

熙　鳳：司棋的媽也這樣問他來著，可是他想試試司棋是不是嫌貧愛富的人，後來見她如此義氣，是一個節烈的女子，就把一箱子金銀珠寶交給司棋的媽，一面出去買了兩口棺材抬回來。

香　菱：（聽得入神，詫異地）怎麼要兩口棺材呢？

平　兒：（插嘴）潘又安自己睡一口啊！

香　菱：他也死了嗎？

熙　鳳：可不是，這潘又安一聲不哭，反倒笑嘻嘻的把司棋的屍首收拾了，然後他自己用小刀子往脖子上使勁一抹，就和司棋一道殉情了！這件事，聽說街坊上都傳為美談。

香　菱：（感動泣下）實在叫人欽佩，像這樣有骨氣，有志節的女兒家太少了！

姨　媽：（笑）說了半天，也沒說到正題上，到底你寶兄弟的身體怎麼樣？

熙　鳳：（笑）瞧你老人家，女兒還沒過門，就這樣疼女婿！

姨　媽：猴兒崽子！又來逗人笑了。

熙　鳳：原是看見姑媽心煩，才講了這些故事兒給你老人家解悶，不說我姪女兒孝順，還說我逗笑兒！

平　兒：我們奶奶真夠孝順的，這程子家務事忙，還千方百計的想主意逗老太太笑，奶奶的心思也快用盡了，口水也快說乾了！

姨　媽：（打趣地）只怕舌頭也快嚼爛了！

熙　鳳：（笑）這個姑媽放心，我是天生的「三寸不爛之舌」！

香　菱：（也笑了）二奶奶真是亞賽當年舌戰群儒的諸葛亮！

熙　鳳：今兒我倒是要效仿諸葛亮，來向姑媽作說客了！

【說罷向平兒使眼色。

平　兒：（會意笑著，走向右房門掀簾窺探一眼，再走向熙鳳）沒有人，奶奶放心說吧！

姨　媽：猴兒！鬼鬼祟祟的到底要說什麼呢？

熙　鳳：（笑著坐近姨媽）姑媽先頭不是問寶兄弟的身體麼？

姨　媽：是呀！這兩天好些沒有？你只管打岔兒，到如今也沒說個明白。

熙　鳳：（詭祕地）你老人家別著急，我就是為這個來的。提起寶兄弟的身體，一方面雖然因為丟了

「寶玉」發病，一面和前頭講的那些事兒也有關礙，最要緊的是林妹妹放不下心去。

姨　媽：你林妹妹病重的消息，不是還瞞著他嗎？

熙　鳳：正因為瞞著他，不叫他們見面，寶兄弟才越發的惦記林妹妹，成天像個木雞一樣的呆著。不言語，也不走動，茶飯端到跟前就吃，不給他，就不要，見了人光傻笑，老太太急得什麼似的。這兩天已經把他從園子裡搬出來同老太太住了，一忽兒請大夫，一忽兒懸賞找「寶玉」，鬧得天翻地覆，可半點用處也沒有。昨天老太太叫賴升的媳婦出去給寶兄弟算了個命，算命先生說要娶一個「金」命的妻子沖沖喜就好了，不然，恐怕保不住。因此老太太跟太太商量，說為了救寶兄弟，只好諸事將就些。雖然姑媽這邊，大兄弟的事還沒有結案；我們那邊元妃去世，寶兄弟還有九個月的功服；況且他又病著，原不該娶親，不過老太太和太太的意思，求姑媽答應，挑個好日子，先讓妹妹過門沖沖喜，藉著她的「金鎖」壓壓邪；等寶兄弟硬朗了，滿了功服再圓房。姑媽想想，這樣使得使不得？使得呢，就是大家的造化，使不得呢，只怪我這個說客沒本事。

姨　媽：（思索）鳳丫頭，讓我仔細想想吧！

熙　鳳：（笑）依我說，姑媽倒是答應的好！橫豎遲早總要過門的，就是如今老人家留住了寶妹妹的身子，焉知她的心不是早就上我們家去了？再說，也算姑媽疼我，寶妹妹去了，我們是這樣的骨肉至親，有她幫著我料理料理家務，我也不會一個人忙死忙活的了。

姨　媽：（猶豫不決，為難地）可是，我就只有這麼一個女兒；草草嫁了，她委屈，我也不安。最好還是等你大兄弟的事結了案再辦。

熙　鳳：那麼，姑媽是要讓寶兄弟一直病下去了？

平　兒：姨太太這一耽擱不當緊，倘或寶二爺有個好歹，豈不反倒誤了寶姑娘的終身？

熙　鳳：平兒說得是，姑媽該替寶妹妹的終身大事著想！至於妝奩一層，以後圓房時再補辦也一樣。

姨　媽：（點頭笑著）你們主僕兩張嘴真厲害，果然是好說客，我只好依了你們！

熙　鳳：（高興地拉著姨媽）姑媽是明白人，這樣我也可以回去交差了！

平　兒：（笑）我們奶奶來的時候，就在老太太，太太面前誇了口，要是姨太太這會兒不答應，我們奶奶怕只有留在這兒，不好意思再回去了！

熙　鳳：我才不留在這兒呢，我一定碰死在姑媽面前，免得回去說嘴打嘴，丟人獻醜。

香　菱：（臉上有些憂慮不安的神情）這麼著，要是林姑娘知道了——

熙　鳳：這一層我們也想過，寶兄弟和林丫頭從小兒在一起長大，免不了有些心病，如今只有用「掉包兒」的法子——

姨　媽：怎麼叫「掉包兒」呢？

熙　鳳：林妹妹那邊，瞞著她，寶兄弟這邊，只好騙他，說老爺做主，把林妹妹許給他了，然後再見機行事。

姨　媽：此計倒好，不過苦了我的寶丫頭！

熙　鳳：左右是為了寶兄弟的病。姑媽放心，有我們在旁邊，不會叫寶妹妹受委屈的。

姨　媽：（沒有主意）也罷，由著你們娘兒們去辦，只要寶玉果然因此病好，也是寶丫頭的福氣！

【這時外面有吵鬧聲

丫　頭：（慌慌張張上）二奶奶！府裡打發人來請二奶奶快回去，說是林姑娘不好了！那邊正哭得緊呢！

香　菱：（大驚）什麼，林姑娘，她……她（說不下去，悲痛地捧著頭）

熙　鳳：（無動於衷，也毫不詫異地站起來）我早料定林丫頭就是這兩天的事兒！

姨　媽：可惜了兒的，一個才貌雙全的人兒這樣短命！

熙　鳳：姑媽，我該回去了，室妹妹的婚事，就照咱們先頭說的辦。（走向門外）

姨　媽：隨你吧！（送到門口）

熙　鳳：（向香菱）菱姑娘身子好點兒，到園子裡來玩！（下）

【香菱送王熙鳳平兒去後，回坐火盆前，茫然不知所措，眼淚不住涔涔而下。

姨　媽：（注意）香菱，你哭什麼？又不舒服了嗎？

香　菱：（悲戚地搖頭）我為我們這些女孩兒的命運哭！

姨　媽：（不大在心）到房裡去歇歇吧！（說著走進左房門）

香　菱：（見姨媽去後，低聲慼喟地）可憐的林姑娘！

【這時薛蝌穿一件綠色緞袍子，繫一條金絲絛子，匆匆上。

薛　蝌：（向屋內張望）太太呢？香菱！

香　菱：太太上房裡歇著去了。二爺有事嗎？

薛　蝌：（煩憂不安地）有事，有要緊的事！

香　菱：是不是關於大爺的事？

薛　蝌：正是！正是！

香　菱：好信息呢，還是不好的信息？

薛　蝌：（坐炕上）香菱，你說怎麼辦？是不好的信息，跟太太說了吧，怕她老人家擱不住，不說，又不成！我難為了半天，想不出主意來！

香　菱：（一驚，鎮靜地）結了案嗎？

薛　蝌：好容易費了許多力氣，化了許多銀子，才打點好各衙門，買了個「誤殺」之過；誰想如今刑部駁審，依舊定了死罪，任怎樣托人說情都不准。

香　菱：（想了想）這件事還得請寶姑娘跟太太委婉的說了才行。還有，先別叫大奶奶知道，不然又鬧起來了。

薛　蝌：這個我知道，你就去告訴寶姑娘吧！

香　菱：好！（站起來向右房門）

薛　蝌：菱姑娘，請你順便把我上次交給你收著的一件天藍色緞夾袍帶來，天暖了，棉袍子穿不住了！（說著站起走向左房門）

香　菱：知道了！（下）

【薛蝌剛掀開房門簾子要進去，這時寶蟾穿著一件桃紅色綾襖，淺黃色綢裙子掀開門簾子走來。

寶　蟾：二爺！（先喊了一聲後，又鬼鬼祟祟看了看室內，再打著簾子，探頭往外，低聲地）奶奶進來吧！

薛　蝌：（聞寶蟾呼喊，忙止步回顧）什麼事？

【夏金桂已穿著一件橙黃色緞襖，紅色綾背心，淡青色綾裙子，姍姍走來。

寶　蟾：（笑嘻嘻地）二爺，我們奶奶有話跟你說！

薛　蝌：（信以為真，轉身恭敬地）嫂嫂有什麼話？（說著拘泥地不敢正視）

金　桂：二兄弟請坐下來說話兒！（說著自己坐炕上）

薛　蝌：嫂嫂有話請快點講，我還要看太太去。（說著坐繡凳上，十分羞窘）

金　桂：二兄弟今兒在哪裡喝了酒？臉蛋兒紅的象櫻桃兒似的！（說罷用花綢絹子捂著嘴笑）

薛　蝌：（兩頰飛紅）嫂嫂不要取笑，我不會喝酒。

寶　蟾：（輕佻地笑著）二爺現帶著幌子，還賴沒喝。上回我給你送酒去，你說不會喝，如今倒會在外頭喝，真辜負我們奶奶的一片心思！

金　桂：（嬌嗔地）死蹄子，少說混帳話，自然是外頭的酒比自己家裡的酒好，喝著也有趣些！是不是？二兄弟！

薛　蝌：（賠笑地）嫂子說哪裡話，我真沒有喝酒！

金　桂：（笑著）看來你是哄我罷了！

薛　蝌：我實在不會喝酒，嫂嫂不必多疑。

金　桂：若果真不會喝也好，不然像你哥哥似的，喝出亂子，敢明兒娶了你們奶奶，也像我似的守活寡受孤單，那才苦呢！（垂首作傷心狀）

寶　蟾：（笑著走向門外）你們說說話兒，我去給你們沏茶！

薛　蝌：（一把拉住寶蟾）不渴，不敢勞動姐姐！

寶　蟾：（揮開）怎麼二爺今天不老實起來了？這樣拉拉扯扯的給別人瞧見成什麼樣子？（說罷急下）

薛　蝌：（又氣又羞，手足無措）嫂嫂有什麼話快說吧，我還有要緊事去和太太商議哩！

金　桂：我明白了，為了你哥哥的事，累你千方百計的奔走，替他調停，我心裡也很感激！只可惜你哥哥太不正經，要是他像你這樣逗人愛，別說叫我為他守活寡，就是為他死了，我也情願！（說著以目傳情）

薛　蝌：（正色）嫂嫂這是什麼話？哥哥有了事，作兄弟的理當幫忙，嫂嫂不必客氣！

金　桂：你真是個好人！（說著不禁站起來靠近他）

薛　蝌：（忙向後遠退幾步，有些手足無措）嫂嫂！

金　桂：（索性老著臉，鼓起勇氣一把拉住他袖子）二弟，我跟你說一句要緊的知心話兒！

薛　蝌：（退避，嚴肅地）嫂嫂！請放尊重些！

金　桂：（拉住他的手，緊緊不放）這裡不方便，你跟我

到我房裡去說話！（拉著往外走）

【香菱上，夏金桂忙放開薛蝌，臉上羞愧變色。

香　菱：（拿了一包衣服，睹狀驚惶，忙將衣服交薛蝌）大奶奶！二爺，這是你的衣裳。寶姑娘說請太太和二爺到裡邊去商議事。

薛　蝌：（如獲救星）好！好！我就來！（急忙拿衣包逃向右門下）

金　桂：（見薛蝌去了，羞愧失望，怒不可遏地拉住香菱發作）你們這些人，眼裡就沒有我了！商議什麼事兒都瞞著我，既是這樣，你們索性勒死我好了！

香　菱：大奶奶，是二爺要跟太太，姑娘商議事兒，與我不相干！

金　桂：（冷笑）嘻嘻，與你不相干，倒推的個乾淨，平日都是你調唆大爺為非作歹，如今他真打死人了，關在監裡，你稱心了，你瞧著我孤單一人好欺負，還想把我逼出去，是不是？

香　菱：（氣得顫慄）奶奶。這是什麼話？

金　桂：（發潑舉手，打向香菱）是你把大爺氣走的，如今你又和二爺勾勾搭搭！（說著把茶几上的東西砸了）

香　菱：你，你不要血口噴人！（一陣氣忿，大叫一聲，倒在椅子上）

姨　媽：（自左房疾步上）你們是．怎麼著？好好的又家翻宅亂起來，這還像個人家嗎？（走向香菱）香菱病得這樣，何苦來還折磨她？

金　桂：（大哭大鬧）我何曾折磨她，分明是你們一條繩兒的折磨我，好了，好了，我也不活了，男人橫豎定了死罪，咱們今兒索性鬧一場！

姨　媽：（大驚）什麼，誰說蟠兒定了死罪？

金　桂：二兄弟在這裡偷偷摸摸和香菱說的，我在外頭聽見了，不信你問他們。

姨　媽：（著急地）蝌兒，蝌兒！

薛　蝌：（匆匆上）太太！

姨　媽：（顫聲地）你大哥定了死罪嗎？

薛　蝌：太太先不用著急，我正在找太太去商議呢！

姨　媽：（大哭）既是這樣，我也不要這條老命了，趕到法場見他一面，娘兒倆死在一處完事，免得活著受罪！（說著抖搜得站立不穩）

薛　蝌：（扶住姨媽）太太，你老人家不要這樣，事情還不是就沒法了。（說罷回顧香菱怨尤地）菱姑娘，何苦來急著告訴太太！

姨　媽：別抱怨她，不是她告訴我的，是你嫂子告訴我的。

金　桂：（氣惱地拍了一下桌子）是我告訴的怎麼樣？你們一家人串通起來也治我個死罪好了！

薛　蝌：嫂嫂，太太這兒正難過，你就少說一句吧！（走向香菱，驚訝地）菱姑娘怎麼了？

姨　媽：（走向香菱）先頭他們在這兒吵鬧，這會子想是病發了！（摸摸香菱大驚）哎呀，她昏過去了！香菱，香菱！

薛　蝌：（也大聲喊叫）香菱！香菱！

姨　媽：（邊喊邊哭）香菱，我的好孩子，醒醒吧！蝌兒，快去請個人人來瞧瞧！

薛　蝌：好的！（忙走向正門）

金　桂：（跟著走向正們，妒恨冷酷地）死了乾淨！

薛　蝌：（聞聲回頭狠狠地瞪了一眼金桂，不屑地歎了一聲氣下）唉！

金　桂：（隨下）

姨　媽：（又喊著哭叫）香菱！香，菱嗚……我的苦命的孩子！

——幕急下

二、白話小說《杜麗娘》

——改編自明・湯顯祖著戲曲《牡丹亭》

創作背景

《杜麗娘》是趙清閣根據明代戲曲家湯顯祖所著戲曲本《牡丹亭》改編的小說。原著《牡丹亭》，是一部五十五回的戲曲，趙清閣將它改寫成一部十二章、篇幅六萬多字的白話小說。

一九五七年一月上海文化出版社出版第一版；一九八一年十一月該出版社對此書一版第五次印刷出版，出版總冊數為十三萬七千冊。

上海文化出版社，在此書內容提要中說明：「原作是一部古典現實主義與浪漫主義相結合的作品，文學價值很高。但它是戲曲，又不夠通俗，廣大群眾閱讀不便，特在原有基礎上把它改寫成小說，使故事情節更為緊湊。」

一九九七年一月，吉林文史出版社出版中國古典戲曲名著珍藏本《牡丹亭》，該書封面刊印「湯顯祖著　趙清閣編寫」。該書，是將一九三四年出版的戲曲本《牡丹亭》和趙清閣據此改編寫成的小說《杜麗娘》兩部書合集而成。這本書出版說明（一九九六年十二月撰寫）中，特別提到「我國著名女作家趙清閣在四十年前，將《牡丹亭》改編成小說《杜麗娘》出版，兩次印刷，頗受歡迎。」

前言

清閣

《杜麗娘》是根據我國著名的古典戲曲《牡丹亭》改寫的。《牡丹亭》是明代戲曲家湯顯祖的傑作，三百年來、一向為人民所喜愛。它無論從思想性上看，或從藝術性上看，都具有高度高度的感人力量。

《牡丹亭》原作寫兩個青年男女，為了追求婚姻的自由和生活的幸福，勇敢地向封建統治階級的道德禮教進行了至死不渝的鬥爭。這種正義的鬥爭，不但戰勝了人世間的專制皇帝和父母，也戰勝了鬼域中的嚴厲判官。正如作者自己在《題辭》中說的：

> 生者可以死，死者可以生；生而不可與死，死而不可復生者，皆非情之至也。

作者之所謂「情」，也就是意味著對婚姻自由、生活幸福的嚮往。

《牡丹亭》原作的情節，曲折離奇，雅俗共賞，既充滿了濃厚的詩意（如《遊園驚夢》），詼諧的風趣（如《春香鬧學》），又充滿了優美的神話色彩（如《回生》）。人物的塑造也很生動、典型。有美麗而倔強的杜麗娘，有熱情、真摯而又富於才華的柳夢梅；有天真爽朗而大膽的春香；有頑固不化而又冷酷勢利的杜子充；有慈祥而懦弱的杜夫人；有迂腐、拘謹的陳最良；還有忠誠、善良的郭駝子和石道姑。正如謔庵居士在《批點玉茗堂牡丹亭敘》中說的：

……杜麗娘之妖也（形容其美麗），柳夢梅之癡也（形容其真摯），老夫人之軟也（形容其懦弱），杜安撫之古執也（形容其頑固），陳最良之霧也（形容其迂腐），春香之賊牢也（形容其機靈），無不從筋節竅髓，以探其七情生動之微也。

總之，《牡丹亭》原作是一部古典現實主義與浪漫主義相結合的優秀作品，一向在文學史上占著很重要的地位。但由於它是戲曲，文字又不夠通俗，一般人閱讀相當困難，為了普及的目的，我把它改寫成了白話小說。這個工作很不簡單，是一個艱巨的再創造工作。

我是根據《牡丹亭》原著，並參考了其他各種至今還在演出的單折戲曲劇本以及有關材料，進行改寫的。在改寫過程中，曾經不斷地和文藝界同志們、專家們研究、討論。並一再修改。雖然主觀願望力圖搞好這個工作，可是限於自己的才能，不免還有錯誤和缺點；因此誠懇地請讀者們批評、指教。

我的改寫態度是力求其忠實於原著精神。有些情節雖經過剪裁、整理，也以不歪曲、不損害原著為原則。現在我將改動的幾點，說明一下：

一、故事結構和發展程式，基本上是與原著一致的，只是為了更集中起見，本書刪減了一些無關主題的次要情節，如原著中的「勸農」、「魂遊」、「道覡」、「牝賊」、「繕備」、「詗藥」、「淮警」、「移鎮」、「禦淮」、「寇間」、「折寇」、「圍釋」等。

二、關於杜麗娘死而復生一段情節，看上去好像不甚合理，但這是封建社會的文學特點，它反映了古代人民在封建統治下，理想和願望無法實現，就只有寄託於神鬼力量。這類情節，在《聊齋志異》和一些筆記小說中，都常看到。杜麗娘死而復生，是《牡丹亭》原著的主要情節，又密切聯繫著主題思想，因此既不應刪，也不能改；本書僅將其迷信宿命的地方略去，這是必要也不會損傷原著的。

三、在原著中，當杜子充拷打柳夢梅時，郭駝子和軍校們沿街叫尋新科狀元，適聞相府喧鬧，郭駝子辨識出柳夢梅的聲音，於是闖了進去，告訴柳夢梅中了狀元。柳夢梅便命郭駝子「快向錢塘門外杜小姐報喜」，而郭駝子並未即刻去報，杜麗娘直到杜子充參奏了柳夢梅，皇帝宣她金殿對質，她才知道柳夢梅中了狀元，這是一個小漏洞。郭駝子和柳夢梅的相逢也欠自然。作為戲曲這樣處理，效果可能很好，但小說更要交代清楚。因此本書改為郭駝子和軍校們先找到了杜麗娘，杜麗娘聽說柳夢梅得中的喜訊，連忙裁剪寒衣，等待丈夫回來光彩一番。不料接著是聖旨宣她金殿對質，因為杜子充參奏柳夢梅有劫墳之罪，一喜之後又是一悲，更能表現杜麗娘的真情。

最後，歡迎讀者們提出意見。

一九五六年七月四日

《杜麗娘》白話小說本

第一章　延師

杜麗娘是一個美麗聰明、很富才情的姑娘，年方十七歲。父親是南宋時代[1]南安府[2]的太守，名叫杜子充，

1　南宋　高宗南渡以後，保守江南之地，稱南宋（西元一一二七至一二七九年）。
2　南安　今江西大庾縣。

為人頑固不化、冷酷無情。母親甄氏，性情軟弱而慈祥。都已半百高齡。杜麗娘沒有兄弟姊妹，因此頗為父母所珍愛；父母要把她教養成知書識禮，不失宦門體統的閨秀，平日管束甚嚴，不許稍有逾越規範之處。於是，年紀輕輕的杜麗娘，就變得老成莊重，毫無一些天真活潑的氣味。她畫得一手好丹青，山水、人物、花卉，樣樣都能。繪畫豐富了她的生活，擴大了她的眼界，使得她的胸襟豁朗了。她常常嚮往著那些畫圖上的世界，她幻想有一天也能逍遙自在地遊山玩水，觀花賞月。但她又知道這是不可能實現的，內心便蒙上了一層淡淡的哀愁。這哀愁只有隨身伴伺的小丫鬟春香明白，父母都體會不出。

春香比杜麗娘小兩三歲，還是一個天真調皮的孩子。杜麗娘愛她伶俐、爽朗，也教給她讀書識字，為的也讓她懂些禮數。

三月仲春的一天晌午，杜麗娘正在繡房裡聚精會神地畫一幅《仕女秋千圖》，只剩幾筆就快完成了。春香坐在一旁讀著一本《女兒經》，讀得琅琅有聲。可是不時卻把眼睛移到畫案上，偷看杜麗娘作畫。忽然她發現畫圖上有一隻栩栩欲飛的彩色蝴蝶，禁不住走過去叫道：

「哎呀，這隻蝴蝶像活的！」

「傻丫頭！」杜麗娘輕輕啐了一口。

過了一會兒，杜麗娘已經畫好了，她自己端詳了一會，只見那秋千架上的仕女彷彿在飄蕩，一樹垂柳彷彿在迎風搖拽，多麼生動美妙的一幅寫春圖呵，她也滿意地笑了。最後她題了「秋千圖」三個字，還覺得差點什麼，想再題上一首詩，但沉思了半晌，卻無法下筆。

「有畫無詩煞風景！」杜麗娘皺著眉頭自言自語。

春香看見杜麗娘為此掃興，便說道：

「小姐何不拿去給老爺、夫人看看，請老爺題上一首詩，豈不是好？」

春香的話提醒了杜麗娘，她稍一思忖。便道：

「春香，去關照廚房，備些酒菜，再去稟告老爺、夫人，就說我請老爺、夫人看　飲酒。」春香答應了一聲，連忙去了。

杜麗娘隨後拿了畫圖來到後堂，先向父母請了安，再展開畫圖，畢恭畢敬地說道：

「女兒今天畫成了一幅《秋千圖》，請爹娘賞鑒。」

杜子充和杜夫人近前一看，果然畫得精緻，不禁同聲稱讚。杜夫人向杜麗娘誇奬道：

「我兒真是一個才女！」

「可惜不是男孩兒！」杜子充說罷，歎了口氣。

杜夫人不以為然地笑著辯道：

「麗兒雖是女兒，憑她這份才貌，將來配上一個好門婿，一定為你我爭光的。」

杜子充充點了點頭，又拈須沉吟道：

「這畫倒畫得好，只是少了題句。古人繪畫，兼習書法、詩詞。我兒還須在這上面做做功夫。」

「小姐正是來請老爺題詩的。」春香插了嘴。

杜麗娘忙向春香微嗔道：

「丫頭多嘴！」

當下酒肴已經擺好，杜麗娘便請父母上坐，自己坐在下首，丫鬟們侍立兩側。春香替每人斟了酒，杜麗娘站起來敬了敬了二老各一杯，說道：

「如今春光明媚，女兒略備酒肴，與爹娘同樂，願二老歲歲長壽！」

「難得我兒孝心！」杜子充和杜夫人快活地一飲而盡。

杜麗娘記起剛才的話題，微笑著說道：

「爹爹适才訓教女兒學習詩詞、書法，我原也想到的，只是無人指教，也是枉然。」

「是呀，這詩詞、書法之事，必須老師指教才行。」杜夫人隨聲附和著。

杜子充不加思索地說：

「夫人指點指點好了。」

「老爺取笑了。」杜夫人笑著連連搖頭，「依我之見，還是老爺指點吧！」

杜子充又喝了一杯酒，說道：

「我衙內忙碌，沒有工夫。」

「那就請個先生來教授麗兒也好。」杜夫人說。

杜麗娘聽見母親提到請先生，大喜，便也央告道：

「爹爹既要女兒學識進益，若能延師教授，再好沒有了。」

「休得胡言，女孩兒怎能延師教授？自己學習學習便了。」杜子充毫不考慮地拒絕了。

杜麗娘不敢再講下去，默默地低了頭。杜夫人卻從旁慫恿道：「老爺，你我暮年無子，只這一個女兒，又難得她聰明智慧，理當好好栽培她。」

杜子充立刻沉下臉來，凜然說道：

「女孩兒只要略知些周公禮數，針線、刺繡倒是正經，詩詞書畫不必講究。況且千金閨秀，拋頭露面也多有不便。」

「請一個女先生好了。」杜夫人想了想說。

杜子充冷笑道：

「越發異想天開了，自古只有男子為人師，豈有個女子做先生的！」

杜麗娘一言不發地吃完了飯，拿起畫來悵然地回繡房去了。

杜夫人目送杜麗娘走後，認真地向杜子充勸說，該把杜麗娘培植成一個德才兼備的女子，嫁了出去，也顯得父母教導有方。杜子充被杜夫人勸說得有些活動，考慮了許久，才決定給杜麗娘延聘一位年高德劭的老師來。

過了幾天，杜子充托府學官介紹名儒，府學官開送了些本地秀才名單給杜子充，杜子充認為都太年輕。後來府學官又薦了一位六十多歲的道學先生陳最良，杜子充才答應了。

陳最良自幼習儒，也懂得醫道，原在本地設館教書，只因他為人迂腐、謹嚴，學生們不喜歡他，便相繼退學。不得已，他才改業行醫，靠著祖父遺下的一爿藥材店維持生計。他的妻子也有六十歲了，膝下沒有兒女，老境很是孤寂。

這天陳最良正百無聊賴，忽然府學門子拿了張請帖前來向他報喜，說道：

「恭喜陳先生，現有本府杜太守要請你老人家去教他的小姐讀書。」

陳最良接過請帖來看了看，皺著眉頭說道：

「人之患在好為人師，我已無志於此了，請杜太守另選高明吧！」

門子沒有聽懂陳最良的話，詫異地問道：

「怎麼，人家的飯（患）你不吃（師）？」

「唉，你聽錯了！」陳最良笑了。「我是說我不想再教書了，做老師本來不易；況且到那種官府去教書，又是女學生，嚴不得，又寬不得，越發不易了。請你快替我回了吧。」

門子和陳最良原很熟識，所以率直地笑著勸告道：「你老人家太固執了！瞧你這樣行醫賣藥，連一件囫圇的藍衫也沒賺上身子。如今杜太守設館延聘，正好發跡了，別人挨擠不進，你竟坐失良機，真是可惜可惜！」

「小子之見，怎知安貧之樂！」陳最良依然無動於衷地拈須幌腦。

門子見陳最良還是不肯答應，發急地說道：

「你不去不行，我交不了差！學官老爺也交不了差。」

陳最良怕門子為難，借詞推諉道：

「你就說我年老多病，不能勝任。」

「這不像話，你一定要去。」門子不依，拉住陳最良不放。

陳老媽媽這時也來相勸，陳最良無奈，只得答應下來。

門子送陳最良來到杜府，杜子充親自接待。杜子充見陳最良果然是一個拘謹世故的老儒，心中甚喜，想著他既可以為女師，又可以和自己閒談，正好一舉兩得。陳最良見杜子充這般殷勤，也很高興，先前的顧慮頓然消除！兩人談了一會，十分投機。杜子充一面吩咐備酒，一面命人請社麗娘出來拜見師父。

杜麗娘正在繡房刺繡，聽說父母真的請來先生了，非常快活，便帶著春香立即來到客堂。

「麗兒，過來拜見陳師父！」杜子充向杜麗娘說。

杜麗娘恭恭敬敬地給陳最良行了禮。杜子充又訓誨道：

「『玉不琢，不成器；人不學，不知禮』，我兒今後須要好好聽師父的教導，不可偷懶，不可貪玩，就叫春香陪你伴讀。春香，快給陳先生叩頭。」

春香順從地叩了頭，可是心裡老大不樂意。陳最良坦然受了她們的禮，問杜麗娘道：

「小姐一向讀哪些書？」

「《四書》都已成誦了。」杜麗娘靦腆地回答。

杜子充向陳最良說道：

「先生，我想《易經》《春秋》義理深奧，與婦女沒什麼相干，只有《詩經》開頭便講后妃之德，最宜教讀。不知尊意以為如何？」

「老大人高見，學生謹遵台命。」陳最良頻頻點頭。

杜子充很得意，當即擇定開館之期，說道：

「明日吉辰，就請陳先生開學吧！凡她們有不守規範之處，千萬嚴加管教，不可放縱了她們。」

陳最良毫不遲疑地表示同意了，杜子充就陪著陳最良到後花園飲酒。杜麗娘和春香又回轉繡房。

「小姐，你讀書是正經，我做丫頭的不讀也罷。明天我在書房侍候你，不要叫我讀書了。」春香撅著小嘴向杜麗娘懇求。

杜麗娘微笑著用指頭點了春香一下，說道：

「壞丫頭，你又想偷懶了！女孩兒知書識禮，總是好的，不可不讀。」

春香不敢違抗，心裡卻想：看那老頭子一面孔的正經，叫人如何受得了！

第二章　鬧學

自從開學以後，杜麗娘每天早晨到書館攻讀，午後就在繡房做針線，或是描繪丹青。她對陳最良很尊敬，雖然她覺得陳最良過分迂執，沒有風趣，但陳最良的學問她是佩服的。

陳最良奉了杜子充之命，除了為杜麗娘講授《詩經》以外，還教她練習書法和詩文。陳最良見杜麗娘又聰明又用功，端莊持重，溫文爾雅，不像男學生那麼愚蠢頑劣，對她非常喜愛。

春香也算是陳最良的學生，陳最良教她讀《論語》，也很喜歡她。但這孩子只知玩耍，不肯用心，又常把個陳最良氣得無無可奈何。

一天清晨，旭日初升，春光明媚，春香打聽得杜子充郊外勸農去了，原想請杜麗娘逛後花園去，又怕陳最良不許。她悶悶地到了書館，見陳最良還沒來，便坐在陳最良的太師椅上，大模大樣地學著陳最良的姿態神氣，一忽兒咳嗽，一忽兒拈鬚，一會兒搖頭晃腦地朗朗讀書。她正自學得開心，陳最良來了；春香聽那熟悉的步履聲，連忙躲到屏風背後。陳最良走進來看了看屋裡沒有人，十分不滿，便自言自語道：「真是千金小姐，嬌養得很，這般時候還不來上學。」

猛不防春香「哼」了一聲，淘氣地佝僂著腰搖搖擺擺走出屏風，也模仿著陳最良的口吻說道：「為人師者不能以身作則，這般時候才到書館！」

陳最良起初被春香嚇了一跳，繼而瞧著她那淘氣的樣子，不免好笑起來。

「噢，你們倒先來了。怎麼不見小姐呢？」陳最良指著杜麗娘的座位說。

春香理直氣壯地回答道：

「小姐因為先生不在，來了又走了。」

陳最良信以為真，尷尬地笑著說：

「時候還早哩！」

「是呀，時候還早哩！」春香又仿照陳最良的聲調反唇相譏。「先生既知時候還早，為什麼一進門就說『這般時候，還不來上學』呢？」

陳最良被春香駁得張口結舌，訕訕地說道：

「好一個春香；生得一張利嘴！」

這時杜麗娘姍姍而至，先向陳最良行了禮，然後坐下打開書本。陳最良準備教書，春香忙去端了兩杯茶來。

「女學生，昨天上的一課《毛詩》，可溫習熟了嗎？」陳最良指著手邊的一本《詩經》問。

「溫習熟了。」杜麗娘立刻從容不迫地背誦了一遍：「『關關雎鳩，在河之洲；窈窕淑女，君子好逑。』」

陳最良捋須點頭道：「不錯不錯，現在聽我給你講解，須要用心聽呀。」

杜麗娘溫順地應了一聲。

「『雎鳩』者，是一種鳥，『關關』者，是鳥叫的聲音。」陳最良逐字逐句地講解著。

春香天真地插嘴問道：

「先生，那鳥怎樣叫的呢？」

陳最良講得高興，一時忘形，脫口而出地學了幾聲鳥叫，春香也跟著叫，叫得杜麗娘忍不住掩口而笑。陳最良看見杜麗笑了，才覺得自己失態，連忙咳嗽了一會兒，再繼續講下去。

「這雎鳩因為是個性喜幽靜的鳥兒，故而『在河之洲』——」陳最良還沒講完，又被春香打斷了。

「是了！是了！」春香拍著手說，「不是昨天是前天，不是今年是去年，我們老爺養了一隻斑鳩，關在籠子裡。小姐看見了，說是好好一隻鳥兒，原該讓它自由自在地飛去才是，何苦要關在籠子裡！小姐就把它放了。這鳥兒一飛，就飛到何知州的家裡。」

杜麗娘娘又笑了，陳最良也被春香逗得失聲大笑。

「胡說，這是興，『興』者，是起那下文的意思。『窈窕淑女』，就是美貌嫻靜的女子；『君子好逑』，是君子的好配偶。」陳最良講到這裡，得意地晃了幾下腦袋。

「『窈窕淑女，君子好逑』！」杜杜麗娘聽得出神，信口重複了一句。

春香連忙問道：

「君子怎樣來求這位好配偶呢？」

「多嘴！」陳最良嚴肅地申斥了一句。

杜麗娘恐怕春香再說出不成體統的話來，便悄悄向她使了個眼色，又向陳最良說道：「師父，依注解書，學生自會，請將《詩經》大意講演一番吧！」

於是陳最良又講了一些《詩經》上的後妃之德，為婦之道。

「這上面都是些有風有化，宜室宜家的典範，大意一言以蔽之，只『無邪』二字，你須好好地記住。」陳最良說罷，便吩咐春香道：

「去把小姐的文房四寶取來，讓小姐寫字。」

春香應著去了，不一會兒工夫便取了來。

「筆墨紙硯都在此。」春香故意放到陳最良的面前。

陳最良檢點之下，從來沒有看見過這些東西，詫異地問道：

「這是什麼墨？」

「丫頭拿錯了，這是螺子黛，畫眉用的」杜麗娘含笑回答。

「這又是什麼筆呢？」陳最良又指著一枝筆問杜麗娘。

「這是畫眉筆。」杜麗娘說。

春香在一旁「嘻嘻」地笑個不住，陳最良皺著眉道：

「我從未見過這些，拿去拿去！這又是什麼紙？什麼硯？怎的兩個硯？」

「這是薛濤箋，這是鴛鴦硯。」杜麗娘一一解答了。

陳最良好奇地湊近看看硯臺問道：

「為何有許多眼？」

「這叫做淚眼。」杜麗娘說。

「哭什麼子？快快都拿去換了！」陳最良連連揮手。

春香「嗤」地一聲又笑了，說道：

「我原不是拿來給小姐寫字的，是特地拿來給先生開開眼、長長見識的。」

春香笑著拿起走了。陳最良罵了一聲：「淘氣的小丫頭！」隨後春香把真的文房四寶取來，依然先讓陳最良過了目。杜麗娘使開始伏案寫字，陳最良朗朗讀書。春香看見他們都在忙著，眉頭一皺，計上心來，乘他們不注意，躡手躡腳地溜了出去。

杜麗娘很快就寫完了五行楷書小字，送到陳最良面前，說道：

「學生寫好了，請師父指教。」

陳最良看了一遍，驚喜地稱讚道：

「寫得好！我還不曾見過這樣好的字。女學生，這是什麼格？」

「師父誇獎了！」杜麗娘謙恭地回答，「這是衛夫人傳下的『美女簪花』之格。」

陳最良頻頻點頭。杜麗娘這時發現春香不在，正要呼喚，春香已經笑盈盈地來了。杜麗娘低聲問道：

「壞丫頭，又到哪裡去玩了？」

「小姐，我是在後花園玩耍，那裡桃紅柳綠，才美呢！」春香忘形地大聲說著。

陳最良聽見花園二字，頓時沉下臉來，詰責春香道：

「噯呀，你不在此陪伴小姐讀書，竟自跑到後花園玩耍去了。今天必須教訓教訓你。」

陳最良拿起荊條嚇唬春香。春香揪住了荊條，嬉皮笑臉地央告道：

「先生馬虎點兒吧，打起來怪疼的。」

「以後還敢嗎？」陳最良厲聲叱問。

春香依然調皮地笑著說：

「以後稍微貪玩一些兒不妨事的，春香是女孩兒，又不去考狀元，認的什麼真！」

陳最良正待要打春香，忽然外邊傳來女子賣花聲。春香連忙向杜麗娘說：

「小姐聽！外面一聲聲叫著賣花。我們後花園的花多得很，我陪你看看去吧。」

杜麗娘還未及答話，陳最良嚴厲地喝道：

「大膽的春香，你還不知過即改，又要引逗小姐，看來不打你兩下是不行的了。」

陳最良覺得春香實在太頑皮了，若不教訓教訓她，難以維持尊嚴，於是舉起荊條就要打，春香急急閃外。陳最良追過去，春香逃避；陳最良氣咻咻地趕著春香，春香惱了，用力奪了荊條往地上一扔。

「先生動不動講打，沒聽說過先生這麼凶的。」春香不服地嘟囔著。

陳最良見春香居然敢頂撞他，不禁勃然罵道：

「怎麼，先生就打不得學生嗎？」

「師父息怒，待我來教訓她」杜麗娘一面扶陳最良坐下，一面拿了荊條虛張聲勢地指著春香責斥：「壞丫頭，唐突了師父，還不趕快跪下！」

春香望著杜麗娘，不願傷了杜麗娘的面子，只好委屈地跪下。

「以後再不許到後花園去了，不然定要重重地打你。」杜麗娘故作嚴厲地說。

春香做了個鬼臉辯道：

「小姐，花園本來是給人遊玩的地方呀！」

「壞丫頭，還敢回嘴！」杜麗娘恫嚇地舉起荊條來。

春香當了真，拉住杜麗娘的衣襟求饒道：

「下次不敢了，小姐！」

「既然如此，女學生就饒她這一遭兒吧！」陳最良以為春香害怕了，便替春香講情。

杜麗娘放下荊條，依然佯嗔地說：

「看在師父給你講情，權且饒了你。起來吧！」

春香伸伸舌頭，站了起來。陳最良歎息地搖搖頭向杜麗娘說：

「真是太淘氣了！女學生，如今功課已經完了，你歇息去吧，我也該回家了。」

陳最良慢步走去。春香指著陳最良的後影輕輕罵道：

「老書呆！老白癡！一些不懂風趣！」

「壞丫頭，俗語說：一日為師，終身為父。他打你是應當的，你怎能罵他！」杜麗娘嚴肅地責備春香。

春香不敢強辯，鼓著小嘴默默地佇立一邊。杜麗娘又讀了一遍《詩經》第一章，若有所思地沉吟道：

「『窈窕淑女，君子好逑』，聖人之意，盡見於此。想那雎鳩是個水鳥，尚有洲渚之興，何以人而不如鳥呢？」

春香聽出杜麗娘有幽怨之音，暗暗好笑。杜麗娘突然高興地問春香道：

「春香，适才你說的那後花園，有些什麼景致？」春香搖頭不語。

「你怎麼不回話呢？」杜麗娘又問。

「春香不敢回話。那無情的荊條，好厲害呀！」春香裝出一副恐懼的神情。

杜麗娘笑道：

「壞丫頭，你也知道怕荊條嗎?先生不在，說說不妨事的。」春香還是不說。

「說了，明日小姐告訴先生，又該我挨打受氣了！」春香故意轉過身去。

杜麗娘明白春香是存心促狹自己，走過去拍拍她道：

「說吧，我不告訴先生就是。」春香這才指手畫腳地繪影繪形，將後花園景致描敘了一番，把杜麗娘的神魂都吸引了去。

「原來有這麼一個好所在，恨不能前去一遊！」杜麗娘嚮往地說。

「這幾天老爺下鄉，小姐何不趁此一遊，也不辜負這大好春光。」春香連忙慫恿著。

杜麗娘低徊了半晌，終於決然地說道：

「也罷，明日你叫花郎打掃乾淨，我們同去遊玩，只是要瞞著老夫人才好。」

春香興奮得手舞足蹈，當下兩人回轉繡房。不知怎的，杜麗娘忽然忐忑不安，心裡就像一池春水，被清風吹起了漣漪！

第三章　驚夢

第二天早起，杜麗娘盥洗已畢，先叫春香去向陳最良請假，只說是有些感冒，不能上學。春香到了書館，陳最良正端坐在那裡等得心焦。見春香來了，想要發作，不料春香卻先開了口：

「先生，小姐請幾天假不來上學了。」春香直截了當地說。

陳最良一楞，連忙問道：

「為了何事？」

春香思忖了一下，索性講出實話：

「先生，都怪你的《毛詩》講得太好了，把小姐的愁腸引動了。」春香認真地說。

「怎麼？」陳最良有些不解，「昨日我只講了個『關關雎鳩』這有何妨呢？」

春香一本正經地答道：

「哼！小姐說，雎鳩是個水鳥，還有洲渚之興，為什麼人反而不如鳥呢？如今正當大好春光，後花園景致十分美麗，小姐定要前去一遊。」

「女兒家遊什麼花園！」陳最良用訓斥的口吻說。

春香把嘴唇一撇，昂然辯道：

「小姐悲傷春來春去的匆忙，因此要飽覽些風景，也好排遣愁懷。」

陳破良站起來背著手踱了幾步，連連搖頭道：

「這就越發不該了，小小年紀，傷的什麼春！你師父活了六十多歲，從不曉得傷春，也從不曾看過景致。」

「哪是因為先生不懂風趣呵！」春香嘲笑地說。

陳最良瞪了春香一眼，教訓她道：「孟夫子說得好，聖人千言萬語，就是教人收其放蕩之心。如今小姐既不來上學，老爺又下鄉去了，我就趁此機會回去休息幾日。」

春香聽見陳最良要回去幾日，很高興，便裝出體貼的樣子說：「先生只管回去休息幾日吧，你老人家別太操心了！」

陳最良又笑著指指春香的額頭說：

「只是你不要趁我不在，盡顧貪玩，還要好好服侍小姐，並且常來書館打掃打掃。」

「知道了。」春香欣然應著。

陳最良踽踽地走了出去。春香急忙回到繡房，把陳最良的話一五一十告訴了杜麗娘，惹得杜麗娘也笑了，但是卻又埋怨道：

「你這丫頭，若是師父講與老爺知道，如何得了？」

「量他不敢，他豈不怕老爺怪罪嗎？」春香笑著說。

於是杜麗娘便和春香緩步向後花園行進。經過庭院，穿過迴廊，踱過粉垣牆月洞門，滿園景色便漸漸在眼前呈現。園內百花爭豔，幽香撲鼻，鶯歌燕語，婉囀悅耳；假山上松柏參差，池塘內清水如鏡，形形色色的金魚在水裡游泳。跨過朱漆小橋，就是一排荼蘼架，架外是芍藥欄。一座亭台，覆蓋於柳蔭之下，緊靠在太湖石畔。亭前，幾株牡丹正在含苞待放。亭旁，聳立著一株梅樹，蒼勁挺拔。杜麗娘觀賞了一回，頓時心曠神怡，卻又不禁感慨地信口吟詠道：

「良辰美景奈何天，賞心樂事誰家院？」

杜麗娘走入牡丹亭坐下，默默地看著那些紅花綠葉，心裡想：紅花雖好，沒有綠葉扶持，就會黯淡無光！她回頭眺望那池塘中的金魚，成雙成對，逍遙快活。她又想：魚如果沒有水，也會乾渴死了！突然間有兩隻燕子「喃喃」地叫著，雙雙繞樑而飛。她贊羨地莞爾一笑，自言自語道：

「花呀，魚呀，燕子呀，你們都比人強，你們活得多麼逍遙快樂呵！」

杜麗娘觸景生情，撩起了傷春的情緒。她仰望雲天，沉吟道：「春色撩人！常聽說古時女子因春生情，因秋成恨，果然不差！」

於是杜麗娘由花草魚鳥聯想到自己的終身尚無依傍，命薄猶如浮萍落葉；只為生長名門宦族，一切聽父母安排，自己完全做不得主。可是韶光似箭，一轉瞬，春去花謝，徒然白白誤了青春！想到這裡，頓時萬種煩憂湧上心頭。

杜麗娘這一邊傷春感懷，春香在那一邊卻玩個痛快。因怕杜夫人發覺，春香才不得不來催促杜麗娘道：「小姐，回去吧，留連太久，老夫人會知道的。」

杜麗娘點點頭，快快地帶著滿懷情思回到繡房，身子有些困倦，便懶洋洋地伏几假寐，任憑春風輕輕拂送她進入夢鄉。

杜麗娘睡得正酣的當兒，朦朦朧朧彷彿有人拍了她一下，喊著：

「小姐！小姐！小姐！」

杜麗娘猝然醒了，彷彿她還在後花園的牡丹亭，身旁站著一個翩翩的年少書生。這書生手裡拿了一枝柳條，顯得風流瀟灑，十分可愛。她驚愕地起身退避，又羞又怯地問道：

「你是何人，怎敢擅自闖進我家後花園來？」

「小姐，我愛煞妳了！尋遍天涯，好容易才找著妳。妳我外邊敘話。」書生溫存地扶了杜麗娘走出牡丹亭。

杜麗娘身不由己地隨著書生向園裡漫步，書生邊走邊說：

「小姐，我看妳如花美眷，有心和妳締結良緣，也不辜負這大好春光，更不致虛度了似水流年！不知妳的意下如何？」

杜麗娘聽了這話，心裡突突地跳著，既歡喜，也惶恐；歡喜的是宿願已償，惶恐的是男女授受不親；自己身為宦門千金，怎能貿然和一個素昧平生的男子在花園私訂終身？但是看見這書生文質彬彬，情意綿綿，確實是一個可人兒，因此便有了允意。她躊躇地走向池塘，書生也跟了過去；在晶瑩的水面上浮現了一雙儷影，恰好像一對比目魚兒，她不覺幸福地笑了，書生也笑了。她羞澀地疾忙跑開，險些被青苔滑倒，書生連忙伸手攙住了她。他們開始挽臂而行。

「小姐不必猶豫，你我是天作之合，快快訂了終身吧！」書生深情地催促著。

麗娘漸漸不再拘泥了，她停在梅樹旁、芍藥欄前，嫵媚地瞄了，書生一眼，低聲說道：

「婚姻大事，縱然你我願結同心，還得父母應允才成呢。」

「只要你我訂下終身之約，他們不應允也不行。」書生堅定地說。

杜麗娘低頭不語。書生拉著她就在芍藥欄前對天拜倒，書生誠摯地禱告道：

「我二人願結白頭之好，請梅樹為媒證，海枯石爛，永不變心！」

然後，他們再回到牡丹亭內，書生快活地向杜麗娘說：

「小姐，妳歇息一會兒吧，我要去了！」

「你怎的就去了！」杜麗娘不忍遽別。

可是條忽之間，書生已不見了，只遺下柳條一枝。杜麗娘拾起柳條，欲待追趕，耳邊聽見有人喚著：「醒醒！」

杜麗娘霍地站起身來，叫著：「書——」，但是一睜眼看見杜夫人坐在面前，立刻住了口，顯得神色有些張惶的樣子。

「麗兒叫什麼？」杜夫人詫異地問。

杜麗娘瞠目結舌，半晌才吞吞吐吐地說：

「女兒夢中背……背書，並非叫什麼。」

這時春香跑了來，杜夫人又問春香道：

「春香，今天怎麼不上學去？」

「陳先生有事告假了。」春香機智地撒了個謊。

杜夫人安詳地拉著杜麗娘說：

「既是陳先生不在，我兒就該做做針線才是，不可白晝貪睡。」

杜麗娘稍稍定了一會神，脫口而出地說道：

「今日天氣晴和，女兒和春香到後花園遊玩了一回，不覺困倦，因此小睡。」春香見杜麗娘講出遊園之事，嚇得暗暗擺手跺腳。

「後花園冷靜得很，我兒不該輕易去遊，一定是春香這壞丫頭引逗的。」杜夫人輕輕責備杜麗娘，一面瞪了春香一眼。

杜麗娘這才明白自己失言了，惴惴地忙替春香辯護道：

「這是女兒主張，與春香無關，母親不要錯怪了她。」

杜夫人少不得又訓教一番，才走了。春香委屈地抱怨杜麗娘道：

「小姐先前不許讓老夫人知道，如今又告訴了她，害得我平白地挨一頓罵。」

「是我忘記了。」杜麗娘歉然地說。

但是杜麗娘心中更有著難言的不安。她念念不忘那夢中的情景——池塘裡的儷影，牡丹亭內的絮語，芍藥欄前的山盟海誓；多少深情摯愛，她為這情愛所陶醉了。

當天晚上，杜麗娘吃不下飯，睡不著覺，一味沉湎在甜蜜而又美妙的夢境裡。她快活，也悵惘。

「真是一個蹊蹺的夢。那書生風流倜儻，溫文爾雅；手裡還拿著一枝柳條，不知為了什麼？也不曾問他名姓，便匆匆離去，思想起來，好不懊悔煞人！」杜麗娘神往地沉吟著。

好不容易捱到黎明，杜麗娘彷彿覺得那書生又在後花園相候了，於是她悄悄地一個人溜了出去。

到了後花園，杜麗娘按著記憶，尋遍假山，尋遍池塘，尋遍牡丹亭，尋遍芍藥欄，尋遍梅樹前後，一切景致依然，只不見書生的蹤跡。她想起這原是夢，便躺在梅樹下，閉上眼睛，期待重入夢鄉。可是她再也睡不著了。她不禁迷惘地歎息道：

「梅樹梅樹，昨日你為媒，今朝你作證，我與那書生已經山盟海誓，拜了天地，若不能婚配，情願短眠變成長眠，死後葬在此地，也好守得個梅根相見。」

杜麗娘說到傷心處，涔涔淚下。正自悲泣，春香慌慌張張跑了來，一眼看見她在梅樹下假寐，連忙上前把她拉起。

「小姐，你怎的一個人在這裡打盹？仔細著涼，快回去吧，老夫人知道，又要罵我了。」春香笑著說。

杜麗娘歎了口氣，也不答話，只是默默地走回繡房。

第四章　訪謁

說也奇怪，廣州府有一個秀才柳春卿，半月以前，也做了一個蹊蹺的夢，他夢見在一家風景美麗的花園裡，一株梅樹底下佇立著娉婷婀娜的淑女，若有意若無意地向他微笑，並且說道：「書生，書生，你遇到我的時候，就有了姻緣之分，發跡之期。」

柳春卿聽了這話，滿心歡喜，便跑過去想問個明白，不料被腳下的石頭絆了一交，夢就醒了。醒來之後，很是驚異，他覺得這是仙人點化；但他又覺得這是出於自己的癡心夢想，所以半信半疑，不太認真。不過為了紀念這個夢，他便把自己名字改成夢梅，因為那女子是在梅樹下向他招呼的。

柳夢梅已經年逾二十，是唐朝大文豪柳宗元的後代，自幼父母雙亡，又無兄弟姊妹，孤苦伶仃，由老僕郭駝子撫養成人。祖上遺留給他一塊園地，郭駝子在園地上種植果樹，維持生計。因此他終日鬱鬱不得志，有心圖個進取，又苦於沒有門路。

這天清晨，郭駝子在果園裡灌溉果樹。柳夢梅緩步走來，看見郭駝子那種辛勤勞動，心中著實不忍，向前說道：

「老園公，你歇息歇息吧，讓我來幫幫你。」

「噯呀，我的秀才！這些事你做不來。」郭駝子笑著搖搖頭，「你還是讀書去吧，或者出去玩玩，整天呆在屋裡也悶得很。」郭駝子親切地拍拍柳夢梅。

柳夢梅退疑地說：

「可是，你太辛苦了，老園公！」

「不，不！你別瞧我駝背，幹活是用不著背的，只要我的手腳有力氣就行。」郭駝子伸出兩條又粗又黑的胳臂向柳夢梅晃了晃。

柳夢梅笑笑說：

「好吧，老園公，你幹活，我就到趙佗王臺[1]找韓秀才說說話去，心裡實在怪悶的。」

柳夢梅轉身向園外走去。郭駝子目送著他的背影，見他那種垂頭喪氣的神色，心中感到一陣辛酸，眼眶兒有些濕潤了。

柳夢梅到了趙佗王臺上，和韓秀才欣賞了一回海光山色，然後兩人對坐品茗，傾吐著各自的抱負。這韓秀才是唐朝大文豪韓昌黎的後代，也是個不得志的少年，家境也很貧寒。但他叨祖宗的光，被敕封為昌黎祠的香火秀才，吃用不愁，倒也消遙自在，對功名利祿之心，就漸漸淡漠了下來。

「韓兄，難道你真要做一輩子的香火秀才不成？」柳夢梅對韓秀才的遁世表示懷疑。

韓秀才灑脫地笑道：

「感謝皇恩，賞給我這一碗養老的飯，也該安貧樂道了，何苦再為著功名利祿自尋煩惱呢！」

柳夢梅點了點頭，可是想到自己的處境，又不免牢騷滿腹。

「難得韓兄豁達，能夠超然物外，自然少了許多煩惱。只是我卻有些不平，想你我都是讀萬卷書的人，如今竟落得這般光景，看來倒是不讀書的人好了！」柳夢梅言下不勝憤懣。

韓秀才笑道：

「柳兄所指何人？」

「就是趙佗王！」柳夢梅指著趙佗王臺譏諷地說：「你想他倚仗強權暴力，霸佔了半壁江山，稱孤道寡，何等

---

1 趙佗王臺　即越王臺在廣州城北。南越王趙佗所築。按趙佗系秦代真定人，初任南海龍川令。秦亡，自立為南越武王。漢高祖封他為南越王。

榮耀！而你我卻是枉為飽學名儒，一生潦倒！」

韓秀才見柳夢梅抑鬱不樂，便安慰他道：

「這也是你我的時運不濟，柳兄還須忍耐些兒才是。」

「韓兄怎知我的苦處，我並非貪圖功名富貴，只是依靠老園公為生，實在不忍，總想尋些活計，又苦無門路，因此愁悶得很！」柳夢梅說著，歎了口氣。

韓秀才想了想，覺得柳夢梅也說得有理，試探地問道：

「柳兄博學多才，何不到外邊走走，訪謁顯貴，謀個發跡？」

柳夢梅苦笑地搖搖頭說：

「當今之世，知己難得，叫我訪謁誰去？」

「柳兄可曾聽說有個識寶中郎苗舜賓老先生？他今年秋天任滿，要到香山嶴多寶寺去祭寶。此人重賢愛才，依我愚見不妨前往訪謁，或許他能提拔你。」韓秀才鼓勵著說。

柳夢梅沉吟了一會，覺得有理，便道：

「多謝韓兄指教。也好，我就去試試，即便不成，也算盡了人事，還可趁此遊玩山水。」

當下兩人又談論了一回詩文，韓秀才稱讚了柳夢梅一番，勉勵他好自為之。柳夢梅感奮之下，也更增加了信心。回到果園，柳夢梅把這個主意告訴郭駝子，不料郭駝子卻不同意，誠懇地勸道：

「相公不要胡思亂想，此去撞府穿州，若能謀個進益還算罷了，不然豈不是徒勞跋涉，自費工夫？依我之見，還是守本安分的好。」

「老園公的話雖不錯，只是這樣並非長久之計。我不能坐食三餐，讓你辛辛苦苦地養我一輩子。」說著，柳夢梅長歎一聲。

郭駝子明白柳夢梅的心事，幾乎是用哀求的口吻說：

「相公留下吧！你是我服侍大的，我不能看著你去奔波流離；留下來，我情願為你辛苦一輩子。相公，還是留下來吧！」

柳夢梅感動地抱住了郭駝子，但是他主意已經打定。他想：正為了郭駝子愛他，他愛郭駝子，才更需要出去圖個發跡，也好使郭駝子享幾年福，不再勞碌下去。因此他向郭駝子堅決地說：

「不，老園公，我一定得去。成敗先不計較，動總比不動好。我走了之後，這果園都給了你，果子收下來，你一個人生活，日子也可以寬裕些。」

郭駝子見柳夢梅執意要走，知道攔阻不住，便道：

「那麼，相公打算何時起程？」

「我想早點起程，以便在秋天以前趕到香山嶴。」柳夢梅回答。

郭駝子黯然點點頭。

「好吧，但願我還能看見你衣錦還鄉。」郭駝子聲音有些嘶啞了，「端陽以前，果子就可以賣出錢來，我替你多籌備點盤纏，免得在外面受窘。」

到了端陽，郭駝子把賣果子的錢一文不留地給了柳夢梅，還把自己這幾年的積蓄也拿出來，總共湊足五十兩銀子。他懇切地叮嚀柳夢梅說：

「這些銀子夠你在外面盤桓一些時候。萬一花費完了，事情還無眉目，你就趕快回來，千萬不可在外漂泊。」

「我用不著帶這許多銀子。老園公，你留下一些吧！」柳夢梅分給郭駝子十兩銀子。

但是郭駝子不肯接受，他告訴柳夢梅道：

「我不妨事，在家鄉是餓不死人的。你在外面就不同，無親無故，一遇困難，連個借貸的地方都沒有。」

柳夢梅不好固執，只得收了。過了不久，柳夢梅便辭別郭駝予向香山嶴出發。

柳夢梅是初次出門，一路上遊山玩水，快活自在。多年的積鬱，不覺消失淨盡，胸襟為之豁然開朗。香山嶴是沿海一個島嶼，多寶寺就在深崖之中，裡面藏著各種珍奇寶貝。朝廷特派識寶使臣，專管鑒寶收寶之事。如今這位使臣三年任滿，前來祭寶，廟裡的住持正忙著迎接。

這時柳夢梅也到了多寶寺，瞥見廟外停了些車馬人役，料定識寶中郎苗舜賓在內，很是歡喜，但又覺得素不相識，無法進謁。想了想，只有托詞看寶，便向一個校尉說道：

「聽說，苗老大人在此祭寶，煩勞大哥通報一聲，廣州府學生員來求看寶！」

校尉打量一下柳夢梅，見是一個秀才，不好阻擋，便進去稟告了苗舜賓。苗舜賓一向尊重斯文，躊躇了一會兒說：

「朝廷禁物，本不許閒人觀望，既是秀才要看，權請相見，問個明白再講。」

校尉遵命把柳夢梅帶進。柳夢梅恭敬地向苗舜賓施了一禮；通了名姓。苗舜賓和藹地問道：

「柳秀才何以有看寶之興？」

「學生貧苦無聊，知道老先生在此祭寶，特來求觀，不過想借此開開眼界。」柳夢梅坦然回答。

苗舜賓點頭微笑地應允了，當下叫住持打開寶庫，和柳夢梅一一流覽賞鑒。

柳夢梅看著那些光輝燦爛的寶物，除了明珠美玉之外，有罕見的煮海金丹、鐵樹花，還有貓兒眼、吸月的蟾蜍等等，真是琳琅滿目，美不勝收。遇到不認識的，柳夢梅便請教苗舜賓，苗舜賓都告訴了他。他一面看一面心下忖度：自己此來，也是獻寶，希圖謀個進取。如今既已見到苗舜賓，不妨試探一下。主意已定，便開口問道：

「請問老先生，這些寶貝來路遠嗎？」

「來路甚遠，有來自三萬里以外的，至少也有一萬多里。」苗舜賓悠然自得地回答。
柳夢梅故作驚訝地又問：
「這樣遠，難道是飛來的？」
苗舜賓捋須笑道：
「哪有飛來之理？都是朝廷重價購求，各地遣人送來的。」
「唉，」柳夢梅長歎了一口氣，感慨地說，「這些愚昧無知的寶物，三萬里之外，竟能因重價購求，無足而至；我柳夢梅縱有智慧，離京城僅只三千里，卻不見器重，無從去得！」
苗舜賓聽得有些不解，望了望柳夢梅，問道：
「秀才是懷疑這些寶物不真嗎？」
柳夢梅笑了笑說：
「這寶物即便是真，饑不能食，寒不能衣，要它們何用？」
「依你看來，什麼才是真寶呢？」苗舜賓又問。
柳夢梅從容答道：
「依學生愚見，人，才是真正的寶貝，有學問的人，越發是無價之寶！可惜朝廷不知招賢納士，埋沒了許多人才，使他們空有抱負，不能為國家出力。」
苗舜賓聽到這裡，已經有些了然，問道：
「秀才說得有理。請問哪個賢士在此，我願薦舉於他。」
柳夢梅便直率地講出了自己的心意。苗舜賓見柳夢梅談吐不凡，也產生了愛惜之情，欣然鼓勵地說：
「秀才正當年少，前程遠大，不如且去京城，趕上殿試，也好求取功名。」

「多謝老先生指教，只是此去京城，路途遙遠，人地生疏，學生恐功名無分，徒勞往返！」柳夢梅說罷，低下頭去。

苗舜賓思忖之下，連忙命人取了幾十兩銀子，說道：

「這點銀子，壯壯行色，到了京城，我再相機提攜於你。」

「這如何使得！」柳夢梅又是感激，又是惶恐。

苗舜賓笑道：

「黃金贈與壯士，有何不可！請秀才不必猶豫，快快起程去吧！」

「知遇之恩，容後圖報！」柳夢梅深深地一揖。

柳夢梅拿了銀子，告辭了苗舜賓，心想：果然不虛此行！於是興沖沖地直奔京城而去。

第五章　悼殤

杜麗娘自從那天遊園傷春，又加上做了一個離奇的夢，事後尋夢無蹤，宛如失魂落魄一般，茫然不知所措。她一心想念著那個夢中情人，書也懶得讀，針線也懶得做，終日如癡如呆，神思昏昏，懨懨欲病，眼見得逐漸消瘦，改了顏色。春香看見這情況，有些著急，又摸不著底蘊；想去稟告杜夫人，又怕杜夫人把罪過推在自己身上；萬般無奈，才決定向杜麗娘問個究竟。

「小姐，我看你這些日子寢食俱廢，形容憔悴，是不是那天遊了後花園，受著涼，得了病症？怪不得老夫人說後花園不能去，果然不妙。」春香用半試探的口吻說。

杜麗娘聽見春香這樣講，連忙要了鏡子一照，果然消瘦許多，也不免吃了一驚，歎道：

「嗳呀，我怎的一瘦至此！」

「是呀，我正要問小姐是怎麼回事，」春香追問著，「是身子不適意呢，還是有什麼心事？」春香關切地等待杜麗娘的回答。

但是杜麗娘搖頭不語，過了一會兒，她若有所感地說道：

「春香，預備素絹、顏料，我要替自己描繪下一幅肖像；若是我不幸死了，也好留個紀念。」

「小姐這是什麼話！」春香有些茫然了。

杜麗娘連忙解釋道：

「怕什麼，哪能說死就死了！我不過想趁著青春還在，留個形像，免得紅顏一老，後悔不及。」

「這也說的是。小姐美貌非凡，描出來一定比那些畫上人更標緻，還可借此消遣消遣愁懷。」春香釋然地說，一面替杜麗娘預備了素絹、顏料。

當下杜麗娘就對著鏡子起稿。她設計了一個淑女，面露微笑，卻又帶點戚容；手裡拿了一枝梅花，斜倚在垂柳樹下。她的意思是用梅花比孤芳，用垂柳比那夢中人。設計好了以後，便在素絹上開始描繪。

不到幾天工夫，杜麗娘的肖像畫成了。看了看，確是十分逼真。春香在一旁拍掌叫好道：「畫得真像呀，簡直賽如天仙！這等容顏，可惜還沒個姑爺！」

春香的一句話觸動了杜麗娘的情懷，她不禁喟然說道：

「有倒有一個如意郎君，無奈只是個夢中人罷了。」

春香聽了這話，暗暗驚訝，心想：這回可找到小姐的病源了，急忙問道：

「小姐怎麼講？如意郎君如何又是個夢中人呢？」

「春香，如今只有你是最關懷我的人，我也不再瞞你了，我的心病說來話長呢！」杜麗娘決定把原委告訴春香，可是話到唇邊又有些羞於出口。

春香催促道：「小姐只管說吧，我即使不能為你分憂，也斷不會給你添愁的。」

杜麗娘躊躇了一下，終於向春香講出了蹊蹺的夢，並且直言不諱地說明她愛那個夢中人。她要和那個夢中人結為夫妻，因為他們已經訂了終身，她要堅決忠於夢裡的誓言。

春香起初就像聽了一樁稀奇古怪的故事，聽到最後，她不禁失聲笑了，打趣地說：

「小姐實在太癡了，夢境是虛空的，怎能就認起真來？這場單相思未免冤枉！」

杜麗娘肅然道：

「話雖不錯，只是我今生今世，難以忘卻那個夢了。夢中人對我十分恩愛，也將以摯情相報。」

杜麗娘趁著感慨萬端之際，信筆又在幀首題了一首七言詩，表明自己的志願，寫著：

「近睹分明似儼然，遠觀自在若飛仙；他年得傍蟾宮客，不在梅邊在柳邊。」

題罷了詩，杜麗娘把畫像卷起交給春香，囑咐她拿去叫花郎悄悄送給行家裝裱。

「千萬不可讓外人看見。」杜麗娘叮嚀著。

春香答應著去了。

杜麗娘本來已經鬱鬱成疾，又一連畫了幾天圖，越發感到疲憊不支，漸漸地竟至真的臥病不起了。

起初，杜麗娘僅是四肢無力，頭痛，發熱。她原以為就會好的，所以連杜夫人也隱瞞著。誰知這病一天重似一天，忽忽纏綿了兩三個月。後來更添上了咳嗽，常常一口痰壅塞得半晌喘不過氣來，這才不得不稟告母親。

杜夫人一見杜麗娘突然病成這樣子，大吃一驚，忙把春香叫到一邊去審問原由。

「春香，小姐是怎樣得病的？為何一病至此？」杜夫人悒郁地問道。

春香遲疑了一會兒，支吾其詞地答道：「我也不知道小姐是怎樣得病的。」

「你天天服侍小姐，不離左右，她如何得病，你自然曉得，快快講來。」杜夫人厲聲詰問。

春香依然含糊地說：「我實在不知道；只知道小姐自從遊了後花園，身子就不大舒適。」

「這是什麼緣故呢？」杜夫人詫異地追問。

春香吞吞吐吐地說：「想必是……是……是受了風寒！」

杜夫人見春香吞吞吐吐，不肯直言，大為狐疑。稍一思索，便悻悻然舉起荊條喝斥道：「胡說！受點風寒，豈能病到這步田地？還不快給我跪下下來照實講！」

春香看到杜夫人變臉了，只好跪下，但還在猶豫著不肯開口。杜夫人便用荊條打了春香兩下。春香料是推諉不過，就一五一十地將杜麗娘如何遊園得夢，又如何夢中私訂終身，全都講了出來。杜夫人聽罷，愕然說道：

「哎呀，有這等事！都怪你這壞丫頭引逗小姐去遊花園，遇見了鬼魅，才得了這種邪祟之症！」

春香不敢分辯，只有默默退下。杜夫人又急急去告訴了杜子充。

杜夫人雖然疑心杜麗娘的病源是為遊園遇魅而起，又想到杜麗娘的婚事，遲遲沒有解決，這也是一個原因。她知道女兒大了，自有許多情懷，做父母的應該及早給女兒擇配良緣才是，可是杜子充偏說：

「古人男子三十而娶，女子二十而嫁。」因此就拖延了下來。如今見杜麗娘病得沉重，便和杜子充談論，埋怨丈夫固執。

「我早說麗兒不小了，應該替她的終身打點打點才是，俗語講得好『男大當婚，女大當嫁。』你偏不肯，若是早有了人家，或許不會生這個邪祟之症了，看來都是你害的她。」杜夫人憂煩地說。

「這是什麼話！一個剛剛十七歲的女孩兒，懂得什麼七情，只不過傷風感冒罷了。」杜子充大不為然，「我先前請了陳先生教她讀書，為的就是拘束她的身心，不想你作母親的，倒縱她廢學閒遊，真正不成體統！」

杜夫人委婉地辯道：

「可是女兒也沒有什麼越軌行為。眼前病成這樣，若有個三長兩短，叫我如何活下去？」

杜夫人一陣傷心，老淚滂沱。杜子充安慰她道：「夫人不必憂急，可請陳先生替她診診脈息。陳先生醫道很精，服幾劑藥就會好的。至於女兒親事，遇到門當戶對人家，我自會在心。」

杜夫人唯恐杜麗娘是邪祟之症，先叫院公去找紫陽富的石道姑來禳解。

石道姑是一個爽直風趣的婦人，早年為了生計出家，靠著一點香火錢度日。她還會一套哄人的降妖驅魅的法術，因此成了南安府有名的巫婆。石道姑來到杜府，聽見杜麗娘是從遊後花園得來的病，心裡已經有了數目，再走近床前稍稍看了一眼，立即牽強附會地說道：

「噯呀，小姐是撞著了花神，不妨事，我替她禳解禳解就會好的」

石道姑隨身帶了一條紙符，取出來貼到杜麗娘的床前，然後煞有其事地口中念念有詞，又焚香禮拜了一番。

「夫人放心，管保小姐從此災退病除！」石道姑表示很有把握的樣子。

杜夫人信以為真，酬謝了石道姑幾兩銀子。石道姑高高興興地去了。

杜子充又請了陳最良來替杜麗娘診脈。陳最良糊裡糊塗錯按了杜麗娘的手背，驚訝地叫道：

「噯呀，脈怎麼不動了？」

春香一旁看見，走過來把杜麗娘的手背反轉過來，抿著嘴笑道：

「先生，脈在這裡！」

陳最良這才恍然大悟，訕訕地「噢」了一聲，又繼續診脈。

「女學生脈息細弱得很，內中陰虛肝旺，宜服安神之劑。」

陳最良診完了脈，皺著眉頭歎道：

「想不到竟一病至此！」

杜麗娘淒然地說：

「師父，久違了！學生的病自知難好，醫藥也是無效的。」

「不要胡思亂想，這病最忌驚疑、煩憂，安心養息，過了中秋就會好的。」陳最良勸慰著。

病中，杜麗娘仍為夢裡情景所牽縈，她要擺脫也擺脫不了。她希望舊夢重溫，卻又難於捉摸。她想：也許那夢裡的書生真在這世間，但在哪裡呢？到哪裡去找呢？欲待把心事向杜夫人說明，又怕母親責備，於是她苦惱，她惆悵，她遺恨當時沒有一睡不醒！

杜麗娘一連服了幾十帖藥，毫無效驗，而且漸漸地神志昏憒，常常夢魘。春香見狀，焦慮萬分，只有默默禱告，悄悄流淚。

看看到了中秋佳節，偏偏風雨瀟瀟，沒有月亮。繡房裡點了盞油燈，被風吹得半明半滅，更是增加了淒涼的氣氛。

這時杜麗娘從沉睡中醒來，輕輕喊著春香的名字，問道：

「春香，今天是什麼日子？」

「八月半了，小姐！」春香趨前回答。

杜麗娘有氣無力地沉吟道：

「唉，原來是中秋佳節了！為了我，累你們無心賞月。春香，你把窗子打開，讓我看看月色。」

「天雨，沒有月亮。小姐，妳覺得好點了嗎？」春香關懷地問著，一面打開了窗子。

杜麗娘支起身子抬頭向窗外眺望，黯然歎道：

「師父說過了中秋，病勢就會轉好，可是如今像是又沉重了。明月，明月，明月！今天佳節，竟不見你一輪高照，想必我杜麗娘休矣！」

一陣涼風吹過，杜麗娘打了個寒噤，頓時冷汗遍身，氣喘，痰湧，忽地昏厥了。

「小姐！小姐！」春香驚惶地叫著。

春香見勢不佳，連忙關上窗子，報與杜夫人知道。杜夫人正自憂悶得緊，聽到杜麗娘昏厥，嚇了一跳，慌慌張張趕來看望，不禁放聲痛哭。

「麗兒！麗兒！你怎樣了？你丟下為娘的好苦呀！」杜夫人抱住杜麗娘，傷心地哭叫。

春香也嗚嗚咽咽地只管喊著：

「小姐！小姐！」

過了一會兒，杜麗娘慢慢地甦醒了。她瞧了瞧杜夫人，沉痛地說道：

「母親！女兒不孝，不能侍奉你老人家了！請母親不必過悲，保重身體要緊。」

「兒呀，你若有好歹，為娘的也活不成了！杜夫人唏噓地說。

杜麗娘也哭了起來。「母親千萬寬心，不然女兒更是罪孽深重了！」杜麗娘抽噎著說，「有一事，請母親一定依了我，就是我很喜愛那後花園中的梅樹。我死後，可將我葬在梅樹之下——」又是一陣咳嗆，打斷了她的話。

杜夫人聽了這話，心如刀割，站起來向春香囑咐道：「春香好好服侍小姐，我去叫老爺趕快再請個醫生來看看。」

杜夫人去後，杜麗娘休息片刻，覺得胸膛窒息，心裡明白不行了，拉住春香的手，低聲說道：

「春香，你自小跟著我，就……就和親姊妹一般，我的心事，從不瞞你。只因一夢鍾情，釀成這場大病，看來是沒有生望了。我死之後，請你代我侍奉老爺、夫人，九泉之下，我……我也是感激你的……」

「小姐不要這樣講，小姐！」春香不讓杜麗娘說下去。

杜麗娘從枕旁取出一隻紫檀匣兒，又繼續說道：

「這是我的畫像，上面題有詩句，不……不甚雅觀，請你為我藏在後花園太湖石下，不要告訴旁人。」

「小姐，只要你安心養息，這病自會好的，等你痊癒了，稟明老爺，替你訪個姓梅姓柳的秀才，招選為婿，那時也就了卻你這樁心願了。」春香安慰她。

但是杜麗娘苦笑著搖了搖頭，說道：

「天下姓梅姓柳的秀才雖有，但不是我那夢中的人兒，即便父母作主婚配，我也不會如意的。況且我和他山盟海誓，豈能變心？春香！春香！我這心願，今生今世是償還不了的！」

絕望壓倒了杜麗娘，一陣激動，她又昏厥過去。

「小姐！小姐醒來！」春香跌足哀號。

杜子充和社夫人匆匆走來，杜子充也悲切地叫著：

「麗兒醒醒！麗兒醒醒！」

杜麗娘微微睜開兩眼，有氣無力地喊了聲「爹爹」，彷彿還想說話，動了動嘴唇卻斷了呼吸。

「麗兒！麗兒！我的兒呀！」杜夫人撲過去哭得死去活來。

杜子充也老淚縱橫地哭道：

「麗兒，指望你養老送終，誰想你竟先我而去了。」

春香更是伏在床上嚎啕個不住。

哭聲，風雨聲，更柝聲，交織成一首淒涼悲慘的悼歌！

第六章　拾畫

杜子充和杜夫人依照杜麗娘的遺囑，將她盛殮了，並且做了幾天道場，就埋葬在後花園的梅樹底下。春香也遵照遺囑，悄悄把那幅畫像藏到太湖石下。杜麗娘從此真的長眠地下了。

一家人正當哀痛悼殤的時候，忽然聖旨到來，說是金兵南犯，宋朝降將李全勾結金兵，叛國作亂；朝廷升杜子充為安撫使，鎮守淮揚，著即啟程赴任。杜子充接旨，不免一憂一喜。束裝待發之前，杜夫人擔心撇下杜麗娘孤墳無人照料，和杜子充商量之下，決定在後花園興建梅花觀，安置杜麗娘的神位，請石道姑住持。還撥了一塊祭田，由陳最良經管；收下來的糧食，除去杜麗娘的香火花費外，一概給陳最良和石道姑享用。這樣一來，陳最良和石道姑的生計無慮了，自然是歡喜不盡。

杜子充安排妥善以後，就要起身，杜夫人少不得又慟哭一場。春香還特地到墳前拜別，哀哀地禱告著：「小姐！小姐！我和老爺、夫人要往淮揚去了，今後不能常來祭掃墳台。好在老爺、夫人已分派了陳先生和石道姑留此照顧。小姐泉下有知，請在夢裡相見吧！」

春香涕泗交流地叩了幾個頭，然後依依不捨地離開了後花園。

過了不久，梅花觀建成了。石道姑搬來居住，供了杜麗娘的神位，每逢初一十五，焚香奠祭。平日栽種些菜蔬，倒也清閒自轉眼到了嚴冬季節，滿天風雪紛飛，山水冰封，樹木裹素，一片盡是琉璃世界。有一天，陳最良出外治病回來，路經城南破瓦窰，聽見隱隱有呼救之聲。

「救人！救人！」

陳最良驚訝地循聲尋覓，發現前面一條溝渠中陷落了一個人。

「救人！救人！」那人不住地哀叫著。

陳最良走過去問道：「你是作什麼的？為何失足在此？」

「我是廣州府的秀才，名叫柳夢梅，要到京城應試去。不想過此遇著大風雪，衣衫單薄，患了病，行走不便，跌落在水裡了！」那人簡單地敘述了經歷。

原來柳夢梅在香山嶴多寶寺拜別了苗舜賓，就雇了一艘船趕路前進。誰知秋去冬來，身邊帶的衣裳不夠，受了寒冷，感冒成病。這天到了南安府，想著進城買件棉衣禦寒，順便看看醫生。不料體力不支，被柳樹絆跌一跤，誤墜溝渠裡面，更是冷入骨髓。

陳最良聽說是一個秀才，動了愛惜之心，連忙上前將柳夢拉了出來。

「多謝老先生救命之恩！」柳夢梅感激地向陳最良深深一揖。

陳最良看柳夢梅確是個文弱書生，如今全身水濕，滿面病容，想著自己是個醫生，原當治病救人，因此同情地說道：「秀才快隨我進城找個住處。我還略識醫理，替你診診脈息，服幾劑藥，等病體痊可了，再作去計不遲。」

「如此，更是感激不盡了！」柳夢梅欣喜地說。

當下柳夢梅隨了陳最良冒著風雪，走到梅花觀。陳最良敲開了門，石道姑迎了出來問道：

「陳先生怎麼這樣大雪天還要出門？」

「出去治病，歸途又遇著一個病人。這位柳秀才落難此地，無處投奔，想請道姑權且收留，住上幾天，不知意下如何？」陳最良向石道姑情商。

柳夢梅也施禮懇求道：

「異鄉人命苦，望老姑姑慈悲為懷！」

石道姑也是個好心腸人，看見柳夢梅那副可憐相，毫不遲疑地答應了，將柳夢梅安置在一間東廂房裡，並替他找了一件棉衣換上。陳最良又替他診了脈，處了方子。

柳夢梅在梅花觀一病數月，幸得陳最良細心醫治，才漸漸痊癒了，然而已經誤了試期。本想前往京城，又恐那裡無親無故，反而諸多不便，決定留在南安府。這裡有個梅花觀可以存身，還有陳最良和石道姑照應。他把這意思告訴陳最良和石道姑，央告說：「如今我久病新愈，囊中又不寬裕，不敢遽然遠行，想在梅花觀多寄居一時，等到秋後，再往京城應試。所有叨擾之處，異日一旦發跡，定當重謝，還望兩位老人家體恤體恤才好。」

陳最良和石道姑原也同情柳夢梅，況且梅花觀又不是他們的家，因此就樂得慷慨了。

「柳相公放心吧，只要你不嫌這裡的粗茶淡飯，就住個三年兩載也不妨事。」石道姑滿臉笑容地說。

陳最良也安慰柳夢梅道：「柳相公身體才好，不須憂愁，安心養息要緊。」

柳夢梅見他們答應了，才算安心，但是閒居無聊，有時不免煩悶。石道姑便指引他到後花園遊玩。梅花觀和後花園之間，隔了一道竹籬圍牆，平日園門關閉。這天石道姑開了園門，讓柳夢梅進去，說道：「這後花園風景十分幽靜，柳相公自去消遣吧！」

「有這麼一個所在，我可以盡興遊玩了！」柳夢梅高興地說。

「只是裡面荒涼得很，柳相公不要害怕。」石道姑說罷，笑著去了。

柳夢梅漫不經心地信步走去，雖見春光明媚，卻顯得冷冷清清。舉目一望，池塘裡的水乾涸了，芍藥欄前落紅瓣瓣，牡丹亭上盡是塵垢，假山石畔亂草成叢。他不禁歎了一口氣，感慨地沉吟道：「荒園狼藉，令人不忍目睹！」

柳夢梅向太湖石走去，準備小憩，忽然發現石頭下面有一匣子似的東西。他好奇地近前伸手把它抽了出來，竟是一隻紫檀匣兒。再打開一看，裡面盛了一小軸畫圖。他草草展閱，猜想這一定是一幅觀音像，連忙收好，預備帶回去供奉。

回到房內，柳夢梅再將畫圖細細觀摩，不禁吃了一驚。原來繪的不是觀音像，乃是一個美麗的女郎，看上去好生面熟，又想不出在哪裡見過。他怔怔地看了一會兒，見幀首有小字題詩，念道：「近睹分明似儼然，遠觀自在若飛仙；他年得傍蟾宮客，不在梅邊在柳邊。」

柳夢梅越發驚異了！他把畫圖掛在牆上反覆地省視，只見那女郎手執紅梅，身倚垂柳，意態悠然，含情欲語，似笑非笑，似愁非愁，有躍躍欲活之勢。

「奇怪，奇怪！從詩句看來，這是美人的自描畫像。詩句中寫著柳與梅，像上又執梅倚柳，處處都和我的名姓關連，而且春容好似見過！」柳夢梅迷惘地自言自語著。

柳夢梅努力思索，終於回憶起去年春天的那個蹊蹺的夢來。他模糊地記得，在一座大花園的梅樹下，站著一個美人。美人對他說：「遇到我就有姻緣之份，發跡之期。」如今這畫上的美人很象夢中美人，他便高興地問畫像道：

「美人，美人，原來就是你！說，是你不是？噯，果真是你！今日既然相逢，我的好運量必不遠了！」

柳夢梅自我陶醉地認定就是夢中美人，喜不自禁，象和故人談心似地喃喃說道：「美人，你這雙俊眼，怎麼只管顧盼著我？我站在這裡，你也看著我，我走到那邊，你又看著我。噯呀，美人，你何不請下來相叫一聲？」

柳夢梅如癡如呆地來回端詳了一會兒，不覺好笑起來。乘興之所至，步韻和了一首詩，也寫在幀首上面。

『丹青妙處卻天然，不是天仙即地仙；欲傍蟾宮人近遠，恰些春在柳梅邊。』

柳夢梅朗聲念罷自己的詩，煞有介事地作了一揖，說道：「美人，這是我的拙作，不及你萬分之一，請教請教！」接著，他又若癲若狂地頻頻叫著：「美人，小娘子，姐姐！今後有勞妳陪伴於我，我當早晚相看，早晚禮拜，並早晚叫妳，贊妳！」

柳夢梅拾了這幅畫像如獲至寶，從此，他把那紙上的美人就當作了密友，日夜看個不厭，叫個不休，拜個不已。他越看越愛，越叫越想，越拜越感到畫像栩栩如生，恨不能拉下來結為夫妻。

柳夢梅迷戀著杜麗娘的畫像，有時想：她不過是一個紙上的美人，即使和她廝守一輩子，也不會活起來的，又不免很惆悵。

有一次，石道姑來給柳夢梅送飯，柳夢梅正虔誠地站在畫像前默默禱告禮拜。石道姑以為他供奉的是神像，問道：

「柳相公，這是什麼女菩薩呀？」

柳夢梅一時無詞可對，但又不好直言，思索了一會兒，只有信口撒了個謊：

「這是我姐姐的畫像，不幸她一病亡故，因此供奉禮拜，以盡姊弟之情。」柳夢梅說著，裝出傷感的樣子。

石道姑認了真，不便多問。再看看畫像，無奈老眼昏花，也沒有辨識出來。

第七章　還魂

那年中秋夜裡，杜麗娘宛如做夢一般，飄飄然離開人間，飄到了一座城池。過了一會兒，有個官員傳她前去問訊，預備發落。她在公堂之上口口聲聲喊著：「死得屈！」那官員便命她講出死因，她坦率地哀告道：「我只為偶爾遊玩後花園，得了一夢，夢見一個書生對我甚是多情，因此我與他私訂終身，海誓山盟，永不變心。夢醒之後，我就相思成病，不到半年，一命嗚呼。那書生究竟是誰，現在何處，不得而知。請老爺開恩還魂，成全我們的姻緣才好」

官員聽了不信，喝道：

「一派胡言！人世間哪有一夢而亡的道理？」

杜麗娘再三解釋，官員見她說得誠懇，想了想，立傳南安府杜家後花園的花神前來對質。

「花神，這女子曾在後花園中遊玩，夢見和一個書生定情，後因相思成病而亡，可有此事？」官員向花神問道。

花神端詳了杜麗娘一下，毫不遲疑地回答：

「確有此事。這女子一片癡情，死後就葬在後花園的梅樹之下。？」

「哈哈，我看定是你假充書生，害了人家一個好好的女子！」官員責備著花神。

花神連連擺手說：

「噯呀，冤煞我了！這女子乃是南安府杜太守的千金小姐，平日為人謹嚴莊重。那日被個書生夢魅了，害得一病身亡，舉家悲痛！這都是我親眼所見，著實可憐。請開開恩，赦了她吧！」

花神也替杜麗娘求情，杜麗娘更是百般央告。官員因杜麗娘確是為情喪身，有些感動，便點點頭道：

「難得你這樣一往情深，也罷，我今將你放出枉死城，尋找，你那夢中人兒去吧。」

「多謝老爺重生之恩！」杜麗娘連忙拜謝。

官員又囑咐花神道：

「我把她的魂魄就交與你帶引，仍舊回到後花園。等待尋著那書生蹤跡之後，再讓她的肉身復活。」

花神慨然答應了。

於是杜麗娘快活地辭別了官員，跟隨花神又飄然而去。

乘著月明星稀，夜深人靜，杜麗娘和花神駕了一陣清風，又來到這後花園裡。她目睹故園荒蕪，不禁觸景傷情，淚如雨下。她重遊了一回牡丹亭、芍藥欄、假山、池塘，最後發現多了一座梅花觀。進去一看，原來供奉的乃是自己的神位，住持就是石道姑，如今還正在為自己誦經超度。她感慨地留連了一會兒，再到迴廊巡視，卻聽見東廂房傳出沉吟叫喚之聲，叫的是「我的姐姐呵！」「我的美人呵！」但只聞呼聲，不聞應聲，淒切非常。她有些奇怪，想看介明白，又恐怕驚動人家。躊躇了一下，決定明晚再來。

第二天晚上，杜雨娘悄悄地到了東廂房門外，裡面依然有人在沉吟叫喚。她伏窗窺望，不看則已，一看更是愕然怔住了！但見那牆壁上懸掛著一小軸畫圖，上面分明是自己的春容，一個書生正出神地凝視著，口中喃喃低語：

「他年若傍蟾宮客，不在梅邊在柳邊。我的姐姐呵，妳所指的柳和梅，我柳夢梅雖然有些份兒，無奈妳是個紙上人兒，叫我怎生親近妳呢？」

杜麗娘聽了大吃一驚，暗想那兩句詩也是自己的，這書生自稱柳夢梅，難道就是夢中人嗎？想到這裡，欣喜萬分，忍不住連忙上前敲門。

「這般時候還有敲門聲，是風吹竹動，還是人呢？」柳夢梅在門內自言自語地問著。

「是人！」杜麗娘答道。

「莫非老姑姑送茶來了？天色不早，老姑姑不必多勞了！」柳夢梅遲疑著不開門。

杜麗娘焦急地說道：

「不是老姑姑，請快快開門！」

柳夢梅把門打開，兩人面對面，都感到不相識卻又有些面熟。杜麗娘認出好像是夢中人，靦然施了一禮，說道：

「相公萬福！」

柳夢梅還沒有認出杜麗娘，怔怔地打量了一番，還禮問道：

「請問小姐，深夜到此何干？是走錯了路，還是求燈的？」

杜麗娘也不回答，只是搖頭。柳夢梅越發詫異了，忙又問道：

「小姐想是尋人的，不知找誰呢？」

「正是尋人。」杜麗娘含笑地說，「我要找那個曾經在夢中相遇的人兒，好像就是相公。」

這句話頓時提醒了柳夢梅，猛然記起夢中的女郎，喜出望外地說道：

：「噯呀，原來你就是夢中的美人嗎？我還當是夢境無憑，不想真的見面了！」

「怎麼，你也做過夢嗎？」杜麗娘奇異地反問。

柳夢梅便把廣州得夢的情形講了一遍。

「夢中小姐曾說，遇著你便有姻緣之份，發跡之期。我柳夢梅真是榮幸！請問你現居哪裡，尊姓芳名，家中還有何人？」說著，柳夢梅一往情深地望著杜麗娘。

杜麗娘羞澀地答道：

「舍下就在東鄰不遠，父母雙全。我的姓名請相公暫時勿問，日後自會曉得。只要你真心見愛，我願每夜前來陪你茜窗閒話。我已有言在先：『他年若傍蟾宮客，不在梅邊在柳邊。』」

「這樣說來，想必這畫像上的美人也是你了！美人，美人，可想煞我了！」柳夢梅狂喜地一把拉住杜麗娘走向畫像前，「妳來看，這上面我也和了詩句。小姐，果然我將妳盼活了！」

當下兩人儼然如故友重逢一般，一些兒拘泥也沒有，只顧傾吐著各自的相思。杜麗娘只怕柳夢梅驚異，不敢直言已死。到了四更時辰，方才告辭。臨行囑咐柳夢梅道：

「我今既以終身相許，還望你體恤私衷，不可輕告外人，免得風聲傳出去，惹起是非。」

柳夢梅諾諾連聲。杜麗娘又不許柳夢梅相送，獨自飄然而去。柳夢梅以為她是背著父母悄悄而來，所以也不疑心其他。

此後，杜麗娘每晚必到，天未明即去。兩人纏綿繾綣，勝似夫妻。有時品茗清談，有時研讀詩書，有時柳夢梅備了些酒菜，促膝對酌，有時雙雙挽手步月，並肩遊園。光陰如箭，忽忽三年，柳夢梅功名之心本來淡薄，如今耽於情愛，更早把應試之事拋到九霄雲外了。

日子一久，漸漸露了風聲。石道姑偶爾前來送茶，聽見屋裡！笑語盈盈，不免勾起疑心，不好直接質問柳夢梅，便找了陳最良商量對策。

「陳先生，都是你引來個雲遊秀才，一住快三年了。先是因病不能赴京應試，如今再也不提應試之事，你道為著什麼？原來他藏了個女子在屋裡，迷戀得忘了前程。他不上進不要緊，壞了我梅花觀名聲，豈是了得的？我想告到衙門說理去，你看如何？」石道姑氣咻咻地說著。

陳最良沉思了一會兒，拈須搖頭道：

「我看柳相公不是個輕薄兒郎。俗語說得好，捉姦要捉雙，你可曾見過那女子沒有呢？」

石道姑被陳最良問得怔住了。

「說也奇怪，我雖然聽見過那女子的笑語，但從未看到過她的形影。有一次我特地敲門進去，分明先前還聽見他們在說話，不料進去一看，屋裡只有柳相公一入，此外就是一幅畫圖。哎呀，難道是畫圖成精作怪了不成？」石道姑說到這裡，毛髮悚然地打了個冷戰。

陳最良笑了笑，沉著地說：

「不要胡亂猜疑，柳相公是個至誠的讀書君子，不可壞了他的體面。請你權且忍耐，改日我勸他上京應試，看他怎樣答。」

石道姑覺得陳最良說得有理，也就不再聲張。

過了一天，陳最良來找柳夢梅，提起應試之事。柳夢梅起初還支吾，後來看見陳最良起了疑心，只好說等到秋天起程。

當天晚上，柳夢梅鬱鬱不樂，心想這樣下去，固然是環境所不許；就是允許，也不是個長久之計，離開這裡又著實捨不得。正自低徊沉吟，愁悶得緊，一陣清風拂過，杜麗娘已姍姍而至。恰恰相反，杜麗娘卻是滿面笑容，露出十分高興的樣子。她瞥見柳夢梅愁眉不展，就詫異地追問緣故。柳夢梅把石道姑和陳最良疑惑的事，講了一遍。

「看來我必須到京城去，只是捨不得拋下妳；欲待不走，長此以往，也非善策；故而煩悶，不知如何是好！」

柳夢梅憂形予色地說。

杜麗娘微微一笑，故意問道：

「既然你是個有情的，為何不請媒相聘，訂了親也好安心應試去呀。」

柳夢梅信以為真，忙說：

「說得是，明早我就親自到府，拜見妳的高堂，當面求親。不過，妳至今還不肯說出妳的姓名，也不告訴我妳的住址，叫我到哪裡去訪謁呢？」

杜麗娘原要直說，可是又有些躊躇。柳夢梅見她半吞半吐，心中不免狐疑起來。

「妳這樣隱祕不宣，到底為了什麼？」柳夢梅著急了。

「其實你今天不來問我，我也預備對你說了，只是，我又怕你知道真相以後，要生異心，所以遲疑不決。」說著，杜麗娘莞爾一笑。

柳夢梅聽了這話，更加狐疑了，但是兩人已有三年的情愛，覺得無論她的來歷怎樣，是人家的新寡也好，逃妾或私奔丫鬟也罷，只要肯真心相隨，也願意和她結為夫妻。因此毅然地說道：

「我可以對天盟誓，柳夢梅願和妳結為夫妻，生同室，死同穴，倘若心口不一，日後不得善終！」

杜麗娘見柳夢梅認真地發了誓，感動得緊緊抱住了他。

「柳郎待我這般情深義重，我總算沒有為你白死。如今我就對你實說了吧！我不是人，我是——」杜麗娘欲言又止。

「啊，你不是人！你……你是什麼？」柳夢梅驚嚇得倒退了兒步。

杜麗娘便將生前死後的遭遇，一一率直地告訴了柳夢梅。

「今宵是我還魂之期，望你助我一臂之力，明日到後花園梅樹下，掘開我的墳墓，那時我就可以復活了！」杜麗娘興奮地說。

柳夢梅這才恍然大悟，又驚又喜，毫不猶豫地答應了。杜麗娘怕他獨力難成大事，囑咐他道：

「此事你可與石道姑計議而行。她是個好心腸的人，量必樂於相助。」杜麗娘說罷，告辭欲去，卻又轉身鄭重地叮嚀道，「我之能否復活，全在柳郎了！請你千萬實踐諾言，不然，我必痛恨你的薄情負義！」

「小姐放心，明日我一定開棺相驗。若是你不能復活，我情願與你同穴而死！」柳夢梅堅定地說。

杜麗娘感激地斂衽而拜，說道：

「多謝柳郎再生之恩！」

柳夢梅連忙扶住杜麗娘。她看看就要黎明，便匆匆地走了。柳夢梅覺也不睡，懷著興奮的心情，盼到天亮，忙去找著石道姑商量。

石道姑聽了柳夢梅的一片話，半信半疑。心想哪會有人死而復活的道理？況且掘墳開棺，又是觸犯法律的罪行，因此不敢遽然答應。柳夢梅看出石道姑顧慮重重，便百般懇求，並說明這是杜麗娘自己的主張，萬一官府得知，也怪不著掘墳的人。

「官府真的怪罪下來，全由我一人承擔；如果杜小姐復活，更有她去申辯，不干你的事。老姑姑本菩薩之心，救她重生，功德無量；不然，她在九泉之下，也要怨恨你的。」柳夢梅解釋著說。

石道姑見柳夢梅說得真切，便道：「既然是杜小姐的吩咐，只得依從於她。不過你我兩人也難成事，還須找個有力氣的人前來幫助開掘才好。」

「此事不可洩露，老姑姑要謹慎些。」柳夢梅擔心地說。

石道姑想了想答道：「不妨事，我的侄兒癩子頭是個老實人，可供差遣。」

當下石道姑忙去找了癩子頭來，掘了墳墓，撬開棺木，只見杜麗娘的容貌宛如生前一般，安然地睡在裡面。此刻她彷彿驚醒了似的，「噯喲」一聲，霎地睜開了眼睛。

「小姐！小姐！」柳夢梅驚喜地叫著。

石道姑也高興地叫著。然後大家把她扶了起來。杜麗娘還是軟弱無力，柳夢梅和石道姑便扶著她坐在石凳上休息。石道姑又熬了些參湯餵她喝下，她才慢慢地恢復了元氣。

「這真是千古未有的奇事，小姐死去三年，居然又能復活！」石道姑合掌稱慶。

杜麗娘嫣然微笑，含情脈脈地指著柳夢梅道：

「真情感天地，生者可以死，死者可以復生；情之所至，生死不移啊！」

第八章　婚走

杜麗娘在梅花觀養息了幾天，身體和精神漸漸健朗起來了。柳夢梅便三番五次地要求和她成親，她卻總不答應。她認為既已復活，就該稟明父母，免得落個不孝之名。

「話雖不錯，只是此處不能久留，我就要往京城應試去，有心和妳同行，成了親才方便呢。」柳夢梅說。

杜麗娘也覺得柳夢梅的話有理，正自猶豫間，石道姑驚惶地走來說道：

「柳相公，適才陳先生來說，中秋節是小姐的忌辰，他要到後花園去祭墳掃墓。若被他看出破綻，如何得了？快快拿個主意吧！」

杜麗娘和柳夢梅也吃了一驚，兩人一時面面相覷，不知所措。

「這樁事非同小可，一旦敗露了，一來小姐有妖冶之名，二來老爺、夫人要遭到無閨閫之教的非議，三來柳相公有誘騙之嫌，四來我也要遭掘墳之罪。依我看，三十六策，走為上策。」石道姑終於想出了個主意。

「走，走到哪裡去？」杜麗娘茫然地問著。

石道姑想了想道：

「小姐，柳相公本來要去京城應試，你和他既是夢中早訂了終身，如今不如曲成親事，也好一同前往。」

「是呀，老姑姑想得周到。小姐，就這樣吧！」柳夢梅說罷，用懇求的眼神望著杜麗娘。

杜麗娘躊躇了一會兒，只好點頭答應。柳夢梅快活地握住杜麗娘的手說：「草草成親，委屈妳了！」

「我為你死尚不足惜，這點委屈算得什麼！只是恐怕日後父母見責。」杜麗娘惴惴不安地說。

石道姑勸慰道：

「老爺、夫人珍愛小姐，到那個時候，倒也不會見責了。小姐死而復生，又帶了個現成的女婿給他們，高興還來不及呢！」

柳夢梅感激石道姑的熱心協助，也請她同行，以免連累了她。

「老姑姑和我們一同去吧，免得在這裡擔驚害怕，今後還可以照應照應小姐。」柳夢梅懇切地說。

杜麗娘也勸石道姑同去，石道姑思忖了一下，也便欣然允諾了。

杜麗娘收拾了些當初陪葬的金銀首飾，叫石道姑拿去變賣，作為他們上路的盤纏和今後的生計費用。

啟程的前一日，石道姑略備酒菜，就在梅花觀裡，讓杜麗娘和柳夢梅成了親，先拜天地，又遙拜父母，然後夫妻交拜。

石道姑命癩子頭雇了一艘大船，三人夤夜趕到江邊。柳夢梅賞了癩子頭幾兩銀子，並把自己的一件破舊藍衫也送了他，表示酬謝。

開船之後，一帆風順，才半個多月工夫，他們便到了京城。

當時京城就在臨安[1]，山明水秀，風景十分優美。杜麗娘和柳夢梅、石道姑三人，在錢塘門外賃了一所空房居住。

柳夢梅決定秋後應試，便又重新用心攻讀詩書。杜麗娘很體貼他，常常陪著他，相互切磋，深得唱隨之樂。

看看試期已近，這天杜麗娘見柳夢梅攻讀辛苦，特地叫石道姑去買酒來，與柳夢梅對酌。不想石道姑回來說：

「噯呀，相公，小姐，我在江邊沽酒，看見各處秀才都往考場去了，相公不要錯過大好時機，快快應試去吧！」

「既然如此，柳郎即刻前往，這酒，就是狀元紅了！」杜麗娘滿滿敬了柳夢梅一杯。

柳夢梅一飲而盡，依依地說：

---

[1] 臨安　南宋京城，今浙江杭州。

「為著功名，少不得和娘子小別了！」

「但願你早去早回！」杜麗娘溫柔地執手相送。

柳夢梅一路往考場趕去，誰知誤了時辰，午門已經關閉。柳夢梅急忙向掌門的央告道：

「大哥，請你快去稟告典試官，有個告遺才的生員求見！」

掌門的不肯稟告，柳夢梅急得在午門外哭了起來。這哭聲驚動了裡面的典試官，命校尉傳問掌門的，掌門的只好讓柳夢梅進去。柳夢梅認出那典試官就是在香山嶴多寶寺謁見的苗舜賓，心中大喜，上前跪下懇求道：

「老大人，秀才柳夢梅特來應試，請准予收考！」

「殿試時間已過，不便再收了！」苗舜賓搖搖頭說。

柳夢梅伏在階下哭告道：

「老大人當初指教我進京應試，我才不遠數千里而來，只為攜帶家小，遲來一步。如今客居異鄉，若是不能收考，無路可走，我只有碰死在這裡！」

苗舜賓這時才看清楚他就是多寶寺看寶的那個秀才，便說：

「原來是柳秀才，就破例收考吧。」

「多謝老大人！」柳夢梅恭敬地拜了幾拜站起來。

苗舜賓當下把試題交給柳夢梅。柳夢梅看那題目是《金兵犯境，惟有和戰守三策，何者為宜？》柳夢梅稍加思索，下筆揮寫，不到一個時辰便交了卷。

苗舜賓正翻閱著別人的卷子，邊看邊歎息，竟沒有一個中意的。及至柳夢梅的卷子送來，略微看了一下，便點頭稱讚道：

「秀才頃刻之間千言立就，可見胸有成竹，可敬可敬！適才看見別人的試卷，有的主戰，有的主守，有的主和，不知你是主的哪一策？」

柳夢梅知道苗舜賓是想口試他的才華，先不慌不忙地行了個禮，然後侃侃而談道：

「學生愚見，能戰能守而後可和，好比醫生用藥，戰為表，守為裡，和在表裡之間。」

苗舜賓閉目凝神地傾聽著，不住地點頭。

「高明！高明！只是眼前邊疆危殆，形勢緊急，依你看來，應該怎樣措施才是？」苗舜賓又提出了問題。

「當前之計，若止於和，勢必江山不保，百姓遭殃，朝廷蒙羞。只有取戰守二策，請皇上御駕親征，既可以鼓勵士氣，又可以威鎮金兵。」柳夢梅應答如流地講了一遍。

苗舜賓不禁肅然動容，說道：

「秀才言之有理！這些精闢之論，恐怕沒有人及得你的。我當奏明皇上，使你獨佔鰲頭。你到午門候旨去吧！」

柳夢梅彬彬有禮地鞠躬告退。這時忽然傳來一陣急驟的鐘鼓聲。苗舜賓大驚失色，問左右道：

「哪裡的鼓響？」

幾個黃門官慌慌張張走來，說道：

「苗老大人，不好了！樞密院警報，金兵已經殺到淮揚了！」

「噯呀，這便如何是好！」苗舜賓跌足叫苦。

接著，一個太監捧了聖旨走來，朗聲宣讀道：

「聖旨：治天下有緩有急，現今淮揚危殆，迎敵要緊。待干戈平息，偃武修文，再放金榜。」

苗舜賓叩頭領旨，立即吩咐秀才們權且散去，等侯放榜之期。柳夢梅便連忙趕回家裡。

杜麗娘見柳夢梅神色張惶，不免詫異地迎上前去問道：

「柳郎為何這樣快就回來了？」

柳夢梅先將應試的情形講了一遍。
「這樣說，若是柳郎此番得中，並非考中的功名，乃是哭中的功名哩！」
杜麗娘笑著戲謔地說。
柳夢梅卻一本正經地辯道：
「不過我談論戰守和三策，折服了那苗老先生。他原是我的知遇恩人，此番諒必點我的狀元了！」
「柳郎果然是文經武緯之才，即便點不了狀元，點個榜眼、探花也好。」杜麗娘快活地說。
柳夢梅冷冷地笑了笑，感慨地說道：
「唉，我何嘗貪圖什麼功名，我不過譏笑朝內無人罷了！朝內若有人，也不致半壁江山都快保不住了。」
「柳郎，這是什麼意思？」杜麗娘不解地問著。
柳夢梅便把淮揚危急的消息告訴了杜麗娘。社麗娘聽罷大驚，頓時兩眼淚流，哽咽地說：
「天哪！我爹娘就在淮揚，不……不知怎……怎樣了？」
「娘子寬心，岳父、岳母受些驚恐，在所不免，但諒無大礙。」夢梅安慰道。
石道姑也在一旁勸道：
「吉人天相，老爺、夫人會脫險的，小姐不要急壞了身子。」
「可是二老年邁，家我如何放心得下！」杜麗娘依然啼泣。
杜麗娘哭了半晌，最後想了一個主意，可又不好明講，躊躇再三，才吞吞吐吐地說：「柳郎，我有一句話，不忍啟齒。」
「娘子有什麼話，只管說吧！」柳夢梅也顯出很憂愁的樣子。
「我想，放榜之期還早，有心請你往淮揚打聽爹娘消息，不知你……你……」杜麗娘囁嚅地說不下去。

「娘子既有此意，我是義不容辭。不過撇下妳一人在這裡，我有些不大放心。」柳夢梅滿口答應了。

杜麗娘見柳夢梅毫不遲疑，心裡非常感激，說道：「柳郎肯代我長途省親，此情此義，終生不忘。至於我在這裡，有老姑姑陪伴，不必掛念。倒是你在兵荒馬亂之中，要特別謹慎才好。」

「這個我自然曉得。還有一事，」柳夢梅面帶難色道，「如果打聽得岳父、岳母平安無恙，我是不是就去拜見他們？不去拜見，有失禮節；去拜見，他們早當你已經死了，怕不肯相認，反要問我個冒詐之罪，如何是好？」

杜麗娘聽了也為難起來。這樁事，父母早晚會知道，不如趁此說明，但也怕父母不相信，更怕父母怪她私自成親。

「小姐不必多慮，老爺夫人見了柳相公，知道你已回生，定然高興，不會怪罪的。」石道姑在旁相勸。

「事到如今，也顧不得了！柳郎去拜見父母，只說你我是註定的姻緣，神明顯靈，驀地開了墳墓，因此結為夫妻。」杜麗娘毅然決然地說。

柳夢梅點點頭道：

「只好這樣了。不過我一介寒儒，怕有失岳父、岳母的顏面呢！」

「這個不妨，等到你中了狀元，也就為父母爭光了！」杜麗娘笑著說。

商議下來，決定柳夢梅第二天就起程北上。杜麗娘替他收拾了包袱雨傘，又給了他些盤纏銀子，並將自己的那幅畫像也叫他帶著，一面叮嚀道：

「父母見畫如見人，可聊以安慰雙親，勝似一封千言萬語的家書。」

「娘子想得周到。我去後還望你多多保重！」柳夢梅拿起行囊向杜麗娘告辭。

杜麗娘戀戀不捨地送了柳夢梅一程，才揮淚而別。

第九章　遇母

中秋節的早上，陳最良帶了香燭紙錢，來到梅花觀，原想和石道姑一起祭掃墳墓。誰知尋遍梅花觀，不見石道姑的蹤跡，柳夢梅也不見了，連東西廂房都空空如也，鍋碗、衣物搬得乾乾淨淨。陳最良猜測是石道姑和柳夢梅私奔了，還咒罵了一番。及至他來到後花園，見墳墓平了下去，又發現棺材浮在池塘裡，屍首卻不見了。這一下陳最良吃驚不小，嚇得一邊哆嗦，一邊憤憤罵道：

「狠心的賊子，竟敢做出盜墳的勾當！可憐我女學生的屍骨不知被拋到哪裡去了？」

陳最良四處找不著杜麗娘的屍骸，就在空墳前焚化了紙錢，傷心地哭了一場。他感覺責任重大，當下先向南安府報官，然後趕往淮揚稟告杜子充。

郭駝子還是兩年前接到過柳夢梅的信，知道他在南安府梅花觀養病，心裡十分掛念；加之一個人孤零零地在廣州府常常受些地痞流氓的欺負，實在忍受不下去，便積蓄了些銀子作盤纏，前往南安府探望柳夢梅。

到了南安府，郭駝子好容易訪著了梅花觀，卻見門上貼了封條。鄰人告訴他說，石道姑走了，她有個侄兒癩子頭住在小西門。他又忙去找癩子頭。正巧癩子頭穿著柳夢梅送給他的那件破舊藍衫，在大搖大擺地走過來。郭駝子認出那件衣服是柳夢梅的，癩子頭又是滿頭的癩瘡，斷定就是他要找尋的人，便急急上前拉住他道：

「小哥就是癩子頭嗎？」

癩子頭平日最恨人家直呼他癩子頭，如今見一個陌生人這樣叫他，更是氣惱，立刻瞪著眼睛啐了一口道：

「你這個駝子，怎麼不伸直了腰呀？哼，你比我矮了一頭，還敢叫我的名諱！」

郭駝子也被癩子頭惹火了，一把扭了他的衣襟，罵道：

「好毛賊，竟敢出口傷人！看我扭你見官去。」

「噯呀，你罵我毛賊，我偷了你的什麼？」癩子頭氣衝衝地說。

郭駝子指著那件藍衫問道：「你身上這件衣服是哪裡來的？」

「是我自己做的。」癩子頭昂然回答。

郭駝子厲聲道：

「胡說，分明是柳相公的，我認得。」

癩子頭聽見郭駝子說出柳相公，知道有些來歷，詫異地忙問：

「怎麼，你說柳相公，你是他的什麼人？」

「我是他的園公，他是我自幼撫養大的。」矽郭駝子理直氣壯地回答。

癩子頭頓時換了笑臉，拱拱手道：

「原來如此，得罪得罪！」

癩子頭把郭駝子請到家裡，將柳夢梅和杜麗娘、石道姑一同逃往臨安的事一一告訴了他。

「他們走後，害得我吃了一場官司。陳最良告到南安府，南安府拿了我去拷問盜墳的人，叫我供出柳相公和我姑媽哪裡去了。我偏不說，那狗官沒奈何，打了我幾十棍子，又放了我。」癩子頭得意地敘述著。

郭駝子連忙向癩子頭作了一揖道：

「噯呀，委屈小哥了！」

兩人又談了一會兒，郭駝子便往臨安尋找柳夢梅去了。

杜夫人隨杜子充到了揚州，三年中為了思念愛女，終日哭哭啼啼，春香也不知陪了多少眼淚。杜夫人想到老年無靠，想到杜家香煙，也曾勸杜子充納一房妾。杜子充卻說，雖然納妾，也須選個宦家之女。揚州只有平民之女，不堪婚配。杜夫人只好由他。

這年剛過中秋，金兵圍攻淮安，聖旨命杜子充渡淮禦敵。杜子充便攜眷由揚州移鎮淮安。行不多遠，探馬來報道，淮安守將有棄城投降之意。杜子充知道情況不妙，就叫杜夫人依。然轉回揚州，自己逕往淮安而去。

杜夫人帶著春香轉回揚州，一路上但見難民紛紛奔逃；及至臨近揚州，更見烽煙遍地。杜夫人問過一個難民，方知金兵趁杜子充移鎮之際，已經竄據了揚州。

「杜安撫只顧去守禦淮安，讓金兵陷了揚州，害得我們流離失所！」難民紛紛抱怨著。

杜夫人驚恐之下，不敢前進，正自張惶失措，卻聞一陣馬蹄聲，見大隊的金兵由遠處飛馳而來。難民們急急奔逃，一時鬼哭神嚎，淒慘萬狀。

杜夫人和春香跟了難民們奔逃，慌亂之中，護送她們的差役也都給沖散了，行李全部失落。杜夫人看看無路可走，只得往臨安去。

一天晚上，杜麗娘悶悶地坐在漆黑的屋裡發呆，心中惦記著柳夢梅，又思念著父母。石道姑勸她早點歇息，她搖搖頭說：

「還不睏哩，點上燈吧，老姑姑。」

「沒油了，小姐。」石道姑笑著說。

杜麗娘皺了皺眉頭道：

「可是夜長難以入夢，如何是好？」

「待我去向鄰舍借些油來，小姐且到院子裡坐坐吧。」石道姑拿著燈走了出去。

杜麗娘一個人到院子裡散步，月色慘澹，秋蟲哀鳴，格外感到淒涼！

「噯！我杜麗娘好命苦呀！經歷了多少艱辛，才爭到個如意郎君，有情人終成眷屬。誰知平地風波，又告遠別；這相思之苦幾時才能了呵！」杜麗娘想著想著，不免暗自流淚。

突然間，犬吠聲衝破了岑寂。隱約有兩個人影沿著竹籬牆走過來，輕輕地敲了幾下門。

「裡面有人嗎？」是一個少女的聲音。

杜麗娘吃了一驚，連忙上前問道：

「找哪個？」

「借宿的。」又是一個老婦人的聲音。

杜麗娘遲疑地開了門，見是一老一少兩個婦女，形容憔悴，樣子十分可憐。

「小娘子，」那老婦人向杜麗娘拜了拜，顫巍巍地說，「我們是到臨安去的，只因天晚道路不熟，特來借宿一宵。請你行個方便吧！」

杜麗娘一聽這聲音很熟悉，不禁怔住了。那老婦人見杜麗娘不回答，以為有為難之處，便又懇求地說：

「小娘子，做做好事吧！我們是逃難之人，被金兵害得顛沛流離，才落到這個地步。」

「啊，你們是從哪裡逃來的？」杜麗娘驚詫地問著。

老婦人也愣然一楞，疑惑地看了看杜麗娘，答道：

「我們是從揚州逃來的。」

「怎麼，你們是從揚州逃來的！請問尊姓，可曉得杜安撫的信息嗎？」杜麗娘神情緊張地端詳著老婦人。

老婦人倒退了幾步，驚惶地問道：「你……你是誰？」

杜麗娘正要回答，那少女拉住老婦人轉過身去。

「哎呀，老夫人，她……她不是小姐嗎？」少女嚇得聲音顫抖了。

老婦人也有些恐怖，向少女低聲道：

「是呀，說話的聲音像麗兒，人也生得一模一樣。」

杜麗娘在月光之下，已經認出那老婦人就是母親，那少女就是春香，驚喜之下，連忙向前叫著：

「娘！春香！」

「你……你……鬼！鬼！」杜夫人毛髮悚然，急急退縮。

春香嚇得跪在地上磕頭哀告道：

「小姐，你不……要嚇我們，可……可憐我們再禁不起驚駭了！」

「麗兒，我知道你死的屈！」杜夫人悲切地喃喃禱告著，「父母的沒有給你廣請僧道超度，這都是兵火連連之故。春香，我們到近處去買些紙錢燒化吧！」說罷，老淚滂沱。

春香扶了杜夫人要往外走。杜麗娘明白她們是把自己當成鬼了，又難過又好笑。

「母親，春香，你們不必害怕，我不是鬼，我是人，我又復活了！」杜麗娘攔住杜夫人不放。

杜夫人哪裡相信，暗想這荒村小院，屋子裡空洞洞，黑漆漆，即便是人，怎會獨自居住？況且杜麗娘原在南安府，如何跑到臨安來了？因此堅決要走，看也不敢再看杜麗娘一眼。

杜麗娘情急地牢牢拉著杜夫人的衣襟，杜夫人則用力掙扎。春香在旁苦苦哀求道：

「小姐，小姐，放了我們吧！」

正這當兒，石道姑拿著燈進來，詫異地看看她們，又用燈照了照杜夫人和春香。

「噯呀，這不是老夫人和春香嗎？」石道姑驚叫了起來。

春香一眼看見是石道姑，悄悄推了推杜夫人說：

「老夫人，怎的石道姑也在這裡？」

「果真是石道姑！奇怪，難道她也死了？」杜夫人狐疑地說。

杜麗娘向石道姑說：

「老姑姑快替我解釋解釋吧，母親和春香都把我當做鬼，不敢相認。」

石道姑「撲嗤」力地笑了。

「老夫人，小姐想得你好苦呵！她不是鬼，她已經回生了！」石道姑笑著說。

杜夫人又仔細端詳著杜麗娘和石道姑。春香也鼓起勇氣去摸摸石道姑，怯生生地問道：

「石道姑，你是鬼還是人呢？」

「我又沒有死，怎說是鬼？」石道姑在春香額上點了一指頭，哈哈大笑起來。

杜夫人困惑地問石道姑：「石道姑，這到底是怎麼回事？麗兒真的又活了嗎？」

杜夫人漸漸壯了膽子，喟然對杜麗娘說道：「兒呵，妳就是鬼，娘也要跟著妳，再也捨不得丟下妳了！」

「話長著哩，老夫人，請到屋裡談吧。」石道姑扶了杜夫人走到裡面。

「娘！」杜麗娘傷心地撲在杜夫人懷裡哭了。

母女二人擁抱著痛哭了一會兒，杜麗娘便慢慢地將還魂之事敘述一遍。杜夫人這才恍然明白，悲喜交集地說道：

「原來我兒真的死而復生，謝天謝地！」

「小姐，想煞我們了。老夫人的眼睛都快為你哭瞎了！」春香高興地拉住了杜麗娘。

杜夫人又感激地向石道姑說：

「老姑姑，這一向多虧妳照料小姐，將來我要好好酬謝妳。」

「只要老爺、夫人不問我開棺之罪，也就夠了！」石道姑笑著說。

杜夫人慈祥地愛撫著杜麗娘，快活而又感慨地說：

「唉，想不到此番逃難，竟得母女重逢，真好像做了一場夢。若是你爹爹知道，也要高興呢！可憐他在淮安被困，還不知吉凶如何？」

杜麗娘連忙安慰道：

「母親不必著急，不久就有信息的，女兒已經著人前去打聽了。」

「難得我兒孝心！」杜夫人稱讚著。

石道姑趁機笑道：「小姐孝心不希罕，妳那沒見面的女婿，他的孝心才真是難得呢！」

「什麼，女婿？我哪來的女婿？」杜夫人又是一驚。

春香也插嘴問遭：「啊，小姐有了姑爺了？」

杜麗娘羞怯地垂頭不語。石道姑便把柳夢梅到梅花觀養病，後花園拾畫，後來和杜麗娘相會，以及成親出走，繪聲繪形地都告訴了杜夫人。杜夫人聽得目瞪口呆，春香卻天真地拍手慶賀道：

「恭喜小姐！到底你那個夢中人沒有落空，這才是天作之合哩！」

杜麗娘見杜夫人面帶戚容，料定是怪罪自己不該私自成親，因此惶恐地跪下懇求道：

「母親不要生氣，女兒也是情勢所逼，不得已才和柳郎草草成親。請你老人家原諒了吧！」

「老夫人，」石道姑也在旁邊勸告著，「柳相公和小姐既尚是註定有姻緣之份，遲早成親都是一樣。況且他是個忠厚至誠的君子，又是個飽學的秀才，異日金榜開放，點了狀元，豈不連你老人家也有光彩！」

杜夫人沉思了許久，覺得石道姑的話也有道理，橫豎「木已成舟」，責備也是枉然。再說，能得杜麗娘不死，已是萬幸了。

「罷了，只要我兒還活著，娘是不會怪罪的。不過你爹爹性情固執，恐怕還有些麻煩。」杜夫人扶起了杜麗娘。

杜麗娘釋然地笑道：

「柳郎此去拜見爹爹，將一切情由稟明，諒爹爹也能原恕。」

杜夫人點了點頭，當下把自己三年來的情形也講了一番，母女二人直談到深更半夜方才歇息。

第十章　鬧宴

陳最良離了南安府，曉行夜宿，來到揚州。他瞥見城樓上飄著一面「金」字大旗，情知不妙，連忙又奔向淮安，路上卻被巡邏兵當作奸細逮住，立刻拿去見揚州金兵守將李全。

李全因為攻打淮安不下，正在煩惱。巡邏兵押了陳最良來見，一審問，知道陳最良是杜子充的家館教授，便靈機一動，計上心頭，對陳最良偽稱杜子充的家眷已經被俘，命陳最良去勸杜子充獻出淮安，然後放回他的家眷；如若不肯，他的家眷性命難保。陳最良信以為真，願作說客。

杜子充困守淮安，並不交戰，只牢牢守禦城池。可是內無糧草，外無援兵，眼看就要守不下去了。今忽見陳最良來訪，聽說李全要以杜夫人為質，叫他獻出淮安，知道要保住淮安，就保不了杜夫人的性命，一時如萬箭攢心，不禁淒然淚下。陳最良看出杜子充為難，委婉地勸道：

「我看不如許那李全金帛、王位，誘他歸順宋朝。他若依從，老夫人得救，淮揚可保，豈非兩全之策？請老大人三思！」

杜子充想了想，覺得這辦法可行，因道：

「陳先生高見！只是還須勞你走一趟，大功告成之後，定當奏請皇上，重重封賞。」

陳最良慨然應允，心想能辦成這件大事，也可彌補在南安失於檢點，致使小姐墳墓被盜的罪過。杜子充當即寫了書信，備了禮物，交陳最良送去。臨行以前，杜子充設宴招待，兩人又談了些別後情形，陳最良這才講出了盜墳的事。杜子充已經顧不了許多，只是喟然長歎道：

「俗語說得好：『既歸三尺土，難保百年墳』，等到天下太平，再作計較吧！」

陳最良見杜子充並不見怪，也就安了心。當天在淮安住了一宵，第二天又到揚州，見過李全，將杜子充的書信禮物呈上。李全看罷大怒，厲聲叱斥道：

「你這老兒，我叫你去勸那杜子充獻出淮安，怎麼，他反倒叫我歸順宋朝？」

陳最良暗暗吃驚，忖度李全是個粗人，說不定話不投機就要送命；繼而又覺得自己已近古稀，也活不上多年了，把心一橫，便不慌不忙地勸李全道：

「將軍本是宋朝之臣，不得已而事金，若能棄暗投明，杜老大人願保你封王拜爵，小小淮安，算得了什麼！」

李全本來性情直率，聽陳最良說得有理，果然心動。他沉吟了半晌，遂即轉怒為喜，毅然寫了降表，仍舊托陳最良前去淮安覆命，還說明了杜子充家眷被俘是假，一面宣告休戰。陳最良真是喜出望外。

柳夢梅離了臨安，先到揚州。揚州城陷，只好再到淮安訪察杜子充的消息。一路上，他受盡跋涉之苦，身上攜帶的盤纏銀子，又被人騙去了不少，僅剩下包袱雨傘，少不得忍饑挨餓。

這天傍晚，他來到淮安城外，城樓上有「宋」字大旗隱約可見。柳夢梅急忙趕去，偏偏城門又關了。他見城邊淮水岸上有一家小客店，想要投宿，店家因他沒有銀兩，不肯收留。但願以一本書、一枝筆，換一壺酒吃，店家也不答應。萬般無奈，他只好問店家道：

「店家可知道杜安撫嗎？」

店家笑著說：

「杜安撫誰不知道！他招降了李全，平息了戰亂，明日還要大開太平宴呢！」

「這就好了！店家，我乃杜安撫的門婿，前來探望他。請你通融一宵，明日定當重謝。」柳夢梅懇切地說。

店家聽見柳夢梅自稱是杜子充的門婿，重新將他打量了一番，不但不肯收留，反而領他到一個貼告示的地方。

「你看看，杜安撫出了告示，凡有冒充行騙的，地方須捉拿報官。你竟敢打這個冒充行騙的主意？你還是趁早走吧。我不報你，你也別連累我。」店家說罷，揚長而去。

這時柳夢梅深感日暮途窮，走投無路，不禁潸然啜泣！正自踟躕前行，忽然發現一座小房子，門上橫楣寫著「漂母之祠」四個金字，山門半掩，便走了進去。

漂母祠內一個人也沒有，神壇上點了一盞長明燈，牆上有漢朝淮陰侯韓信的題字，意思是感激漂母的一飯之恩。柳夢梅巡視之下，頗有感觸，因向漂母神位拜了幾拜，歎道：「當初韓信潦倒，尚能遇著一個漂母捨飯給他。我柳夢梅如今饑寒交迫，連碗冷水也沒處去討！」

柳夢梅感傷了一回，忍住饑寒，就在神壇前枕著蒲團睡著了。

李全降了宋朝，金兵不敢南犯，戰事遂告平息。杜子充大喜，立即申奏朝廷慶功；只是杜夫人至今下落不明，到處訪尋，又毫無蹤跡，諒已死在亂軍之中了，少不得又悲痛一回。

這天，杜子充大開太平宴，笙歌齊奏，文武百官們紛紛前來向杜子充敬酒賀功。正在歡騰之際，聖旨下來，升任杜子充為宰相，召他回朝掌理軍國大權。並封陳最良為黃門奏事官，李全為淮揚安撫使。

就在這當兒，柳夢梅終於來到安撫衙門。他求門子替他稟報，並直稱是杜子充的女婿。門子哪裡肯信，輕蔑地說：

「你這花子哥兒，真是白天說夢話，憑你這副模樣，也配稱是安撫老大人的乘龍快婿！我看你簡直是餓昏了！」

柳夢梅見門子是個勢利小人，氣忿而正色地辯道：

「胡說！我乃堂堂黌門秀才，只因探望杜老大人，從臨安到此，盤纏用盡，才落得這般狼狽。你們不要以貌取人，快快與我稟報去吧！」

門子不好過分執拗，便去報知中軍，中軍又稟明了杜子充。杜子充聽了，勃然大怒道：

「什麼？我的女兒已經死去三年，哪來的女婿？定是無賴之徒想要敲詐行騙，快與我轟了出去！」

中軍吩咐下去，門子便扯住柳夢梅向外推，還邊推邊罵道：

「好個膽大妄為的無賴，竟然『老虎頭上搔癢』，敲詐到安撫衙來了！」

柳夢梅平白受了這頓侮辱，怒不可遏，也顧不了斯文禮節，用力甩脫門子，逕往裡闖，嚇得幾個兵士一齊上前攔阻。柳夢梅就像瘋子一般，舉起雨傘亂打。喧嘩之聲驚動了杜子充，傳問門子，門子稟道：

「還是那個窮秀才，定說是老爺的門婿，要來沖席，小的攔他不住，被他打了！」

「可惡，將他拿來見我！」杜子充厲聲喝叱。

中軍便把柳夢梅拿到席前。柳夢梅忍住氣，向杜子充施了一禮。杜子充威風凜凜地問道：

「何處狂生到此行詐！」

柳夢梅從容地打開包袱，取出那幅畫像。

「生員柳夢梅，已與令嬡杜麗娘結為夫妻。臨安應試，淮揚危急，令嬡著我前來探望爹娘。老大人不信，請看這幅春容就明白了。」柳夢梅將畫像遞了上去，顯出理直氣壯的樣子。

杜子充聽了這話一怔，連忙展開畫像一看，不覺大驚失色，瞟了瞟坐在旁邊的陳最良。陳最良早認出了柳夢梅，也不思索，悄悄向杜子充耳語道：

「他就是盜墳潛逃的人。」

「原來就是這個強盜，中軍快與我捆了，解到臨安去！子充不由分說地怒喝著。

中軍立即把柳夢梅捆了起來。柳夢梅沒有想到杜子充竟是這樣一個冷酷無情、蠻不講理的人，便憤憤地質問道：

「老大人這是從何說起？不認也罷，我又沒有犯罪，為何竟要捆我？」

「你犯了盜墳之罪，還說無罪？」杜子充忿忿地說。

柳夢梅知道開墳之事發作了，忙中辯道：

「此中情由，請容稟其詳！」

「不用性急，到了臨安自然會審問你的。」杜子充不耐煩地向中軍揮手。

柳夢梅還待解釋，中軍飛也似地把他拉了去。柳夢梅不禁悲憤填膺，大罵不休。一揚太平宴被鬧得不歡而散。

第十一章 硬拷

轉眼已是嚴冬歲寒季節，戰事既平，朝廷偃武修文，放出了上次考試的金榜，柳夢梅被點中狀元了。

軍校們鑼鼓喧天，要向新科狀元報喜，可又不知道柳夢梅的住址，跑遍了全城，也沒有他的下落，急得大家抓耳搔腮，無計可施。

恰巧郭駝子來到臨安，也在四處找尋柳夢梅，逐家挨戶地訪問，大街小巷地呼喚。這天，他踉踉蹌蹌地正自邊走邊叫，猛不防和迎面幾個軍校撞了個滿懷。軍校們聽見他嘴裡咕咕嚕嚕，彷彿叫的是柳夢梅的名字，十分詫異，一把扭住他問道：

「你這個老頭兒，走路不看路，嘴裡叫些什麼呢？」

「得罪得罪！小的叫我那柳相公，柳夢梅！」郭駝子恭敬地回答著。

軍校們一聽大喜，以為這回可找到狀元了，忙問郭駝子道：

「你的柳相公是誰？哪裡人氏？住在什麼地方？」

郭駝子被軍校們一盤問，疑惑是南安府開墳的事發作了，嚇得面色大變，跪下去哀告道：

「長官，我那柳相公是個秀才，廣州府人，前兩年在南安府養病，後來聽說來到臨安應試。我是他的園公，正在找他，也不知道他現在哪裡。」

軍校們聽郭駝子講的正是這個新科狀元柳夢梅，猜想郭駝子一定知道他的下落，只是故意不肯說出，便佯裝怒地問道：

「胡說，你明明知道他的住處，怎不直講？」

「長官呀，我實在不知道他的住處，也正著急哩！」郭駝子連連磕頭說。

軍校們看郭駝子不像是在撒謊，便扶起他來，歎息道：

「可笑可笑，好端端一個狀元會不見了！」

「什麼？」郭駝子大吃一驚，「你……你們說的什麼？」郭駝子有些不相信自己的耳朵了。

「老頭兒，你那柳相公中了狀元了。我們向他報喜，卻各處找不到他的影子，你說怪不怪？」軍校們向郭駝子說道。

「噯呀，柳相公中狀元了，謝天謝地！」郭駝子高興得朝天拜了幾拜。

軍校們和郭駝子商量道：

「老頭兒，你若是真的不知道他的住處，就和我們一起走吧。你認得他的面貌，或許會撞見他。」

郭駝子欣然答應了。

「如今城裡都已找遍了，我們再往城外找找去。柳相公是住慣了鄉間的。」郭駝子說。

軍校們依了郭駝子的主意，便一同出了錢塘門。郭駝子還是沿途大呼小叫，逢人就問，看見居宅便進去打聽。一路行來，正好走過杜麗娘的住處。郭駝子上前敲門，卻見石道姑走了出來。郭駝子拱手問道：

「請問道姑，可知道一個廣州府的柳相公，柳夢梅嗎？」

石道姑詫異地看看郭駝子，又看看軍校們，猜不透出了什麼事，楞了一會兒，反問他們道：

「你們是做什麼的？找柳相公何事？」

郭駝子見問出了一點門路，高興地遞了個眼色給軍校們。

軍校們會意地點點頭。

「我們是報喜的，他中了狀元了。」軍校們笑著說，「你若知道他的住處，就請告訴我們。」

石道姑一聽柳夢梅中了狀元，也不答話，回頭就走，一面興奮地大聲嚷著：

「噯呀，大喜了，小姐！柳相公中狀元了！中狀元了！」

郭駝子看見這情形，心中已有幾分明白。不一會工夫，石道姑領著杜夫人、杜麗娘、春香，一齊笑嘻嘻地出來了。軍校們見來的都是婦女，沒有一個男人，不覺一怔，便問道：

「柳狀元呢？你們到底知不知道柳狀元的下落？」

「這就是柳狀元的岳母，這就是柳狀元的娘子！」石道姑指著杜夫人和杜麗娘說。

杜夫人見軍校們好像墮入五里霧中，便走上前去說道：「柳相公到淮安去了，還沒有回來。」

「既然如此，總算有了下落了！」軍校們齊聲說。

杜夫人立刻吩咐石道姑取了些銀子賞給軍校們。軍校們道了謝，拿著銀子歡歡喜喜地去了。

郭駝子獨自留下來，把南安府尋找柳夢梅和癩子頭告訴他的一些話又說了一遍。石道姑不免大吃一驚，說道：

「若是那陳先生真的到了淮安，見著老爺，告我個開墳之罪，這便如何是好？」

「不單是你，連柳相公怕也有些不便。」郭駝子憂慮地說。

「不妨事的。」杜麗娘笑了笑說，「柳郎見了爹爹，講明原委，一切疑惑便煙消雲散了。」

「是呀，盜墳不盜墳，小姐就是個活的證人。」春香插口道。

「好在如今戰事平息了，柳相公就要回來，你爹爹不久也會進京，那時什麼話都會說個清楚的。」杜夫人也點了點頭。

於是大家歡歡喜喜地慶賀柳夢梅高中了狀元，杜麗娘更渴盼著柳夢梅早日歸來。

杜子充到了臨安，柳夢梅也被押解而來。就在金殿放榜的那天，柳夢梅被關進了監牢。

獄卒因為柳夢梅是個新囚犯，就來向他討見面錢。柳夢梅哀求告免，獄卒不答應，惡狠狠地說道：

「沒有見面錢，就要挨見面棍！」

「我是一個窮秀才，身上一文不名，請你饒了我吧！」

獄卒不聽，舉棍就打，柳夢梅緊緊抱住棍子懇求道：「打不得！請你做做好事，你要錢我沒有，把我的包袱、雨傘拿去吧！」

獄卒打開包袱一看，裡面只有一條破被單，兩件破衣服，還有幾本破書。

「真是個窮鬼，連銀子末兒也沒有！」

「等我中了狀元，就有銀子了！」柳夢梅苦笑地說。

「呸！你若能中狀元，除非太陽打西邊出來！」獄卒嘲罵著。

柳夢梅也不同他爭論，獄卒勉強拿著包袱去了。

過了幾天，兩個公差來提柳夢梅，說是相府問案，叫柳夢梅帶上行囊包袱。柳夢梅告訴公差說，包袱已經給了獄卒，公差便向獄卒追討，一面喝罵道：

「好大膽，老相國要查犯人的贓物，你竟敢從中受賄！真是一樣的賊骨頭。」

獄卒喏喏連聲，把包袱原封不動地交給公差。柳夢梅忍住羞恥和氣憤，隨了公差來到相府。

杜子充親自審訊，柳夢梅則佇立階前，昂然不顧。

「犯人為何不跪？」杜子充喝道。

「柳夢梅是黌門生員，又是當朝宰相的女婿，一不違法，二不犯罪，憑著什麼叫我下跪？」柳夢梅坦然自若地回答。

杜子充狠狠拍了幾下驚堂木，聲色俱厲地說：

「呸！我女兒早已亡故三年，她生前既不曾指腹為婚，又不曾納彩受聘，哪裡來的女婿？你這刁賊，休得胡言亂語，我定不會輕輕放過你的。」

「捉賊捉贓，你平白誣我為賊，可有什麼贓證？」柳夢梅理直氣壯地辯著。

杜予充一聲吩咐，命人役搜查柳夢梅的包袱，結果毫無所獲。杜予充便指那幅畫像為贓，喝斥道：

「還強嘴！這幅畫像乃是我女兒的，你從何得來？這不是贓證是什麼？」

「這畫像乃是令嬡所贈，命我攜帶前往淮安，作為憑信。一個竊賊絕不會偷這種不值錢的東西的，老相國不要屈煞好人。」移柳夢梅從容不迫地指著那幅畫像說。

「胡說！我且問你，可認識石道姑嗎？」杜予充喝問。

柳夢梅答道：「自然認識。」

「還認識陳最良先生嗎？」杜予充又問。

柳夢梅又答道：

「也認識。」

「好了，你和石道姑串通盜開我女兒的墳墓，現有陳先生為人證，畫像為物證，天網恢恢，你還賴些什麼？左右給我打！」杜予充又拍了兩下驚堂木。

人役們一聲吆喝，就要動手，柳夢梅厲聲說道：

「誰敢打！」

人役們被柳夢梅的一股正氣鎮壓住了，不敢動手。杜予充怒問道：

「你是怎樣盜墳的，將我女兒的屍骨抛到哪裡去了？又怎樣和石道姑席捲而逃？一一招來；不然定要打死你這賊犯！」

柳夢梅從從容容地敘述了杜麗娘如何還魂，梅花觀如何成親，又如何到臨安應試。

「令嬡如今就在錢塘門外，你若不信，叫人前去問來。」柳夢梅又怨對地瞥了陳最良一眼道，「陳先生只知其一，不知其二，誣良為盜，未免有失君子之風。」

陳最良在旁聽柳夢梅說得確鑿，驚愕得目瞪口呆。杜子充心裡也有了些動搖，對杜麗娘的復活半信半疑；想到女兒竟敢私自招親，敗壞門風，更是氣憤。現在，柳夢梅既已承認開墳之舉，便不再追問杜麗娘復活是真是假，只叫左右錄了口供，讓柳夢梅畫押，以便定他的罪名。柳夢梅堅決不肯畫押，並詞嚴義正地駁道：

「你好不講道理！我救了你的女兒，與她成了親，你不但不感激我，還要嫌貧逐婿，定我的罪名。像這樣是非不辨，善惡不分，虧你身為宰相，如何能擔當軍國大事？」

「啊！」杜子充更是大發雷霆，喝道，「賊犯滿口鬼話，竟敢頂撞當朝宰相，左右快取桃條，與我吊起來打！」

人役們便蜂擁上前，七手八腳地捆住了柳夢梅，高高吊起，用桃條抽打不休。可憐一個文弱書生，如何經得起這般毒打，頓時皮開肉綻，鮮血淋漓。

杜子充傳令鬆綁，又叫柳夢梅畫押。柳夢梅執意不畫押，並指罵道：

「杜子充，你今天縱然打死我，也休想我畫押！」

「左右掌嘴！」杜子充連連拍著驚堂木。

人役們又「批批拍拍」地摑了柳夢梅一陣耳光，摑得他眼前金星亂晃。柳夢梅還是倔強地表示不服，使杜子充更怒不可遏。這時，門子忽然匆匆進來稟報道：

「苗老大人求見老相國！」

「就說我正在審問賊犯，沒有工夫，請他改日再來。」杜子充不耐煩地揮著手道。

門子忙又稟道：「小的也是這樣回他，只是苗老大人聽說賊犯名叫柳夢梅，大吃了一驚，越發要闖進來了，小的不敢攔阻——」

門子的話還沒講完，苗舜賓已經疾步來到階前。杜子充只好起立相迎，苗舜賓卻逕向柳夢梅走去。

「你，你不是柳夢梅嗎？」苗舜賓仔細端詳著柳夢梅。

柳夢梅宛如看見親人一般，傷心地哭叫道：「恩師救命，學生快被打死了！」

「怎麼，苗老先生認識這個賊犯？」杜子充詫異地問著。

「這是從何說起，他乃本科欽點的狀元，怎把他當起賊犯來了！」苗舜賓看了看杜子充，一面親自去解柳夢梅的綁。

杜子充聽了一怔，冷笑說：

「老先生不要錯認了人，他是個窮酸無賴，豈能得中狀元？」

「有登科錄為證，你且看來！」苗舜賓取出登科錄來。

柳夢梅這時又是高興，又是難過，淒切地將前後情由訴說了一遍。苗舜賓不平地歎息連聲。杜子充看罷登科錄，一時啞口無言。

「老相國，狀元是真的吧？」柳夢梅故意問道。

「即使是真的，王子犯法也要與庶民同罪！」杜子充並無讓步之意。

陳最良連忙走過來調解道：

「老相國，既是小姐回生，柳相公又中了狀元，開墳之事就不提了吧。」

「是呀，老相國官居一品，令嬡死而復生，女婿又中了狀元，三喜臨門，可賀可賀！」苗舜賓也相勸著。

杜子充怒氣未息地向陳最良抱怨道：

「這都是陳先生教的好女學生！成精作怪，傷風敗俗！」

柳夢梅見杜子充依然固執，懇摯地說道：

「老相國，令嬡還魂，千真萬確，若不相信，請到錢塘門外一見，就會明白了。」

「人死不能復生，這種妖孽之事，為大臣的豈能輕信！必須奏聞皇上，及早滅除才是。」杜子充還是無動於衷。

苗舜賓當下便要保出柳夢梅，但是杜子充不許，他說：

「案情尚未大白，一併奏聞皇上裁處。」

苗舜賓因為杜子充是當朝宰相，不好違抗，只得安慰柳夢梅道：

「出頭之日不遠，你且安心忍耐。」

柳夢梅苦笑著點點頭。苗舜賓告辭而去，柳夢梅仍就押回監牢。杜子充立刻寫了一道奏本，交給陳最良呈送皇上。

杜子充的奏本說的是：第一，柳夢梅乃盜墳之賊，不配做狀元，請皇上予以革除。第二，人死不能復生，杜麗娘的還魂想是鬼魅作祟，請皇上誅滅妖孽。第三，杜麗娘果真復生，也不該私自婚走，請皇上判離這種苟合。

柳夢梅在監牢裡也寫了一道奏本，控訴杜子充嫌貧逐婿，拷打欽賜狀元。寫好以後，讓獄卒送給苗舜賓代為呈遞。獄卒知道柳夢梅真正中了狀元，自然另眼相看，不敢怠慢了。

皇上接了這兩個奏本，有些為難。杜子充和柳夢梅各執一理，不知如何裁處才好。幸而陳最良想出了個主意，請皇上宣來眾人，在金殿對質。

第十二章　團圓

杜麗娘自從得了柳夢梅高中狀元的喜訊以後，興奮得幾個夜晚不能成寐，一心盼望著柳夢梅早日回來，以便夫妻團圓，同享榮華。

這天清晨，杜麗娘在房內為柳夢梅裁制新衣，準備他回來穿著，春香也在一旁幫忙縫紉。兩人談起往事，深有隔世之感。

「小姐和柳相公一個天南，一個地北，神遣鬼使，竟作成了千里姻緣，真是今古罕聞。」春香笑著說。

杜麗娘嬌羞地笑道：

「其實歸根結蒂，這姻緣還虧了妳。不是妳勸我遊園，焉能得夢？沒有夢，又焉能有今天？」

「這樣說來，小姐該謝我才是！」春香打趣地說。

杜麗娘笑道：

「等柳郎回來，叫他重重地謝你便了！」

兩人正說笑間，忽然外面有喧嚷之聲。接著，杜夫人慌慌張張地走進來叫道：

「麗兒，聖旨宣你金殿面君。聽說你爹爹升了當朝宰相，只為你丈夫在淮安觸犯了你爹爹，如今兩人在皇上那裡打起官司來了，你快去看個明白。」

「噯呀！想是為了開墳之事累了柳郎，這……？這如何得了！」杜麗娘急得哭了。

杜夫人安慰道：

「我兒不必著急，皇上聖明，見了你自有裁處。你且前去，為娘隨後趕來。」

杜麗娘只好拭了眼泪，趕往金殿去了。

這天，杜子充先到午門外，隨後，柳夢梅也冠帶而至。柳夢梅念及杜子充是杜麗娘的父親，還是勉強行了禮，杜子充卻不睬他。柳夢梅憋住了一肚子的氣，忍不住冷嘲他說：

「這裡是金殿，不是相府，威風也可以殺殺了！」

「吥！誰與你罪人交言？」杜子充氣衝衝地啐了一口。

「哪個是罪人？請老相國放明白些兒。」柳夢梅向杜子充詰問。

杜子充怒目圓睜地喝著：

「自然你是罪人！」

「嘻嘻，依我看，老相國才是罪人！」柳夢梅譏笑地說。

杜子充勃然大怒道：

「胡說！我乃大大功臣，何罪之有？」

「論起你的功勞來，只能欺皇上，卻欺不了我！」柳夢梅沉著地駁斥著，「你不過用金帛、封賞，誘降了李全，金兵也不是你打退的。」

「啊，你敢譭謗當朝宰相，我打你這刁賊！」杜子充羞惱地一把扭住了柳夢梅就打。

柳夢梅也不相讓。兩人正打鬧著，陳最良匆匆跑來，一手拉開杜子充，一手拉開柳夢梅，說道：

「放手！放手！狀元何苦激惱老相國？」

「你倒問得好！都是你誣告我為盜墳之賊，才鬧出這樁公案來！你身為教授，報事不真，只不過害了我柳夢梅一人；現做了黃門官，若也奏事不實，豈不要害了滿朝文武、全國百姓？」柳夢梅嚴正地指責著陳最良。

陳最良訕訕地笑道：

「狀元息怒！先前不察底蘊，錯怪了你，下次不致唐突了。二位請快快隨我見駕去吧，皇上就要臨朝了！」鼓樂響起，皇上臨朝，杜子充和柳夢梅山呼萬歲，叩頭見駕，皇上吩咐兩人分立左右兩邊。皇上向兩人問了一些話，杜予充咬定柳夢梅是盜墳賊，柳夢梅指責杜子充嫌貧逐婿，拷打狀元。皇上見僵持不下，便宣杜麗娘上殿對質。

杜麗娘恰巧已經到了午門，陳最良驚訝地看了看杜麗娘，問道：

「你真是女學生復活了嗎？」

「原來陳師父做了黃門官了！學生重生，師父高升，可喜，可賀！」杜麗娘躬身拜了拜。

陳最良小心謹慎地低聲說：

「女學生隨我上殿，小心不要驚了聖駕！」

杜麗娘俯首隨陳最良上殿，先行了叩頭禮，皇上命她平身起立。杜麗娘站到一旁，一眼瞥見柳夢梅，不覺欣然微笑了。

皇上降旨道：

「杜麗娘是人是鬼，就著宰相杜子充、狀元柳夢梅上前相認。」

柳夢梅連忙走上前去委屈地叫道：「娘子，我為你受夠苦了！」

「柳郎，是我累了你！」杜麗娘抱歉地說，一面趨向杜予充，「爹爹，想不到父女也有重逢之日！」說著，跪了下來。

杜子充向杜麗娘打量了一下，又驚又惱地退避著說：

「大膽鬼魅，休得假託我女兒的名字招搖惑眾！」

「爹爹，你的女兒實在是還魂了，請快些相認吧！」杜麗娘懇切地哀求著。

杜子充雖然心動，但仍固執地把袖子一拂，轉身向皇上奏道：

「萬歲明察！臣女已死三年，豈能復生。此女雖然相貌酷似，臣不敢信，或是花妖狐精作祟也未可知。」

杜麗娘聽了這話，宛如冷水澆頭，心裡十分難受。

「好狠心的爹爹！你……你難道一點骨肉之情都沒有嗎？」杜麗娘說著，聲淚俱下。

皇上又降旨道：

「聽說人行有影，鬼形怕鏡，現有秦朝照膽鏡，黃門官可與杜麗娘一同照鏡，看她花陰之下有無蹤影，就能辨別是人是鬼了。」

陳最良遵命取來寶鏡，與杜麗娘一同照鏡。鏡中杜麗娘絲毫不變形像。陳最良又與杜麗娘步行於日光花陰之下，也是有蹤有影，和別人一樣。

陳最良奏明皇上，皇上也覺得奇怪，便問杜麗娘的還魂經過。杜麗娘毫不隱諱地將夢中如何和柳夢梅私訂終身，如何相思而亡，如何開墳回生，從頭到尾地講了一遍，並奏道：「啟奏萬歲，陰間的一個官員見我短命屈死，又矢志要嫁柳郎，便動了惻隱之心，准我回生。我找到柳郎，請他為我開墳，才得還魂。如今父親不信，請皇上作主！」

皇上又傳詢柳夢梅，柳夢梅也把廣州府得夢之事奏明。皇上雖然覺得蹊蹺，卻又無可置疑，因此勸杜子充相認。杜子充已經肯定杜麗娘復生是實，但還是執意不肯，奏道：

「縱然真是臣女，也不能許其自媒自婚，敗壞門風禮教！」

皇上頗以為然，便訓戒杜麗娘道：

「是呀！不待父母之命，媒妁之言，私自成婚，國人皆賤之！杜麗娘，你知罪嗎？」

「萬歲，夢中有梅樹為媒，柳郎又是我救命的恩人，於情於理，我都嫁得他。父親不認，可是我母親已經認了。」杜麗娘不服地辯奏著。

杜子充聽了一楞，剛要追問，杜夫人踉踉蹌蹌地已被傳到金殿，高聲奏道：

「萬歲爺，杜子充之妻甄氏見駕！」

「啊，夫人你……你還在？我原以為你已死於揚州亂軍之中了！」杜子充驚喜地說，卻又懷疑地端詳著杜夫人，「莫非妳也是……是鬼嗎？」

杜夫人並不答話，徑向皇上奏道：

「臣妾避難臨安，與女兒重逢，女兒確實是死而復生。柳狀元開墳是為救女兒活命，有恩無罪，請萬歲爺聖明裁處！」

「既然如此，著黃門官送他們回去。父女翁婿相認，杜麗娘與柳夢梅依禮成親，闔家團圓。」殿上宣下皇上的旨意。接著是一片謝恩之聲。

陳最良領著杜子充一干人眾，來到午門外，先向他們道了喜，說道：

「今天真是天大的喜事，既然皇上裁處了，你們就都相認了吧！」

杜麗娘拉了柳夢梅走到杜夫人面前。

「柳郎快快拜見母親！」杜麗娘含笑地說。

柳夢梅順從地向杜夫人跪下叩頭，杜夫人和藹地扶起柳夢梅，欣然贊道：

「好一個標緻的狀元女婿，此番淮揚探親，累你受苦了！」

「受苦不要緊，險些兒死在老相國的無情棒下！」柳夢梅苦笑地說著，怨憤地瞟了杜子充一眼。

陳最良向柳夢梅婉勸道：

「狀元不必重提往事，認了丈人翁吧！」

「賊犯哪裡配作當朝宰相的女婿？柳夢梅自慚形穢，不敢唐突！」柳夢梅冷嘲熱諷地說。

杜子充悻悻然道：

「我原不要認你這個女婿！」

「老爺，女婿是欽點的狀元，又是宦家之後，門當戶對；女兒嫁了這樣的女婿，你我也有光彩，快快相認了吧！」杜夫人向前勸告著。

柳夢梅向杜夫人說道：

「岳母大人，他連自己的親生女兒還不認呢，豈能認我？」

「爹爹，你就認了女兒吧！」杜麗娘扯扯杜子充的衣袖說。

杜子充為了自己的尊嚴，負氣地拂袖說道：「若要我認你，除非你離異了柳夢梅。」

杜麗娘聽了這話，既傷心又氣惱。她想不到父親這樣冷酷無情，而丈夫卻是恩深義厚，因此寧肯舍了父親也不願離開丈夫，便毅然說道：

「我愛柳郎，才為他而死，為他而生；爹爹不認便罷，我隨柳郎去了，休怪女兒不孝！」

杜麗娘也負氣地挽了柳夢梅要走，杜夫人急得一把拉住杜麗娘。

「麗兒！難道你就不要為娘了嗎？」杜夫人說著，一面央告杜子充道，「老爺，你我只有這一個女兒，天保佑她死而復生，你當真忍心不認嗎？果真如此，我情願跟女兒去了！」

杜子充見杜夫人這樣說，又因女兒畢竟復活了，女婿又是狀元，並不辱沒自己，這又是皇上的裁處，便決定相認，向杜麗娘歎了口氣說：

「唉，麗兒，麗兒，我就認了你，快扶你娘回去吧！」

「多謝爹爹！」杜麗娘欣喜地忙向杜子充拜了拜。

陳最良乘機悄悄向杜麗娘使了個眼色，然後笑道：

「如今老相國認了小姐，小姐也勸狀元認了老相國吧！」

「柳郎，快拜見爹爹！」杜麗娘推著柳夢梅。

柳夢梅昂首不理。杜夫人手足無措。杜子充佯裝不看見。陳最良一味地示意杜麗娘勸解。杜麗娘思忖了一會兒，拉了柳夢梅走到杜子充面前，嬌嗔地說：

「柳郎，你娶了妻子，怎能不認岳父？來來來，我與你一齊下拜！」

杜麗娘不由分說，強按著柳夢梅一齊跪了下去。

「爹爹，女兒、女婿給你磕頭了。」杜麗娘笑著說。

杜子充微微露出了笑容。杜夫人忙扶起柳夢梅和杜麗娘，快活地說道：

「這一來，總算皆大歡喜，闔家團圓了！」

第二部分　創作作品

一、話劇：四幕話劇《桃李春風》[1]

創作背景

趙清閣一九三二年（十八歲），她的話劇處女作——以自己表姐夫為原型鞭撻「大男子」思想作風——在河南省開封市一家報紙副刊發表。

一九三七年全國進入抗戰救亡鬥爭後，她又連續創作發表了一些多幕劇和獨幕劇作品，包括一九四〇年重慶華中圖書公司出版的五幕話劇《女傑》等話劇創作。

老舍先生，是中國現代文學一位重要著名作家。二十世紀二十年代，他小說創作已在文壇享有盛名。老舍先生二十世紀三十年代末四十年代初，涉足文學話劇創作。這部署名老舍、趙清閣合作完成的《桃李春風》話劇創作，準確說，是老舍先生與趙清閣第一次，也是唯一的一次兩人合作的話劇創作（之前——同年——老舍與蕭亦五、趙清閣合作完成四幕話劇《王老虎》創作）。

《桃李春風》話劇作品出版和上演後，獲得肯定與榮譽。一九四四年二月，國民政府教育部頒獎話劇《桃李春風》劇本，並發獎金二萬元。

劇本作者，獲得國民政府中央圖書雜誌審查委員會所頒發名譽獎狀和四千元獎金。

[1] 又名《金聲玉振》，此劇為趙清閣與老舍為紀念教師節而作，一九四三年合作完成。

序

清閣

我和老舍合作劇本這是第二次了，第一次，是「虎嘯」，合作者還有蕭易武，一位抗日傷殘軍人。

合作劇本時候一件難事，弄得不好，很容易使故事情節不統一，人物性格相矛盾，所以當初老舍約我同他合作本劇的時候，我不大贊成；因為他的意思，是希望發揮兩個人的長處！他善於寫對話我比較懂得點「戲」表現，俾成功一個完整的劇本。而我卻相反地擔心這樣會失敗。

本劇終於「合作」了，合作的經過是如此：故事有我們兩個人共同構思商定後，他把故事梗概寫出來，我從事分幕。好像蓋房子，我把架子搭好以後，他執筆第一二幕。那時候我正為了割治盲腸在北碚住醫院。今年六月間他帶著第一二幕的原稿來看我的病，於是我躺在床上接著草寫第三，四幕。但，我不過「草」寫而已，文字上還是他偏勞整理出來的，最後，我在全劇對話上加寫動作，這樣算是全功告成，然而，在寫的方面，還是老舍盡的力最多。則應當歸功於他；「敗」，則應當我負責任。

一個劇本寫得以後，成敗從鉛字上還不大能看得出來，及至搬上舞臺，就黑白分明了。所以本劇經「中電劇團」在重慶第一次上演後，許多朋友貢獻了許多珍貴的意見；根據這些善意的指示，我又重新修改，現在雖然還不能算盡善盡美，但至少比較先前完整些了。同時也聊以彌補我在最初寫的方面，未能多盡力的歉疚！

本劇是一個比較嚴肅沉悶的正劇，她沒有什麼噱頭和熱鬧的場面。在技巧上也沒有什麼故作驚奇的地方，所以你完全用娛樂的眼光去看她的話，那就一定會使你失望。不過導演也可以把嚴肅變得輕鬆，像「中電」的演出，吳永剛先生的處理，就一點不叫人覺得沉悶。況且老舍的對話很幽默，如第一二幕情節雖然嫌平靜，對話卻調和了空氣，演出時博得不少彩聲。假如你一半用欣賞藝術的眼光去看她，那麼本劇能夠使你發現兩樣珍貴東西：一，是人類最崇高的感情——天倫的，師生的；二，是良心——教育的。誰不愛父母？誰不尊師長？我相信誰都會經過這兩種感情的懷抱，我更敢說誰都會對這兩種感情覺得親切！

可是，「良心」就不見得人人都「有」，教育清苦，誰都想敷衍了事；生活艱難，誰都只好自私自利。所以，本劇旨在表揚教育者的氣節風尚與犧牲的精神，並提倡尊師重道，多給教育者一點安慰和鼓勵。

最後希望凡演出本劇的朋友，能事先通知作者一聲，通訊處由「成都祠堂街三四號中西書局轉。」

一九四三年十一月於重慶

《桃李春風》話劇本

人物表

辛永年：男，四十五歲。身長，瘦而健，黴須。為小學、中學教師者已十五年，熱心教育辛苦備嘗，志未稍餒；是有心人，而體質與個性又足以副之。

劉習仁：男，十七八歲，辛之弟子。家貧，而有向上心，性純摯，唯舉止有鹵莽處。

辛翠珊：女，二十歲，辛之姪女。父去口北營商，數年未歸，隨伯父長大。體弱而美，嫻靜多愁，受中等教育，心地良善能吃苦耐勞。

辛運璞：男，辛永年之子，比翠珊稍小。資質稍鈍，而甚忠勇，身體亦壯。

辛永壽：永年之弟，事業失意，溺於酒，體弱志昏易好易壞。

胡曉鳳：女，二十一歲，辛永年之近鄰，亦其弟子。聰明好動，天真活潑。為人可善可惡。

胡力庵：男，四十二歲，曉鳳之父。胡與辛為世交，數代為小販，至力庵而暴發。富而不學，頭腦簡單，不受鄉人敬重，故願結交官吏文士以自高身價。

學　生：男女四、五人，甲、乙、丙、丁都很年輕天真。

林老闆：：旅館老闆，胖子，四十多歲，北方人。

陳一新：二十多歲，商人，辛永年之弟子。

白雲起：二十多歲，為檢查員，瘦子，辛永年之弟子。

警　察：二十多歲，大個子，不喜說話。

李站長：火車站站長，三十多歲，英俊，辛永年之弟子。

首幕

時　間：民國二十年左右，初春。

地　點：河北省某縣辛鎮，勤廬。

人　物：辛永年、劉習仁、辛翠珊、辛運璞、胡曉鳳、胡力庵、學生甲、學生乙、學生丙。

布　景：辛老師的書齋，祖產「勤廬」之一部分。原是兩間，現打通成為一間，故頗寬敞。其設置，一如辛之為人，方正簡潔。偏左有單扇門，通院中；開門可見松樹短籬。門旁壁上懸寶劍一。劍右為窗，上半糊紙，下半安玻璃。窗下置條案，案上陳大果盤，盤中一大南瓜，色金紅可愛。右裡側有門，懸藍布簾，通內室。右壁有書櫥，置書甚多。櫥前有巨椅長案，為辛工作處。案上置書，文具及文卷等。左壁前有方桌，兩旁置木椅。桌上有大錫壺，及老式茶杯。壁上懸舊畫或對聯。

【開幕。初春下午，微雪，春寒尚厲。辛著舊皮襖，藍布棉褲，獨坐齋中，為學生改文卷。室中無火，辛時時起立，踢「彈腿」，取暖，雖學文而不略武功也。劉習仁冒雪來，敝衣破帽，略有怒色。

劉習仁：老師！（立左門內，距師尚遠，似不願趨前者）

辛永年：（放下筆）習仁！冷不冷？快過來，我摸摸你的手！

劉習仁：（不動，將破帽取下）不冷！叫我來幹嘛？

辛永年：你過來呀！

劉習仁：（勉強的往前挪了兩步，未語）

辛永年：（撿出仁的作文簿，熱誠的）過來看！（見仁並未走近）怎麼不過來呢？（點首）過來，我好給你細細說一說呀！

劉習仁：（無可如何的走過來）

辛永年：你看，第一，你的字寫得太潦草！有人說，字寫得整齊的人會長壽，咱們不要迷信那個。可是，年輕的人要養成事事細心的習慣；子。寫出來是為給別人「看」的，不是教人家亂猜的，怎可以不往清楚裡寫呢？（看仁）

劉習仁：（不耐煩的點頭）

辛永年：第二，你這一篇，我數過了，一共才有七百多字，倒寫了八個別字，五個錯字。這怎麼行呢？不會寫的字，應當查字典哪；不愛查字典，可以問我呀！

劉習仁：（極不耐煩的）我，我沒工夫！

辛永年：（驚訝）習仁！這是怎麼說話呢？（立起來拍仁的肩）你怎麼啦？

劉習仁：我，我……

辛永年：怎麼樣？說呀！

劉習仁：我，我……老師，你太嚴了！我有事，你放我走行不行？

辛永年：（有些傷心）噢。你要走？難道你不願意……好，走吧！（坐）

劉習仁：（戴上破帽，走）

辛永年：（見仁已走至屋門，忙追上）習仁，等一等，你大概心裡有什麼委屈吧？（往回扯仁）來，來，告訴我，我會給你想辦法。是不是同學的欺侮了你呢？

劉習仁：（搖頭。勉強的隨辛回來）

辛永年：噢，我說你的字太潦草，文章寫得不好，你不高興了？我說你不好，為的是教你學好呀；一個作先生的，還能巴結學生，諂媚學生嗎？你本來寫得不好，我要是硬說你好，不是誤人家子弟嗎？你想想看！

劉習仁：（還搖頭）我，我……

辛永年：怎樣？有什麼心事？告訴我！我知道你的父親不在世了，家中相當的困難。可是，一個年輕的人還怕困難嗎？沒有困難，怎能見出咱們克服困難的本領呢？是不是？

劉習仁：（吸了兩下鼻子）

辛永年：說吧！來，坐下說！（指給仁方桌旁椅，自坐外首之椅）

劉習仁：我不坐！

辛永年：在老年間，老師的地位差不多和父母一邊高，不是大家都供天地君親師的牌位嗎？今天，師生的關係雖然跟從前不大一樣嘍，可是彼此還應當是好朋友啊！我有事，就求你作；你有事，你有事也應當求我作！不，要看我比你大幾歲，就疏遠我啊！

劉習仁：老師！我心裡難過！

辛永年：來，來，坐下，坐下！（扯仁坐下）慢慢的說！（向右叫）翠珊！翠珊！快來呀！（向仁）說你的！

劉習仁：（向右看，似怕翠珊進來而聽去心腹話者）

辛永年：說吧！翠珊聽見也不要緊，她也是個苦孩子，比你還苦，自幼就死了娘，爸爸出外七八年了，也沒一點消息！

辛翠珊：（慢步自右門上。梳雙辮，穿著青布長棉袍，繫圍裙象鄉間的閨秀）伯伯！幹嘛？

辛永年：（溫柔的）有熱茶沒有哇，姑娘？給我們倒兩大碗來！

辛翠珊：火上熬著粥呢，沒有開水。

辛永年：是小米粥不是？盛兩大碗來！習仁，這個天氣，就是抱著大碗喝小米粥才舒服！

辛翠珊：也得稍等一會兒，米剛下了鍋。

辛永年：好，我們等一一等！可別故意耗著我們哪！

辛翠珊：那哪能呢！

辛永年：要兩「大」碗，兩「大」碗，姑娘！

辛翠珊：（嬌嬌的一一笑）是啦，伯伯！我不能用酒盅盛粥！（向右下）

辛永年：（笑）這位小姐頂厲害啦！習仁，你剛才說我太嚴，可是我就很怕我的姪女，什麼事都管著我！可也什麼事都替我做，沒有她我就不能夠像這樣的安心教書了！所以我又愛她，又怕她。好，說你的吧！

劉習仁：老師，我打算不再上學了！

辛永年：（像冷不防被打了一拳那樣吃驚）什麼？不再……上……學？

劉習仁：沒法上學了！爸爸死後，幾畝田全賣了，就憑我哥哥在外邊作小買賣，寄回來點錢過日子。可是，上月，上月……

辛永年：我不會恥笑你，有話儘管說吧！

劉習仁：上月，我的嫂子教人家給拐跑了，哥哥來信，說不再供給我們錢啦！

辛永年：那不過是他一時的氣憤：他還能把老母親餓死嗎？

劉習仁：也很難說！不管怎樣吧，我也是娘生的，我為什麼不可以養活娘呢？自從娘一病，什麼事情都是我做，我升火，煮飯，挑水……老師，你說我還有工夫溫功課。查字典沒有？我怎能不敷衍了事？怎能不寫別字？

辛永年：噢！噢！好孩子！好孩子！難為了你！你的書沒有白念，你知道盡責盡孝！好！

劉習仁：我打算退學，好去作點事，養活老娘！（立起來）老師，你能不能幫忙給我找點事作呢？

辛永年：坐下，等我想一想！（沉靜片刻）你不要退學！盡孝要緊，讀書也要緊！

劉習仁：我等將來有機會再讀書！

辛永年：不那麼簡單！少年不努力，老大徒悲傷！你必須乘著年輕，打好了根底！我看哪，咱們要趕快把你娘的病治好，再給你哥哥寫封懇切的信，勸他回心轉意，不就行了嗎？

劉習仁：哪有錢治病呢？我也不能給哥哥寫信……他不養活老娘，我養活！

辛永年：聽我說！你不願給他寫信，我替你寫。他是一時的氣憤，我一勸他，他就會明白過來。至於治病的錢……（掏懷）哈哈，你看，十塊錢！草藥不過三十個銅板一劑；吃上兩劑小藥；把其餘的錢留著過日子，等著你的哥哥來信，不是全解決了嗎？全解決了嗎？（把錢塞在仁的手中）

劉習仁：（輕輕把錢放在桌上，往辛處推）老師！我不能拿你的錢！不能！

辛永年：（佯怒）怎麼？難道我不是你的先生，咱們連這點有無相通之誼也過不著？

劉習仁：不是！不是！先生你也窮呀！

辛永年：不錯，我也窮，可是比你好多了。你看，這所勤廬是我的，還有二三十畝地。等我過不去的時候，出手一賣，不馬上就有錢了嗎？（拾起錢又往仁手中塞）拿著！不許再讓；趕快回去，給你娘請醫生，抓藥，買二斤白米熬點粥，快去！

劉習仁：（握著錢，遲遲不肯去）

辛永年：快去吧！

劉習仁：（抹一下限）老師！謝謝……

辛永年：快走！這點事值不得道謝的！記住多錢的最大用

處，就是救人之急！去吧！

劉習仁：（匆匆的鞠了一躬，往外走；走了幾步，又轉回來）

辛永年：又怎麼啦？

劉習仁：老師！老師！

辛永年：不要再麻煩了快回家呀！

劉習仁：老師！同學們都說你太嚴，今天我才知道你的心頂好！

辛永年：因為我的心好，我才對學生嚴加管教，我盼望我的學生個個有出息，都成為有用之材！好，你去吧！

劉習仁：可是，先生，有朝一日，那些不用功的學生會把你趕出來，或者甚至予打你，老師你要提防一點！

辛永年：習仁，我謝謝你的警告！去吧！

劉習仁：那麼，老師從此是不是可以對大家的功課放鬆一點，分數打寬一點呢？

辛永年：那，絕對不能！他們把我趕出來，我自己另打主意。只要在學校一天，我就不能敷衍學生！我不能為幾十塊錢，賣了我的良心！你快回去吧！明天見，想著把藥方帶來給我看看！

劉習仁：明天見，老師！（下）

辛翠珊：（端著兩大碗粥上）咦！那個學生怎麼走了呢？

辛永年：他娘有病，我叫他快回去。粥，放在這兒。姑娘你也喝一碗好不好？

辛翠珊：（放下碗）我不喝，我還得上街買東西去呢。

辛永年：（一邊吸粥，一邊說）買什麼東西去？

辛翠珊：買什麼？難道伯伯忘了？

辛永年：忘了什麼？

辛翠珊：明天不是伯母的二周年祭日，不是預備十塊錢買祭禮嗎？

辛永年：（愣住了）噢！

辛翠珊：把錢給我吧！

辛永年：（覺得不好意思了）錢……姑娘，翠姑娘，你可別又生氣呀呀！你知道我的脾氣，就不用把事情往心裡放了！把你氣病了，我又得手忙腳亂！我把那點錢給了習仁，他娘生病，沒錢買藥！

辛翠珊：（控制住感情）我並沒生氣！（可是忽然轉過臉去）伯母！（低泣）

辛永年：（忙走過來）翠珊！翠珊姑娘！不哭哇！你這一哭，教我怎麼受呢？（珊仍泣）翠姑娘，不哭！不哭！我去弄幾塊錢來，你去買東西，好不好？好孩子，你要不不住聲，我可也要哭啦！

辛翠珊：（勉強止悲，語聲相當的大）買禮物不買，倒沒多大關係，我是想念我的伯母！

辛永年：對了，我也那麼想，有禮物沒有，並沒大關係！祭死人還能比救活人更要緊嗎？你也不是專想你的伯母，而是百感交集！苦命的孩子，沒了娘，丟了父親，前年又把個知心的伯母死了，光跟著我受苦！我知道，我知道你心中的委屈！

辛翠珊：我並不委屈，真的！你把我撫養大，我願意永遠跟著你，就是我爸爸忽然的回來，我也還跟著你！

辛永年：不要那麼說吧，他是你的父親，我的弟弟，都是一家親骨肉啊！再說，跟著我除了受苦，沒有一點好處！

辛翠珊：乘早別那麼想，伯父！你的慈愛教苦楚都變成了甜蜜！我佩服你的熱誠，正直，熱心教育！

辛永年：翠姑娘，怎麼今天忽然誇獎起我來了？（一笑）

辛翠珊：嗯……（勇敢的直言）伯父，你可也有個最大的缺點！

辛永年：說吧！人非聖賢，孰能無過呢？

辛翠珊：你只顧教別人的子弟，可不管自己的兒女！

辛永年：（慈祥溫和地）難道我沒管運璞和你嗎？你雖然是我的姪女，可是我拿你當親女兒一樣看待，也沒放縱過呀！

辛翠珊：不是管教，是教育！

辛永年：什麼意思？翠姑娘！

辛翠珊：伯父，你送我到大學沒有？

辛永年：噢，噢，噢，我明白了！（坐）

辛翠珊：（搶著說）「我」沒有關係，你供給我在高中畢業，我已感激不盡！我說的是運璞弟弟。他今年夏天就畢業了，可是升大學的錢在哪裡呢？你已經教了十五年書。

辛永年：預備再教十五年，或者廿五年！

辛翠珊：你掙錢不多，又喜歡「急公好義」，手裡沒有一點積蓄。

辛永年：積德勝積金啊，翠姑娘！

辛翠珊：伯父作了一輩子教師，自己的兒子可入不了大學，這合理嗎？

辛永年：也沒有什麼不合理的，姑娘！

辛翠珊：伯父，你有學問，有本事，作任何別的事情去，都能多掙幾個錢，足以供給弟弟上大學。

辛永年：我不能因為拚命提拔自己的兒子，而耽誤了許許多多別人家可造就的兒女！一個作先生的，要拿一切青年當作兒女，不論哪一個學生有了出息，都是作先生的光榮！翠珊，不用替運璞著急吧，他心地不錯，他自有他的前途！要依著我的心意，我看他最好去作軍人！

辛翠珊：（驚訝）當兵去？伯父你是怎麼啦？

辛永年：我沒怎樣，我並不是瞎胡說。我是說，以他的身體，性格來講，他宜於作軍人！「作軍人」與你心中的「當兵」，也大不相同。「當兵」是過去的名詞，而我所希望於他的是作一個真能保衛國家的好男兒！

辛運璞：（著青布棉制服，發亂臉傷，由外急跑入）爸爸！爸爸！

辛永年：（同時）怎麼啦？運璞！

辛翠珊：（同時）怎麼啦？運璞！

辛運璞：（喘得說不上話來）啊，啊……

辛永年：先喘喘氣！不定又跟誰打了架！

辛翠珊：（過去扶住璞）弟弟，怎麼啦？

辛運璞：爸爸！學校裡起了風潮！

辛永年：為什麼？

辛運璞：因為校長待學生不公平！

辛永年：噢！翠珊，給弟弟洗洗，裹一裹。我到學校去看一看。（立，去取壁上的長袍）

辛運璞：爸爸，你不能去！

辛永年：我怎麼不能去？我去給大家調解，不就沒有事了嗎？

辛運璞：不能去！

辛翠珊：是呀，伯伯，你還沒問弟弟怎麼受的傷呢！其中必有緣故！

辛永年：（一笑）還用問緣故？還不是人家瞎鬧，他也跟著瞎鬧！我也作過學生，年輕的人遇到風潮還不亞賽吃了蜜？好，我還是看看去！（穿上了長袍）

辛運璞：爸爸，你不能去！（攔住辛）他們貼了標語！
辛永年：標語和我有什麼關係？
辛運璞：標語上也打倒你，爸爸！
辛永年：也打……倒……我？（坐下了）憑什麼打倒我？
辛運璞：同學裡有好多不喜歡你的，爸爸，因為你教書太嚴。風潮一起的時候，本來沒你的事。可是校長用了點手段，大家就都朝著你來了。我替爸爸說了幾句話，話還沒說完，就打起來了！
辛永年：嗯！好！我問你，運璞，你是因為我是你爸爸，才跟他們打呢？還是因為我是個好教師呢？
辛運璞：（極真誠的）你是好爸爸，也是好教師！
辛永年：（感傷）啊！好教師！好教師可被學生們打倒？翠珊，運璞，我的白頭髮多不多？
辛翠珊／辛運璞：（相視無言）
辛永年：（摸著鬢邊白髮）為什麼白的？為誰白的？十五年的心血只落得個「打倒」！（感慨）
辛運璞：爸爸，何必這麼灰心呢？
辛永年：不是灰心，是傷心！我還能為這點挫折，就放棄了教育嗎？學生歡迎我，我是鞠躬盡瘁。不歡迎我，我還能就改弦更張，前功盡棄？我還是到學校看看去，對學生說明白了我的心思，我就痛快了！（起立）
辛運璞：爸爸，你不能去；說不定他們會動武的！
辛永年：我又不是去打架，怕什麼呢？即使他們真的打我，我頗能禁得住幾下呀！
辛翠珊：伯伯！算了吧！這不是你的好機會嗎？
辛永年：好機會？
辛翠珊：我勸伯伯改業，你不肯。現在，人家不歡迎你，何苦再戀戀不捨呢？你另找點事作，增加點收入，好教弟弟升大學，不比受這個罪強嗎？（面有喜色）
辛永年：怎麼，翠珊，你彷彿很喜歡我這樣受侮辱？（微怒）
辛翠珊：伯伯，塞翁失馬，安知非福呢？
辛永年：（更怒）我告訴你，教育就是我的馬，永遠不能失！（往外走，珊、璞齊阻止）閃開！
辛運璞：（哀求）爸爸，何必跟他們動氣呢？
辛永年：我動氣幹嘛？我要去教訓教訓他們，教他們明白

哪是好，哪是歹！（還往外走）

辛翠珊：（扯住辛）伯伯！學生們在鬧事的時候，往往是不分青紅皂白的！你明天再去不行嗎？

辛永年：（厲聲）不行！（要從珊手中奪出，但自知力大，怕傷了她，乃止）放開手！

辛運璞：珊姐，放開手！我同爸爸一塊兒去！

辛永年：（厲聲）你去幹嘛？我一個窮教員，還用著保鏢的嗎？笑話！

辛翠珊：我不能放手！伯父，你愛打我，打我好啦！我沒爹沒娘，我不能再沒了伯父！不要說學生們打了你，就是把你氣病，教我怎辦呢？（泣）

辛永年：（沉默片刻，低聲的）翠姑娘，我不生氣！我教了十好幾年書，難道還不曉得學生心理嗎？學生都年輕，哪個不貪玩？我自己小時候也是淘氣精啊！我明知他們貪玩，而在功課上一點也不肯放鬆，他們自然討厭我。可是，我不能不硬著頭皮幹。我寧教他們今天恨我，而將來感激我，可不能教他們今天喜歡我，而將來咒罵我。放開我！我去跟他們心平氣和的說一說，他們必定能明白過來。一個當先生的，就好像是一個醫生，明知病人無望了，還要死馬當作活馬治。我勸勸他們去！好孩子，放心，我不會跟他們生氣！

辛翠珊：（鬆手，歎氣）唉！

辛運璞：爸爸，我跟你去！

辛永年：用不著！（行至門口，遇胡曉鳳，同學四五人來）曉鳳，你們幹嘛來啦？

胡曉鳳：（剪髮，穿女生制服長衣短裙，而戴金鐲與滿手的戒指。天真地跑著進來。笑著）辛伯伯，我們來看看你！

眾：（都著制服，親熱的）老師！

辛永年：都進來！（退回原位）

胡曉鳳：（向珊點點頭，乘辛轉身之際，拉了拉璞的手，而後耳語一二句）

辛運璞：（點點頭，內外走）

辛永年：運璞，你幹嘛去？

辛運璞：（不會扯謊）我……

胡曉鳳：我請他到我家裡說一聲，我在伯伯這這兒哪！

辛永年：噢，去吧！

辛運璞：（急去）
辛永年：（坐）曉鳳來坐，大家都坐！翠姑娘，把這兩碗粥端走，再盛幾碗熱的來，每人一碗！
辛翠珊：（收拾碗）
胡曉鳳：伯伯，我們不喝粥！翠珊，不要麻煩！
眾：我們不喝，老師！
辛永年：（向珊）翠姑娘，你去端。他們喝不喝，隨他們的便。
辛翠珊：是啦，伯伯！（下）
辛永年：曉鳳，學校裡怎樣了？
胡曉鳳：風潮完啦，明天放一天假，後天上課。
辛永年：怎麼完的？
胡曉鳳（與眾面面相覷，不敢回答）
辛永年：告訴我呀！
胡曉鳳：伯伯你可別生氣呀！
學生甲：校長就是混蛋！
辛永年：這是怎麼說話呢？不許！
學生乙：他哪配作校長！
學生丙：太不公道了！
辛永年：到底是怎麼一回事？曉鳳你說！
胡曉鳳：風潮本來是因為校長待學生不公道才起來的，可是一會兒一變。變來變去，大家把平日所不滿意的先生們全拉了進去，一齊打倒。大家誰也不曉得鬧的是什麼啦，可是越鬧越大。
辛永年：連我也打倒，是不是？（慘笑）
學生甲：我們幾個知道先生你沒有過錯，只是你平日教功課太嚴，所以他們也要打倒你！
學生乙：簡直是一群糊塗蛋！
辛永年：不用罵人吧！我也有自己的缺點。曉鳳，往下說！
胡曉鳳：他們貼出打倒伯伯的標語，運璞可真勇敢，他們貼，他就往下撕！
辛永年：所以，他們就和運璞打起來了？
胡曉鳳：那還能「不」打起來嗎？
學生甲：我很後悔沒有幫助運璞！
學生乙：你膽子太小了！
學生甲：我膽子小，你呢？
學生乙：我是沒有看見他們打；要是看見，我一定幫助運璞，我不怕打架！

學生丙：（輕視的）你？

辛永年：好了！好了！別在這裡再打起來！

胡曉鳳：（嬌嗔）你們要亂插嘴，我就不說了！（瞪了大家一眼）這時候，校長看出縫子來了。他硬說風潮是運璞一個人鼓動的，掛出牌示，把運璞開除了！風潮呢，也就這麼糊裡糊塗的結束了！伯伯，你說奇怪不奇怪？

辛永年：（點頭無語）

學生甲：老師，有這樣的校長，我們還怎麼在這裡念書呢？

學生乙：咱們乾脆都退學，回家跟咱們爸爸說，每家拿出點錢來，請辛老師另開一個學校！

學生丙：我願意！

學生丁：我也願意！曉鳳，你呢？

胡曉鳳：我當然更願意了！辛老師跟我們家有好幾輩子的交情，我爸爸有錢，當然願意幫忙！

學生甲：老師，你願意不願意？

辛永年：（立起，徘徊）我無話可說！

學生丁：老師，你答應我們吧！你要辦學校，我的爸爸一定拿錢！

辛永年：沒有這麼簡單的事！你們都去吧！好好的讀書，不要再鬧了！

學生丙：有那樣的校長，我們怎能好好的讀書呢？

辛永年：我自己辦學校，也許比他辦得更壞！教育不是容易辦的事！

學生乙：反正我們願意跟著先生你念書！

辛永年：好！我很感激你們！你們這一點熱情，就給我很大安慰！都去吧！噢，（揭案上的卷子）把你們自已的作文薄拿去！

眾：（檢收文卷）

學生甲：老師，你真的就不再到學校去了嗎？

辛永年：不再去！

學生乙：運璞就白白的教校長開除，你也不去說個理吧？

辛永年：（搖頭）

學生丙：先生你太老實了！

學生丁：老師，我們還可以來問你幾個字，或是求你講講書嗎？

辛永年：可以，（又一想）不要再來吧！你們上我這裡來，難免犯口舌！

學生甲：老師，你教我們這幾年，難道就從此不再來往嗎？我們是你喜歡的學生，難道從此就不再教訓我們了嗎？
辛永年：（低頭無語者片刻）你們都去吧！
學生乙：老師，我不管什麼口舌不口舌，我要來！我捨不得你！
辛永年：（慢慢往外走，似領大家出去者）我也捨不得你們！不過，還是不來的好！
學生丙：老師，是不是你從此不再教書了？
辛永年：我？我要教一輩子的書！
學生丙：那就好啦：你上哪裡教書，我就到哪裡念書！我老跟著老師！
辛永年：（撫丙之頭，有無限感慨）都去吧！我們拉拉手！（與甲乙……一一握手，有欲泣者）
學生甲：（隨眾去，又回來）曉鳳，你不走嗎？
胡曉鳳：你們先去吧，我等會兒就走。
學生乙：（已去，又回來）老師！
辛永年：幹什麼？
學生乙：（手顫著）怕你沒錢花，我，我，這是我的一點點心錢！（把錢放在桌上，跑出去）
辛永年：給你！（追）你回來！
胡曉鳳：伯伯！你追不上他了！
辛永年：曉風，這點錢交給你吧多你還給他好了！
胡曉鳳：他是真心孝敬你的，伯伯！
辛永年：我知道！我知道！可是我不能收下！
胡曉鳳：伯伯！我看哪，你不必再教書了吧？
辛永年：怎麼？
胡曉鳳：你看，既掙不著錢，又受苦受氣有什麼前途呢？
辛永年：前途？你沒看見嗎？那（指門外）就我的前途！
胡曉鳳：什麼？誰？
辛永年：（指門）剛剛出去的那幾個學生。教書的就是犧牲自己，給青年造前途！只要有一個有出息的學生，一切苦楚就算沒有白受！
胡曉鳳：雖然話是這麼說呀，可是伯伯你犧牲了自己，也犧牲了運璞，就有點不大合理吧？伯伯你窮，運璞就不能升學，伯伯你想一想，這對嗎？
辛永年：曉鳳，你很喜歡運璞，是不是？
胡曉鳳：（含羞，而不便否認）他很好！

辛永年：曉鳳，我告訴你，雖然咱們是幾輩子的交情，雖然我不應當多管兒女們自己的事，可是我覺得你有錢，我們窮，恐怕這件事不會有什麼美滿的結果！

胡曉鳳：（微怒）難道有錢的就是壞人嗎？

辛永年：我不敢那麼說！（想岔話）咦？翠珊盛粥去，怎這麼半天還不來呢？（叫）翠珊！翠珊！咦？上哪兒去了呢？

胡曉鳳：也許上我們那裡去了吧？我看看去！

辛永年：等一等！倒怕她到學校去了！學校裡還有一點東西，幾本書。

胡曉鳳：聽，大概是我父親來了！我找翠珊去吧！（急往右走）

胡力庵：（在院中）大哥！大哥！

辛永年：進來！力庵！（往外迎）

胡力庵：（同運璞進來。穿狐皮袍，趾高氣揚）學校裡出了岔子，大哥？（沒等回答）我早知道要出岔子！大哥，你管教學生太嚴啊！（坐）

辛永年：運璞，倒茶去！

胡力庵：不喝！剛剛了半碗粳米粥！

辛運璞：（向右下）

辛永年：（坐書案旁）力庵，你說我管學生太嚴，你的女兒曉鳳也是我的學生呀，難道你不願意我嚴加管教她嗎？

胡力庵：我看那有點看三國流淚，替古人擔憂！你看我認識幾個字？斗大的字，我認識七個八個的！可是，我也照樣發財呀！想當年，我穿短衣裳，打赤腳，賣苦力氣，現而今我穿狐腿的袍子！學生念書就是掛個幌子！真仗著念書發財，沒有那麼一回事！學生既是這樣，咱們何必非一個蘿蔔一個坑呢，丁是丁，卯是卯的幹呢？現在好極了！太好了！

辛永年：什麼好極了？

胡力庵：學校裡不要你了，你想再幹也不成啦，還不很好？你聽我的，（去案前）我跟你說幾句知心話！你不要再教書，我替你去找事，准保錢多事情少，身分又高，別的不成，這點忙我總可以幫得上！咱們辛鎮鎮裡鎮外，誰不知道你是老學究，人品好，學問好？又誰不知道我是財主，有錢有勢？咱們哥兒倆要是打成一條鞭，文武雙全，誰還敢惹咱們？我給你找個好事，你叫運璞上大學，取個功名。我就把曉鳳給了他！

辛運璞：（端茶來，聞胡語，急放下碗而退）

辛永年：哈哈哈哈！

胡力庵：你笑什麼呀？我說的是真話！咱們是老世交，你窮我富，你有文才，我有家財，咱們要成了親家，我告訴你吧，這一縣都得屬咱們管！你說是不是，大哥？

辛永年：我沒那個福氣呀！（立起來，伸伸腰）

胡力庵：（坐）那麼你打算幹什麼去呢？

辛永年：還是教書！

胡力庵：我真不明白！多少有房子有地的人來提親，我都捨不得我的曉鳳！她，人有人才，文有文才，在這一鎮上找不出第二個來了。別人上門趕著我作親，我理也不理。現而今，肥豬拱門，我把她白送給你辛家。你倒哈哈一笑！過了這村，可沒有這店，你別後悔呀！

辛永年：力庵，我不會後悔！咱們倆，雖然是老世交，可是你不明白我，我也不明白你，再說，兒女的婚事也根本用不著咱們操心。

胡力庵：大哥！我看你是鑽死牛犄角！好，我再多給你兩天工夫，你細細想一想！

辛永年：不必再想，我的事我自己會安排。

胡力庵：你怎麼安排，可以聽一聽吧？

辛永年：比如說把勤廬和那點地賣出去，再求朋友們幫忙，我「自己」不是可以辦個學校嗎？

胡力庵：賣房子，賣地，辦學堂？你呀，辛大哥，簡直是拿家產打水飄兒玩嗎？買房子買地才是興旺的樣子，怎能往外賣呢？好啦，你要真郡樣辦，我的女兒可就不能作你的兒媳婦了！我硬教她一輩子不嫁，也不能嫁個沒家沒業的人！

辛永年：我也並沒說，我要你的女兒作媳婦呀。

胡力庵：你太難了，大哥，（怒）你看我的女兒連一文錢也不值嗎？你太糊塗了。

辛翠珊：（由外入）胡大叔，怎麼發了脾氣？

胡力庵：我發脾氣？你來聽聽！我給他找好事，他不作！

我說教曉鳳和運璞作親，他不幹！他還要賣房子賣地！發脾氣？我一輩子也沒見過這麼糊塗的人！
辛翠珊：（驚）伯伯真要賣勤廬嗎？
辛永年：（點點頭）弄點錢我自己辦學校！
辛翠珊：（急）伯伯，你幹什麼我都不攔住，賣勤廬，不行！我生在這兒，長在這兒，這兒的一草一木都在我心裡長根，伯伯，不能賣！不能賣！
辛永年：（溫柔）別著急，珊姑娘，咱們慢慢的商議。（岔活）你剛才上哪兒去了？
辛翠珊：我？出去借了五塊錢。
辛永年：幹嘛？
辛翠珊：明天是伯母的祭日啊，你又忘了？
辛永年：對！對！待一會兒你買東西去，咱們好上祭。
辛翠珊：勤廬還賣不賣？
辛永年：再商議！不忙！
胡力庵：翠姑娘，你說一句：曉鳳要跟運璞成了親，好不好？
辛翠珊：那，我不敢說什麼，胡大叔。
胡力庵：啊！你也看不起曉鳳？
辛翠珊：不是，不是！
胡力庵：我知道，你們都看不起我，也就看不起我的女兒！憑我手裡那點錢，還愁找不到個好女婿嗎？哈哈哈哈！（含怒而去）
辛翠珊：（追）胡大叔，別走啊！
胡力庵：（回頭）不走幹嘛？我沒工夫在這兒受悶氣！（下）
胡曉鳳：（故意攔運璞上）
辛運璞：（不好意思，往出撒手）
胡曉鳳：怕什麼？這年月，男女都是自由的！
辛翠珊：鳳姐姐！你偷著聽話兒來著？
胡曉鳳：呸！連你也敢小看我？你有什麼？沒爹沒媽，沒有一分地，沒有一個鋼板！敢小看我！
辛永年：曉風！
胡曉鳳：連你也老糊塗了！咱們看吧，看誰幹得過誰！
辛運璞：曉風！
胡曉鳳：回頭見，運璞！記住，你是個新青年，要挺起腰杆來，抵抗壓迫！（急下）
辛運璞：（欲追她）

辛永年：運璞！

辛翠珊：（撲向辛，哭）

辛運璞：（進退兩難，垂首立）

辛永年：（一邊拍著珊的肩，一邊對璞說）運璞，你知道我不喜歡你胡大叔，請他來幹什麼呢？

辛運璞：曉鳳教我去的。

辛永年：曉風！曉風！老是曉風！你難道不曉得胡家是暴發戶，咱們是窮書生嗎？

辛運璞：她希望我能上大學，所以請胡大叔來勸勸你。

辛永年：哼！（向珊）珊，去買東西，好給你伯母上祭，大家都痛痛快快哭一場！

辛翠珊：（止淚）伯父！勤廬賣不得呀！賣了它，他們就更看不起咱們了！

辛永年：（悲憤激昂）看得起我也好，看不起我也好，反正我看得起我自己！我是個給國家造就人才的！天地君親師，我是師！（「師」念重）

——幕下

第二幕

時　間：前幕數日後。

地　點：同前幕。

人　物：辛翠珊、辛運璞、劉習仁、胡曉鳳、挑夫（老王）、辛永年、學生（甲，乙、丙、丁四人）、胡力庵、辛永壽。

布　景：同前幕，唯簾卷櫥空，器物凌亂耳。

【開幕。勤廬已售出，辛家正收拾東西，即日遷出。書齋中，桌椅與器物亂置，堆著三四個鋪蓋卷。辛翠珊獨在室中，看看這個，難過；摸摸那個，痛心！仍倚壁而泣。

辛運璞：（搬一桌由右門入）珊姐！快弄完！（放下桌，吐氣）怎嗎？又哭？事到如今，哭有什麼用處呢？

辛翠珊：你們男人的心都是石頭的！你好像一點也不在乎？想一想，你我是生在這裡，長在這裡的呀！每一堵牆的棱角，每一扇門的聲音，都被我摸慣了，聽慣了，倒好像他們都是我自己身上的東西！離開他們，我就丟了一半兒身體，我活不下去！

辛運璞：我也難過！我恨不能到哪兒去挖一堆金子來，給爸爸去辦學，我恨不能賣了自己，好教爸爸舒服一點，咱們難過，爸爸不更難過嗎？爸爸賣房賣地，是為辦學，咱們還有什麼話好說呢？

辛翠珊：我不反對伯伯辦學！我佩服伯伯的精神！可是，可是，噢，我說不明白我的心思，我的感情！我難過！（連連吻壁）我捨不得勤廬！連這牆上的土，今天我才曉得，都是香的！

辛永年：（在旁室，佯作高興的喊著）翠珊！運璞！快一點喲！快快弄完，好去住新房子喲！

辛翠珊：（勉強揚聲）慢不了，伯伯！（抹淚）

劉習仁：（負著不知多少東西，由右門一步一停的進來）運璞！快接一接！

辛運璞：（忙過去相助）

劉習仁：（把東西都放下了，擦汗）看！我這一趟搬了多少東西，運璞，咱們倆賽一賽呀？

辛翠珊：（啼笑皆非）唉！習仁，你好像覺得這很好玩，是不是？

劉習仁：……（不知怎樣回答好）

辛運璞：習仁是熱心做事，珊姐！他還能不曉得咱們都很難過嗎？

劉習仁：翠珊姐姐，我告訴你吧！比如說，辛老師下個命令：劉習仁，你去把那座山鏟平了！我就馬上去平山！老師要是說：劉習仁，去把海填滿了，我就去填海！不問理由，不問結果，辛老師教我幹什麼，我就去幹什麼！我願意一輩子老跟著辛老師，象一條義犬老跟著主人似的！

辛翠珊：要是學生都像你，也就好啦！可是……（換了話））習仁，劉大娘的病好啦？

劉習仁：好啦！娘非常感激辛老師！你看，（從懷中掏出兩個雜面餅子來）今天剛一天亮，我就爬起來啦！娘說：習仁呀，幹嘛去？我說：娘啊！幫辛老師搬家去。娘就給了我這兩個餅子，說：快去吧！不准吃老師的飯，餓了就啃兩口餅子！（很驕傲的把餅子又藏在懷裡）

辛永年：（仍在旁室喊）習仁，運璞！你們都幹什麼哪？還不來？

劉習仁：來了，老師！（飛跑而去）

辛運璞：來了！（也跑去）

辛翠珊：（在室中徘徊，作不下事去）

胡曉鳳：（輕手躡腳的由左門進來，輕輕的叫）翠珊！

辛翠珊：喲！你呀！（很不高興的）你幹嘛來了？我們連房子都賣了！你還認識我們嗎？

胡曉鳳：不要這樣說話，翠珊！我來幫幫你的忙！

辛翠珊：那可不敢當！

胡曉鳳：翠珊，何必呢！我問你，這所房子是誰買了去的？

辛翠珊：誰買去不一樣呢？反正不再是我們的了！

胡曉鳳：你愛這所房子，是不是？

辛翠珊：愛它又怎祥？還不是白掉些個眼淚！

胡曉鳳：翠珊，你別對我這樣，行不行？（拉珊的手）咱們是好朋友，前兩天吵過幾句嘴，還算得了一回事嗎？

辛翠珊：（躲開一點）好朋友？恐怕不能吧？

胡曉鳳：唉！我告訴你實話吧！這所房和那點地都是我爸爸買去的！

辛翠珊：（冷酷的）你們買去我們的房，就是幫我們的忙吧？
胡曉鳳：你聽我慢慢說呀！
辛翠珊：說不說大概都沒有什麼關係了！（坐在鋪蓋卷上）
胡曉鳳：爸爸買去房子和地，可是契紙上寫的是別人。
辛翠珊：有點不好意思，是不是？
胡曉鳳：還不是不好意思！
辛翠珊：是……？
胡曉鳳：是為好白白的交還給你們！
辛翠珊：什麼？（驚訝）
胡曉鳳：我再說清楚一點。我出的主意，都是我的主意，教爸爸把勤廬買過來，而不由爸爸出名。假若辛伯伯願意，我教爸爸把勒廬退還，那筆錢就作為供給運璞上大學的！
辛翠珊：（喜，起立）真的？
胡曉鳳：還能是假的？
辛翠珊：我不相信！（由疑而怒）你不要戲弄我吧！我心裡已經夠難受的了！快走吧，別耽誤我做事！
胡曉鳳：翠珊，你怎這麼多疑呢？
辛翠珊：你想想，憑胡大叔那份愛財，怎能忽然就這麼大方呢？
胡曉鳳：我不是告訴你了嗎？這都是我的主意，我已經跟爸爸鬧了兩大頓。我說，不依著我，我就上吊！爸爸沒有辦法，才答應了我。
辛翠珊：那麼，你真喜歡運璞？
胡曉鳳：我真喜歡他，非教他上大學不可！你看，你愛勤廬，就還住勤廬；他應當入大學，就去入大學，多麼好哇？我不是自誇，我比你們都聰明點兒！
辛翠珊：可是伯伯怎辦呢？他賣房子是為辦學校的！（愁）
胡曉鳳：還是托我爸爸給他找個事作呀！
辛翠珊：伯伯不肯哪，他老人家的個性極強，你是知道的。
胡曉鳳：這就看你的啦！他頂喜歡你，最聽從你的話！退還勤廬的事，你朝我說。勸辛伯伯找事作，我拿你是問。咱各盡其力，沒有不成功的事。
辛翠珊：真的，你可真聰明！（高興）
胡曉鳳：你不再小看我了吧？也不恨我了吧？
辛翠珊：（一笑，抱住鳳）你是好姐姐！

老　王：（挑著東西，置於左門外，進來）辛姑娘！老師呢？（此「老師」是尊稱多不必有師生關係也）

辛翠珊：（望外看了看）怎麼，老王，你又把東西挑回來啦？

老　王：是呀！我跟辛老師說吧！

胡曉鳳：別教老師看見我，我走啦！咱們的事就照計而行，非作到不可呀！（與珊握手，向左下）

辛翠珊：不送啦，鳳姐姐！老王，到底是怎回事？

老　王：（不耐煩）你叫出辛老師來不就完了嗎？省得我說兩遍！

辛翠珊：（叫）伯伯！伯伯！老王把東西又挑回來啦！

辛永年：（抱著好幾套書，由右門進來，極慎重的把書放下）翠姑娘，別動這些書，等我自己收拾！老王，怎麼回事？

辛運璞／劉習仁：（同抬一大衣箱來）好沉！好沉！

老　王：哼，大概是一箱子金條！

辛永年：書！箱子裡滿是書！書就是我們讀書人的金條！老王，怎麼回事呀？

老　王：辛老師，羅漢寺似的大師傅說，房子不租了，教我把東西挑回來！

辛永年：不能啊！我已經給了定錢！

老　王：月空和尚說，他不知道辛老師要辦學堂。光是老師去住，他情願不要租錢，辦學堂，太亂，廟裡受不了。

劉習仁：（怒）老師，我去跟他們講理，別人好欺侮，欺侮辛老師，等等，我劉習仁就不好惹！

辛運璞：這簡直是欺侮人，怎麼接了定錢又後悔呢？習仁，走，到廟裡講理去！

辛永年：習仁，運璞，給我老老實實的搬東西去。月空和尚是我的老朋友，他絕不會對我失信。老王。你再跑一趟吧，告訴和尚，我只住他的房，暫時不開學校呢。

老　王：是，辛老師，還把東西挑了去？

辛永年：挑了去！

老　王：（向左下）

劉習仁：怎麼，老師，你又不辦學校啦？

辛永年：先別問，搬東西去！

劉習仁：是！（同璞下）

辛永年：翠姑娘，乏了吧？歇一會兒，交給我收拾。我不怕累，幹起活來，我就像一頭牛。

辛翠珊：伯伯，廟裡既不願把房租給咱們，咱們就先別搬家了吧？

辛永年：我的小姐，你有點累昏了吧？咱們的房既然賣了，咱們能夠不搬走嗎？

辛翠珊：商議商議，大概可以不搬家。

辛永年：跟誰商議？

辛翠珊：比方說，買咱房子的人，要是肯把房子退回來，咱們還非搬不可嗎？

辛永年：我簡直的不能明白你的意思。翠姑娘，別跟伯伯繞彎子，有話就直說吧。

辛翠珊：伯伯，你猜咱們的房教誰買去啦？

辛永年：姑娘，你是怎麼啦？字據都寫了好幾天啦，我還不知道誰買去的？別跟伯伯鬧著玩了吧，我心裡也並不好受！（坐下發愣）

辛翠珊：伯伯，我說實話吧。房子是胡大叔買去的。

辛永年：胡力庵？（要發怒，可是控制住自己）也好，誰買去不一樣呢？

辛翠珊：剛才曉風來過了，她說已經跟她父親說好，把勤廬白白退還給咱們，那筆錢送運璞升學用。伯父，我捨不得勤廬，運璞應當升學，曉風又是善意，我看可以這麼辦；不知道你肯不肯？

辛永年：（斬釘截鐵的）我不肯！假若胡力庵出這筆錢來教我去辦學，我可以接受。因為辦學是為了大家。他供給運璞是為了曉鳳，我不能出賣我的兒子！翠姑娘，咬牙！幫助伯伯！咱們先搬到羅漢寺裡去，我慢慢跟和尚商議，他肯多租給我幾間房呢，我就招學生；他不肯呢，我再另想主意。我要是能弄到一塊地，自己蓋幾間房，不是更合用嗎？噢，我明白了，和尚的反悔，未必不也是胡力庵出的壞主意。

辛翠珊：（長歎）唉！

辛永年：翠珊，別難過！只要伯伯有份兒誠心，事情就沒有辦不通的。我辦學是為教育大家的兒女，大家還不幫我的忙嗎？

學生甲：（同乙、丙、丁由左門進來，入室即脫衣）老師，我們幫你搬家來了。

辛永年：（立）謝謝你們，我這兒的人夠用了，你們趕緊回學校，別耽誤一天的功課。
學生乙：我們不願在那兒念書了，聽說老師要辦學校，我們願意轉學過來。
辛永年：我辦學校可不能拉別人的學生啊！
學生丙：老師，你辦學，我一定來。我已經對爸爸講過，爸爸也願意。他還說，老師有什麼用著他的地方，他一定樂意幫忙。
辛永年：好，你們都回去吧，人多了，反倒更亂。你們幫不了我的忙，白耽誤了你們一天的書，我心裡不好過。
辛翠珊：對了，你們回去吧。伯伯的書是不許別人動的，可是除了書，我們簡直沒有什麼東西！
學生甲：（問大家）怎樣！咱們走？
眾：（失望的）那麼，老師我們走啦。（向外走）
辛永年：（叫丙）大成，你下學回家的時候，問問你父親，能不能借給我一塊地呀？有了地，我就可以平地起新房，用不著將就廟裡了。
學生丙：（喜）我一定去問。爸爸有的是地，他准能給老師一大塊。
辛永年：好吧，說明白了，不是我私人用，是辦學校。
學生丙：我明白。（同眾鞠躬下）
辛永年：（對珊）你看，翠珊，只要咱們的心誠，腳步走的正，一定會有人幫助咱們。
辛翠珊：胡大叔來了。
辛永年：你招待他一下吧，我不願見他！（要走）
辛翠珊：（拉住他）伯父，伯父，聽聽他要說什麼。
胡力庵：（進來，態度傲慢）大哥！翠珊！聽我說，去住和尚廟不是什麼體面的事。再說，我也聽說了，和尚不准你去開學堂。（等辛說話）
辛永年：（要說話，又不屑的止住）
胡力庵：我辦事講究乾脆嘹亮。（掏出契紙來）大哥，你的房契，原物交回。（遞）
辛永年：（不接）我的房子已經賣了，錢也拿到手了，怎能再要房契呢？
辛翠珊：（假裝做事，但情不可抑，手與唇都顫動）
胡力庵：那筆錢，你拿著也好，我拿著也好，可是咱們得起個誓，咱們倆誰也不能動用一個，都給運璞留著，好教他入大學。大哥，我告訴你，我一輩子沒作過這樣賠本的事；這回，為了自己的女兒，就叫「沒法」，你怎麼說？

辛永年：不行，我一定要辦學。

胡力庵：難道你就不顧你的兒子？

辛永年：我也得顧別人的兒女。

辛翠珊：（不能再忍，過來）胡大叔，把契紙給我。

辛永年：翠珊，你幹什麼？

胡力庵：翠珊，我不能給你。想當初，你爺爺臨死的時候，把這所房子和二十多畝地分給了你的爸爸。誰教你爸爸亂想發財，硬把地都賣了，出去做生意。到如今，地也沒有，人也不見了。唉！發財不發財，都是命啊！這點財產要交給我，我早把它弄得象個樣兒了。多了不說，起碼現在已變成一頃多地了。

辛翠珊：我知道這是伯父的財產，我不過替伯父拿一會兒。我捨不得勤廬！（唏噓）

胡力庵：契紙可不能交給別人。你看，（拍拍口袋）我的鑰匙，我自己老帶在口袋兒裡。（又拍拍胸）房契地契都永遠放在這兒。什麼話呢，這是命！命不能隨便交給別人。

辛翠珊：（怒）你們這些老……（止住，往院中跑）

辛永年：你幹什麼去？翠珊！

辛翠珊：（哭叫）我出去跑，嚷，哭，我要瘋了！

辛永壽：（在院中）哥哥！哥哥！

辛翠珊：（迎面遇見壽蓬頭垢面，提著個骯髒的麻袋，害怕，往後退步）伯伯！伯伯！

辛永年：怎麼啦？誰呀？

辛永壽：（已至門口）是我，哥哥！

辛永年：（驚喜）是你？老二！（接過麻袋置於地上。雙手拉住弟弟）弟弟！（欲語而氣塞）弟弟！

辛翠珊：爸爸！

胡力庵：老二！

辛永壽：（似半醉）誰？你是我的小翠珊？長這麼大了？

辛翠珊：（也拉住他）爸爸！

辛永壽：（向胡）這是——

胡力庵：連我都不認識了？胡力庵！

辛永壽：嘔，看樣子你發了財？好，好！

辛永年：老二，你上哪兒啦？幾年哪，都沒給哥哥來封信。
辛永壽：沒混好，沒混好，沒有臉回來。（向四外打量）這是怎麼回事呢？要搬家？
辛永年：翠珊，先去打盆水來，教他洗洗臉。
辛永壽：不洗，髒慣了。（一下子坐在地上）大哥，是不要搬家？你也沒混好？
辛永年：嗯……
辛翠珊：爸爸，先別問了吧！餓不餓？弄點東西吃。
辛永壽：不吃，有酒嗎，倒可以喝一點。有酒沒有？
辛翠珊：家裡沒人喝酒，你要喝，我買點去。
胡力庵：我有酒，教運璞拿點來。
辛翠珊：哦，我想起來了，那天給伯母上祭，不是買了一點酒嗎？我拿去。（下）
辛永壽：怎麼？嫂嫂不在了嗎？
辛永年：（難過的）不在了，這幾年可以說是家敗人亡！（坐）
胡力庵：不是我愛說難聽的話，你們老哥倆都太笨。辦學堂，當教員，是賺不著錢的事，大哥是一把死拿，非往下作不可。二爺，你太不會作買賣，又非出去不可。到現而今，老大賣房，老二連身整衣裳也沒有啦，我看你們怎麼好！
辛永壽：力庵，話不能這麼說，我一點也不笨，我有本事，無奈運氣不佳，處處失敗，所以就混成個叫花子了。雖然如此，我並不服氣，我還得弄點錢，再出外經商，不發了財，我就不再回來了。
辛翠珊：（端著一茶杯酒上）怎麼？爸爸你還要走，剛進家門就又要走？
辛永壽：剛進「家」門？這勤廬不是賣了嗎？
辛翠珊：爸爸！
辛永年：我是沒了辦法，但凡有法子，我能賣祖產嗎？作了十好幾年的教員，我不能為生活困苦就去改行！教育本來就是清苦的事業；我不知道我教書教得好不好，但是我的確知道我很盡心！我若是一旦放棄了我能盡心盡力的事，而只去混飯吃，我就變成了個酒囊飯袋，只為肉體而活著，那就還不如死了好呢！
辛永壽：（搶過酒杯，一飲而盡）咱們弟兄一樣！我還得走！已經飄流了八年，我還要流蕩一輩子呢！在外面，我作生意也好，不作也好，心中總比在家裡圈著痛快！大哥，你把房子賣了？賣了多少錢？給我，我馬上走！多喒我發了財，我才回來呢！

辛翠珊：爸爸，你說的醉話吧？

辛永壽：有這麼二三年了，我老醉著！一醉解千愁。真是半點不錯！不論有什麼過不去的事，只要一醉，就很快活的過去了！喝過酒，倒頭一睡，連夢也不敢來打擾我，簡直是半仙之體！大哥，看在同胞兄弟的情義上，你請我痛飲一頓，今天喝個痛快，我明天就走！你能給我多少錢？

辛永年：你要多少呢？

辛永壽：勤廬賣了多少錢，我要多少錢！（搖幌著立起）

胡力庵：（搶著說）勤廬又不是你的，老二，你怎麼了？

辛翠珊：爸爸！

辛永壽：力庵，我沒跟你要錢啊！這（指兄）是我的親哥哥！我跟他要錢是應該的！大哥，你說是不是？

辛永年：是，老二！

胡力庵：咱們要不是世交，我也不願意跟你們多費話！咱們既有父一輩子一輩的交情，我就不能看著你們瞎胡鬧！老二，你聽著！這所房，和那點地，是我買的！

辛永壽：（諷刺的）這就是父一輩子一輩的交情！

胡力庵：老二，你不用俏皮我，你聽著！看，房契在這裡，我交還大哥。大仁大義，我敢說！那點錢，你不能要，大哥也不能要！

辛永壽：給誰？

胡力庵：給運璞留著，好教他上大學！你們老哥倆只有這麼一條根，不造就他造就誰呢？運璞上大學，大哥去找個事作；你呢，老二，在家歇一歇，還是去種那點地。等過個一年半載的，我把我的曉鳳給運璞，教他們成親；過些日子，他們給你們辛家生個胖娃娃，你看有多麼好呢！不信，咱們把三老四少請出來，聽聽我的話，他們要有說我不對的，從此我就不再姓胡！

辛永壽：（思索，忽然急迫的）可是，力庵，後面還有人追我呢？

辛翠珊：追你？誰？（驚異）

辛永壽：債主兒！我的債主子很多，唯獨這一個厲害，所以我只好跑回家來！
辛翠珊：爸爸，你……（難過得說不出話來）
辛永年：老二，欠他多少錢呢？
辛永壽：不多，兩千多塊錢！
辛永年：那，你放心得啦！咱們的房子和地一共賣了三千五呢！
辛永壽：給我！給我！
辛永年：我一定給你！雖然我說過這錢不能作別的用，但為了我要你悔過自新我把錢給你！
辛永壽：到底是親哥哥呀！
辛翠珊：爸爸，伯伯這筆錢是為辦學校的呀！
胡力庵：唉！大哥。我把房契拿走了。二位，再見。今天把房騰清，明天我好派人修理！（氣極）
辛翠珊：（急）大叔，別不管了哇！
胡力庵：我怎麼管？一位是走四方道幾的老學究，一位是醉鬼，我跟他們費什麼話呢？（越說越氣）錢到他們手裡彷彿連狗屎都不如，教我怎麼辦呢？我沒工夫跟他們搗亂，走啦。
辛永年：力庵，不送啦。（轉向弟）老二，那位債主子在哪裡呢？
辛永壽：把錢給我，我給他送去。
辛永年：先給你兩千五，夠了吧？給他送去，趕緊回來；我自從你嫂子去世就戒了酒，今天我的老二回來了，我得破戒，晚上我跟你喝酒，談談心。
（給錢）
辛永壽：（手顫著接錢）翠珊，你陪爸爸去，不遠！不遠！
辛翠珊：這裡正忙啊。
辛永年：去吧，翠珊跟你爸爸說說話呀。唉唉，一幌兒八年沒見了！
辛永壽：走啊。小翠珊！（提破袋）
辛翠珊：咱們還回來呢，把口袋先放在這裡吧。
辛永壽：（懺悔，落淚）
辛翠珊：（詫異）怎麼啦？爸爸！
辛永壽：哥哥！（拉住珊，痛苦得似立不穩者）我，我騙了你，出去八年，我沒混好，我只學會了喝酒，騙人！可是，我並沒忘了哥哥，也沒忘了翠珊。騙別人，我一聲不哼；今天，我騙了你，大哥，我不能不告訴明白了你。大哥，我從此改邪歸正，有這兩千多塊錢在手裡，有翠珊跟著我，我還能混起來，混好！你原諒我不原諒？

辛永年：（點頭）親弟兄，我原諒你！

辛翠珊：我跟你上哪？爸爸！

辛永壽：我騙誰，也不能騙你，翠珊，這個鎮上，我不能住，咱們到黃家莊去。

辛翠珊：（奪出手來）我不去！

辛永年：珊姑娘，在這兒，你也沒了家，跟你爸爸去還不是一樣嗎？

辛永壽：爸爸不遠千里而來，就為的是你呀！你看，咱們父女租兩間小房，收拾得好好的。你過日子，我規規矩矩的作個小生意；黃家莊離這裡又不遠，想你伯伯，咱們就來看看，多麼好呢？

辛翠珊：（遲疑）我……

辛永年：二弟，你跟我一塊兒住在羅漢寺去不好嗎？

辛永壽：（思索）不好。

辛永年：怎麼？

辛永壽：我怕你的眼睛，你的眼睛裡有股正氣，又有一股和氣，教我手足無措。我騙了你。你，大哥，真配作個教師！連我，你的弟弟都應當叫你老師。翠珊，你去不去呀？我不勉強你，你要愛跟著伯伯就不用去。

辛翠珊：（目睹辛，矛盾不忍去）伯伯把我養大的，他就是我的父親！

辛永壽：我可是你的親爸爸呀。

辛永年：去吧，翠珊，有你看著他，他也許就改好啦。

辛翠珊：（想了想）好吧！

辛永壽：（喜）啊！我的小女兒，爸爸有了你，就一定會改成好人了！

辛永年：珊，就去收拾收拾吧。不能空著手走啊。

辛翠珊：我還得告訴運璞一聲哪。

辛永年：叫他來，見見叔父啊！

辛永壽：誰！

辛永年：你的侄子運璞。

辛永壽：（慌）別，別叫他來！我沒臉見他！

辛翠珊：（去看鋪蓋卷）這個是我的。（提了提又放下撲向辛）伯父，我不能去，我願意跟著你，你是我的伯伯，我的父親，也是我的老師！

辛永年：（難過）跟著我也是受罪啊！
辛永壽：（也難過）難道你就不要你的爸爸？
辛翠珊：（又想了想，矛盾，苦惱）你是我的爸爸，我要你改好，咱們走吧！伯伯，我走啦！（欲去）
辛永年：你不拿著東西嗎？
辛翠珊：我！（仍不捨去，又回來，抱住辛）伯伯，我不能走！我要跟著你，永遠跟著你！（哭）
辛永壽：（已走至門口）走哇，我的孩子！
辛運璞：（扛著一箱上）珊姐姐，怎麼還哭呀？（放下箱，看見壽）爸爸，這是誰？
辛永年：運璞，快去行禮，那是你的……
辛永壽：（搶著說）別說，我走啦。（掩面跑去）
辛運璞：誰？（趕至門口）
辛翠珊：（急追至門口，扯開璞）爸爸！爸爸！（坐在門口唏噓）
辛永年：（過來）翠珊！讓他走吧，他還會回來呢。（挽起她）
辛運璞：叔父回來啦？怎麼又走了呢？
辛永年：運璞，這就是個教育問題。你的叔父比我聰明，有本事。可是他不喜歡讀書，而一心想發財。結果，一遇到不幸和打擊，他便支持不住了，而往下坡路溜下去。可憐的老二！
辛翠珊：伯伯，他還會回來嗎？（止泣拭淚）
辛永年：把錢花完，他就會回來了。
辛翠珊：那麼伯父你怎得了呢？
辛永年：明天的事，明天再說吧。翠珊，你知道我幫助他，也就是教育他，我相信，只要我有誠心，我就會感化他。運璞，你還收拾東西去。
辛運璞：是。（下）
辛翠珊：伯伯，錢教爸爸拿走，你還怎麼辦學呢？
辛永年：走著瞧吧。有人幫助我呢，我自己辦學；辦不成呢，就再當教員去。反正教育和我算是分不了家啦。
學生丙：（低頭進來）
辛永年：你看，幫忙我的人來了，怎樣？大成？
學生丙：我對父親說了。
辛永年：你父親怎說？
學生丙：他，他——

辛永年：說吧，求人的事，成不成沒有關係。
學生丙：父親說，他很佩服老師，他願意幫老師的忙！
辛永年：好極了！
學生丙：不過，不過，他說願意幫你個人的忙。老師若是自己要點地，他誠心願意送給你幾畝。辦學校，他連一分地也不能給你。
辛永年：什麼意思呢？
學生丙：父親說學校沒用，除了教給學生什麼自由戀愛，跟打球以外，什麼也沒有。
辛永年：嘔，大成，你回去吧，謝謝你來回跑這麼遠。
學生丙：那麼，你自己不要爸爸的地？
辛永年：回去替我謝謝你父親，我自己不要地。
學生丙：（歎氣）唉！再見吧，老師！（走了幾步，又回來）老師！你等著，多咱我自己當了家，我送你一頃地去辦學校。
辛永年：傻孩子，等你當了家，我不知道死到哪裡去啦。去吧，好孩子！
學生丙：（下）
辛翠珊：得，又碰了一個釘子，伯伯怎麼辦呢？
辛永年：怕碰釘子，還作得成事嗎？為個人的衣食住行而不怕碰釘子，是寡廉鮮恥。為社會事業而不怕碰釘，是堅苦卓絕。不用著急，咱們有辦法，我就是沿街乞討去，也得辦學校。（叫）劉習仁！劉習仁！
劉習仁：（上）來了，老師。
辛永年：把扁擔抬筐拿來，拿來！
劉習仁：是！（下）
辛永年：珊！老王一個人挑不了這麼多的東西。我和運璞，習仁，也得挑一點，大概有三趟，就可以搬完了。你看家，餓了就烤個饅頭吃。
劉習仁：（拿著扁擔與筐，上）老師，我挑什麼？
辛永年：把那些書裝好。
劉習仁：（裝筐）
辛永年：（叫）運璞
辛運璞：（上）幹什麼？
辛永年：習仁，你跟運璞打鋪蓋。我挑書。
劉習仁：老師，書比鋪蓋沉啊，我挑書。
辛永年：我的書，不許別人挑，再說，你們嫩胳臂嫩腿的，就挑得動嗎？

劉習仁：我能挑！

辛運璞：我挑得動！

辛翠珊：伯伯，讓他們挑吧！

劉習仁：書上不是有一句：「有事，弟子服其勞」嗎？

辛永年：（笑）我是「以身作則」啊。（提提筐）瞧我的吧！（挑起）習仁，運璞，扛行李，走！

——幕下

第三幕

時　間：「七・七」抗戰之年，秋末。與前幕隔五年餘矣。

地　點：羅漢寺後花園。此寺即辛家由勤廬遷入者。

人　物：辛永年、辛翠珊、劉習仁、眾學生（甲、乙、丙……）、辛運璞、辛永壽、胡曉鳳、胡力庵。

布　景：羅漢寺之花園，小而幽靜。左側有茅亭，內置一石桌，四石凳。亭口稍向右，有石階數級。旁植短柏，亭與柏之間有甬道，供出入。左裡側至右側，斜排短籬，偏左有小門，上繞藤蔓。籬下殘菊尚存。右外側上端透露鐘樓一角，下有青松。

【開幕。辛著敝袍，在園內徘徊，手執舊報紙一張，時朗讀數行——抗戰的消息與議論。是日為他的生日，年五十矣。髮稍白，背亦略躬，而精神尚旺。自辦學校，未成，仍執教弗懈；今又失業，乃為鄉民設平民補習班，雖缺衣斷炊，弗綴也。翠珊因勞成疾，時，力疾緩步，由左邊甬道上，來尋辛老。

辛永年：（看報呻吟）說的對，這將是長期抗戰，長期抗戰！（見珊來忙趨前）珊姑娘，又出來幹嘛呀？你雖然不肯對我明說，可是我早就看出來，你的病已經不輕！可憐的好孩子！伯伯對不起你！為了我，教你吃這麼大的苦！

辛翠珊：（憔悴清瘦扶小樹，喘氣）伯伯，我沒有多大的病！

辛永年：沒有多大的病？別教我心裡難受了吧！跟我說真話吧？

辛翠珊：（強笑）真的，我說的是真話！

辛永年：（長歎）唉！今天又沒有米了吧？（趕緊往下說）不要緊！我跟和尚借去！（聽木魚響，慘笑）人家佈施和尚，我求和尚佈施！哈哈！

辛翠珊：別的日子沒米還可以，今天可不行！

辛永年：怎麼？今天有什麼特別呢？

辛翠珊：伯伯，今天不是你老人家的生日嗎？

辛永年：我的生日？就，就，就是啊！我，我，我也五十了！

辛翠珊：（很費力的往下跪）伯伯我給你拜壽！（磕頭）

辛永年：（淚下）起，起，起來！（把她扶起）翠珊！一個夢似的，我就五十了！我的事業在哪兒呢？教了二十年的書，我不怕窮，不怕苦，只怕沒有成績！可是，我的成績在哪兒呢？

辛翠珊：伯伯！你有成績！你教了幾千學生，你老盡心教他們，怎說沒成績呢？至少，我就是你的一點成績！我原來懂得什麼？我有什麼足以自傲的？什麼也沒有，我不過是一個普普通道的鄉下姑娘！可是，伯父你撫養我，教育我，我知道了，幫助你，服侍你，就是我一生最有意義的事！你的工作是最有意義的，所以我幫助你也就有了意義！是不是？伯父！

辛永年：是，是！說的好，孩子，（天真的）咱們爺兒倆什麼苦都能受，是不是？我就是你的靈魂，你就是我的膀臂，咱們在一塊兒，咬著牙幹，還怕什麼困難呢？我今年五十歲了，可是還並不老，我還得拚命讀書，拚命教書，一直到我死。死後，好教人說，辛永年不愧是個讀書的人。好孩子，你躺躺去吧。我待一會就去借米，再過些時，天氣冷了恐怕還得跟和尚借道袍穿呢！（苦笑）

劉習仁：（由園門匆匆上，衣長袍。未暇招呼翠珊，直奔辛去，至辛身前，猛跪倒）老師，我拜壽。（叩首）

辛翠珊：（含笑，點點頭，下）

辛永年：習仁，起來，你還記得我的生日？

劉習仁：（起來）別的事我可以忘了，老師一切的事，我一件也忘不了。老師，外邊還有幾個學生來拜壽，可以進來吧？

辛永年：不必了吧？國難期間，敵人都快打到這裡來了，還祝什麼壽？

劉習仁：他們都是誠心誠意的，老師要不見他們，他們必定很失望。

辛永年：他們拿著禮物沒有呢？我向來不收人家的東西。

劉習仁：禮物嗎？他們拿來一點；可都是預備和老師一塊兒吃的。一年只有這麼一天，先生也該跟大夥兒熱鬧一場。

辛永年：好吧，叫他們進來！等等，他們進來，可不要磕頭啊，鞠個躬就行了。

劉習仁：是。（向園門走幾步）你們都進來吧。

眾：（甲、乙、已畢業成人穿長袍；丙、丁、戊等則是十幾歲的中學生穿制服。各攜酒食）老師，拜壽啦！

辛永年：鞠躬吧！

眾：（鞠躬）

辛永年：不敢當，不敢當。

學生甲：老師，我們知道你不收禮物，所以我們拿來一點吃食，好和先生一一塊兒吃。

辛永年：好，習仁，我們就在亭子上吃吧；還有酒嗎？拿酒杯去。

學生乙：老師，我連杯碗都帶來了，怕這裡沒有這麼多。

辛永年：真細心。來吧，都上亭子裡來。

眾：（攜物隨師到亭中，稍一佈置）老師先坐下。

辛永年：（感激的）好，我坐，你們也坐。

眾：（坐下，倒酒）

學生甲：（持酒獻師）老師，我們給你祝壽。（眾隨之）

辛永年：（一飲而盡）謝謝你們，習仁，你也喝一點，這是壽酒啊！

劉習仁：（喝一點酒）老師，我請翠珊師姐去，好不好？』

辛永年：等一等再叫她來吧！我教她去休息一會兒。我知道，她的病不輕。可是沒法子教她休息；可憐的孩子！我很怕，很怕，她是肺病！（悲苦）況且，時局又這麼緊張。

眾：（默默相視）

劉習仁：老師，不要難過吧！老師辛辛苦苦教了二十午的書，老天爺不會沒有眼睛，（向學生們）來，我們祝賀老師教書二十年。

眾：（飲）

辛永年：（亦飲，不勝感慨）唉！教書二十年？只落　無衣，無食，君子憂道不憂貧，我不怕吃苦，可是教翠珊隨著我受罪，我的心中實在不安，習仁你說，老天爺有眼睛，要曉得咱們作好事並不為有好報應呀！我的難過，第一是為了翠珊，第二是為了我的平民學校……一點固定的經費也沒有，教我怎麼維持下去呢？在今天，咱們已經和日本決一死戰，小學，中學，大學教育固然要緊，平民教育也絕對不可疏忽，我們起碼得把平民教導明白，教他們知道寧可斷頭，也不去作日本人的奴隸呀！

學生丙：老師，不必發愁，咱們去募一點捐，維持費不就有了嗎？

辛永年：為我自己，我向來不求人。為公益的事，我差不多天天去求人，我不怕丟臉，不怕碰釘子，可是誰都幫過忙了，教我上哪裡再找錢去呢？

眾：（又默默相視）

辛永年：（勉強一笑）哈！向來不大吃酒，今天我要以酒澆愁了。（飲）

學生己：（滿頭是汗，由園門跑進來）辛老師，辛老師。

辛永年：怎麼？

學生己：老師，（跑至亭畔）老師，大喜，大喜。

辛永年：（立起）我還有什麼喜事呢？

學生己：老師，你作了我們的校長了，公文剛剛到學校，我就跑來給你送個信。

眾：真的嗎？

學生己：我們誰不盼著老師作校長？好容易盼到了，難道你們不願意相信嗎？

眾：（全持杯起立）老師，我們給你道喜。

辛永年：好，好。（扶住亭柱，似欲昏倒者）

劉習仁：（過來扶住辛）怎麼啦？老師。

辛永年：（顫抖，摸索著坐於亭欄上）

劉習仁：（小心扶持）怎麼啦？老師。

辛永年：（慢慢的）校長？校長？多麼重的責任呀！教書二十年，我天天盼望我自己能辦個學校。今天，我的夢成了真的，可是我有辦學校的本事嗎？況且，咱們們是正和日本打仗，萬一日本人很快的就打到這裡，我怎麼辦呢？我能率領學生去投降嗎？不能，絕對不能，我得帶著學生們搬走。怎麼走？這個責任，這個責任，我擔當得起來嗎？

劉習仁：老師，以你的經驗，道德，學問，辦個中學還不易如反掌嗎？

辛永年：一個小學，一個中學，一個大學，都一樣難辦，小學校長，中學校長，大學校長，都負著同樣的責任——盡責，還未必辦得好；不盡責，就應當入十八層地獄，因為他的罪是誤人子弟，你們看，我應當去就任，還是應當辭謝了呢？

眾：當然就職。

學生庚：（又一學生由園門匆匆走來）老師！（敬禮，看見己）怎麼？你已經來了？腿真快。

學生己：又有什麼新消息？

學生庚：（遲疑）啊……

辛永年：學校裡怎樣？

學生庚：我……

辛永年：說呀！

學生庚：前任校長，還有一部分學生，打算……

辛永年：打算……

學生庚：打算鼓動風潮。

辛永年：拒絕我到校就職，是不是？

劉習仁：（怒）誰？誰敢拒絕老師就職？（扯住庚）走！

辛永年：習仁，幹什麼去？

劉習仁：到學校去，去看誰敢不歡迎老師到校，講文的，我會說服他們，我知道老師是個最好的人，講武的，我不怕打架。

辛永年：胡說！我是政府委任的，要辭職不就，我向政府去辭；要到校，我是服從政府的命令，別人怎能干涉我呢？習仁，你跟著我這好幾年怎麼還是這樣粗鹵呢。

劉習仁：（低頭無語）

學生丙：（對丁、戊）咱們回學校看看去？

學生己：（對庚）咱們也回去吧？

辛永年：（看他們要走）你們回到學校，什麼也不准說，有人說我好，也好；有人說我壞，也好。我自有自己的主張，你們先不要亂說，免得發生口舌是非，聽見沒有？

眾：聽見了。

辛永年：還有，你們不要再來報告消息，省得被人家說你們是我的黨羽，去吧！

眾：（丙、丁、戊、己、庚，五人同敬禮而退）

學生甲：老師，我也走，老師忙吧！（向乙）你怎樣？

學生乙：也走，（向辛）老師忙吧！

辛永年：等等，我求你們兩個一件事。

學生甲：老師，請說吧！

辛永年：假若我去就職的話，這個平民學校，就由你們倆和劉習仁照應著。習仁能教他們，你們倆幫著辦辦事務。至於經費，只要我拿到薪水，我可以捐出一半來，你們倆有工夫沒有？

學生甲：老師的托咐，我們還能不服從嗎？

辛永年：還不僅是服從不服從的話，你們肯幫忙，就得真盡心盡力，你們曉得我是一個蘿蔔一個坑的人，大概不會怪我這樣直言無隱吧？

學生乙：老師，放心吧！我們倆一定盡心。

辛永年：那好極了，這些東西（指杯盤）你們拿去吧！

學生甲：先放著吧！晚上我再來取。

辛永年：習仁，替我送一送。

學生甲：老師還這麼客氣嗎？

辛永年：老學生了，該當送一送。

學生甲：（同乙告退，習仁相送）

劉習仁：（送到園門，望）找誰呀？

辛運璞：（在園外）辛老師在這兒嗎？

劉習仁：誰？運璞哥

辛運璞：（應聲而至，穿軍裝，已為下級軍官矣）習仁。

劉習仁：（跳起來，相抱）運璞哥。

辛永年：誰？

辛運璞：（舍仁，奔至亭畔）爸爸，我，（跪下行禮）我來給爸爸日叩首拜壽。

辛永年：（下亭來，俟璞立起，揉老眼注視）運璞！我的運璞！（狂喜）習仁，你看看我的運璞，看看他的身量，他的模樣，他的威風，當初，我說他最適於作個軍人，你們——連他自己——都有點不信，看，今天你們看，我的老眼到底比你們的強呀！這才是個真正的新中國人，強壯，勇敢，漂亮，忠誠，嚴肅。（看亭內）運璞，我給你點什麼吃呢？

劉習仁：老師，我可以不可以敬師兄一杯酒？

辛永年：怎麼不可以？平日你粗鹵，今天又太細心了。

辛運璞：我先敬父親一杯酒，祝你老人家長壽。

辛永年：咱們一齊喝，習仁，倒酒。（酒倒好）來！

（飲）

胡曉鳳：（已出嫁，穿旗袍但仍天真，活潑，愛運璞不減往日。提兩活鴨至園門來）

辛永年：誰？

胡曉鳳：曉鳳特來給伯伯祝壽。我磕頭，還是鞠躬？

辛永年：鞠躬吧！

劉習仁：（接過鴨去，置於地上）

胡曉鳳：（鞠躬，既畢，向璞）我在門口就看見了你，可是不敢認。你的身量更高了，你的……哈，你的軍衣穿的多麼合身好看呀！你看我變了沒有？告訴你，我結了婚，可是我不愛他，也沒有孩子。

辛運璞：（呆視她，不知怎樣答話好）

胡曉鳳：運璞你總得住幾天吧？啊！伯父現在叫運璞上我那玩玩去吧？走！（拉他）

辛運璞：我……（不敢去）

辛永年：運璞，你請了幾天的假？

辛運璞：三天。

胡曉鳳：怎麼只請三天假呢？不能多住幾天嗎？

辛永年：（轉變嚴肅）運璞，你剛進來的時候，我喜歡極了。我看見了我的兒子，還能不高興嗎？可是，現在，別怪我，我要不客氣的責備你了，你是軍人，怎麼可以為了父親的生日，而忘了現在正在作戰不應當離開隊伍呢？是的，是的，我曉得你的心意：你是以為第一，父子有二三年沒見了；第二，今天又是我的五十正壽；第三，一旦你到前線作戰，生死存亡都不一定；所以你要回來看看。這是你的一片孝心，可是你也該記得委員長的話：現在，我們應當盡孝於民族，今天你是國家的軍人，而不只是你父親的兒子。運璞，聽爸爸的話，吃點東西，馬上回營，我不准你再多停留一會兒，趕緊走，好好的盡職作戰。「死」是你的，我的，也是一切人的必然的歸宿；但是「我們」要死得光榮，你要能死在戰場上，我要能死在學校裡，咱們父子就算沒白作一回中華民國的國民！

胡曉鳳：伯伯，你老人家未免太狠心了，無論怎樣，也得叫他住一夜呀！

辛運璞：爸爸說的對，我走，翠珊姐姐呢？

辛永年：看看她去吧，她，她病了。

辛運璞：（欲去，有不捨曉風之意）

胡曉鳳：我也看看她去。（同璞往甬道走）

辛永年：曉鳳，你回來。

胡曉鳳：（不得已的回來）

辛運璞：（回首望了望，獨自走去）

辛永年：曉鳳，我告訴你，趕緊催運璞回營，他是軍人，在作戰時期，一個軍人應當什麼也不愛，而只愛他的家。

胡曉鳳：我曉得。

辛永年：好，至於你，你已經出了嫁，就別因為舊日的……（不便說明）教家庭不和睦！

胡曉鳳：（氣）我拿運璞不過當個師弟看，還有什麼關係呢？

辛永年：「防微杜漸」，你要記住。不然的話，會鬧得大家都不安，那又何苦呢？

胡曉鳳：（微怒）倒好像我專會瞎鬧似的，伯伯，你有你的好處，不過有時候做事也太過火。（更怒了一點）我告訴你，伯伯，把我的脾氣招起來，我有時候也會故意的胡鬧。

劉習仁：風姐姐，看看翠珊姐姐去吧！她很想你呢！

胡曉鳳：好，我去，伯伯，你放心！我不會把運璞弟弟教壞了。（急下）

辛永年：唉，習仁，把這些東西收一收，拿到屋裡去。我在這兒再休息一會兒；心裡很亂，很亂，或者我是真老了，擔當不起重任了吧？

劉習仁：不老，老師你起碼得活到九十歲。（收拾東西）

辛永年：（笑）活那麼大的歲數幹嘛？還不是白糟塌糧食。

劉習仁：你要明白糟蹋糧食，老師，我一天也不用再活著了。（端著東西往亭下走）

辛永壽：（更衰老一些，但服裝相當的整齊，自園門來，與仁相遇，隨手把酒瓶拿起）有酒，美呀，還有菜，都拿回來。

劉習仁：老師教我拿到屋子裡去。

辛永壽：拿回來，我教你拿回來，你就得拿回來。

辛永年：老二來啦？

辛永壽：哥哥，我來拜壽，得給我點壽酒喝啊！

辛永年：習仁，拿回來吧！

劉習仁：（瞪壽一眼）是！（往亭中走）

辛永壽：哥哥，請坐吧！

辛永年：老弟兄，說說就都有了。

辛永壽：（跪，叩首）

辛永年：（攙弟起）老二，你近來混得不錯吧？衣服整齊了，臉上也有了肉啦，（蹲於亭階）可是為什麼又是幾年不回來呢？

辛永壽：（仍立階下）我說過，我不發財不見你，所以這幾年我寧肯東漂西蕩，也不回來。現在雖然還是沒發財，可是近來幫胡力庵作點事，吃穿都不成問題了。（得意）

辛永年：幫他幹什麼呢？

辛永壽：他在黃家莊街上開了一間門面的小鋪，教我和劉二給看著。

辛永年：賣些什麼呢？

辛永壽：沒有多少東西。自然，我說不清到底有多少貨，因為劉二經管一切，我不過給照應照應門。

辛永年：（疑）噢！生意多不多？

辛永壽：好像不太多，晚上上了門以後，倒時常有人來，好像開會似的。

辛永年：胡力庵也去？

辛永壽：他也去。

辛永年：（立起來）老二，我想你不會怪我心眼太多吧？要是可能，還是不幫助胡力庵好。

辛永壽：他的人並不壞！

辛永年：我也沒說他是壞人！不過，他沒受過教育，你要知道！沒受過教育的人，有時候無心中就會作出錯事，甚至壞事來，因為他無知！而且，在這兵荒馬亂的時候，誰知道誰安著什麼心呢！

辛永壽：他常跟我念道哥哥，他說，老大太大方了，自己有本事，可不去掙錢，偏偏愛當窮教員，他最不滿意的是曉鳳沒能跟運璞成了親。我看得出來，他雖然沒受過教育，可是知道敬重讀書的人；看樣子，他很佩服大哥！

辛永年：恐怕不是佩服，而是要利用我！

辛永壽：利用大哥？

辛永年：他有錢，我有學問。他有勢力，我有名聲。你明白了吧？

辛永壽：我，我明白！

辛永年：因此，你也得小心！他抓不到我，可會抓到你；因為你是我的弟弟。你還常喝酒嗎？

辛永壽：（慚愧的）天天喝，力庵供給我的酒喝。

辛永年：老二，你要是不戒酒，我告訴你，就能教人家把你賣了你還不知道價錢呢！

辛永壽：我還不至於那麼糊塗吧？算了吧，大哥，那些話咱們明天再說，今天我是來給哥哥拜壽，總得教我喝點吧？（入亭）

辛永年：（無可如何）唉！喝吧，老二，誰教今天是我的生日呢！習仁，給你師叔斟酒。

劉習仁：（遞酒）師叔請酒。

辛永壽：（飲，咂嘴）好，好酒，二鍋頭。

胡力庵：（從老遠就喊）大哥，辛大哥。

辛永壽：說曹操曹操就到，胡力庵來了。

胡力庵：（一入花園門就作揖）大哥，我來給你道喜，老二也來啦？（到亭畔）大哥，大喜，這太好啦！在老年間，中學校長都呆頂子花翎，是好幾品的官啊！好，好，大哥有一步老運。

辛永壽：（自斟自飲）

辛永年：來，坐一坐。我也是剛聽說，委任狀還沒送到呢。

胡力庵：那還能有錯兒嗎？（掏出電報）這不是省裡來的電報？對不起，我已經先看過了。

辛永年：（看電）

胡力庵：習仁，你這小夥子總算有眼睛。平日，我還說：這小夥子死跟著辛老師，有什麼前程呢？今天，我明白了。辛大哥作校長，你還不是管賬先生嗎？有油水的事，我告訴你。

劉習仁：（沒好氣，但看老師在旁，不好作聲）哼！

胡力庵：（看亭內酒食。又看地上的兩隻活鴨子）大哥，這是我家裡的鴨子，我的鴨子我認識，誰給送到這兒來了呢？

劉習仁：曉鳳送來的。

胡力庵：曉鳳家的鴨子，也還是我給她的，所以我認識。咳！我怎麼忘了拿點禮物來呢？

劉習仁：這是曉鳳送來上壽的，不是為賀喜的。

胡力庵：我真該死，今天是大哥的好日子呀？我怎麼忘了呢！得啦，頭是現成的，磕幾個吧！（不容分說，跪下就磕）

辛永年：老弟兄了，真不敢當。（收起電報，扶胡起）

胡力庵：（起來）太好啦！多麼巧啊，正作壽，就又作了校長，我沒把電報看錯吧？大哥，你轉了好運，從今以後，你要不發財，把我的眼睛挖出來。

辛永年：（並不熱烈的）怎樣？喝兩盅吧？

胡力庵：不能這裡喝！劉習仁，不要到外邊去說，今天是你辛老師的生日。辛大哥，等你把學校接過來，由我發帖，請酒：作壽，升官，二歸一，咱們請上它十幾桌客。

辛永年：（不耐煩）我請不起客。

胡力庵：你全不用管，都交給我辦就是了。還告訴你，咱們絕賠不了錢，我一輩子不幹賠錢的事。明天，我就先給你裁兩套衣裳，作了官，不能再這麼破破爛爛的，還有，（欲言不言）啊，劉習仁，你出去一會兒，行不行？

劉習仁：（不動）

胡力庵：大哥，教習仁出去一會兒。

辛永年：（向仁點了點頭）

劉習仁：（無可如何的下亭，由甬道出去）

胡力庵：（見神見鬼的）大哥，你知道我在黃家莊開了個小鋪子？

辛永壽：（看了看胡，仍自斟自飲）。

辛永年：知道。

胡力庵：那不是我開的，不過給頂個名兒。

辛永年：誰開的？

胡力庵：天津下來的人開的。

辛永年：（奇）他們是幹嘛的？

胡力庵：都是有頭有臉的人，穿著打扮都很闊氣。

辛永年：他們要幹嘛？

胡力庵：他們來預備預備！

辛永年：預備什麼？

胡力庵：大哥你看哪，天津，北平，全丟了。咱們打不過日本人！

辛永年：你怎麼知道？

胡力庵：事情就在眼前擺著呢，咱們打一仗敗一仗，還有什麼可說的呢？

辛永年：（氣）胡力庵，你願意咱們打敗了！

胡力庵：什麼話呢？誰不盼著咱們自己打勝仗？可是，咱們打不了勝仗，咱們不得想想主意嗎？

辛永年：想什麼主意？

胡力庵：我想不出，天津下來的那夥人給咱們想了主意，他們都頂透亮，跟諸葛亮一樣。

辛永年：他們怎說？

胡力庵：他們說，老胡——你瞧！真夠朋友，一張嘴就叫我老胡，不用提多麼親熱啦！——老胡，日本人就快打到這裡，你的房子，你的地，可能雙手搬了走？我就說，搬不走呀！可是日本人就會那麼快打到這兒嗎？他們說，老胡，你看在北平天津咱們有十萬大兵，都擋不住日本人，就憑咱們這個小地方，還算一回事嗎？日本人不用打，只要由這裡過一過，咱們的房子就得一掃而光，莊稼就全教人馬踏完！我一聽呀，人家說得近情近理，簡直嚇得魂不附體啦！我跟他們要主意，他們說，好漢不吃眼前虧；別等日本人來到，咱們先投降呀！他們說，只要咱們這一帶出來幾位體面的人，由他們領著去見日本人，日本人就會派咱們自己的人作地方官。等到日本兵過來的時候，準保規規矩矩寸草不動，我一聽到這兒，我心裡念了阿彌陀佛。

辛永年：（氣得只好發笑躲開）哈哈哈哈！

胡力庵：（跟著辛）大哥，你還笑呢？倒彷彿日本人快打到家門口是鬧著玩的事。他們教我保舉幾個人，我頭一個就舉出大哥來，我說，辛大哥是我們鎮上的諸葛亮，可以作縣長。我自己呢？自知無才，我只願幫助大哥，給大哥管管賬，別的我不會，我可會打算盤。你看，大哥我公道不公道？我有地，有房，有錢財，一輩子就沒作過官，這回，能進了縣衙門，哪怕是屁大的官兒呢，總算有過了功名，不白活這一世！大哥，你說是不是？

辛永年：（大怒）胡力庵，你滾出去！

劉習仁：（在甬道窺探，見情形，忙跑去找運璞）

胡力庵：怎麼了？大哥！難道我作錯了事。

辛永年：（喊）你錯到了底！

胡力庵：我錯到了底？事情，我全和老二商議過，他也願意，保舉的名單，還是他寫的呢！不信，你問他。

辛永年：（如老鷹抓小雞似的，把壽拖下亭來）你說！

辛永壽：（已醉，東倒西歪的掙扎）說什麼？

劉習仁：（同璞、鳳、珊來。璞攙扶著珊）

辛永年：（一個嘴巴打下去）你也還是我辛家門的人？混帳東西！
劉習仁：（急跑過來）老師！（拉住辛）
辛翠珊：（極困難的疾走）伯伯！爸爸！
辛運璞：（仍扶珊）爸爸！叔叔！
胡曉鳳：（立稍遠，不敢過來）
胡力庵：（害怕，藏在女兒身後）
辛永年：（鬆開手）老二，你說，你幹的什麼？
辛永壽：（羞惱搖幌著身子，手摸著腮）老大，你敢打我？（要動武）
劉習仁：（掩護辛）你敢，你敢過來就沒有了你的命！
辛翠珊：習仁，你敢！（向辛）伯伯，你作了一輩子教師，怎可以跟自己的手足弟弟打架呢？
辛永年：珊姑娘，你去問問他，該不該推舉我去做漢奸？亂臣賊子，人人得而誅之，打他還太輕了呢！我是他的兄長，應當管教他。
辛翠珊：爸爸，怎麼回事？
辛永壽：我不知道。問他！（指胡）他教我幹什麼，我就幹什麼；要不然的話多他就不給我酒喝了。
辛翠珊：噢！爸爸！（氣泣）
辛永年：你個只圖口食，而忘了廉恥的東西！（欲再打）
辛運璞：叔父，你這邊來！（扶叔父走近辛，向胡）胡大叔，到底怎麼事？
胡力庵：我全是好意，不知道怎麼地竟惹惱了你父親。
辛永年：胡力庵，從今以後，你我誰也不再認識誰，聽見沒有？
胡曉鳳：（怒）伯伯！我父親又作了什麼大逆不道的事，你就和他絕交呢？
辛永年：你是他的女兒，還會不知道？你知道而不勸告他，你還算個受過教育的青年不算？
胡曉鳳：我不住在娘家，我真不知道。
辛永年：日本人還沒打到，他就勾結匪人，預備投降，他還推舉我去遞降表，他還是中國人不是呢？問問他！
胡曉鳳：（氣）爸爸，真的嗎？
胡力庵：我是為保全我的房子，我的地，我的財產不是白揀來的，不能隨便的丟了！再說，辛二爺也願意，他說我想的對。

劉習仁：（怒）我先教訓教訓你吧！（撲過來）為你的幾間破房，幾畝臭地，你就賣國？

胡曉鳳：（擋住仁）習仁！

劉習仁：你難道也願意作漢奸？

胡曉鳳：他是他，我是我，不要一概而論，爸爸，你走。

辛永年：（向仁）教他走。

胡力庵：真沒想到遇見這麼一群糊塗人！（匆匆走去，又停住）曉鳳跟爸爸走。

胡曉鳳：（憤）我……我還在這兒多待一會兒呢！

胡力庵：孩子，你不要「吃裡爬外」呀！你要是跟他們串通一氣，不聽我的話，我可就不再給你錢花。

胡曉鳳：那，隨你的便。

胡力庵：好，好，從此你不要再進我的門！（下）

辛永壽：力庵，等等我，一塊兒走。（走）

辛永年：回來！

辛永壽：（假笑）我不回來，我走！

辛翠珊：（追）爸爸！

辛永壽：誰是你爸爸？你心中只有個伯伯，沒有父親。

辛翠珊：爸爸！難道你不知道伯伯是好人嗎？

辛永壽：好人又怎樣！（仍走）

辛翠珊：（趕）爸爸，你回來！

辛永壽：捨不得我，就跟我走。

辛翠珊：（停住）你要聽伯伯的話，我就跟你走！

辛永壽：聽他的話，我聽高粱酒的話。（走）

辛翠珊：爸爸！（昏倒）

胡曉鳳：（急扶珊而已遲）

辛運璞：（急跑過來）姐姐！姐姐！

辛永年：（趕過來）翠珊！翠珊！

【時敵人的飛機，掠空而過。

辛運璞：（仰看）敵機！快，快伏下來！

眾：（伏下）

【飛機漸遠，眾起。

辛永年：翠珊！

辛翠珊：（甦醒）伯伯！

辛永年：（對大家）敵人的飛機已經到了，恐怕此地不保！運璞，一分鐘不要再耽擱，即刻回營！不要掛念著我們，一心全放在國事上！中國不會敗，只要咱們拚命抵抗，聽明白沒有？

辛運璞：明白！爸爸，你怎麼辦呢？

辛永年：我帶著學生走！政府派我作校長，我不能帶著學生去投降敵人，多帶走一個學生，就減少一個奴隸呀！

辛翠珊：伯伯，我跟你走！

胡曉鳳：你的病這麼沉重，怎能走呢？

辛翠珊：（激昂憤慨）我走！我能走，我不能離開伯伯！就是死，我也死在伯伯的眼前，死在有青天白日旗的地方！

辛永年：好，好孩子！習仁！我馬上到學校去？辦理遷校的事。我把翠珊交給你，假若我先走，沒工夫再回來，我就叫人通知你，我走的方向。你等她病好一點，一同趕來！

劉習仁：是！

胡曉鳳：伯伯！我呢？

辛永年：你得回家商議去，我不能替你作主。

胡曉鳳：萬一敵人真來到，我爸爸真作漢奸，怎麼辦呢？

辛永年：盡你的力量去勸他！

胡曉鳳：他要是不聽呢？我剛才已經得罪了他！

辛永年：父女之間，吵幾句嘴還算得什麼。

胡曉鳳：伯伯，你也帶我走不好嗎？

辛永年：先看一看，你暫時留在這裡，天天勸告你的爸爸，實在沒法子住下，你再追我來！

胡曉鳳：伯伯，往常我有許多任性的地方，不瞭解你老人家的地方；今天我才完全看清楚，你是一位真正的正人君子。（摘下金鐲子）伯伯，你拿著吧，好作路費。

辛永年：那……

胡曉鳳：（悲）伯父，我父親要真作了漢奸，我就沒了爸爸。伯伯，你就收我作個女兒吧！（跪，雙手獻鐲）

【飛機聲又起。

眾：（靜聽）

【遠處投彈聲。

辛永年：事情緊急了！運璞，快走！曉鳳，快回家！習仁，翠珊，快進去。

眾：（急下）

——幕下

第四幕

時　間：前幕半月後。

地　點：鄭州車站附近小旅館。

人　物：辛永年、胡曉鳳、劉習仁、辛翠珊、學生十數人（甲、乙、丙……）、林老闆、陳一新、白雲起、警察、李站長。

布　景：旅館中之一間「通艙」。左側有門，通院中，壁上有破舊的廣告畫，及臭蟲血作的花紋。壁腳置鋪蓋卷一列，蓋學生皆席地而睡也。只有一個床，置右外側，原是為辛校長預備的，但已讓與一個害病的學生。破桌破凳茶具數件，與箱筐網籃等。雜置室中，賴辛校長講整潔，故尚顯不出污濁混亂。校旗一面半捲著，斜依牆角。

【開幕：火車行駛聲，汽笛聲，一學生（甲）倚壁流淚。一學生（乙）臥床呻吟。辛校長備受艱苦，心勞體倦，而仍泰然處之；時方清理桌椅，使破屋中略見秩序。

辛永年：（工作了一會兒，直一直腰，坐下，向甲）不要再哭了！國難期間，整個的中華到處可以為家呀！想家？想家就得長志氣，學本事，打回老家去！過來，跟我說說話兒！

學生甲：（抹抹淚，過來）校長，我自幼兒沒離過家門一步，怎能不想家呢？

辛永年：（同情的）一點不錯！我也和你一樣呀，我幾時想到過，會帶著大批的學生流亡呢？不過，事到臨頭，就得橫心，咬上牙幹哪；啼哭有什麼用呢？你看，連我這老頭子還忍得住呢，你年輕輕的倒吃不消這點苦處嗎？

學生甲：校長，你說的對！開封離這裡還有多遠啊？

辛永年：不遠，不遠！要不是火車太擠，咱們不是已經早到了嗎？剛才我又派人打聽去啦，只要一有車，咱們一眨眼就到開封！

學生甲：（高興一點）開封，地方很好吧？

辛永年：好得很！凡是中國的地方，我覺得都好！（立，走向乙）

學生甲：（隨著辛）

辛永年：（走至床側）好點了吧？

學生乙：好多啦！就是腳還疼！

辛永年：那就不要緊了，打盆水，我給你洗洗腳吧？

學生乙：校長，你休息休息吧！這些日子，你受了多少累。

辛永年：沒關係，我吃慣了苦，平日又有點武功，所以你們能受的，我就能受。只要你們無災無病，平平安安的，我就放心了。

林老闆：（進來）辛校長！

辛永年：（轉身，走過來）林老闆，來坐！

林老闆：不坐了，校長，（很客氣）我還是問問，那點賬今天能開不能開？

辛永年：教育部的電，你知道，我已經打出去了兩天，大概因為軍事緊急，電報太慢，所以還沒有回電。我想，一半天總會有消息的！

林老闆：噢！（還勉強的客氣）那麼校長能不能先支給我一點零錢呢？

辛永年：林老闆，我要是有錢，就決不會等你來催，我不是愛拖泥帶水的人。

林老闆：（漸不客氣）校長可也得給我想想，我店裡頂大的一間房，你們占著；天天我得打退多少客人，耽誤多少生意，可是你這兒是分文不見。這個兵荒馬亂的時候，什東西都貴，燈油炭火，我們沒地方去賒，你可不付我的賬，這像話嗎？

辛永年：（痛苦）我知道我對不起你。

林老闆：（更不客氣）這就完了。你知道，可是不想法子去弄錢，難道我們開小店的還「倒找」給你兩個錢嗎？

辛永年：（慚愧）老闆，老闆，別那麼說話。

林老闆：（極不客氣）教我怎麼說法呢？住我的店，給我錢，沒有錢，請出。

辛永年：（頹然坐下）唉！

學生甲：（不平）老闆，你不要這樣子。

林老闆：要怎樣呢？難道你們白住我的房，我還得給你們道謝嗎？

學生甲：你糊塗。

林老闆：我糊塗？你們明白，校長，學生都是讀書人，欠帳不，還罵人，到底是誰糊塗？我真不敢說。

辛永年：（向甲）你少說話，（走近林）老闆。

林老闆：好吧！好吧！別再說啦？我沒工夫。乾脆一句話，沒錢，趕快搬出去。

學生甲：偏不搬看你怎樣？

辛永年：（向甲）你少說話，（走近林）老闆，老闆，再容我一半天，部裡的電報必定會到。

林老闆：我不要電報，我要錢。（往外走）

辛永年：（趕上去）老闆，看在我這些白頭髮上，你寬兩天的限吧！遲日子，遲不了錢，我不會欺騙你。

林老闆：（在門口）誰也沒說你會欺騙。我的買賣小，賠墊不起，我真著急。

陳一新：（在院中）林老闆，又跟誰鬧氣呢？

林老闆：不是我愛鬧氣，是客人太不講情理。

辛永年：（往門口外望了望，回來，徘徊）我一輩子沒有不講道理過，唉！

陳一新：（衣著闊綽，看見辛）林老闆，那位老人是不是姓辛啊？（趕過來看）是，辛老師！

辛永年：（立定）誰？

陳一新：（進來）我，陳一新你忘記了吧？十年前，我跟老師念過書。

辛永年：（細看）我想起來啦！不錯，不錯，你是陳一新。

陳一新：老師，（看林欲走開）林老闆，過來，（看林不動，拉他過來）這是我的老師，頂有學問道德的老師，老闆你多照應。

林老闆：陳先生，你常來常往，準知道我的脾氣；我對客人沒有不克己的地方，無奈這位老先生，帶著一群學生，好幾天啦，茶是茶，水是水，可是一個銅板沒給我，我受得了受不了，你說。

辛永年：唉，陳一新，我給教育部去了電報，一半天必有回電，指示辦法，我不會白住林老闆的房。

林老闆：（又急）老說電報，電報不是鈔票啊！

陳一新：林老闆，別著急，（摸口袋）這兒是一百塊錢，你先拿著，其餘的賬，我也擔保，別人我不知道，我知道辛老師，你教給他佔便宜，他也不會。

林老闆：（面有笑容，接錢）按說，沒有這麼辦的。

辛永年：一新，你這麼辦，我心裡實在不大過得去。

陳一新：等部裡匯來錢，再還給我呀，老師。

辛永年：（點頭）難為你了。

陳一新：老師你還是這個脾氣。

林老闆：（欲走）辛校長，要開水吧？（四下一看）短什麼，你自管說話。買賣小，就作個和氣生財，你老歇著吧，校長。（下）

陳一新：老師，到我屋子裡坐會兒去。我那兒有贏好茶葉，老師喝一碗，咱們談談。

辛永年：（向甲）我到陳先生屋裡去一會兒，你看著他（指乙）一點。

學生甲：是啦，校長。

陳一新：（讓）老師請。

辛永年：你領路吧。

陳一新：是。（同辛下）

學生甲：咱們也不知什麼時候才能到開封？（坐在床上）我真想回家。

學生乙：家？恐怕已經教日本人給占了，我也想家，可是一看辛校長，我的氣就壯起來，老校長的眼睛就好比是強心針。

學生甲：（天真）真的，你這個比喻值一百分。

學生丙：（同丁進來）

學生甲：怎樣？有車沒有？

學生丙：（沒有好氣的坐下）沒辦法，校長要永遠走四方道兒，咱們就一輩子困在鄭州到不了開封。

學生甲：怎麼？

學生丁：兩個辦法：一個是大家硬往車上擠，一個是和站上要難民車，校長全不肯幹。往車上擠，他怕丟了同學，要難民車，他不肯寫公函，怕耽誤時間。他一心一意，非打票上車不可。我看見了，火車剛一進站，就連車頂上都是人，打票上車？笑話！我並不是說校長不好，而是說他太古板，這是什麼時候？還按規矩打票上車？沒辦法！

白雲起：（衣軍服同警進來）你們登記過沒有？

學生甲：登記什麼？

白雲起：住旅館有不登記的嗎？

學生甲：旅館裡沒告訴我們：

學生丙：（氣）他媽的不先給老闆錢，他什麼也不管。

白雲起：（誤會）你怎麼開口就罵人哪？

學生丙：（仍坐著）我沒罵你，我罵的是林老闆。

白雲起：你站起來！

學生丙：站起來幹嘛？（仍坐）

學生丁：你立起來就得！

白雲起：（向警一呶嘴）

警　察：（過去把丙扯起來）

學生丙：幹嘛？

白雲起：你是打哪裡來的？

學生丙：辛鎮。

白雲起：辛鎮？已經陷落了。

學生丁：我們是在陷落前逃避來的！

學生甲：（哭）家全完啦！家全完啦！

白雲起：（向警）檢查他們的行李。

警　察：（向丁）把箱子都打開。

學生乙：（由床上爬起來，一點一點的走向白）先生！我們都是學生，辛鎮中學的學生，敵人快打到我們那裡，校長把我們帶了出來。

白雲起：空口無憑，有證件沒有？

學生丙：（怒）我們什麼都丟了，還有證件？

白雲起：沒有？我把你（指丙）帶走。

學生丙：憑什麼呢？

白雲起：就憑你一未登記，二無證件，三由淪陷區來的，我是公事公辦，你說你是學生，我怎知道呢？誰准保你不是漢奸呢？

學生甲：（止住淚）我們能是漢奸？你太豈有此理了！

白雲起：（向警）把他（指甲）也帶走。

學生丁：要帶走就帶走，走！我也去。

白雲起：（向警）先檢查行李。

學生乙：（到門口）校長，校長，快來，他們拿人哪！

辛永年：（匆匆入）怎麼啦？（向乙）你快躺下去。

學生甲／學生丙：（一齊）校長，他要把我們帶走。

辛永年：（邊走邊問）誰呀？誰要把我的學生帶走哇？

白雲起：你，（注視）你，辛老師！

辛永年：是白雲起嗎？

學生甲：（欲扶乙上床去）

警　察：（阻止）

白雲起：（對警）你出去！

警　察：（一愣，慢慢走出去）

白雲起：老師，你怎麼跑到這兒來啦？

辛永年：日本人進攻辛鎮，我能等著投降嗎？

白雲起：老師，到了這兒，怎麼不登記呢？軍事緊急，到處嚴防漢奸。咱們不能不留點神哪！

學生丙：校長！你看，他要把（指甲）我們倆帶走，當漢奸辦！

白雲起：誰教你們不登記，不帶證件，又跟我發橫（去聲）呢。

學生丙：那，你沒看見（指校旗）我們的校旗嗎？

辛永年：（向丙）別再說！（向大家）你們都來見師哥！

學生丙：還是師哥呢，對我們那麼不客氣！

白雲起：（笑了笑）這，你們別怪我，要怪，得怪辛老師。

學生甲：怎麼？

白雲起：你看，當初我跟老師讀書的時候，同學們都嫌老師太認真，太嚴。趕到我出了學校，到社會上來做事，才醒悟過來，知道辛老師才是好老師，老師越嚴，學生得的益處才越多。我現在負責在這裡檢查，我不能隨便放走一個來歷不明的人！這，是跟辛老師學來的。

辛永年：（笑）說得好，說得好，不過，你還不夠認真的。

白雲起：是嗎？

辛永年：你看，你要是真正認真，為什麼不檢查我呢？

學生甲：對呀！

白雲起：（幽默的）檢查老師？老師你這一身破衣裳就是護照！（向眾）師弟們，別計較我呀！等你們上車的時候，通知我一聲，好省得開箱倒櫃的檢查行李，我相信老師，也就相信老師的行李。

學生甲：（扶乙上床去）

學生丙：還提上車，老師，要按著你的辦法，非打票不上車，咱們這麼多的人，就得永遠困在這裡！

辛永年：你到車站去了嗎？

學生丙：剛回來！每一列車，開進站來，就連車頂上全是人！票還照常賣，可是有票的上不了車！

白雲起：老師，你帶他們上哪裡？

辛永年：開封！

白雲起：那不成問題！

辛永年：不成問題？我困在這兒好幾天啦！

白雲起：去找站長啊，他也是老師的學生！

辛永年：誰呀？

白雲起：李素秋！

辛永年：他呀？他是站長？

白雲起：老師，跟著我走一趟，去看看他去！

辛永年：也好！（想了想）他要是還念師生之情，恐怕應當先看我來吧？

學生丙：（一齊暗伸大指）

學生丁：（一齊暗伸大指）

白雲起：對！我找他去，教他來看老師！

辛永年：你忙你的，不要為我的事而耽誤了你的工作呀！

白雲起：我反正要到車站去！

辛永年：那就勞你的駕吧！

白雲起：老師，晚上我再來看你！（敬禮，走）

辛永年：（要送客）

白雲起：（攔）老師跟我還客氣嗎？

辛永年：那就不送了！

白雲起：（下）

辛永年：（過去看乙）

【院中有一男一女吵架聲，越來越近，男是林老闆，女是曉鳳。

胡曉鳳：（嚷著走著）我已經碰了八個釘子，不能再跑，我的腳全腫了，非在這兒不可！

林老闆：沒地方呀！

胡曉鳳：沒地方我也得住下！（向辛的「通艙」走來）

林老闆：那裡有人！還全是男人！

胡曉鳳：男人怎樣？男人還把我吃了嗎？（已至門口）看我穿的破，給不起店錢嗎？你打聽打聽去！我是辛鎮的財主！

林老闆：（追至門口）是真沒房呀！

胡曉鳳：（闖入）沒房，我看看哪！（狀極狼狽，蓬頭垢面，衣襪污濁，僅提一小包袱）

辛永年：（回頭看，未認出）我們這裡都是男學生呀！

胡曉鳳：伯伯！（急奔過來，抱辛膝大慟）

林老闆：（探探頭，走去）

辛永年：曉鳳！曉鳳！家裡怎樣啦？快起來！好孩子，不哭！

胡曉鳳：（慢慢起立，仍泣。立起後，隔淚視辛，又慟）

辛永年：（見她還穿著單衣，脫下破袍來，覆她肩上）

胡曉鳳：伯伯！

辛永年：別再哭！家裡怎樣了？

眾：（圍攏來聽）

胡曉鳳：（拭淚）全完了！全完了！我家裡住了日本兵，我的丈夫……（再泣）

辛永年：（急問）怎樣？他怎樣？

胡曉鳳：教日本人殺了。

辛永年：（扶她坐下，飲水）

胡曉鳳：（一一飲而盡）什麼都完了！什麼都完了！

辛永年：你父親呢？

胡曉鳳：（咬牙）提他幹什麼？他先頭給日本人弄糧草，找雞鴨，忙的不得了！為是保護他的財產，哪知道日本人還是把他的房子地搶去了。他不答應，跟他們爭，後來，後來就給日本人把他殺了！我自己把爸爸和丈夫埋了，就連夜跑出來，沒想到，在這兒碰到了伯伯啦！我可有了主心骨。伯伯。你願意帶著我走吧？伯伯，我什麼都沒有了，你就是我的親人。

辛永年：伯伯有飯吃，你就有飯吃！伯伯有地方住，你就有地方住。

胡曉鳳：（喜）好伯伯！好伯伯：我這就放心了。

辛永年：翠珊和習仁呢？

胡曉鳳：他們也快出來了。我先走一步，所以先到了。

辛永年：（極關切的）翠珊的病怎樣？

胡曉鳳：還，還不大好。加之，她同師叔生了一場氣，因為，師叔當了漢奸。翠珊勸他出來，他不肯多，翠珊為了這，真生氣，於是她的病更見重了！

辛永年：好孩子！有志氣，有血性，不過，走這一路，她受得了嗎。

胡曉鳳：有時候，習仁背著她！

辛永年：我很怕呀，曉鳳，她會死在路上的。

胡曉鳳：有習仁照應著她，伯伯儘管放心吧！

辛永年：我看哪，我得接接她去。

胡曉鳳：你怎麼能行呢？這群學生在這兒，怎能分身呢？

辛永年：難！難！曉鳳，你知道，我跟翠珊是相依為命啊！他要是有個長短，我，我活不了。

胡曉鳳：先別那麼想，伯伯！我從此就是你的女兒，我也會幫助你，像翠珊一樣的幫助你，再說，這群學生也都是你的兒女呀！

辛永年：（點頭）唉！唉！總算我沒有白教過你們！好！

好！（沉默一會兒，由懷中掏出金鐲子來）曉鳳，這是你的，還是物歸原主吧！你什麼都丟光了，也得去買件衣服呀！

胡曉鳳：伯伯，你怎麼啦？我剛剛說過，從此我就算作你的女兒，你怎麼還這樣分彼此呢？

辛永年：告訴你實話吧，曉鳳，我已經因為沒錢，受了不少的侮辱，剛才我還叫這裡的老闆罵了一頓；可是，我到底沒敢變賣你這對鐲子。山河易改，秉性難移，我的脾氣如此，你不要再客氣。

胡曉鳳：我不是客氣。

辛永年：不管是什麼吧，你收起來好啦！要不然，我的心就日夜不安！（遞）

胡曉鳳：（不接）我要是送給珊妹妹呢？

辛永年：那，你親手交給她，我不管。

胡曉鳳：伯伯你可真死心眼。好，我收，等她來到，我再交給她。（收起鐲子）啊，伯伯，為什麼不把旗子（指校旗）插在外面呢？剛才我要是看見校旗，何至到處去碰釘子呢？

辛永年：哼！旅館錢還沒付，還有臉去插上旗子？

胡曉鳳：不是呀，翠珊萬一來到，難道還叫她走遍全城找你嗎？

辛永年：這話對！這話對！我去！（去取旗）

學生丁：我去，老師！（取旗，走出去）

學生乙：（立起來）校長，我的腳好一點了，教這位小姐在床上歇一歇吧！

胡曉鳳：不用管我，（往四下看），伯伯，我先睡一睡啦。（才剛一歪下，就睡著了）

陳一新：（在院中）老師！辛老師！

辛永年：誰？進來！

陳一新：（進來，夾著一個布包）老師，李素秋來找你。

辛永年：也進來吧！

李素秋：（穿制服，非常的神氣，進來）老師，還認識我嗎？

辛永年：怎麼不認識？那年，在黑板上寫「辛永年是老頑固」的，不是你嗎？

李素秋：老師的記性可真好。

林老闆：（持電報提著開水壺進來）辛校長，這是你天天盼的電報！（向李素秋諂媚）站長，你看我給辛校長這間大房，好不好？又乾淨，又敞亮，（給大家倒水）告訴站長，連辛校長的開水，都是我親自來倒。

陳一新：林老闆，你算了吧！要不是我，剛才你就把校長趕出去了。

林老闆：（嬉皮笑臉的）那，我哪敢呢？（笑著下）

辛永年：（念）「電悉。校長熱心教育，深堪欽佩，本部除明令嘉獎外，並匯千元，請即日趕赴開封教育部。」

李素秋：這麼說，老師要上開封？

辛永年：對，有車嗎？

李素秋：老師都交給我吧！說不定今天就許有機會。

辛永年：不單是我一個人呀，我還有幾位同事和這群學生呢！

李素秋：當然。有了車，我前兩個鐘頭給你信。

辛永年：好極了，這兩天為了車，都快把我急死了。

李素秋：就那麼辦吧，老師，我忙得很，就不陪老師說話。

辛永年：你去吧！我就愛看青年們精精神神的，認真辦事。

陳一新：素秋兄，你走吧，我陪著老師。

眾：恭喜校長！校長受嘉獎！（李敬禮，下。眾生高興）

辛永年：嘉獎不過是鼓勵我，固然可喜；但還沒有我看見李素秋高興，因為他使你們能夠到開封，這，我的心裡就寬鬆多了。

陳一新：（打開布包，拿出一件綢面薄棉袍來）老師，眼看天就冷了，這是我的一點孝心。

辛永年：（說不出來什麼）這，這……

陳一新：老師，你給我是一輩子的好處，我給老師的不過是麼一點點東西；老師還肯拒絕嗎？

辛永年：（感動的歎氣）唉！

陳一新：（打開袍子）我給老師穿上，看長短合適不合適。

辛永年：（只挽一挽袖，並未看袍子）謝謝你，我一輩子還沒穿過綢袍子呢！好吧，難得你們這些學生，都這樣敬愛我，我受苦一世，今天可得了真正的安慰。誰想得到呢，到處都遇見學生，到處給我便利，真叫我有說不出來的快樂。（微笑沉默一會兒）

劉習仁：（在院中）辛老師！辛老師！

辛永年：習仁來了！（急往外跑）

劉習仁：（抱著昏迷的翠珊，進來。進門即跪下）老師，我對不起你，我沒把翠珊姐姐服侍好。本來我要她快點跟我出來，她，她一定要感化師叔，總算她成功了。她用盡心機勸導師叔，後來師叔果然覺悟了，我們出來的時候他已經當了游擊隊員。

辛永年：好孩子，翠珊，翠珊，（回頭叫）曉鳳，起來。

（抱起珊）

胡曉鳳：（醒）怎麼啦？（急立起，奔乙床去，向乙）你起來。（乙起來）

辛永年：（抱珊向床走）翠珊！（置珊於床上）

胡曉鳳：翠珊！

辛永年：好孩子！你能不能對伯伯說一句，就這麼走了嗎？

劉習仁：（也走過來）她在路上，已經昏過兩次去了。她會甦醒過來的！珊姐醒醒呀！辛老師在這兒哪！睜眼看看我呀！

辛翠珊：（微睜二目）

辛永年：我的好孩子，是我，是我，珊！

胡曉鳳：（倒一碗水來）翠珊。我也在這兒哪！喝口水，（見她不語）不喝呀？（即置杯於地）

辛翠珊：伯伯！我不行了！（淚下）

辛永年：翠珊，伯伯在這兒看著你，你會好的，別著急呀！

辛翠珊：伯伯！我不行啦！我拉拉你的手！

辛永年：拉著我的手吧！（把手給媳）你會好，一定會好！先歇一歇，別胡思亂想！

辛翠珊：（欲掙扎著坐起來）

辛永年：不要動，躺一會兒，你就好。

辛翠珊：伯伯，你在哪兒哪？

辛永年：我不是就在這裡嗎？你不是拉著我的手哪嗎？

辛翠珊：我看不見伯伯！看不見，我起來，我要看看伯伯。

胡曉鳳：（扶珊起來一點）你看見了吧？（仍扶著她）

辛翠珊：（點頭）我看見了！伯伯，我可看見你了！我死也放心了！（苦笑）爸爸終於悔過了；伯伯也終於看見了。

辛永年：不要說死，你會好的，你還得幫助伯伯呢！

辛翠珊：我說過，我死也要死在伯伯的眼前，死在有青

——天——白——日旗的地方！伯伯！伯伯！
（話音已不辨）

辛永年：翠珊！不要這樣說。（放平了她。立不住）

劉習仁：老師！老師！（扶坐椅上）

林老闆：（匆匆入）校長，李站長送信來，今天下午四點鐘就有車請你預備預備。

辛永年：啊！

林老闆：（下）

陳一新：老師，預備上車吧！師妹的一切，全交給我辦好啦。

辛永年：習仁，帶學生們上車，我等和翠珊一塊兒走！

劉習仁：老師，珊姐不是病著嗎？

辛翠珊：不要管我，伯伯，我要你去辦學！

辛永年：都是為了學生，才毀了我的翠珊，現在我不能再離開你了。

學生甲：（同乙丙都跪下）校長，你已經把我們帶出來，能夠半道上不管我們了嗎？

辛永年：誰都可以作你們的校長，我可是只有這麼一個姪女。起來，打點行李去。（眾起，收拾東西）

劉習仁：（掏出一封信來）老師，運璞哥的信，送到家中，珊姐姐給打開看了！他受了傷，到開封去入醫院，老師不願去看看他嗎？

辛永年：（沒接信，搖頭）運璞我已經把他交給了國家，用不著我再操心！翠珊是「我」的姪女，為「我」失掉了青春，失掉了健康！沒了翠珊，我的心就完全空了！我不能去！

眾：（歎氣，攙起辛，領之到屋中坐）

辛永年：（讓陳）請坐！

陳一新：校長，部裡給你的電報，不是還催你快到開封嗎？

辛永年：我沒有精神再辦學了！

陳一新：師姐的病，我負責醫治，老師到開封，離這裡不算遠，隨時都能來看看！

劉習仁：再說，運璞哥也在開封。

辛永年：（無語）

胡曉鳳：伯伯，我不是說，我這對鐲子是給珊妹的嗎？我馬上出去變賣，咱們給她治病。

陳一新：有了錢就更不成問題了。
辛永年：（仍不語）
學生甲：校長，就這辦吧！你說一句話。
辛永年：（長歎）唉！我說不出話來！我難受！我捨不得她！
辛翠珊：對，伯伯！你不能灰心，你快去吧！我好了就馬上趕到開封來！去，伯伯！
林老闆：（匆匆上）校長，李站長又派人來催了！（下）
辛永年：好吧，曉鳳你好好照應她。翠珊，伯伯走啦。
劉習仁：老師，你先走吧，我在這兒收拾東西！（對甲）
學生甲：（持號向外跑）先生們都在永安棧呢，我也去請！吹號集合！
陳一新：（對辛）請吧！我送你上車。
辛永年：（愣一會兒，慢慢的走向珊去）我等你，病一好馬上來！沒有你，伯伯辦不成教育！
辛翠珊：去吧，伯伯去辦學！
胡曉鳳：伯伯，你走吧！
辛永年：好！伯伯去辦學！（依依而去）
辛翠珊：（氣絕身死）
胡曉鳳：（叫）翠珊！（哭）

——幕緩緩下

三十二年七月十九日脫稿于北碚
三十二年十一月九日修改于重慶

二、小說：《落葉無限愁》

創作背景

一九四七年十月，趙清閣為晨光出版公司編輯的中國現代女作家小說散文集《無題集》出版。這本書所輯集的當時民國著名女作家的作品，是按照書主編趙清閣要求，提交了她們新創作的作品。趙清閣本人，也因此專門創作了小說「落葉無限愁」，編排在該書最後。

落葉無限愁

勝利給人們帶來了希望，也帶來了絕望！

把勝利比做天亮的人們，卻忘了緊跟著還有一個漫漫的黑夜！

從來嚴肅而又沉鬱的邵環教授，勝利這天居然也輕鬆快活了一次！他像年輕了許多，他象回到了大學的時代，他把唇上的一撮不大修飾的小鬍子剃了，他寫了一封很美很熱情的信給燦，他告訴燦：一切一切都應該開始新生了！尤其是他們的愛情。

但是一個月以後，邵環得到的回答是與「新生」背道而馳的毀滅——燦已經悄悄地走了。

「應該新生的是你們，不是我們！」

「所以你要追求真正的新生，必須先把所有舊的陳跡消除了。」

「為了這，我決定悄悄地離開你，使你忘了我，才能愛別人，忘了我們的過去，才能復興你們的未來！」

「我不希望你因為我的走而悲傷，更不希望我們會再見。」

「就這麼詩一般，夢一般地結束我們的愛情吧：天上人間，沒有個不散的筵席！」

邵環哆嗦著一字一字地念完這封信：他宛如從萬丈的高空墜落到無底的深淵！他茫然地晃了晃腦袋搖了搖身子，他意識到他已經死了一半！沒有悲傷，沒有恨，只是惶惑和心悸！

三天三夜，邵環不能恢復他以往的平靜，他不再像從前想得那麼多；那麼周到；那麼世故了；一個直覺的概念支配了他，使他失常；使他發狂；使他不暇顧及名譽地位；不暇顧及妻的吵鬧；和孩子們的哀求！這概念便是至尊的愛！它彷彿一股清風，吹散了千頭萬緒的現實生活中的糾紛；又彷彿一溪流水，沖淡了常常苦惱著他的那些理性上的矛盾；更彷彿一枝火炬，燃燒起埋葬了許久的熱情，而導引著勇敢的他邁向詩一般境界；夢一般的宇宙！

第四天的晚上，邵環向學校上了辭呈，回到家，把所有的薪金交給妻，不言語，納頭便睡。黎明之前，他輕輕地爬起來，只吻了吻酣寐中的兩個孩子，連看也不看一眼有著一副兇悍面孔的妻。躡手躡腳走出房門；走出關閉了八載的枷似的天井；走出數十級石坡坎坷的巷子；走出蜿蜒如帶的嘉陵江；走出重慶；走出霧！

邵環的身心隨著飛機翱翔於高空，他第一次感到猶如行雲般那麼輕快；那麼飄逸；活了四十餘年的生命，遽然得著一種昇華的超脫，化為嫋嫋青煙！俯瞰地面的山，水，樹木，城鎮，人群，都渺小得可憐，而只有愛是偉大的！愛是神聖的！愛能變成鴕鳥！變成鳳凰！愛能把他馱向樂園，馱向天國！他不屑於再回顧一眼那留在後面的景物，他的一雙眸子放光地直注射著前方一塊光朵似的彩霞，彩霞上幻現出一個美麗的靈魂！

不記得翻過了多少峻嶺；渡過了多少大川；終於，暮色蒼茫中飛機停落在高樓大廈的叢林裡，旅伴們歡呼看到了上海，邵環盲目地跟著旅伴們踏進這恢復了自由的土地上。

除了身上穿的一件破舊的呢夾袍外，只帶著一隻皮包，裡面有極少的零用錢，和講義稿子，一本小小的「親友簿」。邵環在「親友簿」上面查出以前燦寫給他的永久通訊處，他按著地址雇了一部人力車駛向林森路；駛向復興路；駛向陝西路，但怎樣也找不到亨利路亨利花園三十三號。他怕是車夫故意捉弄他，便開消了車子，一個人徒步邊走邊問著。誰知越問越糊塗，他不懂別人的話，別人也不懂他的話。漸漸天黑了，他彳亍於煩囂的馬路上，他的心開始忐忑了！忽然他發現一位北方口音的警察，於是才明白原來路名全改過了，亨利花園就在杜美路的東首拐角處。這麼一來，他懷著興奮的精神，借了霓虹燈的光輝，重新又去尋訪了，真的，「踏破鐵鞋無覓處，得來全不費工夫」，幾個轉彎，亨利花園便顯現到面前。

邵環停在三十三號的門外佇立了一會兒，盡力先讓自己鎮定，然後鄭重地去按著電鈴。一次；兩次；三次；四次……都沒有回音。他連忙抬頭眺望這幢孤立而高大的樓房，黑暗無光，一株株樹木，宛如一個個幽靈蹣跚在一座寺院前。這時一陣秋風，吹落了幾片葉子，打在他的臉上，他不禁悚然惶恐起來！「搬了家嗎？可是，燦告訴過他：這宅子是自己的，絕不可能遷移。已經睡覺了嗎燦？但從來沒有十二點以前安憩的習慣。那麼，就是出去應酬了。」這樣想，他又平安了！他便利用這個時間去找了一家旅館，草草地吃了一頓晚餐，躺在床上呆呆地看著錶。曾經有個可怕疑慮閃進腦海，他猜：燦會不會到別處去了呢？他沉思了一會兒，又很快地否認了，他記得燦有一次向他發誓地說：「一旦勝利，第一件事必須回到八年闊別的家。」因此，他判斷燦絕對在上海。

一點鐘一點鐘地過去了，邵環一次兩次地再訪亨利花園，樓房照舊沒有燈。夜深了，秋風更緊，馬路上行人稀少只落葉殺殺地飛揚著！他再也不能忍耐了，他不斷地按電鈴；不住地喊著燦的名字；他的聲音由清脆而澀啞；由平靜而顫慄；像深谷裡的獅吼；像幽林中的鷹叫；像孤鴻哀鳴；像杜鵑啼血……

「燦！燦！燦！燦！」

響徹雲霄；響徹夜空；響徹漫無邊際的原野！宛如沙漠裡西北風的哨子，迴盪著；迴盪著；從月出，到月落！

這一夜，亨利教堂的鐘聲彷彿沒停止過，在蕭瑟的秋風旋律裡淒切地斷續鏗鏘著！幾次吧昏睡中的病人從夢鄉喚醒，幾次她抬起了身子；聳起了耳朵；疑問地凝視窗外；凝視明月；凝視床頭的聖母像！

「聖母，是誰在叫我哩！是誰在叫我哩！」病人喃喃自語著。

驚動了一旁看護的老人，憂懼地連忙把病人按到被子裡，一邊吻吻她的額，一邊安慰著：

「好好地睡吧，孩子！沒有人叫你。」

「不，我聽到有人在很遠，又象很近的地方叫著我的名字！不信你聽，爸爸！」

老人果然也迷茫地聳起耳朵，向太空諦聽。

「沒有呀，那是教堂的鐘聲，孩子，你聽錯了！」

「你才聽錯了咧，爸爸！明明有人在叫『燦』，你再仔細聽聽看！」

燦固執地堅信著，並要推開窗子去瞧個明白。老人以為她是燒糊塗了，惶恐地喊了大夫來給她安眠藥吃，強迫她又入了夢鄉。

第二天的早晨。燦一睜開惺忪的眼睛，就看見床頭站著一個熟悉而又親切的人。她不禁怔了怔，然後揉了揉她那雙烏黑的眸子，再定神地注視著。

「燦！」又是昨夜的呼聲！

燦恍然地笑了起來，兩手抓住她已經認出的人，眶內閃著淚光！

「燦，我找得你好苦呵！我的腿快跑斷了，我的喉嚨也快喊啞了！」

「我聽見了！我聽見了！」燦狂熱地吻著她緊握著的手。

「你聽見了?你不是不在家嗎？」

「是的。我就是在這裡聽見的，這裡離我家不大遠。要不，就是聖母把你的聲音從風裡帶到我的耳邊！好幾次，我在夢中被你喚醒，我告訴我的父親，他不信！噢，爸爸，你現在該信了吧？就是他在叫我的！」燦說著向老人勝利地微笑。

「你對了，孩子，剛剛我回家的時候，邵先生還在叫你，據他說一夜都沒有住聲。」老人有些抱歉的樣子。

「真的嗎？環！那你不是一夜都沒有睡覺嗎？」

「豈止『一夜』？從你走後，我已經許多夜不曾閉過眼了！」邵環坐在床沿上，臉上的喜悅掩沒了疲憊。興奮地繼續說：「總算我又找到你了，找到你了！」

「什麼時候來上海的？」

「昨天下午。」

「你家裡知道嗎？」

「沒告訴他們。」

「為什麼？」

「我已經顧不了許多！」

「你勇敢了！」

「愛的力量！」

他們擁抱了！心貼著心，靈魂吻著靈魂！

老人悄悄地走出去，感動地歎了口氣！

「你病了？」

「是的。離開你，是一個嚴重的痛苦，看見父親又是一個太大的快樂；兩種極端的感情刺激，我經不起！因此，到了上海就病倒了，父親為了治療方便，把我送到這所教堂的醫院裡來。環，現在我覺得已經好啦！明天我就可以起床了。燦說著，振奮地用手撂開兩肩披散的長髮。

「上帝保佑你永遠地健康，永遠地像一枝雪山上的紅梅，孤高而芬芳！」環神往地沉吟著。

「上帝也保佑你永遠地年輕，永遠像伴侍紅梅的翠竹，堅強而儒雅！」燦的狂頰襲上了一層溫情的微笑。

有二十多個黃昏，那鋪滿了梧桐落葉的馬思南路上，經常徜徉著一雙儷影，男的穿一身藏青色西裝，女的穿一件絳紫色旗袍。遇到有月光的夜晚，儼然是一片雪光普照成銀色的大地，一枝紅梅倚著一杆翠竹，天然地構成了一幅美麗的冬景圖。

「你真的健康了！」

「你也真的年輕了！」

他們彼此頌揚著踏著落葉，蹣跚在暮秋的斜陽裡。忽然，燦想起什麼，止步在一排梧桐的盡頭。

「不過，我總擔心，有一天我又會病起來，你又會老起來。」

「為什麼呢？」邵環轉動著疑問的眼珠兒。

「因為那些足以傷害我健康的，和阻礙你年輕的細菌都還存在，而且也許還正蔓延著。」燦的聲音有些憂鬱。

「不要想那麼多，燦！橫豎我已經決定什麼都放棄了。臨走的時候，我把教授的聘書退還學校，並且附去辭呈，我把所有的薪金也都留給家了，還有這些年來的書物，以及故鄉的一點祖產的契約，全部在妻的手裡，我估計她和孩子的生活絕無問題，他們可以回到故鄉去安居。我對他們已經盡了我的責任。」邵環沉著而堅定地說。表示胸有成竹的樣子。

「你認為這樣就解決了問題嗎？你以為這樣就算放棄了她們，他們也放棄了你嗎？不會的，環！他們可以什麼都不要，只要你！他們不會輕輕放棄妻兒的權利！書物和祖產都不能夠滿足他們！除非形式上你永遠屬於他們。實際上你也永遠為他們盡責任。」

「我沒有賣給他們。」邵環不服地辯駁著。

「可是法律將你賣給他們了。」

「法律的職能是幫助人們幸福，我不愛妻，法律不能強迫我忍受永劫不復的痛苦！」

「法律允許離婚！」

「她不肯，她拿贍養費要挾我，而我沒有錢。」

「因此，眼前就要發生不幸！」

「我不願意考慮這些。讓我們想法子逃到遙遠遙遠的地方去，找一個清淨的住處，我著書；你作畫；與清風為友；與明月作伴；任天塌地陷；我們的愛情永生！」

「假如有一天你的理性甦醒，你會懊悔的。」

「為什麼你還這樣不信任我？」

「因為一個中年人的感情，本質是世故的，偶然的天真，不可能持久！即如你不愛你的妻，可你會愛你的孩子！」

「不要說這些，我明白，燦！將懊悔的不是我，是你！因為你不甘於為我犧牲你的名譽；你的地位；以及你的青春！你需要一個很理想而美滿的婚姻，和我在一起，你覺得是一種恥辱，苟合。所以你矛盾。」

「我不否認，我有『矛盾』，但這矛盾不是你想的那麼簡單，這矛盾包含了情感與理智，自私與道德的種種錯綜的關係！我可以克服這矛盾的心理，不過你未必可以克服那矛盾的現實。因為我們是活在現實裡的，現實會不斷地折磨我們！除非我們一塊兒去跳江，才能逃避現實，才能克服矛盾。」

「……」

邵環不再言語了。他的新隨著斜陽沉下去！落葉打著他的腳，使他感到猶如一塊塊石頭障礙著他的行進。，他踟躕在十字路口了，他該怎麼辦呢？

一個細雨淅瀝的早晨，邵環接到朋友轉來妻子的電報，通知他：明天就到上海。於是依然像離開重慶時的心情一樣，他毫不思索地立刻去找著燦。

「答應我，明天跟我一道離開上海！」邵環武斷地說。

「哪裡去？」

「先到北平，然後在繼續展開我們海闊天空的旅行。」

「……」

燦沉默不置可否。她從邵環的臉色上，看到她先前所料到的不幸已經來臨了！

「一言為定，我去交涉飛機票，晚上來看你。」

邵環不容猶豫地說罷就走了。燦也不暇考慮地悄悄地決定了自己的路。

又是秋風蕭瑟；又是夜闌人靜；又是孤鴻哀鳴無反應；又是杜鵑啼血空自悲嗟！

孤立在黑暗裡的樓房，上了鎖，細雨象徵了愛神的眼淚！

「燦！燦！燦！燦！」

聖母黯然！教堂的鐘聲憂愁地回答著：「她已經走了！她向大自然的境界去尋覓春的消息，她把她的生命獻出給了至高無上的藝術了！」

「燦——」

邵環倒在泥濘中，落葉寂寞地埋葬了他的靈魂！

三十六年於春申江上

後記

趙清閣

《落葉無限愁》是一九四七年我寫的一篇短篇小說，先收在我編的《無題集——中國現代女作家小說專集》（晨光公司出版）裡，後來又收進我的短篇小說集《落葉》裡（商務印書館出版）。

在這篇小說裡，我塑造了兩個我所熟稔的舊中國知識份子——女主人公畫家和男主人公教授。他們曾經同舟共濟共事於抗日戰爭的風雨亂世，因此建立了患難友誼並漸漸產生了愛情。但在大敵當前，愛國救亡第一的年月，他們的戀愛只能是含蓄的，隱諱的。他們彷彿沉湎於空中樓閣，不敢面對現實，因為現實充滿了荊棘。直至抗戰勝利，和平降臨了，畫家才首先考慮到無法迴避的事實，她知道對方是有婦之夫，而且是有了兩孩子的父親，他們不可能結合，也不適宜再這樣默默地愛下去了；於是她毅然決定遠走高飛，逃避現實，她以為這便結束了他們的詩一般、夢一般的愛情，儘管很痛苦！

教授已屆中年，他狂熱地追求畫家，他明白自己的處境艱厄，妻和孩子像枷鎖似的縛住了他。他想解除枷鎖，妻子向他索取大量贍養費，他拿不出。如果堅持離婚，妻會和他鬧到學校，鬧到法庭；社會輿論的壓力大，舊中國法庭不可能給予合理解決；最後勢必鬧得自己身敗名裂，還要連累畫家。那麼，難道他就只有守著妻子，放棄畫家嗎？不行！他愛畫家，他需要一個志同道合、旨趣相投的伴侶。因此，他躊躇再三，終於下了破釜沉舟的決心，將所有的財物留給妻、子，急急匆匆悄悄地跟蹤畫家而去。

教授和畫家又重逢了，他們又陶醉在詩一般、夢一般的愛情中，他們又擺脫了現實的磨難。但是好景不長，不到一個月的光景，教授的妻、子就找上來了。可以設想，由於教授乃知名人士，找到他是很容易的。這一下教授又陷入現實的苦惱裡了，他慌亂之中不暇思索，立即買了兩張飛機票，打算和畫家一同逃避現實，開始他們海闊天空的旅行。

然而畫家的頭腦很冷靜，她經過情感與理智、自私與道德的矛盾鬥爭；覺得現實是殘酷的，人既生活在「現實」裡，「逃避」不可能！而且她認為教授的一些不現實的想法，只是暫時的天真，暫時的感情衝動；一旦理智甦醒，便會懊悔，這是中年人的性格特點。於是她想：與其將來大家痛苦，鑄成悲劇，不如及早煞車，自己承擔眼前的痛苦，成全他們的家庭，她寧願今後把身心寄託在崇高的精神境界，把愛和智慧獻給藝術。這樣想定了，她就毫不猶豫地斬斷情絲，又一次不辭而別地走了。

秋天的落葉，從此埋葬了教授和畫家詩一般、夢一般的愛情！

三十四年前，我寫這篇小說的心情是企圖對那個時代的舊社會，和一些人的形形色色的自私自利的舊思想，進行一番揭露和抨擊；可是我的抨擊卻顯得晦澀無力，這也許和小說的基調有關；因為我是試著用抒情散文詩的筆致，描述一個很有詩意的戀愛故事；用白描手法，寫了兩個不大現實的人物；於是故事和人物也都顯得倥傯簡略，過去不少讀者來信提出小說似乎未完，問我教授後來怎樣了？畫家結局如何？為什麼不寫下去？記得我曾答覆讀者：倘若換個方式寫，這一短篇小說可能寫成中篇，有些情節還可以發揮，有些細節也還可以鋪陳。但我寧願到此為止，留有餘味，不必一一交代。我深信讀者會作出符合歷史邏輯的結論，包括對主題意義的評價。當時我是這樣看，今天依然這樣看。

最近《中國女作家短篇小說選集》選了我這篇幼稚的舊作，編輯同志還要我寫點創作體會，感到非常愧怍，惶恐！上面粗淺地談了我寫這篇舊作時的想法，和現在的看法希望能稍稍有於與讀者對她的瞭解和批評。

一九八一年十二月

三、散文

《流水沉渣》

行雲漫捲風塵，落落漠漠，就像長江和嘉陵江的誰水，流呀，流呀，流呀，流到後來漸漸連自己都忘了歲月！

但是沉渣還在蠕動著。我還記得，四十三年前，嘉陵江傍的石頭上，曾有過我小憩時的影子；由北碚通往北溫泉的羊腸山徑，也有過我的足跡。雖然影子隱沒了，足跡也無蹤了；可腦海裡的往事，散記猶新，宛如一幅圖畫，水墨丹青，色澤清晰。

一九三八年夏天，我從武漢和難民群眾一起，被疏散流亡到長江上游的重慶。但是喘息剛定，翌年春天趕上日軍的狂轟濫炸，始而炸塌我的住處，繼而炸傷我的頭皮，不得已又被迫顛沛到重慶二百里外的郊區北碚鎮。

北碚是重慶的一個風景勝地，可以買舟溯嘉陵江而上，也有公路可以乘車沿上清寺、歌樂山、賴家橋、青木關直達。抗戰期間，這裡文風頗盛，文人名流薈萃；許多文化、教育單位也都雲集於此，如復旦大學、育才學校、中山文化館、教科書編委會等。我當時應聘為編委會編輯，於是決定前往北碚。只是北碚房子緊張，各方來人太多，連旅館都患客滿，一時無處棲身。偏我有肺病復發，經先我而至的朋友指點，北溫泉是個好地方；既能租到北平式的公寓，又適宜於療養；於是我便約了患難好友郁文姐，同往北溫泉僑居。

北溫泉距北碚不遠，順著嘉陵江徒步羊腸山徑，不到半小時就可走到；劃小船蕩去，只需二十分鐘。北溫泉地勢高於北碚，實際上是一座小山公園，背後有連綿的山巒，通縉雪山。山水溫暖，長年川流不息，於是人們利用這天然水源修成了一個游泳池。據說水質含鈣，不少人去游泳時都喝幾口石灰水，防治肺病。我後來就在這裡學游泳，也順便喝幾口石灰水。

這裡風景充滿大自然的優美，沒有什麼亭台雕琢；疏疏落落幾處供遊客旅居的房屋，都建築得各具特色，取名也很雅致。使我印象最深的是數帆樓，琴廬；數帆樓面江，可以在樓上憑欄眺望嘉陵江。琴廬是用竹子建成的一排平房，漆了碧綠的顏色。門前一條小溪，石塊墊起的橋路，通向卵石曲徑。我和郁文姐不約而同都看上了這裡，我們便在這裡租了一間房。租金不貴，伙食可以自理，也有講究的中西餐飯館。總之很方便，的確有種「北平公寓」的味道。

我住的琴廬房間，門外有走廊，有扶手欄杆；前面是濕漉漉苔藤滿佈的嵐坡山岩；下面是澗；竹廬實際是架在澗上的水榭，臨窗倚欄，觀山色，聽水聲；宛如置身仙境。這裡清靜幽雅，尤其夜闌人寂時，伏案弄文，思維連綿；彷彿那嵐岩的瀑布，欲罷不能；流出了不少烽火篇章，儘管很粗糙，但她是生活烙印，今天來看，還是歷史的見證。這期間，我寫了一個五幕話劇《女傑》，（重慶華中圖書公司出版）還寫了些獨幕劇和散文。

巧得很，住在我緊隔壁的芳鄰，是女作家沉櫻和詩人梁宗岱，可見琴廬對文人的吸引力。我與沉櫻不期而遇，一見如故，朝夕相處，解除不少寂寞。我常常秉燭執筆達旦，早晨我該睡覺了，正是文姐上班，沉櫻起床的時候。她們曾問我：「在這荒涼的僻野，深夜獨坐，不害怕嗎？」我笑答：？「只顧揮筆，忘了害怕。」真的，那年月只想的是抗日救亡的事，很少想到自己；不僅我，凡愛國的人都如此。記得同客北溫泉的名劇作家陽翰笙，住在琴廬前面的一幢樓房裡；他原來是來療養肺病的，病中卻勤奮地進行話劇本《草莽英雄》的醞釀和創作。他忘了自己是病人，而忘不了作家的責任——用筆向敵人戰鬥的責任。由於我們都是寫的江湖義士抗敵救國的題材，所以每逢翰老黃昏散步到琴廬，我總要請他講些四川哥老會情況，講得生動有趣，使我增加了這方面的知識。

大約一九四〇年春初，我和沉櫻在北碚租了汽車站旁新建的樓房兩層，她住三樓，我和文姐住二樓。我們都捨不得離開北溫泉，可是對工作不大方便，文姐天天上班要跑許多路。我因為不常上班，受到編委會頭頭的批評，後來乾脆辭職了。

搬到北碚以後，我依然不時獨自或陪同友人重游北溫泉。這年六月，我陪同郭沫若、田漢、應雲衛、左明等偕游北溫泉，訪問育才學校，由校長陶行知先生招待參觀。走出育才學校我們有登縉雲寺，拾級而上，不過千尺，我都是一口氣攀登，從未間歇。那時我才二十五六歲。

縉雲寺的廟宇相當大，名僧太虛和尚在這裡辦有佛學院，學生都是小和尚，除了講授佛經外，還教些一般課程，充實學生的文化知識。教師都是老和尚，具有一定文化水準；思想相當文明開通，有點出家在家的精神風貌。他們常請遊客中的名流給佛學院的學生講演，他們風趣地把這說成是「化緣」，他們不要求佈施金銀錢財，只要求佈施些文化知識。這天郭老就「佈施」了幾十分鐘的講演，好像是宣傳抗敵救國的道理，還很巧妙地結合了佛法大悲的真諦。聽眾莫不為之動容！我暗暗欽佩郭老的口才，心裡想：這何嘗不是郭老在為國家向和尚「化緣」呢！首先郭老就為我們「化緣」了一頓素齋，和尚招待我們吃了飯，又送了些山上的土產「甜茶」。我們品茗吟詩，盡興下山，郭老和田老後來把這次記述縉雲寺之遊的詩作，各寫一幀條幅給我。（「文革」時倖免於難，至今珍藏身邊。）

不久，我又被王瑩、謝和賡偕遊北溫泉，在我的舊居琴廬住了幾天，還去過縉雲寺，這裡的一位主持僧法舫很喜愛文藝，所以特別歡迎文人；無拘無束，還和我們合影留念。

一九四二年仲夏，老作家林語堂住在縉雲寺避暑，寫小說。有一天他請我和幾個文藝界朋友，記得有老舍、方令孺、梁實秋等上山素餐，還邀了法舫作陪。法舫和我們一起談笑風生，林語堂帶點譏笑地稱他為現代新僧人，如果脫去袈裟，你不會相信他是和尚，因為他沒有一般僧人的習氣，開口「彌陀」，舉手「合十」。法舫曾經和我說過：心即是佛，他在心裡為國家民族的災難祈禱。雖然他不可能從軍抗戰，他絕不會當漢奸。他也不會逃到外國去，他似乎比林語堂愛國。有人告訴我太虛是「政治和尚」，我不瞭解；我知道法師確是關心國家大事，有正義感。但這樣的和尚，在那個封建迷信勢力還很嚴重的舊社會，是不被理解的。因此他默默地悄然離開了縉雲寺，據說是到海南島修行去了。

我和沉櫻在北碚鄰居了近兩年。當時她的大女兒思薇只有六七歲，活潑調皮；她在三樓跳繩跳得天花板上的石灰屑剝落到我的頭髮上，稿紙上；但只要我到窗口朝上喊她一聲，她就會乖乖地躡手躡腳跑下樓去，而她媽媽喝叱她沒用。於是沉櫻認為她怕我，每逢她調皮便拿我嚇唬她，說：「趙姑姑來了！」我不同意這辦法，我覺得這會傷害我和孩子的感情。沉櫻笑了。（去年我與遠客美洲的沉櫻通信，提起這一件事，她寫道：「四十年來思薇對於國內我的老朋友，只記得名字，人什麼樣子，沒有印象了，但獨對於趙姑姑記憶特深。」可見當年的思薇並未因為「怕」我而淡忘了我。她說這個如今已是小中年的女科學工作者，還將於今年回國時專誠來上海看望我。這是多麼快慰的資訊呵，我熱切地翹首以待！）

住在我附近的朋友還有方令孺、梁實秋、趙太侔、俞珊、朱雙雲、田禽等，他們都在編譯館工作。我專業寫作，這時期我寫了幾個多幕話劇本，《生死戀》（商務印書館出版）、《活》（婦女出版社出版）、《瀟湘淑女》（商務出版）、《此恨綿綿》（正言出版社出版）……等，還寫了些獨幕劇和散文、理論。勞動量相當大，因此肺病又復發，還鬧了一次盲腸炎。加之日軍三天兩次空襲，有時一天幾次；忙於奔跑防空洞，身心緊張，疲憊不堪。

朋友們也是一樣，平常很少過從，只有在防空洞裡聚首；所以若干年後九姑（即方令孺）曾向我說：「我們也算患難之交了！」

是的，患難中的友情才最珍貴。那時大家的日子都不大好過，卻都能相互幫助相互安慰。我在病中，九姑十分關心愛護我；工作上也大力支持我，她利用工餘之暇為我主編的《中西文藝叢書》翻譯了高爾基的小說《鐘》。與我同時臥病的老戲劇家朱雙雲，因患肺結核得不到好的治療而死去；彌留時他向我托孤他的小女兒，要我幫助她完成學業，我照辦了。死後家裡無錢殯葬，我又替他向重慶文藝界募化了一具棺木，慘狀不忍目睹。那時我靠版稅稿費生活，稿費版稅少得可憐，不夠維持就賣東西。有一次為了買肺病退燒的進口藥，我把心愛的一隻小提琴送到寄售店拍賣雖然我不是音樂家，可我醉心音樂，苦悶時我喜歡吹吹口琴，拉拉提琴；音樂也有助於文思，因此我需要它；我後悔賣它。考慮了一夜，第二天一早我去到寄售店，預備取回提琴，誰知一眼看見商店的櫃檯裡提琴不在了，我的心弦一下子斷了！我問老闆，老闆說已經賣掉了，立刻把錢付給了我。我懇求老闆代我追還，我懇求打聽買主的姓名地點都沒有結果。我流著眼淚寫過一篇散文《賣琴》在重慶《新民報》上發表了，我控訴生活的殘酷，也責怨自己的無能。這篇小文反響不小，很快有人寫信給我，願意贈我一隻提琴，我謝絕了，表示已無興致，最堪告慰的是提琴的買主自動找到了我，他是北碚復旦大學的學生，年輕人為我的小文感動，願意原物「歸趙」。我也為他的好心感動，知道他是一個提琴愛好者；我見他手裡提著我的小提琴，就請他隨便拉了一個曲子，發現他的基礎比我好，感到琴得其所，欣然打消收回的念頭。年輕人倒顯得惴惴不安的樣子。應雲衛程夢蓮夫婦看了我的小文在重慶買了些藥寄給我，勸我保重身體。由此可見，患難中人們多麼富於同情呵！當然，也會有些幸災樂禍的君子，在一旁像貓頭鷹似的獰笑著。

我在北碚住了達四年之久，一九四三年秋天遷居重慶。沉櫻這時已遷居北碚對岸黃桷椏復旦大學了，文姐結婚後也調到重慶工作，好友遂告星散。

四十三年後的今天更是故雨凋零；有的已經相繼作古，有的遠隔重洋！回憶往事如夢，感概萬端！詩云：「人有悲歡離合，月有陰晴圓缺，此事古難全。」徒喚奈何！但喜聞北碚別來無恙，解放後建設一新，面貌煥然，一定景色益添風韻；若得重蒞舊地，也恐怕逢不相識了！

一九八二年元月二十二日

《文苑耕作漫憶》

引子

我沒有什麼值得回憶的，雖然平凡的經歷也將近古稀了，而經歷中幾乎近是坎坷與辛酸！這篇小文不過想在晚年，記下我涉足文苑，學習寫作和編輯生涯的一些事實，記下我是怎樣由喜愛寫作到從事編輯的；記下我的失敗和痛苦！！可以看出寫作與編輯的相輔相成關係，也多少反映了一定歷史背景的時代縮影。

寫此小文亦顯不易，以手邊書籍、資料俱遭浩劫，只好跑圖書館。執筆過程又一度「冠心」發病，險些無法完成，真有「天地空搔首，老去一霑巾」之慨！

一、編壁報到報紙週刊

一個人的喜愛和願望，絕不是偶然的；我和文藝結下不解之緣，也不是偶然的。自幼我就喜愛文學，這和我的「舉人」爺爺，「進士」舅舅的薰陶分不開！他們都是能詩善文的，童年我曾生活在他們身邊。

六、七歲到九、十歲期間，我在舅舅家的私塾就讀，老師是一位「陳最良」式的老夫子，成天教你讀「子曰」，背「詩云」。同學的是表姐妹們，表哥最大，他有很多小說書，如《西遊記》、《三國演義》、《水滸傳》、《七俠五義》等。只要老師不在他就偷著看，然後講故事給我們聽，有時也借給我看。於是我被這些小說吸引住了，它不但使我更加愛上了文學，而且思想也受到了影響，特別是《水滸傳》和《七俠五義》，使我和表哥還模擬了書上的一些仗義救人，抱打不平的行徑。表哥因此闖了禍，挨了打，我也吃了苦頭。如今「子曰」、「詩云」都忘光了，而《三國》、《水滸》和兒時的情景，還記憶猶新。

大約九歲上我進了信陽女師附小，插班三年級。到高小五年級時，國文老師姓孫，對我的成績很滿意，就讓我主編了級刊壁報。這是一個既光榮又艱苦的任務，其實是老師選稿，我只抄抄寫寫，畫點插圖。不過我的作文卻經常被選用，這就刺激了同學們的競賽，級刊變成了競賽的園地，十分活潑有趣。音樂體育老師姓宋，是著名作家蔣光慈的夫人，她發現我喜愛文學，常常叫我到她屋裡去為我講些新文學知識，介紹我閱讀「五四」以來的新書和雜誌，如冰心的「寄小讀者」、「小朋友」月刊等。她和孫老師都是我新文學方面的啟蒙老師，在他們的培育下，我這棵幼苗逐漸奠定了矢志文藝的興趣和志願。

後來在初中時代，我又受到一位姓陸的英文老師的思想教育，他是「黃埔」一期的學生，若干年後並得知他還是一個共產黨人。他不但教我讀書，還教我反抗封建家庭，教我把文學當作鬥爭武器。這教導對我的一生起了重要的作用，一九二九年我真的叛逆了我的封建家庭，並走出開封。

為了母親善於繪畫，我在開封就考進了一所藝術高中，我想也學學繪畫紀念母親。校長焦端初是上海美專畢業的，也喜歡文學，這就給了了我很多方便和幫助。我是二年級插班的，由於父親壟斷經濟，我不得不縮短學習時間，並努力爭取獎學金。我一面用心繪畫，一面繼續攻讀中外文學名著，還寫了些詩文抒發我對父親、對封建家庭的怨憤不滿。我曾冒然第一次投稿了一首押韻的新詩給《河南民報》副刊，不想沒有幾天詩就發表了，還得到了稿費。這真是天大的喜事，不但我高興，校長和同學們也為我高興。這啟發了我，投稿還是一條通向經濟自立的路。這時候我還不太懂得「名」的意義，只覺得能將心中的抑鬱、憤懣寫出來，公諸於世，即痛快又有報酬，一舉兩得。於是從此我便向各報投稿，為什麼都寫，小說、戲劇、詩歌、散文、雜文，我把一肚子怨氣都傾瀉到筆墨間；我不僅抨擊自己的封建家庭，也批評揭露親友的家庭；我激怒了父親，也得罪了親友；但是一個血氣方剛的少年，是不知天高地厚，不受禮教束縛的。

高中畢業前後，我已經為一家《新河南報》主編《文藝週刊》，一家《民國日報》主編《婦女週刊》。做了編輯，自己有了發表文章的園地，寫作激情更加旺盛，膽子也更大了，這時著名老作家葉鼎洛在河南大學執教，他看了我編的刊物很鼓勵我，為我寫稿，還幫助我到「河大」旁聽就讀。同時我又在救濟院的「貧民小學」教書。通過這所學校，通過我接觸的窮苦無父母的學生。我的視野擴大了，我認識到社會上不僅存在著封建勢力的災難，也存在著貧富懸殊的罪惡；於是我不再只發洩自己的煩惱了，也為別人鳴不平。我稚氣地又模擬了《水滸傳》裡的仗義行為，我用薪金資助孤、貧學生，並施捨街上的乞丐。這麼一來，我被當作危險人物看待；學校把我解聘了，報館也警告我不許再寫暴露社會黑暗的文章。以至於停止了我編輯的週刊。這是第一次我感受到政治的壓力。終於不得不離開汴梁。

二、《婦女文化》和《彈花文藝》

一九三三年我到了上海，依然半工半讀，在美術專科學校繼續學了兩年畫，同時在天一電影公司擔任宣傳工作。畢業後重返開封，原是應聘藝術高中執教，不想又為了援助一個女同學抗拒包辦婚姻的事，撰文抨擊封建勢力，激怒了反動派，老賬新帳一齊算，便以「共產黨嫌疑」罪逮捕了我，關押半年之久才經保釋出獄，出獄後再到上海，進女子書店擔任總編輯，兼《女子月刊》編委會委員。《女子月刊》主編為陳爰（陳白冰），我不過幫助寫寫文章，組約稿子。誰知幹了五六個月後，又被解雇。據經理姚名達告訴我：他是「奉命解雇」我的，上海國民黨市黨部先禁止我的一本短篇小說集《旱》，說我寫的文章有問題，又說我與上海左翼文人左明、陳凝秋、安娥等過從甚密，還在《女子月刊》上發表了他們的文章。我明白，這一半也是姚名達的意見，他的思想保守，他怕我在政治上連累他。當然，在那個時代，這是能夠理解的。但這次給我的打擊很大，使我開始感到「天下烏鴉一般黑」；反動派統治的中國土地上，根本不可能有自由，有正義！因此我一度非常灰心，情緒低沉極了！

可是很快我就被愛國思想煥發了精神。一九三六年秋天我進了南京「中電」製片場擔任編劇，這時北方戰雲密佈，日本軍國主義正虎視眈眈，伺機犯我領土；舉國有血性的男女大眾，莫不摩拳搓掌，準備反帝抗敵，尤其青年學生自發的救亡運動已經蓬勃展開。一九三五年底毛主席提出了革命的統一戰線口號，這口號首先得到了魯迅先生的擁護；他抱病撰文支持學生救亡運動，呼籲團結反帝、反漢奸鬥爭；他向文藝界提出：「主張以文學來幫助革命，不主張徒唱空調高論」，他說：「現在我們中國最需要反映民族危機，鼓勵鬥爭的文學作品。」（見《幾個重要問題》）作為一個年輕人，處於那種水深火熱境地，是不會甘心緘默的；於是我和老同學楊郁文，用自己的薪金辦了一個《婦女文化》月刊，由上海雜誌公司總經售。第一期八月十五日出版，我在代發刊詞《婦女文化與救亡》一文裡開章明義地闡述了創刊宗旨，宣揚了國家興亡匹婦有責的觀點；提倡男女平等，反對封建壓迫。寫稿人主要是各方面進步婦女和青年。也有著名作家、戲劇家、畫家，如陳凝秋、左明、王瑩、梁白波、以及《女子月刊》的作者白冰、鮑祖宣、陳玉白等。

《婦女文化》出版了兩期，銷路不好，無法定期出版，正當岌岌可危之際，不意竟受到國民黨幾位著名婦女運動家的青睞，她們先和我協商，（記得其中一位是譚惕吾）她們要和我合作，成立一個編委會，主編仍是我；改由她們的什麼機關單位出版，經濟就不成問題了。我不同意，我覺得她們有錢可以另外辦刊物，不應當掠奪《婦女文化》的刊名。我不大明確她們的用心，卻又奈何不得，她們有地位，區區小我，只好在《婦女文化》的最後一期宣告停刊，並表示和以後出版的《婦女文化》毫無關係。上海雜誌公司也不再為她們的《婦女文化》經售發行了。

不久「七七」事變，接著「八·一三」戰爭爆發；日軍南北長驅直入，國民黨軍望風潰退。在南京撤退之前，我不願去蕪湖，就辭掉「中電」工作，懷著滿腔熱情，投入了烽火正方熾的中原。當時著名戲劇家洪深、金山、王瑩、唐槐秋、左明等也相繼率領救亡演劇隊到了開封，大家爭先恐後地宣傳抗日，宣傳愛國。我不但寫些小戲獨幕話劇本，還為當地學生劇團協助導演。可是我們的工作開展得沒有敵人的飛機大炮快，一九三七年底，開封就陷入危殆，朋友們只好分散各地。我接到了《鄭州日報》的記者聘書，還受到徐州五戰區的邀請，但我都未去，因為我的身體太弱，適應不了行軍生活。

這期間武漢成為抗戰中樞的心臟，中共中央發表了《中共中央為公佈國共合作宣言》，文件是周總理起稿，他根據統一戰線精神，寫出了人民的心裡話：「起來，為鞏固人民的團結而奮鬥，為推翻日本軍國主義的壓迫而奮鬥！」（見《周恩來選集》）這響亮的、錚錚有聲的號召，鼓舞了全國人民，也鼓舞了全國文藝界；四面八方不願做亡國奴的作家、藝術家，在正氣的號召下紛紛奔赴武漢彙集起來。於是我也到了武漢。

文藝界也實行了統一戰線的大團結，為了有組織地團結，籌備成立「中華全國文藝界抗敵協會」。在武漢我認識了一些各黨各派和無黨派的作家藝術家，對於前輩作家們，都是師友兼之；我尊敬她們，她們教導我、幫助我。著名文學家盧冀野曾為「河大」教授，很願提攜後進。他與出版家張靜盧、唐性天熟稔，張是上海雜誌公司經理，我和他由於《婦女文化》的關係有過接觸。唐是漢口華中圖書公司經理，我不認識。他們雖是資本家，又是知識份子，對文藝界比較熟悉，當時他們也想適應潮流，辦刊物宣傳抗日。有一天我和盧冀野在張靜盧家遇到唐性天，談起刊物事，我們極力鼓動，盧冀野並推薦由我主編。唐性天知道我編過刊物，認識不少名作家；幾經磋商，他便決定辦一個純文藝刊物（張靜盧似乎辦了一個戲劇刊物），讓我主編。刊名《彈花文藝》（以後簡稱《彈花》），寓意抗戰的子彈，開出勝利之花。刊物定期每月出版，宗旨是宣傳抗戰。為了保證銷路，唐性天要求每期須有幾篇名作家的文章，理由是名作家才有號召力；至於什麼樣的名作家，他沒有限制。他說過一句很風趣的話，他說：名作家多是無黨派和共產黨，國民黨沒有幾個。記得這與若干年後，我在重慶聽到著名女作家謝冰心講的一個笑話一樣幽默。冰心說：她參加了一次宋美齡召開的有關婦女問題的會議，談到女作家，宋美齡顧問左右：「為什麼我們國民黨沒有女作家？」左右面面相覷。冰心則反問：「你們國民黨有幾位男作家呢？」宋美齡不禁赧然頷首。但我對唐性天的意見是有保留的，我主張刊物不一定每期都用名作家作品，無名作者的來稿只要好，也可以用。我強調這是魯迅先生的好作風，三十年代初，《女子月刊》主編黃心勉也是這種作風，這對培養文藝青年有決定性作用，因此我願學習他們。，況且事實上也不可能組織到那麼多名作家的作品。

《彈花》創刊號出版於「文協」成立之前。由於「文協」關係，我在組織上得到很大便利，「文協」作家們為《彈花》寫作，並介紹文章。《彈花》的內容，也即選稿標準，主要是宣傳抗日；當時民族矛盾已成為主要矛盾，因此只要是抗日救亡反投降的文章，我們都歡迎，正如我和唐性天以「本社」名義寫的《我們的話》中說的：「抗戰高於一切」，「四海皆秋氣，一室難為春，希望從事文藝工作的同人，能蠲除成見，群策群力把筆尖一致對外，對準我們的敵人。」我們的這一態度是符合當時形勢需要、國家利益的，也為朋輩所同情贊助，編得到負責「文協」工作的老舍的支持；他為《彈花》創刊號寫了一篇文章《我們攜起手來》，他熱情洋溢地寫出了《彈花》的願望，我的願望，也寫出了許多專家的心裡話。他寫道：「作家們平日他們是些零散的民族之花，彼在山涯，此在海畔，各自吐出芳香。今日他們要成為一個巨林，鼓蕩出松濤。平日的得意與獨立，在今日變成虛心和團結。誰能忘了過去呢！但是誰又能不對著血腥的、神聖的戰爭而衝上前去呢？抗日救國是我們的大旗，團結與互助是我們的口號。什麼偉大不偉大，什麼美好不美好，誠心用筆當作武器的，便是偉大，能打動人心而保住江山的，便是美好。偉大的不是莎士比亞與但丁，偉大的是能喚起民眾，共同奮鬥的這些中國作家。」《彈花》第二期發表了郭沫若的講稿《女子是人類好的一半》，應雲衛的論文《戰鬥的戲劇》，錫金的詩《偉大的開始》，陸志庠的漫畫《敵人往哪裡去》，呂驥的《軍火船插曲》，「文協」的《告世界的文藝家宣言》……等，這些作品都宣傳團結抗日，鮮明地反映了《彈花》主旨好傾向性。此後延安的丁玲寫了《略談改良平劇》的論文，左明寫了話劇本《王八蛋才逃》，以及安娥、穆木天、金滿城、谷劍塵、盧冀野、魏猛克、王瑩等也都紛紛惠稿；他們不是支持我個人，是支持抗戰，支持民族解放的鬥爭。同時《彈花》也用了少量國民黨人的作品，內容也是宣傳抗戰的，發表在一九三八年《彈花》第一卷的六期裡，只有寥寥幾篇。這情況其他刊物像「文協」主編的《抗戰文藝》也曾出現過，因為大家都是為的團結抗日這個大前提。此外《彈花》還更多的採用了青年作者的來稿，有的後來成為名作家，如羅鳴、邵子南。儘管當時我們在大力宣傳抗戰高於一切，而國民黨的《中央日報》副刊卻唱出反調，鼓吹什麼可以寫什麼

「無關抗戰」的文章；於是引起了文藝界一場論爭，愛國的文學藝術家紛紛撰文駁斥，《彈花》也參加了這場論爭，我在第二卷第三期寫的《檢討過去，策勵未來》文中曾斷然表態：「無關抗戰」這個提法是不能成立的，我寫道：「抗戰為了爭取整個民族生存與解放，因此不能否認抗戰對誰都有益，也可以說在現階段，抗戰就是一切，一切都為了抗戰！」這，也就是《彈花》一貫的立場和觀點，這種立場觀點通過實際行動體現出來，博得了作家的贊同，受到了讀者的歡迎。雖然刊物的內容還不夠充實，還嫌單薄，編者也太年輕——我只有二十四五歲，還很幼稚。

《彈花》在武漢出版了五期，由於戰事緊張，印刷困難，無法按期出版，武漢撤退後遷到重慶，月刊就變成了雙月刊。同時銷路也受到影響，勉強又出版了五期，唐性天堅決不願再辦下去，他和我商量，要我主編一套《彈花文藝叢書》。我同意主編叢書的事，但我卻不甘心放棄刊物。唐性天不辦，我決定自己辦。當時我在教育部教科書編輯委員會的戲劇組人編輯，看到別人辦刊物請政府津貼，我想為了宣傳抗戰，為了爭取民族解放，我也可以如法炮製。於是我請教育部國民教育司司長，著名教育家又是國畫家的顧樹森先生幫助我（我到編委會工作也是顧先生安排的。解放後他為蘇州師範學院教授），他同情我的愛國心情，便代我向教育部申請支援，大約每月補貼兩三百元。顧先生並介紹由正中書局總經售，賣出的刊物四六拆賬，所得無幾，湊起來僅夠紙張印刷費用。稿費很低，有些朋友還分文不取，編輯費用就只能自己負擔。這樣才勉強又得繼續出版。

第二卷第五期起《彈花》自辦復刊，恰恰的創刊一周年——一九三八年三月至一九三九年四月。這期間重慶每天幾次空襲，我常常抱著稿子躲警報，在防空洞口編輯。難以忘懷的是這次復刊發稿的一天，正趕上「五四」大轟炸，我抱著稿子去印刷所，走到大梁子不通行了！我就躲進一家理髮店裡，理髮店裡已經有許多避難的人了；我躲在樓梯下面，突然一聲巨響，塵土飛揚，頓時人們哭叫著撲向樓梯，壓到我的身上；原來是附近中了炸彈。店房震塌了。敵機過後，人們連忙往外逃，我才透了口氣站起來；只覺得頭上濕漉漉的，還以為是汗水，誰知走向洗面盆前向鏡子裡一看，額上全是血；我不禁大吃一驚，原來我受傷了！高度緊張使我忘了疼痛，幸喜懷裡的稿子安全無恙。我立刻拔腿跑了出去。馬路上橫三豎四地堆積著電線桿，人行道上殘肢殘骸，血跡片片！我顧不得空中還有敵機，四處還在轟炸，一個勁直奔青年會「文協」。「文協」裡的朋友老舍、安娥等立刻替我用紅藥水洗了傷口，發現額頭的皮被碎玻璃劃破了。大家都說「好險」！警報解除後，老舍護送我和安娥沿著江邊走回城外兩路口我的住處。安娥當時與我住在一起，後來她還寫過一篇散文記述這次的遇險。不久，為了重慶轟炸頻繁，為了我患肺病，便遷到北溫泉，和作家沉櫻毗鄰而居。陽翰笙這時也在北溫泉療養。北溫泉距北碚很近，教育部編委會就在北碚。不到半年，我因不能上班，引起該會負責人許心武的不滿，遂毅然辭職。

從《彈花》復刊以來，陸續又出版了十期，即一九三九年五月至一九四〇年七月。這期間進步作家歐陽山、孔羅蓀、草明、邵子男等都為《彈花》寫了宣傳抗戰的力作，如歐陽山的小說《爸爸打仗去了》，孔羅蓀的散文《江上》，草明的小說《榮譽大隊》，並繼續得到老舍、左明、安娥和陳瘦竹、李長之、梅林、張恨水、張十方、陳雨門、趙望雲等作家和藝術家的支持。縱然如此，困難還是很多，刊物辦得不出色，銷路越來越少；經濟非常拮据，特別是政治上的壓力越來越明顯了。為了我和教育部編印的一個《學生之友》（負責人許心武），發生爭論，原因是該刊指責青年學生思想左傾的問題，引起我的反感，曾經化名「鐵公」撰文抨擊；於是開罪官方，補貼費取消了，正中書局也不肯經售了，迫不得已只好停刊。我在最後一期的《編後記》裡曾含蓄地寫道：「本刊的生命和編者的生命都同樣感到渺茫了。編者為著敵機轟炸，為著米糧，為著……一切的困難，活過了今天不知明天還活不活；而本刊也為著轟炸，為著經濟，為著……許多的問題，出版了這一期便不知下一期還出不出。其實這種情況並非目前才如此，兩年來就隨時都有覆滅的危險，只是目前更臨近死境。自己的力量究竟有限，無可奈何也唯有含著眼淚任其嗚呼了！」文中所說的「一切的困難」，「許多的問題」，雖未直言明說，也是很清楚的了。

統計《彈花》在兩年內一共出版了十五冊，限於自己的能力、水平，沒有能夠較好地完成編輯任務，因此也就沒有起到預期的效果、作用。但所聊堪告慰的即《彈花》自始至終在戰鬥，為民族解放、抗敵救亡而戰鬥。郭沫若一九四〇年仲夏到北溫泉，《彈花》已瀕於危殆，我和他談起此事，他在送我的一首詩裡，有「錦心一彈花」句；記得我曾笑謂：「錦心」應改為「苦心」因我是含辛茹苦辦《彈花》不過憑一股傻勁罷了！這「傻勁」是女作家方令孺說的，因為她目睹我貧病交加、受氣受累的窘境認為我為《彈花》付出的代價太大了。這話至今想來，還很有現實意義！對此我不懊悔，雖然文化大革命時，我和《彈花》都又遭到責難和誣陷，可我們卻都經住了考驗。

三、二集未出全的文藝叢書

前面說過，唐性天停刊《彈花》以後，要我替他主編《彈花文藝叢書》。我因華中圖書公司在當時的私營書店中還比較進步，抗戰以來，曾先後出版過進步作家陽翰笙、洪深、陳白塵、馬彥祥等的作品。我知道唐性天是一個很實際、很會做生意的人，但是我仍願再次與他合作。我暫定《彈花文叢》十冊一輯，我開了十位作家的名單，有共產黨作家，有無黨派作家，只沒有國民黨作家。因為這不同於編刊物，它關係到幫助作家解決生活問題。作家們多半專業寫作，靠寫作生活，而戰爭時期出版困難，能找到出書機會不容易。一位前輩作家曾告訴我：編刊物、出叢書，既為文藝事業也是為寫家們做好事。記得大約一九四二年（四一年）農曆年前洪深迫於經濟壓力，發生一次舉家自殺的悲劇；我就為此向唐性天預支過五百元稿費，給洪老救燃眉之急。後來洪老寫了一個話劇本抵了債。（記不清是不是參加《彈花文叢》的話劇本《非賣品》，或者是另外的《女人，女人》話劇本）。

《彈花文叢》好像只出版了老舍的話劇本《張自忠》、歐陽山的小說《流血紀念章》、安娥的歌曲集《台兒莊》、陳瘦竹的小說《春雷》、我自己的話劇本《女傑》、洪深的話劇本《非賣品》六種，還有四位作家的稿子沒有到齊，因此就未能出全。這四位作家中有茅盾先生的，其他已記不起來了。

一九四三年成都中西書局請我主編《中西文藝叢書》。中西書局也是私營，經理叫李旭升。他們還請成都文協分會主編了《文藝創作叢書》和《翻譯叢書》，他們和成都文協分會的關係很密切。

《中西文叢》的作家陳容和《彈花文叢》差不多，作品範圍較為廣泛多樣，出版的有：田漢的京劇本《武松》、陳瘦竹翻譯蕭伯納的話劇本《康蒂妲》、方令孺翻譯高爾基的小說《鐘》、田禽翻譯佛羅朗的文藝評論《給有志於文藝青年》等四冊，也是到此為止，沒有出全。

此後我又為重慶黃河書局主編《黃河文藝叢書》，出版了陽翰笙的話劇本《槿花之歌》梁實秋翻譯白朗特的小說《咆哮山莊》等兩三冊，因日本投降我離開重慶而告吹。

以上三輯文藝叢書，合起來才出版了十三四冊，沒有一輯出全，都是有始無終。雖然如此，通過這些書目仍能反映我的個人喜愛和編輯思想。回憶當時約稿時，有些選題就是我點的，比如田漢的《武松》，因為我喜愛《水滸傳》，喜愛京劇，所以田老執筆時，我便向他講好，交我編入《中西文叢》。還有方令孺的《鐘》，因為高爾基是我一向崇拜的作家；學生時代我便畫他的像，讀他所有的作品；所以當我知道方令孺手邊有一本英文版的《鐘》時，我便請她翻譯；在翻譯過程中我如饑如渴地經常去催促她；拿到譯稿，我立即交中西書局儘快印了出來。我不但自己讀了又讀《鐘》，一九四八年在上海劇專執教，我還把《鐘》編成講義，讓學生們讀。又如英國女作家愛美萊・白朗特的《咆哮山莊》，我讀得入迷，後來改編為話劇本《此恨綿綿》，由黃河書局出版了。

四、《原野》結束編輯生活

抗戰勝利後，一九四五年十月，我接受上海《神州日報》總編輯謝東平的聘請，主編該報副刊。於是我又回到闊別近十年的黃浦江邊。

《神州日報》是楊虎私人辦的報紙，我不認識此人，也從未見過他。我只知道謝東平是一個國民黨左派人物，研究社會科學的，我們在重慶民眾教育館同過幾個月的事。《神州日報》的社論多由他撰寫，常對蔣政權尖銳抨擊。他要求副刊態度也和他一致，我答應了。記得我曾明確表示：副刊一定作到大眾喉舌，為爭取民主、自由，說出大眾心裡的話。刊名《原野》，意味著這塊小小園地，猶如大自然的原野，任從作家健筆馳騁。謝東平贊成我這樣做，至於報館其他人是否滿意，我不去考慮。自一九四六年元旦開始，我就主編了《原野》。

當時正逢國民黨瘋狂「劫收」，鬧得上海民不聊生，《原野》便首先針對這一情況進行了揭露和批判。（雖然我也占了「劫收」的光，到上海住進日本人住的房子），但後來卻與中國人房東訂了合法的租約，照付租金。）由於《原野》的敢於正視現實，敢於直言，得到作家們的熱情支援，諸如茅盾和老舍、熊佛西、羅髫漁、馮沅君、白薇、任鈞、臧克家、蔣星煜、馬宗融、李長之、沉櫻等，都紛紛寫了稿子。然而好景不長，一個月後，我就受到警告了，在《開口大吉》的一篇雜文裡我寫道：「陽曆年為了說些逆耳的話，出了漏子，差點昏頭昏腦給一輛大卡車撞碎了腦袋！為了這個教訓，祭竈節那天起，我把自己的嘴上貼封條，農曆年決定多磕頭少說話。……新正初五，北方風俗習慣，今天燒了『門檻紙』就可以自由行動，開放一切禁例，啟了嘴上的封條拿起筆來開口大吉。」可是這篇小文發表了還不過十天，我又觸了礁，我在《上元節夢話》一文裡大發牢騷，我說：「幻現毀滅舊世界，因為這個社會不是人的社會，是豺狼的世界，只有豺狼才能生存，作為一個善良的老實『人』，便無立足之地，便不能生存，所以我想焚化了這個不公平的豺狼世界。」這一「牢騷」不當緊，大大冒犯了官府。不久謝東平通知我《神州日報》人事要改組了，他和我都被停職。這遭遇我已經習慣了，於是編到二月為止，就離開了《神州日報》。從此我就結束了編輯生涯。雖然也曾於一九四七年間為一純文藝刊物《文潮》的編委會委員，但也和《女子月刊》編委情況一樣，只是撰稿和幫助介紹作家的文章。主編乃國民黨中追求進步的文人張契渠，是我的一個老同學楊郁文的丈夫。刊物傾向中立，所以編委都是民主人士，如馮沅君、趙景深、李長之、洪深、羅洪等。

一九四六年以後我便專業從事寫作，慚愧的是我在寫作方面也是毫無成就；只徒然筆耕五十寒暑，白白耗損了許多心血和汗水！正如兩句杜詩所云：「文章千古事，有愧百年身！」

一九八一年二月十日凌晨

《我怎麼愛上戲劇、電影的》

一、不滿足紙上的形象化

四十六年前一個深秋夜晚，我走出上海美術專科學校，沿著菜市路（今順昌路）盡頭的小河濱，漫步蹓到打浦橋。小河裡的水污濁不堪，不時散發出一股股腥臭氣味。兩岸遍地垃圾，一座座厝柩棚和土饅頭，雜陳於盈尺的荒草叢中。我佇立河邊，拿起鉛筆和速寫簿子想畫點什麼。忽然一陣淒厲的哭聲打破了我的沉思，我連忙循著哭聲尋視——原來小河對岸駛來一隻木船，船頭有一具新油漆的棺材，一個帶白布孝巾的婦女伏在棺材上啼哭。木船靠岸停下後，人們把棺材扛上岸，放到用磚砌成的厝柩棚內，再用瓦片蓋上棚頂。婦女一面燒著紙錢，一面哭訴著苦情。一個瘦瘠的五六歲的小男孩，柱了根喪棒站在婦女身邊，畏縮而又好奇地瞪著眼睛注視這一切。我禁不住走過橋去，向船上的人打聽出：那啼哭的婦女，在生計艱難的關口死了當家人，這對她就像是塌了天！如果不是為了孩子，她會慟不欲生的。我明確了這個悲劇的情由，心裡也感到一陣心酸！我目睹著「未亡人」安頓了死者，牽了孩子在那柩棚前叩了幾個頭，又哭哭啼啼地上了船；船駛遠了，「未亡人」還依依不捨地站立船頭眺望著柩棚。柩棚前的紙錢灰燼，隨風飛揚；四周恢復了寂靜，只斷續傳來幾聲犬吠，大概這就是葬禮的尾聲了。我開始意識到應該記下剛才的見聞，這墓社會悲劇！於是我速寫了小河，速寫了荒草叢中的新厝柩棚……但當我發現這是多麼空洞的畫面時，我罵了自己一聲愚蠢，就把它撕碎了。不久，我寫了一篇《打浦橋》的短篇小說（收進一九三七年鐵流書局出版，我的短篇小說集《華北的秋》裡）；發表以後，看來看去我總不滿意；我覺得那天的情景是十分感人的，而我的小說不大感人。為什麼？除歸咎於自己的寫作能力差以外，我還發現小說局限了藝術形象的生動化，小說停留在紙上的形象化上。

當時，我是一個半工半讀的青年，我一面在美專學畫，一面在天一電影公司，為他們出版的《明星日報》寫宣傳稿。這些宣傳稿的來源，是攝影棚的生產動態。因此就得經常到攝影棚看拍戲，有時還幫助導演做場記；這樣既掌握了宣傳資料，又學到了不少有關電影攝製的知識。有一天夜間，我在攝影棚裡看名戲劇家兼名電影導演洪深先生拍戲；只見他向演員排練一段情節，反覆地講解劇情和分析角色；直至演員的表演符合了他的要求，他才喊「開麥了」拍攝。這使我受到了啟發，我明白電影之所以感人，是因為劇本中的藝術形象經過再創造，使之更深刻、生動地再現出來，於是才具有強大的感染力。明白了這一淺顯的原理以後，我就不期而然地又聯想起我的小說《打浦橋》；我琢磨，如果將《打浦橋》題材寫成電影劇本，通過拍攝，紙上的藝術形象，又活躍地再現於銀幕上；那該是多麼好！我把這意念告訴了洪深，並表示願向他學習寫電影劇本。他答應了。他說：中國的電影文學還在萌芽期，從事電影編劇還都是業餘的，包括他本人，他鼓勵我爭取成為中國第一個專業的女電影編劇。但是他又指出，這還不夠，最好再成為電影導演，只有自己當導演，才能較理想地對自己寫的劇本進行再創造。關於這一點，我還無法理解，也沒有這奢望，我只想學習電影文學，將電影編劇作為我的奮鬥目標。根據洪深的教導，從事電影編劇必須在攝影棚裡多看電影拍戲，熟悉電影特性，以便學會創作電影劇本能夠掌握鏡頭感，蒙太奇（即結構、節奏）。於是我認真地從此天天到攝影棚，我看過洪深、左明導演拍戲，他們都有電影劇本。我也看過邵醉翁導演拍戲，他卻只有一個電影故事，但在他的腦子裡已經把場次、鏡頭都分好了，拍戲的時候，他才講給場記寫到場記板上。這反映了他的工作方法相當粗率，態度也欠嚴謹，但他的經驗是豐富的。不管怎樣，我得承認，我從他們那裡學到了不少東西。此後我離開了「天一」也還在電通公司看過應雲衛電影拍戲。這些都為我後來創作電影劇本打下了一定基礎，也使我開始喜愛電影文學。

一九三六年我曾試寫過一個電影劇本《模特兒》，是取材美術學校模特兒的悲慘生活。發表以後，我的老師倪貽德看到了（他是美專教授，創造社的作家，《玄武湖之秋》和《東海之濱》的作者），記得他笑著搖搖頭說：

「這題材在中國沒有人敢拍電影，劉海粟（美專校長）首倡畫真人模特兒時，被封建權勢斥為叛逆。如果今天把模特兒搬上銀幕，雖然時代變了，恐怕也還難免物議。」給他這麼一說，我就不再考慮拍攝的問題了。但總算我嘗試了電影劇本的創作。

二、一度熱衷話劇創作

「七七」事變爆發了，為了適應形勢的需要，話劇成了抗日的有力武器。「八・一三」以後，上海戲劇工作者紛紛組織了抗日救亡演劇隊。洪深約我參加他領導的第二隊，左明約我參加他領導的第五隊，我因好友王瑩在第二隊，就想和她在一起，又能向洪深學習學習。但左明以第五隊缺少劇作者，定要我到他們那裡去。結果我都沒有參加，決心抓住時代脈搏，投身到創作的戰鬥高潮中去。當時話劇是最受群眾歡迎的文藝形式，尤其是獨幕劇和街頭劇，只要劇本一發表，馬上就有劇團演出。因此我熱心於話劇創作，常常看到自己的作品具體生動地再現於舞臺，心裡有說不出的高興，於是我又由衷地愛上了話劇。

其實我在中學時代就熱愛話劇了。一九三二年我寫了第一個話劇本，發表在開封的一個報紙副刊上。那是取材我的表姐被丈夫欺負，毅然出走到比利時去自力更生的真實事件；我赤裸裸鞭撻了封建社會的典型「大男子」表姐夫。由於我的寫作太不技巧，沒有絲毫虛構，連人物名字都不假擬，於是這樣一篇幼稚得十分可笑的作品，也居然引起了軒然大波！因為後來表姐夫已經做了官，表姐已經與他和好；所以從外祖家到表姐夫家，都向我提出了嚴重的抗議和責備；迫使我不得不賠禮認罪，這可謂反封建不成，倒給封建勢力狠打了一棍！內心當然是不服的，儘管不服，積極性受到挫傷，就再也沒有寫過話劇本。不寫不等於不愛，我依然熱愛話劇。我埋頭涉獵中外古今的戲劇作品，為了提高我這方面的寫作能力，我立志加強學習。

想不到五年後，抗日戰爭使我恢復了寫話劇本的勇氣，我又寫了不少宣傳愛國思想，反帝鬥爭的話劇本。題材主要是現實的，但也寫過歷史的。人《關羽》、《木蘭從軍》；以及根據古典名著的改編，如《紅樓夢》話劇本四種等。這些劇本都出版了，演出的不多。有人說，我寫的話劇本太溫，文學氣息重，適於閱讀，不適於演出。如果真是這樣，那還叫什麼劇本呢？於是我對自己也產生了懷疑，抗戰後期便漸漸不大寫話劇本了。一度洪深要我到他主持的一個文化工作委員會的戲劇培訓班（或戲劇系）去教編劇法，我不幹。我想：自己還寫不好劇本，怎麼能教人家？簡直有點諷刺。可是，洪深交給的任務，不大容易推卻；結果我還是硬著頭皮去「教」了，在教的過程，使我對戲劇理論產生了興趣。這期間我鑽研了別人的劇作，再結合自己的經驗，寫過一本《編劇方法論》。（獨立出版社出版）

日本投降的前一年，我又回過來重新寫小說。我根據故鄉抗日戰爭的一些事蹟，寫了一部長篇小說《月上柳梢》（一九五〇年我把《月上柳梢》改編為電影劇本《自由天地》，由大同影業公司攝製）。此後我陸續寫了一些長篇、中篇、短篇小說，也寫了不少散文、雜文。只改編過一個古典戲曲《桃花扇》為越劇本，而再沒有寫過話劇本。

三、電影編劇的宿願實現了

抗戰勝利了，我再度回到上海。那年頭幣制不穩定，通貨膨脹，寫作生涯是艱苦的，稿費低而且鬻文不易。一九四七年我的身體不大好，情緒也很低沉，因此對筆耕有些興致索然了。在「秋風秋雨愁煞人」的一天下午，忽然洪深匆匆跑到我家，說是他為了參加復旦大學的反飢餓運動，受到反動政府警告，必須離開上海；但他有兩件事需要我幫忙，一件是他在戲劇專科學校（今上海戲劇學院）的兼課，由我代下去，校長熊佛西也同意了；一件是「大同」經理張石川約他寫一個電影劇本，他決定和我合作。他也不問我有無意見，還像從前一樣，他的主意是經過考慮的，沒有商量餘地。這位「老夫子」（這是朋輩對他的統稱，我也一直尊他為師，雖然他從來不允許我稱他為師。）的脾氣我已知之有素，儘管我心裡不願意，但我不敢當面駁回。我暗暗打算，等他走了，我去和佛老談談，說明我不能教書，因為我沒有學問，也沒有口才。對合作電影劇本的事，我不相信，他是專家，怎麼會和我這個毫無經驗的人合作呢？他似乎看出了我的心思，不等我表態，就嚴肅而又武斷地告訴我：不必猶豫，他知道我經濟困難，教點書也可以小補。關於寫電影劇本，原是我十幾年前的志願，他鼓勵過我，現在他又要和我合作。這是他成全我，我很高興，為了我喜愛電影文學，曾向上海「中電」三廠投過稿，不被接受，因此我覺得洪深給了我一個好機會，我就答應了。第二天他約我談劇本。他的熱情使我非常感動，他不但關注我的生活，還關注我的創作宿願，他真是我難以忘懷的良師益友呵！

聽洪深談劇本是很有趣的，他不住地吸煙，還一邊吃茶點，他說這樣才能助文思，談得起勁。他先講述他構思的一個還不完整的故事梗概，塑造了三個不同典型的女性，都是真有其人，而且是我熟識的。生活素材是豐富的，當然他也概括了許多類似的典型。他講我記，然後我向他提出了一系列問題和我的看法、想法，我們認真地共同研究、分析；統一了認識，最後他指定劇本初稿由我執筆。以辛棄疾一首詞中的「幾番風雨」為劇名，點出當時的形勢和現實意義。他很快就到廈門去了，寫作中無法向他隨時請教，劇本草成後寄他修改定稿，我們的合作就這樣告一段落。限於我寫的初稿水平不高，難免影響了定稿品質，對此我很歉疚。《幾番風雨》於一九四八年投入攝製，由何兆璋導演，謝晉助理導演。這是我從事電影文學的第一部影片劇作。接著「大同」就正式聘我為基本編劇，我的宿願終於實現了。

四、新的體會

一九四九年到五二年，由我編劇的影片先後有反映舊社會妓女悲慘生涯的《蝶戀花》，宣傳抗日戰爭的《自由天地》，歌頌人民新中國的《女兒春》等，都是黃漢導演，「大同」出品。一九六〇年和六三年還編了《向陽花開》和《鳳還巢》兩部影片的劇本。此外也寫了不少沒有攝製的電影劇本。去年寫的《粉墨青青》電影劇本，發表在一九七九年的《西湖月刊》第一、二期上。北京電影廠原要拍攝，他們提了些意見，作了修改，但後來不知為何又擱置起來。

實踐證明，電影劇本確比其他任何文藝作品更富有感人的藝術魅力，特別是拍成影片以後。但電影劇本的創作難度也比較大，往往數易至十數易其稿，到領導點頭，各方面滿意，反復寫、改，是幾十萬字的勞動過程，有時肯定了的劇本還會否定。電影文學，它與小說、話劇不同，而又有共同點；共同點是都靠形象思維寫成作品，不同處是電影文學的形象思維具有立體感，鏡頭感；從構思、醞釀到寫成電影劇本，往往腦海會出現種種畫面，就像放電影一般。把電影劇本拍成電影，這是一個再創造；也就是把基本內容變成視覺形象，生動地再現銀幕。影片的成敗，劇本固然有關鍵性的作用，導演、演員以及攝影、錄音、美術……等電影工作者的通力合作，也是十分重要的。首先是編導合作，只有在編導建立的親密無間，相互瞭解，相互尊重的合作友誼之下，才可能保證影片的品質。現在我理解了洪深從前講過的電影再創造的意義，怪不得他鼓勵我也學導演。有時劇本很好，拍出的影片不理想；也有時劇本不佳，而拍出的影片是成功的。這在我從事電影編劇的歷程中，對編導合作曾有過一些經驗教訓。由於電影是一種綜合性的新興藝術，時代在進步，科學文化在發展；隨著形勢的飛躍，電影藝術必然也有飛躍；從最近看到的一些國外優秀影片，可以印證。值今國內正當開始四個現代化建設的時候，我不禁想到：我們的電影藝術是不是也有個現代化的問題呢？看來應該是肯定的，否則中國電影事業的前途不樂觀。已經有人提出了有關改進電影事業的經營管理、生產制度等問題，這是必須的，是相輔的一面；相成的一面，還在於如何改進電影藝術？尤其改進關鍵性的電影編劇情況。誰都知道，一般是沒有優秀的劇本，就生產不出為人民所喜愛的優秀影片；也就不能收到預期的效果，完成創作使命。群眾是最公允的鑒定家，他可以「人口皆碑」地為一部優秀影片作義務宣傳員，他也有權利不看某些影片。那麼怎樣寫好電影劇本呢？我以為這就要求電影劇作者的思想也現代化。寫出內容和與形式統一、健康、完美的劇本；要求電影劇作者具有群眾觀點，承認群眾的欣賞水平提高了，才能滿足群眾。

作為一個「靈魂工程師」的電影劇作者，不但是應看到形勢的飛躍，還應走到形勢的前頭；不然你那老的一套落後了，群眾不接受。比方你把劇本寫得不厭其長，拖拖拉拉，一拍就是上下兩集，不顧影片內容是否充實有益，只顧自我欣賞；不考慮客觀效果，不考慮觀眾愛看不愛看；有沒有那樣多的空暇時間和那樣充沛的精神，去坐上三四個鐘頭看一場電影？以及考慮是否會影響視力的健康？當然改變這個現狀，同時也要求導演一起解放思想，一起躍進；因為劇本最終還是要由導演進行再創造。

屈指算來，我從事專業電影編劇也有十幾二十年之久，而寫的電影劇本已經攝製和發表、出版的，卻不過六七個；自慚無論數量、品質，都很不夠。知難而退，由於年老多病，今後恐怕不能再搞編劇了，但我卻依然喜愛電影文學！

一九八一年一月

附錄

趙清閣口述

中央電視臺《二十世紀中國女性》口述資料

一九九八年六月二十七日，中央電視臺《半邊天》欄目組為該台「二十世紀婦女」專題系列片，在上海趙清閣寓所採訪拍攝記錄片。上午九時始，《中央電視臺》相關工作人員到位準備；九時三十分，正式開始採訪錄影和錄音，期間，除換裝錄音磁帶外沒有中斷過，直到中午十二時三十分左右結束採訪。

一九九八年八月十日，趙清閣將中央電視臺提交的採訪記錄稿審核訂正。在該稿的最後，趙清閣親自書寫了：

贅語

根據電臺同志的要求，談了個人的一生經歷，由於年老記憶力衰退，往事已記不清或遺忘了，談來可能有錯誤，只好以後再修正。為此希望電臺或用資參考，不宜外傳。尤其不宜發表，避免產生誤會，影響不好。至盼，至盼！電臺使用，即以此稿為依據，錄音原稿不可用。

趙清閣　一九九八年八月十日

編選者說明

一九九八年六月下旬初，趙清閣阿姨告知我中央電視臺採訪事，她要我當日上午早些去到她寓所，以可旁聽到採訪全過程，她說這是我的一個很好學習機會，可以更好瞭解她和相關的文學史。

採訪時，中央電視臺相關欄目組的編導、主持、攝像和有關的幾位年輕人，都認真投入地進行採訪工作，我坐在旁邊做著自己的記錄。採訪結束後，欄目編導和我交談時說：「她（指趙）講得很好，是我們眾多採訪中講得最好的，她講真話。」

聽說，不久這次採訪片就在中央電視臺播出了。當時我還在上班，因為播出時間原因（好像是在下午），我沒有能看到這個採訪的正式播出內容。

後來，趙清閣阿姨將她自己親自修定的這份口述稿交給我保管收藏。

趙清閣口述稿

中央電視臺《二十世紀中國婦女》紀錄

你們要我的經歷，題目太大，只能談多少算多少。

小學之前，我是讀的家塾。我的外祖父家裡有家塾，在那個時候我讀了一點古書。後來上小學就到了故鄉信陽的河南省第二女子師範附屬小學。考小學的時候，我還不到七歲。當時學校的老師就不錄取我因為年齡不夠。然後就又拖了一年再去上。到畢業的時候就十四歲了，我不願意去考師範學校，考的信陽一個縣立中學初中。

在初中讀到十五歲那一年還沒有畢業時，家庭就發生了一樁事情，就是瞞著我替我結親。他們，我繼母和我父親，要給我包辦訂婚，是我自己在院子裡花壇上聽到的。不光訂婚，而且很急迫地等到十七歲就結婚，說是人家獨子，很早就要過門。十七歲！我聽到這兒就嚇透了，怕透了，我就跑了、跑了。

我唯一相依為命的就是祖母。我就跟祖母去講了，祖母曉得這事，不敢告訴我。祖母也不贊成。祖母說那你怎麼辦呢？我表示，當然我不同意。不同意，但不懂得怎麼辦。想不出主意。然後祖母啟發我，是不是去找你姨母去？我唯一的親戚就是外公家、舅舅家、還有我母親的嫡親姐姐——我的姨母。姨母在河南開封，當時的省會。姨丈是在省了頭做大官的一個人。奶奶的意思就是只有投奔他們去。這在當時成了我的出路，我就下決心走。怎麼走法子？不容易啊。不能講的。

打我母親死了以後，父親娶了繼母以後，我的外祖母家跟我家裡頭就等於斷絕了關係。外祖母不滿意我父親這段婚姻，娶繼母這段。所以，我不敢去跟我外祖母家裡講。我舅舅是一個清朝的進士，很有學問。在湖北省省政府裡做事情。我就跟同學商量。是在學校裡跟我要好的同學，很同情我的遭遇。這個同學姓楊，她比我高幾班，大幾歲。她是師範學校的學生，她幫我出主意。當時是寒假，她帶我出去，帶到她家裡，然後就直接到開封，去投奔我姨母。就是這樣子一個機遇，得到從祖母到同學這點幫助。我就跟同學在一個大雪天，還沒有天亮就逃出去了，偷著出去。只有祖母送我到大門口，然後就到火車站等，等火車走。走到同學家裡住了兩天，然後到開封，到開封去投奔我姨母。我原認為姨母是我母親的姐姐這個關係那麼親密，總會同情我幫助我。哪裡曉得不是那麼回事。他們的封建思想是一樣的，對我這個不期而至的孩子，她就覺得是叛逆，家庭的叛逆。當時我記得她就訓了我一頓：「你怎麼可以一個人跟同學跑出來？離開家，而父親不知道，我不能收留你！」當然今天來講她有責任，她害怕，她怕父親跟他鬧。她就給我幾塊錢讓我回去。我性格上從小就倔強得很，有很多朋友都知道，我一直很倔強，很矜持。當時我見到這個錢，我就拂袖而去。我把那幾塊錢一甩，錢掉在地上叮叮噹噹地響。我走了以後，他們當然跟我父親聯繫了，告訴我父親。我父親就跟我壟斷經濟。當然要我回去，如果不回去就壟斷經濟不管我。但我有同學們的支持，決定不屈服，沒有回去。

後來我考上河南開封的藝術高中學畫。學畫的原因就是紀念我母親。我從前沒有想過學畫，但小的時候就受薰陶，我母親會畫畫，家裡掛著她的畫，我很喜歡。我就為了紀念母親下決心學畫，就考這個開封高中。也居然給考上了，還是插班一年。所以我的窮苦、讀書，這些問題都是通過這個辦法，插班啦，比別人要多用點功，把成績弄好，得點獎學金啦，或者就是跳班啦，都是這樣。一年級、二年級規規矩矩上學，就用這樣子省點錢。到了藝術高中，就學國畫，中國畫、水墨畫，也學鋼琴、音樂。校長和老師都很喜歡我，所以培養我，很精心地培養我。我呢，我就記得我是刻苦讀書。夜裡不睡覺，去偷著練鋼琴，為的是同學們都睡了。我就把琴室門關起來，在琴室裡偷著練琴。因為這個師範學校高中主課、必修課是國畫和音樂，就是為了培養將來做教師。我也喜歡音樂，那我就抓緊練鋼琴。沒有錢湊不出錢交琴費就偷著練鋼琴。到美專也是這樣，偷著練鋼琴。

在這個時候我心情壓抑得很。對家庭、父親都很不滿。常常寫些詩啊、小文啊。我在私塾裡讀過書，學過一些舊詩詞，所以這個時候就開始寫舊體詩，而且第一次投稿到《河南民報》居然給發表了，「趙清閣」第一次變成了鉛字。那個得意呢！那個開心啊！高興得不得了。接著沒隔幾天還拿到了一筆錢，給幾毛錢，更高興了。就是說，這不但可以宣洩自己的情緒、壓抑，而且還能收一點經濟效益，就非常高興，編輯不知道我是小孩子，才十幾歲，約過我，我不敢見。後來同學鼓勵我見，他才知道我還是個孩子，那個編輯很稱讚我，鼓勵我還寫。此後，我又間斷地在他們報社寫過一些東西。這個時期到在學校讀書這個時期，課餘地寫寫東西，在思想意識上都是個人發洩一些愁呀、煩呀的情緒。等到在這個學校拿過一次獎學金後就畢業了。

畢業以後就碰到了時代變遷，是一九三一年發生「九・一八」，學生們掀起了一個反帝的思潮。我前面說，我寫作，我逃出家庭反抗那個封建婚姻，它的思潮影響應該說是受「五四」新思潮影響。到後來「九・一八」以後，思想有點提高了，知道愛國了。就是日本帝國主義侵略中國，這是不允許的，寫東西逐漸轉到愛國反帝。在這以後到畢業，個人奮鬥的目標就是要畢業、自力更生，要自己活下去，還要把我的奶奶救出來。因為我繼母待我奶奶也不是很好，我父親也不是孝順的。所以，我看不過去。我就發誓，畢了業不上學了，做事情，把祖母養起來。那時候十八歲。十八歲高中畢業，我就通過同學找到了河南救濟院的一個貧民小學、窮孩子的小學當教員。後來，當教務主任。其目的就是要賺了錢，不但自己能自立了、能活了，而且把祖母能夠接出來，這是一個大宗旨。哪裡曉得，還沒有多久，我祖母就死了，病死了。我父親通知我，說祖母死之前叫我父親告訴我，她希望看到我回去。父親說你祖母死了總不能不回來。於是我就回去了，因為祖母是我生平最後一個親人，所以很沉痛地回到了家裡。進去了。棺材都還沒有蓋，就讓我看看。我萬念俱灰。還有什麼意思呢？辦了她的喪事後，我又走出來，走出來我就想，這一生我是不會再回到這個家了。

說到這裡，我插一句。這一句將來如果我寫作的話，要寫還不這麼簡單，因為我是被封建勢力吃掉的一個。

在我的前一代，我祖母有個女兒，我第一個姑姑，是我祖父——我祖父是有功名的一個舉人，是信陽當地的叫黌學的，黌學就是相當於今天的教育局什麼的，黌學是很大的一個機關，他是學官。主持信陽去考學的。鄉試。去進學的人都必須走過我祖父的門檻才能行。祖父手裡沒有官方的俸祿，只收學生的學費。他是封建得很厲害的——他的女兒，一個很有才華的人，就是我的親姑姑，他也是給她包辦的婚姻。我這個姑姑不像我。我祖父抽大煙，我姑姑就吞鴉片自殺了，也算反抗吧。姑姑是舊禮教殺害的第一代女性。這一段就基本講到這裡。

學業的啟蒙跟我的文學生涯是有關係的，在小學時代我就有那麼個啟蒙老師，是蔣光赤（左聯最早的一個作家）的夫人，叫宋若瑜。她在我們那個學校擔任小學教員。她教我。她很喜歡我。受她的影響、啟蒙。如果說是誰讓我開始接觸新文藝，把我從一個家塾的古文學中帶到學校，那就是她。我忘不了她！

我祖母死後，我就離開信陽，離開家鄉，跟我父親的關係不是很好。父親是什麼樣的人呢？他應該是受到新思潮的影響，他不是舊學堂出來的。他是學工的，還是學什麼的。但是他是在那個封建家庭成長起來的，他的封建思想是不會低於爺爺的。所以他不是不愛我，他喜歡我。那時候母親生了我，只有我一個孩子。他很喜歡我。但是等我繼母來了後，在北方有句老話叫做：「娶了後娘就有後父」。他就變了，特別他有了孩子以後，他就愛他後來的孩子。我只我一個人。假如我有姊妹兄弟，我也許出走不了了。我會留戀這個家。當時我就是一個祖母，我對這個家沒有什麼留戀的。祖母一死，我好像一根腸子拉斷了，更死心塌地地不想回來了。跟繼母必然不會好的。我的外祖母曾經有過一句話，我母親死了後，只跟我來往，不跟我家裡來往，也不承認這家親戚。所以我祖母死後，安葬了她，我就走開了。回到開封還教了半年書，積了點錢。這個時期我一邊還在河南大學中文系借讀過。那個藝術高中的校長很喜歡我，願意培養我，就跟我講，你在這個藝術學校出來就可以去考上海美專。他介紹我到上海考美專西畫系，系主任是創造社的一個老畫家，一個老作家倪貽德。什麼考試也不計較就進去了。因為窮啊。又是插班，考的二年級。美專這個學校，當時我們都叫它「學堂鋪子」，為什麼？太花錢的學校。學畫就是花錢的事。美專又是私立的學校更花錢，畫西畫更花錢，國畫也一樣，你買紙、顏料什麼的都需要支付錢，我考取了美專，讀起來更艱苦。所以又不得不動腦筋。

首先就找到上海一家女子書店，當時國內就只有一家女子書店。書店的老闆是復旦大學的教授姚名達他夫人叫黃心勉。我在河南時就和他投稿，認識的。到上海美專以後，常常去看他們。他們對女青年很愛護，發現我的經歷，同情我，就發表我的東西給我點稿費。這樣我一邊在美專讀書。錢不夠，那怎麼辦呢？一九三四年又通過朋友介紹，我進了電影公司，叫天一電影公司，當時跟明星（電影公司）齊名的一個大公司，去幹什麼呢？當時天一電影公司辦了一張《明星日報》，專門捧他的演員。我擔任編輯的助手，寫些宣傳稿。我常常夜裡跟著攝製組通宵地工作，然後記錄。天快亮了，我就趕快回學校，寫成文字、發稿，捧那些陳玉梅的大明星。這個時候我認識了洪深。他是導演，我就做場記工作，找材料，寫宣傳稿。老闆是邵醉翁，很有名的一個大導演。老闆娘叫陳玉梅，是跟胡蝶齊名的一個明星，她們對我也都賦予一定的同情，看到我很辛苦，白天上課，夜裡還要再做工作。有時就住她家，後來給我一間亭子間，住在他們公司裡。住在他家的時候，他們早上派車送我上學校。在美專倪貽德那裡認識了葉靈鳳，都是二、三十年代的老作家。受他們的影響更喜愛文學了，常寫東西發表。

美專時期我就不搞音樂了，偶然作曲。在美專還算順利讀了兩三年吧。我中間跳了班，一九三五年畢業畢業以後河南的那個中學母校要我去教書，給我寄了聘書。在上海才知道社會上的不平等，貧富懸殊，但我思想上認為只要勞動，只要能搞點錢讀書就好。因此在學校裡讀書期間，我做過的事現在講是不好的，就是替那些小姐們考試，特別是她們的畢業考試。我作了畫給她們冒充。記得當時我沒有一件像樣的衣服，用這辦法換了一件像樣的衣服外套，換來一點筆墨。有的時候月考代她們答題，學校也不是很嚴格。到畢業了，學校也知道我在學校不多說話，只埋著頭幹事情，寫作，這是學校都知道的，所以也算是個佼佼者了。我主編了我們那一屆的畢業紀念刊。很大的一本畢業紀念刊。思想傾向追求進步。從個人恩怨到反帝愛國，「九・一八」抗日時，在貧民小學裡看到跟我一樣窮的孤兒還是多得很因此我拿我的工資，一個月的工資全部送給他們。每人一塊兩塊錢，就做這種事情好像也心安理得了。才知道社會上還有更多的窮人，更多的苦難兒童。到上海美專以後，視野大了，看得更多了，對舊社會產生了很強烈的不滿，那個不滿就是貧富懸殊的不滿。同學們都很富裕，而我窮得滴滴答，還要自己讀書，自己賺錢。不大服帖、不大甘心，就寫點詩文啊，發牢騷、詛咒現實。但不明白它的根本原因，也說不出什麼道道來。

我剛才講到在上海已經認識了一些進步的同學，我在美專就是跟進步的同學接觸得多，幫他們做一點小事情。學校當局把這些同學目為危險分子，可想而知我當時的處境。畢業以後我接到河南開封藝術學校的聘書。回到開封以後寫了很多的東西。在這之前，我在河南已經有一點小名氣。所以發表文章還十分便當。在上海也在報紙上寫些東西。在開封報紙上寫些宣洩不滿的情緒，這些文章就闖了禍，引起了河南省當局的注意，劉峙是蔣介石的一個最大的將軍，在河南做省長、衛戍司令。因為在那個地方，一個青年人敢寫文章表達不滿，還寫得相當尖銳不含蓄，於是很惱火。就在一個夜裡，找我，抄了我的家，抄出來一封田漢的信，那時（一九三五年）田漢是很赤色的一個人。我在美專好像還演過他的戲，思想上受他的影響。他給我的這封信我就像寶一樣的帶在身上，結果給他們搜去了，這就作為唯一的「共嫌」罪證，扣下了共產黨嫌疑帽子。搜了一夜，第二天早上人也逮捕了，關起來了，關得挺恐怖的，是衛戍司令軍統的一個機關。劉峙曾親自審訊我。

關了差不多有半年時間，審訊了兩三次，我打這個時候起就得了肺病。氣得吐血，又說不清楚，唉！這是一次災難。姨母對我有看法，但她畢竟還是我的姨母，她心疼我。姨父是不敢招惹我。官僚資本家在搞個「共產嫌疑」犯的外甥女，他不敢。所以姨母通過她的兒子、我的表兄幫我。他們同情我，他們開鋪子的，對我進行一些保釋。最好是學校的老師寫保單，把我保出來了。此後我就離開河南，離開開封，一個特務把我送到徐州，才擺脫這個尾巴。那時候我沒有什麼出路，只有一個上海可去，就到了上海，又回到女子書店。我知道這個轉折很討厭，我不敢告訴女子書店的老闆姚名達，我怕他們害怕。所以沒告訴他們，他們就請我當了女子書店的總編輯。後來，有個出版刊物講我是中國最年輕的一個女編輯，才二十一、二歲。在這家女子書店過程中。我還是寫了一點東西，寫散文、寫小說，為書店編叢書，出版了一本小說集《旱》。這是生平第一次小說問世，出版以後沒多久，當時太年輕了，寫文章直得要命、露得要命。什麼都尖銳地講，那麼年輕！國民黨檢查機關注意了這本書，半年以後就成了禁書，也因此暴露了我的身分。我的老闆不敢留我，很婉轉地叫我離開，離開以後，我還是寫些東西，就是戲劇兼電影編劇，這是一九三六年。我就不甘心，十八、九歲就開始在河南編報紙，旬刊、副刊。這個時候我已經在女子書店當過總編輯了，有點編輯經驗，也有點興趣了。《女子月刊》當時在國內還有點名氣，當時除了生活書店有一個《婦女生活》外，還沒有婦女刊物，就是《女子月刊》。我就給上海雜誌公司出主意，策劃了一個《婦女文化》的刊物宣傳反帝愛國。這個刊物一直編到上海「緊張」。傾向性比《女子月刊》更明顯。

出版沒多久，也不過一年，一九三七年抗戰就爆發了。這個刊物又被國民黨拿走了。拿走的時候我記得還經過一番鬥爭。我說我交給你們可以，你們還用這個名字出版也可以，不能用我的名字，不能說還是我主編的這個，反正意思就是與我沒關係。一九三七年抗戰爆發，就跟著上海有些劇團，像洪深、王瑩他們到內地宣傳抗戰。我跟著他們到了開封、到西安，我就沒有到戰區去。我精神上餘悸未消，我剛從牢房裡出來沒多久。我在開封寫劇本，打這個時候起就寫了不少劇本。有時候我自己導演、演出，宣傳抗戰，那時候很活躍，一門心思就是抗敵救亡。雖然身體不好不能上前線。在文藝宣傳上做工作和文藝界的一些人都熟了。他們都到漢口、武漢去參加一個國共合作時期從文藝界開始的一個統戰團體，文藝界抗敵救亡協會。四面八方的文藝工作者都團結進取，從籌備到成了我都參加了。那時候認識郭沫若啦、老舍、陽翰笙一幫朋友這些人都經常在一起。我人在當時也才二十三、四歲，可是這方面好像有點早熟，老早就寫東西了，老早就有點虛名了所以他們這些老朋友都沒有把我當小年輕看待，而且很器重我，很提攜我。我比較接近的，當時比較談得來的是文學界的人多，戲劇界的還是有一定的距離。我自己也有半封建意識所以朋友們講我自己還有半封建意識。

文學界的郭沫若、老舍。郁達夫很快就走了到新加坡、南洋去了，比較能談得來的，較為接近的，是支持我的刊物的一些人。我為什麼會和這些作家合得來呢？因為我是以一個作者兼編劇的身分，因為我又在武漢一個華中圖書公司當編輯。我給他們編了一個刊物，叫《彈花文藝》，這是抗日戰爭以後的第一個文學刊物。等我這個刊物出版了，茅盾編的《文藝陣地》才出版。再後來就是文藝界抗敵協會的一個會刊。我是第一個，所以我還替他們做了宣傳工作。這個時期是沒有什麼界線，沒有什麼好像誰跟誰過去的隔閡什麼的，都沒有。我的記憶裡頭，在當年的文藝問題上，好像有分歧也只是像文藝本身的那些創作方法的或者是題材的問題。你跟我不一致，不同，你不同意我，我不同意你；這種分歧。不影響友情。不像文革時候硬把文藝政治捏在一起，你寫的東西不同意我，我就變成了反動派……。在武漢的文藝界抗敵協會，是周恩來，周總理支持的，他委託老舍跟國民黨的幾個元老搞起來的。周總理呢，當時在政治上，搞國共合作，他參加了國民黨的軍委政治部當副部長，後來他就組織了第三廳，把田漢啦、洪深啦這些文化名人都請進去。當時穿軍裝的人很多，都是什麼少校、上校。我那時無黨無派一直到解放後，……一直都是這樣。也一直到現在都沒有做過什麼官、或者一官半職。我只參加文藝界活動。

「文協」時期，我跟一些作家接觸比較多，因為編刊物的關係。周總理是在武漢見到的。那時跟鄧大姐還沒有什麼接觸。

安娥算是比較好的朋友，經常聯繫。一直到重慶，到解放後她得病。

丁玲解放前，就是一九三五、三六年，我到南京那個階段，我去看過她。我對她是很佩服的，她是革命的。我是書生。她住在中山陵附近。我去看她，撲過一次空。建國後接觸也不多。

田漢那時也在南京，我去看過他。戲劇方面我常請教他。

在上海，我跟魯迅只有一面之交。跟他夫人，見過幾次。特別是抗日戰爭以後。我在武漢，女作家冰心還沒有到武漢。我們到四川、到重慶後，她才到重慶。那就是一九三八、三九年，我記不清了。

謝冰瑩那個時期我接觸比較多，她到武漢，她是真正直接參加抗戰的，她當兵嘛，她是北伐時的女兵。到了抗日戰爭，她就更乾脆當兵了。在武漢的時候，我記得她就是穿軍裝的。後來，我離開武漢，撤退的時候，我去四川，她就到西安去辦刊物了。

冰心，是我的忘年之交的至友。一開始我是從她的《寄小讀者》，她的詩《繁星》認識的，我覺得她是一個閨秀型、慈母型的女作家。我非常尊敬她。我對她的作品，不大滿足。這也能理解的，因為我成長了，思想有距離。是很好的朋友。她對我也很有幫助，她很愛護我關心我，但就是不太接近。這時期和安娥比較談得來。

安娥這個人也有她的特點，她不大言語。她跟你好了，就無話不談。她告訴我，她也是一個縣官的女兒。她很勇敢，她寫詩、寫歌詞，都是相當尖銳的。但是，我跟她距離在於，差別在於，我對她的私生活，我不同意。比方說，她跟田老，這個不應該……儘管到抗日戰爭以後，我在上海，她住在我家，我保護她，保護田老。因為他們三個人常常吵架，田老的夫人我也熟也沒有離婚，都打到我家裡。我對他們三人都掩護；可是，我是不以為然的。我勸過安娥幾次，她不能接受。我的意思是，我也很赤裸裸地講，我說為什麼你的人生價值，用今天的語言來講，就是太狹隘，全在愛不愛的感情上，為什麼不寫作呢？我很為她的才華可惜，為什麼不貫穿一生，搞事業呢？她不。後來我明白一點，比方說她在重慶，她不寫作，她搞政治活動、社會活動，今天我明白了她在為黨做工作，對不對？當時看不慣的是，她跟宋美齡她們都有接觸、很接近。我後來才明白，她有她的道理。田老在一起跟她幹革命，就在這個問題上，她幫助了田老。她和田老志同道合。她的黨性很強，不是說沒黨性。但是她的作風是比較浪漫的，在這一點上我跟她不大一樣。她也沒有影響我，我也沒有影響她。

說到謝冰瑩呢，我早期很佩服她的勇敢。一個裹小腳的女子，也是自我解放，她是結了婚逃出來的，逃出家庭，逃到廣州，黃埔軍校！她去投靠黃埔軍校去了，你看，這個是我非常佩服的。很了不起。在黃埔軍校畢業沒畢業我搞不清楚了，北伐戰爭起來了。她就跟隨何香凝，廖仲愷夫人，她跟廖仲愷夫人當祕書。都是國民黨左派。

那時候，國民黨就是革命黨。何香凝也是國民黨。老國民黨員。毛澤東也是國民黨員，謝冰瑩也是國民黨員，黃埔現在還在的恐怕都死了，還多都是，柳亞子也是，跟謝冰瑩很要好的。不過那時國民黨是和共產黨合作的。謝冰瑩從家裡逃出來，她的一生將來由她去講——她到了黃埔又去參戰，到武漢……南昌起義。她都有份。她跟秦德君都在一起的；只有一位女的，還活著，在四川，現在已經九十多了，叫胡蘭畦，她自己寫了個傳她把她跟陳毅戀愛的事寫了進去，引起了些非議。我知道她這個人很火爆脾氣，為陳毅的事情，朋友們都勸她，不要寫它，寫陳毅幹什麼。她的理由是，有這樁事就要寫出了，為什麼要隱瞞呢？她就是這個態度。現在我為什麼要提胡蘭畦和秦德君呢，她們跟謝冰瑩都是鬧革命的，不是我這種書呆子。謝冰瑩是作家，女兵作家，主要她是靠當兵起家的。成名也是柳亞子捧出來的，那時候女人當兵只有她一個。林語堂，他們捧啊，死捧。我問過鄧大姐，鄧大姐就笑，鄧大姐說那時候女的太少了，才出來一個敢於闖的，那就是寶了。

我也不如蘇雪林，蘇雪林還有點闖勁。我的闖是文闖，靠朋友拉拉、托托別人幫幫忙啊。自己太幼稚、太小。蘇雪林她們都有靠山，都有關係。她是高中畢業到了北京，考了女師大。她跟許廣平是一號的。許廣平在寫作上為了魯迅犧牲了，沒法堅持寫作。但也很有貢獻。

我對安娥不同意的。我講一個人應該有所為，有所不為。這是我的哲學。一個人醉要緊的，我認為要有自己的事業，有自己的志願。我的志願是在文學上，我要有點小成。我就把這個當我的終生事業奮鬥。我就希望從有小成能夠到大成。我不敢想其他，儘管我也畫畫，最近有記者訪問我，說你可惜了，你要是不放棄畫畫，你現在也是個很好的畫家了。我說我放棄畫已經幾十年了，我若不放棄畫，我又愛文學，那怎麼辦呢？我一個人分不了兩個人呀，因此我就把畫當成業餘的搞搞。我把文學當我的終生事業，一直搞下去，沒有改變過。

音樂我放棄了。我知道我不可能，兼顧不了的，我喜歡嗎？戲劇。它也是文藝。寫作方面，我是什麼都寫，戲劇、電影，早期寫些詩歌、散文、小說；後來抗日戰爭，重點就是戲劇，所以香港一位作家把我的主要作品集中羅列在戲劇上。

因為戲劇當時是為抗戰服務的，我把它比成輕騎兵，方便，效果好，所以我抗日戰爭時期集中全部精神寫戲劇，寫本子。合作的也有，主要是自己寫。

電影我也寫，寫電影的原因是，我覺得戲劇不夠教全面地反映我的思想，生活風貌，我選擇了電影，寫電影當我塑造人物的時候，常常不自覺地把自己的一些東西，思想、想法、愛好、感情化到我塑造的人物中去。因此，我記得洪深先生就說過我，應該當個導演就可以更完整地體現你的想法了，你的策劃更能夠撲捉到。他是很希望我能夠導演的。我不願意跟人交往，性格上不同。所以從這一點講，我就說，安娥可惜的就是，她不管是寫詩也好，寫歌曲也好。她寫過戲劇，我給她出版過，我編叢書給她出版過戲劇，沒有寫過小說。她就是不肯改，我說為什麼你一門心思就在一個田老的身上呢，你不能擺脫一下個人感情，把自己的感情投向自己喜愛的或者較長久的事業呢？她不理我，她回答不出，她也接受不了。謝冰瑩呢，這兩個人跟我友誼都很好，但性格都一樣。謝冰瑩一直到這一兩年才沒法通信，她生了帕金森病，健忘病，又像癡呆症那樣的。很滑稽的，我給她寫信，她永遠記不得。我傷心得很。可是她寫作，作品多得很。這個她跟我不同我不如她，她這幾十年都在臺灣，在國外，跟蘇雪林一樣，她也是教書、寫作。後來到了美國三藩市定居。她中年時代，我編刊物曾約她寫過稿子。當時較比集中精力在創作上。中年以前，她活躍得很，就跟安娥一樣，搞政治。這個我就不去談了。

你要求我談幾個老一輩的女作家，給你參考，我只是簡單的介紹，將來你去訪問她們。冰心呢，我那天也跟你講過一點。她是搞學問的，應該講，她燕京出來就在燕京當大學教授，她教文學，她跟那兩個不同，政治心沒她們那麼強，活動也沒她們多。她自己講是「參而不政」，國民黨請她當參政員，她是參而不政，就是拿薪水，拿錢，沒做過官。可是解放以後呢，她也是參政員，就是人大代表，你說她「參」，也是「參而不政」呀，也是沒做官，可是她擁護共產黨，她對社會主義事業愛戴，因此共產黨號召她做的她就做。比分說周總理派她個任務，特別是外事活動那時就需要她幫忙，她都接受，你能說，這是無關政治嗎？不可能的對吧？這不能說「不政」呀。所以文革時，很多謠言都是誣衊！她自己如果再說「參而不政」，也是不切實際的。她在作家中是歌德派，冰心是歌德派。有什麼不好呢？

這我都比不了她們。我沒那能耐。我也沒那興趣。我的興趣，我這一輩子就是床上起來到桌子上坐下了，別的什麼都不感興趣，很少出去。一年到頭勞動勞動，筆勞動。寫點東西，畫點畫，這就是我的樂趣。所以說，別人看我很寂寞，很孤獨，最近我還在回答這個問題。最近，有人給我寫了篇文章，「落寞」二字，我給劃掉了，不是的。我學過語言文字學的，學文章用字要恰當，說我落寞不切實際。我落寞你就不會進我的家門，現在多少年輕小朋友來來往往，來看我的，這落寞嗎？有時候我還挺煩的，不是的！我不落寞。

你說我孤獨嗎，這麼多人川流不息地，老朋友這兩年才死了，差不多死光了，這使我感到落寞，，這個落寞不是形式上的，是精神上的。年輕人的共同語言畢竟少，我談話的人都不在了。我前天清理信，清理老朋友給我的信，他們以前寄到我這裡的信。我現在連談話的人也沒有，是的，這是精神上我覺得很寂寞，我講得人家不懂，人家講的我不感興趣，現在眼睛又看不清了，看書也不行了，寫作也要減少了，愛好的東西都不能做了，真是「生趣索然」……。這兩年一些劫後殘存的文物書畫都捐給了國家，總算了卻一樁心願。

所以，我比起前面我講得比我年長的這些人，都不如，我尊敬她們，有些是老師，比我大幾歲，也是我的朋友，我很羡慕她們，佩服她們，我比不上，我自己很慚愧。寫作沒有什麼成就。比方說晚年，我應該把自己的經歷寫出來，我不曉得拒絕了多少人，安徽的石楠，寫《畫魂》的石楠，跑到上海來找我，我就給她謝絕了，我沒有精神跟她談，這不是一道工序的事。

我想不想寫呢？我想寫。自打我五十歲時候起，我就想寫，我就覺得我的一生，包括我的家庭是可以寫出來給年輕人看得。看看舊社會、認識舊社會，也看看瞭解我們當時是在那樣一個吃人的社會，那樣一條荊棘叢生的路上走過來的。當然今後不會有，可是誰知道呢？文革不就有過一次大浩劫嗎？所以瞭解這些有好處。但是今天，這又扯到題外了，今天的傳記文學，我很不滿意。

誰來請我看稿子，我也是這個意見；我自己寫自己或寫別人，也是這個意見，今天的傳記文學沒有端正作風之前，我不寫。

現在的出版社強調經濟效益，把人家的傳記也當做商品對待，好銷書，不好銷書。不好銷呢，就塞進些不堪入目的東西。獵奇呀，把人家的隱私寫出，好像這就賣錢了。這是不道德的。

昨天我看到報紙，我生氣。上海這麼好的昆劇團，為了要出國到法國去，演出《牡丹亭》，（我的《牡丹亭》今年才出版），我觸目驚心。這篇文章，是《解放日報》披露的。他們幹什麼呢？他們把《牡丹亭》裡原作的一些糟粕再演繹一下，人家不過是寫了點迷信的東西，我改編的《牡丹亭》，小說也好，戲劇也好，我都把它迴避了，去蕪存菁嘛，或者沖淡了，或者含蓄了。這給讀者什麼好處呢？他不！他把它擴大了，赤裸裸地寫，黃色的，叫人不堪入目。《解放日報》的作者寫到這裡的時候他說「我噁心」，那我就想，這個作者噁心，他還是男作者，那我們就不能看！拿古人的古典作品經典作品為了賣錢，往法國去兜售色情，這什麼意思呢？丟臉嘛！丟中國人的臉嘛！還有一點正氣感沒有！

所以我對傳記文學的意見大了。有些傳記就是為了賣錢，硬把人家的私生活塞進去寫。當然也難怪，有的讀者喜歡看這種東西。寫可以，怎麼個寫法。所以，現在文風不正，我總覺得文風不正。出版界的風也不正。現在為了經濟效益，就是只有賣錢了，什麼亂七八糟，烏七八糟的東西都寫，都可以出。要社會效益，正經的東西，科學的東西，嚴肅的東西，不要。所以我這輩子是完了，也寫不出自傳了，我也不希望再寫，幹嘛一定要樹碑立傳呢？可是我儘管這樣說，但我也保不住我死後沒人寫，還是有人寫的。那寫就隨便他怎麼寫吧。他就昧著良心亂寫我也無奈。那怎麼辦？我也沒辦法，一走，一了百了，我也就不管了。至少我活著就不許他亂寫。不過歷史是客觀存在，造謠誣衊掩蓋不了事實。事實終歸是事實。

陸小曼她是個畫家，徐志摩的夫人。我和她的來往就因為畫畫的關係，比較投機。寫作上她也是寫戲劇的，她很喜歡跟我談戲劇。她沒有寫，就是跟徐志摩寫過一個話劇本《卡昆崗》。

陸小曼對我沒有什麼影響，是我影響了她。她是早期的闊小姐，嫁給徐志摩，他們是才子佳人。也是文藝界的一代佳人，很美很漂亮。多才多藝。我到抗日戰爭後四十年代才認識她，認識了幾十年。我影響了她。徐志摩死後，她苦悶抽大煙，是我不讓她抽大煙。我把她從悲觀、失望、消極、落寞的狀態中拉出來。一九四七年她就開始戒煙，戒了煙以後，就集中精力畫畫。還恢復了創作，寫了一篇小說。她的外語也好。但就是這個問題，一個有才華的女性，她的事業感不強的話，她就不可能有成就，沒有事業心，她就去搞別的，喜歡抽大煙，就去抽，解悶。到解放以後才進了國畫院，才專業畫畫，翻譯泰戈爾的詩集大概只翻了一半，恐怕還沒有出版，泰戈爾的東西是冰心翻得最多。冰心她有事業心！儘管她的作品不多，可是她是忠於文學事業，她是應該學習的。

冰瑩也是這樣。蘇雪林她一輩子都在教書啊！研究屈原。她近幾年寄給我不少作品，她把屈原的《九歌》、《離騷》都出版了，都研究了。《九歌》在學術上很有成就。這是我的評價，見到評論一下，你們參考，不一定是準確。不過我根據現有我掌握的資料我的看法。蘇雪林還未去，現已一百零三歲，我認為蘇雪林，是女作家中健在的最老的一個，冰心小她些。冰心的成就只是在文學創作上。蘇雪林是從教學到寫作到研究都有成就。謝冰瑩差一些，謝冰瑩的作品沒有她們寫作之嚴肅。我是從小讀舊書讀到現在，後來一直受這個影響。我總想我的作品做到一絲不苟，一字不苟，用一個詞我都要考慮來考慮去。最近一個編輯給我看他寫我的東西，我都不滿意。我說你念大學就沒有唸語文學，詞彙不知道怎麼用才好。但是我的精力都分散的，我寫戲啊，寫小說啊，寫亂七八糟的還寫理論，亂七八糟的。我也沒成就（笑），所以今天來講，我慚愧得很

馮沅君不同了，馮沅君是作家、教育家，她一輩子也是跟蘇雪林一樣，教書，她是我們河南的一個佼佼者，就是給「四人幫」搞死的。唉！馮沅君舊學根底好，她後來，就是五四時代寫了點小說，不多，短篇。到後來她著重在教書的實踐上，也搞研究工作。她還沒有蘇雪林那麼下工功夫，她研究什麼呢？她是研究現代、古代文學中的作品，她寫評論。她不像蘇雪林，把古典作品，比方研究屈原，就把屈原的作品全部研究，她不，她沒有。她的丈夫陸侃如，是文藝評論家。陸侃如後來是山大的校長，她也當過山大的校長。

馮沅君就是因為當了山大的校長，文革的時候就挨整。外調我時，說她是國民黨員。我說在舊社會，當個小學校長也是得國民黨員，當「長」就是國民黨員，……解放後不是這樣的呀！她的哥哥是馮友蘭，也是一個學者。口碑呢，是她比馮友蘭好。來外調我，問她是不是國民黨員，我說我知道她是搞學問的。做學問的人不一定都是共產黨員。二十年代的，除了她，還有國外回來的凌叔華，我剛才說的，蘇雪林的好朋友，就是武漢大學「三傑」中的一個。袁昌英是中國女子最早寫戲劇的，《孔雀東南飛》。那是一首古詩啊，袁昌英把它改成戲劇了。這個人也是文革的時候給整死的。她們三個都是武漢大學的佼佼者。三個女教授。都是有成就的女教授。

一個陳源夫人，就是凌叔華。凌叔華也是會畫的中國女作家，值得大筆一書。女作家有幾個是畫家？雖然不是搞畫，但畫得都很好。陸小曼、凌淑華、蘇雪林，今天來不及，我沒辦法吧她們的畫找給你們看。去年臺灣給蘇雪林出版了一本畫冊，很多人不知道她畫畫，就這三個，似乎其他沒有了。當然我也算一個，我沒有堅持。也沒有成就。

二十年代著名女作家我只談上面幾位：凌淑華、馮沅君、蘇雪林、袁昌英、廬隱——廬隱死得早，那個時候頂多三十多歲。供參考。

還有陳衡哲一直在上海，倒沒見過，我知道她在上海師大教書，我老想給她通信。她也知道我，我也知道她，就沒有見過面。我在一個女作家傳記裡頭看到些她的境遇，就沒有見過面。還有一個女作家，倒認識，叫陳學昭，在杭州，就是留法的那個，前兩年也死了。

阮玲玉那種境遇我看到很多了。艾霞在她之前。我那個時候還在天一電影公司，艾霞已經自殺了。艾霞也是一個女演員，一個明星，還是個文藝明星哪！能寫些東西。也是死在戀愛問題上。

阮玲玉我同情她的就是——也不同情她。我對她們這些演戲的同志，覺得他們的人生價值跟個人婚姻問題、人生觀問題都跟我們有差距，不同。儘管我們同情她的死，不應該死，但是我不同情她採取這樣的手段，或者採取這麼一種生活方式（長時間停頓）她可以不死。因為她自己死了也後悔，她沒斷氣以前，大家在醫院裡搶救她，她還叫著它——就是《新女性》那個影片——她還叫著她要活，「我要活啊」！她捨不得死。可是來不及了。我去看了，就是在最後我想留一個印象，去看了以後，覺得很悲慘，後來就不稀奇了。她之後還有一個越劇演員叫——（我一下子想不起來了，她演過我的戲。）一個有名的越劇演員叫筱丹桂，她演過我的一個長篇小說改編的戲，她把它改編為越劇。都是男人中心社會，男人虐待她，感情虐待她，後來就自己自殺了。她的死我也看到了。魯迅也同情她們（阮玲玉）。我看到了她的出喪。人們自發地去送她，多少人哪，這證見人心所向。

我記得許廣平五〇年代來看我，她說過要我、希望我多寫點婦女問題的文章、小說。我告訴她，我的戲劇跟小說基本都寫的婦女問題。但是我不大喜歡把婦女問題作為重心來描寫，我認為這不是婦女造成的悲劇，不是。要從側面寫她。社會的，男性中心的思想、道德觀，這是問題所在。要寫得深的話，不容易。所以像陸小曼，儘管我跟她友情很好，我不同意她的生活方式，沒有事業，後來到死了才有，可是留下來的東西少了。她的畫不多，臺灣、香港來人找我找點她的東西，就找不到。她交給國畫院的作品，國畫院都是國家的，不會給她的。像這種人她就不能堅持她的所長（長時間的停頓）很可惜！這是婚姻問題造成的悲劇！謝冰瑩是堅持了，堅持到老，可是得了一種病也完了，……

要培養她們信一代女性的自製力和她們的獨立精神，不光是經濟獨立，人格獨立更重要。人格獨立更重要。比方說如果這個問題解決了，我們就可以講現在這個下崗問題就解決了，不一定要依靠誰，一定要找個工作。我們在那個舊社會，誰給你找工作啊，不都靠自己嗎？自己有能耐，自己會想點辦法賺點錢，沒辦法就托別人找機會。沒什麼介紹工作的，大學畢了業，畢了業就是失業。不客氣，畢業就是失業，這個我體會深了沒有深，沒有什麼工作等著你，不像今天，它好歹給你分配一個工作。就是說，培養一個人，女性的獨立、自主。這個就是我的希望。我受教育，讓她們學點——我寫過一本理論東西，那時我還年輕得不得了，二十二三歲吧，上海雜誌公司出版的。我寫過一本什麼呢，現在叫勞動教育吧，名字我都忘了，觀點我還記得，就是提倡人手腦都要用，用腦子，用手，思想，想完了用手勞動，勉強生存，大概就是這麼一點。現在圖書館還找得到。我自己是弄丟了。那麼有了這麼一技之長了，她才能發揮她的生存能力，才能找到生存機會。但是，有一個關鍵的問題，希望下個世紀不會再有，就是到今天為止還是男性中心社會，不是全部，可是還有殘餘影響，對女性還是歧視，「半邊天」是假的，不可能的。當然女性自己也有責任。

為什麼半邊天是假的？我就希望以後的、下個世紀的女性能自學、自強、自立，當然也得有旁敲側擊，社會的寬鬆環境給她這個機會。要是大環境還是男性對女性的看法有局限，那你還談什麼半邊天啊？四分之一天也談不到。所以我自豪的是，現在我是養我自個兒一個家，我這個家就是你看見的，是一個人。父親在世時，我還養他們一家人。……這些我的保姆都知道，常常笑我。

我幫助了很多人、別人的家、別人的孩子。我就發現這個問題，不是說都沒辦法，只是她們掙扎不出來，我想都有困境。當然我也有困境，我有時困得很厲害，出不來的。「文革」前，「文革」後那更是不堪設想。鄧大姐老誇獎我的就是我自強不息，我鬥爭，我沒有被壓垮。「氣餒了，我沒有辦法了，算了。讓它去吧」，對這問題我沒有服貼過。所以我就想，下個世紀也許不會是這個樣子了。我們老人都沒了，你們還年輕，你們會吸取一些經驗教訓教育孩子。另外一個，就希望大局、社會、國家會注意、重視這個問題。我有時候和你們說說無所謂，一錄影就有所顧慮。就是這個「婦聯」做了什麼工作呢？這些應該都是婦聯做的。怎麼管婦女，光把婦女組織起來幹什麼呢？要有個遠景目標，至少近景目標，總要有的。不是光靠形式，開個會，一開幾千人的會，好像很神氣。開完會幹什麼呢？是不是？

我希望將來真正地不折不扣地讓婦女跟男性一樣，自由、平等，為自己、為下一代，完成一個半邊天的世界，不是空的，不是形式。這……我也許是廢話，遠沒有這麼簡單。把這作為理想吧，希望社會尊重婦女的權利，還婦女以「人」的尊嚴平等創作世界，創作人生！

一九九八年六月二十七日於趙老上海寓所

《逝去的清風》

——上海《文匯報》二〇〇〇年三月二十日「筆會」專欄

杜宣

元宵剛剛過去，春節已經到了尾端，但節日的餘味，似乎還在徘徊，帶著些蘇新氣息的料峭春寒已隨著季節的變換來到人間。想到這是新舊世紀交替的第一個春天，計畫今年應該寫些什麼。做些什麼的時候，沈建中同志送來趙清閣自傳性散文集《清閣漫憶》的稿子，請我寫篇序文。本來我已經說過了，年紀老了，不再為人作序了。但對此，感到責無旁貸，義不容辭。

我和趙清閣同志是同時代人，雖然我們從未在一起工作過，相識較晚，來往也不多，彼此經歷也不相同。但我們畢竟都是在暴風驟雨，戰火硝煙中成長起來的。她的許多朋友，如郭沫若、田漢、洪深、陽翰笙、老舍等，也都是我的朋友。她從小受到五四運動影響，這是一場偉大的啟蒙運動，我們這代人，幾乎沒有不被其先進的思想震撼著、不被其洶湧的浪潮激蕩起來。我當時雖然年幼，尚不能完全理解五四運動的精神，但也是在反對封建禮教要求科學民主口號下，朦朧地覺醒起來，開始認識到現實生活的黑暗、悲慘，是封建勢力和帝國主義造成的。要將這些統統打倒用科學民主才能救中國。

三十年代開始，日本帝國主義悍然發動九・一八事變，侵佔了我東北，激起了全國性的抗日救亡運動。趙清閣這時在上海美術專科學校學畫，她很多篇文章提到的如菜市路（今順昌路）、薩婆賽路（今淡水路）等處，也是我當年經常活動的地方，我的學校就在薩婆賽路，這個翻譯過來的奇怪的名字，現在幾乎已經沒有人知道了。

我的學校距美專很近，當時美專劇社和我們有聯繫。我經常去美專的。美專學生很少。我去美專時，常見一些女學生來來往往，說不定多次和趙清閣擦肩而過，但我們是「相逢不相識」。

抗日戰爭爆發了，這時民族意識空前高漲，我們都在抗日的狂潮中，根據各人所處的不同環境、機遇，在不同的崗位上，為爭取抗日戰爭的勝利而奮鬥。

八年艱苦的抗日戰爭勝利後，日本帝國主義投降了，我們是含著眼淚迎接這一偉大勝利的。因為在抗日戰爭中，我們是二線作戰的，日本侵略者投降了，但我們還沒有解放，我們時時刻刻要警惕蔣介石的迫害。我有些戰友就被殺，我曾兩次逃亡。

那時的大後方，經過八年離亂生涯的人們，都急於想回到日夜夢想、遭到日寇洗劫的故鄉。所以飛機、輪船驟時緊張了起來，這時人們生活已十分困難，所以大家都只得擺地攤賣掉衣物作為回鄉旅費。當我看到作者寫到這段生活時，頓時又引起了我共同的回憶。最有趣的是，她談到郭沫若看到她擺地攤籌措回鄉路費時，要她畫畫，郭沫若題字用以換錢，這時我不禁想起郭沫若當年的兩句詩：

千行難寫糧千粒
一老終無棲一枝

這是抗日戰爭中，在大後方過著流浪生活的文人淒涼生活的寫照。

她是位多產作家，也是位多面手，她創作了大量話劇和電影劇本，其中有和陽翰笙、洪深、老舍等大師合作的。單是《紅樓夢》一部小說，她就改編成四部劇本，她還編過大量文學刊物。

她和五四時期、三十年代和抗日戰爭時期的女作家們，都有較好的友誼，如能收到她們間的通信可以編出一部極有特色的文集。

清閣同志晚年安定居上海。她自幼身體孱弱，老年更是在病痛中度過的。她深居簡出，十分孤寂，只有她老友洪深的女兒洪鈐，經常去探望她，成為她知心的朋友。

她晚年心思，就是外面對她的感情生活上有些議論，對此她甚以為苦。在她整理身外之物，如字畫、書籍、手稿、通信紛紛捐贈各有關單位時，她只留下三十七封信，她本是為了身後，留此作為清白的證據。不知為何，去年十月（編選者注：應是十一月）進醫院之後（注：應是之前），她又將這些統統焚燒了。這真是文壇上一大憾事，除個別人知道外，已成為千古之謎了。

沈建中同志去年經手為她編輯了《長相憶》散文集後，要求她編一本自傳性的散文集，此書就是應約於病中清閣同志親自編出的，應是她自己編選的最後一本文集了。

寫到這裡時，筆漸漸地沉重了起來，年華似水，物換星移，一輩一輩的人，似流水一樣一去不復返了，新一輩人又一批批湧現出來，我們這一代在民族苦難中成長起來的人，也將零落殆盡，因此作者編入此書的文字，彌足珍貴，因為這不單是在祖國大動盪的時代，個人的顛沛流離，而且是一代人的追求、探索和各種悲歡的真實記錄。

二〇〇〇年二月二十九日

編選者後語

洪鈴

父親洪深，是趙清閣阿姨認識我的源頭；也是我去看望她，希望從她那裡更多知道和暸解父輩情況的起因。從最初，從趙阿姨和我談父親洪深開始；然後，她和我談文學，談文壇舊事，也談她自己的創作生涯；到後來，我們幾乎談到了更多話題。就在這不知不覺中，趙清閣阿姨和我們交談了二十年。我們，也因此有了這麼一段可貴的忘年交友情。

趙阿姨願意接待我，並且還願意「屈尊」和我談談，我覺得是自己的幸運。我想，我表現出的對父母親非常敬重和珍愛的態度，可能讓趙阿姨覺得：最起碼，我還是個有良心有孝心的晚輩吧?!

趙阿姨曾對我說過：

> 朋輩子女，與我有感情、能延續父輩感情的，也就一、二。包括你是這樣的。還有韋韜（茅盾之子）也很讓我感動，他都六十八歲的人了，但還十分尊重我，有感情。
>
> 下一輩對父執輩的感情，不只是對一個老人的感情那麼簡單而已，而是對他、對你們父母感情的一種懷念。尊重他們，就如同尊重已不在的父輩。

——一九九七年一月六日

趙阿姨和我交談，而且願意回答我的一些疑問和不解，這是她在支持我、鼓勵我、幫助我；她希望，我可以在自己業餘對父親文學活動的思考中、研究中，一步一步地不斷向前邁步。

我隨著和趙阿姨越來越多的接觸交談，我明顯感覺到：趙阿姨是一位文壇並不多見的，既有學識和才華，又有能力有成就，但卻又是極有操守——有所為有所不為——的作家。正是這點，令我起敬，讓我信服。我願意走向她，學習她，親近她。

我和趙清閣阿姨二十年的交談，我是在不同的筆記本子上、在許多本筆記本上，記錄下了我們的談話內容。那些記錄，全都是我從趙阿姨家裡回到家後，當天趕快追記補錄的。趙阿姨不同意在我們談話時我做記錄。最初一次是，我剛把筆和本從包裡拿出來，趙阿姨就停止說話了，臉板著。我於是識相地立刻將筆和本放回包裡，談話才又繼續。

不過，在一九九八年十月二十四日，我去看望趙阿姨時，她可能是因為近來出現的一些事，迫使她做出新考慮。談話中，趙阿姨對我說：「我同意你提出的錄音（專門談她和K先生）及我來審稿。這樣，他那些信，也可以作為佐證。」我非常高興趙阿姨能夠同意錄音，就向她提出：每兩周談一次，這樣你不會太累。她回答是：

> 立即開始，每個雙休日來一天就可以了。其實，我思慮很久，早已成熟，不再需要什麼思考時間。估計很快就可以錄完音的。

不曾想到，緊接著我就工作出差，前後大約三個星期後，才再去到趙阿姨家。但她想法卻變了，我們原商議好的事情作廢。對這種變化，我默然。也許，這是天意吧。

趙清閣阿姨和我

一九七九年三月，母親常青真從中央新聞紀錄電影製片廠辦理了退休，決定到上海定居和我一起生活。我從上海到北京接母親。

我們離京之前，母親帶我一起去看望陽（翰笙）伯伯。記得當時陽伯伯還暫時住在金魚胡同的和平飯店（好像是住房還未落實到位）。見面後，簡單說了幾句生活和旅途順利等等此種場合難免要說的話後，陽伯伯就提出要媽媽「帶話給清閣」，意思是：趙清閣可以到北京工作，沒有問題的。我印象深的一句是：「某某某（也是女作家）可以當××刊物編輯，趙清閣當然不在話下。」說這話時，一旁的陽伯伯二女兒蜀華笑著插話說：「又是給趙清閣帶話，要她到北京工作。」陽伯伯的三個女兒都認識趙阿姨，而且也都很關心她。蜀華的插話，說明她不止一次聽到「帶話給清閣」了。

媽媽把陽伯伯的話，及時地帶到了，趙阿姨仍然還是留在了上海。

這也就此開始了趙清閣阿姨和我二十年的交談和忘年友情。

二〇世紀五十年代，馬彥祥叔叔主持中國戲劇出版社時期，就提出希望趙阿姨去出版社工作。直到一九七九年，陽伯伯還在關心著趙阿姨的工作安排。我理解是，他們似乎覺得趙阿姨是「屈才」了，事實也確實如此。但是，一九四九年後，中國遭到「屈才」待遇的，何止趙阿姨一個人，更何止是一個作家——書生一個。

趙阿姨不去北京工作，不是她多麼喜歡上海和多麼留戀上海。她是經過多方面的種種考慮，全面細緻的考慮——從大的「公」的方面，到個人的「小」的方面的考慮。我想，相比之下，趙阿姨不到北京去，留在上海工作和生活的決定，是對的。她在上海，比較她在北京，相對可以獲得更多的安靜，也可以免受到更多的打擾。

一九七九年十月二十三日晚，母親常青真和我，到上海長樂路趙清閣阿姨寓所看望她。交談中，趙阿姨告訴母親，說：

今年四月，我到北京參加田漢追悼會，見到鄧穎超同志。她在看到茅盾、陽翰笙、洪深及我等人合影照片時，指著照片中的洪深說：死得太早，太可惜了。隨後，她又問我洪深夫人情況，我告答「洪深夫人已退休到上海」，她方才安心。

我曾向趙阿姨問過她到北京參加第四屆文代會的情況，她提到：「四屆文代會的報告『建國三十年總結』不提洪深隻字，有代表對此提出異議。回答是，其解放後沒有從事這方面工作，故提不到……。」（一九七九年十一月）

一次，我又向趙阿姨問起父親的事情，這才知道，她正在寫有關紀念父親的文章。

現在正在寫紀念你父親的文。對他，二十七年，我沒有寫一字一文，連詩也未作一首。不是不懷念，而正因為深交而難寫。我這文章，應不僅是紀念，而且要讓後人了解一些事情。若正確地去反映歷史，就必須給予新的評價，而這種高的評價是有人所不願的。

——一九八二年八月二十二日

後來，父親九十周年誕辰，趙阿姨寫詩發表紀念。父親一百周年誕辰，趙阿姨向父親家鄉常州市的【洪亮吉紀念館／洪深紀念室】贈送了書法詩作作品。

趙阿姨對我有「研究父親」的志願，是很贊同並支持的。她指導我：「你研究父親，應抓緊先搞他的『年譜』。」她把自己那本陳從周編寫的《徐志摩年譜》一書借給我，要我瞭解和學習。（一九八五年十二月五日）趙阿姨為了幫助我提高文學能力，一直告訴我要多讀書。我說，我很喜歡讀書，也讀了不少的書。她就進一步指導我如何讀書：

> 讀書講究系統讀書。沒出版全集的，搜齊來讀。俄羅斯文學，讀妥思陀耶夫斯基、契柯夫、屠格涅夫、托爾斯泰。英國文學，其中狄更斯《老古玩店》的原書，我曾找來給一位好朋友翻譯。法國文學，巴爾扎克作品我比較系統地看了；巴金翻譯的左拉作品，一九三五年我被關監，在牢中看的。我寫的劇本《生死戀》，你父親做的序，就是雨果作品改變的。我另一個劇本《活》，也是源由一法國作家作品《生命的意義》。
>
> ——一九九〇年十月二十七日
>
> 兩個朋友的離去，我是失聲痛哭的。一個是洪深，他去世時，我是在上影廠圖書資料室工作，竟在辦公室裡痛哭。一個是陽翰笙，黃銘華（時任陽的祕書）從北京打電話告訴我陽伯伯最後的一些情況時，我邊聽電話，邊就在電話裡抽泣著。真正關心我的好朋友幾乎都走光了，我為朋友哭乾了淚水，而誰來哭我！
>
> ——一九九三年六月十二日

趙阿姨一直提醒我，要做到真正瞭解父親，就一定要讀父親洪深的作品，所有的作品都要讀，最後還要做讀書筆記。進而，就是要找那些研究洪深、評論洪深的文章讀，贊的罵的，都要讀。這樣，才可能有自己認識，有自己的觀點，有自己的判斷。我正是遵照趙阿姨所說，這樣堅持努力著，並繼續堅持這樣努力下去。

趙阿姨提醒我，不要受社會惡劣的學風影響：

現在做「研究」、寫東西的人，太懶！就是去找到個「活資料庫」（指尚健在的老人），提問題。不肯多用功，不肯多化功夫。因為研究的，多數是已作古的人，不再有直接接觸的可能，主要應該是到圖書館去看書，去理解、認識作者。因此，需要看大量資料。但現在有的人，連作者的書都懶得去找。

——一九九三年十一月二十八日

對於趙清閣阿姨加入中國共產黨，我個人以為：意外亦不意外。

意外，是我感覺趙阿姨的氣質、性格，或說是做人的宗旨和追求，與我看到的、知道的共產黨員，相去甚遠——好像不是一路人。趙阿姨自己就對我這麼說過：

我是要做個愛國者的，不可能使我為×××……工作的。而我一百年後，仍是文人，我時間、精力用於真正的文學事業。

——一九八一年九月九日

說亦不意外的是，中國共產黨的高級領導人中，周恩來夫人、河南老鄉鄧穎超對趙阿姨表現出的那般關心愛護，讓趙阿姨十分感動。情感的威力不可小視。我想，在趙阿姨做出加入共產黨這個決定上，這大概是個不無關鍵的重要因素。不過，這種「嚴肅」問題，當絕不允許我一個群眾去推想的，我打住了。

其實，是我個人看法也好，推想也罷，總之，趙阿姨自己必定是經過鄭重思考而做決定。譬如，我聽到趙阿姨如下說法時，就有了她好像還有為自己「正名」的想法在裡面?!

我現在加入了共產黨，是對自己幾十年受左派壓被左派整而做的一個「結論」。

——一九八六年五月二十五日

一天在趙阿姨家裡，我講了社會上一些「奇怪」現象，我表示：自己感覺現今社會，「正不壓邪」傾向明顯，社會中，一些違反公德、傷害人道的行為，卻可以「冠冕堂皇」地大搖大擺地四處通行無阻。

聽我不無氣憤的一番言辭後，趙阿姨倒是顯得平靜地向我談到：

我寫蘇雪林文章中，有她與我信函往來中一段話，她來信問：你生活情況怎樣，是否只靠稿費生活，若只稿費是不行的……。我回信告：我已退休，有退休金，生活還過得去……。文章發表後，我上述文中的那個「還」字，引起有的人的不滿。但我這是老實話，不能假、大、空。

——一九九一年二月十六日

趙阿姨曾經拿出她的冊頁來，給我看朋友們贈她的畫，其中除有梁實秋的，還有我很少看到的張恨水那簡單幾筆的畫和題詞。

我這一生中，有不少朋友把我比為「梅花」，但他們各自的喻意是不同的。梁實秋給我畫梅題字，他意思是說，我是個性中人，如梅般至情。峻青贈我墨梅，是喻我有如梅花那樣的不俗，那樣的堅強，那樣的精神。

——一九九四年五月二十二日

那段時間，上海的機關事業單位正在進行國家普調工資。按照規定，解放（一九四九年十月一日）前，參加革命工作現在享有正高職稱人員，工資按這次增加工資數值的百分之百增加。趙清閣的工資，則是按照這次增加工資數值的百分之九十增加，因為她沒有革命工齡——一九四九年十月之前她的工作時間，不被承認是革命工齡。

對此，趙阿姨倒是很豁達地對我說：

一見到數字，我就頭痛。每次加工資，我從來是不知道我的工資應該加多少。給我多少，我就收下多少。

——一九九四年五月二十二日

趙阿姨性格很獨立，做事有自己主張。

一九九三年十月二日，我們談到了當時輿論宣傳很火的「胡風集團平反」事。我講了一九五五年上面發給父親一套《胡風集團批判》材料（書籍），那時胡風女兒和我在同一所學校（高我幾級）就讀，當時《胡風集團》是全國宣傳的重大事件，學校同學們都注意誰是胡風女兒；我這個當時的初中生，也捧著發給爸爸的那些批判材料讀。記得，書中總是些：「你要告訴我什麼什麼的……，或者是：「你要去怎麼怎麼做……」這樣的話。不喜歡，沒有多讀。

趙阿姨聽了我「亂七八糟」地說了一通後，先是告訴我：「胡風現在上海搞展覽活動，宣傳。」她接著談到，因此有上海朋友專門找她，示意她寫點文章配合一下。她拒絕了。她平靜地繼續說：於是，他們對我的態度，立刻就從原來的非常熱情轉成了十分冷淡。說到這，趙阿姨輕微地搖了搖頭，加了一句，說：「我不在意。」趙阿姨繼續說：「《新文學史料》在茅盾去世後，還發表胡寫的那種向茅潑污水的文，是因為他們……。」談話中止了，這個話題讓趙阿姨和我的心情，都變得不好。

趙阿姨在上海社科院文學研究所工作，不坐班。每天，趙阿姨在自己家的書桌前工作上班。不過，她對她面的社會，是關注的。現實社會的腐敗，失民心。有良知者，痛苦；曾為國家實現民主、自由奮鬥者，痛心。趙阿姨對社會的腐敗，深為不滿。對我說了這樣的話：

「文化大革命」時，我因為極度厭世，曾幾次有過自殺的念頭。但是，後來朋友們勸我：萬不可。否則誣你一個「畏罪自殺」，才真是冤枉。所以，我挺住，活下來。可是現在，我倒有了種不同的心態：願天以我假年，我要看看這「世道」的「下場」！

——一九九五年一月七日

趙阿姨表示：「我從不敷衍。就是對小孩子，我也是該說什麼說什麼。」（一九九七年二月八日）趙阿姨談話，確實是實話實說，就是在和我交談時，或是我表達不清或是她未聽真，讓她產生明顯誤會時，她也有立刻當面「翻臉變色」極其認真的時候。其實，我自己和他人交往中也不止一次出現這種「認真」不轉彎的時候——為此也吃過不少苦頭——卻還老樣子。「不敷衍」，必定得罪人，必定招人不滿，有時也讓人尷尬，但卻真實。這種真誠得近乎一個孩子似的那麼不世故，自有它可貴之處。

一九八九年前後，時任陽翰笙祕書的黃銘華（導演應雲衛的二女婿），從北京給媽媽來信中，幾次在信中都提到了「趙清閣阿姨……」，表示了他對趙阿姨的關心。有次來信，他還特別轉述了：「趙清閣阿姨說，也就是洪鈐來了，我們交談頗感愉快，……」等等的意思。我下班回來，媽媽把黃的這封信給我看，還說了一句：「不要辜負了她。」我鄭重地點了點頭。

媽媽和趙阿姨，在抗戰時期的重慶，已經認識。她們之間說不上有很多交往，但彼此不陌生。那時候，爸爸在學校教書掙錢養家，媽媽在家操持全家和孩子們的吃穿等人生大事——我們孩子的四季衣服，全都是媽媽一針一針縫製出來、編織出來的；包括冬天穿的小孩長棉袍。爸爸在家穿的中式衫褲，也都是媽媽手工做出來的。爸爸抓緊空余時間，離校過江去到重慶，進行抗戰戲劇活動。爸爸到了重慶，還常常要「拖著」（趙阿姨原話）趙清閣跟著自己去參加各種戲劇活動，表現出他對這位年輕女作家才華的關心愛護和有意提攜。這些，媽媽都是知道的，也覺得很正常；偶爾，媽媽會隨著爸爸參加一些戲劇界朋友們的聚會，也會見到趙阿姨。

我在休息日去看望趙阿姨的頻率很高，這就必然影響到我必須應該完成的家務勞動工作，但媽媽並不因此有過任何微詞。媽媽很支持我經常去看望趙阿姨，媽媽把我去看望趙阿姨，也當作是代表了她去關心趙阿姨。媽媽不自私。

那是一九九七年一月六日的下午，我去看望趙阿姨，與往常一樣坐在她書桌對面和她交談。她從書桌抽屜裡，拿出一個很小的舊塑膠袋，一臉嚴肅地對我說：「我抓緊時間處理後事。我把一個金戒指給了吳嫂（當時趙阿姨保姆），現在還有一個重的金項鍊。它是王瑩當時去美國時送我的，後來我又加了些金子又加工了。我也曾戴過，但次數不多。這是只有你才有資格得到的，把它給你，是有幾重的意義：一是，有一塊「紀念」金牌，有紀念意義；二是，你雖未見過王瑩（注：我見過，王在北京來過我們家。），但她是你爸爸的朋友，也算與你有關係。三是，現在這又是我留給你的紀念品。」

當時，我竟然是一聲不響，一句話都沒有說，就這麼接了過來，心裡卻很難受。騎車回家路上，自己彷彿剛剛經歷了一場生離死別的授和受，思緒感情很複雜，幾次走神幾乎發生事故。回到家，自己還是難以恢復平常態，也沒有和媽媽說什麼。

當天，我就給趙阿姨寫了封信，很快收到她的回信。她回信中說：「『紀念』品，確是值得紀念，它在我身邊五十多年，任何困難時候，唯獨這紀念品我不賣！這是我對『紀念』的忠誠。我想送給你不無紀念意義。交給你保存，我心安理得。」我把這個金項鍊放在一個小盒子裡，把它和這封信一起放進這封信的信封裡，和趙阿姨寫給我的幾十封信，放在一起保存。我根本無法將這個「金項鍊」，看作是一個黃金物品。我把它，就當作是和那些趙阿姨寫給我的信一樣，只是一個要珍藏起來的紀念。

因為自己頭腦裡，對這個「金項鍊」所持的這種概念，讓我一直也沒有想到對媽媽特別說明。直到有一天，媽媽讀到趙清閣阿姨的《長相憶》散文集（一九九九年一月出版），看到「哭王瑩」一文中提到「金項鍊」這件事，指著書來問我：「怎麼回事？」我這才意識到，自己早該向媽媽說明這件事情的來龍去脈。

一九九八年一天，如同往常一樣，我去看望趙阿姨。聊了一會兒後，趙阿姨顯得有些小心翼翼地問我：「你還好吧？」我肯定回答後，她又問：「你工作還好吧？」我又予以肯定回答，但卻感到了疑惑：我的工作，是和文學遠離千萬里的，我也從來沒有和趙阿姨做過這方面內容的談話。這時，只見趙阿姨似乎松了口氣，於是對我說：「見你很長時間沒有來，我們（指她和保姆吳嫂談起）以為你下崗了。你是因為沒有找到工作，所以不好意思來。」

實際上，那一段時間，我因為工作加出差等比較忙，前後大約有幾個星期沒有去她家，卻因此讓她們為我擔了個這麼大的「心」——失業了！我笑笑，說：「沒有！」當時，社會出現下崗潮，五十歲還不到的人——特別是女性——被下崗：從單位回家，只領取一些類似救濟費的最低生活費。我的工作，不存在「下崗」之虞。這次，趙阿姨因擔心我，表現出的這種敏感反應，讓我心裡非常感動。回到家裡，和媽媽說起此事，媽媽也說趙阿姨對我真關心。

我在趙阿姨家裡，不時會談到女作家。趙阿姨說她在陸小曼被上海文史館接受為館員的事情上，盡過一點點力。後來，王映霞就通過人傳話，希望趙阿姨能幫她進上海文史館，趙阿姨沒有理睬。（之後，好像王還是如願以償地進了上海文史館。）

陸小曼和徐志摩夫婦，王映霞和郁達夫夫婦，是社會上頗受注意卻又頗受爭議的兩位夫婦中的女主角。但是，趙阿姨對陸小曼，是持同情、幫助態度；對王映霞，則是不予理睬的反應。趙阿姨這種截然不同的做法，實在是鮮明地表現出她的做人和行事風格。顯然，從中不難看出，趙阿姨對這兩位女性的看法：對陸的同情愛護和對王的近於不屑。

清清白白做人認認真真做事——趙清閣阿姨明亮潔淨

當趙清閣和K先生兩人間的感情傳聞，在重慶文化界中被關注和開始議論時，我還是個呀呀學語的幼兒。一九四一年秋，我在父親時任中山大學所在的廣東省坪石鎮出生；一年後，我在母親懷抱中，跟著父親去到他任教的四川江安國立戲劇專科學校；不久，我們就又隨著父親再回到當時遷到重慶北碚的復旦大學執教。直到抗戰勝利後一九四六年夏，母親帶著我們孩子跟隨復旦大學的復員大隊伍，公路卡車、鐵路火車的輾轉幾個省，回到了上海江灣的上海復旦大學原址。（母親堅持讓父親和幾位復旦教授同仁一起乘坐飛機先行返滬。）

我想，當年在重慶時，趙清閣阿姨有可能是見過我的——母親懷抱著或手牽著的一個又黑又瘦的小女孩——那應該是我和趙阿姨最早的「見面」。一九七九年，再見到趙清閣阿姨時，她已經是位老年人了，我自己也是近不惑的中年人了。

此後的二十年間，我們的談話，從我最初必然的那種對長輩的拘謹心情和態度，到後來越來越放鬆，越來越開放地、敞開地交流。我自己的學識、眼界和思考，也隨著一點點地增長和積累。後來，趙清閣阿姨去世了；又過了很長一段時間，母親常青真也終於鬆開了始終緊握著我的手，離開我走了。

我從一個中年人，到退休，到現今的走近暮年。回顧自己這個生命衰老的路程，省視自己走過來的一步一步，覺得也是自己一個不斷學習和反覆思考的過程。

其中，我對趙清閣阿姨和K先生的這段感情經歷，也是在不斷認識和思考。

與此事情有關的三位前輩，即：兩位女性，以及K先生——這位始終在前面兩位女子之間搖擺不定，始終在他的現實生活和他的理想之間搖擺不定的男子——的認識看法，也是在不斷的認識、思考和變化中。

最初，我對趙清閣阿姨遭遇到的感情經歷（及不公正非議），是一種絕對的、單純的憤怒和同情、乃至憐惜；對另兩位當事人，則是全然的不同情、不支持，甚至對他們是持有一種幾近絕對的責備態度。

現在，我開始有了些新的認識和想法。這種認識的變化，也許更趨向理性，亦就更少感情用事，有助自己更客觀地些來看待這件事。我以為，這件事情，是在一個非常時期——抗戰時期——那個時代大背景下，出現的一件「非正常」事情。是在那個時代的社會環境、人物心理、人物性格，等等情況下，引發出來的一出社會「悲劇」。對於涉及到的三個人，它都是一場悲劇。即便後來，K先生夫婦恢復如初——其實一九四三年秋，K夫人帶著孩子到重慶和K先生一家團聚時，就已經是恢復正常如初了。——家庭完整，亦算完美。

但是，這件事本身，不論對哪一方來說，歸根結底，始終是個「悲劇」。

這個悲痛的傷痕，會留在K先生身上，會永遠留著。這個悲劇，在K先生家庭中造成的陰影，恐亦難消去。然而，最最可歎的，最最應同情的，則是趙清閣阿姨。她是這出「悲劇」中，被傷害最深、被傷害最大的人；是在被永遠傷害著的人；直到她已經離開這個世界之後，仍然沒有停止對她的傷害。趙清閣阿姨，不止是在心靈上、精神上，無比痛苦；她還幾乎承受著全部——至少是最多的、極其不公平對待——承受社會上的流言蜚語。

「悲劇」的各方，都為此所付出了痛苦代價，亦都有著自己必須擔當起的那份責任，。「事情」外面的人，如果宅心存厚，我想還是緘默為好。

家庭生活自有其特殊性，這個簡單的生活「常識」，趙阿姨本人，也清楚。我曾因K先生育有多子女事實，「質疑」他：是否如他所言，他與妻子確無感情？聽到我這麼問，趙阿姨笑了，說：「他的婚姻是對母親盡孝。他當時一過三十，某某人為其介紹，K連照片都沒看即同意，是沒感情的。但一個男人和女人結了婚，那當然是要過日子的。」（一九八八年五月四日）

趙阿姨從一九三八年因抗戰文藝工作關係玉K相識相交，直至對K先生產生出一種兄長般的感情。

四十年代在重慶，趙清閣阿姨和K先生合作劇本創作，接觸頻繁，而引起重慶文化界人士關注，乃至私下出現議論。那時，儘管K先生已經向趙阿姨表示了他對她的愛慕，但那不過是他單方面所願，當時，趙阿姨是一口拒絕不予考慮。沒有隔多少時候，K夫人攜子女到重慶，K先生一家團聚，正常生活。那個時候，幾乎所有來自圈內的議論和猜測，居然全讓一個不到三十歲、無人庇護的年輕女子——趙清閣阿姨——獨自一個人扛著。這種委屈，這樣的精神痛苦壓力，可以想像。氣憤中，趙阿姨暫時離開重慶，到成都工作。作為一個晚輩，即便我本不該有所「表示」，但這個情況事實，確實讓我對K先生，產生了非常不滿意和不原諒看法。

一九四三年時候，K先生和趙清閣之間，只是好感和比較多的接觸，這在當時的重慶，和在現在，也不算是個什麼了事。可是，在人言面前，K先生把自己的肩膀縮了下去，只顧自保自己形象，他表現出的這種膽怯、無擔當，實在自私！

到了一九四七年，也就是小說《落葉無限愁》所描寫的那個男主人公，他在門外窗下的「一夜不停的喊叫」，感動了小說女主人公，也讓小說作者感動了。於是，趙清閣動心了——她承認她對K正是自那個時候有了所謂愛情——她答應了K要求：等著他，等他（離婚）！當趙阿清閣阿姨終於沒有抵擋住K先生猛烈的感情攻勢，邁出了這一步後，她以後的人生，就必定是要在精神痛苦和備受煎熬中度過，她為自己這一步，永遠地在付出巨大的代價。

對於趙阿姨這樣的一個人來說，即便別人（譬如我），在情理上，對她可以理解和寬容；但她自己也絕不可能減少因此帶來的終生痛苦（還有悔）。我很同情趙清閣阿姨，她有學識有操守；但在和K先生的感情糾葛中，她多少也還是存在一些需要去總結、需要去吸取教訓的東西。當時的趙阿姨，是很年輕、是很天真、更是很單純；只是，很遺憾，她沒有能夠及時地、果斷地和K先生——不論他對自己多麼愛慕——這位已婚的、有家室的男子做到真正了斷；而且，竟還讓自己陷入了「等」的「黑淵」。我為趙清閣阿姨人生遭遇到的這個不幸，感到無比惋惜。

現今在中國大陸，女作家趙清閣，被冠以「情人」、「同居」，而在網上肆意傳播。這讓我很難過、很痛心，也心悲涼。

趙清閣阿姨不應該為自己沒有做過的事情，為沒有實際發生過的事情，被誣衊，而成為大眾飯後茶余消遣的談資。在她去世後，這般誣衊她。不可以！不應該這麼做！

趙清閣阿姨在世時，關於她和K先生感情的傳聞，從抗戰中期起，就一直在文化圈內有所流傳。而且，隨著時間的流逝，年代的久遠，知情老人的一個個離世，這種流傳就越來越接近「故事」了。即使這樣，從抗戰時期起，直到趙清閣阿姨還在世，從來就沒有誰，敢於正式地、公開地在出版物中寫出「趙清閣和K先生同居」這樣的瞎話。

趙清閣阿姨走了後，在公開出版書籍中出現了「和K先生同居」。說這話的人，是趙清閣絕對不會想到的人，也是個完全在趙清閣和K先生的工作和生活圈子外面的人，是個對趙清閣和K先生不熟悉、不瞭解，更談不上「知情」的人。即便後來認識了趙清閣，也見到了趙清閣，那也是在八十年代——那件引起文化界關注「事」近四十年以後了。著書者，在書中，極其輕飄地、不負責任地，用一個「聽說」，就把他並不真正知道、亦不真正清楚的一件幾十年前發生的事情，公開用文字做了「宣判」，「定了案」。

我很不想來談論這件事——這樣一件毀人的、無聊的、胡說八道的事。我只是對出現的這種狀況，感到厭惡。

不是因為和趙清閣阿姨關係親密，我才對這個問題表現「敏感」，才會如此質疑這個問題。我是希望，落筆成文——尤其是指名道姓的撰寫文章，應該努力持一種「知道多少，就說多少；不知道的，就不講。」的實事求是態度。撰寫已經過去了的、曾經發生過的事情，嚴謹負責態度，更是應該遵循的。這是對已不在世當事人的一種起碼尊重，也是對讀者的一種誠實。

當然，也不是絕對沒有不同聲音的出現。

《名人傳記》二〇一三年第九期，作者署名顏坤琰的〈一段不容後人褻瀆以對的情〉文章，也談到趙清閣：

> 一個是年輕的單身女性，一個是遠離妻兒孑然一身的男人，二人又合作得親密無間，這自然讓人想入非非。更讓當事者難以容忍的恐怕是將兩人的「鄰居關係」誤傳為「同居關係」——直到今天還有這種論調在文藝圈傳播。如《林斤瀾說》中寫道：「他們一段時間是同居關係。」《我仍在苦苦跋涉：牛漢自述》中也說：「她在重慶時期和某某（注：隱去姓名。下同。）在北碚公開同居，一起從事創作，共同署名。」撰文的這兩位為什麼知道得如此真切？是親眼所見嗎？其實，當時林斤瀾剛考入國立電化專科學校電影戲劇專業，牛

漢也是在這一年考入陝西城固縣的西北大學俄文專業，他們當時只是剛進校門的大學生，都遠離陪都文壇，怎麼知道兩人「公開同居」？無非是道聽塗說，人云亦云罷了。

著名戲劇家胡紹軒曾對趙清閣在抗戰時期的所作所為做了公允的評價，他寫道：「抗戰時期，她與表姐楊郁文住在一起，我去她家無數次，對她是有一定程度的瞭解的。無可否認，她是中國現代文壇上較有影響的第二代女作家之一，大約在一九四〇年初春，趙清閣肺病痊癒，她便從北溫泉遷往北碚中山路居住，與梁宗岱、沉櫻夫婦合租了那幢新建樓房的兩層，沉櫻一家住三樓，趙清閣和表姐、同學楊郁文住二樓。」

離此不遠的雅舍主人梁實秋，不時來看望老舍，他在一篇回憶當年的文章中寫道：「老舍先是住在林語堂先生所有的一棟小洋房的樓上靠近樓梯的一小間房屋，房間很小，一床一桌，才可容身。他獨自一人，以寫作自遣……老舍為人和藹可親，平易近人，但是內心卻很孤獨。」又說，「後來老舍搬離了那個地方，搬到馬路邊的一排平房中的一間，我記得那一排平房中趙清閣住過其中的另一間，李辰冬夫婦也住過另一間。這個地方離我的雅舍很近，所以我和老舍見面的機會較多。」

陽翰笙在一九四三年九月十一日的日記中寫道：

清閣來信說：人與人之間，既無「瞭解」，而又有「批評」。這批評是什麼？即惡意的譭謗，因為他不瞭解你，所以他誤會你，甚至猜疑你，至於冤誣你。尤其是對於女性，做人更難。他會給你造出許多難以容忍的想入非非的謠言。天知道我們（像我同某某）這種人，刻苦好學，只憑勞力生活，為的是保持淡泊寧靜，孰料仍不免是非之論……。

現在，我覺得，自己不僅有必要，而且也應該，將趙清閣阿姨和我談到的涉及「個人情況」——她和K先生的交往——談話記錄，予以「公開」；同時，輔以談話背景的必要說明。

一九八二年九月十九日上海長樂路趙清閣阿姨寓所

這一天，趙清閣阿姨第一次開口和我談到K先生。說：「我和K兩個，都是愛惜自己羽毛的人。為國家，我用自己力量叫他回來。回來後，他既不肯失面子，又不肯放人（指『斷絕來往』），自私。我自己做人尊重，卻始終遭受毀譽，一個悲劇。」

此後，趙阿姨兩次將她還保存著的、K先生寫給她的全部來信（幾十封）交給我，帶回了家。一次，是要我把這些信全部謄寫一套，作為副件保存。可能是我的字寫得太糟糕了。後來，趙阿姨再次將這些信全部交給我，讓我去複製一套。這兩次，我都是很快完成任務，然後將原件和謄寫與複製的那套信，一起還會給了趙阿姨。

一九八七年十二月上海吳興路趙清閣阿姨寓所

「建國時陽翰笙來信要我給K、冰心寫信，希望他們回來。我給K、冰心去了信。冰心回來了，當然，這不一定是因我去信。而K回函：『不回，你我同到新加坡相聚，該地有基礎居留。』收這信時，某某在旁邊，她是知道的。此舉令我大氣，感到受到侮辱，他意思是讓我做『情婦』似的。如果肯這樣，早就不是如此了！後來又來信，提出到香港會面。我同意，條件是：『三方面一起解決，解決了前案，則才可談後案。』這真是『許諾』。然事實不是這樣，K未做到，而是直接回國了。」

一九八八年三月二十日下午，上海吳興路趙清閣姨寓中書房

我感覺得到，趙阿姨再一次談到有些重複的內容，是在對我作一種強調。

「共產黨要他（K）回來，他不肯；當時W某某已回國。陽翰笙讓我寫信給他，以『友情』（打動）讓他回來。這大概是在一九四九（四八）年，他回信說不回，要我到香港等他，然後一塊去新加坡。他說過去他在那教過書，是可以落腳的；說他教書，我畫畫，永遠做個流浪者。這封回信已抄走，未還。當時F某在旁，見過此信。

他回國到北京後，當時H某某（他妻子）還未去，他叫我去。他準備買房子讓老婆去住，安頓她們，自己仍住飯店。我寫信告訴他，他剛回來，不瞭解國內情況，已有新婚姻法。因此「你不離，我是不會去（和你見面）的。」H某某（K妻子）到京後，向他要錢，他給她約二十根（金）條子，並天真認為錢都給她了，事情就可以解決了。但H某某當然不會放他。

「我不是安娥！」我絕不見他。而他一直叫我等！等！從重慶到北京，都是要我等！這是他中年人的世故，是種欺騙。我態度是：「你不離，我不見！」

趙清閣，有時候和朋友談興高時，確實可能會將K先生那些來信中的某封甚至某幾封，拿出來給朋友看。但她示人的信，是有選擇的。她更不可能把一封根本沒有的信出示。

某著書者在書中說，他見到了K先生寫給趙的信，那封信寫了「在某某地買了房子，兩人到那裡去共同生活。」云云。這是說者的記憶錯誤。（不小的錯誤！）因為，K先生去國期間給趙清閣的那些信件，已經在文化大革命抄家時被抄去了，後來在退還的抄家物中，是沒有這些信件的；說者認識趙清閣和見到趙清閣時，那封信，根本是不存在的。

一九八八年三月二十六日上海寓所

「方令孺是詩人，在對於K的事上，方最反感K對我的表示，在重慶她當面斥責他：『你這麼大年齡，怎麼可以，怎麼能夠老是干擾清閣！』」

一九八八年四月二十三日上海寓所

趙阿姨具體地對我講了K先生給周總理那封信的情況：

解放後，他告訴我：××（K兒子）革命都革到我頭上來了。××責問他一大頓：為什麼不愛我媽媽?!我媽媽有什麼對不起你?!他一聲不答，從此與其之間有深隔閡。

他把他給周總理信的抄件給我，信中說：「我回來是為某個人，但化為泡影，因此只能寫作，但我所以能寫點東西，也全靠是某個人精神支柱。我沒有其他祈求，只為還有點友誼。」但後來，我連友誼也不給他，通信極少。

一九九〇年三月二十三日上海寓所

有老作家朋友，也有國內重要刊物，都希望趙清閣能夠把所知K的一些情況寫下來。趙阿姨告訴我：

我回信說：「不可能！」理由有三。一，我寫，必有貶詞，但我不忍。對這樣一位多年朋友，如今他去後，我不忍這樣寫，因此只能不寫。二，沒必要寫。……。三，……。

趙阿姨對於K，這位自己文學事業的同志，對他的創作，始終是尊重的、稱讚的。對他這個人，趙阿姨也有自己的認識。一九九九年二月十七日，在趙阿姨家裡，她對我說了這樣的話——我覺得像是一個最後的「評語」：

我對K這個人，兩點。一，佩服他的小說，學問。二，從個人來說，是不可愛的：患得患失，怕得要命，怕……。

這個看法，應該是個冷靜亦客觀的「評語」。

歸於塵土

二〇一四年八月下旬，我從上海到北京，進行我仍然在繼續努力堅持著的、每年一次給爸爸、媽媽的掃墓之行。在北京，我要接連幾天上午去到「北京八寶山革命公墓」，在爸爸媽媽合葬的墓位前，一個人靜靜地待上半天。

那天（八月二十三日）上午，我正靜坐在父母親墓邊，全神關注地反復地默誦著墓的碑文，突然感覺到有人站立在墓旁未離開。我不希望自己和爸爸、媽媽單獨相處受到影響，便抬頭向那位（看似中年——實已是老年）男子，大聲說：「這是我爸爸、媽媽！」未曾想到，那男子竟大步向前，隔著墓就向在墓這邊的我，伸出手，自報名字：「某某。」我確實意外，立刻站起來，邊說著：「我是洪鈐。」邊握手。他不認識我，但我知道他（之前未見過）。

簡單交談時，她的夫人——一位樸素靜雅的婦女——也從小路走過來，互相招呼認識了。他們也是來給自己父母親——K先生和夫人——掃墓的。K先生和夫人合葬的墓位，是在我父母親合葬墓前面的坡地上。

我離開爸爸媽媽墓後，就去到K先生和夫人的墓。那墓，實在是簡樸到有些過於簡單了——除刻有K先生和夫人兩個人名字外，連張照片也沒有放。我先是向墓碑深深三鞠躬，表示我對逝者的尊敬。隨後，一個人在那裡靜靜地站著，除了墓地周邊種植的松柏樹梢間緩緩流過的風聲，不時輕輕發出聲音外，沒有人，沒有其他聲音。我站在那座墓前，想到了很多事情，包括想到了趙阿姨。眼淚在我眼眶裡打轉，但是沒有流出來。人生七十多年，我已經流過了太多的太多的眼淚，即便如今淚腺還能分泌出淚水，只是心泉已經乾涸了。

我走出在松柏濃蔭下的墓地小路，走到了陽光高照的陵園道路上，感覺好些了。如同往年一樣，每年來北京掃墓同時，我就到陵園管理部門交付下一年父母親墓位旁，從陵園租擺來的那幾盆鮮花的租費。年輕的管理人員，對我這個每年都會見到一次的從上海來掃墓的老太太，不僅熟悉，而且十分關照和幫忙。閒談中，我瞭解到，陵園對k先生，是按照政府正部長級別——四平方米墓位——相關標準，進行骨灰安葬。（據說，後來找到了K先生骨灰，並存放在此陵園的特別寄存室，直到安葬。）

六十年前——一九五五年九月，K先生是送父親洪深棺木到這個陵園下葬的人之一，是一直送別父親到最後的人中的一位。他在一九五五年九月六日寫給趙清閣的信中，是這樣開始的：

> 洪老早患癌症，大家不敢告訴他。死前，肺已空矣。我送到墓地，洪師母哭得死去活來，我亦落淚不止。……

這封K先生寫給趙阿姨的信，談到了我父母親，因此記了下來。

而今，他——K先生——與父親洪深，在這個陵園裡成為了永遠的鄰居。

人生一世，都歸一處，歸於塵土。

我想，自己能夠結識趙清閣阿姨，和她有這持續二十年的友情和談話，實在是種幸運。不論從大處，自己的人生；還是從不算大的小處：自己的學識、見識和思維。趙阿姨都是我人生中一位有重要影響的長輩；趙阿姨和我交談的二十年，是我人生重要的一段路程。我感謝趙清閣阿姨，我懷念趙清閣阿姨。

趙清閣阿姨，從我們交談開始不久，就要求我「練筆」。我對此的回應，顯得膽怯——我所學和所工作（工程科學）和文學相距太遠。我於是就向趙阿姨做了一個這樣的回答：「三十年吧！你等我三十年後再「成材」吧！（成一塊材料而已）。」那時，趙阿姨將近古稀，我近不惑。

現在，自己年齡，早已超過了我和趙清閣阿姨「笑談約定」時她的年齡了。趙清閣阿姨已經走了十五個年頭了。而我，到今，始終也沒有能「成材」。我希望，就用這本我為她編選的書，就用我在此書中寫下的一些恐怕連「練筆水準」都達不到的、不成樣子的文字，表示我對趙清閣阿姨的深深感謝和懷念。

我心祈禱，願趙清閣阿姨可以安靜休息。

二〇一五年七月　上海

跋

洪鈐

《女作家趙清閣選集》在臺灣出版，不只是對文學前輩趙清閣的尊重和懷念，也是一件有積極意義的事——於文學創作；於文學史研究。而且，對我個人來說，也完成了一個心願——將趙清閣阿姨作品，介紹給更多讀者，特別是對趙清閣幾乎完全不知的年輕讀者。現在，這本書真正地出版了，我很高興，非常的高興。

《女作家趙清閣選集》這本書，是我毛遂自薦，大膽向出版社提出：希望臺灣出版這本書。這個要求，竟然爽快地被接受同意了，出版了。這讓我多少還是感到些許意外；當然，這是一個十分美好的「意外」。

感謝秀威資訊科技股份有限公司和宋政坤總經理，感謝直接促成這本書出版的蔡登山先生。也要感謝出版社具體負責此書出版工作的所有相關的年輕朋友們。我感謝上面所有的人，幫助我完成對趙清閣阿姨的這個心願：《女作家趙清閣選集》出版。

再次深深的感謝。

二〇一五年七月　上海

《趙清閣選集》稿本出處一覽表

《選集》作品名稱	稿本出處的書名	稿本書出版社	稿本書出版時間
（1）紅樓夢話劇集「冰心序」	《紅樓夢話劇集》	四川文藝出版社	1985年6月
紅樓夢話劇集「作者自序」	同上	同上	同上
《賈寶玉與林黛玉》「作者前言」	同上	同上	同上
《賈寶玉與林黛玉》	同上	同上	同上
《晴雯贊》「作者自序」	同上	同上	同上
《晴雯贊》	同上	同上	同上
《雪劍鴛鴦》	同上	同上	同上
《流水飛花》	同上	同上	同上
（2）白話小說《杜麗娘》	《杜麗娘》	上海文化出版社	1957年1月
（3）《桃李春風》	《老舍劇作全集》——3	中國戲劇出版社	1982年8月
（4）《落葉無限愁》	《皇家飯店》	湖南文藝出版社	1989年10月
《落葉》「作者」後記	《滄海泛憶》	三聯書店香港分店	1982年12月
（5）《流水沉渣》	同上	同上	同上
（6）《文苑耕作漫憶》	同上	同上	同上
（7）《我怎麼愛上戲劇、電影的》	同上	同上	同上

釀文學196　PG1510

中國現代文學女作家趙清閣選集

原　　著　趙清閣
編　　選　洪　鈴
主　　編　蔡登山
責任編輯　盧羿珊
圖文排版　楊家齊
封面畫作　趙清閣
封面設計　蔡瑋筠

出版策劃　釀出版
製作發行　秀威資訊科技股份有限公司
114 台北市內湖區瑞光路76巷65號1樓
電話：+886-2-2796-3638　傳真：+886-2-2796-1377
服務信箱：service@showwe.com.tw
http://www.showwe.com.tw
郵政劃撥　19563868　戶名：秀威資訊科技股份有限公司
展售門市　國家書店【松江門市】
104 台北市中山區松江路209號1樓
電話：+886-2-2518-0207　傳真：+886-2-2518-0778
網路訂購　秀威網路書店：http://www.bodbooks.com.tw
國家網路書店：http://www.govbooks.com.tw
法律顧問　毛國樑　律師
總 經 銷　聯合發行股份有限公司
231新北市新店區寶橋路235巷6弄6號4F
電話：+886-2-2917-8022　傳真：+886-2-2915-6275

出版日期　2016年6月　BOD一版
定　　價　720元

國家圖書館出版品預行編目

中國現代文學 女作家趙清閣選集 / 趙清閣原著；
洪鈐編選；蔡登山主編. -- 一版. -- 臺北市：
釀出版,2016.06
面；　公分. -- (釀文學)
BOD版
ISBN 978-986-445-088-6(平裝)

848.7　　105000545

讀者回函卡

感謝您購買本書，為提升服務品質，請填妥以下資料，將讀者回函卡直接寄回或傳真本公司，收到您的寶貴意見後，我們會收藏記錄及檢討，謝謝！
如您需要了解本公司最新出版書目、購書優惠或企劃活動，歡迎您上網查詢或下載相關資料：http:// www.showwe.com.tw

您購買的書名：＿＿＿＿＿＿＿＿＿＿＿＿＿＿＿＿＿＿＿＿

出生日期：＿＿＿＿年＿＿＿＿月＿＿＿＿日

學歷：□高中（含）以下　□大專　□研究所（含）以上

職業：□製造業　□金融業　□資訊業　□軍警　□傳播業　□自由業
　　　□服務業　□公務員　□教職　□學生　□家管　□其它＿＿＿

購書地點：□網路書店　□實體書店　□書展　□郵購　□贈閱　□其他

您從何得知本書的消息？
　□網路書店　□實體書店　□網路搜尋　□電子報　□書訊　□雜誌
　□傳播媒體　□親友推薦　□網站推薦　□部落格　□其他＿＿＿＿＿

您對本書的評價：（請填代號　1.非常滿意　2.滿意　3.尚可　4.再改進）
　封面設計＿＿　版面編排＿＿　內容＿＿　文／譯筆＿＿　價格＿＿

讀完書後您覺得：
　□很有收穫　□有收穫　□收穫不多　□沒收穫

對我們的建議：＿＿＿＿＿＿＿＿＿＿＿＿＿＿＿＿＿＿＿＿

＿＿＿＿＿＿＿＿＿＿＿＿＿＿＿＿＿＿＿＿＿＿＿＿＿＿＿

＿＿＿＿＿＿＿＿＿＿＿＿＿＿＿＿＿＿＿＿＿＿＿＿＿＿＿

＿＿＿＿＿＿＿＿＿＿＿＿＿＿＿＿＿＿＿＿＿＿＿＿＿＿＿

請貼
郵票

11466
台北市內湖區瑞光路 76 巷 65 號 1 樓

秀威資訊科技股份有限公司 收

BOD 數位出版事業部

(請沿線對折寄回，謝謝！)

姓　　名：＿＿＿＿＿＿＿＿　年齡：＿＿＿＿　性別：□女　□男

郵遞區號：□□□□□

地　　址：＿＿＿＿＿＿＿＿＿＿＿＿＿＿＿＿

聯絡電話：(日) ＿＿＿＿＿＿＿＿ (夜) ＿＿＿＿＿＿＿＿

E-mail：＿＿＿＿＿＿＿＿＿＿＿＿＿＿＿＿